L'ORIGINE DES ESPÈCES

CHARLES DARWIN

L'ORIGINE DES ESPÈCES

AU MOYEN DE LA SÉLECTION NATURELLE
OU
LA PRÉSERVATION DES RACES FAVORISÉES
DANS LA LUTTE POUR LA VIE

Texte établi par Daniel BECQUEMONT
à partir de la traduction de l'anglais
*d'*Edmond BARBIER

Présentation, chronologie et bibliographie
par
Jean-Marc DROUIN

Édition mise à jour en 2008

Publié avec le concours
du Centre national du livre

GF Flammarion

Titre original : *On the Origin of Species by Means of Natural Selection or the Preservation of Favoured Races in the Struggle for Life.*
© 1992, Flammarion, Paris.
Édition corrigée et mise à jour en 2008
ISBN : 978-2-0812-2107-9

PRÉSENTATION

L'Origine des espèces a valu à Darwin une célébrité qui s'étend bien au-delà des cercles professionnels de la biologie et de l'histoire des sciences, et la date de parution de sa première édition, 1859, est souvent considérée comme la date de naissance de la théorie de l'évolution [1]. Tout cela ne va pas sans quelque simplification. Darwin n'est pas l'homme d'un seul livre. En dehors de *L'Origine des espèces* et du récit de son voyage autour du monde, on lui doit une douzaine d'autres ouvrages qui portent sur des sujets aussi divers que la formation des récifs de corail, le mouvement des plantes grimpantes, la fécondation des orchidées ou le rôle des lombrics dans la formation de la terre végétale. La théorie de l'évolution n'est pas non plus l'œuvre d'un seul homme. On sait qu'un autre naturaliste anglais, Wallace, était arrivé, indépendamment de Darwin, à des conclusions analogues. Avant eux, l'opinion selon laquelle les végétaux et les animaux n'ont pas toujours eu l'aspect que nous leur connaissons avait été émise par plusieurs auteurs. Certains, à la suite de Lamarck, défendaient une théorie complète de la transformation des espèces, mais d'autres auparavant, tels Buffon, Benoît de Maillet ou Érasme Darwin (le grand-père de Charles) avaient déjà émis quelques doutes sur la fixité des espèces

---

1. Sur les différentes éditions anglaises, sur les traductions françaises de *L'Origine des espèces*, et sur la manière dont a été restitué ici l'équivalent de la première édition, cf. *infra* la notice de Daniel Becquemont.

ou imaginé, sur le mode ludique, une transformation des formes vivantes [1]. Ni les uns ni les autres n'utilisaient le terme d'*évolution*, qui n'a longtemps évoqué que le développement individuel d'une structure préexistante ; mais Darwin lui-même évite ce mot, lui préférant systématiquement l'expression « descendance avec modification [2] ».

Pourtant, et malgré toutes les nuances qu'il convient d'apporter, l'histoire rejoint ici la légende, et confirme que *L'Origine des espèces* marque une étape décisive non seulement dans les sciences de la nature, mais aussi dans la vie intellectuelle en général. Il y a plusieurs manières d'en mesurer la portée et d'en apprécier la signification. On peut l'inscrire dans la longue durée d'une tradition qui remonte aux savoirs naturalistes du XVIIIe siècle. On peut l'insérer dans une perspective biographique pour montrer comment se mêlent l'histoire d'une vie et la construction d'une œuvre. On peut enfin s'attacher aux multiples querelles, scientifiques, religieuses et politiques qu'elle a suscitées.

I. Histoire naturelle et théorie de l'évolution

a) Histoire naturelle et naturalistes avant Darwin

L'histoire naturelle occupe au XVIIIe siècle une place centrale dans la culture, en Grande-Bretagne comme sur le Continent. Faut-il rappeler que le mot « histoire »

---

1. Cf. sur Buffon : Jacques Roger, « Buffon et le transformisme », *La Recherche*, vol. 13, n° 138, nov. 1982, p. 1246-1254 ; sur Benoît de Maillet : Claudine Cohen, « Les métamorphoses de Telliamed », *Corpus*, n° 1, 1985, p. 62-73 ; sur Érasme Darwin : Daniel Becquemont, « Erasmus Darwin, médecin et poète, 1731-1802 », *Revue des sciences humaines*, Lille III, t. LXIX, n° 198, 1985, p. 9-29.
2. « Descent with modification ». « Descent » est à entendre ici comme « lignage », « généalogie », Littré de même associe le mot « descendance » à celui de « filiation ».

n'implique nullement ici l'idée de déroulement temporel que nous serions tentés d'y mettre, mais qu'il est seulement à prendre au sens étymologique : enquête, recherche d'information. En deçà de toute *historicité*, l'histoire naturelle n'est encore qu'une description des trois règnes : animal, végétal et minéral. Cette description est rendue urgente et difficile par le nombre sans cesse croissant d'espèces jusqu'alors inconnues qui arrivent en Europe. Jardins et collections s'emplissent de spécimens de plantes et d'animaux. Certains végétaux prennent place parmi les plantes cultivées en Europe pour l'alimentation ou pour l'ornement, tandis que d'autres, tel le café, se voient transportés d'une colonie à l'autre ; tous, et même ceux, les plus nombreux, qui n'intéressent que les naturalistes, changent, par leur accumulation, l'image du monde vivant. À l'intérieur des pays européens eux-mêmes les campagnes sont parcourues par des amateurs passionnés, leur flore et leur faune minutieusement observées. Les espèces végétales qui se comptaient par centaines au début du XVIe siècle se comptent par milliers au XVIIe siècle, par dizaines de mille au tournant du XVIIIe et du XIXe siècle. Cet effet de masse multiplie les risques de double emploi dans les descriptions et rend obsolète le recours à l'ordre alphabétique. Par là il impose la recherche d'une nomenclature et d'une classification sur lesquelles tous les naturalistes puissent se mettre d'accord pour *nommer* et *classer* toutes ces espèces suivant les mêmes règles. C'est précisément ce que se propose de réaliser Linné qui, à cet égard, fait figure de modèle.

De l'œuvre du naturaliste suédois, la postérité a retenu essentiellement la nomenclature binominale – fixée dans le *Species plantarum* en 1753 et dans la dixième édition du *Systema naturae* en 1758, et encore en usage aujourd'hui – qui permet de désigner chaque espèce par un nom générique complété par un adjectif, ou un substantif, spécifique. Ainsi l'Érable champêtre s'appelle

Acer campestre, et le Sycomore *Acer pseudo-platanus* ; la Mésange charbonnière *Parus major*, et la Mésange bleue *Parus caerulus*. Pour ses contemporains, cependant, le prestige de Linné n'est pas seulement lié à cette codification mais aussi à sa classification du règne végétal fondée sur le nombre des organes sexuels visibles dans la fleur. Ce système qui ne fait appel qu'à un seul critère est relativement facile à utiliser mais il aboutit à réunir dans la même classe des espèces qui peuvent n'avoir d'autre point commun que le nombre de leurs étamines ; aussi, dès la fin du XVIIIe siècle on le voit reculer devant la concurrence de la méthode des familles naturelles, dont le principe est de regrouper par familles les genres qui se ressemblent le plus, sans hésiter pour cela à faire appel à plusieurs critères.

Pour former ces familles naturelles, la méthode exposée par Antoine Laurent de Jussieu en 1789 dans le *Genera plantarum* repose sur la pondération des caractères. En analysant quelques familles empiriquement reconnues par tous les botanistes (Graminées, Composées, Ombellifères...), il remarque que certaines caractéristiques des plantes – certains « caractères » dans le langage des botanistes – sont toujours constantes à l'intérieur d'une famille et que d'autres sont plus ou moins variables. Il peut ainsi déterminer le poids respectif des différents caractères et, disposant alors d'une hiérarchie des critères de classification, former une centaine d'autres familles qui reposent sur de fortes similitudes entre les plantes. Admirée par Cuvier et les autres zoologistes, la méthode est bientôt adaptée au règne animal où elle peut s'appuyer sur le développement de l'anatomie comparée.

Ainsi, au tournant du XVIIIe et du XIXe siècle, la classification, loin de n'être qu'une simple activité de classement, ou un exercice de pure logique, résume et contient une connaissance de la structure de l'organisme vivant [1].

---

1. Cf. Jean-Marc Drouin, *L'Herbier des philosophes*, Paris, Seuil, 2008.

En même temps qu'elle fonde la classification des vivants sur la connaissance de leur organisation, l'histoire naturelle s'étend dans le temps et dans l'espace, avec la paléontologie et la biogéographie.

La paléontologie se trouve d'emblée placée, avec l'anatomie comparée, au cœur de vifs débats sur la manière de se représenter ce passé nouvellement conquis. S'appuyant sur sa connaissance des invertébrés et en particulier des mollusques, Lamarck propose, à partir de 1800, une théorie de la transformation des espèces qu'on peut résumer par ces deux principes : 1° la nature a produit successivement toutes les formes vivantes en commençant par les plus simples et en terminant par les plus compliquées ; 2° les animaux et les plantes, en se répandant à la surface du globe, se sont trouvés placés dans des circonstances différentes, ce qui leur a donné des habitudes différentes et a modifié leur organisation en conséquence. Pour compléter le premier principe il convient d'ajouter que Lamarck, comme beaucoup de scientifiques avant les travaux de Pasteur, admettait que la vie pouvait naître de la matière par génération spontanée. Enfin, pour comprendre l'efficacité du second principe, il faut y adjoindre ce qu'on appellera plus tard l'*hérédité des caractères acquis*.

Si elle n'a pas été complètement méprisée et rejetée comme on l'a dit quelquefois, la théorie de Lamarck n'en a pas moins suscité de vives réactions, et en particulier celles de Cuvier. Celui-ci souligne l'absence de formes intermédiaires entre les différents embranchements du règne animal. Il étudie les vertébrés fossiles en s'appuyant sur le principe de « corrélation des organes » : si un animal mange de la chair, non seulement ses dents et sa mâchoire doivent être adaptées à cette nourriture, mais ses pattes doivent lui permettre de saisir ses proies. Hostile à toute idée de transformation des espèces, Cuvier imagine une série de « révolutions » qui auraient bouleversé la surface du globe et anéanti successivement des faunes entières [1]. Contre cette conception *catastrophiste*, Charles Lyell, dont les *Principes de géologie* paraissent en 1830-1833, défend l'*uniformitarisme* : la disposition des couches géologiques et les formes du relief terrestre ont été produites au cours des temps par les mêmes causes que nous voyons actuellement à l'œuvre dans la nature [2].

Plus discrète que la géologie, la biogéographie n'en constitue pas moins l'autre grande innovation dans le champ de l'histoire naturelle à la fin du XVIIIe et au début du XIXe siècle [3]. Non que le sujet n'ait pas été déjà traité dans les décennies précédentes : Linné note la présence des mêmes espèces de plantes en Laponie et sur les sommets des Alpes, Buffon compare les faunes de l'Ancien et du Nouveau Monde, un peu plus tard Giraud-Soulavie observe également l'étagement de la végétation dans les Cévennes. Mais ce n'est qu'avec l'*Essai sur la géographie des plantes* de Humboldt en 1805 que la discipline se constitue explicitement. Alexandre de Humboldt, physicien et géographe autant que naturaliste, insiste en particulier sur le rôle des facteurs physiques et sur l'influence réciproque entre l'homme et la végétation. Quinze ans plus tard, dans l'article « Géographie botanique » du *Dictionnaire des sciences naturelles*, le botaniste Augustin Pyramus de Candolle définit un véritable programme de recherche ; il montre la guerre qui règne entre les différentes espèces et qui limite l'aire d'extension de chacune ; il souligne que la température, l'humidité, la nature du

---

1. Sur toutes ces questions, on trouvera analyses et références bibliographiques dans l'ouvrage de Goulven Laurent, *Paléontologie et évolution en France...*, Paris, CTHS, 1987.

2. Sur Lyell, cf. Gabriel Gohau, *Histoire de la géologie*, Paris, La Découverte, 1987, p. 146-159.

3. Plutôt que de biogéographie, terme qui n'apparaît qu'un siècle plus tard, il faudrait plutôt parler de « géographie botanique » et de « géographie zoologique », en précisant que la seconde suit avec quelque retard la première.

sol ne suffisent pas à expliquer la distribution géographique des espèces et des familles – en particulier la différence complète des flores entre des régions jouissant du même climat mais situées sur des continents différents –, et il voit là un argument contre l'idée que les espèces se transformeraient sous l'action du milieu [1].

b) Les grands thèmes de L'Origine des espèces

Fondement de la classification par « familles naturelles », « succession géologique des êtres organisés », distribution géographique des faunes et des flores, c'est à ces trois questions clés de l'histoire naturelle que Darwin apporte une réponse lorsqu'il publie L'Origine des espèces.

Dès l'introduction, en présentant son ouvrage au lecteur, il annonce les deux constats sur lesquels repose sa théorie. D'une part, les animaux ou les végétaux issus des mêmes parents présentent, dès la naissance, une grande variété de caractères qu'ils peuvent transmettre à leurs propres descendants. D'autre part, comme l'a noté Malthus à propos de l'homme, n'importe quelle espèce vivante tendrait à se multiplier en proportion géométrique et à envahir toute la terre si la plus grande partie des individus qui la composent n'était pas éliminée à chaque génération. De ces deux constats on peut inférer que tous les êtres vivants, les plantes comme les animaux, sont engagés dans une *lutte pour l'existence*, et comprendre que celle-ci préserve les variations qui sont avantageuses à l'organisme dans les conditions « complexes et quelquefois changeantes » de son milieu de vie. Cette *sélection naturelle*, répétée sur un grand nombre de générations, aboutit à la production de nouvelles formes. Les treize chapitres du livre sont employés

---

1. Sur Humboldt et de Candolle, cf. Jean-Marc Drouin, *Réinventer la nature. L'écologie et son histoire*, Paris, DDB, 1991.

à développer et à justifier cette hypothèse, puis à montrer sa fécondité.

Les chapitres 1 à 5 expliquent la formation des espèces. Le premier porte sur la variation chez les plantes cultivées et les animaux domestiques ; le deuxième sur la variation à l'état sauvage. Le troisième est consacré à la lutte pour l'existence, pris au sens le plus large, c'est-à-dire en incluant la lutte entre des organismes de la même espèce ou d'espèces différentes, mais aussi la lutte contre un milieu hostile, en un mot tout ce qui maintient l'effectif de l'espèce à un niveau constant. Le quatrième chapitre traite de la sélection naturelle, comparée à la sélection artificielle, et aborde le thème de la « sélection sexuelle » : le choix du partenaire le plus attrayant est invoqué pour expliquer des caractéristiques sans valeur adaptative apparente comme le plumage de certains oiseaux [1]. Ce chapitre est illustré d'un diagramme, souvent reproduit, qui représente le mode théorique de filiation des espèces, la divergence entre formes voisines, l'extinction de certaines branches, etc. Enfin, le cinquième chapitre est consacré aux « lois de la variation », domaine dans lequel, dit Darwin, « notre ignorance est profonde ». On mesure en lisant ce chapitre que la force de la théorie darwinienne est de pouvoir s'accommoder de cette ignorance : les variations sont soumises à la sélection naturelle, quelles que soient les causes qui les ont provoquées.

Les chapitres 6, 7 et 8 sont constitués d'une série de réponses aux objections qui pourraient être faites à la théorie de la sélection naturelle. Le sixième chapitre s'intitule précisément « Difficultés de la théorie », Darwin y répond aux arguments qu'on pourrait tirer de la perfection de certains organes, tels que l'œil, ou à l'inverse de l'existence d'organes inutiles. Cela l'amène à formuler deux idées : la première, qu'il rattache au vieil

---

1. La « sélection sexuelle » est rapidement traitée dans *L'Origine des espèces* ; elle est exposée en détail dans *La Descendance de l'homme*.

adage *Natura non facit saltum* [1], est que la sélection naturelle n'agit qu'en profitant de *légères variations*, la seconde est que l'adaptation des organes n'est pas nécessairement parfaite puisqu'il suffit qu'elle permette à l'organisme de l'emporter dans la lutte pour la vie. Le septième chapitre tente l'application de la théorie de la sélection naturelle aux instincts, en particulier à ceux des insectes sociaux. Le huitième aborde la question de l'hybridation : pour Darwin la distinction entre *espèce* et *variété* n'est qu'une différence de degré et non de nature, il lui faut donc expliquer pourquoi les hybrides obtenus en croisant des espèces différentes sont stériles, tandis que les métis résultant d'un croisement entre deux variétés d'une même espèce ne le sont pas. Il le fait de manière assez embarrassée en montrant l'incertitude des données en ce domaine.

Après avoir consacré trois chapitres à discuter point par point les objections qu'on pourrait lui faire, Darwin entreprend de montrer la valeur explicative de sa théorie appliquée aux problèmes de la paléontologie (chapitres 9 et 10), puis de la géographie des plantes et des animaux (chapitres 11 et 12), et enfin des fondements de la classification (chapitre 13), c'est-à-dire précisément aux trois grands thèmes de recherche de l'histoire naturelle. Récapitulations et conclusions occupent le quatorzième et dernier chapitre [2].

En ce qui concerne la paléontologie, Darwin doit d'abord répondre à une objection possible et, à cet égard, le neuvième chapitre pourrait aussi bien être rattaché aux précédents. Comment expliquer en effet qu'on n'ait

---

1. « La nature ne fait pas de saut » : principe formulé par Leibniz, dans la Préface des *Nouveaux Essais sur l'entendement humain* (Paris, GF Flammarion, 1966, p. 40), et par Linné, *Philosophia botanica* (Stockholm, 1751, p. 27).

2. La sixième édition anglaise et la traduction française, rééditée en 1980 chez Maspéro, comportent quinze chapitres, Darwin ayant rajouté un chapitre après le chapitre 6 pour répondre à de nouvelles objections.

jamais retrouvé dans les fossiles une série complète montrant la transformation progressive d'une espèce en une autre ? Pour Darwin, qui s'abrite ici derrière l'autorité – considérable à l'époque – de Lyell, cette absence s'explique par l'état incomplet et lacunaire des « archives géologiques ». Mais il n'en reste pas à cette position défensive ; dans le chapitre suivant il rassemble des données relatives à la « succession géologique des êtres organisés », telle que l'apparition successive d'espèces nouvelles, la permanence de certaines formes, le caractère irréversible des extinctions, et s'emploie à montrer que tous ces faits demeurent inexplicables si les espèces sont immuables tandis qu'ils s'éclairent si l'on admet qu'elles se sont modifiées graduellement sous l'action de la sélection naturelle. L'argument final de ce chapitre est celui de la parenté entre les formes fossiles et les formes actuelles dans la faune d'une région donnée. Ce thème annonce les deux chapitres suivants consacrés à la distribution géographique des espèces actuelles, un autre point d'ancrage de sa théorie [1].

Darwin aborde d'emblée la biogéographie par son point obscur : le climat et les autres conditions physiques ne suffisent pas à rendre compte de tous les faits concernant la répartition des plantes et des animaux à la surface du globe. Ce constat a été fait par la plupart des auteurs qui se sont occupés de ce sujet dans la première moitié du XIXe siècle [2]. Cependant aucune explication satisfaisante n'avait été proposée. Or la théorie de la « descendance avec modifications » permet d'expliquer à la fois les ressemblances – les espèces d'un même groupe

---

1. Les premières lignes de l'introduction sont significatives à cet égard.

2. Cf. en particulier pour les végétaux, le texte d'Augustin Pyramus de Candolle cité ci-dessus, paru en 1820 dans le *Dictionnaire des sciences naturelles* et publié ensuite sous forme d'essai. Darwin connaissait ce texte, auquel il se réfère en plusieurs endroits de son œuvre.

qui vivent dans une même région du globe ont une origine commune relativement proche – et les différences, la sélection naturelle ayant agi différemment dans des milieux différents. L'exemple des îles Galápagos a pris valeur d'archétype. La communauté d'origine explique que la faune de cet archipel se rapproche plus de celles du continent américain que de celle des îles du Cap-Vert, au large de l'Afrique. La sélection naturelle, quant à elle, rend compte des différences que présentent les espèces des îles Galápagos par rapport à celles du continent et peut même être invoquée à propos des différences observées d'une île à l'autre.

Après la succession géologique et la distribution géographique, il reste à Darwin à traiter du troisième grand thème de recherche de l'histoire naturelle : la méthode naturelle de classification. Dans ce domaine plus qu'ailleurs, Darwin, loin de faire table rase du passé, s'appuie sur le travail de ses prédécesseurs. Le fondement rationnel de la classification des êtres vivants, ce qui la distingue d'un simple classement artificiel d'objets quelconques, est d'être l'expression d'une généalogie, mais ce principe était jusqu'ici resté inconnu aux naturalistes eux-mêmes. En d'autres termes pourquoi placer le Dauphin parmi les mammifères plutôt que parmi les poissons sinon par une intuition obscure que ce qui le rapproche des seconds ne résulte que d'une adaptation récente au mode de vie aquatique tandis qu'un lien plus originel le rattache aux premiers ? Passant en revue les principales règles méthodologiques de la classification, Darwin va jusqu'à dire que l'ascendance commune est le lien que les naturalistes « ont cherché inconsciemment [1] » à travers les différents principes par lesquels ils ont réglé leur travail.

---

1. Cf. *infra*, chapitre 13.

À la lumière de ce dernier chapitre, *L'Origine des espèces* apparaît comme un effort d'élucidation de la pratique naturaliste, une entreprise méthodique pour dégager la rationalité qui la sous-tend. Darwin a mené à bien ce projet et a renouvelé par là le champ des sciences biologiques, mais il l'a fait en s'appuyant toujours sur l'histoire naturelle de son époque. C'est ce que confirme sa biographie qui est avant tout celle d'un naturaliste, à la fois géologue, zoologiste et botaniste.

II. Esquisse biographique

a) Les années de formation

Charles Darwin naît le 12 février 1809 à Shrewsbury, dans le Shropshire, un des quatre comtés anglais qui jouxtent le pays de Galles.

L'un de ses grands-pères, mort en 1795, est Josiah Wedgwood, célèbre céramiste et industriel, l'autre, mort en 1802, est Érasme Darwin, à la fois poète, médecin, naturaliste et philosophe, toujours cité lorsqu'on évoque les premières versions de l'évolutionnisme, mais qui est également l'auteur d'un curieux poème didactique, *Les Amours des plantes*, publié en 1789, dans lequel il détaille avec ravissement les multiples combinaisons érotiques qu'évoque le système sexuel de Linné[1]. Josiah Wedgwood et Érasme Darwin étaient deux figures marquantes de la « Lunar Society » de Birmingham, qui comptait également dans ses rangs James Watt, l'inventeur, et Joseph Priestley, le chimiste[2]. Cette société – ainsi nommée parce que ses membres profitaient des soirées éclairées

---

1. Les étamines représentent les « maris », les organes femelles qui forment le pistil, les « épouses ».

2. Cf. Adrian Desmond et James Moore, *Darwin*, Londres, Michael Joseph, 1991, p. 5-12.

par la lune pour se réunir, évitant ainsi de rentrer chez eux dans l'obscurité – rassemblait des esprits libéraux et non conformistes, attentifs au développement des sciences et des techniques. Si Érasme Darwin peut être considéré comme un libre penseur, le courant dominant dans ce milieu était plutôt celui des unitariens, ces chrétiens dissidents dont le nom rappelle que, poussés par le désir de revenir à la pureté originelle du christianisme, ils refusaient même le dogme de la Trinité.

Le père de Charles, Robert Darwin, n'a pas la culture encyclopédique d'Érasme, mais il jouit d'une grande réputation comme médecin, grâce à un pouvoir de discernement qui fait merveille dans les maux d'origine psychologique. Charles a huit ans lorsque sa mère, Susannah, de santé délicate, meurt en 1817. C'est sa sœur Caroline, de neuf ans son aînée, qui s'occupe de son éducation avant son entrée à l'école. Les études secondaires à Shrewsbury reposent avant tout sur la mémorisation et se limitent presque exclusivement au grec et au latin. Le jeune Charles ne se distingue ni par ses résultats ni par son application. En revanche, il manifeste un goût très vif pour la chasse et les collections. Ces activités qui, rétrospectivement, peuvent paraître significatives, comme les expériences de chimie auxquelles l'associe son frère aîné, passent alors aux yeux des adultes qui l'entourent comme la marque d'un incurable dilettantisme qui laisse mal augurer de son avenir.

Les années passées à l'université ne démentent pas ces sombres pressentiments. Entré à l'université d'Édimbourg en octobre 1825 pour suivre des études de médecine, Charles, rebuté par l'aridité des cours, est impressionné par la souffrance des malades au point qu'assistant à l'opération d'un enfant il s'enfuit avant la fin[1]. Comme

_____

1. Rapportant ce souvenir dans son autobiographie, rédigée en 1876, Darwin ajoute : « Ceci se passait en effet avant l'époque bénie du chloroforme », cf. Charles Darwin, *L'Autobiographie...*, Paris, Belin, 1985, p. 34.

à Shrewsbury, il réserve son énergie aux activités de loisir dans lesquelles l'histoire naturelle prend une place croissante : il collecte des invertébrés marins dans les flaques sur la grève et assiste aux séances de plusieurs sociétés savantes. L'été, pendant les vacances, il excursionne à pied ou à cheval dans le pays de Galles. Enfin, d'après lui, c'est à Édimbourg qu'il entend pour la première fois quelqu'un – il s'agit de Robert E. Grant – développer et soutenir les idées de Lamarck.

Prenant acte de l'inappétence de son fils pour la carrière médicale et ne voulant pas qu'il reste dans l'oisiveté, Robert Darwin l'engage à devenir pasteur. Charles hésite. Il voit là une possibilité de s'établir à la campagne. L'exemple de Gilbert White et de son « Histoire naturelle de Selborne » atteste d'ailleurs que la charge d'une paroisse rurale est compatible avec une activité naturaliste suivie [1]. D'un autre côté, il craint de ne pas pouvoir admettre tous les articles de foi de l'Église anglicane. En définitive, il accepte la proposition de son père et part étudier la théologie à Cambridge. À en croire son autobiographie, il passe là trois années fertiles en beuveries et en parties de chasse, mais peu fructueuses du point de vue intellectuel. Il prend toutefois plaisir à lire les *Preuves du christianisme* et la *Théologie naturelle* de William Paley [2]. Ces livres, qui entendaient démontrer l'existence de Dieu et sa sagesse par la perfection de ses œuvres, et en particulier par l'adaptation des organismes à leur milieu de vie, l'intéressent par la logique de leur argumentation.

Par ailleurs, il collectionne avec passion les coléoptères et se lie d'amitié avec le professeur de botanique John

---

1. Gilbert White, *The Natural History of Selborne* [1788-1789], Harmondsworth, Penguin, 1977. Ce livre a exercé une influence profonde sur des générations de naturalistes amateurs.

2. Sur Paley, cf. Jean-Marc Drouin et Charles Lenay (éds), *Théorie de l'évolution. Une anthologie*, Paris, Presses Pocket, 1990, p. 41-52.

Stevens Henslow, dont il fréquente la maison et qu'il suit dans ses promenades quotidiennes. Sur son conseil et par son entremise, il entre en contact avec le professeur de géologie Adam Sedgwick qu'il accompagne au pays de Galles. Henslow apprécie les qualités de Darwin au point que c'est à lui qu'il songe lorsqu'il apprend que le commandant d'un bateau de la Navy, qui s'apprête à partir pour une mission cartographique autour du monde, cherche un jeune naturaliste volontaire pour partager sa cabine... [1].

b) Le voyage du Beagle et les publications de géologie et de zoologie

Le capitaine s'appelle Robert Fitz-Roy, le navire le *Beagle*, et ce voyage, qui va durer près de cinq ans, du 27 décembre 1831 au 2 octobre 1836, constitue d'après Darwin lui-même de loin l'événement le plus important de sa vie [2]. Il lit. Il collecte. Il classe. Il observe. Il correspond avec sa famille, avec des amis et avec plusieurs naturalistes. L'étudiant dissipé se transforme en travailleur acharné. Les îles du Cap-Vert, les forêts brésiliennes, les pampas, la Terre de Feu, les Galápagos, le Pacifique, autant d'étapes, autant d'exemples qu'on retrouve ensuite dans son œuvre.

À son retour, Darwin s'établit à Cambridge, où se trouvent ses collections, puis, après son mariage avec sa cousine Emma Wedgwood en 1839, à Londres où il demeure jusqu'en 1842. Malgré les premières atteintes d'une maladie chronique qui ne le quittera plus jusqu'à la fin de sa vie – troubles psychosomatiques ou maladie de Chagas contractée en Argentine, nul ne sait – ce sont des années fructueuses. Il prépare la publication de son

---

1. Il y avait à bord du *Beagle* un autre naturaliste, appointé par la Navy comme chirurgien, du nom de Robert McKormick.
2. Charles Darwin, *L'Autobiographie...*, Paris, Belin, 1985, p. 59.

journal de voyage, qui paraît en 1839 [1]. À côté de ce livre, appelé à un véritable succès de librairie, il s'attache par ailleurs à l'exploitation systématique de la documentation qu'il a collectée : en 1842, il publie un travail sur la structure et la distribution des récifs de corail ; en 1844, une étude sur les îles volcaniques ; en 1846, des observations géologiques sur l'Amérique du Sud. Il dirige en même temps la *Zoologie du voyage du Beagle* (1840-1843), dont chaque volume est confié à un spécialiste du domaine considéré.

Depuis septembre 1842, Charles s'est installé avec Emma et leurs enfants à Down, dans le Kent, où il restera jusqu'à la fin de sa vie. Là, vivant à la campagne mais à peu de distance de la capitale, libéré de tout souci financier par la fortune de sa femme, il se consacre entièrement à son œuvre. Ses publications lui valent l'estime des géologues et en particulier celle de Lyell. Désireux d'assurer sa réputation en zoologie, il entreprend, en 1846, une monographie sur un groupe d'invertébrés, les Cirripèdes. À l'état adulte, ces crustacés marins se fixent sur un support, inerte ou vivant, soit directement, dans le cas des Balanes, soit par un pédoncule, dans le cas des Anatifes. Darwin leur consacre deux gros volumes qui lui coûtent huit années de travail et qui paraissent le premier en 1851 et le second en 1854.

Ainsi, de 1837 à 1854, Darwin apparaît comme un naturaliste, descripteur exact et minutieux. C'est l'image qu'on trouve par exemple chez Michelet en 1857 dans *L'Insecte*. Voulant faire œuvre de vulgarisateur, l'historien décrit la construction des récifs de corail, et ajoute en note :

> Sur le monde vivant, sur les procédés qu'il suit encore aujourd'hui pour se créer de petits mondes, sur ces humbles

---

1. Le journal, publié en 1839, a fait l'objet en 1845 d'une réédition et, en 1875, d'une traduction française, *Voyage d'un naturaliste autour du monde*.

constructeurs qui font de si grandes choses, nous devons tout aux navigateurs anglais, aux Nelson, aux Darwin, etc. Ce sont ces observateurs minutieux et très exacts, timides ordinairement dans leurs assertions, qui ont été les plus hardis, ayant vu le mystère même, et pris la nature sur le fait. Lire Darwin (résumé avec génie par Lyell) pour cette prodigieuse manufacture de craie, disputée alternativement par les poissons et les polypes, qui en construisent des îles et bientôt des continents [1].

Cependant, dans le secret de son cabinet et de sa correspondance, cet *observateur minutieux* formule quelques *assertions* qui n'ont rien de *timide*...

c) L'abandon du fixisme

En 1837, Darwin ouvre un carnet de notes dans lequel il entreprend d'inscrire tous les faits pouvant se rapporter à la transformation des espèces. Il commence dès lors à dépouiller une abondante littérature sur la sélection pratiquée par les éleveurs et les horticulteurs. En octobre 1838, l'année suivante, la lecture de l'*Essai* de Malthus sur la population lui apporte un élément de réflexion qu'il considère comme décisif [2]. En 1842, il rédige une esquisse d'une trentaine de pages dans laquelle il construit une théorie de l'origine des espèces par la sélection naturelle. Deux ans plus tard, en 1844, il développe cette théorie dans un second manuscrit de plus de 200 pages. Il hésite cependant à publier prématurément sur ce sujet. Dans une lettre souvent citée adressée à son ami le botaniste Joseph Hooker le 11 janvier 1844, il accompagne l'expression de sa conviction que les espèces ne sont pas

---

1. Jules Michelet, *L'Insecte* [1857], Paris, Hachette, 1884, p. 377.
2. Cf. Thomas Robert Malthus, *Essai sur le principe de population...* [1798], Paris, INED, 1980.

immuables de cette boutade révélatrice : « c'est comme si j'avouais un meurtre [1] ».

Cette même année 1844 paraît un ouvrage anonyme, *Les Vestiges de la Création* [2]. L'auteur, Robert Chambers, est un journaliste intéressé par l'histoire naturelle. Son livre développe une vision évolutionniste de l'histoire du monde vivant mais il n'apporte aucun fait nouveau et ne repose que sur une information de seconde main. Il déchaîne contre lui non seulement les réactions des milieux religieux attachés au sens littéral de la Bible, mais aussi celles des scientifiques qui lui reprochent son caractère purement spéculatif et relèvent diverses inexactitudes.

Cet épisode ne peut qu'inciter Darwin à la prudence, d'autant qu'il estime n'avoir pas résolu encore tous les problèmes posés par sa théorie. Enfin, en 1856, cédant aux instances de Lyell, il entreprend la rédaction d'un grand voyage sur les espèces. Il est à mi-parcours de sa rédaction lorsqu'il reçoit le 18 juin 1858, envoyée de l'archipel des Moluques, une lettre écrite par Alfred Russel Wallace, un naturaliste voyageur alors peu connu, qui s'emploie à collecter des spécimens en Asie du Sud-Est après avoir voyagé quelques années auparavant en Amazonie. La lettre est accompagnée d'un court essai dont Wallace demande s'il mérite d'être publié. Or dans cet essai Darwin retrouve, exprimées autrement, les idées essentielles de sa théorie. Les deux hommes ont déjà échangé quelques lettres, mais suffisamment évasives pour que soit exclue toute idée de plagiat. Darwin est

1. « I am almost convinced (quite contrary to the opinion I started with) that species are not (it is like confessing a murder) immutable », *The Correspondance of Charles Darwin*, éd. F. Burkhardt & S. Smith, Cambridge, Cambridge University Press, vol. 3, 1987, p. 1-3.

2. [Robert Chambers], *Vestiges of the Natural History of Creation*, Londres, John Churchill, 1844. Cette édition a été réimprimée en fac-similé avec une introduction par Gavin de Beer et une bibliographie, New York, Leicester University Press, 1969.

effondré, ne voulant pas se montrer déloyal avec son jeune collègue, il voit lui échapper la priorité d'une théorie qui lui a coûté vingt ans de recherches. Aussitôt, il écrit à Lyell et à Hooker. Ceux-ci, qui connaissent bien le travail de Darwin, lui proposent une solution à laquelle il acquiesce après quelques hésitations. Ils organisent une séance spéciale de la Société linnéenne de Londres, le 1er juillet 1858. Là, ils présentent, d'une part, un extrait du manuscrit rédigé par Darwin en 1844, ainsi qu'une lettre qu'il avait adressée en 1857 au botaniste américain Asa Gray, d'autre part l'essai envoyé par Wallace et intitulé *Sur la tendance des variétés à s'écarter indéfiniment du type primitif*[1].

Wallace se montrera satisfait de cette solution et rien n'affectera l'estime réciproque des deux hommes malgré quelques désaccords sur le concept de sélection et malgré surtout la différence de sensibilité politique. Wallace, d'origine sociale plus modeste que Darwin, attend de son activité intellectuelle qu'elle lui donne les moyens de vivre. Par ailleurs, son anticonformisme l'entraîne à se rapprocher de courants d'idées – du spiritisme au végétarisme – et à sympathiser avec des mouvements sociaux – féminisme, socialisme – bien éloignés, les uns comme les autres, de l'univers mental de Darwin.

La querelle de priorité, ou l'injustice, ayant été évitées, Darwin, pressé là encore par ses amis, entreprend de condenser en un volume son grand manuscrit inachevé sur les espèces. C'est ce livre qui paraît en novembre 1859 sous le titre *On the Origin of Species by Means of Natural Selection*[2].

---

1. *On the Tendancy of Varieties to Depart Indefinitely from Original Type*. Pour une traduction française de cet essai, des textes de Darwin ainsi que d'autres documents concernant cet épisode, cf. Jean-Marc Drouin et Charles Lenay (éds), *Théories de l'évolution. Une anthologie*, Paris, Presses Pocket, 1990, p. 63-99.

2. Sur les éditions successives, les traductions et les principes qui ont présidé à l'établissement du texte présenté ici, cf. *infra* la notice de Daniel Becquemont.

Le succès de librairie est immédiat et les réactions fort vives. L'hostilité chez certains scientifiques et surtout dans les milieux religieux est bien connue. On a souvent rapporté la passe d'armes entre Wilberforce, l'évêque anglican d'Oxford, et le zoologiste Thomas Huxley, le champion de Darwin – ou, comme il le disait lui-même, son « bull-dog » –, à la réunion annuelle de l'Association britannique pour l'avancement des sciences, en juin 1860, moins d'un an après la sortie du livre. Wilberforce demandant à Huxley s'il descend du singe par son grand-père ou par sa grand-mère, Huxley lui rétorque en substance qu'il rougirait plutôt d'avoir un ancêtre comme l'évêque qui se mêle de problèmes qu'il ne connaît pas dans le seul but de les embrouiller[1]. Cependant d'autres critiques, surtout en France, viennent de milieux non religieux, et inversement certains chrétiens, comme le botaniste Asa Gray, se refusent à opposer *création* et *évolution*. Darwin, qui semble être passé au cours de sa vie du protestantisme libéral au déisme puis à l'agnosticisme, est affecté par ces polémiques pour des raisons essentiellement familiales. Plus déterminantes sont pour lui les critiques scientifiques, en particulier celles portant sur le problème de la variation[2]. Elles l'amèneront à modifier constamment, au fil des six éditions successives, *L'Origine des espèces*, au point d'en obscurcir parfois le propos.

d) La suite de l'œuvre

La publication de *L'Origine des espèces* est le point culminant de la carrière de Darwin, elle n'en est pas l'aboutissement.

---

1. Sur cet épisode et sur l'attitude des différents courants de la théologie victorienne, cf. Daniel Becquemont, *Darwin, darwinisme, évolutionnisme*, Paris, Kimé, 1992, p. 151-158 et 249-274.

2. Sur ces critiques, cf. Jean Gayon, *Darwin et l'après-Darwin*, Paris, Kimé, 1992, p. 95-112.

Dès les mois suivants il commence à rassembler ses notes sur *La Variation des plantes et des animaux domestiques*. Le livre ne sort qu'en 1868. Avant cela est paru, en 1862, une étude sur *La Fécondation des orchidées*. Darwin consacrera plusieurs autres ouvrages à la biologie végétale : *Les Plantes insectivores* (1875), *Les Effets de la fécondation croisée et de la fécondation directe dans le règne végétal* (1876), *Les Différentes Formes de fleurs dans les plantes de la même espèce* (1877), *La Faculté motrice dans les plantes* (1880)[1].

À côté de ces travaux sur les plantes, Darwin se préoccupe aussi d'appliquer ses conceptions à l'espèce humaine. À peine évoquée dans le dernier chapitre de *L'Origine des espèces*, la filiation entre l'homme et des formes antérieures de vie animale se déduisait logiquement de la théorie, ce que ne manquèrent pas de faire adversaires et partisans. Pour dissiper toute ambiguïté sur ce point, et en même temps pour développer ses idées sur le rôle que joue le choix du partenaire dans le développement des caractères sexuels secondaires, Darwin rédige *La Descendance de l'homme et la sélection sexuelle* (1871)[2]. Y sont abordés la parenté entre l'homme et les autres mammifères – en particulier les singes – ainsi que les rapports entre les différents groupes humains, leur unité d'origine et leur hiérarchie supposée. Ce sont des thèmes qu'on retrouve l'année suivante dans l'ouvrage qu'il consacre à ce que nous appellerions aujourd'hui la communication non verbale : *L'Expression des émotions chez l'homme et les animaux* (1872)[3].

Ainsi se mêlent les vues sur l'homme – souvent audacieuses, parfois lourdement engluées dans les idéologies

---

1. Pour des raisons de commodité, les livres de Darwin sont donnés ici sous le titre de leurs traductions françaises.

2. Sur le mot « descent » voir *supra* p. 8, n. 2.

3. Cf. Anne-Marie Drouin-Hans, *La Communication non verbale avant la lettre*, Paris, L'Harmattan, 1995.

inégalitaires – et les expérimentations ingénieuses sur la physiologie végétale. Jusqu'à ce dernier texte sur *Le Rôle des vers de terre dans la formation de la terre végétale* (1881), qui semble comme le pendant agreste de l'étude sur les récifs de corail par laquelle il s'était fait connaître du monde savant.

III. Querelles et controverses

L'œuvre de Darwin se clôt comme elle s'était ouverte quarante ans plus tôt : la patience de l'observation natu-raliste qui construit une théorie explicative mime et dévoile la lente genèse de l'inerte monumental – sol ou récif – par le vivant imperceptible – ver ou polype. Lire *L'Origine des espèces* à cette lumière, en oubliant un instant le fracas des controverses, évite bien des malen-tendus mais n'en épuise pas le sens et ne résout pas tous les problèmes. Le bruit et la fureur ne se laissent pas si facilement oublier. À son corps défendant peut-être, ou plus sciemment qu'il le laisse entendre, qu'importe, Dar-win instaure un changement dans la pensée dont l'impact dépasse largement le seul champ de l'histoire naturelle. Par sa portée, ce changement a pu être comparé, d'une part, à la révolution héliocentrique, liée aux noms de Copernic et de Galilée, et, d'autre part, à la mise en scène de l'inconscient par la psychanalyse. Le rapprochement est fait par Freud lui-même en termes explicites et qui, si nous les acceptons, peuvent nous inviter à voir dans la persistance de certaines réactions hostiles au darwinisme le symptôme d'un anthropocentrisme latent [1]. Mais l'explication est peut-être trop facile et ne peut dispenser de présenter quelques-unes de ces réactions.

---

1. Sigmund Freud, *Introduction à la psychanalyse* [1916], Paris, Payot, 1970, p. 266-267.

a) Une fausse querelle : création ou évolution

Certains croyants, longtemps majoritaires dans leurs Églises, sont attachés à une interprétation littérale des textes bibliques sur la création du monde. Sous sa forme extrême, longtemps dominante et qu'on rencontre encore aujourd'hui, cette interprétation exige que toutes les espèces aient été créées par Dieu, en une semaine, il y a environ 6 000 ans et sous l'aspect que nous leur connaissons aujourd'hui. Sous ses formes modérées, « concordistes », cette attitude admet que les « jours » soient en fait des « ères » et tolère une marge de transformation adaptative à condition de laisser l'homme à l'écart.

Dans les mêmes Églises, d'autres penseurs, certains par opportunisme et d'autres par conviction, ont d'emblée mis en garde leurs hiérarchies contre les dangers de nouvelles affaires Galilée. Le nom de Teilhard de Chardin est devenu, aux yeux du grand public cultivé, le symbole d'une réconciliation entre création et évolution, mais lui-même a été précédé dans cette voie. Ainsi la participation en 1909 de l'Université catholique de Louvain aux fêtes du centenaire de Darwin ayant ému certains catholiques, le chanoine Henri de Dorlodot, géologue et théologien, s'emploie à démontrer « que l'on ne peut trouver dans l'Écriture sainte, interprétée d'après les règles catholiques, aucun argument contre la théorie de l'évolution naturelle, même absolue [1] ». Contre ceux qui prétendent tirer de la Genèse une description chronologique, il relève la contradiction qui surgit alors entre les deux récits de la Création. Dans le premier, l'homme et la femme sont créés ensemble le sixième jour, après les plantes et les animaux. Dans le second, Adam est modelé en argile, avant les animaux et les plantes et avant sa compagne Ève. Pour expliquer comment la vérité du texte biblique

---

1. Henri de Dorlodot, *Le Darwinisme au point de vue de l'orthodoxie catholique*, Louvain, Vromant, 1921, p. 13.

n'est pas contradictoire pour lui avec son caractère allé-
gorique, il n'hésite pas à employer une comparaison qui
a dû surprendre certains de ses lecteurs :

> [...] peut-on mieux peindre l'œuvre de la civilisation des
> barbares conquérants par l'Église des Gaules, que ne le fait
> la chanson du *Bon Roi Dagobert* ? Le premier couplet dessine
> d'un trait de maître la situation. Les barbares, quoique
> convertis – et depuis longtemps – au christianisme, n'étaient
> encore capables de rien de bon quand on les abandonnait à
> eux-mêmes. Ce n'est qu'en se soumettant aux leçons et aux
> réprimandes de l'Église gallo-romaine qu'ils ont fini par se
> comporter en gens civilisés ; et cela petit à petit, comme le
> fait sentir la multiplicité des couplets [...] la chanson du *Bon
> Roi Dagobert* est *de l'histoire figurée et populaire* : aussi les
> invraisemblances et les anachronismes n'y ont rien de
> déplacé[1].

L'analyse du chanoine belge a sans doute influencé
Teilhard de Chardin qui le cite, en juin 1921, dans un
article de la revue *Études* sur « la question du transformisme ». Elle a également été remarquée par le frère
Marie-Victorin, botaniste et promoteur de la culture
scientifique au Québec[2]. Le contraste est saisissant avec
les positions longtemps incertaines ou contradictoires de
la hiérarchie catholique, et plus encore avec la persistance
du fondamentalisme protestant dans le sud des États-
Unis. On sait que ce courant religieux, longtemps connu
à travers le procès intenté en 1925 à un jeune enseignant
du Tennessee coupable d'avoir enseigné l'évolution à ses
élèves, se manifeste aujourd'hui en réclamant qu'on
introduise le « créationnisme » comme une théorie scientifique dans les cours de sciences naturelles, et de manière
plus générale par la théorie de l'Intelligent Design.

---

1. *Ibid.*, p. 21.
2. Cf. Robert Rumilly, *Frère Marie-Victorin et son temps*, Montréal,
1949, p. 96-97.

b) Débats philosophiques et controverses scientifiques

À ce sectarisme de certains milieux religieux a répondu chez nombre de scientifiques une posture défensive qu'on pourrait résumer par les trois propositions suivantes :

1° l'évolution est un fait,

2° la théorie darwinienne est la seule théorie capable d'expliquer ce fait,

3° ce fait et cette théorie apportent une caution scientifique à la vision matérialiste de l'univers.

On a souvent présenté ces trois propositions comme indissociables. C'est une idée qui a été d'autant mieux reçue qu'elle a pu s'appuyer sur l'autorité scientifique d'auteurs comme Jacques Monod [1]. Cependant, le lien entre les trois thèses mérite réflexion.

La troisième thèse est tout simplement le retournement de l'argument du *dessein* ou, comme le disent les Anglais, du « Design ». Cet argument, cher à la théologie naturelle, revient à dire que l'agencement des organismes est tellement complexe et tellement réussi qu'il est impossible qu'il n'ait pas été conçu par une intelligence créatrice. Si l'on admet la théorie darwinienne, cet argument tombe de lui-même et il est assuré que Darwin qui connaissait bien la théologie naturelle a voulu rendre compte, scientifiquement et non plus religieusement, des faits d'adaptation. De là à voir dans le mécanisme aléatoire de la variation et de la sélection, dans le « bricolage » de l'évolution, une démonstration du matérialisme, il n'y a qu'un pas, mais il n'est pas évident qu'il soit légitime de le franchir. Comme le savent les logiciens, réfuter la prémisse sur laquelle s'appuie une thèse n'est pas équivalent à démontrer la thèse contraire. Vouloir tirer une métaphysique de la théorie darwinienne – comme vouloir

---

1. Jacques Monod, *Le Hasard et la nécessité*, Paris, Seuil, 1970.

en tirer une politique, ce qui est encore plus courant et plus lourd de conséquences – c'est oublier que précisément la *nature* que nous montre Darwin est une nature muette : elle ne raconte plus à l'homme la gloire de Dieu, mais elle ne peut pas non plus lui enseigner la soumission à l'ordre établi, pas plus que le courage de se révolter, elle ne peut pas même lui dire si le ciel est vide ou s'il reste sourd à sa désespérance. La théorie darwinienne a profondément marqué nos modes de pensée mais elle ne peut nous tenir lieu de philosophie.

Le lien entre les deux premières thèses, le fait de l'évolution et la valeur de la théorie darwinienne, pose un autre genre de problème. Il s'agit de savoir s'il y a place pour des théories scientifiques non darwiniennes qui admettent l'évolution comme un fait tout en différant de Darwin en ce qui concerne son mécanisme.

À cet égard, l'histoire des sciences ne peut se substituer à la science elle-même mais elle peut apporter plusieurs éléments de réponse.

Tout d'abord l'importance de l'œuvre de Lamarck montre qu'une théorie de la transformation des espèces a pu exister avant 1859. Darwin récuse certes toute parenté avec son prédécesseur, mais ses déclarations à cet égard ne sont pas totalement convaincantes. Quelles qu'eussent pu être ses hésitations et ses limites, la théorie de Lamarck se proposait de transformer la classification des êtres vivants en généalogie, et cette tentative a introduit en biologie et en géologie ce que nous appelons aujourd'hui l'idée d'évolution.

Peut-on soutenir cependant qu'après la publication de *L'Origine des espèces* il n'y a plus désormais place pour d'autres théories scientifiques de l'évolution ? Là encore la périodisation la plus élémentaire permet de répondre négativement.

Dans la lettre même où il exprime à Darwin son approbation enthousiaste, Thomas Huxley formule deux objections appelées à un grand avenir : premièrement, écrit-il, « vous vous êtes encombré d'une difficulté inutile, en admettant sans réserve que *Natura non facit saltum* », deuxièmement, ajoute-t-il, « si l'action prolongée des facteurs physiques a aussi peu d'effet que vous le supposez, on ne voit pas comment les variations se produisent [1] ». En d'autres termes, pourquoi ne devrait-on admettre que de petites modifications graduelles presque insensibles, dont la seule accumulation est censée expliquer toutes les transformations, et comment expliquer la variabilité si elle n'est pas le produit de facteurs extérieurs ?

On le voit, d'emblée, même les plus farouches partisans du darwinisme se sont posé ce type de questions.

c) La postérité du darwinisme

La première période va de 1859 à 1900. La plupart des scientifiques se rallient à l'idée d'évolution ou, comme préfèrent le dire certains, de « transformisme ». Le parallélisme ébauché par Darwin entre le développement de l'embryon et l'évolution de l'espèce est repris et vulgarisé par plusieurs auteurs. Le darwinisme est intégré – au prix de quelques réinterprétations – dans une philosophie évolutionniste qui doit sans doute plus à Spencer qu'à Darwin lui-même, quand il n'est pas tout simplement transféré au domaine politique sous la forme du darwinisme social. Paradoxalement, cette popularité de la doctrine cache une grande perplexité des scientifiques eux-mêmes. Tout d'abord l'âge que certains physiciens, comme lord Kelvin, donnent alors à la Terre – 40 millions d'années, cent fois moins que le chiffre admis aujourd'hui – ne laisse guère de temps pour une évolution lente. D'autre part, la théorie de l'hérédité par

---

1. Lettre de Huxley à Darwin du 23 novembre 1859, in *Life and Letters of Charles Darwin*, éd. F. Darwin, Londres, 1887, vol. 2, p. 231. Sur le principe que la nature ne fait pas de saut, cf. *supra* p. 15, n. 1.

mélange à laquelle adhère Darwin ne permet pas de comprendre comment peut se maintenir un taux de variation suffisant pour assurer la descendance avec *modification*. Les biologistes se partagent sur la transmission des caractères acquis. En la refusant Weismann durcit la théorie darwinienne. À l'inverse, Haeckel ou les néolamarckiens français considèrent que la variation est directement soumise à l'action du milieu et constitue de ce fait le facteur essentiel de l'évolution, la sélection ne jouant qu'un rôle secondaire de validation *a posteriori*[1].

La deuxième période, qui correspond au premier tiers du XXe siècle, est marquée par l'émergence de la génétique classique. Les lois de l'hérédité, formulées en 1865 par Mendel, à propos de l'hybridation végétale sont redécouvertes en 1900 par Hugo De Vries, Carl Correns et Erich von Tschermak[2]. Elles semblent apporter la preuve que l'hérédité ne peut concerner que des caractères discrets, discontinus, et que par conséquent la conception darwinienne, essentiellement continuiste, ne peut rendre compte de l'évolution. Ainsi cette période a pu être considérée plus tard comme l'éclipse du darwinisme, une éclipse dont il faut cependant noter qu'elle n'aboutit pas à refuser l'idée transformiste.

La troisième période, des années 1930 aux années 1960, est celle du triomphe posthume de Darwin. Une « théorie synthétique de l'évolution », souvent qualifiée de néo-darwinisme, se constitue par la rencontre de naturalistes, de généticiens, de paléontologues, de mathématiciens… Comme le dira plus tard l'un de ses critiques, « elle consiste essentiellement en deux choses : une théorie du changement génétique et une extrapolation de

1. Cf. Jean-Marc Drouin et Charles Lenay (éds), *Théories de l'évolution. Une anthologie*, Paris, Presses Pocket, 1990, p. 11-13, dont nous reprenons ici plusieurs formules.

2. Charles Lenay (éd.), *La Découverte des lois de l'hérédité. Une anthologie*, Paris, Presses Pocket, 1990.

cette théorie à tous les aspects de l'évolution y compris
la macroévolution [1] ». Rien ne résume mieux l'esprit de
cette théorie que l'exemple de la Phalène du Bouleau
(*Biston betularia*), qu'on retrouve dans tous les manuels,
les ouvrages de vulgarisation, les expositions. Ce
papillon, dont les ailes claires se confondent avec le tronc
du bouleau, comprend aussi une forme sombre. Cette
forme a longtemps été rare dans la campagne anglaise
car les individus sombres étaient immédiatement repérés
par les prédateurs. Avec l'industrialisation les supports se
sont noircis et la forme sombre s'est trouvée avantagée.
Mais la proportion peut se modifier à nouveau si la pol-
lution régresse... On a ici un véritable cas d'école qui
montre la sélection naturelle – dont l'agent est ici l'oiseau
prédateur – provoquant une modification de l'espèce.
Peut-on considérer que tous les changements évolutifs,
y compris ceux qui concernent l'apparition de groupes
entiers, de nouveaux plans d'organisation, se sont faits
sur la base de tels changements ? C'est sur ce point, et
non sur la réalité des changements eux-mêmes, que la
théorie synthétique, ou néo-darwinienne, s'est trouvée
mise en cause depuis le début des années 1970.

La quatrième période commence avec les années 1970
et nous y sommes encore. Elle a vu la théorie synthétique
contestée : du côté de la biologie moléculaire, du côté de
la paléontologie et même du côté de la systématique.

Jusqu'à la fin des années 1960, les développements
spectaculaires de la biologie moléculaire ont permis
d'étendre le champ du modèle darwinien et ont semblé
conforter la théorie synthétique. Dans un deuxième
temps ils ont entraîné un certain nombre de révisions
et favorisé l'apparition d'hypothèses concurrentes. Parmi

---

1. Niles Eldredge, « La macroévolution », *La Recherche*, 1982,
vol. 13, n° 133, p. 616-626.

elles, la théorie neutraliste a été proposée par un généticien japonais, Kimura [1], en 1968. Elle affirme que « les formes mutantes qui participent à l'évolution moléculaire de chaque gène sont à peu près équivalentes du point de vue sélectif, c'est-à-dire qu'elles font aussi bien le travail en termes de survie et de reproduction de l'individu [2] ». En réalité, comme le remarque Jean Gayon, cette « théorie d'une évolution non darwinienne n'est pas une théorie non darwinienne de l'évolution », elle s'applique au niveau des molécules et non à celui des organismes [3]. Si elle s'impose un jour au biologiste, la théorie neutraliste ne fera que marquer une limite en deçà de laquelle la sélection ne peut opérer.

Présentée et défendue par des paléontologistes, la théorie des équilibres intermittents, ou théorie des équilibres ponctués, de Niles Eldredge et Stephen Jay Gould, ne doit pas seulement sa notoriété aux talents de communication de ses promoteurs. Contrairement à la théorie neutraliste, la théorie des équilibres intermittents fait intervenir des caractères directement perceptibles sur les fossiles. Elle porte avant tout sur le rythme de l'évolution. Là où les néo-darwiniens voient une lente accumulation de changements graduels, les tenants de la théorie des équilibres intermittents proposent une succession d'explosions évolutives rapides – à l'échelle géologique – et de longues périodes stables. Comme l'écrit Eldredge :

> En réalité les séries fossiles dans de nombreux cas ne montrent aucune tendance évolutive *au sein* des populations d'une espèce donnée (c'est le phénomène de la stase évolutive). Par contre, on observe fréquemment une tendance évolutive lorsqu'on passe *d'une espèce à l'autre* [4].

1. Motoo Kimura, *La Théorie neutraliste de l'évolution*, trad. franç. Paris, Flammarion, coll. « Nouvelle Bibliothèque scientifique », 1990, p. 32-124.

2. Kimura, citée par Jean Gayon, *Darwin et l'après Darwin*, Paris, Kimé, 1992, p. 401.

3. *Ibid.*, p. 408.

4. Niles Eldredge, « La macroévolution », art. cité.

Ainsi les deux difficultés soulevées par Huxley reviennent aujourd'hui sur le devant de la scène. Tandis que la biologie moléculaire repose en termes nouveaux la question de la variabilité, la paléontologie met à rude épreuve le principe selon lequel la nature ne fait pas de saut. La systématique elle-même, discipline apparemment tranquille, confortée plutôt qu'ébranlée par la réinterprétation généalogique de Darwin, est maintenant divisée en plusieurs écoles rivales. La plus connue d'entre elles, le cladisme, entend construire une classification *phylogénétique*, donc la plus proche possible d'une généalogie. Ses tenants tendent cependant à sortir du gradualisme néo-darwinien. Ils paraissent plus favorables à la théorie des équilibres ponctués, tout en soulignant qu'ils ne sont liés à aucune théorie particulière sur les mécanismes de l'évolution. Comme le dit par provocation l'un de ses défenseurs, « une bonne théorie de l'évolution naîtra d'une bonne systématique, et non l'inverse [1] ».

Toutes ces controverses, loin de marquer une crise de l'évolution comme voudraient le croire certains, attestent la vitalité de ce champ de recherche. Elles invitent à lire ou à relire *L'Origine des espèces,* non pour y trouver de quoi trancher des débats que le temps seul pourra arbitrer, mais pour y retrouver dans sa fraîcheur première cette révolution que Freud comparait à celle de Galilée et à celle qu'il avait lui-même opérée. Aucun résumé ne peut dispenser de cette lecture. Comme le remarquent Léon Chertok et Isabelle Stengers à propos de la comparaison faite par Freud : contrairement à la révolution galiléenne, la révolution darwinienne « n'a pas eu pour récompense la découverte de lois générales, et la possibilité de juger les phénomènes au nom de ces lois » :

> La théorie darwinienne progresse non pas en établissant des rapports généraux de causalité, mais en compliquant

1. Gareth Nelson cité par Pascal Tassy, *L'Arbre à remonter le temps,* Paris, Christian Bourgois, 1991, p. 283.

toujours plus les raisons de l'évolution. Elle impose au biologiste l'*exploration* d'un labyrinthe de causes et d'effets, elle se traduit par la nécessité d'une multitude de *récits*, reconstituant, de manière hypothétique, la manière dont un ensemble de causes se sont articulées pour produire un fragment d'évolution [1].

Au-delà de son indéniable portée critique, la plus grande valeur de *L'Origine des espèces* est peut-être de nous rappeler que la science aussi est multiple.

Jean-Marc DROUIN.

---

1. Léon Chertok et Isabelle Stengers, *L'Hypnose, blessure narcissique*, Paris, Les Empêcheurs de penser en rond, 1990.

NOTES SUR LES ÉDITIONS
FRANÇAISES ET ANGLAISES
DE *L'ORIGINE DES ESPÈCES*

La première édition de l'ouvrage de Charles Darwin intitulé *On the Origin of Species by Means of Natural Selection, or the Preservation of Favoured Races in the Struggle for Life* fut publiée à Londres le 24 novembre 1859, suivie d'une deuxième à peu près identique en janvier 1860. Il ne s'agissait, dans l'esprit de Darwin, que d'un résumé d'une œuvre plus complète qu'il avait commencée à rédiger en 1856, et qui ne vit jamais le jour [1]. Pressé par le temps et la crainte de se voir devancé par A.R. Wallace dans l'exposé de sa théorie [2], Darwin rédigea *L'Origine des espèces* à la hâte, ce qui explique l'absence de notes, d'appareil critique et de référence précise aux auteurs cités. Une troisième édition anglaise parut en avril 1861, qui comportait déjà des modifications substantielles, en particulier un court chapitre introductif (la « Notice historique sur le progrès de l'opinion relative à l'origine des espèces avant la publication de la première édition du présent ouvrage »).

---

1. Ce manuscrit inachevé a été édité par R.C. Stauffer, *Charles Darwin's « Natural Selection » : Being the Second Part of his Big Species Book Written from 1856 to 1858*, Cambridge University Press, 1975.
2. Voir à ce sujet la traduction des textes de Darwin et de Wallace de 1858, *Théories de l'évolution*, J.-M. Drouin et C. Lenay (éds), Paris, Agora, Press Pocket, 1989.

L'éditeur anglais, John Murray, envoya en septembre 1861 une copie de cette troisième édition à Clémence Royer, qui se chargea de la traduction en français. Le livre parut en 1862 chez Guillaumin, précédé d'une longue préface de Clémence Royer, pamphlet positiviste consacré au triomphe de la pensée du progrès sur l'obscurantisme religieux, et à l'évolution de l'humanité sous l'effet de la « concurrence vitale », où les thèses darwiniennes apparaissent souvent comme une simple illustration des théories de Clémence Royer. La traduction (intitulée *De l'origine des espèces par sélection naturelle ou Des lois de transformation des êtres organisés*), comprenait de nombreuses notes, certaines précieuses pour la traduction de termes techniques, d'autres consistant en commentaires, parfois critiques, sur l'œuvre de Darwin.

Le traducteur allemand, Bronn, ayant également introduit avec sa traduction (1860) un certain nombre de critiques, Darwin ne s'en offusqua tout d'abord pas outre mesure. « Mlle Royer affirme que la sélection naturelle et la lutte pour la vie expliqueront toute la moralité, la nature de l'homme, la politique, etc. ! ! », écrit-il dans sa correspondance [1]. Quelques années plus tard, son jugement était déjà nettement plus négatif : « L'introduction a été pour moi une surprise totale, et je suis certain qu'elle a nui à mon livre en France », écrivait-il en 1867 [2].

Entre-temps parut en Angleterre une quatrième édition (1866), déjà plus volumineuse, et une deuxième édition française (toujours d'après la troisième édition anglaise, 1866). En janvier 1868, Darwin publia un nouvel ouvrage, traduit la même année en français par le naturaliste suisse J.-J. Moulinié, *Variations des animaux et des plantes à l'état de domestication*, publié chez Reinwald.

---

1. *Life and Letters of Charles Darwin*, Londres, John Murray, 1887, vol. 2, p. 387.

2. *Ibid.*, vol. 3, p. 73.

C'est alors qu'intervint la rupture entre Darwin et sa traductrice, qui se préparait à publier une troisième édition française de *L'Origine* avec quelques commentaires supplémentaires sur le nouvel ouvrage : « Outre son énorme préface à la première édition, elle a ajouté une seconde préface m'injuriant comme si j'étais un pickpocket... J'ai donc écrit à Paris, et Reinwald est d'accord pour sortir très vite une nouvelle traduction à partir de la cinquième édition, qui sera en concurrence avec sa [celle de Clémence Royer] troisième édition [1]. »

La cinquième édition anglaise parut en 1869, suivie d'une sixième en 1872 (remodelée en 1876). En France, la troisième édition française de la traduction Royer (toujours établie sur la troisième édition anglaise) parut en 1870 chez Guillaumin. En 1873, Reinwald publia la nouvelle traduction de J.-J. Moulinié (éditée par Edmond Barbier), établie sur la cinquième et la sixième édition. Enfin, en 1876, après la mort de Moulinié, parut chez Reinwald une troisième traduction, celle d'Edmond Barbier, établie sur la dernière édition anglaise faite du vivant de Charles Darwin, et considérée comme définitive.

Le fait qu'il existe actuellement en France trois traductions d'éditions anglaises différentes ne contribue pas à clarifier l'interprétation de la pensée de Darwin. Mais, au-delà des questions de traduction, il faut convenir que le problème principal réside dans les différences, dans le texte anglais lui-même, entre les diverses éditions, de 1859 à 1876. Pour l'ensemble des versions, il est nécessaire de se reporter à la gigantesque édition *variorum*, en anglais, de Morse Peckham [2]. La sixième édition de 1876 comporte 150 pages de plus que la première édition de 1859, et une phrase sur trois a été plus ou moins remaniée. Darwin y a ajouté un chapitre supplémentaire (le

---

1. *Ibid.*, vol. 3, p. 110.
2. *The Origin of Species. A Variorum Text*, M. Peckham (éd.), Philadelphie, University of Pennsylvania, 1959.

chapitre VII de la traduction Barbier et de la traduction
Moulinié), consacré aux « objections diverses faites à la
théorie de la sélection naturelle ». Autre exemple : le
terme forgé par Spencer, « survival of the fittest » – « survivance du plus apte » ou « persistance du plus apte »
suivant les traductions –, et si souvent attribué à Darwin,
est absent de la première édition et n'apparaît – comme
synonyme de sélection naturelle – qu'à partir de la cinquième édition.

À l'époque, bien évidemment, chaque nouvelle édition
de *L'Origine des espèces* fut considérée comme un progrès dans l'élaboration de la théorie, une élucidation plus
approfondie des problèmes et difficultés suscités par les
thèses darwiniennes. Mais il en va de nos jours différemment. Les dernières éditions (surtout les cinquième et
sixième) reflètent le climat de polémiques entre Darwin
et ses partisans d'une part, ses détracteurs d'autre part.
Au fil des éditions, *L'Origine des espèces* engagea un véritable dialogue avec ses contradicteurs, ce qui contribue à
alourdir le texte de nombreuses digressions, et à mettre
moins en relief les thèses originales de Darwin sur la
sélection naturelle [1].

Qui plus est, Darwin en vint, au fil des éditions, à
modifier quelque peu sa théorie. Tenté de faire des
concessions aux critiques qui lui furent faites sur la
nature et la cause des variations, il diminua dans les dernières éditions le rôle attribué à la sélection naturelle,
concédant à l'action directe du milieu une certaine
importance (qu'il niait ou diminuait le plus possible dans
la première édition), ajoutant à la sélection naturelle un
ensemble de causes impliquant, plus ouvertement que
dans la première édition, l'hérédité des caractères acquis.
« J'admets maintenant que, dans les premières éditions

---

1. Sur les polémiques du vivant de Darwin et leur influence sur les
diverses éditions de *L'Origine des espèces*, cf. D. Becquemont, *Darwin,
darwinisme, évolutionnisme*, Paris, Kimé, 1992, chap. VII.

de *L'Origine des espèces*, j'ai probablement attribué un rôle considérable à l'action de la sélection naturelle ou survivance du plus apte. J'ai donc modifié la cinquième édition de cet ouvrage de manière à limiter mes remarques aux adaptations de structure... la sélection naturelle a été l'agent modificateur principal, bien qu'elle ait été largement aidée par les effets héréditaires de l'habitude, et un peu par l'action directe des conditions de vie [1] », affirme-t-il dans *La Descendance de l'homme*. Une autre différence concerne le rôle de l'isolement, qui joue un rôle certain dans la première édition, et qui lui paraît de moins en moins important au fil des éditions.

En Angleterre, les éditions Penguin ont choisi récemment de rééditer la première édition, qui exprime une vision plus claire et vigoureuse de la théorie darwinienne.

Ce choix présente certes quelques inconvénients, en particulier celui de réintroduire dans le texte de *L'Origine des espèces* quelques détails que Darwin considérait comme erronés et qu'il supprima par la suite (par exemple dans le chapitre IX, p. 350-351), mais ces inconvénients sont largement compensés par l'édition, inédite en français, d'une première version de la théorie darwinienne, plus concise et plus ferme, et débarrassée d'un grand nombre de réponses évasives – et parfois contradictoires – à ses critiques contemporains.

Un autre inconvénient concernait le texte français, étant donné qu'il n'a jamais existé de traduction de cette première édition. Nous avons choisi de travailler à partir de la traduction d'Edmond Barbier, en reconstituant le texte original par de nombreuses suppressions (dont celle d'un chapitre entier) ct en ajoutant notre propre traduction des passages supprimés par Darwin dans les éditions suivantes (une vingtaine de pages environ). Il a paru nécessaire d'effectuer un minimum de corrections de vocabulaire, pour mieux faire ressortir l'importance et la

---

1. *La Descendance de l'homme*, Paris, Reinwald, 1891, p. 62.

fréquence de certains termes (sélection naturelle, variations, action directe des conditions de vie, structure, etc.).

Ces inconvénients nous semblent largement compensés
par la présentation inédite de la première édition de
L'Origine des espèces au public français.

Daniel Becquemont

L'ORIGINE DES ESPÈCES

INTRODUCTION

Lors de mon voyage, à bord du navire le *Beagle* en qualité de naturaliste, j'ai été profondément frappé par certains faits relatifs à la distribution des êtres organisés qui peuplent l'Amérique méridionale et par les rapports géologiques qui existent entre les habitants actuels et les habitants éteints de ce continent. Ces faits semblent jeter quelque lumière sur l'origine des espèces – ce mystère des mystères – pour employer l'expression de l'un de nos plus grands philosophes. À mon retour en Angleterre, en 1837, je pensai qu'en accumulant patiemment tous les faits relatifs à ce sujet, qu'en les examinant sous toutes les faces, je pourrais peut-être arriver à élucider cette question. Après cinq années d'un travail opiniâtre, je rédigeai quelques notes ; puis, en 1844, je résumai ces notes sous forme d'un mémoire, où j'indiquais les résultats qui me semblaient offrir quelque degré de probabilité ; depuis cette époque, j'ai constamment poursuivi le même but. On m'excusera, je l'espère, d'entrer dans ces détails personnels ; si je le fais, c'est pour prouver que je n'ai pris aucune décision à la légère.

Mon œuvre est actuellement (1859) presque complète. Il me faudra, cependant, bien des années encore pour l'achever, et, comme ma santé est loin d'être bonne, mes amis m'ont conseillé de publier le résumé qui fait l'objet de ce volume. Une autre raison m'a complètement décidé : M. Wallace, qui étudie actuellement l'histoire naturelle dans l'archipel malais, en est arrivé à des conclusions presque identiques aux miennes sur l'origine des espèces. L'année dernière il m'envoya un mémoire à ce sujet, avec prière de le communiquer à sir Charles Lyell, qui le remit à la Société linnéenne ; l'excellent mémoire de M. Wallace a paru dans le troisième volume du journal de cette société. Sir Charles Lyell et le docteur Hooker, qui tous deux étaient au courant de mes travaux – le docteur Hooker avait lu l'extrait de mon manuscrit écrit en 1844 –, me conseillèrent de publier, en même temps que le mémoire de M. Wallace, quelques extraits de mes notes manuscrites.

Le mémoire qui fait l'objet du présent volume est nécessairement imparfait. Il me sera impossible de renvoyer à toutes les autorités auxquelles j'emprunte certains faits, mais j'espère que le lecteur voudra bien se fier à mon exactitude. Quelques erreurs ont pu, sans doute, se glisser dans mon travail, bien que j'aie toujours eu grand soin de m'appuyer seulement sur des travaux de premier ordre. En outre, je devrai me borner à indiquer les conclusions générales auxquelles j'en suis arrivé, tout en citant quelques exemples, qui, je pense, suffiront dans la plupart des cas. Personne plus que moi ne comprend la nécessité de publier plus tard, en détail, tous les faits sur lesquels reposent mes conclusions ; ce sera l'objet d'un autre ouvrage. Cela est d'autant plus nécessaire que, sur presque tous les points abordés dans ce volume, on peut invoquer des faits qui, au premier abord, semblent tendre à des conclusions absolument contraires à celles que j'indique. Or, on ne peut arriver à un résultat satisfaisant qu'en examinant les deux côtés de la question et en discutant les faits et les arguments ; c'est là chose impossible dans cet ouvrage.

Je regrette beaucoup que le défaut d'espace m'empêche de reconnaître l'assistance généreuse que m'ont prêtée beaucoup de naturalistes, dont quelques-uns me sont personnellement inconnus. Je ne puis, cependant, laisser passer cette occasion sans exprimer ma profonde gratitude à M. le docteur Hooker, qui, pendant ces quinze dernières années, a mis à mon entière disposition ses trésors de science et son excellent jugement.

On comprend facilement qu'un naturaliste qui aborde l'étude de l'origine des espèces et qui observe les affinités mutuelles des êtres organisés, leurs rapports embryologiques, leur distribution géographique, leur succession géologique et d'autres faits analogues, en arrive à la conclusion que les espèces n'ont pas été créées indépendamment les unes des autres, mais que, comme les variétés, elles descendent d'autres espèces. Toutefois, en admettant même que cette conclusion soit bien établie, elle serait peu satisfaisante jusqu'à ce qu'on ait pu prouver comment les innombrables espèces habitant la terre se sont modifiées de façon à acquérir cette perfection de forme et de coadaptation qui excite à si juste titre notre admiration. Les naturalistes assignent, comme seules causes possibles aux variations, les conditions extérieures, telles que le climat, l'alimentation, etc. Cela peut être vrai dans un sens très limité, comme nous le verrons plus tard ; mais il serait absurde d'attribuer aux seules conditions extérieures la conformation du pic, par exemple, dont les pattes, la queue, le bec et la langue sont si admirablement adaptés pour aller saisir les insectes sous l'écorce des arbres. Il serait également absurde d'expliquer la conformation du gui et ses rapports avec plusieurs êtres organisés distincts, par les seuls effets des conditions extérieures, de l'habitude, ou de la volonté de la plante elle-même, quand on pense que ce parasite tire sa nourriture de certains arbres, qu'il produit des graines que doivent transporter certains oiseaux, et qu'il porte des fleurs unisexuées, ce qui nécessite l'intervention de certains insectes pour porter le pollen d'une fleur à une autre.

L'auteur des *Vestiges de la Création* dirait, je suppose, qu'après un certain nombre de générations, un certain oiseau a donné naissance au pic, et une certaine plante au gui, et que tous deux ont été créés parfaits tels que nous les voyons aujourd'hui ; mais cette affirmation n'est pas, me semble-t-il, une explication, car elle néglige totalement les cas de coadaptation des êtres vivants entre eux et par rapport à leurs conditions de vie.

Il est donc de la plus haute importance d'élucider quels sont les moyens de modification et de coadaptation. Tout d'abord, il m'a semblé probable que l'étude attentive des animaux domestiques et des plantes cultivées devait offrir le meilleur champ de recherches pour expliquer cet obscur problème. Je n'ai pas été désappointé ; j'ai bientôt reconnu, en effet, que nos connaissances, quelque imparfaites qu'elles soient, sur les variations à l'état domestique, nous fournissent toujours l'explication la plus simple et la moins sujette à erreur. Qu'il me soit donc permis d'ajouter que, dans ma conviction, ces études ont la plus grande importance et qu'elles sont ordinairement beaucoup trop négligées par les naturalistes.

Ces considérations m'engagent à consacrer le premier chapitre de cet ouvrage à l'étude des variations à l'état domestique. Nous y verrons que beaucoup de modifications héréditaires sont tout au moins possibles ; et, ce qui est également important, ou même plus important encore, nous verrons quelle influence exerce l'homme en accumulant, par la sélection, de légères variations successives. J'étudierai ensuite la variabilité des espèces à l'état de nature, mais je me verrai naturellement forcé de traiter ce sujet beaucoup trop brièvement ; on ne pourrait, en effet, le traiter complètement qu'à condition de citer une longue série de faits. En tout cas, nous serons à même de discuter quelles sont les circonstances les plus favorables à la variation. Dans le chapitre suivant, nous considérerons la lutte pour l'existence parmi les êtres organisés dans le monde entier, lutte qui doit inévitablement découler de la progression géométrique de leur augmentation en nombre. C'est la doctrine de Malthus appliquée à tout le règne animal et à tout le règne végétal. Comme il naît beaucoup plus d'individus de chaque espèce qu'il n'en peut survivre ; comme, en conséquence, la lutte pour l'existence se renouvelle à chaque instant, il s'ensuit que tout être qui varie quelque peu que ce soit de façon qui lui est profitable a une plus grande chance de survivre ; cet être est ainsi l'objet d'une *sélection naturelle*. En vertu du principe si puissant de l'hérédité, toute variété objet de la sélection tendra à propager sa nouvelle forme modifiée.

Je traiterai assez longuement, dans le quatrième chapitre, ce point fondamental de la sélection naturelle. Nous verrons alors que la sélection naturelle cause presque inévitablement une extinction considérable des formes moins bien organisées et amène ce que j'ai appelé *la divergence des caractères*. Dans le chapitre suivant, j'indiquerai les lois complexes et peu connues de la variation. Dans les cinq chapitres subséquents, je discuterai les difficultés les plus sérieuses qui semblent s'opposer à l'adoption de cette théorie ; c'est-à-dire, premièrement, les difficultés de transition, ou, en d'autres termes, comment un être simple, ou un simple organisme, peut se modifier, se perfectionner, pour devenir un être hautement développé, ou un organisme admirablement construit ; secondement, l'instinct, ou la puissance intellectuelle des animaux ; troisièmement, l'hybridité, ou la stérilité des espèces et la fécondité des variétés quand on les croise ; et, quatrièmement, l'imperfection des documents géologiques. Dans le chapitre suivant, j'examinerai la succession géologique des êtres à travers le temps ; dans le douzième et dans le treizième chapitre, leur distribution géographique à travers l'espace ; dans le quatorzième, leur classification ou leurs affinités mutuelles, soit à leur état de complet développement, soit à leur état embryonnaire. Je consacrerai le dernier chapitre à une brève récapitulation de l'ouvrage entier et à quelques remarques finales.

On ne peut s'étonner qu'il y ait encore tant de points obscurs relativement à l'origine des espèces et des variétés, si l'on tient compte de notre profonde ignorance pour tout ce qui concerne les rapports réciproques des êtres innombrables qui vivent autour de nous. Qui peut dire pourquoi telle espèce est très nombreuse et très répandue, alors que telle autre espèce voisine est très rare et a un habitat fort restreint ? Ces rapports ont, cependant, la plus haute importance, car c'est d'eux que dépendent la prospérité actuelle et, je le crois fermement, les futurs progrès et la modification de tous les habitants de ce monde. Nous connaissons encore bien moins les rapports réciproques des innombrables habitants du monde pendant les longues périodes géologiques écoulées. Or, bien que beaucoup de points soient encore très obscurs, bien qu'ils doivent rester, sans doute, inexpliqués longtemps encore, je me vois cependant, après les études les plus approfondies, après une appréciation froide et impartiale, forcé de soutenir que l'opinion défendue jusque tout récemment par la plupart des naturalistes, opinion que je partageais moi-même autrefois, c'est-à-dire que chaque espèce a été l'objet d'une création indépendante, est absolument erronée. Je suis pleinement convaincu que les espèces ne sont pas immuables ; je suis convaincu que les espèces qui appartiennent à ce que nous appelons *le même genre* descendent directement de quelque autre espèce ordinairement éteinte, de même que les variétés reconnues d'une espèce quelle qu'elle soit descendent directement de cette espèce ; je suis convaincu, enfin, que la sélection naturelle a joué le rôle principal dans la modification des espèces, bien que d'autres agents y aient aussi participé.

Chapitre I

DE LA VARIATION DES ESPÈCES
À L'ÉTAT DOMESTIQUE

Causes de la variabilité. – Effets des habitudes. – Variation par corrélation. – Hérédité. – Caractères des variétés domestiques. – Difficulté de distinguer entre les variétés et les espèces. – Nos variétés domestiques descendent d'une ou de plusieurs espèces. – Pigeons domestiques, leurs différences et leur origine. – La sélection appliquée depuis longtemps, ses effets. – Sélection méthodique et inconsciente. – Origine inconnue de nos animaux domestiques. – Circonstances favorables à l'exercice de la sélection par l'homme.

Quand on compare les individus appartenant à une même variété ou à une même sous-variété de nos plantes cultivées depuis le plus longtemps et de nos animaux domestiques les plus anciens, on remarque tout d'abord qu'ils diffèrent ordinairement plus les uns des autres que les individus appartenant à une espèce ou à une variété quelconque à l'état de nature. Or, si l'on pense à l'immense diversité de nos plantes cultivées et de nos animaux domestiques, qui ont varié à toutes les époques, exposés qu'ils étaient aux climats et aux traitements les plus divers, on est amené à conclure que cette grande variabilité provient de ce que nos productions domestiques ont été élevées dans des conditions de vie moins uniformes, ou même quelque peu différentes de celles auxquelles l'espèce mère a été soumise à l'état de nature. Il y a peut-être aussi quelque chose de fondé dans l'opinion soutenue par Andrew Knight, c'est-à-dire que la variabilité peut provenir en partie de l'excès de nourriture. Il semble évident que les êtres organisés doivent être exposés, pendant plusieurs générations, à de nouvelles conditions d'existence, pour qu'il se produise chez eux une quantité appréciable de variation ; mais il est tout aussi évident que, dès qu'un organisme a commencé à varier, il continue ordinairement à le faire pendant de nombreuses générations. On ne pourrait citer aucun exemple d'un organisme variable qui ait cessé de varier à l'état domestique. Nos plantes les plus anciennement cultivées, telles que le froment, produisent encore de nouvelles variétés ; nos animaux réduits depuis le plus longtemps à l'état domestique sont encore susceptibles de modifications ou d'améliorations rapides.

On s'est demandé à quelle période de la vie agissent généralement les causes de la variabilité, quelles qu'elles soient, pendant le développement précoce ou tardif de l'embryon, ou bien au moment de la conception. Les expériences de Geoffroy Saint-Hilaire montrent qu'un traitement contre nature de l'embryon provoque des monstruosités, et l'on ne peut établir de distinction claire entre les monstruosités et les simples variations. Mais je suis fortement enclin à penser que la cause la plus fréquente de variabilité peut être attribuée au fait que les éléments reproducteurs mâles et femelles ont été affectés avant l'acte de conception. Plusieurs raisons me le font croire, mais la principale est l'effet remarquable que la réclusion ou la culture ont sur les fonctions de l'appareil reproducteur, appareil qui semble bien plus sensible que toute autre partie de l'organisation à l'action de tout changement dans les conditions de vie. Rien n'est plus facile que d'apprivoiser un animal, mais rien n'est plus difficile que de l'amener à reproduire en captivité, alors même que l'union des deux sexes s'opère facilement. Combien d'animaux qui ne se reproduisent pas, bien qu'on les laisse presque en liberté dans leur pays natal ! On attribue ordinairement ce fait, mais bien à tort, à une corruption des instincts. Beaucoup de plantes cultivées poussent avec la plus grande vigueur, et cependant elles ne produisent que fort rarement des graines ou n'en produisent même pas du tout. On a découvert, dans quelques cas, qu'un changement insignifiant, un peu plus ou un peu moins d'eau par exemple, à une époque particulière de la croissance, amène ou non chez la plante la production des graines. Je ne puis entrer ici dans les détails des faits que j'ai recueillis sur ce curieux sujet ; toutefois, pour montrer combien sont singulières les lois qui régissent la reproduction des animaux en captivité, je puis constater que les animaux carnivores, même ceux provenant des pays tropicaux, se reproduisent assez facilement dans nos pays, sauf toutefois les animaux appartenant à la famille des plantigrades, alors que les oiseaux carnivores ne pondent presque jamais d'œufs féconds. Bien des plantes exotiques ne produisent qu'un pollen sans valeur comme celui des hybrides les plus stériles. Nous voyons donc, d'une part, des animaux et des plantes réduits à l'état domestique se reproduire facilement en captivité, bien qu'ils soient souvent faibles et maladifs ; nous voyons, d'autre part, des individus, enlevés tout jeunes à leurs forêts, supportant très bien la captivité, admirablement apprivoisés, dans la force de l'âge, sains (je pourrais citer bien des exemples), dont le système reproducteur a été cependant si sérieusement affecté par des causes inconnues, qu'il cesse de fonctionner. En présence de ces deux ordres de faits, faut-il s'étonner que le système reproducteur agisse si irrégulièrement quand il fonctionne en captivité, et que les descendants soient un peu différents de leurs parents ?

On a dit que la stérilité était le fléau de l'horticulture, mais, selon notre point de vue, nous devons la variabilité à la même cause qui produit la stérilité, et la variabilité est la source de toutes les plus belles productions de nos jardins. Je puis ajouter que, de même que certains animaux se reproduisent facilement dans les conditions les moins naturelles (par exemple, les lapins et les furets enfermés dans des cages), ce qui prouve que le système reproducteur de ces animaux n'est pas affecté par la captivité, de même aussi, certains animaux et certaines plantes supportent la domestication ou la culture sans varier beaucoup, à peine plus peut-être qu'à l'état de nature.

On pourrait aisément donner une liste de plantes que les jardiniers appellent des « plantes folles », c'est-à-dire des plantes chez lesquelles on voit surgir tout à coup un bourgeon ou une pousse présentant un caractère nouveau et parfois très différent de celui du reste de la plante. Ces bourgeons peuvent se propager par greffe, etc. et parfois par semis. Ces variations brusques sont très rares à l'état de nature, mais assez fréquentes chez les plantes cultivées, et dans ce cas il est clair que le traitement subi par la plante mère a affecté un bourgeon ou une pousse, et non les ovules ou le pollen. Mais la plupart des physiologistes admettent qu'il n'y a aucune différence essentielle entre un bourgeon et un ovule dans les premières phases de leur formation, de sorte qu'en fait les variations brusques des plantes confirment mon opinion qui attribue la variabilité au fait que les ovules ou le pollen, ou les deux, ont été affectés par le traitement que les parents ont subi avant l'acte de conception. De tels cas prouvent également que la variabilité n'est pas nécessairement liée, comme certains auteurs l'ont supposé, à l'acte générateur.

Les jeunes plants d'un même fruit, et les petits d'une même portée, sont parfois considérablement différents les uns des autres, quoique les parents et leur progéniture, comme Müller l'a remarqué, aient été apparemment soumis aux mêmes conditions de vie, et cela montre le peu d'importance des effets directs des conditions de vie en comparaison avec les lois de reproduction, de croissance, et d'hérédité ; car, en cas d'action directe des conditions de vie, si l'un des jeunes avait varié, tous auraient probablement varié de la même manière. En cas de variation, il est très difficile d'estimer ce qu'il faut attribuer à l'action directe de la chaleur, de l'humidité, de la lumière, de la nourriture ; j'ai l'impression que ces agents n'ont que très peu d'effets directs sur les animaux, mais apparemment plus dans le cas des plantes. Les expériences récentes de M. Buckman sur les plantes me semblent extrêmement précieuses à cet égard. Lorsque tous ou presque tous les individus exposés à certaines conditions sont affectés de la même manière, le changement semble à première vue être directement dû à ces conditions ; mais dans certains cas l'on peut montrer que des conditions tout à fait contraires produisent des modifications de structure semblables. Je pense que l'on peut néanmoins attribuer une petite somme de changements à l'action directe des conditions de vie : par exemple dans certains cas l'accroissement de taille à l'augmentation de nourriture, la couleur à certaines sortes d'aliments et à la lumière, et peut-être l'épaisseur de la fourrure au climat.

L'habitude exerce également une influence considérable : par exemple sur les plantes transportées d'un climat dans un autre. Chez les animaux son influence est plus considérable encore : ainsi, proportionnellement au reste du squelette, les os de l'aile pèsent moins et les os de la cuisse pèsent plus chez le canard domestique que chez le canard sauvage. Or, on peut incontestablement attribuer ce changement à ce que le canard domestique vole moins et marche plus que le canard sauvage. Nous pouvons encore citer, comme un des effets de l'usage des parties, le développement considérable, transmissible par hérédité, des mamelles chez les vaches et chez les chèvres dans les pays où l'on a l'habitude de traire ces animaux, comparativement à l'état de ces organes dans d'autres pays. Tous les animaux domestiques ont, dans quelques pays, les oreilles pendantes ; on a attribué cette particularité au fait que ces animaux, ayant moins de causes d'alarmes, cessent de se servir des muscles de l'oreille, et cette opinion semble très fondée.

Les variations sont soumises à bien des lois ; on en connaît imparfaitement quelques-unes, que je discuterai brièvement ci-après. Je désire m'occuper seulement ici de la variation par corrélation. Des changements importants qui se produisent chez l'embryon, ou chez la larve, entraînent presque toujours des changements analogues chez l'animal adulte. Chez les monstruosités, les effets de corrélation entre des parties complètement distinctes sont très curieux ; Isidore Geoffroy Saint-Hilaire cite des exemples nombreux dans son grand ouvrage sur cette question. Les éleveurs admettent que, lorsque les membres sont longs, la tête l'est presque toujours aussi. Quelques cas de corrélation sont extrêmement bizarres : ainsi, les chats qui ont les yeux bleus sont ordinairement sourds. Certaines couleurs et certaines particularités constitutionnelles vont ordinairement ensemble ; je pourrais citer bien des exemples remarquables de ce fait chez les animaux et chez les plantes. D'après un grand nombre de faits recueillis par Heusinger, il paraît que certaines plantes incommodent les moutons et les cochons blancs, tandis que les individus à robe foncée s'en nourrissent impunément. Les chiens dépourvus de poils ont la dentition imparfaite ; on dit que les animaux à poil long et rude sont prédisposés à avoir des cornes longues ou nombreuses ; les pigeons à pattes emplumées ont des membranes entre les orteils antérieurs ; les pigeons à bec court ont les pieds petits ; les pigeons à bec long ont les pieds grands. Il en résulte donc que l'homme, en continuant toujours à choisir, et, par conséquent, à développer une particularité quelconque, modifie, sans en avoir l'intention, d'autres parties de l'organisme, en vertu des lois mystérieuses de la corrélation.

Les lois diverses, absolument ignorées ou imparfaitement comprises, qui régissent la variation, ont des effets extrêmement complexes. Il est intéressant d'étudier les différents traités relatifs à quelques-unes de nos plantes cultivées depuis fort longtemps, telles que la jacinthe, la pomme de terre ou même le dahlia, etc. ; on est réellement étonné de voir par quels innombrables points de conformation et de constitution les variétés et les sous-variétés diffèrent légèrement les unes des autres. Leur organisation tout entière semble être devenue plastique et s'écarter légèrement de celle du type originel.

Toute variation non héréditaire est sans intérêt pour nous. Mais le nombre et la diversité des déviations de structure transmissibles par hérédité, qu'elles soient insignifiantes ou qu'elles aient une importance physiologique considérable, sont presque infinis. L'ouvrage le meilleur et le plus complet que nous ayons à ce sujet est celui du docteur Prosper Lucas en deux gros volumes. Aucun éleveur ne met en doute la grande énergie des tendances héréditaires ; tous ont pour axiome fondamental que le semblable produit le semblable, et il ne s'est trouvé que quelques théoriciens pour mettre en doute la valeur absolue de ce principe. Quand une déviation de structure se reproduit souvent, quand nous la remarquons chez le père et chez l'enfant, il est très difficile de dire si cette déviation provient ou non de quelque cause qui a agi sur l'un comme sur l'autre. Mais, d'autre part, lorsque parmi des individus, évidemment exposés aux mêmes conditions, quelque déviation très rare, due à quelque concours extraordinaire de circonstances, apparaît chez un seul individu, au milieu de millions d'autres qui n'en sont point affectés, et que nous voyons réapparaître cette déviation chez le descendant, la seule théorie des probabilités nous force presque à attribuer cette réapparition à l'hérédité. Qui n'a entendu parler des cas d'albinisme, de peau épineuse, de peau velue, etc., héréditaires chez plusieurs membres d'une même famille ? Or, si des déviations rares et extraordinaires peuvent réellement se transmettre par hérédité, à plus forte raison on peut soutenir que des déviations moins extraordinaires et plus communes peuvent également se transmettre. La meilleure manière de résumer la question serait peut-être de considérer que, en règle générale, tout caractère, quel qu'il soit, se transmet par hérédité et que la non-transmission est l'exception.

Les lois qui régissent l'hérédité sont pour la plupart inconnues. Pourquoi, par exemple, une même particularité, apparaissant chez divers individus de la même espèce ou d'espèces différentes, se transmet-elle quelquefois et quelquefois ne se transmet-elle pas par hérédité ? Pourquoi certains caractères du grand-père, ou de la grand-mère, ou d'ancêtres plus éloignés, réapparaissent-ils chez l'enfant ? Pourquoi une particularité se transmet-elle souvent d'un sexe, soit aux deux sexes, soit à un sexe seul, mais plus ordinairement à un seul, quoique non pas exclusivement au sexe semblable ? Les particularités qui apparaissent chez les mâles de nos espèces domestiques se transmettent souvent, soit exclusivement, soit à un degré beaucoup plus considérable au mâle seul ; or, c'est là un fait qui a une assez grande importance pour nous. Une règle beaucoup plus importante et qui souffre, je crois, peu d'exceptions, c'est que, à quelque période de la vie qu'une particularité fasse d'abord son apparition, elle tend à réapparaître chez les descendants à un âge correspondant, quelquefois même un peu plus tôt. Dans bien des cas, il ne peut en être autrement ; en effet, les particularités héréditaires que présentent les cornes du gros bétail ne peuvent se manifester chez leurs descendants qu'à l'âge adulte ou à peu près ; les particularités que présentent les vers à soie n'apparaissent aussi qu'à l'âge correspondant où le vers existe sous la forme de chenille ou de cocon. Mais les maladies héréditaires et quelques

autres faits me portent à croire que cette règle est susceptible d'une plus grande extension ; en effet, bien qu'il n'y
ait pas de raison apparente pour qu'une particularité
réapparaisse à un âge déterminé, elle tend cependant à
se représenter chez le descendant au même âge que chez
l'ancêtre. Cette règle me paraît avoir une haute importance pour expliquer les lois de l'embryologie. Ces
remarques ne s'appliquent naturellement qu'à la première *apparition* de la particularité, et non pas à la cause
primaire qui peut avoir agi sur des ovules ou sur l'élément mâle ; ainsi, chez le descendant d'une vache à
courtes cornes et d'un taureau à longues cornes, le développement des cornes, bien que ne se manifestant que
très tard, est évidemment dû à l'influence de l'élément
mâle.

Puisque j'ai fait allusion à la réversion vers les caractères primitifs, je puis m'occuper ici d'une observation
faite souvent par les naturalistes, c'est-à-dire que nos
variétés domestiques, en retournant à la vie sauvage,
reprennent graduellement, mais invariablement, les
caractères du type originel. On a conclu de ce fait qu'on
ne peut tirer de l'étude des races domestiques aucune
déduction applicable à la connaissance des espèces sauvages. J'ai en vain cherché à découvrir sur quels faits
décisifs on a pu appuyer cette assertion si fréquemment
et si hardiment renouvelée ; il serait très difficile, en effet,
d'en prouver l'exactitude, car nous pouvons affirmer,
sans crainte de nous tromper, que la plupart de nos variétés domestiques les plus fortement prononcées ne pourraient pas vivre à l'état sauvage. Dans bien des cas, nous
ne savons même pas quelle est leur souche primitive ; il
nous est donc presque impossible de dire si le retour à
cette souche est plus ou moins parfait. En outre, il serait
indispensable, pour empêcher les effets du croisement,
qu'une seule variété fût rendue à la liberté. Cependant,
comme il est certain que nos variétés peuvent accidentellement faire retour au type de leurs ancêtres par

quelques-uns de leurs caractères, il me semble assez probable que, si nous pouvions parvenir à acclimater, ou même à cultiver pendant plusieurs générations, les différentes races du chou, par exemple, dans un sol très pauvre (dans ce cas toutefois il faudrait attribuer quelque influence à l'action directe de la pauvreté du sol), elles feraient retour, plus ou moins complètement, au type sauvage primitif. Que l'expérience réussisse ou non, cela a peu d'importance au point de vue de notre argumentation, car les conditions d'existence auraient été complètement modifiées par l'expérience elle-même. Si on pouvait démontrer que nos variétés domestiques présentent une forte tendance à la réversion, c'est-à-dire si l'on pouvait établir qu'elles tendent à perdre leurs caractères acquis, lors même qu'elles restent soumises aux mêmes conditions et qu'elles sont maintenues en nombre considérable, de telle sorte que les croisements puissent arrêter, en les confondant, les petites déviations de conformation, je reconnais, dans ce cas, que nous ne pourrions pas conclure des variétés domestiques aux espèces. Mais cette manière de voir ne trouve pas une preuve en sa faveur. Affirmer que nous ne pourrions pas perpétuer nos chevaux de trait et nos chevaux de course, notre bétail à longues et à courtes cornes, nos volailles de races diverses, nos légumes, pendant un nombre infini de générations, serait contraire à ce que nous enseigne l'expérience de tous les jours. J'ajouterai que, lorsque les conditions de vie changent à l'état de nature, il existe probablement des variations et des réversions de caractère ; mais c'est la sélection naturelle, comme on l'expliquera par la suite, qui déterminera jusqu'à quel point les nouveaux caractères qui apparaissent seront préservés.

Quand nous examinons les variétés héréditaires ou les races de nos animaux domestiques et de nos plantes cultivées et que nous les comparons à des espèces très voisines, nous remarquons ordinairement, comme nous l'avons déjà dit, chez chaque race domestique, des caractères moins uniformes que chez les espèces vraies. Les races domestiques présentent souvent un caractère quelque peu monstrueux ; j'entends par là que, bien que différant les unes des autres et des espèces voisines du même genre par quelques légers caractères, elles diffèrent souvent à un haut degré sur un point spécial, soit qu'on les compare les unes aux autres, soit surtout qu'on les compare à l'espèce sauvage dont elles se rapprochent le plus. À cela près (et sauf la fécondité parfaite des variétés croisées entre elles, sujet que nous discuterons plus tard), les races domestiques de la même espèce diffèrent l'une de l'autre de la même manière que font les espèces voisines du même genre à l'état sauvage ; mais les différences, dans la plupart des cas, sont moins considérables. Il faut admettre que ce point est prouvé, car des juges compétents estiment que les races domestiques de beaucoup d'animaux et de beaucoup de plantes descendent d'espèces originelles distinctes, tandis que d'autres juges, non moins compétents, ne les regardent que comme de simples variétés. Or, si une distinction bien tranchée existait entre les races domestiques et les espèces, cette sorte de doute ne se présenterait pas si fréquemment. On a répété souvent que les races domestiques ne diffèrent pas les unes des autres par des caractères ayant une valeur générique. On peut démontrer que cette assertion n'est pas exacte ; toutefois, les naturalistes ont des opinions très différentes quant à ce qui constitue un caractère générique, et, par conséquent, toutes les appréciations actuelles sur ce point sont purement empiriques. Quand j'aurai expliqué l'origine du genre dans la nature, on verra que nous ne devons nullement nous attendre à trouver chez nos races domestiques des différences d'ordre générique.

Nous en sommes réduits au doute dès que nous essayons d'estimer la valeur des différences de structures qui séparent nos races domestiques les plus voisines ;

nous ne savons pas, en effet, si elles descendent d'une ou de plusieurs espèces mères. Ce serait pourtant un point fort intéressant à élucider. Si, par exemple, on pouvait prouver que le Lévrier, le Limier, le Terrier, l'Épagneul et le Bouledogue, animaux dont la race, nous le savons, se propage si purement, descendent tous d'une même espèce, nous serions évidemment autorisés à douter de l'immutabilité d'un grand nombre d'espèces sauvages étroitement alliées, celle des renards, par exemple, qui habitent les diverses parties du globe. Je ne crois pas, comme nous allons le voir, que tous nos chiens descendent d'une même espèce sauvage ; mais dans le cas d'autres races domestiques, il y a de fortes présomptions, ou même des preuves, en faveur de cette thèse.

On a souvent prétendu que, pour les réduire en domesticité, l'homme a choisi les animaux et les plantes qui présentaient une tendance inhérente exceptionnelle à la variation, et qui avaient la faculté de supporter les climats les plus différents. Je ne conteste pas que ces aptitudes aient beaucoup ajouté à la valeur de la plupart de nos produits domestiques ; mais comment un sauvage pouvait-il savoir, alors qu'il apprivoisait un animal, si cet animal était susceptible de varier dans les générations futures et de supporter les changements de climat ? Est-ce que la faible variabilité de l'âne et de la pintade, le peu de disposition du renne pour la chaleur ou du chameau pour le froid, ont empêché leur domestication ? Je puis persuadé que, si l'on prenait à l'état sauvage des animaux et des plantes en nombre égal à celui de nos produits domestiques et appartenant à un aussi grand nombre de classes et de pays, et qu'on les fît se reproduire à l'état domestique, pendant un nombre pareil de générations, ils varieraient autant en moyenne qu'ont varié les espèces mères de nos races domestiques actuelles.

Il est impossible de décider, pour la plupart de nos plantes les plus anciennement cultivées et de nos animaux réduits depuis de longs siècles en domesticité, s'ils descendent d'une ou de plusieurs espèces sauvages. L'argument principal de ceux qui croient à l'origine multiple de nos animaux domestiques repose sur le fait que nous trouvons, dès les temps les plus anciens, sur les monuments de l'Égypte, une grande diversité de races. Plusieurs d'entre elles ont une ressemblance frappante, ou sont même identiques avec celles qui existent aujourd'hui. Même si ce fait s'avérait plus strictement et généralement vrai qu'il ne me semble, que prouverait-il, sinon que certaines de nos races y sont nées, il y a quatre ou cinq mille ans ? Mais les recherches de M. Horner ont rendu dans une certaine mesure probable qu'un homme assez civilisé pour fabriquer de la poterie existait dans la vallée du Nil il y a treize ou quatorze mille ans ; et qui sera assez présomptueux pour dire combien de temps avant cette période ancienne des sauvages pareils à ceux de la Terre de Feu ou d'Australie, qui possèdent un chien semi-domestique, ont pu exister en Égypte ?

Le sujet doit, je pense, rester dans le vague ; néanmoins, sans entrer dans les détails, à partir de considérations d'ordre géographique et autres, je pense qu'il est très probable que nos chiens domestiques descendent de plusieurs espèces sauvages. Je n'ai pu arriver à aucune conclusion précise relativement aux moutons et aux chèvres. D'après les faits que m'a communiqués M. Blyth sur les habitudes, la voix, la constitution et la formation du bétail à bosse indien, il est presque certain qu'il descend d'une souche primitive différente de celle qui a produit notre bétail européen. Quelques juges compétents croient que ce dernier descend de deux ou trois souches sauvages. Quant aux chevaux, j'hésite à croire, pour des raisons que je ne pourrais détailler ici, contrairement d'ailleurs à l'opinion de plusieurs savants, que toutes les races descendent d'une seule espèce. M. Blyth, dont j'apprécie l'opinion plus que celle de pratiquement n'importe qui, à cause de l'ampleur et de la variété de ses connaissances, pense que toutes les races de volaille

descendent de l'espèce sauvage de l'Inde (*Gallus bankiva*).
Quant aux canards et aux lapins, dont quelques races
diffèrent considérablement les unes des autres, il est évident qu'ils descendent tous du canard commun sauvage
et du lapin sauvage.

Quelques auteurs ont poussé à l'extrême la doctrine
que nos races domestiques descendent de plusieurs
souches sauvages. Ils croient que toute race qui se reproduit purement, si légers que soient ses caractères distinctifs, a eu son prototype sauvage. À ce compte, il aurait
dû exister au moins une vingtaine d'espèces de bétail sauvage, autant d'espèces de moutons, et plusieurs espèces
de chèvres en Europe, dont plusieurs dans la Grande-
Bretagne seule. Un auteur soutient qu'il a dû autrefois
exister dans la Grande-Bretagne onze espèces de moutons sauvages qui lui étaient propres ! Lorsque nous nous
rappelons que la Grande-Bretagne ne possède pas
aujourd'hui un mammifère qui lui soit particulier, que la
France n'en a que fort peu qui soient distincts de ceux
de l'Allemagne, et qu'il en est de même de la Hongrie et
de l'Espagne, etc., mais que chacun de ces pays possède
plusieurs espèces particulières de bétail, de moutons, etc.,
il faut bien admettre qu'un grand nombre de races
domestiques ont pris naissance en Europe, car d'où
pourraient-elles venir, ces pays ne possédant pas
d'espèces particulières pouvant tenir lieu de souches
mères distinctes ? Il en est de même dans l'Inde. Il est
certain que les variations héréditaires ont joué un grand
rôle dans la formation des races si nombreuses des chiens
domestiques, pour lesquelles j'admets cependant plusieurs souches distinctes. Qui pourrait croire, en effet,
que des animaux ressemblant au Lévrier italien, au
Limier, au Bouledogue, au Bichon ou à l'Épagneul de
Blenheim, types si différents de ceux des canidés sauvages, aient jamais existé à l'état de nature ? On a souvent
affirmé, sans aucune preuve à l'appui, que toutes nos
races de chiens proviennent du croisement d'un petit

nombre d'espèces primitives. Mais on n'obtient, par le croisement, que des formes intermédiaires entre les parents ; or, si nous voulons expliquer ainsi l'existence de nos différentes races domestiques, il faut admettre l'existence antérieure des formes les plus extrêmes, telles que le Lévrier italien, le Limier, le Bouledogue, etc., à l'état sauvage. Du reste, on a beaucoup exagéré la possibilité de former des races distinctes par le croisement. Il est prouvé que l'on peut modifier une race par des croisements accidentels, en admettant toutefois qu'on choisisse soigneusement les individus qui présentent le type désiré ; mais il serait très difficile d'obtenir une race intermédiaire entre deux races complètement distinctes. Sir J. Sebright a entrepris de nombreuses expériences dans ce but, mais il n'a pu obtenir aucun résultat. Les produits du premier croisement entre deux races pures sont assez uniformes, quelquefois même parfaitement identiques, comme je l'ai constaté chez les pigeons. Rien ne semble donc plus simple ; mais, quand on en vient à croiser ces métis les uns avec les autres pendant plusieurs générations, on n'obtient plus deux produits semblables et les difficultés de l'opération deviennent manifestes. Il est certain qu'une race intermédiaire entre deux races *très distinctes* ne pourrait être obtenue qu'avec de grands soins et une sélection longue et continue, et je ne peux trouver aucun exemple d'une race ainsi formée.

Races du pigeon domestique

Persuadé qu'il vaut toujours mieux étudier un groupe spécial, je me suis décidé, après mûre réflexion, pour les pigeons domestiques. J'ai élevé toutes les races que j'ai pu me procurer par achat ou autrement ; on a bien voulu, en outre, m'envoyer des peaux provenant de presque

toutes les parties du monde ; je suis principalement rede-
vable de ces envois à l'honorable W. Elliot, qui m'a fait
parvenir des spécimens de l'Inde, et à l'honorable
C. Murray, qui m'a expédié des spécimens de la Perse.
On a publié, dans toutes les langues, des traités sur les
pigeons ; quelques-uns de ces ouvrages sont fort importants, en ce sens qu'ils remontent à une haute antiquité.
Je me suis associé à plusieurs éleveurs importants et je
fais partie de deux *Pigeons-clubs* de Londres. La diversité
des races de pigeons est vraiment étonnante. Si l'on compare le Messager anglais avec le Culbutant courte-face,
on est frappé de l'énorme différence de leur bec, entraînant des différences correspondantes dans le crâne. Le
Messager, et plus particulièrement le mâle, présente un
remarquable développement de la membrane caroncu-
leuse de la tête, accompagné d'un grand allongement des
paupières, de larges orifices nasaux et d'une grande
ouverture du bec. Le bec du Culbutant courte-face ressemble à celui d'un passereau ; le Culbutant ordinaire
hérite de la singulière habitude de s'élever à une grande
hauteur en troupe serrée, puis de faire en l'air une culbute
complète. Le Runt (pigeon romain) est un gros oiseau,
au bec long et massif aux grands pieds ; quelques sous-
races ont le cou très long, d'autres de très longues ailes
et une longue queue, d'autres enfin ont la queue extrêmement courte. Le Barbe est allié au Messager ; mais son
bec, au lieu d'être long, est large et très court. Le Grosse-
gorge a le corps, les ailes et les pattes allongés ; son
énorme jabot, qu'il enfle avec orgueil, lui donne un
aspect bizarre et comique. Le Turbit, ou pigeon à cravate,
a le bec court et conique et une rangée de plumes retroussées sur la poitrine ; il a l'habitude de dilater légèrement
la partie supérieure de son œsophage. Le Jacobin a les
plumes tellement retroussées sur l'arrière du cou qu'elles
forment une espèce de capuchon ; proportionnellement à
sa taille, il a les plumes des ailes et du cou fort allongées.
Le Trompette, ou pigeon Tambour, et le Rieur font

entendre, ainsi que l'indique leur nom, un roucoulement très différent de celui des autres races. Le pigeon Paon porte trente ou même quarante plumes à la queue, au lieu de douze ou de quatorze, nombre normal chez tous les membres de la famille des pigeons ; il porte ces plumes si étalées et si redressées, que, chez les oiseaux de race pure, la tête et la queue se touchent ; mais la glande oléifère est complètement atrophiée. Nous pourrions encore indiquer quelques autres races moins distinctes.

Le développement des os de la face diffère énormément, tant par la longueur que par la largeur et la courbure, dans le squelette des différentes races. La forme ainsi que les dimensions de la mâchoire inférieure varient d'une manière très remarquable. Le nombre des vertèbres caudales et des vertèbres sacrées varie aussi, de même que le nombre des côtes et des apophyses, ainsi que leur largeur relative. La forme et la grandeur des ouvertures du sternum, le degré de divergence et les dimensions des branches de la fourchette, sont également très variables. La largeur proportionnelle de l'ouverture du bec ; la longueur relative des paupières ; les dimensions de l'orifice des narines et celles de la langue, qui n'est pas toujours en corrélation absolument exacte avec la longueur du bec ; le développement du jabot et de la partie supérieure de l'œsophage ; le développement ou l'atrophie de la glande oléifère ; le nombre des plumes primaires de l'aile et de la queue ; la longueur relative des ailes et de la queue, soit entre elles, soit par rapport au corps ; la longueur relative des pattes et des pieds ; le nombre des écailles des doigts ; le développement de la membrane interdigitale, sont autant de parties essentiellement variables. L'époque à laquelle les jeunes acquièrent leur plumage parfait, ainsi que la nature du duvet dont les pigeonneaux sont revêtus à leur éclosion, varient aussi ; il en est de même de la forme et de la grosseur des œufs. Le vol et, chez certaines races, la voix et les instincts, présentent des diversités remarquables. Enfin, chez certaines variétés, les mâles et les femelles en sont arrivés à différer quelque peu les uns des autres.

On pourrait aisément rassembler une vingtaine de pigeons tels que, si on les montrait à un ornithologiste, et qu'on les lui donnât pour des oiseaux sauvages, il les classerait certainement comme autant d'espèces bien distinctes. Je ne crois même pas qu'aucun ornithologiste consentirait à placer dans un même genre le Messager anglais, le Culbutant courte-face, le Runt, le Barbe, le Grosse-gorge et le Paon ; il le ferait d'autant moins qu'on pourrait lui montrer, pour chacune de ces races, plusieurs sous-variétés de descendance pure, c'est-à-dire d'espèces, comme il les appellerait certainement.

Quelque considérable que soit la différence qu'on observe entre les diverses races de pigeons, je me range pleinement à l'opinion commune des naturalistes qui les font toutes descendre du Biset (*Columba livia*), en comprenant sous ce terme plusieurs races géographiques, ou sous-espèces, qui ne diffèrent les unes des autres que par des points insignifiants. J'exposerai succinctement plusieurs des raisons qui m'ont conduit à adopter cette opinion, car elles sont, dans une certaine mesure, applicables à d'autres cas. Si nos diverses races de pigeons ne sont pas des variétés, si, en un mot, elles ne descendent pas du Biset, elles doivent descendre de sept ou huit types originels au moins, car il serait impossible de produire nos races domestiques actuelles par les croisements réciproques d'un nombre moindre. Comment, par exemple, produire un Grosse-gorge en croisant deux races, à moins que l'une des races ascendantes ne possède son énorme jabot caractéristique ? Les types originels supposés doivent tous avoir été habitants des rochers comme le Biset, c'est-à-dire des espèces qui ne perchaient ou ne nichaient pas volontiers sur les arbres. Mais, outre le *Columba livia* et ses sous-espèces géographiques, on ne connaît que deux ou trois autres espèces de pigeons de roche et elles ne présentent aucun des caractères propres aux races domestiques. Les espèces primitives doivent donc, ou bien exister encore dans les pays où elles ont été originellement réduites en domesticité, auquel cas elles auraient échappé à l'attention des ornithologistes, ce qui, considérant leur taille, leurs habitudes et leur remarquable caractère, semble très improbable ; ou bien être éteintes à l'état sauvage. Mais il est difficile d'exterminer des oiseaux nichant au bord des précipices et doués d'un vol puissant. Le Biset commun, d'ailleurs, qui a les mêmes habitudes que les races domestiques, n'a été exterminé ni sur les petites îles qui entourent la Grande-Bretagne, ni sur les côtes de la Méditerranée. Ce serait donc faire une supposition bien hardie que d'admettre l'extinction d'un aussi grand nombre d'espèces ayant des habitudes semblables à celles du Biset. En outre, les races domestiques dont nous avons parlé plus haut ont été transportées dans toutes les parties du monde ; quelques-unes, par conséquent, ont dû être ramenées dans leur pays d'origine ; aucune d'elles, cependant, n'est retournée à l'état sauvage, bien que le pigeon de colombier, qui n'est autre que le Biset sous une forme très peu modifiée, soit redevenu sauvage en plusieurs endroits. Enfin, l'expérience nous prouve combien il est difficile d'amener un animal sauvage à se reproduire régulièrement en captivité ; cependant, si l'on admet l'hypothèse de l'origine multiple de nos pigeons, il faut admettre aussi que sept ou huit espèces au moins ont été autrefois assez complètement apprivoisées par l'homme à demi sauvage pour devenir parfaitement fécondes en captivité.

Il est un autre argument qui me semble avoir un grand poids et qui peut s'appliquer à plusieurs autres cas : c'est que les races dont nous avons parlé plus haut, bien que ressemblant de manière générale au Biset sauvage par leur constitution, leurs habitudes, leur voix, leur couleur, et par la plus grande partie de leur conformation, présentent cependant avec lui de grandes anomalies sur d'autres points. On chercherait en vain, dans toute la grande famille des colombides, un bec semblable à celui du Messager anglais, du Culbutant courte-face ou du Barbe ; des plumes retroussées analogues à celles du Jacobin ; un jabot pareil à celui du Grosse-gorge ; des plumes caudales comparables à celles du pigeon Paon. Il faudrait donc admettre, non seulement que des hommes à demi sauvages ont réussi à apprivoiser complètement plusieurs espèces, mais que, par hasard ou avec intention, ils ont choisi les espèces les plus extraordinaires et les plus anormales ; il faudrait admettre, en outre, que toutes ces espèces se sont éteintes depuis ou sont restées inconnues. Un tel concours de circonstances extraordinaires est improbable au plus haut degré.

Quelques faits relatifs à la couleur des pigeons méritent d'être signalés. Le Biset est bleu ardoise avec les reins blancs ; chez la sous-espèce indienne, le *Columba intermedia* de Strickland, les reins sont bleuâtres ; la queue porte une barre foncée terminale et les plumes des côtés sont extérieurement bordées de blanc à leur base ; les ailes ont deux barres noires. Chez quelques races à demi domestiques, ainsi que chez quelques autres absolument sauvages, les ailes, outre les deux barres noires, sont tachetées de noir. Ces divers signes ne se trouvent réunis chez aucune autre espèce de la famille. Or, tous les signes que nous venons d'indiquer sont parfois réunis et parfaitement développés, jusqu'au bord blanc des plumes extérieures de la queue, chez les oiseaux de race pure appartenant à toutes nos races domestiques. En outre, lorsque l'on croise des pigeons, appartenant à deux ou plusieurs races distinctes, n'offrant ni la coloration bleue, ni aucune des marques dont nous venons de parler, les produits de ces croisements se montrent très disposés à acquérir soudainement ces caractères. Par exemple, j'ai croisé quelques pigeons Paons blancs de race très pure avec quelques Barbes noirs : les oiseaux que j'obtins étaient noirs, bruns et tachetés. Je croisai à nouveau ces derniers et ils me donnèrent un oiseau d'un aussi beau bleu qu'aucun pigeon de race sauvage, ayant les reins blancs, portant la double barre noire des ailes et les plumes externes de la queue barrées de noir et bordées de blanc ! Si toutes les races de pigeons domestiques descendent du Biset, ces faits s'expliquent facilement par le principe bien connu du retour au caractère des ancêtres ; mais si on conteste cette descendance, il faut forcément faire une des deux suppositions suivantes, suppositions improbables au plus haut degré : ou bien tous les divers types originels étaient colorés et marqués comme le Biset, bien qu'aucune autre espèce existante ne présente ces mêmes caractères, de telle sorte que, dans chaque race séparée, il existe une tendance au retour vers ces couleurs et vers ces marques ; ou bien chaque race, même la plus pure, a été croisée avec le Biset dans l'intervalle d'une douzaine ou tout au plus d'une vingtaine de générations ; je dis *une vingtaine* de générations, parce qu'on ne connaît aucun exemple de produits d'un croisement ayant fait retour à un ancêtre de sang étranger éloigné d'eux par un nombre de générations plus considérable. Chez une race qui n'a été croisée qu'une fois, la tendance à faire retour à un des caractères dus à ce croisement s'amoindrit naturellement, chaque génération successive contenant une quantité toujours moindre de sang étranger. Mais, quand il n'y a pas eu de croisement et qu'il existe chez une race une tendance à faire retour à un caractère perdu pendant plusieurs générations, cette tendance, d'après tout ce que nous savons, peut se transmettre sans affaiblissement pendant un nombre indéfini de générations. Les auteurs qui ont écrit sur l'hérédité ont souvent confondu ces deux cas très distincts du retour.

Enfin, ainsi que j'ai pu le constater par les observations que j'ai faites tout exprès sur les races les plus distinctes, les hybrides ou métis provenant de toutes les races domestiques du pigeon sont parfaitement féconds.

Or, il est difficile, sinon impossible, de citer un cas bien établi tendant à prouver que les descendants hybrides provenant de deux espèces d'animaux nettement distinctes sont complètement féconds. Quelques auteurs croient qu'une domesticité longtemps prolongée diminue cette forte tendance à la stérilité. L'histoire du chien et celle de quelques autres animaux domestiques rend cette opinion très probable, si on l'applique à des espèces étroitement alliées ; mais il me semblerait téméraire à l'extrême d'étendre cette hypothèse jusqu'à supposer que des espèces primitivement aussi distinctes que le sont aujourd'hui les Messagers, les Culbutants, les Grosses-gorges et les Paons, aient pu produire des descendants parfaitement féconds *inter se.*

Ces différentes raisons, c'est-à-dire : l'improbabilité que l'homme ait autrefois réduit en domesticité sept ou huit espèces de pigeons et surtout qu'il ait pu les faire se reproduire librement en cet état ; le fait que ces espèces supposées sont partout inconnues à l'état sauvage et que nulle part les espèces domestiques ne sont redevenues sauvages ; le fait que ces espèces présentent certains caractères très anormaux, si on les compare à toutes les autres espèces de colombides, bien qu'elles ressemblent au Biset sous presque tous les rapports ; le fait que la couleur bleue et les différentes marques noires reparaissent chez toutes les races, et quand on les conserve pures, et quand on les croise ; enfin, le fait que les métis sont parfaitement féconds – toutes ces raisons nous portent à conclure que toutes nos races domestiques descendent du Biset ou *Columba livia* et de ses sous-espèces géographiques.

J'ajouterai à l'appui de cette opinion : premièrement, que le *Columba livia* ou Biset s'est montré, en Europe et dans l'Inde, susceptible d'une domestication facile, et qu'il y a une grande analogie entre ses habitudes et un grand nombre de points de sa conformation avec les habitudes et la conformation de toutes les races domestiques ; deuxièmement, que, bien qu'un Messager anglais, ou un Culbutant courte-face, diffère considérablement du Biset par certains caractères, on peut cependant, en comparant les diverses sous-variétés de ces deux races, et principalement celles provenant de pays éloignés, établir entre elles et le Biset une série presque complète reliant les deux extrêmes (on peut établir les mêmes séries dans quelques autres cas, mais non pas avec toutes les races) ; troisièmement, que les principaux caractères de chaque race sont, chez chacune d'elles, essentiellement variables, tels que, par exemple, les caroncules et la longueur du bec chez le Messager anglais, le bec si court du Culbutant, et le nombre des plumes caudales chez le pigeon Paon (l'explication évidente de ce fait ressortira quand nous traiterons de la sélection) ; quatrièmement, que les pigeons ont été l'objet des soins les plus vigilants de la part d'un grand nombre d'amateurs, et qu'ils sont réduits à l'état domestique depuis des milliers d'années dans les différentes parties du monde. Le document le plus ancien que l'on trouve dans l'histoire relativement aux pigeons remonte à la cinquième dynastie égyptienne, environ trois mille ans avant notre ère ; ce document m'a été indiqué par le professeur Lepsius ; d'autre part, M. Birch m'apprend que le pigeon est mentionné dans un menu de repas de la dynastie précédente. Pline nous dit que les Romains payaient les pigeons un prix considérable : « On en est venu, dit le naturaliste latin, à tenir compte de leur généalogie et de leur race. » Dans l'Inde, vers l'an 1600, Akber-Khan faisait grand cas des pigeons ; la cour n'en emportait jamais avec elle moins de vingt mille. « Les monarques de l'Iran et du Touran lui envoyaient des oiseaux très rares » ; puis le chroniqueur royal ajoute : « Sa Majesté, en croisant les races, ce qui n'avait jamais été fait jusque-là, les améliora étonnamment. » Vers cette même époque, les Hollandais se montrèrent aussi amateurs des pigeons qu'avaient pu l'être les anciens

Romains. Quand nous traiterons de la sélection, on comprendra l'immense importance de ces considérations pour expliquer la somme énorme des variations que les pigeons ont subies. Nous verrons alors, aussi, comment il se fait que les différentes races offrent si souvent des caractères en quelque sorte monstrueux. Il faut enfin signaler une circonstance extrêmement favorable pour la production de races distinctes, c'est que les pigeons mâles et femelles s'apparient d'ordinaire pour la vie, et qu'on peut ainsi élever plusieurs races différentes dans une même volière.

Je viens de discuter assez longuement, mais cependant de façon encore bien insuffisante, l'origine probable de nos pigeons domestiques ; si je l'ai fait, c'est que, quand je commençai à élever des pigeons et à en observer les différentes espèces, j'étais tout aussi peu disposé à admettre, sachant avec quelle fidélité les diverses races se reproduisent, qu'elles descendent toutes d'une même espèce mère et qu'elles se sont formées depuis qu'elles sont réduites en domesticité, que le serait tout naturaliste à accepter la même conclusion à l'égard des nombreuses espèces de passereaux ou de tout autre groupe naturel d'oiseaux sauvages. Une circonstance m'a surtout frappé, c'est que la plupart des éleveurs d'animaux domestiques, ou les cultivateurs avec lesquels je me suis entretenu, ou dont j'ai lu les ouvrages, sont tous fermement convaincus que les différentes races, dont chacun d'eux s'est spécialement occupé, descendent d'autant d'espèces primitivement distinctes. Demandez, ainsi que je l'ai fait, à un célèbre éleveur de bœufs de Hereford, s'il ne pourrait pas se faire que son bétail descendît d'une race à longues cornes, ou que les deux races descendissent d'une souche parente commune, et il se moquera de vous. Je n'ai jamais rencontré un éleveur de pigeons, de volailles, de canards ou de lapins qui ne fût intimement convaincu que chaque race principale descend d'une espèce distincte. Van Mons, dans son traité sur les poires et sur les

pommes, se refuse catégoriquement à croire que différentes sortes, un *pippin Ribston* et une pomme *Codlin*,
par exemple, puissent descendre des graines d'un même
arbre. On pourrait citer une infinité d'autres exemples.
L'explication de ce fait me paraît simple : fortement
impressionnés, en raison de leurs longues études, par les
différences qui existent entre les diverses races, et
quoique sachant bien que chacune d'elles varie légèrement, puisqu'ils ne gagnent des prix dans les concours
qu'en choisissant avec soin ces légères différences, les éleveurs ignorent cependant les principes généraux, et se
refusent à évaluer les légères différences qui se sont accumulées pendant un grand nombre de générations successives. Les naturalistes, qui en savent bien moins que les
éleveurs sur les lois de l'hérédité, qui n'en savent pas plus
sur les chaînons intermédiaires qui relient les unes aux
autres de longues lignées généalogiques, et qui, cependant, admettent que la plupart de nos races domestiques
descendent d'un même type, ne pourraient-ils pas devenir
un peu plus prudents et cesser de tourner en dérision
l'opinion qu'une espèce, à l'état de nature, puisse être la
postérité directe d'autres espèces ?

SÉLECTION

Considérons maintenant, en quelques lignes, la formation graduelle de nos races domestiques, soit qu'elles
dérivent d'une seule espèce, soit qu'elles procèdent de
plusieurs espèces voisines. On peut attribuer quelques
effets à l'action directe et définie des conditions extérieures d'existence, quelques autres aux habitudes, mais
il faudrait être bien hardi pour expliquer, par de telles
causes, les différences qui existent entre le cheval de trait
et le cheval de course, entre le Limier et le Lévrier, entre

le pigeon Messager et le pigeon Culbutant. Un des caractères les plus remarquables de nos races domestiques,
c'est que nous voyons chez elles des adaptations qui ne
contribuent en rien au bien-être de l'animal ou de la
plante, mais simplement à l'avantage ou au caprice de
l'homme. Certaines variations utiles à l'homme se sont
probablement produites soudainement, d'autres par
degrés ; quelques naturalistes, par exemple, croient que
le Chardon à foulon armé de crochets, que ne peut remplacer aucune machine, est tout simplement une variété
du *Dipsacus* sauvage ; or, cette transformation peut s'être
manifestée dans un seul semis. Il en a été probablement
ainsi pour le chien Tournebroche ; on sait, tout au moins,
que le mouton Ancon a surgi d'une manière subite. Mais
il faut, si l'on compare le cheval de trait et le cheval de
course, le dromadaire et le chameau, les diverses races
de moutons adaptées soit aux plaines cultivées, soit aux
pâturages des montagnes, et dont la laine, suivant la race,
est appropriée tantôt à un usage, tantôt à un autre ; si
l'on compare les différentes races de chiens, dont chacune est utile à l'homme à des points de vue divers ; si
l'on compare le coq de combat, si enclin à la bataille,
avec d'autres races si pacifiques, avec les pondeuses per-
pétuelles qui ne demandent jamais à couver, et avec le
coq Bantam, si petit et si élégant ; si l'on considère, enfin,
cette légion de plantes agricoles et culinaires, les arbres
qui encombrent nos vergers, les fleurs qui ornent nos jardins, les unes si utiles à l'homme en différentes saisons et
pour tant d'usages divers, ou seulement si agréables à ses
yeux, il faut chercher, je crois, quelque chose de plus
qu'une simple variabilité. Nous ne pouvons supposer, en
effet, que toutes ces races ont été soudainement produites
avec toute la perfection et toute l'utilité qu'elles ont
aujourd'hui ; nous savons même, dans bien des cas, qu'il
n'en a pas été ainsi. Le pouvoir de sélection, d'accumulation, que possède l'homme, est la clef de ce problème ;
la nature fournit les variations successives, l'homme les

accumule dans certaines directions qui lui sont utiles. Dans ce sens, on peut dire que l'homme crée à son profit des races utiles.

La grande force de ce principe de sélection n'est pas hypothétique. Il est certain que plusieurs de nos éleveurs les plus éminents ont, pendant le cours d'une seule vie d'homme, considérablement modifié leurs bestiaux et leurs moutons. Pour bien comprendre les résultats qu'ils ont obtenus, il est indispensable de lire quelques-uns des nombreux ouvrages qu'ils ont consacrés à ce sujet et de voir les animaux eux-mêmes. Les éleveurs considèrent ordinairement l'organisme d'un animal comme un élément plastique, qu'ils peuvent modifier presque à leur gré. Si je n'étais borné par l'espace, je pourrais citer, à ce sujet, de nombreux exemples empruntés à des autorités hautement compétentes. Youatt, qui, plus que tout autre peut-être, connaissait les travaux des agriculteurs et qui était lui-même un excellent juge en fait d'animaux, admet que le principe de la sélection « permet à l'agriculteur, non seulement de modifier le caractère de son troupeau, mais de le transformer entièrement. C'est la baguette magique au moyen de laquelle il peut appeler à la vie les formes et les modèles qui lui plaisent ». Lord Somerville dit, à propos de ce que les éleveurs ont fait pour le mouton : « Il semblerait qu'ils aient tracé l'esquisse d'une forme parfaite en soi, puis qu'ils lui ont donné l'existence. » Sir John Sebright disait à propos des pigeons, qu'il se faisait fort de produire n'importe quel plumage en trois ans, mais qu'il lui en fallait six pour obtenir la tête et le bec. En Saxe, on comprend si bien l'importance du principe de la sélection, relativement au mouton mérinos, qu'on en a fait une profession ; on place le mouton sur une table et un connaisseur l'étudie comme il ferait d'un tableau ; on répète cet examen trois fois par an, et chaque fois on marque et l'on classe les moutons de façon à choisir les plus parfaits pour la reproduction.

Le prix énorme attribué aux animaux dont la généalogie est irréprochable prouve les résultats que les éleveurs anglais ont déjà atteints ; leurs produits sont expédiés dans presque toutes les parties du monde. Il ne faudrait pas croire que ces améliorations fussent ordinairement dues au croisement de différentes races ; les meilleurs éleveurs condamnent absolument cette pratique, qu'ils n'emploient quelquefois que pour des sous-races étroitement alliées. Quand un croisement de ce genre a été fait, une sélection rigoureuse devient encore beaucoup plus indispensable que dans les cas ordinaires. Si la sélection consistait simplement à isoler quelques variétés distinctes et à les faire se reproduire, ce principe serait si évident qu'à peine aurait-on à s'en occuper ; mais la grande importance de la sélection consiste dans les effets considérables produits par l'accumulation dans une même direction, pendant des générations successives, de différences absolument inappréciables pour des yeux inexpérimentés, différences que, quant à moi, j'ai vainement essayé d'apprécier. Pas un homme sur mille n'a la justesse de coup d'œil et la sûreté de jugement nécessaires pour faire un habile éleveur. Un homme doué de ces qualités, qui consacre de longues années à l'étude de ce sujet, puis qui y voue son existence entière, en y apportant toute son énergie et une persévérance indomptable, réussira sans doute et pourra réaliser d'immenses progrès ; mais le défaut d'une seule de ces qualités déterminera forcément l'insuccès. Peu de personnes s'imaginent combien il faut de capacités naturelles, combien il faut d'années de pratique pour faire un bon éleveur de pigeons.

Les horticulteurs suivent les mêmes principes ; mais ici les variations sont souvent plus soudaines. Personne ne suppose que nos plus belles plantes sont le résultat d'une seule variation de la souche originelle. Nous savons qu'il en a été tout autrement dans bien des cas sur lesquels nous possédons des renseignements exacts. Ainsi, on

peut citer comme exemple l'augmentation toujours croissante de la grosseur de la groseille à maquereau commune. Si l'on compare les fleurs actuelles avec des dessins
faits il y a seulement vingt ou trente ans, on est frappé
des améliorations de la plupart des produits du fleuriste.
Quand une race de plantes est suffisamment fixée, les
horticulteurs ne se donnent plus la peine de choisir les
meilleurs plants, ils se contentent de visiter les plates-
bandes pour arracher les plants qui dévient du type ordinaire. On pratique aussi cette sorte de sélection avec les
animaux, car personne n'est assez négligent pour permettre aux sujets défectueux d'un troupeau de se reproduire.

Il est encore un autre moyen d'observer les effets accumulés de la sélection chez les plantes ; on n'a, en effet,
qu'à comparer, dans un parterre, la diversité des fleurs
chez les différentes variétés d'une même espèce ; dans un
potager, la diversité des feuilles, des gousses, des tubercu-
les, ou en général de la partie recherchée des plantes
potagères, relativement aux fleurs des mêmes variétés ;
et, enfin, dans un verger, la diversité des fruits d'une
même espèce, comparativement aux feuilles et aux fleurs
de ces mêmes arbres. Remarquez combien diffèrent les
feuilles du Chou et que de ressemblance dans la fleur ;
combien, au contraire, sont différentes les fleurs de la
Pensée et combien les feuilles sont uniformes ; combien
les fruits des différentes espèces de Groseilliers diffèrent
par la grosseur, la couleur, la forme et le degré de villo-
sité, et combien les fleurs présentent peu de différence.
Ce n'est pas que les variétés qui diffèrent beaucoup sur
un point ne diffèrent pas du tout sur tous les autres, car
je puis affirmer, après de longues et soigneuses observations, que cela n'arrive jamais ou presque jamais. La loi
de la corrélation de croissance, dont il ne faut jamais
oublier l'importance, entraîne presque toujours quelques
différences ; mais, en règle générale, on ne peut douter
que la sélection continue de légères variations portant

soit sur les feuilles, soit sur les fleurs, soit sur les fruits, ne produise des races différentes les unes des autres, plus particulièrement en l'un de ces organes.

On pourrait objecter que le principe de la sélection n'a été mis méthodiquement en pratique que depuis trois quarts de siècle. Sans doute, on s'en est récemment beaucoup plus occupé, et on a publié de nombreux ouvrages à ce sujet ; aussi les résultats ont-ils été, comme on devait s'y attendre, rapides et importants ; mais il n'est pas vrai de dire que ce principe soit une découverte moderne. Je pourrais citer plusieurs ouvrages d'une haute antiquité prouvant qu'on reconnaissait, dès alors, l'importance de ce principe. Nous avons la preuve que, même pendant les périodes barbares qu'a traversées l'Angleterre, on importait souvent des animaux de choix, et des lois en défendaient l'exportation ; on ordonnait la destruction des chevaux qui n'atteignaient pas une certaine taille ; ce que l'on peut comparer au travail que font les horticulteurs lorsqu'ils éliminent, parmi les produits de leurs semis, toutes les plantes qui tendent à dévier du type régulier. Une ancienne encyclopédie chinoise formule nettement les principes de la sélection ; certains auteurs classiques romains indiquent quelques règles précises ; il résulte de certains passages de la Genèse que, dès cette antique période, on prêtait déjà quelque attention à la couleur des animaux domestiques. Encore aujourd'hui, les sauvages croisent quelquefois leurs chiens avec des espèces canines sauvages pour en améliorer la race ; Pline atteste qu'on faisait de même autrefois. Les sauvages de l'Afrique méridionale appareillent leurs attelages de bétail d'après la couleur ; les Esquimaux en agissent de même pour leurs attelages de chiens. Livingstone constate que les nègres de l'intérieur de l'Afrique, qui n'ont eu aucun rapport avec les Européens, évaluent à un haut prix les bonnes races domestiques. Sans doute, quelques-uns de ces faits ne témoignent pas d'une sélection directe ; mais ils prouvent que, dès l'Antiquité, l'élevage des animaux domestiques était l'objet de soins tout particuliers, et que les sauvages en font autant aujourd'hui. Il serait étrange, d'ailleurs, que, l'hérédité des bonnes qualités et des défauts étant si évidente, l'élevage n'eût pas de bonne heure attiré l'attention de l'homme.

Les bons éleveurs modernes, qui poursuivent un but déterminé, cherchent, par une sélection méthodique, à créer de nouvelles lignées ou des sous-races supérieures à toutes celles qui existent dans le pays. Mais il est une autre sorte de sélection beaucoup plus importante au point de vue qui nous occupe, sélection qu'on pourrait appeler *inconsciente* ; elle a pour mobile le désir que chacun éprouve de posséder et de faire reproduire les meilleurs individus de chaque espèce. Ainsi, quiconque veut avoir des chiens d'arrêt essaye naturellement de se procurer les meilleurs chiens qu'il peut ; puis, il fait reproduire les meilleurs seulement, sans avoir le désir de modifier la race d'une manière permanente et sans même y songer. Toutefois, cette habitude, continuée pendant des siècles, finit par modifier et par améliorer une race quelle qu'elle soit ; c'est d'ailleurs en suivant ce procédé, mais d'une façon plus méthodique, que Bakewell, Collins, etc., sont parvenus à modifier considérablement, pendant le cours de leur vie, les formes et les qualités de leur bétail. Des changements de cette nature, c'est-à-dire lents et insensibles, ne peuvent être appréciés qu'autant que d'anciennes mesures exactes ou des dessins faits avec soin peuvent servir de point de comparaison. Dans quelques cas, cependant, on retrouve dans des régions moins civilisées, où la race s'est moins améliorée, des individus de la même race peu modifiés, d'autres même qui n'ont subi aucune modification. Il y a lieu de croire que l'épagneul King-Charles a été assez fortement modifié de façon inconsciente, depuis l'époque où régnait le roi dont il porte le nom. Quelques autorités très compétentes sont convaincues que le chien couchant descend directement de l'épagneul, et que les modifications se sont produites très lentement. On sait que le chien d'arrêt anglais s'est considérablement modifié pendant le dernier siècle ; on attribue, comme cause principale à ces changements, des croisements avec le chien courant. Mais ce qui importe ici, c'est que le changement s'est effectué inconsciemment, graduellement, et cependant avec tant d'efficacité que, bien que notre vieux chien d'arrêt espagnol vienne certainement d'Espagne, M. Borrow m'a dit n'avoir pas vu dans ce dernier pays un seul chien indigène semblable à notre chien d'arrêt actuel.

Le même procédé de sélection, joint à des soins particuliers, a transformé le cheval de course anglais et l'a amené à dépasser en vitesse et en taille les chevaux arabes dont il descend, si bien que ces derniers, d'après les règlements des courses de Goodwood, portent un poids moindre. Lord Spencer et d'autres ont démontré que le bétail anglais a augmenté en poids et en précocité, comparativement à l'ancien bétail. Si, à l'aide des données que nous fournissent les vieux traités, on compare l'état ancien et l'état actuel des pigeons Messagers et des pigeons Culbutants dans la Grande-Bretagne, dans l'Inde et en Perse, on peut encore retracer les phases par lesquelles les différentes races de pigeons ont successivement passé, et comment elles en sont venues à différer si prodigieusement du Biset.

Youatt cite un excellent exemple des effets obtenus au moyen de la sélection continue que l'on peut considérer comme inconsciente, par cette raison que les éleveurs ne pouvaient ni prévoir ni même désirer le résultat qui en a été la conséquence, c'est-à-dire la création de deux branches distinctes d'une même race. M. Buckley et M. Burgess possèdent deux troupeaux de moutons de Leicester, qui « descendent en droite ligne, depuis plus de cinquante ans, dit M. Youatt, d'une même souche que possédait M. Bakewell. Quiconque s'entend un peu à l'élevage ne peut supposer que le propriétaire de l'un ou l'autre troupeau ait jamais mélangé le pur sang de la race Bakewell, et, cependant, la différence qui existe actuellement entre ces deux troupeaux est si grande, qu'ils semblent composés de deux variétés tout à fait distinctes ».

S'il existe des peuples assez sauvages pour ne jamais songer à s'occuper de l'hérédité des caractères chez les descendants de leurs animaux domestiques, il se peut toutefois qu'un animal qui leur est particulièrement utile soit plus précieusement conservé pendant une famine, ou pendant les autres accidents auxquels les sauvages sont exposés, et que, par conséquent, cet animal de choix laisse plus de descendants que ses congénères inférieurs. Dans ce cas, il en résulte une sorte de sélection inconsciente. Les sauvages de la Terre de Feu eux-mêmes attachent une si grande valeur à leurs animaux domestiques qu'ils préfèrent, en temps de disette, tuer et dévorer les vieilles femmes de la tribu, parce qu'ils les considèrent comme beaucoup moins utiles que leurs chiens.

Les mêmes procédés d'amélioration amènent des résultats analogues chez les plantes, en vertu de la conservation accidentelle des plus beaux individus, qu'ils soient ou non assez distincts pour que l'on puisse les classer, lorsqu'ils apparaissent, comme des variétés distinctes, et qu'ils soient ou non le résultat d'un croisement entre deux ou plusieurs espèces ou races. L'augmentation de la taille et de la beauté des variétés actuelles de la Pensée, de la Rose, du Pélargonium, du Dahlia et d'autres plantes, comparées avec leur souche primitive ou même avec les anciennes variétés, indique clairement ces améliorations. Nul ne pourrait s'attendre à obtenir une Pensée ou un Dahlia de premier choix en semant la graine d'une plante sauvage. Nul ne pourrait espérer produire une poire fondante de premier ordre en semant le pépin d'une poire sauvage ; peut-être pourrait-on obtenir ce résultat si l'on employait une pauvre semence croissant à l'état sauvage, mais provenant d'un arbre autrefois cultivé. Bien que la poire ait été cultivée pendant les temps classiques, elle n'était, s'il faut en croire Pline, qu'un fruit de qualité très inférieure. On peut voir, dans bien des ouvrages relatifs à l'horticulture, la surprise que ressentent les auteurs des résultats étonnants obtenus par les jardiniers, qui n'avaient à leur disposition que de bien pauvres matériaux ; toutefois, le procédé est bien simple, et il a presque été appliqué de façon inconsciente pour en arriver au résultat final. Ce procédé consiste à cultiver toujours les meilleures variétés connues, à en semer les graines et, quand une variété un peu meilleure vient à se produire, à la cultiver préférablement à toute autre. Les jardiniers de l'époque gréco-latine, qui cultivaient les meilleures poires qu'ils pouvaient alors se procurer, s'imaginaient bien peu quels fruits délicieux nous mangerions un jour ; quoi qu'il en soit, nous devons, sans aucun doute, ces excellents fruits à ce qu'ils ont naturellement choisi et conservé les meilleures variétés connues.

Ces changements considérables effectués lentement et accumulés de façon inconsciente expliquent, je le crois, ce fait bien connu que, dans un grand nombre de cas, il nous est impossible de distinguer et, par conséquent, de reconnaître les souches sauvages des plantes et des fleurs qui, depuis une époque reculée, ont été cultivées dans nos jardins. S'il a fallu des centaines, ou même des milliers d'années pour modifier la plupart de nos plantes et pour les améliorer de façon qu'elles devinssent aussi utiles qu'elles le sont aujourd'hui pour l'homme, il est facile de comprendre comment il se fait que ni l'Australie, ni le cap de Bonne-Espérance, ni aucun autre pays habité par l'homme sauvage, ne nous ait fourni aucune plante digne d'être cultivée. Ces pays si riches en espèces doivent posséder, sans aucun doute, les types de plusieurs plantes utiles ; mais ces plantes indigènes n'ont pas été améliorées par une sélection continue, et elles n'ont pas été amenées, par conséquent, à un état de perfection comparable à celui qu'ont atteint les plantes cultivées dans les pays les plus anciennement civilisés.

Quant aux animaux domestiques des peuples sauvages, il ne faut pas oublier qu'ils ont presque toujours, au moins pendant quelques saisons, à chercher eux-mêmes leur nourriture. Or, dans deux pays très différents sous le rapport des conditions de la vie, des individus appartenant à une même espèce, mais ayant une constitution ou une conformation légèrement différentes, peuvent souvent beaucoup mieux réussir dans l'un que dans l'autre ; il en résulte que, par un procédé de « sélection naturelle » que nous exposerons bientôt plus en détail, il peut se former deux sous-races. C'est peut-être là, ainsi que l'ont fait remarquer plusieurs auteurs, qu'il faut chercher l'explication du fait que, chez les sauvages, les animaux domestiques ont beaucoup plus le caractère d'espèces que les animaux domestiques des pays civilisés.

Si l'on tient suffisamment compte du rôle important qu'a joué le pouvoir sélectif de l'homme, on s'explique aisément que nos races domestiques, par des adaptations de structure et d'habitudes, se soient si bien conformées aux besoins et aux caprices de l'homme. Nous y trouvons, en outre, l'explication du caractère si fréquemment anormal de nos races domestiques et du fait que leurs différences extérieures sont si grandes, alors que les différences portant sur l'organisme sont relativement si légères. L'homme ne peut guère choisir que des déviations de conformation qui affectent l'extérieur ; quant aux déviations internes, il ne pourrait les choisir qu'avec la plus grande difficulté, on peut même ajouter qu'il s'en inquiète fort peu. En outre, il ne peut exercer son pouvoir sélectif que sur des variations que la nature lui a tout d'abord fournies. Personne, par exemple, n'aurait jamais essayé de produire un pigeon Paon, avant d'avoir vu un pigeon dont la queue offrait un développement quelque peu inusité ; personne n'aurait cherché à produire un pigeon Grosse-gorge, avant d'avoir remarqué une dilatation exceptionnelle du jabot chez un de ces oiseaux ; or, plus une déviation accidentelle présente un caractère anormal ou bizarre, plus elle a de chances d'attirer l'attention de l'homme. Mais nous venons d'employer l'expression : *essayer de produire un pigeon Paon* ; c'est là, je n'en doute pas, dans la plupart des cas, une expression absolument inexacte. L'homme qui, le premier, a choisi, pour le faire reproduire, un pigeon dont la queue était un peu plus développée que celle de ses congénères, ne s'est jamais imaginé ce que deviendraient les descendants de ce pigeon par suite d'une sélection longuement continuée, partiellement inconsciente, partiellement méthodique. Peut-être le pigeon, souche de tous les pigeons Paons, n'avait-il que quatorze plumes caudales un peu étalées, comme le pigeon Paon actuel de Java, ou comme quelques individus d'autres races distinctes, chez lesquels on a compté jusqu'à dix-sept plumes caudales. Peut-être le premier pigeon Grosse-gorge ne gonflait-il pas plus son jabot que ne le fait actuellement le Turbit quand il dilate la partie supérieure de son œsophage, habitude à laquelle les éleveurs ne prêtent aucune espèce d'attention, parce qu'elle n'est pas un des buts de cette race.

Il ne faudrait pas croire, cependant, que, pour attirer l'attention de l'éleveur, la déviation de structure doive être très prononcée. L'éleveur, au contraire, remarque les différences les plus minimes, car il est dans la nature de chaque homme de priser toute nouveauté en sa possession, si insignifiante qu'elle soit. On ne saurait non plus juger de l'importance qu'on attribuait autrefois à quelques légères différences chez les individus de la même espèce, par l'importance qu'on leur attribue, aujourd'hui que les diverses races sont bien établies. De légères variations se présentent encore accidentellement chez les pigeons, mais on les rejette comme autant de défauts ou de déviations du type de perfection admis pour chaque race. L'Oie commune n'a pas fourni de variétés bien accusées ; aussi a-t-on dernièrement exposé comme des espèces distinctes, dans nos expositions de volailles, la race de Toulouse et la race commune, qui ne diffèrent que par la couleur, c'est-à-dire le plus fugace de tous les caractères.

Ces différentes raisons expliquent pourquoi nous ne savons rien ou presque rien sur l'origine ou sur l'histoire de nos races domestiques. Mais on ne saurait dire qu'une race, pas plus qu'un dialecte d'une langue, ait une origine définie. Un homme conserve et fait reproduire un individu qui présente quelque légère déviation de structure ; ou bien il apporte plus de soins qu'on ne le fait d'ordinaire pour apparier ensemble ses plus beaux sujets ; ce faisant, il les améliore, et ces animaux perfectionnés se répandent lentement dans le voisinage. Ils n'ont pas encore un nom particulier ; peu appréciés, leur histoire est négligée. Mais, si l'on continue à suivre ce procédé lent et graduel, et que, par conséquent, ces animaux s'améliorent de plus en plus, ils se répandent davantage, et on finit par les reconnaître pour une race distincte ayant quelque valeur ; ils reçoivent alors un nom, probablement un nom de province. Dans les pays à demi civilisés, où les communications sont difficiles, une nouvelle race ne se répand que bien lentement. Les principaux caractères de la nouvelle race étant reconnus et appréciés à leur juste valeur, le principe de la sélection inconsciente, comme je l'ai appelée, aura toujours pour effet d'augmenter les traits caractéristiques de la race, quels qu'ils puissent être d'ailleurs, – sans doute à une époque plus particulièrement qu'à une autre, selon que la race nouvelle est ou non à la mode, – plus particulièrement aussi dans un pays que dans un autre, selon que les habitants sont plus ou moins civilisés. Mais, en tout cas, il est très

peu probable que l'on conserve l'historique de changements si lents et si insensibles.

Je dirai maintenant quelques mots sur les circonstances qui facilitent ou qui contrarient l'exercice de la
sélection par l'homme. Un haut degré de variabilité est
évidemment favorable, car il fournit tous les matériaux
sur lesquels repose la sélection ; toutefois, de simples différences individuelles sont plus que suffisantes pour permettre, à condition que l'on y apporte beaucoup de soins,
l'accumulation d'une grande somme de modifications
dans presque toutes les directions. Toutefois, comme des
variations manifestement utiles ou agréables à l'homme
ne se produisent qu'accidentellement, on a d'autant plus
de chance qu'elles se produisent, qu'on élève un plus
grand nombre d'individus. Le nombre est, par conséquent, un des grands éléments de succès. C'est en partant
de ce principe que Marshall a fait remarquer autrefois,
en parlant des moutons de certaines parties du Yorkshire : « Ces animaux appartenant à des gens pauvres et
étant, par conséquent, divisés *en petits troupeaux*, il y a
peu de chance qu'ils s'améliorent jamais. » D'autre part,
les horticulteurs, qui élèvent des quantités considérables
de la même plante, réussissent ordinairement mieux que
les amateurs à produire de nouvelles variétés. Pour qu'un
grand nombre d'individus d'une espèce quelconque
existe dans un même pays, il faut que l'espèce y trouve
des conditions d'existence favorables à sa reproduction.
Quand les individus sont en petit nombre, on permet à
tous de se reproduire, quelles que soient d'ailleurs leurs
qualités, ce qui empêchera la sélection. Mais le point le
plus important de tous est, sans contredit, que l'animal
ou la plante soit assez utile à l'homme, ou ait assez de
valeur à ses yeux, pour qu'il apporte l'attention la plus
scrupuleuse aux moindres déviations qui peuvent se produire dans les qualités ou dans la conformation de cet
animal ou de cette plante. Rien n'est possible sans ces
précautions. J'ai entendu faire sérieusement la remarque

qu'il est très heureux que le fraisier ait commencé précisément à varier au moment où les jardiniers ont porté leur attention sur cette plante. Or, il n'est pas douteux que le fraisier a dû varier depuis qu'on le cultive, seulement on a négligé ces légères variations. Mais, dès que les jardiniers se mirent à choisir les plantes portant un fruit un peu plus gros, un peu plus parfumé, un peu plus précoce, à en semer les graines, à trier ensuite les plants pour faire reproduire les meilleurs, et ainsi de suite, ils sont arrivés à produire, en s'aidant ensuite de quelques croisements avec d'autres espèces, ces nombreuses et admirables variétés de fraises qui ont paru pendant ces trente ou quarante dernières années.

Il importe, pour la formation de nouvelles races d'animaux, d'empêcher autant que possible les croisements, tout au moins dans un pays qui renferme déjà d'autres races. Sous ce rapport, les clôtures jouent un grand rôle. Les sauvages nomades, ou les habitants de plaines ouvertes, possèdent rarement plus d'une race de la même espèce. Le pigeon s'apparie pour la vie ; c'est là une grande commodité pour l'éleveur, qui peut ainsi améliorer et faire reproduire fidèlement plusieurs races, quoiqu'elles habitent une même volière ; cette circonstance doit, d'ailleurs, avoir singulièrement favorisé la formation de nouvelles races. Il est un point qu'il est bon d'ajouter : les pigeons se multiplient beaucoup et vite, et on peut sacrifier tous les sujets défectueux, car ils servent à l'alimentation. Les chats, au contraire, en raison de leurs habitudes nocturnes et vagabondes, ne peuvent pas être aisément appariés, et, bien qu'ils aient une si grande valeur aux yeux des femmes et des enfants, nous voyons rarement une race distincte se perpétuer parmi eux ; celles que l'on rencontre, en effet, sont presque toujours importées de quelque autre pays, souvent une île. Certains animaux domestiques varient moins que d'autres, cela ne fait pas de doute ; on peut cependant, je crois, attribuer à ce que la sélection ne leur a pas été appliquée la rareté ou l'absence de races distinctes chez le chat, chez l'âne, chez le paon, chez l'oie, etc. : chez les chats, parce qu'il est fort difficile de les apparier ; chez les ânes, parce que ces animaux ne se trouvent ordinairement que chez les pauvres gens, qui s'occupent peu de surveiller leur reproduction ; chez le paon, parce que cet animal est difficile à élever et qu'on ne le conserve pas en grande quantité ; chez l'oie, parce que ce volatile n'a de valeur que pour sa chair et pour ses plumes, et surtout, peut-être, parce que personne n'a jamais désiré en multiplier les races.

Résumons ce qui est relatif à l'origine de nos races d'animaux domestiques et de plantes cultivées. Je crois que les changements dans les conditions d'existence, par leur action sur le système reproducteur, ont la plus haute importance comme cause de variabilité. Je ne crois pas que la variabilité soit un phénomène nécessaire et inhérent, en toutes circonstances, à tous les êtres organisés, comme certains auteurs l'ont prétendu. Les effets de la variabilité sont modifiés par divers degrés d'hérédité et de réversion. La variabilité est régie par de nombreuses lois inconnues, et plus particulièrement par la corrélation de croissance. On peut attribuer quelque chose à l'action directe des conditions de vie. Il est nécessaire d'attribuer quelque chose à l'usage et au non-usage. Le résultat final est ainsi rendu infiniment complexe. Dans quelques cas, le croisement d'espèces primitives distinctes semble avoir joué un rôle fort important au point de vue de l'origine de nos races. Dès que plusieurs races ont été formées dans une région quelle qu'elle soit, leur croisement accidentel, avec l'aide de la sélection, a sans doute puissamment contribué à la formation de nouvelles variétés. On a, toutefois, considérablement exagéré l'importance des croisements, et relativement aux animaux, et relativement aux plantes qui se multiplient par graines. L'importance du croisement est immense, au contraire, pour les plantes qui se multiplient temporairement par boutures, par greffes, etc., parce que le cultivateur peut, dans ce cas, négliger l'extrême variabilité des hybrides et des métis et la stérilité des hybrides ; mais les plantes qui ne se multiplient pas par graines ont pour nous peu d'importance, leur durée n'étant que temporaire. Parmi toutes ces causes de changement, je suis convaincu que l'action cumulative de la sélection, qu'elle soit appliquée méthodiquement et vite, ou bien inconsciemment et plus lentement, est de loin la force la plus importante.

Chapitre II

DE LA VARIATION À L'ÉTAT
DE NATURE

Variabilité. – Différences individuelles. – Espèces douteuses.
– Les espèces ayant un habitat fort étendu, les espèces très
répandues et les espèces communes sont celles qui varient le
plus. – Dans chaque pays, les espèces appartenant aux genres qui contiennent beaucoup d'espèces varient plus fréquemment que celles appartenant aux genres qui
contiennent peu d'espèces. – Beaucoup d'espèces appartenant aux genres qui contiennent un grand nombre d'espèces
ressemblent à des variétés, en ce sens qu'elles sont alliées de
très près, mais inégalement, les unes aux autres, et en ce
qu'elles ont un habitat restreint.

Avant d'appliquer aux êtres organisés vivant à l'état de
nature les principes que nous avons posés dans le chapitre précédent, il importe d'examiner brièvement si ces
derniers sont sujets à des variations. Pour traiter ce sujet
avec l'attention qu'il mérite, il faudrait dresser un long et
aride catalogue de faits ; je réserve ces faits pour un prochain ouvrage. Je ne discuterai pas non plus ici les différentes définitions que l'on a données du terme *espèce*.
Aucune de ces définitions n'a complètement satisfait tous
les naturalistes, et cependant chacun d'eux sait vague-
ment ce qu'il veut dire quand il parle d'une espèce. Ordinairement le terme *espèce* implique l'élément inconnu
d'un acte de création distinct. Il est presque aussi difficile
de définir le terme *variété* ; toutefois, ce terme implique

presque toujours une communauté de descendance, bien qu'on puisse rarement en fournir les preuves. Nous avons aussi ce que l'on désigne sous le nom de *monstruosités* ; mais elles se confondent avec les variétés. En se servant du terme *monstruosité*, on veut dire, je pense, une déviation considérable de conformation, ordinairement nuisible ou tout au moins peu utile à l'espèce. Quelques auteurs emploient le terme *variation* dans le sens technique, c'est-à-dire comme impliquant une modification qui découle directement des conditions physiques de la vie ; et, dans ce sens, les variations ne sont pas susceptibles d'être transmises par hérédité. Qui pourrait soutenir, cependant, que la diminution de taille des coquillages dans les eaux saumâtres de la Baltique, ou celle des plantes sur le sommet des Alpes, ou que l'épaississement de la fourrure d'un animal arctique ne sont pas héréditaires pendant quelques générations tout au moins ? Dans ce cas, je le suppose, on appellerait ces formes des *variétés*.

On peut donner le nom de *différences individuelles* aux différences nombreuses et légères qui se présentent chez les descendants des mêmes parents, ou auxquelles on peut assigner cette cause, parce qu'on les observe chez des individus de la même espèce, habitant une même localité restreinte. Nul ne peut supposer que tous les individus de la même espèce soient coulés dans un même moule. Ces différences individuelles ont pour nous la plus haute importance, car elles fournissent des matériaux sur lesquels peut agir la sélection naturelle et qu'elle peut accumuler de la même façon que l'homme accumule, dans une direction donnée, les différences individuelles de ses produits domestiques. Ces différences individuelles affectent ordinairement des parties que les naturalistes considèrent comme peu importantes ; je pourrais toutefois prouver, par de nombreux exemples, que des parties très importantes, soit au point de vue physiologique, soit au point de vue de la classification,

varient quelquefois chez des individus appartenant à une
même espèce. Je suis convaincu que le naturaliste le plus
expérimenté serait surpris du nombre des cas de variabilité qui portent sur des organes importants ; on peut facilement se rendre compte de ce fait en recueillant, comme
je l'ai fait pendant de nombreuses années, tous les cas
constatés par des autorités compétentes. Il est bon de se
rappeler que les systématiciens répugnent à admettre que
les caractères importants puissent varier ; il y a,
d'ailleurs, peu de naturalistes qui veuillent se donner la
peine d'examiner attentivement les organes internes
importants, et de les comparer avec de nombreux spécimens appartenant à la même espèce. Je n'aurais jamais
supposé que le branchement des principaux nerfs, auprès
du grand ganglion central d'un insecte, soit variable chez
une même espèce ; j'aurais supposé que des changements
de cette nature ne peuvent s'effectuer que très lentement ;
cependant sir John Lubbock a démontré que dans les
nerfs du *Coccus* il existe un degré de variabilité qui peut
presque se comparer au branchement irrégulier d'un
tronc d'arbre. Je puis ajouter que ce même naturaliste a
démontré que les muscles des larves de certains insectes
sont loin d'être uniformes. Les auteurs tournent souvent
dans un cercle vicieux quand ils soutiennent que les
organes importants ne varient jamais ; ces mêmes
auteurs, en effet (il faut dire que quelques-uns l'ont franchement admis), ne considèrent comme importants que
les organes qui ne varient pas. Il va sans dire que, si l'on
raisonne ainsi, on ne pourra jamais citer d'exemple de la
variation d'un organe important ; mais, si l'on se place à
tout autre point de vue, on pourra certainement citer de
nombreux exemples de ces variations.

Il est un point extrêmement embarrassant, relativement aux différences individuelles. Je fais allusion aux
genres que l'on a appelés « protéens » ou « polymorphes », genres chez lesquels les espèces varient de
façon déréglée. À peine y a-t-il deux naturalistes qui

soient d'accord pour classer ces formes comme espèces ou comme variétés. On peut citer comme exemples les genres *Rubus, Rosa* et *Hieracium* chez les plantes ; plusieurs genres d'insectes et de coquillages brachiopodes. Dans la plupart des genres polymorphes, quelques espèces ont des caractères fixes et définis. Les genres polymorphes dans un pays semblent, à peu d'exceptions près, l'être aussi dans un autre, et, s'il faut en juger par les Brachiopodes, ils l'ont été à d'autres époques. Ces faits sont très embarrassants, car ils semblent prouver que cette espèce de variabilité est indépendante des conditions d'existence. Je suis disposé à croire que, chez quelques-uns de ces genres polymorphes tout au moins, ce sont là des variations qui ne sont ni utiles ni nuisibles à l'espèce, et qu'en conséquence la sélection naturelle ne s'en est pas emparée pour les rendre définitives, comme nous l'expliquerons plus tard.

Les formes les plus importantes pour nous, sous bien des rapports, sont celles qui, tout en présentant, à un degré très prononcé, le caractère d'espèces, sont assez semblables à d'autres formes ou sont assez parfaitement reliées avec elles par des intermédiaires pour que les naturalistes répugnent à les considérer comme des espèces distinctes. Nous avons toute raison de croire qu'un grand nombre de ces formes voisines et douteuses ont conservé leurs caractères de façon permanente pendant longtemps, pendant aussi longtemps même, autant que nous pouvons en juger, que les bonnes et vraies espèces. Dans la pratique, quand un naturaliste peut rattacher deux formes l'une à l'autre par des intermédiaires, il considère l'une comme une variété de l'autre ; il désigne la plus commune, mais parfois aussi la première décrite, comme l'espèce, et la seconde comme la variété. Il se présente quelquefois, cependant, des cas très difficiles, que je n'énumérerai pas ici, où il s'agit de décider si une forme doit être classée comme une variété d'une autre forme, même quand elles sont intimement reliées par des formes intermédiaires ; bien qu'on suppose d'ordinaire que ces formes intermédiaires ont une nature hybride, cela ne suffit pas toujours pour trancher la difficulté. Dans bien des cas, on regarde une forme comme une variété d'une autre forme, non pas parce qu'on a retrouvé les formes intermédiaires, mais parce que l'analogie qui existe entre elles fait supposer à l'observateur que ces intermédiaires existent aujourd'hui, ou qu'ils ont anciennement existé. Or, en agir ainsi, c'est ouvrir la porte au doute et aux conjectures.

Pour déterminer, par conséquent, si l'on doit classer une forme comme une espèce ou comme une variété, il semble que le seul guide à suivre soit l'opinion des naturalistes ayant un excellent jugement et une grande expérience ; mais, souvent, il devient nécessaire de décider à la majorité des voix, car il n'est guère de variétés bien connues et bien tranchées que des juges très compétents n'aient considérées comme telles, alors que d'autres juges tout aussi compétents les considèrent comme des espèces.

Il est certain tout au moins que les variétés ayant cette nature douteuse sont très communes. Si l'on compare les différentes flores de la Grande-Bretagne, de la France ou des États-Unis, décrites par différents botanistes, ou voit quel nombre surprenant de formes ont été classées par un botaniste comme espèces, et par un autre comme variétés. M. H.C. Watson, auquel je suis très reconnaissant du concours qu'il m'a prêté, m'a signalé cent quatre-vingt-deux plantes anglaises, que l'on considère ordinairement comme des variétés, mais que certains botanistes ont toutes mises au rang des espèces ; en faisant cette liste, il a omis plusieurs variétés insignifiantes, lesquelles néanmoins ont été rangées comme espèces par certains botanistes, et il a entièrement omis plusieurs genres polymorphes. M. Babington compte, dans les genres qui comprennent le plus de formes polymorphes, deux cent cinquante et une espèces, alors que M. Bentham n'en compte que cent douze, ce qui fait une différence de cent trente-neuf formes douteuses! Chez les animaux qui s'accouplent pour chaque portée et qui jouissent à un haut degré de la faculté de la locomotion, on trouve rarement, dans un même pays, des formes douteuses, mises au rang d'espèces par un zoologiste, et de variétés par un autre ; mais ces formes sont communes dans les régions séparées. Combien n'y a-t-il pas d'oiseaux et d'insectes de l'Amérique septentrionale et de l'Europe, ne différant que très peu les uns des autres, qui ont été classés par un éminent naturaliste comme des espèces incontestables, et par un autre comme des variétés, ou bien, comme on les appelle souvent, comme des races géographiques ! Il y a bien des années, alors que je comparais et que je voyais d'autres naturalistes comparer les uns avec les autres et avec ceux du continent américain les oiseaux provenant des îles si voisines de l'archipel des Galápagos, j'ai été profondément frappé de la distinction vague et arbitraire qui existe entre les espèces et les variétés. M. Wollaston, dans son admirable ouvrage, considère comme des variétés beaucoup d'insectes habitant les îlots du petit groupe de Madère ; or, beaucoup d'entomologistes classeraient la plupart d'entre eux comme des espèces distinctes. Il y a, même en Irlande, quelques animaux que l'on regarde ordinairement aujourd'hui comme des variétés, mais que certains zoologistes ont mis au rang des espèces. Plusieurs savants ornithologistes estiment que notre coq de bruyère rouge n'est qu'une variété très prononcée d'une espèce norvégienne ; mais la plupart le considèrent comme une espèce incontestablement particulière à la Grande-Bretagne. Un éloignement considérable entre les habitats de deux formes douteuses conduit beaucoup de naturalistes à classer ces dernières comme des espèces distinctes. Mais n'y a-t-il pas lieu de se demander : quelle est dans ce cas la distance suffisante ? Si la distance entre l'Amérique et

l'Europe est assez considérable, suffit-il, d'autre part, de
la distance entre l'Europe et les Açores, Madère et les
Canaries, ou de celle qui existe entre les différents îlots
de ces petits archipels ? Il est certain que beaucoup de
formes, considérées comme des variétés par des juges très
compétents, ont des caractères qui les font si bien ressembler à des espèces que d'autres juges, non moins compétents, les ont considérées comme telles. Mais discuter s'il
faut les appeler espèces ou variétés, avant d'avoir trouvé
une définition de ces termes et que cette définition soit
généralement acceptée, c'est s'agiter dans le vide.

Beaucoup de variétés bien accusées ou espèces douteuses mériteraient d'appeler notre attention ; on a tiré,
en effet, de nombreux et puissants arguments de la distribution géographique, des variations analogues, de
l'hybridité, etc., pour essayer de déterminer le rang. Je ne
donnerai ici qu'un seul exemple, celui, bien connu, du
coucou et de la primevère élevée, ou *Primula veris* et
P. elatior. Ces plantes diffèrent considérablement dans
leur aspect, elles ont un parfum et une odeur différents,
elles fleurissent à des périodes différentes, elles poussent
dans des zones légèrement différentes, et à des hauteurs
différentes dans la montagne, elles ont des distributions
géographiques différentes, et enfin, d'après de nombreuses expériences faites plusieurs années de suite par
Gärtner, observateur fort habile, on ne peut les croiser
qu'avec beaucoup de difficultés. On ne pourrait guère
souhaiter meilleurs faits tendant à prouver que ces deux
formes sont des espèces distinctes. Mais, d'autre part,
elles sont unies par de nombreuses formes intermédiaires,
et il est fort douteux que ces dernières soient des
hybrides ; et il y a, me semble-t-il, une masse énorme de
preuves expérimentales qui montrent qu'elles descendent
de parents communs, et par conséquent qu'il faut les
considérer comme des variétés.

Des recherches attentives permettront sans doute aux
naturalistes de s'entendre pour la classification de ces

formes douteuses. Il faut ajouter, cependant, que nous les trouvons en plus grand nombre dans les pays les plus connus. En outre, si un animal ou une plante à l'état sauvage est très utile à l'homme, ou que, pour quelque cause que ce soit, elle attire vivement son attention, on constate immédiatement qu'il en existe plusieurs variétés que beaucoup d'auteurs considèrent comme des espèces. Le chêne commun, par exemple, est un des arbres qui ont été le plus étudiés, et cependant un naturaliste allemand érige en espèces plus d'une douzaine de formes, que les autres botanistes considèrent presque universellement comme des variétés. En Angleterre, on peut invoquer l'opinion des plus éminents botanistes et des hommes pratiques les plus expérimentés ; les uns affirment que les chênes sessiles et les chênes pédonculés sont des espèces bien distinctes, les autres que ce sont de simples variétés.

Quand un jeune naturaliste aborde l'étude d'un groupe d'organismes qui lui sont parfaitement inconnus, il est d'abord très embarrassé pour déterminer quelles sont les différences qu'il doit considérer comme impliquant une espèce ou simplement une variété ; il ne sait pas, en effet, quelles sont la nature et l'étendue des variations dont le groupe dont il s'occupe est susceptible, fait qui prouve au moins combien les variations sont générales. Mais, s'il restreint ses études à une seule classe habitant un seul pays, il saura bientôt quel rang il convient d'assigner à la plupart des formes douteuses. Tout d'abord, il est disposé à reconnaître beaucoup d'espèces, car il est frappé, aussi bien que l'éleveur de pigeons et de volailles dont nous avons déjà parlé, de l'étendue des différences qui existent chez les formes qu'il étudie continuellement ; en outre, il sait à peine que des variations analogues, qui se présentent dans d'autres groupes et dans d'autres pays, seraient de nature à corriger ses premières impressions. À mesure que ses observations prennent un développement plus considérable, les difficultés s'accroissent, car il se trouve en présence d'un plus grand nombre de formes très voisines. En supposant que ses observations prennent un caractère général, il finira par pouvoir se décider ; mais il n'atteindra ce point qu'en admettant des variations nombreuses, et il ne manquera pas de naturalistes pour contester ses conclusions. Enfin, les difficultés surgiront en foule, et il sera forcé de s'appuyer presque entièrement sur l'analogie, lorsqu'il en arrivera à étudier les formes voisines provenant de pays aujourd'hui séparés, car il ne pourra retrouver les chaînons intermédiaires qui relient ces formes douteuses.

Jusqu'à présent on n'a pu tracer une ligne de démarcation entre les espèces et les sous-espèces, c'est-à-dire entre les formes qui, dans l'opinion de quelques naturalistes, pourraient être presque mises au rang des espèces sans le mériter tout à fait. On n'a pas réussi davantage à tracer une ligne de démarcation entre les sous-espèces et les variétés fortement accusées, ou entre les variétés à peine sensibles et les différences individuelles. Ces différences se fondent l'une dans l'autre par des degrés insensibles, constituant une véritable série ; or, la notion de série implique l'idée d'une transformation réelle.

Aussi, bien que les différences individuelles offrent peu d'intérêt aux naturalistes classificateurs, je considère qu'elles ont la plus haute importance en ce qu'elles constituent les premiers degrés vers ces variétés si légères qu'on croit devoir à peine les signaler dans les ouvrages sur l'histoire naturelle. Je crois que les variétés un peu plus prononcées, un peu plus persistantes, conduisent à d'autres variétés plus prononcées et plus persistantes encore ; ces dernières amènent la sous-espèce, puis enfin l'espèce. Le passage d'un degré de différence à un autre plus élevé peut, dans bien des cas, résulter simplement de l'action continue de conditions physiques différentes dans deux régions différentes, mais je ne crois pas beaucoup à cette théorie, et j'attribue le passage d'une variété d'un état où elle diffère imperceptiblement de la forme

DE LA VARIATION À L'ÉTAT DE NATURE   103

mère à un état de plus grande différence, à l'action de la sélection naturelle qui accumule (comme je l'expliquerai plus tard) des différences de structure dans certaines directions définies. On peut donc dire qu'une variété fortement accusée est le commencement d'une espèce. Cette assertion est-elle fondée ou non ? C'est ce dont on pourra juger quand on aura pesé avec soin les arguments et les différents faits qui font l'objet de ce volume.

Il ne faudrait pas supposer, d'ailleurs, que toutes les variétés ou espèces en voie de formation atteignent le rang d'espèces. Elles peuvent s'éteindre, ou elles peuvent se perpétuer comme variétés pendant de très longues périodes ; M. Wollaston a démontré qu'il en était ainsi pour les variétés de certains coquillages terrestres fossiles à Madère. Si une variété prend un développement tel que le nombre de ses individus dépasse celui de l'espèce souche, il est certain qu'on regardera la variété comme l'espèce et l'espèce comme la variété. Ou bien il peut se faire encore que la variété supplante et extermine l'espèce souche ; ou bien encore elles peuvent coexister toutes deux et être toutes deux considérées comme des espèces indépendantes. Nous reviendrons, d'ailleurs, un peu plus loin sur ce sujet.

On comprendra, d'après ces remarques, que, selon moi, on a, dans un but de commodité, appliqué arbitrairement le terme *espèce* à certains individus qui se ressemblent de très près, et que ce terme ne diffère pas essentiellement du terme *variété*, donné à des formes moins distinctes et plus variables. Il faut ajouter, d'ailleurs, que le terme *variété*, comparativement à de simples différences individuelles, est aussi appliqué arbitrairement dans un but de commodité.

Je pensais, guidé par des considérations théoriques, qu'on pourrait obtenir quelques résultats intéressants relativement à la nature et au rapport des espèces qui varient le plus, en dressant un tableau de toutes les variétés de plusieurs flores bien étudiées. Je croyais, tout d'abord, que c'était là un travail fort simple ; mais M. H.C. Watson, auquel je dois d'importants conseils et une aide précieuse sur cette question, m'a bientôt démontré que je rencontrerais beaucoup de difficultés ; le docteur Hooker m'a exprimé la même opinion en termes plus énergiques encore. Je réserve, pour un futur ouvrage, la discussion de ces difficultés et les tableaux comportant les nombres proportionnels des espèces variables. Le docteur Hooker m'autorise à ajouter qu'après avoir lu avec soin mon manuscrit et examiné ces différents tableaux, il partage mon opinion quant au principe que je vais établir tout à l'heure. Quoi qu'il en soit, cette question, traitée brièvement comme il faut qu'elle le soit ici, est assez embarrassante en ce qu'on ne peut éviter des allusions à la *lutte pour l'existence*, à la *divergence des caractères*, et à quelques autres questions que nous aurons à discuter plus tard.

Alphonse de Candolle et quelques autres naturalistes ont démontré que les plantes ayant un habitat très étendu ont ordinairement des variétés. Cela est parfaitement compréhensible, car ces plantes sont exposées à diverses conditions physiques, et elles se trouvent en concurrence (ce qui, comme nous le verrons plus tard, est également important ou même plus important encore) avec différentes séries d'êtres organisés. Toutefois, nos tableaux démontrent en outre que, dans tout pays limité, les espèces les plus communes, c'est-à-dire celles qui comportent le plus grand nombre d'individus et les plus répandues dans leur propre pays (considération différente de celle d'un habitat considérable et, dans une certaine mesure, de celle d'une espèce commune), offrent le plus souvent des variétés assez prononcées pour qu'on en tienne compte dans les ouvrages sur la botanique. On peut donc dire que les espèces qui ont un habitat considérable, qui sont le plus répandues dans leur pays natal, et qui comportent le plus grand nombre d'individus, sont les espèces florissantes ou espèces dominantes, comme on pourrait les appeler, et sont celles qui produisent le plus souvent des variétés bien prononcées, que je considère comme des espèces naissantes. On aurait pu, peut-être, prévoir ces résultats ; en effet, les variétés, afin de devenir permanentes, ont nécessairement à lutter contre les autres habitants du même pays ; or, les espèces qui dominent déjà sont le plus propres à produire des rejetons qui, bien que modifiés dans une certaine mesure, héritent encore des avantages qui ont permis à leurs parents de vaincre leurs concurrents.

Si l'on divise en deux masses égales les plantes habitant un pays, telles qu'elles sont décrites dans sa flore, et que l'on place d'un côté toutes celles appartenant aux genres les plus riches, c'est-à-dire aux genres qui comprennent le plus d'espèces, et de l'autre les genres les plus pauvres, on verra que les genres les plus riches comprennent un plus grand nombre d'espèces très communes, très répandues, ou, comme nous les appelons, d'espèces dominantes. Cela était encore à prévoir ; en effet, le simple fait que beaucoup d'espèces du même genre habitent un pays démontre qu'il y a, dans les conditions organiques ou inorganiques de ce pays, quelque chose qui est particulièrement favorable à ce genre ; en conséquence, il était à prévoir qu'on trouverait dans les genres les plus riches, c'est-à-dire dans ceux qui comprennent beaucoup d'espèces, un nombre relativement plus considérable d'espèces dominantes. Toutefois, il y a tant de causes en jeu tendant à contre-balancer ce résultat, que je suis très surpris que mes tableaux indiquent même une petite majorité en faveur des grands genres. Je ne mentionnerai ici que deux de ces causes. Les plantes d'eau douce et celles d'eau salée sont ordinairement très répandues et ont une extension géographique considérable, mais cela semble résulter de la nature des stations qu'elles occupent et n'avoir que peu ou pas de rapport avec l'importance des genres auxquels ces espèces appartiennent. De plus,

les plantes placées très bas dans l'échelle de l'organisation sont ordinairement beaucoup plus répandues que les
plantes mieux organisées ; ici encore, il n'y a aucun rapport immédiat avec l'importance des genres. Nous reviendrons, dans notre chapitre sur la distribution
géographique, sur la cause de la grande dissémination
des plantes d'organisation inférieure.

En partant de ce principe, que les espèces ne sont que
des variétés bien tranchées et bien définies, j'ai été amené
à supposer que les espèces des genres les plus riches dans
chaque pays doivent plus souvent offrir des variétés que
les espèces des genres moins riches ; car, chaque fois que
des espèces très voisines se sont formées (j'entends des
espèces du même genre), plusieurs variétés ou espèces
naissantes doivent, en règle générale, être actuellement
en voie de formation. Partout où croissent de grands
arbres, on peut s'attendre à trouver de jeunes plants. Partout où beaucoup d'espèces d'un genre se sont formées
en vertu de variations, c'est que les circonstances extérieures ont favorisé les variations ; or, tout porte à supposer que ces mêmes circonstances sont encore favorables
à la variabilité. D'autre part, si l'on considère chaque
espèce comme le résultat d'autant d'actes indépendants
de création, il n'y a aucune raison pour que les groupes
comprenant beaucoup d'espèces présentent plus de variétés que les groupes en comprenant très peu.

Pour vérifier la vérité de cette prévision, j'ai classé les
plantes de douze pays et les insectes coléoptères de deux
régions en deux groupes à peu près égaux, en mettant
d'un côté les espèces appartenant aux genres les plus
riches, et de l'autre celles appartenant aux genres les
moins riches ; or, il s'est invariablement trouvé que les
espèces appartenant aux genres les plus riches offrent
plus de variétés que celles appartenant aux autres genres.
En outre, les premières présentent un plus grand nombre
moyen de variétés que les dernières. Ces résultats restent
les mêmes quand on suit un autre mode de classement

et quand on exclut des tableaux les plus petits genres, c'est-à-dire les genres qui ne comportent que d'une à quatre espèces. Ces faits ont une haute signification si l'on se place à ce point de vue que les espèces ne sont que des variétés permanentes et bien tranchées ; car, partout où se sont formées plusieurs espèces du même genre, ou, si nous pouvons employer cette expression, partout où les causes de cette formation ont été très actives, nous devons nous attendre à ce que ces causes soient encore en action, d'autant que nous avons toute raison de croire que la formation des espèces doit être très lente. Cela est certainement le cas si l'on considère les variétés comme des espèces naissantes, car mes tableaux démontrent clairement que, en règle générale, partout où plusieurs espèces d'un genre ont été formées, les espèces de ce genre présentent un nombre de variétés, c'est-à-dire d'espèces naissantes, beaucoup au-dessus de la moyenne. Ce n'est pas que tous les genres très riches varient beaucoup actuellement et accroissent ainsi le nombre de leurs espèces, ou que les genres moins riches ne varient pas et n'augmentent pas, ce qui serait fatal à ma théorie ; la géologie nous prouve en effet que, dans le cours des temps, les genres pauvres ont souvent beaucoup augmenté et que les genres riches, après avoir atteint un maximum, ont décliné et ont fini par disparaître. Tout ce que nous voulons démontrer, c'est que, partout où beaucoup d'espèces d'un genre se sont formées, beaucoup en moyenne se forment encore, et c'est là certainement ce qu'il est facile de prouver.

D'autres rapports entre les espèces des genres riches et les variétés qui en dépendent méritent notre attention. Nous avons vu qu'il n'y a pas de critère infaillible qui nous permette de distinguer entre les espèces et les variétés bien tranchées. Quand on ne découvre pas de chaînons intermédiaires entre des formes douteuses, les naturalistes sont forcés de se décider en tenant compte de la différence qui existe entre ces formes douteuses,

pour juger, par analogie, si cette différence suffit pour les
élever au rang d'espèces. En conséquence, la différence
est un critère très important qui nous permet de classer
deux formes comme espèces ou comme variétés. Or, Fries
a remarqué pour les plantes, et Westwood pour les
insectes, que, dans les genres riches, les différences entre
les espèces sont souvent très insignifiantes. J'ai cherché
à apprécier numériquement ce fait par la méthode des
moyennes ; mes résultats sont imparfaits, mais ils n'en
confirment pas moins cette hypothèse. J'ai consulté aussi
quelques bons observateurs, et après de mûres réflexions
ils ont partagé mon opinion. Sous ce rapport donc, les
espèces des genres riches ressemblent aux variétés plus
que les espèces des genres pauvres. En d'autres termes,
on peut dire que, chez les genres riches où se produisent
actuellement un nombre de variétés, ou espèces naissantes, plus grand que la moyenne, beaucoup d'espèces
déjà produites ressemblent encore aux variétés, car elles
diffèrent moins les unes des autres qu'il n'est ordinaire.

En outre, les espèces des genres riches offrent entre
elles les mêmes rapports que ceux que l'on constate entre
les variétés d'une même espèce. Aucun naturaliste n'ose-
rait soutenir que toutes les espèces d'un genre sont
également distinctes les unes des autres ; on peut ordinairement les diviser en sous-genres, en sections, ou en
groupes inférieurs. Comme Fries l'a si bien fait remarquer, certains petits groupes d'espèces se réunissent ordinairement comme des satellites autour d'autres espèces.
Or, que sont les variétés, sinon des groupes d'organismes
inégalement apparentés les uns aux autres et réunis
autour de certaines formes, c'est-à-dire autour des
espèces types ? Il y a, sans doute, une différence importante entre les variétés et les espèces, c'est-à-dire que la
somme des différences existant entre les variétés comparées les unes avec les autres, ou avec l'espèce type, est
beaucoup moindre que la somme des différences existant
entre les espèces du même genre. Mais, quand nous en

viendrons à discuter le principe de la divergence des caractères, nous trouverons l'explication de ce fait, et nous verrons aussi comment il se fait que les petites différences entre les variétés tendent à s'accroître et à atteindre graduellement le niveau des différences plus grandes qui caractérisent les espèces.

Encore un point digne d'attention. Les variétés ont généralement une distribution fort restreinte ; c'est presque une banalité que cette assertion, car si une variété avait une distribution plus grande que celle de l'espèce qu'on lui attribue comme souche, leur dénomination aurait été réciproquement inverse. Mais il y a raison de croire que les espèces très voisines d'autres espèces, et qui sous ce rapport ressemblent à des variétés, offrent souvent aussi une distribution limitée. Ainsi, par exemple, M. H.C. Watson a bien voulu m'indiquer, dans l'excellent *Catalogue des plantes de Londres* (4e édition), soixante-trois plantes qu'on y trouve mentionnées comme espèces, mais qu'il considère comme douteuses à cause de leur relation étroite avec d'autres espèces. Ces soixante-trois espèces s'étendent en moyenne sur 6.9 des provinces ou districts botaniques entre lesquels M. Watson a divisé la Grande-Bretagne. Dans ce même catalogue, on trouve cinquante-trois variétés reconnues s'étendant sur 7.7 de ces provinces, tandis que les espèces auxquelles se rattachent ces variétés s'étendent sur 14.3 provinces. Il résulte de ces chiffres que les variétés, reconnues comme telles, ont à peu près la même distribution restreinte que ces formes très voisines que M. Watson m'a indiquées comme espèces douteuses, mais qui sont universellement considérées par les botanistes anglais comme de bonnes et véritables espèces.

En résumé, les variétés ont les mêmes caractères généraux que les espèces, car on ne peut les distinguer des espèces que, premièrement, par la découverte de chaînons intermédiaires, et l'existence de ces chaînons ne peut affecter réellement les caractères des formes qu'ils

relient ; deuxièmement, par une certaine somme de différences, car si deux formes diffèrent très peu, on les classe
ordinairement comme variétés, bien qu'on ne puisse pas
directement les relier entre elles ; mais on ne saurait définir la somme des différences nécessaires pour donner à
deux formes le rang d'espèces. Chez les genres présentant, dans un pays quelconque, un nombre d'espèces
supérieur à la moyenne, les espèces présentent aussi une
moyenne de variétés plus considérable. Chez les grands
genres, les espèces sont souvent, quoique à un degré
inégal, très voisines les unes des autres, et forment des
petits groupes autour d'autres espèces. Les espèces très
voisines ont ordinairement une distribution restreinte.
Sous ces divers rapports, les espèces des grands genres
présentent de fortes analogies avec les variétés. Or, il est
facile de se rendre compte de ces analogies, si l'on part
de ce principe que chaque espèce a existé d'abord comme
variété et y trouve son origine ; ces analogies, au
contraire, restent inexplicables si l'on admet que chaque
espèce a été créée séparément.

Nous avons vu aussi que ce sont les espèces les plus
florissantes, c'est-à-dire les espèces dominantes, des plus
grands genres de chaque classe qui produisent en
moyenne le plus grand nombre de variétés ; or, ces variétés, comme nous le verrons plus tard, tendent à se
convertir en espèces nouvelles et distinctes. Ainsi, les genres les plus riches ont une tendance à devenir plus riches
encore ; et, dans toute la nature, les formes vivantes,
aujourd'hui dominantes, manifestent une tendance à le
devenir de plus en plus, parce qu'elles produisent beaucoup de descendants modifiés et dominants. Mais, par
une marche graduelle que nous expliquerons plus tard,
les plus grands genres tendent aussi à se fractionner en
des genres moindres. C'est ainsi que, dans tout l'univers,
les formes vivantes se trouvent divisées en groupes subordonnés à d'autres groupes.

Chapitre III

LA LUTTE POUR L'EXISTENCE

Son influence sur la sélection naturelle. – Ce terme pris dans un sens large. – Progression géométrique de l'augmentation des individus. – Augmentation rapide des animaux et des plantes acclimatés. – Nature des obstacles qui empêchent cette augmentation. – Compétition universelle. – Effets du climat. – Le grand nombre des individus devient une protection. – Rapports complexes entre tous les animaux et entre toutes les plantes. – La lutte pour l'existence est très acharnée entre les individus et les variétés de la même espèce, souvent aussi entre les espèces du même genre. – Les rapports d'organisme à organisme sont les plus importants de tous les rapports.

Avant d'aborder la discussion du sujet de ce chapitre, il est bon d'indiquer en quelques mots quelle est l'influence de la lutte pour l'existence sur la sélection naturelle. Nous avons vu, dans le précédent chapitre, qu'il existe une certaine variabilité individuelle chez les êtres organisés à l'état sauvage ; je ne crois pas, d'ailleurs, que ce point ait jamais été contesté. Peu nous importe que l'on donne le nom d'*espèces,* de *sous espèces* ou de *variétés* à une multitude de formes douteuses ; peu nous importe, par exemple, quel rang on assigne aux deux ou trois cents formes douteuses des plantes britanniques, pourvu que l'on admette l'existence de variétés bien tranchées. Mais le seul fait de l'existence de variabilités individuelles et de quelques variétés bien tranchées, quoique nécessaire comme point de départ pour la formation des espèces, nous aide fort peu à comprendre comment se forment ces espèces à l'état de nature, comment se sont perfectionnées toutes ces admirables adaptations d'une partie de l'organisme dans ses rapports avec une autre partie, ou avec les conditions de vie, ou bien encore, les rapports d'un être organisé avec un autre. Les rapports du pic et du gui nous offrent un exemple frappant de ces admirables coadaptations. Peut-être les exemples suivants sont-ils un peu moins frappants, mais la coadaptation n'en existe pas moins entre le plus humble parasite et le quadrupède ou l'oiseau aux poils ou aux plumes desquels il s'attache : dans la structure du scarabée qui plonge dans l'eau ; dans la graine garnie de plumes que transporte la brise la plus légère ; en un mot, nous pouvons remarquer d'admirables adaptations partout et dans toutes les parties du monde organisé.

On peut encore se demander comment il se fait que les variétés que j'ai appelées *espèces naissantes* ont fini par se convertir en espèces vraies et distinctes, lesquelles, dans la plupart des cas, diffèrent évidemment beaucoup plus les unes des autres que les variétés d'une même espèce ; comment se forment ces groupes d'espèces, qui constituent ce qu'on appelle des *genres distincts*, et qui diffèrent plus les uns des autres que les espèces du même genre ? Tous ces effets, comme nous l'expliquerons de façon plus détaillée dans le chapitre suivant, découlent d'une même cause : la lutte pour la vie. Grâce à cette lutte, les variations, quelque faibles qu'elles soient et de quelque cause qu'elles proviennent, tendent à préserver les individus d'une espèce et se transmettent ordinairement à leur descendance, pourvu qu'elles soient utiles à ces individus dans leurs rapports infiniment complexes avec les autres êtres organisés et avec la nature extérieure. Les descendants auront, eux aussi, en vertu de ce fait, une plus grande chance de persister ; car, sur les individus d'une espèce quelconque nés périodiquement, un bien petit nombre peut survivre. J'ai donné à ce principe, en vertu duquel une variation si insignifiante qu'elle soit se conserve et se perpétue, si elle est utile, le nom de *sélection naturelle*, pour indiquer les rapports de cette sélection avec celle que l'homme peut accomplir. Nous avons vu que, grâce à la sélection, l'homme peut certainement obtenir de grands résultats et adapter les êtres organisés à ses besoins, en accumulant les variations légères, mais utiles, qui lui sont fournies par la nature. Mais la sélection naturelle, comme nous le verrons plus tard, est une puissance toujours prête à l'action ; puissance aussi supérieure aux faibles efforts de l'homme que les ouvrages de la nature sont supérieurs à ceux de l'art.

Discutons actuellement, un peu plus en détail, la lutte pour l'existence. Je traiterai ce sujet avec les développements qu'il comporte dans un futur ouvrage. De Candolle l'aîné et Lyell ont démontré, avec leur largeur de vues habituelle, que tous les êtres organisés ont à soutenir une terrible concurrence. Personne n'a traité ce sujet, relativement aux plantes, avec plus d'élévation et de talent que M. W. Herbert, doyen de Manchester ; sa profonde connaissance de la botanique le mettait d'ailleurs à même de le faire avec autorité. Rien de plus facile que d'admettre la vérité de ce principe : la lutte universelle pour la vie ; rien de plus difficile – je parle par expérience – que d'avoir toujours ce principe présent à l'esprit ; or, à moins qu'il n'en soit ainsi, ou bien on verra mal toute l'économie de la nature, ou on se méprendra sur le sens qu'il convient d'attribuer à tous les faits relatifs à la distribution, à la rareté, à l'abondance, à l'extinction et aux variations des êtres organisés. Nous contemplons la nature brillante de beauté et de bonheur, et nous remarquons souvent une surabondance d'alimentation ; mais nous ne voyons pas, ou nous oublions, que les oiseaux, qui chantent perchés nonchalamment sur une branche, se nourrissent principalement d'insectes ou de graines, et que, ce faisant, ils détruisent continuellement des êtres vivants ; nous oublions que des oiseaux carnassiers ou des bêtes de proie sont aux aguets pour détruire des quantités considérables de ces charmants chanteurs, et pour dévorer leurs œufs ou leurs petits ; nous ne nous rappelons pas toujours que, s'il y a en certains moments surabondance d'alimentation, il n'en est pas de même pendant toutes les saisons de chaque année.

Je dois faire remarquer que j'emploie le terme de *lutte pour l'existence* dans le sens général et métaphorique, ce qui implique les relations mutuelles de dépendance des êtres organisés, et, ce qui est plus important, non seulement la vie de l'individu, mais son aptitude ou sa réussite à laisser des descendants. On peut certainement affirmer que deux animaux carnivores, en temps de famine, luttent l'un contre l'autre à qui se procurera les aliments nécessaires à son existence. Mais on dit qu'une plante, au bord du désert, lutte pour l'existence contre la sécheresse, alors qu'il serait plus exact de dire que son existence dépend de l'humidité. On pourra dire plus exactement qu'une plante, qui produit annuellement un million de graines, sur lesquelles une seule, en moyenne, parvient à se développer et à mûrir à son tour, lutte avec les plantes de la même espèce, ou d'espèces différentes, qui recouvrent déjà le sol. Le gui dépend du pommier et de quelques autres arbres ; or, c'est seulement au figuré que l'on pourra dire qu'il lutte contre ces arbres, car si ces parasites s'établissent en trop grand nombre sur le même arbre, ce dernier languit et meurt ; mais on peut dire que plusieurs guis, poussant ensemble sur la même branche et produisant des graines, luttent l'un avec l'autre. Comme ce sont les oiseaux qui disséminent les graines du gui, son existence dépend d'eux, et l'on pourra dire au figuré que le gui lutte avec d'autres plantes portant des fruits, car il importe à chaque plante d'amener les

oiseaux à manger les fruits qu'elle produit, pour en dissé-
miner la graine. J'emploie donc, pour plus de commodité, le terme général *lutte pour l'existence*, dans ces
différents sens qui se confondent les uns avec les autres.

La lutte pour l'existence résulte inévitablement de la
rapidité avec laquelle tous les êtres organisés tendent à se
multiplier. Tout individu qui, pendant le terme naturel
de sa vie, produit plusieurs œufs ou plusieurs graines,
doit être détruit à quelque période de son existence, ou
pendant une saison quelconque, car, autrement, le principe de l'augmentation géométrique étant donné, le
nombre de ses descendants deviendrait si considérable,
qu'aucun pays ne pourrait les nourrir. Aussi, comme il
naît plus d'individus qu'il n'en peut vivre, il doit y avoir,
dans chaque cas, lutte pour l'existence, soit avec un autre
individu de la même espèce, soit avec des individus
d'espèces différentes, soit avec les conditions physiques
de la vie. C'est la doctrine de Malthus appliquée avec
une intensité beaucoup plus considérable à tout le règne
animal et à tout le règne végétal, car il n'y a là ni production artificielle d'alimentation, ni restriction apportée au
mariage par la prudence. Bien que quelques espèces se
multiplient aujourd'hui plus ou moins rapidement, il ne
peut en être de même pour toutes, car le monde ne pourrait plus les contenir.

Il n'y a aucune exception à la règle que tout être organisé se multiplie naturellement avec tant de rapidité que,
s'il n'est détruit, la terre serait bientôt couverte par la
descendance d'un seul couple. L'homme même, qui se
reproduit si lentement, voit son nombre doublé tous les
vingt-cinq ans, et, à ce taux, en moins de mille ans, il n'y
aurait littéralement plus de place sur le globe pour se
tenir debout. Linné a calculé que, si une plante annuelle
produit seulement deux graines – et il n'y a pas de plante
qui soit si peu productive – et que l'année suivante les
deux jeunes plants produisent à leur tour chacun deux
graines, et ainsi de suite, on arrivera en vingt ans à un

million de plants. De tous les animaux connus, l'éléphant, pense-t-on, est celui qui se reproduit le plus lentement. J'ai fait quelques calculs pour estimer quel serait probablement le taux minimum de son augmentation en nombre. On peut, sans crainte de se tromper, admettre qu'il commence à se reproduire à l'âge de trente ans, et qu'il continue jusqu'à quatre-vingt-dix ; dans l'intervalle, il produit six petits. Dans 500 ans, il y aurait 15 millions d'éléphants vivants, tous descendants du premier couple.

Mais, nous avons mieux, sur ce sujet, que des calculs théoriques, nous avons des preuves directes, c'est-à-dire les nombreux cas observés de la rapidité étonnante avec laquelle se multiplient certains animaux à l'état sauvage, quand les circonstances leur sont favorables pendant deux ou trois saisons. Nos animaux domestiques, redevenus sauvages dans plusieurs parties du monde, nous offrent une preuve plus frappante encore de ce fait. Si l'on n'avait des données authentiques sur l'augmentation des bestiaux et des chevaux – qui cependant se reproduisent si lentement – dans l'Amérique méridionale et plus récemment en Australie, on ne voudrait certes pas croire aux chiffres que l'on indique. Il en est de même des plantes ; on pourrait citer bien des exemples de plantes importées devenues communes dans une île en moins de dix ans. Plusieurs plantes, qui sont aujourd'hui les plus communes dans les grandes plaines de la Plata, et qui recouvrent des espaces de plusieurs lieues carrées, à l'exclusion de toute autre plante, ont été importées d'Europe. Le docteur Falconer m'apprend qu'il y a aux Indes des plantes communes aujourd'hui, du cap Comorin jusqu'à l'Himalaya, qui ont été importées d'Amérique, nécessairement depuis la découverte de cette dernière partie du monde. Dans ces cas, et dans tant d'autres que l'on pourrait citer, personne ne suppose que la fécondité des animaux et des plantes se soit tout à coup accrue de façon sensible. Les conditions de la vie sont très favorables, et, en conséquence, les parents vivent plus longtemps, et tous, ou presque tous les jeunes se développent ; telle est évidemment l'explication de ces faits. La progression géométrique de leur augmentation, progression dont les résultats ne manquent jamais de surprendre, explique simplement cette augmentation si rapide, si extraordinaire, et leur distribution considérable dans leur nouvelle patrie.

À l'état sauvage, presque toutes les plantes arrivées à l'état de maturité produisent annuellement des graines, et, chez les animaux, il y en a fort peu qui ne s'accouplent pas. Nous pouvons donc affirmer, sans crainte de nous tromper, que toutes les plantes et tous les animaux tendent à se multiplier selon une progression géométrique, qu'ils occuperaient rapidement tous les lieux où ils seraient capables de vivre, et que la tendance géométrique à croître doit être enrayée par la destruction des individus à certaines périodes de leur vie. Notre familiarité avec les grands animaux domestiques tend, je crois, à nous donner des idées fausses ; nous ne voyons pour eux aucun cas de destruction générale, mais nous ne nous rappelons pas assez qu'on en abat, chaque année, des milliers pour notre alimentation, et qu'à l'état sauvage une cause autre doit certainement produire les mêmes effets.

La seule différence qu'il y ait entre les organismes qui produisent annuellement un très grand nombre d'œufs ou de graines et ceux qui en produisent fort peu, est qu'il faudrait plus d'années à ces derniers pour peupler une région placée dans des conditions favorables, si immense que soit d'ailleurs cette région. Le condor pond deux œufs et l'autruche une vingtaine, et cependant, dans un même pays, le condor peut être l'oiseau le plus nombreux des deux. Le pétrel Fulmar ne pond qu'un œuf, et cependant on considère cette espèce d'oiseau comme la plus nombreuse qu'il y ait au monde. Telle mouche dépose des centaines d'œufs ; telle autre, comme l'hippobosque, n'en dépose qu'un seul ; mais cette différence ne détermine pas combien d'individus des deux espèces peuvent se trouver dans une même région. Une grande fécondité a quelque importance pour les espèces dont l'existence dépend d'une quantité d'alimentation essentiellement variable, car elle leur permet de s'accroître rapidement en nombre à un moment donné. Mais l'importance réelle du grand nombre des œufs ou des graines est de compenser une destruction considérable à une certaine période de la vie ; or, cette période de destruction, dans la grande majorité des cas, se présente de bonne heure. Si l'animal a le pouvoir de protéger d'une façon quelconque ses œufs ou ses jeunes, une reproduction peu considérable suffit pour maintenir à son maximum le nombre des individus de l'espèce ; si, au contraire, les œufs et les jeunes sont exposés à une facile destruction, la reproduction doit être considérable pour que l'espèce ne s'éteigne pas. Il suffirait, pour maintenir au même nombre les individus d'une espèce d'arbre, vivant en moyenne un millier d'années, qu'une seule graine fût produite une fois tous les mille ans, mais à la condition expresse que cette graine ne soit jamais détruite et qu'elle soit placée dans un endroit où il est certain qu'elle se développera. Ainsi donc, et dans tous les cas, la quantité des graines ou des œufs produits n'a qu'une influence indirecte sur le nombre moyen des individus d'une espèce animale ou végétale.

Il faut donc, lorsque l'on contemple la nature, se bien pénétrer des observations que nous venons de faire ; il ne faut jamais oublier que chaque être organisé s'efforce toujours de se propager ; que chacun d'eux soutient une lutte pendant une certaine période de son existence ; que les jeunes et les vieux sont inévitablement exposés à de lourdes pertes, soit durant chaque génération, soit à de certains intervalles. Qu'un de ces freins vienne à se relâcher, que la destruction s'arrête si peu que ce soit, et le nombre des individus d'une espèce s'élève rapidement à un chiffre prodigieux. Le visage de la nature peut être comparé à une surface friable, où se pressent dix mille coins acérés, poussés par des coups incessants, l'un des coins, puis un autre, s'enfonçant parfois avec une plus grande force.

Les causes qui font obstacle à la tendance naturelle à la multiplication de chaque espèce sont très obscures. Considérons une espèce très vigoureuse ; plus grand est le nombre des individus dont elle se compose, plus ce nombre tend à augmenter. Nous ne pourrions pas même, dans un cas donné, déterminer exactement quels sont les freins qui agissent. Cela n'a rien qui puisse surprendre, quand on réfléchit que notre ignorance sur ce point est absolue, relativement même à l'espèce humaine, quoique l'homme soit bien mieux connu que tout autre animal. Plusieurs auteurs ont discuté ce sujet avec beaucoup de talent ; j'espère moi-même l'étudier longuement dans un futur ouvrage, particulièrement à l'égard des animaux retournés à l'état sauvage dans l'Amérique méridionale. Je me bornerai ici à quelques remarques, pour rappeler certains points principaux à l'esprit du lecteur. Les œufs ou les animaux très jeunes semblent ordinairement souffrir le plus, mais il n'en est pas toujours ainsi ; chez les plantes, il se fait une énorme destruction de graines ; mais, d'après mes observations, il semble que ce sont les semis qui souffrent le plus, parce qu'ils germent dans un terrain déjà encombré par d'autres plantes. Différents ennemis détruisent aussi une grande quantité de plants ; j'ai observé, par exemple, quelques jeunes plants de nos herbes indigènes, semés dans une plate-bande ayant 3 pieds de longueur sur 2 de largeur, bien labourée et bien débarrassée de plantes étrangères, et où, par conséquent, ils ne pouvaient pas souffrir du voisinage de ces plantes : sur trois cent cinquante-sept plants, deux cent quatre-vingt-quinze ont été détruits, principalement par les limaces et par les insectes. Si on laisse pousser du gazon qu'on a fauché pendant très longtemps, ou, ce qui revient au même, que des quadrupèdes ont l'habitude de brouter, les plantes les plus vigoureuses tuent graduellement celles qui le sont le moins, quoique ces dernières aient atteint leur pleine maturité ; ainsi, dans une petite pelouse de gazon, ayant 3 pieds sur 4, sur vingt espèces qui y poussaient, neuf ont péri, parce qu'on a laissé croître librement les autres espèces.

La quantité de nourriture détermine, cela va sans dire, la limite extrême de la multiplication de chaque espèce ; mais, le plus ordinairement, ce qui détermine le nombre moyen des individus d'une espèce, ce n'est pas la difficulté d'obtenir des aliments, mais la facilité avec laquelle ces individus deviennent la proie d'autres animaux. Ainsi, il semble hors de doute que la quantité de perdrix, de grouses et de lièvres qui peut exister dans un grand parc, dépend principalement du coin avec lequel on détruit leurs ennemis. Si l'on ne tuait pas une seule tête de gibier en Angleterre pendant vingt ans, mais qu'en même temps on ne détruisît aucun de leurs ennemis, il y aurait alors probablement moins de gibier qu'il n'y en a aujourd'hui, bien qu'on en tue des centaines de mille chaque année. Il est vrai que, dans quelques cas particuliers, l'éléphant, par exemple, les bêtes de proie n'attaquent pas l'animal ; dans l'Inde, le tigre lui-même se hasarde très rarement à attaquer un jeune éléphant défendu par sa mère.

Le climat joue un rôle important quant à la détermination du nombre moyen d'une espèce, et le retour périodique des froids ou des sécheresses extrêmes semble être le plus efficace de tous les freins. J'ai calculé, en me basant sur le peu de nids construits au printemps, que l'hiver de 1854-1855 a détruit les quatre cinquièmes des oiseaux de ma propriété ; c'est là une destruction terrible, quand on se rappelle que 10 pour 100 constituent, pour l'homme, une mortalité extraordinaire en cas d'épidémie. Au premier abord, il semble que l'action du climat soit absolument indépendante de la lutte pour l'existence ; mais il faut se rappeler que les variations climatériques agissent directement sur la quantité de nourriture, et amènent ainsi la lutte la plus vive entre les individus, soit de la même espèce, soit d'espèces distinctes, qui se nourrissent du même genre d'aliment. Quand le climat agit directement, le froid extrême, par exemple, ce sont les individus les moins vigoureux, ou ceux qui ont à leur disposition le moins de nourriture pendant l'hiver, qui souffrent le plus. Quand nous allons du sud au nord, ou que nous passons d'une région humide à une région desséchée, nous remarquons toujours que certaines espèces deviennent de plus en plus rares, et finissent par disparaître ; le changement de climat frappant nos sens, nous sommes tout disposés à attribuer cette disparition à son action directe. Or, cela n'est point exact ; nous oublions que chaque espèce, dans les endroits mêmes où elle est le plus abondante, éprouve constamment de grandes pertes à certains moments de son existence, pertes que lui infligent des ennemis ou des concurrents pour le même habitat et pour la même nourriture ; or, si ces ennemis ou ces concurrents sont favorisés si peu que ce soit par une légère variation du climat, leur nombre s'accroît considérablement, et, comme chaque district contient déjà autant d'habitants qu'il peut en nourrir, les autres espèces doivent diminuer. Quand nous nous dirigeons vers le sud et que nous voyons une espèce diminuer en nombre, nous pouvons être certains que cette diminution tient autant à ce qu'une autre espèce a été favorisée qu'à ce que la première a éprouvé un préjudice. Il en est de même, mais à un degré moindre, quand nous remontons vers le nord, car le nombre des espèces de toutes sortes, et, par conséquent, des concurrents, diminue dans les pays septentrionaux. Aussi rencontrons-nous beaucoup plus souvent, en nous dirigeant vers le nord, ou en faisant l'ascension d'une montagne, que nous ne le faisons en suivant une direction opposée, des formes rabougries, dues *directement* à l'action nuisible du climat.

Quand nous atteignons les régions arctiques, ou les sommets couverts de neiges éternelles, ou les déserts absolus, la lutte pour l'existence n'existe plus qu'avec les éléments.

Le nombre prodigieux des plantes qui, dans nos jardins, supportent parfaitement notre climat, mais qui ne s'acclimatent jamais, parce qu'elles ne peuvent soutenir la concurrence avec nos plantes indigènes, ou résister à nos animaux indigènes, prouve clairement que le climat agit principalement de façon indirecte, en favorisant d'autres espèces.

Quand une espèce, grâce à des circonstances favorables, se multiplie démesurément dans une petite région, des épidémies se déclarent souvent chez elle. Au moins, cela semble se présenter chez notre gibier ; nous pouvons observer là un frein indépendant de la lutte pour la vie. Mais quelques-unes de ces prétendues épidémies semblent provenir de la présence de vers parasites qui, pour une cause quelconque, peut-être à cause d'une diffusion plus facile au milieu d'animaux trop nombreux, ont pris un développement plus considérable ; nous assistons en conséquence à une sorte de lutte entre le parasite et sa proie.

D'autre part, dans bien des cas, il faut qu'une même espèce comporte un grand nombre d'individus relativement au nombre de ses ennemis, pour pouvoir se perpétuer. Ainsi, nous cultivons facilement beaucoup de froment, de colza, etc., dans nos champs, parce que les graines sont en excès considérable comparativement au nombre des oiseaux qui viennent les manger. Or, les oiseaux, bien qu'ayant une surabondance de nourriture pendant ce moment de la saison, ne peuvent augmenter proportionnellement à cette abondance de graines, parce que l'hiver a mis un frein à leur développement ; mais on sait combien il est difficile de récolter quelques pieds de froment ou d'autres plantes analogues dans un jardin ; quant à moi, cela m'a toujours été impossible. Cette condition de la nécessité d'un nombre considérable d'individus pour la conservation d'une espèce explique, je crois, certains faits singuliers que nous offre la nature, celui, par exemple, de plantes fort rares qui sont parfois très abondantes dans les quelques endroits où elles existent ; et celui de plantes véritablement sociables, c'est-à-dire qui se groupent en grand nombre aux extrêmes limites de leur habitat. Nous pouvons croire, en effet, dans de semblables cas, qu'une plante ne peut exister qu'à l'endroit seul où les conditions de la vie sont assez favorables pour que beaucoup puissent exister simultanément et sauver ainsi l'espèce d'une complète destruction. Je dois ajouter que les bons effets des croisements et les déplorables effets des unions consanguines jouent aussi leur rôle dans la plupart de ces cas. Mais je n'ai pas ici à m'étendre davantage sur ce sujet.

Plusieurs cas bien constatés prouvent combien sont complexes et inattendus les rapports réciproques des êtres organisés qui ont à lutter ensemble dans un même pays. Je me contenterai de citer ici un seul exemple, lequel, bien que fort simple, m'a beaucoup intéressé. Un de mes parents possède, dans le Staffordshire, une propriété où j'ai eu occasion de faire de nombreuses recherches ; tout à côté d'une grande lande très stérile, qui n'a jamais été cultivée, se trouve un terrain de plusieurs centaines d'acres, ayant exactement la même nature, mais qui a été enclos il y a vingt-cinq ans et planté de pins sylvestres. Ces plantations ont amené, dans la végétation de la partie enclose de la lande, des changements si remarquables, que l'on croirait passer d'une région à une autre ; non seulement le nombre proportionnel des bruyères ordinaires a complètement changé, mais douze espèces de plantes (sans compter des herbes et des carex) qui n'existent pas dans la lande, prospèrent dans la partie plantée. L'effet produit sur les insectes a été encore plus grand, car on trouve à chaque pas, dans les plantations, six espèces d'oiseaux insectivores qu'on ne voit jamais dans la lande, laquelle n'est

fréquentée que par deux ou trois espèces distinctes
d'oiseaux insectivores. Cela nous prouve quel immense
changement produit l'introduction d'une seule espèce
d'arbres, car on n'a fait aucune culture sur cette terre ;
on s'est contenté de l'enclore, de façon que le bétail ne
puisse entrer. Il est vrai qu'une clôture est aussi un élément fort important dont j'ai pu observer les effets
auprès de Farnham, dans le comté de Surrey. Là se
trouvent d'immenses landes, plantées çà et là, sur le sommet des collines, de quelques groupes de vieux pins sylvestres ; pendant ces dix dernières années, on a enclos
quelques-unes de ces landes, et aujourd'hui il pousse de
toutes parts une quantité de jeunes pins, venus naturellement, et si rapprochés les uns des autres, que tous ne
peuvent pas vivre. Quand j'ai appris que ces jeunes arbres
n'avaient été ni semés ni plantés, j'ai été tellement surpris,
que je me rendis à plusieurs endroits d'où je pouvais
embrasser du regard des centaines d'hectares de landes
qui n'avaient pas été enclos ; or, il m'a été impossible de
rien découvrir, sauf les vieux arbres. En examinant avec
plus de soin l'état de la lande, j'ai découvert une multitude de petits plants qui avaient été rongés par les bestiaux. Dans l'espace d'un seul mètre carré, à une distance
de quelques centaines de mètres de l'un des vieux arbres,
j'ai compté trente-deux jeunes plants : l'un d'eux avait
vingt-six anneaux ; il avait donc essayé, pendant bien des
années, d'élever sa tête au-dessus des tiges de la bruyère
et n'y avait pas réussi. Rien d'étonnant donc à ce que le
sol se couvrît de jeunes pins vigoureux dès que les clôtures ont été établies. Et, cependant, ces landes sont si
stériles et si étendues, que personne n'aurait pu s'imaginer que les bestiaux aient pu y trouver des aliments.

Nous voyons ici que l'existence du pin sylvestre dépend
absolument de la présence ou de l'absence des bestiaux ;
dans quelques parties du monde, l'existence du bétail
dépend de certains insectes. Le Paraguay offre peut-être
l'exemple le plus frappant de ce fait : dans ce pays, ni les

bestiaux, ni les chevaux, ni les chiens ne sont retournés à l'état sauvage, bien que le contraire se soit produit sur une grande échelle dans les régions situées au nord et au sud. Azara et Rengger ont démontré qu'il faut attribuer ce fait à l'existence au Paraguay d'une certaine mouche qui dépose ses œufs dans les nombrils de ces animaux immédiatement après leur naissance. La multiplication de ces mouches, quelque nombreuses qu'elles soient d'ailleurs, doit être ordinairement entravée par quelque frein, probablement par le développement d'autres insectes parasites. Or donc, si certains oiseaux insectivores diminuaient au Paraguay, les insectes parasites augmenteraient probablement en nombre, ce qui amènerait la disparition des mouches, et alors bestiaux et chevaux retourneraient à l'état sauvage, ce qui aurait pour résultat certain de modifier considérablement la végétation, comme j'ai pu l'observer moi-même dans plusieurs parties de l'Amérique méridionale. La végétation à son tour aurait une grande influence sur les insectes, et l'augmentation de ceux-ci provoquerait, comme nous venons de le voir par l'exemple du Staffordshire, le développement d'oiseaux insectivores, et ainsi de suite, en cercles toujours de plus en plus complexes. Ce n'est pas que, dans la nature, les rapports soient toujours aussi simples que cela. La lutte dans la lutte doit toujours se reproduire avec des succès différents ; cependant, dans le cours des siècles, les forces se balancent si exactement, que la face de la nature reste uniforme pendant d'immenses périodes, bien qu'assurément la cause la plus insignifiante suffise pour assurer la victoire à tel ou tel être organisé. Néanmoins, notre ignorance est si profonde et notre vanité si grande, que nous nous étonnons quand nous apprenons l'extinction d'un être organisé ; comme nous ne comprenons pas la cause de cette extinction, nous ne savons qu'invoquer des cataclysmes, qui viennent désoler le monde, et inventer des lois sur la durée des formes vivantes !

Encore un autre exemple pour bien faire comprendre quels rapports complexes relient entre eux des plantes et des animaux fort éloignés les uns des autres dans l'échelle de la nature. J'aurai plus tard l'occasion de démontrer que les insectes, dans mon jardin, ne visitent jamais la *Lobelia fulgens*, plante exotique, et qu'en conséquence, en raison de sa conformation particulière, cette plante ne produit jamais de graines. Il faut absolument, pour les féconder, que les insectes visitent presque toutes nos orchidées, car ce sont eux qui transportent le pollen d'une fleur à une autre. Après de nombreuses expériences, j'ai reconnu que le bourdon est presque indispensable pour la fécondation de la pensée (*Viola tricolor*), parce que les autres insectes du genre abeille ne visitent pas cette fleur. J'ai reconnu également que les visites des abeilles sont nécessaires pour la fécondation du trèfle, mais le bourdon seul visite le trèfle rouge (*Trifolium pratense*), parce que les autres abeilles ne peuvent pas en atteindre le nectar. Le nombre des bourdons, dans un district quelconque, dépend, dans une grande mesure, du nombre des mulots qui détruisent leurs nids et leurs rayons de miel ; or, H. Newman, qui a longtemps étudié les habitudes du bourdon, croit que « plus des deux tiers de ces insectes sont ainsi détruits chaque année en Angleterre ». D'autre part, chacun sait que le nombre des mulots dépend essentiellement de celui des chats, et Newman ajoute : « J'ai remarqué que les nids de bourdon sont plus abondants près des villages et des petites villes, ce que j'attribue au plus grand nombre de chats qui détruisent les mulots. » Il est donc parfaitement possible que la présence d'un animal félin dans une localité puisse déterminer, dans cette même localité, l'abondance de certaines fleurs en raison de l'intervention des souris et des abeilles !

Différents freins, dont l'action se fait sentir à diverses époques de la vie et pendant certaines saisons de l'année, affectent donc l'existence de chaque espèce. Les uns sont très efficaces, les autres le sont moins, mais l'effet de tous est de déterminer la quantité moyenne des individus d'une espèce ou l'existence même de chacune d'elles. On pourrait démontrer que, dans quelques cas, des freins absolument différents agissent sur la même espèce dans certains districts. Quand on considère les plantes et les arbustes qui constituent un fourré, on est tenté d'attribuer leur nombre proportionnel à ce qu'on appelle *le hasard*. Mais c'est là une erreur profonde. Chacun sait que, quand on abat une forêt américaine, une végétation toute différente surgit ; on a observé que d'anciennes ruines indiennes, dans le sud des États-Unis, ruines qui devaient être jadis isolées des arbres, présentent aujourd'hui la même diversité, la même proportion d'essences que les forêts vierges environnantes. Or, quel combat doit s'être livré pendant de longs siècles entre les différentes espèces d'arbres dont chacune répandait annuellement ses graines par milliers ! Quelle guerre incessante d'insecte à insecte, quelle lutte entre les insectes, les limaces et d'autres animaux analogues, avec les oiseaux et les bêtes de proie, tous s'efforçant de multiplier, se mangeant les uns les autres, ou se nourrissant de la substance des arbres, de leurs graines et de leurs jeunes pousses, ou des autres plantes qui ont d'abord couvert le sol et qui empêchaient, par conséquent, la croissance des arbres ! Que l'on jette en l'air une poignée de plumes, elles retomberont toutes sur le sol en vertu de certaines lois définies ; mais combien le problème de leur chute est simple quand on le compare à celui des actions et des réactions des plantes et des animaux innombrables qui, pendant le cours des siècles, ont déterminé les quantités proportionnelles des espèces d'arbres qui croissent aujourd'hui sur les ruines indiennes !

La dépendance d'un être organisé vis-à-vis d'un autre, telle que celle du parasite dans ses rapports avec sa proie, se manifeste d'ordinaire entre des êtres très éloignés les uns des autres dans l'échelle de la nature. Tel, quelquefois, est aussi le cas pour certains animaux que l'on peut considérer comme luttant l'un avec l'autre pour l'existence ; et cela dans le sens le plus strict du mot, les sauterelles, par exemple, et les quadrupèdes herbivores. Mais la lutte est presque toujours beaucoup plus acharnée entre les individus appartenant à la même espèce ; en effet, ils fréquentent les mêmes districts, recherchent la même nourriture, et sont exposés aux mêmes dangers. La lutte est presque aussi acharnée quand il s'agit de variétés de la même espèce, et la plupart du temps elle est courte ; si, par exemple, on sème ensemble plusieurs variétés de froment, et que l'on sème, l'année suivante, la graine mélangée provenant de la première récolte, les variétés qui conviennent le mieux au sol et au climat, et qui naturellement se trouvent être les plus fécondes, l'emportent sur les autres, produisent plus de graines, et, en conséquence, au bout de quelques années, supplantent toutes les autres variétés. Cela est si vrai que, pour conserver un mélange de variétés aussi voisines que le sont celles des pois de senteur, il faut chaque année recueillir séparément les graines de chaque variété et avoir soin de les mélanger dans la proportion voulue, autrement les variétés les plus faibles diminuent peu à peu et finissent par disparaître. Il en est de même pour les variétés de moutons ; on affirme que certaines variétés de montagne affament à tel point les autres qu'on ne peut les laisser ensemble dans les mêmes pâturages. Le même résultat s'est produit quand on a voulu conserver ensemble différentes variétés de sangsues médicinales. Il est même douteux que toutes les variétés de nos plantes cultivées et de nos animaux domestiques aient si exactement la même force, les mêmes habitudes et la même constitution que les proportions premières d'une masse mélangée puissent se maintenir pendant une demi-douzaine de générations, si, comme dans les races à l'état sauvage, on laisse la lutte s'engager entre elles, et si l'on n'a pas soin de conserver annuellement une proportion exacte entre les graines ou les petits.

Les espèces appartenant au même genre ont presque toujours, bien qu'il y ait beaucoup d'exceptions à cette règle, des habitudes et une constitution presque semblables ; la lutte entre ces espèces est donc beaucoup plus acharnée, si elles se trouvent placées en concurrence les unes avec les autres, que si cette lutte s'engage entre des espèces appartenant à des genres distincts. L'extension récente qu'a prise, dans certaines parties des États-Unis, une espèce d'hirondelle qui a causé l'extinction d'une autre espèce, nous offre un exemple de ce fait. Le développement de la grive draine a amené, dans certaines parties de l'Écosse, la rareté croissante de la grive musicienne. Combien de fois n'avons-nous pas entendu dire qu'une espèce de rats a chassé une autre espèce devant elle, sous les climats les plus divers ! En Russie, la petite blatte d'Asie a chassé devant elle sa grande congénère. Une espèce de moutarde en supplante une autre, et ainsi de suite. Nous pouvons concevoir à peu près comment il se fait que la concurrence soit plus vive entre les formes alliées, qui remplissent presque la même place dans l'économie de la nature ; mais il est très probable que, dans aucun cas, nous ne pourrions indiquer les raisons exactes de la victoire remportée par une espèce sur une autre dans la grande bataille de la vie.

Les remarques que je viens de faire conduisent à un corollaire de la plus haute importance, c'est-à-dire que la structure de chaque être organisé est en rapport, dans les points les plus essentiels et quelquefois cependant les plus cachés, avec celle de tous les êtres organisés avec lesquels il se trouve en concurrence pour son alimentation et pour sa résidence, et avec celle de tous ceux qui lui servent de proie ou contre lesquels il a à se défendre. La conformation des dents et des griffes du tigre, celle des pattes et des crochets du parasite qui s'attache aux poils du tigre, offrent une confirmation évidente de cette loi. Mais les admirables graines emplumées du pissenlit et les pattes aplaties et frangées des coléoptères aquatiques ne semblent tout d'abord en rapport qu'avec l'air et avec l'eau. Cependant, l'avantage présenté par les graines emplumées se trouve, sans aucun doute, en rapport direct avec le sol déjà garni d'autres plantes, de façon que les graines puissent se distribuer dans un grand espace et tomber sur un terrain qui n'est pas encore occupé. Chez le coléoptère aquatique, la structure des jambes, si admirablement adaptée pour qu'il puisse plonger, lui permet de lutter avec d'autres insectes aquatiques pour chercher sa proie, ou pour échapper aux attaques d'autres animaux.

La substance nutritive déposée dans les graines de bien des plantes semble, à première vue, ne présenter aucune espèce de rapports avec d'autres plantes. Mais la croissance vigoureuse des jeunes plants provenant de ces graines, les pois et les haricots par exemple, quand on les sème au milieu d'autres graminées, paraît indiquer que le principal avantage de cette substance est de favoriser la croissance des semis, dans la lutte qu'ils ont à soutenir contre les autres plantes qui poussent autour d'eux.

Pourquoi chaque forme végétale ne se multiplie-t-elle pas dans toute l'étendue de sa région naturelle jusqu'à doubler ou quadrupler le nombre de ses représentants ? Nous savons parfaitement qu'elle peut supporter un peu plus de chaleur ou de froid, un peu plus d'humidité ou de sécheresse, car nous savons qu'elle habite des régions plus chaudes ou plus froides, plus humides ou plus sèches. Cet exemple nous démontre que, si nous désirons donner à une plante le moyen d'accroître le nombre de ses représentants, il faut la mettre en état de vaincre ses concurrents et de déjouer les attaques des animaux qui s'en nourrissent. Sur les limites de son habitat géographique, un changement de constitution en rapport avec le climat lui serait d'un avantage certain ; mais nous avons toute raison de croire que quelques plantes ou quelques animaux seulement s'étendent assez loin pour être exclusivement détruits par la rigueur du climat. C'est seulement aux confins extrêmes de la vie, dans les régions arctiques ou sur les limites d'un désert absolu, que cesse la compétition. Que la terre soit très froide ou très sèche, il n'y en aura pas moins compétition entre quelques espèces ou entre les individus de la même espèce, pour occuper les endroits les plus chauds ou les plus humides.

Il en résulte que les conditions d'existence d'une plante ou d'un animal placé dans un pays nouveau, au milieu de nouveaux compétiteurs, doivent se modifier de façon essentielle, bien que le climat soit parfaitement identique à celui de son ancien habitat. Si l'on souhaite que le nombre de ses représentants s'accroisse dans sa nouvelle patrie, il faut modifier l'animal ou la plante tout autrement qu'on ne l'aurait fait dans son ancienne patrie, car il faut lui procurer certains avantages sur un ensemble de concurrents ou d'ennemis tout différents.

Rien de plus facile que d'essayer ainsi, en imagination, de procurer à une espèce certains avantages sur une autre ; mais, dans la pratique, il est plus que probable que nous ne saurions pas ce qu'il y a à faire. Cela seul devrait suffire à nous convaincre de notre ignorance sur les rapports mutuels qui existent entre tous les êtres organisés ; c'est là une vérité qui nous est aussi nécessaire qu'elle nous est difficile à comprendre. Tout ce que nous pouvons faire, c'est de nous rappeler à tout instant que tous les êtres organisés s'efforcent perpétuellement de se multiplier selon une progression géométrique ; que chacun d'eux à certaines périodes de sa vie, pendant certaines saisons de l'année, dans le cours de chaque génération ou à de certains intervalles, doit lutter pour l'existence et être exposé à une grande destruction. La pensée de cette lutte universelle provoque de tristes réflexions, mais nous pouvons nous consoler avec la certitude que la guerre n'est pas incessante dans la nature, que la peur y est inconnue, que la mort est généralement prompte, et que ce sont les êtres vigoureux, sains et heureux qui survivent et se multiplient.

Chapitre IV

LA SÉLECTION NATURELLE

La sélection naturelle ; comparaison de son pouvoir avec le pouvoir sélectif de l'homme ; son influence sur les caractères a peu d'importance ; son influence à tous les âges et sur les deux sexes. – Sélection sexuelle. – De la généralité des croisements entre les individus de la même espèce. – Circonstances favorables ou défavorables à la sélection naturelle, telles que croisements, isolement, nombre des individus. – Action lente. – Extinction causée par la sélection naturelle. – Divergence des caractères dans ses rapports avec la diversité des habitants d'une région limitée et avec l'acclimatation. – Action de la sélection naturelle sur les descendants d'un type commun résultant de la divergence des caractères. – La sélection naturelle explique le groupement de tous les êtres organisés.

Quelle influence a, sur la variation, cette lutte pour l'existence que nous venons de décrire si brièvement ? Le principe de la sélection, que nous avons vu si puissant entre les mains de l'homme, s'applique-t-il à l'état de nature ? Nous prouverons qu'il s'applique de façon très efficace. Rappelons-nous le nombre infini de variations légères, de simples différences individuelles, qui se présentent chez nos productions domestiques et, à un degré moindre, chez les espèces à l'état sauvage ; rappelons-nous aussi la force des tendances héréditaires. À l'état domestique, on peut dire que l'organisme entier devient en quelque sorte plastique. Qu'on se rappelle aussi combien sont complexes, combien sont étroits les rapports de tous les êtres organisés les uns avec les autres et avec les conditions physiques de la vie. Faut-il donc s'étonner, quand on voit que des variations utiles à l'homme se sont certainement produites, que d'autres variations, utiles à l'animal dans la grande et terrible bataille de la vie, se produisent dans le cours de nombreuses générations ? Si ce fait est admis, pouvons-nous douter (il faut toujours se rappeler qu'il naît beaucoup plus d'individus qu'il n'en peut vivre) que les individus possédant un avantage quelconque, quelque léger qu'il soit d'ailleurs, aient la meilleure chance de vivre et de se reproduire ? Nous pouvons être certains, d'autre part, que toute variation, si peu nuisible qu'elle soit à l'individu, entraîne forcément la disparition de celui-ci. J'ai donné le nom de *sélection naturelle* à cette conservation des différences et des variations individuelles favorables et à cette élimination des variations nuisibles. Les variations qui ne sont ni utiles ni nuisibles à l'individu ne sont certainement pas affectées par la sélection naturelle et demeurent à l'état d'éléments variables, tels que peut-être ceux que nous remarquons chez certaines espèces polymorphes.

Nous comprendrons mieux l'application de la loi de la sélection naturelle en prenant pour exemple un pays soumis à quelques légers changements physiques, un changement climatérique, par exemple. Le nombre proportionnel de ses habitants change presque immédiatement aussi, et il est probable que quelques espèces s'éteignent. Nous pouvons conclure de ce que nous avons vu relativement aux rapports complexes et intimes qui relient les uns aux autres les habitants de chaque pays, que tout changement dans la proportion numérique des individus d'une espèce affecte sérieusement toutes les autres espèces, sans parler de l'influence exercée par les

modifications du climat. Si ce pays est ouvert, de nouvelles formes y pénètrent certainement, et cette immigration tend encore à troubler les rapports mutuels de ses
anciens habitants. Qu'on se rappelle, à ce sujet, quelle a
toujours été l'influence de l'introduction d'un seul arbre
ou d'un seul mammifère dans un pays. Mais s'il s'agit
d'une île, ou d'un pays entouré en partie de barrières
infranchissables, dans lequel, par conséquent, de nouvelles formes mieux adaptées aux modifications du climat ne peuvent pas facilement pénétrer, il se trouve alors,
dans l'économie de la nature, quelque place qui serait
mieux remplie si quelques-uns des habitants originels se
modifiaient de façon ou d'autre, puisque, si le pays était
ouvert, ces places seraient prises par les immigrants.
Dans ce cas, toute légère modification qui surgirait au
cours du temps, et qui serait favorable en quoi que ce
soit aux individus d'une espèce en les adaptant mieux à
de nouvelles conditions, tendrait à être préservée, et la
sélection naturelle aurait ainsi le champ libre pour son
œuvre de perfectionnement.

Nous avons de bonnes raisons de croire, comme nous
l'avons démontré dans le premier chapitre, que les changements des conditions d'existence, en agissant particulièrement sur le système reproducteur, suscitent ou
augmentent la variabilité. Dans les cas que nous venons
de citer, les conditions d'existence ayant changé, le terrain est donc favorable à la sélection naturelle, car il offre
plus de chances pour la production de variations avantageuses, sans lesquelles la sélection naturelle ne peut rien.
Ce n'est pas, me semble-t-il, qu'une grande somme de
variabilité soit nécessaire : de même que l'homme peut
certainement obtenir de grands résultats en accumulant
de simples différences individuelles dans une direction
donnée, de même la nature peut agir, mais beaucoup plus
facilement, car elle dispose d'une durée de temps incomparablement plus longue. Je ne crois pas non plus que de
grands changements physiques ou climatériques soient

réellement nécessaires, pas plus qu'un haut degré d'isolement qui empêcherait l'immigration, pour produire des places nouvelles et inoccupées et pour que la sélection naturelle les remplisse en modifiant et améliorant certaines des formes variantes. En effet, comme tous les habitants de chaque pays luttent les uns contre les autres dans un fragile équilibre de forces, il peut suffire d'une modification très légère dans la conformation ou dans les habitudes d'une espèce pour lui donner l'avantage sur toutes les autres. D'autres modifications de la même nature pourront encore accroître cet avantage, aussi longtemps que l'espèce se trouvera dans les mêmes conditions d'existence et jouira des mêmes moyens pour se nourrir et pour se défendre. On ne pourrait citer aucun pays dont les habitants indigènes soient actuellement si parfaitement adaptés les uns aux autres, si absolument en rapport avec les conditions physiques qui les entourent, pour ne laisser place à aucun perfectionnement ; car, dans tous les pays, les espèces natives ont été si complètement vaincues par des espèces acclimatées, qu'elles ont laissé quelques-unes de ces étrangères prendre définitivement possession du sol. Or, les espèces étrangères ayant ainsi, dans chaque pays, vaincu quelques espèces indigènes, on peut en conclure que ces dernières auraient pu se modifier avec avantage, de façon à mieux résister aux envahisseurs.

Puisque l'homme peut obtenir et a certainement obtenu de grands résultats par ses moyens méthodiques et inconscients de sélection, où s'arrête l'action de la sélection naturelle ? L'homme ne peut agir que sur les caractères extérieurs et visibles. La nature ne s'occupe aucunement des apparences, à moins que l'apparence ait quelque utilité pour les êtres vivants. La nature peut agir sur tous les organes intérieurs, sur la moindre différence d'organisation, sur le mécanisme vital tout entier. L'homme n'a qu'un but : choisir en vue de son propre avantage ; la nature, au contraire, choisit pour l'avantage

de l'être lui-même. Elle donne plein exercice aux caractères qu'elle sélectionne et l'organisme est placé dans des
conditions de vie qui lui conviennent. L'homme réunit
dans un même pays les espèces provenant de bien des
climats différents ; il exerce rarement d'une façon spéciale
et convenable les caractères qu'il a choisis ; il donne la
même nourriture aux pigeons à bec long et aux pigeons
à bec court ; il n'exerce pas de façon différente le quadrupède à longues pattes et à courtes pattes ; il expose aux
mêmes influences climatériques les moutons à longues
laine et ceux à laine courte. Il ne permet pas aux mâles
les plus vigoureux de lutter pour la possession des
femelles. Il ne détruit pas rigoureusement tous les individus inférieurs ; il protège, au contraire, chacun d'eux,
autant qu'il est en son pouvoir, pendant toutes les saisons. Souvent il commence la sélection en choisissant
quelques formes à demi monstrueuses, ou, tout au moins,
en s'attachant à quelque modification assez apparente
pour attirer son attention ou pour lui être immédiatement utile. À l'état de nature, au contraire, la plus petite
différence de structure ou de constitution peut suffire à
faire pencher la balance dans la lutte pour l'existence et
se perpétuer ainsi. Les désirs et les efforts de l'homme
sont si changeants ! sa vie est si courte ! Aussi, combien
doivent être imparfaits les résultats qu'il obtient, quand
on les compare à ceux que peut accumuler la nature pendant de longues périodes géologiques ! Pouvons-nous
donc nous étonner que les caractères des productions de
la nature soient beaucoup plus purs que ceux des races
domestiques de l'homme ? Quoi d'étonnant à ce que ces
productions naturelles soient infiniment mieux adaptées
aux conditions les plus complexes de l'existence, et
qu'elles portent en tout le cachet d'une œuvre bien plus
complète ?

On peut dire que la sélection naturelle scrute à chaque
instant, et dans le monde entier, les variations les plus
légères ; elle repousse celles qui sont nuisibles, elle

conserve et accumule celles qui sont utiles ; elle travaille en silence, insensiblement, partout et toujours, dès que l'occasion s'en présente, pour améliorer tous les êtres organisés relativement à leurs conditions d'existence organiques et inorganiques. Ces lentes et progressives transformations nous échappent jusqu'à ce que, dans le cours des âges, la main du temps les ait marquées de son empreinte, et alors nous nous rendons si peu compte des longues périodes géologiques écoulées, que nous nous contentons de dire que les formes vivantes sont aujourd'hui différentes de ce qu'elles étaient autrefois.

Bien que la sélection naturelle ne puisse agir qu'au travers et en vue de l'avantage de chaque être vivant, il n'en est pas moins vrai que des caractères et des conformations, que nous sommes disposés à considérer comme ayant une importance très secondaire, peuvent être l'objet de son action. Quand nous voyons les insectes qui se nourrissent de feuilles revêtir presque toujours une teinte verte, ceux qui se nourrissent d'écorce une teinte grisâtre, le lagopède alpin devenir blanc en hiver, le lagopède d'Écosse porter des plumes couleur de bruyère et le petit coq de bruyère des plumes couleur de tourbe, ne devons-nous pas croire que les couleurs que revêtent certains oiseaux et certains insectes leur sont utiles pour les garantir du danger ? Le coq de bruyère se multiplierait innombrablement s'il n'était pas détruit à quelqu'une des phases de son existence, et on sait que les oiseaux de proie lui font une chasse active ; les faucons, doués d'une vue perçante, aperçoivent leur proie de si loin que, dans certaines parties du continent, on n'élève pas de pigeons blancs parce qu'ils sont exposés à trop de dangers. La sélection naturelle pourrait donc remplir son rôle en donnant à chaque espèce de coq de bruyère une couleur appropriée au pays qu'il habite, en conservant et en perpétuant cette couleur dès qu'elle est acquise. Il ne faudrait pas penser non plus que la destruction accidentelle d'un animal ayant une couleur particulière ne puisse produire que peu d'effets sur une race. Nous devons nous rappeler, en effet, combien il est essentiel dans un troupeau de moutons blancs de détruire les agneaux qui ont la moindre tache noire. Chez les plantes, les botanistes considèrent le duvet du fruit et la couleur de la chair comme des caractères très insignifiants ; cependant, un excellent horticulteur, Downing, nous apprend qu'aux États-Unis les fruits à peau lisse souffrent beaucoup plus que ceux recouverts de duvet des attaques d'un insecte, le curculio ; que les prunes pourprées sont beaucoup plus sujettes à certaines maladies que les prunes jaunes ; et qu'une autre maladie attaque plus facilement les pêches à chair jaune que les pêches à chair d'une autre couleur. Si ces légères différences, malgré le secours de l'art, décident du sort des variétés cultivées, ces mêmes différences doivent évidemment, à l'état de nature, suffire à décider qui l'emportera d'un arbre produisant des fruits à la peau lisse ou à la peau velue, à la chair pourpre ou à la chair jaune.

Quand nous étudions les nombreux petits points de différence qui existent entre les espèces et qui, dans notre ignorance, nous paraissent insignifiants, nous ne devons pas oublier que le climat, l'alimentation, etc., ont, sans aucun doute, produit quelques petits effets directs. Il ne faut pas oublier non plus qu'en vertu des lois de la corrélation, quand une partie varie et que la sélection naturelle accumule les variations, il se produit souvent d'autres modifications de la nature la plus inattendue.

Nous avons vu que certaines variations qui, à l'état domestique, apparaissent à une période déterminée de la vie, tendent à réapparaître chez les descendants à la même période. On pourrait citer comme exemples la forme, la taille et la saveur des grains de beaucoup de variétés de nos légumes et de nos plantes agricoles ; les variations du ver à soie à l'état de chenille et de cocon ; les œufs de nos volailles et la couleur du duvet de leurs petits ; les cornes de nos moutons et de nos bestiaux à l'âge adulte. De même, à l'état de nature, la sélection naturelle peut agir sur certains êtres organisés et les modifier à quelque âge que ce soit par l'accumulation de variations profitables à cet âge et par leur transmission héréditaire à l'âge correspondant. S'il est avantageux à une plante que ses graines soient plus facilement disséminées par le vent, il est aussi aisé à la sélection naturelle de produire ce perfectionnement, qu'il est facile au planteur, par la sélection méthodique, d'augmenter et d'améliorer le duvet contenu dans les gousses de ses cotonniers.

La sélection naturelle peut modifier la larve d'un insecte de façon à l'adapter à des circonstances complètement différentes de celles où devra vivre l'insecte adulte. Ces modifications pourront même affecter, en vertu de la corrélation, la structure de l'adulte ; probablement, dans le cas des insectes qui ne vivent que quelques heures et ne se nourrissent jamais, une bonne partie de leur structure n'est que le résultat corrélé de changements successifs dans la structure de leurs larves. Mais, inversement, des modifications dans la conformation de l'adulte peuvent affecter la conformation de la larve. Dans tous les cas, la sélection naturelle ne produit pas de modifications nuisibles à l'insecte, car alors l'espèce s'éteindrait.

La sélection naturelle peut modifier la conformation du jeune relativement aux parents et celle des parents relativement aux jeunes. Chez les animaux vivant en société, elle transforme la structure de chaque individu de telle sorte qu'il puisse se rendre utile à la communauté, à condition toutefois que la communauté profite du changement. Mais ce que la sélection naturelle ne saurait faire, c'est de modifier la structure d'une espèce sans lui procurer aucun avantage propre et seulement au bénéfice d'une autre espèce. Or, quoique les ouvrages sur l'histoire naturelle rapportent parfois de semblables faits, je n'en ai pas trouvé un seul qui puisse soutenir l'examen. La sélection naturelle peut modifier profondément une structure qui ne serait très utile qu'une fois pendant la vie d'un animal, si elle est importante pour lui. Telles sont, par exemple, les grandes mâchoires que possèdent certains insectes et qu'ils emploient exclusivement pour ouvrir leurs cocons, ou l'extrémité cornée du bec des jeunes oiseaux qui les aide à briser l'œuf pour en sortir. On affirme que, chez les meilleures espèces de pigeons culbutants à bec court, il périt dans l'œuf plus de petits qu'il n'en peut sortir ; aussi les amateurs surveillent-ils le moment de l'éclosion pour secourir les petits s'il en est besoin. Or, si la nature voulait produire un pigeon à bec très court pour l'avantage de cet oiseau, la modification serait très lente et la sélection la plus rigoureuse se ferait dans l'œuf, et ceux-là seuls survivraient qui auraient le bec assez fort, car tous ceux à bec faible périraient inévitablement ; ou bien encore, la sélection naturelle agirait pour produire des coquilles plus minces, se cassant plus facilement, car l'épaisseur de la coquille est sujette à la variabilité comme toutes les autres structures.

SÉLECTION SEXUELLE

À l'état domestique, certaines particularités apparaissent souvent chez l'un des sexes et deviennent héréditaires chez ce sexe ; il en est de même à l'état de nature. Il est donc possible que la sélection naturelle modifie les deux sexes relativement à des habitudes d'existence totalement différentes comme cela arrive quelquefois, ou qu'un seul sexe se modifie relativement à l'autre sexe, ce qui arrive très souvent. Cela me conduit à dire quelques mots de ce que j'ai appelé *la sélection sexuelle*. Cette forme de sélection ne dépend pas de la lutte pour l'existence, mais de la lutte entre les mâles, pour s'assurer la possession des femelles. Cette lutte ne se termine pas par la mort du vaincu, mais par le défaut ou par la petite quantité de descendants. La sélection sexuelle est donc moins rigoureuse que la sélection naturelle. Ordinairement, les mâles les plus vigoureux, c'est-à-dire ceux qui sont le plus aptes à occuper leur place dans la nature, laissent un plus grand nombre de descendants. Mais, dans bien des cas, la victoire ne dépend pas tant de la vigueur générale de l'individu que de la possession d'armes spéciales qui ne se trouvent que chez le mâle. Un cerf dépourvu de bois, ou un coq dépourvu d'éperons, aurait bien peu de chances de laisser de nombreux descendants. La sélection sexuelle, en permettant toujours aux vainqueurs de se reproduire, peut donner sans doute à ceux-ci un courage indomptable, des éperons plus longs, une aile plus forte pour briser la patte du concurrent, à peu près de la même manière que le brutal éleveur de coqs de combat peut améliorer la race par le choix rigoureux de ses plus beaux adultes. Je ne saurais dire jusqu'où descend cette loi de la guerre dans l'échelle de la nature. On dit que les alligators mâles se battent, mugissent, tournent en cercle, comme le font les Indiens dans leurs danses guerrières, pour s'emparer des femelles ; on a vu des saumons mâles se battre pendant des journées entières ; les cerfs-volants mâles portent quelquefois la trace des blessures que leur ont faites les larges mandibules d'autres mâles. La guerre est peut-être plus terrible encore entre les mâles des animaux polygames, car ces derniers semblent pourvus d'armes spéciales. Les animaux carnivores mâles semblent déjà bien armés, et cependant la sélection sexuelle peut encore leur donner de nouveaux moyens de défense, tels que la crinière au lion, le plastron de l'épaule au vérat et la mâchoire à crochet au saumon mâle, car le bouclier peut être aussi important que la lance au point de vue de la victoire.

Chez les oiseaux, cette lutte revêt souvent un caractère plus pacifique. Tous ceux qui ont étudié ce sujet ont constaté une ardente rivalité chez les mâles de beaucoup d'espèces pour attirer les femelles par leurs chants. Les merles de roche de la Guyane, les oiseaux de paradis, et beaucoup d'autres encore, s'assemblent en troupes ; les mâles se présentent successivement ; ils étalent avec le plus grand soin, avec le plus d'effet possible, leur magnifique plumage ; ils prennent les poses les plus extraordinaires devant les femelles, simples spectatrices, qui finissent par choisir le compagnon le plus agréable. Ceux qui ont étudié avec soin les oiseaux en captivité savent que, eux aussi, sont très susceptibles de préférences et d'antipathies individuelles : ainsi, sir R. Heron a remarqué que toutes les femelles de sa volière aimaient particulièrement un certain paon panaché. Il peut paraître enfantin d'attribuer un certain effet à des moyens apparemment si faibles : il m'est impossible d'entrer ici dans tous les détails qui seraient nécessaires ; mais, si l'homme réussit à donner en peu de temps l'élégance du port et la beauté du plumage à nos coqs Bantam, d'après le type idéal que nous concevons pour cette espèce, je ne vois pas pourquoi les oiseaux femelles ne pourraient pas obtenir un résultat semblable en choisissant, pendant des milliers de générations, les mâles qui leur paraissent les plus beaux, ou ceux dont la voix est la plus mélodieuse. On peut expliquer, en partie, par l'action de la sélection sexuelle quelques lois bien connues relatives au plumage des oiseaux mâles et femelles comparé au plumage des petits, par des variations se présentant à différents âges et transmises soit aux mâles seuls, soit aux deux sexes, à l'âge correspondant ; mais l'espace nous manque pour développer ce sujet.

Je crois donc que, toutes les fois que les mâles et les femelles d'un animal quel qu'il soit ont les mêmes habitudes générales d'existence, mais qu'ils diffèrent au point de vue de la structure, de la couleur ou de l'ornementation, ces différences sont principalement dues à la sélection sexuelle ; c'est-à-dire que certains mâles ont eu, pendant une suite non interrompue de générations, quelques légers avantages sur d'autres mâles, provenant soit de leurs armes, soit de leurs moyens de défense, soit de leur beauté ou de leurs attraits, avantages qu'ils ont transmis exclusivement à leur postérité mâle. Je ne voudrais pas cependant attribuer à cette cause toutes les différences sexuelles ; nous voyons, en effet, chez nos animaux domestiques, se produire chez les mâles des particularités qui ne semblent pas avoir été augmentées par la sélection de l'homme, comme les barbes de certains pigeons voyageurs mâles et les protubérances de certains coqs. La touffe de poils sur le jabot du dindon sauvage ne saurait lui être d'aucun avantage, il est douteux même qu'elle puisse lui servir d'ornement aux yeux de la femelle ; si même cette touffe de poils avait apparu à l'état domestique, on l'aurait considérée comme une monstruosité.

EXEMPLES DE L'ACTION DE LA SÉLECTION NATURELLE

Afin de bien faire comprendre de quelle manière agit, selon moi, la sélection naturelle, je demande la permission de donner un ou deux exemples imaginaires. Supposons un loup qui se nourrisse de différents animaux, s'emparant des uns par la ruse, des autres par la force, d'autres, enfin, par l'agilité. Supposons encore que sa proie la plus rapide, le daim par exemple, ait augmenté en nombre à la suite de quelques changements survenus dans le pays, ou que les autres animaux dont il se nourrit ordinairement aient diminué pendant la saison de l'année où le loup est le plus pressé par la faim. Dans ces circonstances, les loups les plus agiles et les plus rapides ont plus de chances de survivre que les autres ; ils seront donc préservés ou sélectionnés, pourvu toutefois qu'ils conservent assez de force pour terrasser leur proie et s'en rendre maîtres, à cette époque de l'année ou à toute autre, lorsqu'ils sont forcés de s'emparer d'autres animaux pour se nourrir. Je ne vois pas plus de raison de douter de ce résultat que de la possibilité pour l'homme d'augmenter la vitesse de ses lévriers par une sélection soigneuse et méthodique, ou par cette espèce de sélection inconsciente qui provient de ce que chaque personne s'efforce de posséder les meilleurs chiens, sans avoir la moindre pensée de modifier la race.

Sans même qu'intervienne un changement dans le nombre proportionnel des animaux chassés par nos loups, il pourrait naître un louveteau doté d'une tendance innée à poursuivre certains types de proie. Cela n'a rien d'improbable, car nous observons souvent de grandes différences entre les tendances naturelles de nos animaux domestiques ; un chat, par exemple, chassant plutôt les rats, un autre les souris, un chat, d'après M. St. John, rapportant du gibier à plumes, un autre des lièvres et des lapins, un autre chassant dans les marais, presque de nuit, et rapportant des bécasses et des bécassines. Nous savons que la tendance à attraper des rats plutôt que des souris est héréditaire. Donc si un tout petit changement d'habitude ou de structure bénéficiait à un loup particulier, ce dernier aurait une meilleure chance de survivre et de laisser une descendance. Quelques-uns de ses petits hériteraient probablement de cette tendance ou de cette structure, et ainsi de suite jusqu'à ce qu'une nouvelle variété soit formée qui supplanterait la forme mère ou cohabiterait avec elle. Ou bien les loups habitant une région montagneuse et ceux qui occuperaient les basses terres seraient forcés naturellement de chasser des proies différentes, et, avec la préservation continue des individus les mieux adaptés pour les deux sites, deux variétés se formeraient lentement. Ces variétés se croiseraient et se mélangeraient là où elles coexisteraient, mais nous reviendrons sur ce problème du croisement. J'ajouterai que, d'après M. Pierce, il existe deux variétés de loups habitant les Catskill aux États-Unis, l'une aux formes élancées proches de celles du lévrier, qui chasse le daim, et l'autre plus massive, aux jambes plus courtes, qui attaque plus souvent les troupeaux.

Il n'est peut-être pas inutile de citer un autre exemple un peu plus compliqué de l'action de la sélection naturelle. Certaines plantes sécrètent une liqueur sucrée, apparemment dans le but d'éliminer de leur sève quelques substances nuisibles. Cette sécrétion s'effectue, parfois, à l'aide de glandes placées à la base des stipules chez quelques légumineuses, et sur le revers des feuilles du laurier commun. Les insectes recherchent avec avidité cette liqueur, bien qu'elle se trouve toujours en petite quantité. Or, supposons qu'un certain nombre de plantes d'une espèce quelconque sécrètent cette liqueur ou ce nectar à l'intérieur de leurs fleurs. Les insectes en quête de ce nectar se couvriraient de pollen et le transporteraient alors d'une fleur à une autre. Les fleurs de deux individus distincts de la même espèce se trouvent croisées par ce fait ; or, le croisement, comme il serait facile de le démontrer, engendre des plants vigoureux, qui ont la plus grande chance de vivre et de se perpétuer. Quelques-uns des jeunes plants hériteront certainement de cette faculté de sécréter du nectar. Les fleurs aux glandes les plus larges, et qui, par conséquent, sécréteraient le plus de liqueur, seraient plus souvent visitées par les insectes et se croiseraient plus souvent aussi ; en conséquence, elles finiraient, dans le cours du temps, par l'emporter. Les fleurs dont les étamines et les pistils seraient placés, par rapport à la grosseur et aux habitudes des insectes qui les visitent, de manière à favoriser, de quelque façon que ce soit, le transport du pollen, seraient pareillement avantagées. Nous aurions pu choisir pour exemple des insectes qui visitent les fleurs en quête du pollen au lieu de la sécrétion sucrée ; le pollen ayant pour seul objet la fécondation, il semble, au premier abord, que sa destruction soit une véritable perte pour la plante. Cependant, si les insectes qui se nourrissent de pollen transportaient de fleur en fleur un peu de cette substance, accidentellement d'abord, habituellement ensuite, et que des croisements fussent le résultat de ces transports, ce serait encore un gain pour la plante que les neuf dixièmes de son pollen fussent détruits. Il en résulterait que les individus qui posséderaient les anthères les plus grosses et la plus grande quantité de pollen seraient sélectionnés.

Lorsqu'une plante, par suite de développements successifs, est de plus en plus recherchée par les insectes, ceux-ci, agissant inconsciemment, portent régulièrement le pollen de fleur en fleur ; plusieurs exemples frappants me permettraient de prouver que ce fait se présente tous les jours. Je n'en citerai qu'un seul, parce qu'il me servira en même temps à démontrer comment peut s'effectuer par degrés la séparation des sexes chez les plantes. Certains Houx ne portent que des fleurs mâles, pourvues d'un pistil rudimentaire et de quatre étamines produisant une petite quantité de pollen ; d'autres ne portent que des fleurs femelles, qui ont un pistil bien développé et quatre étamines avec des anthères non développées, dans lesquelles on ne saurait découvrir un seul grain de pollen. Ayant observé un arbre femelle à la distance de 60 mètres d'un arbre mâle, je plaçai sous le microscope les stigmates de vingt fleurs recueillies sur diverses branches ; sur tous, sans exception, je constatai la présence de quelques grains de pollen, et sur quelques-uns une profusion. Le pollen n'avait pas pu être transporté par le vent, qui depuis plusieurs jours soufflait dans une direction contraire. Le temps était froid, tempétueux, et par conséquent peu favorable aux visites des abeilles ; cependant toutes les fleurs que j'ai examinées avaient été fécondées par des abeilles qui avaient volé d'arbre en arbre, en quête de nectar. Reprenons notre démonstration : dès que la plante est devenue assez attrayante pour les insectes pour que le pollen soit régulièrement transporté de fleur en fleur, une autre série de faits commence à se produire. Aucun naturaliste ne met en doute les avantages de ce qu'on a appelé *la division physiologique du travail*. On peut en conclure qu'il serait avantageux pour les plantes de produire seulement des étamines sur une fleur ou sur un arbuste tout entier, et seulement des pistils sur une autre fleur ou sur un autre arbuste. Chez les plantes cultivées et placées, par conséquent, dans de nouvelles conditions d'existence, tantôt les organes mâles et tantôt les organes femelles deviennent plus ou moins impuissants. Or, si nous supposons que cela puisse se produire, à quelque degré que ce soit, à l'état de nature, le pollen étant déjà régulièrement transporté de fleur en fleur et la complète séparation des sexes étant avantageuse au point de vue de la division du travail, les individus chez lesquels cette tendance augmente de plus en plus sont de plus en plus favorisés et choisis, jusqu'à ce qu'enfin la complète séparation des sexes s'effectue.

Examinons maintenant les insectes qui se nourrissent de nectar. Dans notre cas imaginaire, nous pouvons supposer que la plante, dont nous avons vu les sécrétions augmenter lentement par suite d'une sélection continue, est une plante commune, et que certains insectes comptent en grande partie sur son nectar pour leur alimentation. Je pourrais prouver, par de nombreux exemples, combien les abeilles sont économes de leur temps ; je rappellerai seulement les incisions qu'elles ont coutume de faire à la base de certaines fleurs pour en atteindre le nectar, alors qu'avec un peu plus de peine elles pourraient y entrer par le sommet de la corolle. Si l'on se rappelle ces faits, on peut facilement croire que, dans certaines circonstances, des différences individuelles dans la courbure ou dans la longueur de la trompe, etc., bien que trop insignifiantes pour que nous puissions les apprécier, peuvent être profitables aux abeilles ou à tout autre insecte, de telle façon que certains individus seraient à même de se procurer plus facilement leur nourriture que certains autres, et auraient ainsi une meilleure chance de vivre et de laisser des descendants. Les tubes des corolles du trèfle des prés et du trèfle incarnat (*Trifolium pratense* et *T. incarnatum*) ne paraissent pas, au premier abord, différer de longueur ; cependant, l'abeille domestique atteint aisément le nectar du trèfle incarnat, mais non pas celui du trèfle des prés, qui n'est visité que par les bourdons ; de telle sorte que des champs entiers de trèfle des prés offrent en vain à l'abeille une abondante récolte de précieux nectar. Quoi qu'il en soit, il serait très avantageux pour l'abeille domestique, dans un pays où abonde cette espèce de trèfle, d'avoir une trompe un peu plus longue ou différemment construite. D'autre part, comme la fécondité de cette espèce de trèfle dépend absolument de la visite des bourdons, il serait très avantageux pour la plante, si les bourdons devenaient rares dans un pays, d'avoir une corolle plus courte ou plus profondément divisée, pour que l'abeille puisse en sucer les fleurs. On peut comprendre ainsi comment il se fait qu'une fleur et un insecte puissent lentement, soit simultanément, soit l'un après l'autre, se modifier et s'adapter mutuellement de la manière la plus parfaite, par la conservation continue de tous les individus présentant de légères déviations de structure avantageuses pour l'un et pour l'autre.

Je sais bien que cette doctrine de la sélection naturelle, fondée sur des exemples analogues à ceux que je viens de citer, peut soulever les objections qu'on avait d'abord opposées aux magnifiques hypothèses de sir Charles Lyell, lorsqu'il a voulu expliquer les transformations géologiques par l'action des causes actuelles. Toutefois, il est rare qu'on cherche aujourd'hui à traiter d'insignifiantes les causes que nous voyons encore en action sous nos yeux, quand on les emploie à expliquer l'excavation des plus profondes vallées ou la formation de longues lignes de dunes intérieures. La sélection naturelle n'agit que par la conservation et l'accumulation de petites modifications héréditaires, dont chacune est profitable à l'individu conservé : or, de même que la géologie moderne, quand il s'agit d'expliquer l'excavation d'une profonde vallée, renonce à invoquer l'hypothèse d'une seule grande vague diluvienne, de même aussi la sélection naturelle tend à faire disparaître la croyance à la création continue de nouveaux êtres organisés, ou à de grandes et soudaines modifications de leur structure.

DU CROISEMENT DES INDIVIDUS

Je dois me permettre ici une courte digression. Quand il s'agit d'animaux et de plantes ayant des sexes séparés, il est évident que la participation de deux individus est toujours nécessaire pour chaque fécondation ; mais l'existence de cette loi est loin d'être aussi évidente chez les hermaphrodites. Il y a néanmoins quelque raison de croire que, chez tous les hermaphrodites, deux individus coopèrent, soit accidentellement, soit habituellement, à la reproduction de leur espèce. Cette idée fut suggérée par Andrew Knight. Nous verrons tout à l'heure l'importance de cette suggestion ; mais je serai obligé de traiter ici ce sujet avec une extrême brièveté, bien que j'aie à ma disposition les matériaux nécessaires pour une discussion approfondie. Tous les vertébrés, tous les insectes et quelques autres groupes considérables d'animaux s'accouplent pour chaque fécondation. Les recherches modernes ont beaucoup diminué le nombre des herma-phrodites supposés, et, parmi les vrais hermaphrodites, il en est beaucoup qui s'accouplent, c'est-à-dire que deux individus s'unissent régulièrement pour la reproduction de l'espèce ; or, c'est là le seul point qui nous intéresse. Toutefois, il y a beaucoup d'hermaphrodites qui, certai-nement, ne s'accouplent habituellement pas, et la grande majorité des plantes se trouve dans ce cas. Quelle raison peut-il donc y avoir pour supposer que, même alors, deux individus concourent à l'acte reproducteur ? Comme il m'est impossible d'entrer ici dans les détails, je dois me contenter de quelques considérations générales.

En premier lieu, j'ai recueilli un nombre considérable de faits. J'ai fait moi-même un grand nombre d'expériences prouvant, d'accord avec l'opinion presque universelle des éleveurs, que, chez les animaux et chez les plantes, un croisement entre des variétés différentes ou entre des individus de la même variété, mais d'une autre lignée, rend la postérité qui en naît plus vigoureuse et plus féconde ; et que, d'autre part, les reproductions entre proches parents diminuent cette vigueur et cette fécondité. Ces faits si nombreux suffisent à prouver qu'il est une loi générale de la nature tendant à ce qu'aucun être organisé ne se féconde lui-même pendant un nombre illimité de générations, et qu'un croisement avec un autre individu est indispensable de temps à autre, bien que peut-être à de longs intervalles.

Si l'on admet qu'il s'agit d'une loi de la nature, nous pouvons, je crois, expliquer plusieurs grandes séries de faits tels que le suivant, inexplicable de toute autre façon. Tous les horticulteurs qui se sont occupés de croisements savent combien l'exposition à l'humidité rend difficile la fécondation d'une fleur ; et, cependant, quelle multitude de fleurs ont leurs anthères et leurs stigmates pleinement exposés aux intempéries de l'air ! Étant admis qu'un croisement accidentel est indispensable, bien que les anthères et le pistil de la plante soient si rapprochés que la fécondation de l'un par l'autre soit presque inévitable, cette libre exposition, quelque désavantageuse qu'elle soit, peut avoir pour but de permettre librement l'entrée du pollen provenant d'un autre individu. D'autre part, beaucoup de fleurs ont leurs organes sexuels parfaitement renfermés, comme dans la grande famille des Papilionacées ou Légumineuses ; mais chez presque toutes ces fleurs existe une très curieuse adaptation entre la structure de la fleur et la manière dont les abeilles sucent le nectar, car, au cours de cette activité, elles enfoncent le pollen de la fleur dans les stigmates ou bien apportent du pollen d'une autre fleur. Les visites des abeilles sont si nécessaires à beaucoup de fleurs de la famille des Papilionacées, que la fécondité de ces dernières diminue beaucoup si l'on empêche ces visites. Or, il est à peine possible que les insectes volent de fleur en fleur sans porter le pollen de l'une à l'autre, au grand avantage de la plante. Les insectes agissent, dans ce cas, comme le pinceau dont nous nous servons, et qu'il suffit, pour assurer la fécondation, de promener sur les anthères d'une fleur et sur les stigmates d'une autre fleur. Mais il ne faudrait pas supposer que les abeilles produisent ainsi une multitude d'hybrides entre des espèces distinctes ; car, si l'on place sur le même stigmate du pollen propre à la plante et celui d'une autre espèce, le premier annule complètement, ainsi que l'a démontré Gärtner, l'influence du pollen étranger.

Quand les étamines d'une fleur s'élancent soudain vers le pistil, ou se meuvent lentement vers lui l'une après l'autre, il semble que ce soit uniquement pour mieux assurer la fécondation d'une fleur par elle-même ; sans doute, cette adaptation est utile dans ce but. Mais l'intervention des insectes est souvent nécessaire pour déterminer les étamines à se mouvoir, comme Kölreuter l'a démontré pour l'épine-vinette. Dans ce genre, où tout semble disposé pour assurer la fécondation de la fleur par elle-même, on sait que, si l'on plante l'une près de l'autre des formes ou des variétés très voisines, il est presque impossible d'élever des plants de race pure, tant elles se croisent naturellement. Dans de nombreux autres cas, comme je pourrais le démontrer par les recherches de Sprengel et d'autres naturalistes aussi bien que par mes propres observations, bien loin que rien contribue à favoriser la fécondation d'une plante par elle-même, on remarque des adaptations spéciales qui empêchent absolument le stigmate de recevoir le pollen de ses propres étamines. Chez le *Lobelia fulgens*, par exemple, il y a tout

un système, aussi admirable que complet, au moyen
duquel les anthères de chaque fleur laissent échapper
leurs nombreux granules de pollen avant que le stigmate
de la même fleur soit prêt à les recevoir. Or, comme, dans
mon jardin tout au moins, les insectes ne visitent jamais
cette fleur, il en résulte qu'elle ne produit jamais de
graines, bien que j'aie pu en obtenir une grande quantité
en plaçant moi-même le pollen d'une fleur sur le stigmate
d'une autre fleur. Une autre espèce de Lobélia visitée par
les abeilles produit, dans mon jardin, des graines abondantes. Dans beaucoup d'autres cas, bien que nul obstacle mécanique spécial n'empêche le stigmate de recevoir
le pollen de la même fleur, cependant, comme Sprengel
l'a démontré, et comme je puis le confirmer moi-même,
les anthères éclatent avant que le stigmate soit prêt à être
fécondé, ou bien, au contraire, c'est le stigmate qui arrive
à maturité avant le pollen, de telle sorte que ces prétendues plantes dichogames ont en réalité des sexes séparés
et doivent se croiser habituellement. Combien ces faits
sont extraordinaires ! combien il est étrange que le pollen
et le stigmate de la même fleur, bien que placés l'un près
de l'autre dans le but d'assurer la fécondation de la fleur
par elle-même, soient, dans tant de cas, réciproquement
inutiles l'un à l'autre ! Comme il est facile d'expliquer ces
faits, qui deviennent alors si simples, dans l'hypothèse
qu'un croisement accidentel avec un individu distinct est
avantageux ou indispensable !

Si on laisse produire des graines à plusieurs variétés de
choux, de radis, d'oignons et de quelques autres plantes
placées les unes auprès des autres, j'ai observé que la
grande majorité des jeunes plants provenant de ces grains
sont des métis. Ainsi, j'ai élevé deux cent trente-trois
jeunes plants de choux provenant de différentes variétés
poussant les unes auprès des autres, et, sur ces deux cent
trente-trois plants, soixante-dix-huit seulement étaient de
race pure, et encore quelques-uns de ces derniers étaient-
ils légèrement altérés. Cependant, le pistil de chaque

fleur, chez le chou, est non seulement entouré par six étamines, mais encore par celles des nombreuses autres fleurs qui se trouvent sur le même plant. Comment se fait-il donc qu'un si grand nombre des jeunes plants soient des métis ? Cela doit provenir de ce que le pollen d'une *variété* distincte est doué d'un pouvoir fécondant plus actif que le pollen de la fleur elle-même, et que cela fait partie de la loi générale en vertu de laquelle le croisement d'individus distincts de la même espèce est avantageux à la plante. Quand, au contraire, des *espèces* distinctes se croisent, l'effet est inverse, parce que le propre pollen d'une plante l'emporte presque toujours en pouvoir fécondant sur un pollen étranger ; nous reviendrons, d'ailleurs, sur ce sujet.

On pourrait faire cette objection que, sur un grand arbre, couvert d'innombrables fleurs, il est presque impossible que le pollen soit transporté d'arbre en arbre, et qu'à peine pourrait-il l'être de fleur en fleur sur le même arbre ; or, on ne peut considérer que dans un sens très limité les fleurs du même arbre comme des individus distincts. Je crois que cette objection a une certaine valeur, mais la nature y a suffisamment pourvu en donnant aux arbres une forte tendance à produire des fleurs à sexes séparés. Or, quand les sexes sont séparés, bien que le même arbre puisse produire des fleurs mâles et des fleurs femelles, il faut que le pollen soit régulièrement transporté d'une fleur à une autre, et ce transport offre une chance de plus pour que le pollen passe accidentellement d'un arbre à un autre. J'ai constaté que, dans nos contrées, les arbres appartenant à tous les ordres ont les sexes plus souvent séparés que toutes les autres plantes. À ma demande, le docteur Hooker a bien voulu dresser la liste des arbres de la Nouvelle-Zélande, et le docteur Asa Gray celle des arbres des États-Unis ; les résultats ont été tels que je les avais prévus. Cependant, le docteur Hooker m'a informé que cette règle ne s'applique pas à l'Australie. Je n'ai fait ces quelques remarques sur les arbres que pour appeler l'attention sur ce sujet.

Examinons brièvement ce qui se passe chez les animaux. Plusieurs espèces terrestres sont hermaphrodites, telles, par exemple, que les mollusques terrestres et les vers de terre ; tous néanmoins s'accouplent. Jusqu'à présent, je n'ai pas encore rencontré un seul animal terrestre qui puisse se féconder lui-même. Ce fait remarquable, qui contraste si vivement avec ce qui se passe chez les plantes terrestres, s'explique facilement par l'hypothèse de la nécessité d'un croisement accidentel ; car, en raison de la nature de l'élément fécondant, il n'y a pas, chez l'animal terrestre, de moyens analogues à l'action des insectes et du vent sur les plantes, qui puissent amener un croisement accidentel sans la coopération de deux individus. Chez les animaux aquatiques, il y a, au contraire, beaucoup d'hermaphrodites qui se fécondent eux-mêmes, mais ici les courants offrent un moyen facile de croisements accidentels. Après de nombreuses recherches, faites conjointement avec une des plus hautes et des plus compétentes autorités, le professeur Huxley, il m'a été impossible de découvrir, chez les animaux aquatiques, pas plus d'ailleurs que chez les plantes, un seul hermaphrodite chez lequel les organes reproducteurs fussent si parfaitement internes, que tout accès fût absolument fermé à l'influence accidentelle d'un autre individu, de manière à rendre tout croisement impossible. Les Cirripèdes m'ont longtemps semblé faire exception à cette règle ; mais, grâce à un heureux hasard, j'ai pu prouver que deux individus, tous deux hermaphrodites et capables de se féconder eux-mêmes, se croisent cependant quelquefois.

La plupart des naturalistes ont dû être frappés, comme d'une étrange anomalie, du fait que, chez les animaux et chez les plantes, parmi les espèces d'une même famille et aussi d'un même genre, les unes sont hermaphrodites et les autres unisexuelles, bien qu'elles soient très semblables par tous les autres points de leur organisation. Cependant, s'il se trouve que tous les hermaphrodites se croisent de temps en temps, la différence qui existe entre eux et les espèces unisexuelles est fort insignifiante, au moins sous le rapport des fonctions.

Ces différentes considérations et un grand nombre de faits spéciaux que j'ai recueillis, mais que le défaut d'espace m'empêche de citer ici, semblent prouver que le croisement accidentel entre des individus distincts, chez les animaux et chez les plantes, constitue une loi sinon universelle, au moins très générale dans la nature. Je sais bien qu'un tel point de vue suscite de nombreuses difficultés, et j'essaie d'en résoudre quelques-unes. Nous pouvons donc, en guise de conclusion, affirmer que, chez de nombreux êtres organisés, un croisement entre deux individus est nécessaire à toute fécondation ; chez de nombreux autres, il ne s'en produit qu'à de rares intervalles ; mais je ne crois pas que l'autofertilisation puisse se continuer à perpétuité.

CIRCONSTANCES FAVORABLES À LA SÉLECTION NATURELLE

C'est là un sujet extrêmement compliqué. Une grande variabilité, héréditaire et diversifiée, est favorable, mais je crois que de simples différences individuelles sont suffisantes. La multiplicité des individus, en offrant plus de chances de variations avantageuses dans un temps donné, compense une variabilité moindre chez chaque individu pris personnellement, et c'est là, je crois, un élément important de succès. Bien que la nature accorde de longues périodes au travail de la sélection naturelle, il ne faudrait pas croire, cependant, que ce délai soit indéfini. En effet, tous les êtres organisés luttent pour s'emparer des places vacantes dans l'économie de la nature ; par conséquent, si une espèce, quelle qu'elle soit, ne se modifie pas et ne se perfectionne pas aussi vite que ses concurrents, elle doit être exterminée.

Quand il s'agit d'une sélection méthodique, l'éleveur choisit certains sujets pour atteindre un but déterminé ; s'il permet à tous les individus de se croiser librement, il est certain qu'il échouera. Mais, quand beaucoup d'éleveurs, sans avoir l'intention de modifier une race, ont un type commun de perfection, et que tous essayent de se procurer et de faire reproduire les individus les plus parfaits, cette sélection inconsciente amène lentement, mais sûrement, de grands progrès, malgré de nombreux croisements avec des animaux inférieurs. Il en est de même à l'état de nature ; car, dans une région restreinte, dont l'économie générale présente quelques lacunes, la sélection naturelle tendra toujours à préserver tous les individus variant dans la bonne direction, bien qu'à des degrés divers, de manière à remplir les places inoccupées. Si, au contraire, la région est considérable, les divers districts présentent certainement des conditions différentes d'existence ; or, si une même espèce est soumise à des modifications dans ces divers districts, les variétés nouvellement formées se croisent sur les confins de chacun d'eux. Dans ce cas les effets des croisements ne pourront être compensés par l'action de la sélection naturelle tendant toujours à modifier tous les individus de chaque zone conformément aux conditions de chacune, car, dans une région continue, les conditions seront insensiblement graduées d'une zone à l'autre. Le croisement affecte principalement les animaux qui s'accouplent pour chaque fécondation, qui vagabondent beaucoup, et qui ne se multiplient pas dans une proportion rapide. Aussi, chez les animaux de cette nature, les oiseaux par exemple, les variétés doivent ordinairement être confinées dans des régions séparées les unes des autres ; or, c'est là ce qui arrive presque toujours. Chez les organismes hermaphrodites qui ne se croisent qu'accidentellement, de même que chez les animaux qui s'accouplent pour chaque fécondation, mais qui vagabondent peu, et qui se multiplient rapidement, une nouvelle variété perfectionnée peut se former vite en un endroit quelconque, peut s'y maintenir et se répandre ensuite de telle sorte que les individus de la nouvelle variété se croisent principalement ensemble. Une variété locale formée de cette manière pourrait ensuite se répandre lentement dans d'autres zones. C'est en vertu de ce principe que les horticulteurs préfèrent toujours conserver des graines recueillies sur un grand nombre de plantes de la même variété, car ils diminuent ainsi les chances de croisement.

Il ne faudrait pas croire non plus que les croisements faciles pussent entraver l'action de la sélection naturelle chez les animaux qui se reproduisent lentement et s'accouplent pour chaque fécondation. Je pourrais citer des faits nombreux prouvant que, dans un même pays, deux variétés d'une même espèce d'animaux peuvent longtemps rester distinctes, soit qu'elles fréquentent ordinairement des régions différentes, soit que la saison de l'accouplement ne soit pas la même pour chacune d'elles, soit enfin que les individus de chaque variété préfèrent s'accoupler les uns avec les autres.

Le croisement joue un rôle considérable dans la nature ; grâce à lui les types restent purs et uniformes dans la même espèce ou dans la même variété. Son action est évidemment plus efficace chez les animaux qui s'accouplent pour chaque fécondation ; mais nous venons de voir que tous les animaux et toutes les plantes se croisent de temps en temps. Lorsque les croisements n'ont lieu qu'à de longs intervalles, les individus qui en proviennent, comparés à ceux résultant de la fécondation de la plante ou de l'animal par lui-même, sont beaucoup plus vigoureux, beaucoup plus féconds, et ont, par suite, plus de chances de survivre et de propager leur espèce. Si rare donc que soient certains croisements, leur influence doit, après une longue période, exercer un effet puissant sur les progrès de l'espèce. Quant aux êtres organisés placés très bas sur l'échelle, qui ne se propagent pas sexuellement, qui ne s'accouplent pas, et chez lesquels les croisements sont impossibles, l'uniformité des caractères ne peut se conserver chez eux, s'ils restent placés dans les mêmes conditions d'existence, qu'en vertu du principe de l'hérédité et grâce à la sélection naturelle, dont l'action amène la destruction des individus qui s'écartent du type ordinaire. Si les conditions d'existence viennent à changer, si la forme subit des modifications, la sélection naturelle, en conservant des variations avantageuses analogues, peut seule donner aux rejetons modifiés l'uniformité des caractères.

L'isolement joue aussi un rôle important dans la modification des espèces par la sélection naturelle. Dans une région fermée, isolée et peu étendue, les conditions organiques et inorganiques de l'existence sont presque toujours uniformes, de telle sorte que la sélection naturelle tend à modifier de la même manière tous les individus variables de la même espèce. En outre, le croisement avec les habitants des districts voisins se trouve empêché. L'isolement joue aussi un rôle très important après un changement physique des conditions d'existence, tel, par exemple, que modifications de climat, soulèvement du sol, etc., car il empêche l'immigration d'organismes mieux adaptés à ces nouvelles conditions d'existence ; il se trouve ainsi, dans l'économie naturelle de la région, de nouvelles places vacantes, qui seront ouvertes, avec lutte et adaptation par modifications de structure et de constitution, aux anciens habitants. Enfin l'isolement, en empêchant l'immigration et donc la compétition, donnera le temps à toute nouvelle variété de se perfectionner lentement, et c'est là quelquefois un point important dans la production de nouvelles espèces. Cependant, si la région isolée est très petite, soit parce qu'elle est entourée de barrières, soit parce les conditions physiques y sont toutes particulières, le nombre total de ses habitants sera aussi très peu considérable, ce qui retarde l'action de la sélection naturelle, au point de vue de la sélection de nouvelles espèces, car les chances de l'apparition de variations avantageuses se trouvent diminuées.

Si nous interrogeons la nature pour lui demander la preuve des règles que nous venons de formuler, et que nous considérions une petite région isolée, quelle qu'elle soit, une île océanique, par exemple, bien que le nombre des espèces qui l'habitent soit peu considérable – comme nous le verrons dans notre chapitre sur la distribution géographique –, cependant la plus grande partie de ces espèces sont endémiques, c'est-à-dire qu'elles ont été produites en cet endroit, et nulle part ailleurs dans le monde. Il semblerait donc, à première vue, qu'une île océanique soit très favorable à la production de nouvelles espèces. Mais nous sommes très exposés à nous tromper, car, pour déterminer si une petite région isolée a été plus favorable qu'une grande région ouverte comme un continent, ou réciproquement, à la production de nouvelles formes organiques, il faudrait pouvoir établir une comparaison entre des temps égaux, ce qu'il nous est impossible de faire.

Bien que l'isolement joue un rôle important dans la production de nouvelles espèces, je suis disposé à croire qu'une vaste contrée ouverte est plus favorable encore, quand il s'agit de la production des espèces capables de se perpétuer pendant de longues périodes et d'acquérir une grande extension. Une grande contrée ouverte offre non seulement plus de chances pour que des variations avantageuses fassent leur apparition en raison du grand nombre des individus de la même espèce qui l'habitent, mais aussi en raison de ce que les conditions d'existence sont beaucoup plus complexes à cause de la multiplicité des espèces déjà existantes. Or, si quelqu'une de ces nombreuses espèces se modifie et se perfectionne, d'autres doivent se perfectionner aussi dans la même proportion, sinon elles disparaîtraient fatalement. En outre, chaque forme nouvelle, dès qu'elle s'est beaucoup perfectionnée, peut se répandre dans une région ouverte et continue, et se trouve ainsi en concurrence avec beaucoup d'autres formes. De nouvelles places se forment donc, et la compétition pour les remplir sera plus sévère dans une large région que dans une région petite et isolée. Les grandes régions, bien qu'aujourd'hui continues, ont dû souvent, grâce à d'anciennes oscillations de niveau, exister antérieurement à un état fractionné, de telle sorte que les bons effets de l'isolement ont pu se produire aussi dans une certaine mesure. En résumé, je conclus que, bien que les petites régions isolées soient, sous quelques rapports, très favorables à la production de nouvelles espèces, les grandes régions doivent cependant favoriser des modifications plus rapides, et qu'en outre, ce qui est plus important, les nouvelles formes produites dans de grandes régions, ayant déjà remporté la victoire sur de nombreux concurrents, sont celles qui prennent l'extension la plus rapide et qui engendrent un plus grand nombre de variétés et d'espèces nouvelles. Ce sont donc celles qui jouent le rôle le plus important dans l'histoire changeante du monde organisé.

Ce principe nous aide, peut-être, à comprendre quelques faits sur lesquels nous aurons à revenir dans notre chapitre sur la distribution géographique ; par exemple, le fait que les productions du petit continent australien disparaissent actuellement devant celles du grand continent européo-asiatique. C'est pourquoi aussi les productions continentales se sont acclimatées partout et en si grand nombre dans les îles. Dans une petite île, la lutte pour l'existence a dû être moins ardente, et, par conséquent, les modifications et les extinctions moins importantes. Cela nous explique pourquoi la flore de Madère, ainsi que le fait remarquer Oswald Heer, ressemble, dans une certaine mesure, à la flore éteinte de l'époque tertiaire en Europe. La totalité de la superficie de tous les bassins d'eau douce ne forme qu'une petite étendue en comparaison de celle des terres et des mers. En conséquence, la concurrence, chez les productions d'eau douce, a dû être moins vive que partout ailleurs ; les nouvelles formes ont dû se produire plus lentement, les anciennes formes s'éteindre plus lentement aussi. Or, c'est dans l'eau douce que nous trouvons sept genres de poissons ganoïdes, restes d'un ordre autrefois prépondérant ; c'est également dans l'eau douce que nous trouvons quelques-unes des formes les plus anormales que l'on connaisse dans le monde, l'Ornithorynque et le Lépidosirène, par exemple, qui, comme certains animaux fossiles, constituent jusqu'à un certain point une transition entre des ordres aujourd'hui profondément séparés dans l'échelle de la nature. On pourrait appeler ces formes anormales de véritables fossiles vivants ; si elles se sont conservées jusqu'à notre époque, c'est qu'elles ont habité une région isolée, et qu'elles ont été exposées à une concurrence moins variée et, par conséquent, moins vive.

Pour résumer en quelques mots les conditions avantageuses ou non à la production de nouvelles espèces par la sélection naturelle, autant toutefois qu'un problème aussi complexe le permet, je conclus que, pour les productions terrestres, un grand continent, qui a subi de nombreuses oscillations de niveau, a dû être le plus favorable à la production de nombreux êtres organisés nouveaux, capables de se perpétuer pendant longtemps et de prendre une grande extension. Tant que la région a existé sous forme de continent, les habitants ont dû être nombreux en espèces et en individus, et, par conséquent, soumis à une ardente concurrence. Quand, à la suite d'affaissements, ce continent s'est subdivisé en nombreuses grandes îles séparées, chacune de ces îles a dû encore contenir beaucoup d'individus de la même espèce, de telle sorte que les croisements ont dû cesser entre les variétés bientôt devenues propres à chaque île. Après des changements physiques de quelque nature que ce soit, toute immigration a dû cesser, de façon que les anciens habitants modifiés ont dû occuper toutes les places nouvelles dans l'économie naturelle de chaque île ; enfin, le laps de temps écoulé a permis aux variétés habitant chaque île de se modifier complètement et de se perfectionner. Quand, à la suite de soulèvements, les îles se sont de nouveau transformées en un continent, une lutte fort vive a dû recommencer ; les variétés les plus favorisées ou les plus perfectionnées ont pu alors s'étendre ; un grand nombre de formes moins perfectionnées ont été exterminées et le continent renouvelé a changé d'aspect au point de vue du nombre relatif de ses différents habitants. Là, enfin, s'ouvre un nouveau champ pour la sélection naturelle, qui tend à perfectionner encore plus les habitants et à produire de nouvelles espèces.

J'admets complètement que la sélection naturelle agit d'ordinaire avec une extrême lenteur. Elle ne peut agir que lorsqu'il y a, dans l'économie naturelle d'une région, des places vacantes, qui seraient mieux remplies si quelques-uns des habitants subissaient certaines modifications. Ces places n'existent le plus souvent qu'à la suite de changements physiques, qui presque toujours s'accomplissent très lentement, et à condition que quelques obstacles s'opposent à l'immigration de formes mieux adaptées. Mais l'action de la sélection naturelle dépend probablement plus souvent de légères modifications chez certains de ses habitants, les rapports mutuels de presque tous les autres étant alors transformés. Rien ne peut se produire si aucune variation n'apparaît, et la variation est apparemment toujours lente. Le libre croisement retarde souvent beaucoup les résultats qu'on pourrait obtenir. On ne manquera pas de m'objecter que ces diverses causes sont plus que suffisantes pour neutraliser l'influence de la sélection naturelle. Je ne le crois pas. J'admets, toutefois, que la sélection naturelle n'agit que très lentement et seulement à de longs intervalles, et seulement aussi sur quelques habitants d'une même région.

Je crois, en outre, que ces résultats lents et intermittents concordent bien avec ce que nous apprend la géologie sur le développement progressif des habitants du monde.

Quelque lente pourtant que soit la marche de la sélection naturelle, si l'homme, avec ses moyens limités, peut réaliser tant de progrès en appliquant la sélection artificielle, je ne puis concevoir aucune limite à la somme des changements, de même qu'à la beauté et à la complexité des adaptations de tous les êtres organisés dans leurs rapports les uns avec les autres et avec les conditions physiques d'existence que peut, dans le cours successif des âges, réaliser le pouvoir sélectif de la nature.

EXTINCTION

Nous traiterons plus complètement ce sujet dans le chapitre relatif à la géologie. Il faut toutefois en dire ici quelques mots, parce qu'il se relie de très près à la sélection naturelle. La sélection naturelle agit uniquement au moyen de la conservation des variations utiles à certains égards, variations qui persistent en raison de cette utilité même. Grâce à la progression géométrique de la multiplication de tous les êtres organisés, chaque région contient déjà autant d'habitants qu'elle en peut nourrir ; il en résulte que, à mesure que les formes favorisées augmentent en nombre, les formes moins favorisées diminuent et deviennent très rares. La géologie nous enseigne que la rareté est le précurseur de l'extinction. Il est facile de comprendre qu'une forme quelconque, n'ayant plus que quelques représentants, a de grandes chances pour disparaître complètement, soit en raison de changements considérables dans la nature des saisons, soit à cause de l'augmentation temporaire du nombre de ses ennemis. Nous pouvons, d'ailleurs, aller plus loin encore ; en effet, nous pouvons affirmer que les formes les plus anciennes doivent disparaître à mesure que des formes nouvelles se produisent, à moins que nous n'admettions que le nombre des formes spécifiques augmente indéfiniment. Or, la géologie nous démontre clairement que le nombre des formes spécifiques n'a pas indéfiniment augmenté, et nous essaierons de démontrer tout à l'heure comment il se fait que le nombre des espèces n'est pas devenu infini sur le globe. Ce n'est pas que nous ayons la possibilité de savoir si une région quelconque est peuplée par des espèces à saturation. Probablement aucune région n'est totalement occupée, car, au cap de Bonne-Espérance, où coexistent plus d'espèces de plantes qu'en aucune autre partie du monde, de nouvelles plantes ont été acclimatées sans provoquer, pour autant que nous le sachions, l'extinction de plantes indigènes.

Les espèces qui comprennent le plus grand nombre d'individus ont le plus de chances de produire, dans un temps donné, des variations favorables. Les faits cités dans le deuxième chapitre nous en fournissent la preuve, car ils démontrent que ce sont les espèces communes, étendues ou dominantes, comme nous les avons appelées, qui présentent le plus grand nombre de variétés, ou espèces naissantes. Il en résulte que les espèces rares se modifient ou se perfectionnent moins vite dans un temps donné ; en conséquence, elles sont vaincues, dans la lutte pour l'existence, par les descendants modifiés des espèces plus communes.

Je crois que ces différentes considérations nous conduisent à une conclusion inévitable : à mesure que de nouvelles espèces se forment dans le cours des temps, grâce à l'action de la sélection naturelle, d'autres espèces deviennent de plus en plus rares et finissent par s'éteindre. Celles qui souffrent le plus sont naturellement celles qui se trouvent plus immédiatement en concurrence avec les espèces qui se modifient et qui se perfectionnent. Or, nous avons vu, dans le chapitre traitant de la lutte pour l'existence, que ce sont les formes les plus voisines

– les variétés de la même espèce et les espèces du même
genre ou de genres voisins – qui, en raison de leur structure, de leur constitution et de leurs habitudes analogues,
luttent ordinairement le plus vigoureusement les unes
avec les autres ; en conséquence, chaque variété ou
chaque espèce nouvelle, pendant qu'elle se forme, doit
lutter ordinairement avec plus d'énergie avec ses parents
les plus proches et tendre à les détruire. Nous pouvons
remarquer, d'ailleurs, une même marche d'extermination
chez nos productions domestiques, en raison de la sélection opérée par l'homme. On pourrait citer bien des
exemples curieux pour prouver avec quelle rapidité de
nouvelles races de bestiaux, de moutons et d'autres animaux, ou de nouvelles variétés de fleurs, prennent la
place de races plus anciennes et moins perfectionnées.
L'histoire nous apprend que, dans le Yorkshire, les
anciens bestiaux noirs ont été remplacés par les bestiaux
à longues cornes, et que ces derniers ont disparu devant
les bestiaux à courtes cornes (je cite les expressions
mêmes d'un écrivain agricole), comme s'ils avaient été
emportés par la peste.

DIVERGENCE DES CARACTÈRES

Le principe que je désigne par ce terme a une haute
importance, et permet, je crois, d'expliquer plusieurs faits
importants. En premier lieu, les variétés, alors même
qu'elles sont fortement prononcées, et bien qu'elles aient,
sous quelques rapports, les caractères d'espèces – ce qui
est prouvé par les difficultés que l'on éprouve, dans bien
des cas, pour les classer –, diffèrent cependant beaucoup
moins les unes des autres que ne le font les espèces vraies
et distinctes. Néanmoins, je crois que les variétés sont des
espèces en voie de formation, ou sont, comme je les ai
appelées, des espèces naissantes. Comment donc se fait-il

qu'une légère différence entre les variétés s'amplifie au point de devenir la grande différence que nous remarquons entre les espèces ? La plupart des innombrables espèces qui existent dans la nature, et qui présentent des différences bien tranchées, nous prouvent que le fait est ordinaire ; or, les variétés, souches supposées d'espèces futures bien définies, présentent des différences légères et à peine indiquées. Le hasard, pourrions-nous dire, pourrait faire qu'une variété différât, sous quelques rapports, de ses ascendants ; les descendants de cette variété pourraient, à leur tour, différer de leurs ascendants sous les mêmes rapports, mais de façon plus marquée ; cela, toutefois, ne suffirait pas à expliquer les grandes différences qui existent habituellement entre les espèces du même genre.

Comme je le fais toujours, j'ai cherché chez nos productions domestiques l'explication de ce fait. Or, nous remarquons chez elles quelque chose d'analogue. Un amateur remarque, par exemple, un pigeon ayant un bec un peu plus court qu'il n'est usuel ; un autre amateur remarque un pigeon ayant un bec long ; en vertu de cet axiome que les amateurs n'admettent pas un type moyen, mais préfèrent les extrêmes, ils commencent tous deux (et c'est ce qui est arrivé pour les sous-races du pigeon Culbutant) à choisir et à faire reproduire des oiseaux ayant un bec de plus en plus long ou un bec de plus en plus court. Nous pouvons supposer encore que, à une antique période de l'histoire, les habitants d'une nation ou d'un district aient eu besoin de chevaux rapides, tandis que ceux d'un autre district avaient besoin de chevaux plus lourds et plus forts. Les premières différences ont dû certainement être très légères, mais, dans la suite des temps, en conséquence de la sélection continue de chevaux rapides dans un cas et de chevaux vigoureux dans l'autre, les différences ont dû s'accentuer, et on en est arrivé à la formation de deux sous-races. Enfin, après des siècles, ces deux sous-races se sont converties en deux races distinctes et fixes. À mesure que les différences s'accentuaient, les animaux inférieurs ayant des caractères intermédiaires, c'est-à-dire ceux qui n'étaient ni très rapides ni très forts, n'ont jamais dû être employés à la reproduction, et ont dû tendre ainsi à disparaître. Nous voyons donc ici, dans les productions de l'homme, l'action de ce qu'on peut appeler « le principe de divergence » ; en vertu de ce principe, des différences, à peine appréciables d'abord, augmentent continuellement, et les races tendent à s'écarter chaque jour davantage les unes des autres et de la souche commune.

Mais comment, dira-t-on, un principe analogue peut-il s'appliquer dans la nature ? Je crois qu'il peut s'appliquer et qu'il s'applique de la façon la plus efficace (mais je dois avouer qu'il m'a fallu longtemps pour comprendre comment), en raison de cette simple circonstance que, plus les descendants d'une espèce quelconque deviennent différents sous le rapport de la structure, de la constitution et des habitudes, plus ils sont à même de s'emparer de places nombreuses et très différentes dans l'économie de la nature, et par conséquent d'augmenter en nombre.

Nous pouvons clairement discerner ce fait chez les animaux ayant des habitudes simples. Prenons, par exemple, un quadrupède carnivore et admettons que le nombre de ces animaux a atteint, il y a longtemps, le maximum de ce que peut nourrir un pays quel qu'il soit. Si la tendance naturelle de ce quadrupède à se multiplier continue à agir, et que les conditions actuelles du pays qu'il habite ne subissent aucune modification, il ne peut réussir à s'accroître en nombre qu'à condition que ses descendants variables s'emparent de places à présent occupées par d'autres animaux : les uns, par exemple, en devenant capables de se nourrir de nouvelles espèces de proies mortes ou vivantes ; les autres, en habitant de nouvelles

stations, en grimpant aux arbres, en devenant aquatiques ; d'autres enfin, peut-être, en devenant moins carnivores. Plus les descendants de notre animal carnivore
se modifient sous le rapport des habitudes et de la structure, plus ils peuvent occuper de places dans la nature.
Ce qui s'applique à un animal s'applique à tous les autres
et dans tous les temps, à une condition toutefois, c'est
qu'il soit susceptible de variations, car autrement la sélection naturelle ne peut rien. Il en est de même pour les
plantes. On a prouvé par l'expérience que, si on sème
dans un carré de terrain une seule espèce de graminées,
et dans un carré semblable plusieurs genres distincts de
graminées, il lève dans ce second carré plus de plants, et
on récolte un poids plus considérable d'herbages secs que
dans le premier. Cette même loi s'applique aussi quand
on sème, dans des espaces semblables, soit une seule
variété de froment, soit plusieurs variétés mélangées. En
conséquence, si une espèce quelconque de graminées
varie et que l'on choisisse continuellement les variétés qui
diffèrent l'une de l'autre de la même manière que diffèrent les uns des autres les espèces distinctes et les genres
de graminées, un plus grand nombre de plantes individuelles de cette espèce, y compris ses descendants modifiés, parviendraient à vivre sur un même terrain. Or, nous
savons que chaque espèce et chaque variété de graminées
répandent annuellement sur le sol des graines innombrables, et que chacune d'elles, pourrait-on dire, fait tous
ses efforts pour augmenter en nombre. En conséquence,
dans le cours de plusieurs milliers de générations, les
variétés les plus distinctes d'une espèce quelconque de
graminées auraient la meilleure chance de réussir, d'augmenter en nombre et de supplanter ainsi les variétés
moins distinctes ; or, les variétés, quand elles sont devenues très distinctes les unes des autres, prennent le rang
d'espèces.

Bien des circonstances naturelles nous démontrent la
vérité du principe qu'une grande diversité de structure

peut maintenir la plus grande somme de vie. Nous remarquons toujours une grande diversité chez les habitants d'une région très petite, surtout si cette région est librement ouverte à l'immigration, où, par conséquent, la lutte entre individus doit être très vive. J'ai observé, par exemple, qu'un gazon, ayant une superficie de 3 pieds sur 4, placé, depuis bien des années, absolument dans les mêmes conditions, contenait 20 espèces de plantes appartenant à 18 genres et à 8 ordres, ce qui prouve combien ces plantes différaient les unes des autres. Il en est de même pour les plantes et pour les insectes qui habitent des petits îlots uniformes, ou bien des petits étangs d'eau douce. Les fermiers ont trouvé qu'ils obtiennent de meilleures récoltes en établissant une rotation de plantes appartenant aux ordres les plus différents ; or, la nature suit ce qu'on pourrait appeler une « rotation simultanée ». La plupart des animaux et des plantes qui vivent tout auprès d'un petit terrain, quel qu'il soit, pourraient vivre sur ce terrain, en supposant toutefois que sa nature n'offrît aucune particularité extraordinaire ; on pourrait même dire qu'ils font tous leurs efforts pour s'y porter, mais on voit que, quand la lutte devient très vive, les avantages résultant de la diversité de structure, ainsi que des différences d'habitude et de constitution qui en sont la conséquence, font que les habitants qui se coudoient ainsi de plus près appartiennent en règle générale à ce que nous appelons des genres et des ordres différents.

L'acclimatation des plantes dans les pays étrangers, amenée par l'intermédiaire de l'homme, fournit une nouvelle preuve du même principe. On devrait s'attendre à ce que toutes les plantes qui réussissent à s'acclimater dans un pays quelconque fussent ordinairement très voisines des plantes indigènes ; ne pense-t-on pas ordinairement, en effet, que ces dernières ont été spécialement créées pour le pays qu'elles habitent et adaptées à ses conditions ? On pourrait s'attendre aussi, peut-être, à ce que les plantes acclimatées appartinssent à quelques groupes plus spécialement adaptés à certaines stations de leur nouvelle patrie. Or, le cas est tout différent, et Alphonse de Candolle a fait remarquer avec raison, dans son grand et admirable ouvrage, que les flores, par suite de l'acclimatation, s'augmentent beaucoup plus en nouveaux genres qu'en nouvelles espèces, proportionnellement au nombre des genres et des espèces indigènes. Pour en donner un seul exemple, dans la dernière édition du *Manuel de la flore de la partie septentrionale des États-Unis* par le docteur Asa Gray, l'auteur indique 260 plantes acclimatées, qui appartiennent à 162 genres. Cela suffit à prouver que ces plantes acclimatées ont une nature très diverse. Elles diffèrent, en outre, dans une grande mesure, des plantes indigènes ; car, sur ces 162 genres acclimatés il n'y en a pas moins de 100 qui ne sont pas indigènes aux États-Unis ; une addition proportionnelle considérable a donc ainsi été faite aux genres qui habitent aujourd'hui ce pays.

Si nous considérons la nature des plantes ou des animaux qui, dans un pays quelconque, ont lutté avec avantage avec les habitants indigènes et se sont ainsi acclimatés, nous pouvons nous faire quelque idée de la façon dont les habitants indigènes devraient se modifier pour l'emporter sur leurs compatriotes. Nous pouvons, tout au moins, en conclure que la diversité de structure, arrivée au point de constituer de nouvelles différences génériques, leur serait d'un grand profit.

Les avantages de la diversité de structure chez les habitants d'une même région sont analogues, en un mot, à ceux que présente la division physiologique du travail dans les organes d'un même individu, sujet si admirablement élucidé par Milne-Edwards. Aucun physiologiste ne met en doute qu'un estomac fait pour digérer des matières végétales seules, ou des matières animales seules, tire de ces substances la plus grande somme de nourriture. De même, dans l'économie générale d'un pays quelconque, plus les animaux et les plantes offrent de diversités tranchées les appropriant à différents modes d'existence, plus le nombre des individus capables d'habiter ce pays est considérable. Un groupe d'animaux dont l'organisation est peu diversifiée peut difficilement lutter contre un groupe dont la structure l'est plus parfaitement. On pourrait douter, par exemple, que les marsupiaux australiens, divisés en groupes différant très peu les uns des autres, et qui représentent faiblement, comme M. Waterhouse et quelques autres l'ont fait remarquer, nos carnivores, nos ruminants et nos rongeurs, puissent lutter avec succès contre ces ordres si bien développés. Chez les mammifères australiens nous pouvons donc observer la diversification des espèces à un état incomplet de développement.

Après la discussion qui précède, quelque résumée qu'elle soit, nous pouvons conclure que les descendants modifiés d'une espèce quelconque réussissent d'autant mieux que leur structure est plus diversifiée et qu'ils peuvent ainsi s'emparer de places occupées par d'autres êtres. Examinons maintenant comment ces avantages résultant de la divergence des caractères tendent à agir, quand ils se combinent avec la sélection naturelle et l'extinction.

Le diagramme suivant peut nous aider à comprendre ce sujet assez compliqué. Supposons que les lettres A à L représentent les espèces d'un genre riche dans le pays qu'il habite ; supposons, en outre, que ces espèces se ressemblent, à des degrés inégaux, comme cela arrive ordinairement dans la nature ; c'est ce qu'indiquent, dans le diagramme, les distances inégales qui séparent les lettres. J'ai dit un genre riche, parce que, comme nous l'avons vu dans le deuxième chapitre, plus d'espèces varient en moyenne dans un genre riche que dans un genre pauvre, et que les espèces variables des genres riches présentent un plus grand nombre de variétés. Nous avons vu aussi que les espèces les plus communes et les plus répandues varient plus que les espèces

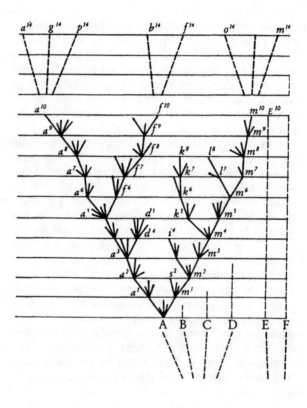

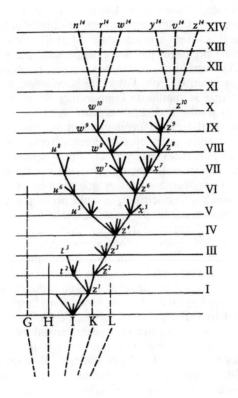

rares dont l'habitat est restreint. Supposons que A représente une espèce variable commune très répandue, appartenant à un genre riche dans son propre pays. Les lignes ponctuées divergentes, de longueur inégale, partant de A, peuvent représenter ses descendants variables. On suppose que les variations sont très légères et de la nature la plus diverse ; qu'elles ne paraissent pas toutes simultanément, mais souvent après de longs intervalles de temps, et qu'elles ne persistent pas non plus pendant des périodes égales. Les variations avantageuses seules persistent, ou, en d'autres termes, font l'objet de la sélection naturelle. C'est là que se manifeste l'importance du principe des avantages résultant de la divergence des caractères ; car ce principe détermine ordinairement les variations les plus divergentes et les plus différentes (représentées par les lignes ponctuées extérieures), que la sélection naturelle fixe et accumule. Quand une ligne ponctuée atteint une des lignes horizontales et que le point de contact est indiqué par une lettre minuscule, accompagnée d'un chiffre, on suppose qu'il s'est accumulé une quantité suffisante de variations pour former une variété bien tranchée, c'est-à-dire telle qu'on croirait devoir l'indiquer dans un ouvrage sur la zoologie systématique.

Les intervalles entre les lignes horizontales du diagramme peuvent représenter chacun mille générations ou plus. Supposons qu'après mille générations l'espèce A ait produit deux variétés bien tranchées, c'est-à-dire a^1 et m^1. Ces deux variétés se trouvent généralement encore placées dans des conditions analogues à celles qui ont déterminé des variations chez leurs ancêtres, d'autant que la variabilité est en elle-même héréditaire ; en conséquence, elles tendent aussi à varier, et ordinairement de la même manière que leurs ancêtres. En outre, ces deux variétés, n'étant que des formes légèrement modifiées, tendent à hériter des avantages qui ont rendu leur prototype A plus nombreux que la plupart des autres habitants du même pays ; elles participent aussi aux avantages plus généraux qui ont rendu le genre auquel appartiennent leurs ancêtres un genre riche dans son propre pays. Or, toutes ces circonstances sont favorables à la production de nouvelles variétés.

Si donc ces deux variétés sont variables, leurs variations les plus divergentes persisteront ordinairement pendant les mille générations suivantes. Après cet intervalle, on peut supposer que la variété a^1 a produit la variété a^2, laquelle, grâce au principe de la divergence, diffère plus de A que ne le faisait la variété a^1. On peut supposer aussi que la variété m^1 a produit, au bout du même laps de temps, deux variétés : m^2 et s^2, différant l'une de l'autre, et différant plus encore de leur souche commune A. Nous pourrions continuer à suivre ces variétés pas à pas pendant une période quelconque. Quelques variétés, après chaque série de mille générations, auront produit une seule variété, mais toujours plus modifiée ; d'autres auront produit deux ou trois variétés ; d'autres, enfin, n'en auront pas produit. Ainsi, les variétés, ou les descendants modifiés de la souche commune A, augmentent ordinairement en nombre en revêtant des caractères de plus en plus divergents. Le diagramme représente cette série jusqu'à la dix millième génération, et, sous une forme condensée et simplifiée, jusqu'à la quatorze millième.

Je ne prétends pas dire, bien entendu, que cette série soit aussi régulière qu'elle l'est dans le diagramme, bien qu'elle ait été représentée de façon assez irrégulière. Je ne prétends pas dire non plus que les variétés les plus divergentes persistent toujours ; une forme moyenne peut persister pendant longtemps et peut, ou non, produire plus d'un descendant modifié. La sélection naturelle, en effet, agit toujours en raison des places vacantes, ou de celles qui ne sont pas parfaitement occupées par d'autres êtres, et cela implique des rapports infiniment complexes. Mais, en règle générale, plus les descendants d'une espèce

quelconque se modifient sous le rapport de la conformation, plus ils ont de chances de s'emparer de places et
plus leur descendance modifiée tend à augmenter. Dans
notre diagramme, la ligne de descendance est interrompue à des intervalles réguliers par des lettres minuscules
chiffrées, indiquant les formes successives qui sont devenues suffisamment distinctes pour qu'on les reconnaisse
comme variétés ; il va sans dire que ces points sont imaginaires et qu'on aurait pu les placer n'importe où, en
laissant des intervalles assez longs pour permettre
l'accumulation d'une somme considérable de variations
divergentes.

Comme tous les descendants modifiés d'une espèce
commune et très répandue, appartenant à un genre riche,
tendent à participer aux avantages qui ont donné à leur
ancêtre la prépondérance dans la lutte pour l'existence,
ils se multiplient ordinairement en nombre, en même
temps que leurs caractères deviennent plus divergents : ce
fait est représenté dans le diagramme par les différentes
branches divergentes partant de A. Les descendants
modifiés des branches les plus récentes et les plus perfectionnées tendent à prendre la place des branches plus
anciennes et moins perfectionnées, et par conséquent à
les éliminer ; les branches inférieures du diagramme, qui
ne parviennent pas jusqu'aux lignes horizontales supérieures, indiquent ce fait. Dans quelques cas, sans doute,
les modifications portent sur une seule ligne de descendance, et le nombre des descendants modifiés ne s'accroît
pas, bien que la somme des modifications divergentes ait
pu augmenter. Ce cas serait représenté dans le diagramme si toutes les lignes partant de A étaient enlevées,
à l'exception de celles allant de a^1 à a^{10}. Le cheval de
course anglais et le limier anglais ont évidemment
divergé lentement de leur souche primitive de la façon
que nous venons d'indiquer, sans qu'aucun d'eux ait produit des branches ou des races nouvelles.

Supposons que, après dix mille générations, l'espèce A ait produit trois formes : a^{10}, f^{10} et m^{10}, qui, ayant divergé en caractères pendant les générations successives, en sont arrivées à différer largement, mais peut-être inégalement les unes des autres et de leur souche commune. Si nous supposons que la somme des changements entre chaque ligne horizontale du diagramme soit excessivement minime, ces trois formes ne seront encore que des variétés bien tranchées, ou bien peut-être sont-elles parvenues à la catégorie douteuse de sous-espèce ; mais nous n'avons qu'à supposer un plus grand nombre de générations, ou une modification un peu plus considérable à chaque degré, pour convertir ces trois formes en espèces bien définies. Le diagramme indique donc les degrés au moyen desquels les petites différences, séparant les variétés, s'accumulent au point de former les grandes différences séparant les espèces. En continuant la même marche pendant un plus grand nombre de générations, ce qu'indique le diagramme sous une forme condensée et simplifiée, nous obtenons huit espèces, a^{14} à m^{14}, descendant toutes de A. C'est ainsi, je crois, que les espèces se multiplient et que les genres se forment.

Il est probable que, dans un genre riche, plus d'une espèce doit varier. J'ai supposé, dans le diagramme, qu'une seconde espèce l'a produit, par une marche analogue, après dix mille générations, soit deux variétés bien tranchées, w^{10} et z^{10}, soit deux espèces, selon la somme de changements que représentent les lignes horizontales. Après quatorze mille générations, on suppose que six nouvelles espèces, n^{14} à z^{14}, ont été produites. Dans un genre quelconque, les espèces qui diffèrent déjà beaucoup les unes des autres tendent ordinairement à produire le plus grand nombre de descendants modifiés, car ce sont elles qui ont le plus de chances de s'emparer de places nouvelles et très différentes dans l'économie de la nature. Aussi ai-je choisi dans le diagramme l'espèce extrême A et une autre espèce presque extrême I, comme celles qui ont beaucoup varié, et qui ont produit de nouvelles variétés et de nouvelles espèces. Les neuf autres espèces de notre genre primitif, indiquées par des lettres majuscules, peuvent continuer, pendant des périodes plus ou moins longues, à transmettre à leurs descendants leurs caractères non modifiés ; cela est indiqué dans le diagramme par les lignes ponctuées qui se prolongent plus ou moins loin.

Mais, pendant la marche des modifications, représentée dans le diagramme, un autre de nos principes, celui de l'extinction, a dû jouer un rôle important. Comme, dans chaque pays bien pourvu d'habitants, la sélection naturelle agit nécessairement en donnant à une forme, qui fait l'objet de son action, quelques avantages sur d'autres formes dans la lutte pour l'existence, il se produit une tendance constante chez les descendants perfectionnés d'une espèce quelconque à supplanter et à exterminer, à chaque génération, leurs prédécesseurs et leur souche primitive. Il faut se rappeler, en effet, que la lutte la plus vive se produit ordinairement entre les formes qui sont les plus voisines les unes des autres, sous le rapport des habitudes, de la constitution et de la structure. En conséquence, toutes les formes intermédiaires entre la forme la plus ancienne et la forme la plus nouvelle, c'est-à-dire entre les formes plus ou moins perfectionnées de la même espèce, aussi bien que l'espèce souche elle-même, tendent ordinairement à s'éteindre. Il en est probablement de même pour beaucoup de lignes collatérales tout entières, vaincues par des formes plus récentes et plus perfectionnées. Si, cependant, le descendant modifié d'une espèce pénètre dans quelque région distincte, ou s'adapte rapidement à quelque région tout à fait nouvelle, il ne se trouve pas en concurrence avec le type primitif et tous deux peuvent continuer à exister.

Si donc on suppose que notre diagramme représente une somme considérable de modifications, l'espèce A et toutes les premières variétés qu'elle a produites auront été éliminées et remplacées par huit nouvelles espèces, a^{14} à m^{14} ; et l'espèce I par six nouvelles espèces, n^{14} à z^{14}.

Mais nous pouvons aller plus loin encore. Nous avons supposé que les espèces primitives du genre dont nous nous occupons se ressemblent les unes aux autres à des degrés inégaux ; c'est là ce qui se présente souvent dans la nature. L'espèce A est donc plus voisine des espèces B, C, D que des autres espèces, et l'espèce I est plus voisine des espèces G, H, K, L que des premières. Nous avons supposé aussi que ces deux espèces, A et I, sont très communes et très répandues, de telle sorte qu'elles devaient, dans le principe, posséder quelques avantages sur la plupart des autres espèces appartenant au même genre. Les espèces représentatives, au nombre de quatorze à la quatorzième génération, ont probablement hérité de quelques-uns de ces avantages ; elles se sont, en outre, modifiées, perfectionnées de diverses manières, à chaque génération successive, de façon à se mieux adapter aux nombreuses places vacantes dans l'économie naturelle du pays qu'elles habitent. Il est donc très probable qu'elles ont exterminé, pour les remplacer, non seulement les représentants non modifiés des souches mères A et I, mais aussi quelques-unes des espèces primitives les plus voisines de ces souches. En conséquence, il doit rester à la quatorzième génération très peu de descendants des espèces primitives. Nous pouvons supposer que seule l'espèce F, des deux espèces les moins voisines des neuf autres espèces primitives, a pu avoir des descendants jusqu'à cette dernière génération.

Ainsi que l'indique notre diagramme, les onze espèces primitives sont désormais représentées par quinze espèces. En raison de la tendance divergente de la sélection naturelle, la somme de différence des caractères entre les espèces a^{14} et z^{14} doit être beaucoup plus considérable que la différence qui existait entre les individus les plus distincts des onze espèces primitives. Les nouvelles espèces, en outre, sont alliées les unes aux autres d'une manière toute différente. Sur les huit descendants de A, ceux indiqués par les lettres a^{14}, q^{14} et p^{14} sont très voisins, parce que ce sont des branches récentes de a^{10} ; b^{14} et f^{14}, ayant divergé à une période beaucoup plus ancienne de a^5, sont, dans une certaine mesure, distincts de ces trois premières espèces ; et enfin o^{14}, e^{14} et m^{14} sont très voisins les uns des autres ; mais, comme elles ont divergé de A au commencement même de cette série de modifications, ces espèces doivent être assez différentes des cinq autres, pour constituer sans doute un sous-genre ou un genre distinct.

Les six descendants de I forment deux sous-genres ou deux genres distincts. Mais, comme l'espèce primitive I différait beaucoup de A, car elle se trouvait presque à l'autre extrémité du genre primitif, les six espèces descendant de I, grâce à l'hérédité, doivent différer considérablement des huit espèces descendant de A ; en outre, nous avons supposé que les deux groupes ont continué à diverger dans des directions différentes. Les espèces intermédiaires, et c'est là une considération fort importante, qui reliaient les espèces originelles A et I, se sont toutes éteintes, à l'exception de F, qui seul a laissé des descendants. En conséquence, les six nouvelles espèces descendant de I, et les huit espèces descendant de A, devront être classées comme des genres très distincts, ou même comme des sous-familles distinctes.

C'est ainsi, je crois, que deux ou plusieurs genres descendent, par suite de modifications, de deux ou de plusieurs espèces d'un même genre. Ces deux ou plusieurs espèces souches descendent aussi, à leur tour, de quelque espèce d'un genre antérieur. Cela est indiqué, dans notre diagramme, par les lignes ponctuées placées au-dessous des lettres majuscules, lignes convergeant en groupe vers un seul point. Ce point représente une espèce, l'ancêtre supposé de nos sous-genres et de nos genres.

Il est utile de s'arrêter un instant pour considérer le caractère de la nouvelle espèce F^{14}, laquelle, avons-nous supposé, n'a pas beaucoup divergé, mais a conservé la forme de F, soit avec quelques légères modifications, soit sans aucun changement. Les affinités de cette espèce vis-à-vis des quatorze autres espèces nouvelles doivent être nécessairement très curieuses. Descendue d'une forme située à peu près à égale distance entre les espèces souches A et I, que nous supposons éteintes et inconnues, elle doit présenter, dans une certaine mesure, un caractère intermédiaire entre celui des deux groupes descendus de cette même espèce. Mais, comme le caractère de ces deux groupes s'est continuellement écarté du type souche, la nouvelle espèce F^{14} ne constitue pas un intermédiaire immédiat entre eux ; elle constitue plutôt un intermédiaire entre les types des deux groupes. Or, chaque naturaliste peut se rappeler, sans doute, des cas analogues.

Nous avons supposé, jusqu'à présent, que chaque ligne horizontale du diagramme représente mille générations ; mais chacune d'elles pourrait représenter un million de générations, ou même davantage ; chacune pourrait même représenter une des couches successives de la croûte terrestre, dans laquelle on trouve des fossiles. Nous aurons à revenir sur ce point, dans notre chapitre sur la géologie, et nous verrons alors, je crois, que le diagramme jette quelque lumière sur les affinités des êtres éteints. Ces êtres, bien qu'appartenant ordinairement aux mêmes ordres, aux mêmes familles ou aux mêmes genres que ceux qui existent aujourd'hui, présentent souvent cependant, dans une certaine mesure, des caractères intermédiaires entre les groupes actuels ; nous pouvons le comprendre d'autant mieux que les espèces existantes vivaient à différentes époques reculées, alors que les lignes de descendance avaient moins divergé.

Je ne vois aucune raison qui oblige à limiter à la formation des genres seuls la série de modifications que nous venons d'indiquer. Si nous supposons que, dans le diagramme, la somme des changements représentée par chaque groupe successif de lignes ponctuées divergentes est très grande, les formes a^{14} à p^{14}, b^{14} et f^{14}, o^{14} à m^{14} formeront trois genres bien distincts. Nous aurons aussi deux genres très distincts descendant de I et différant très considérablement des descendants de A. Ces deux groupes de genres formeront ainsi deux familles ou deux ordres distincts, selon la somme des modifications divergentes que l'on suppose représentée par le diagramme. Or, les deux nouvelles familles, ou les deux ordres nouveaux, descendent de deux espèces appartenant à un même genre primitif, et on peut supposer que ces espèces descendent de formes encore plus anciennes et plus inconnues.

Nous avons vu que, dans chaque pays, ce sont les espèces appartenant aux genres les plus riches qui présentent le plus souvent des variétés ou des espèces naissantes. On aurait pu s'y attendre ; en effet, la sélection naturelle agissant seulement sur les individus ou les formes qui, grâce à certaines qualités, l'emportent sur d'autres dans la lutte pour l'existence, elle exerce principalement son action sur ceux qui possèdent déjà certains avantages ; or, l'étendue d'un groupe quelconque prouve que les espèces qui le composent ont hérité de quelques qualités possédées par un ancêtre commun. Aussi, la lutte pour la production de descendants nouveaux et modifiés s'établit principalement entre les groupes les plus riches qui essayent tous de se multiplier. Un groupe riche l'emporte lentement sur un autre groupe considérable, le réduit en nombre et diminue ainsi ses chances de variation et de perfectionnement. Dans un même groupe considérable, les sous-groupes les plus récents et les plus perfectionnés, augmentant sans cesse, s'emparant à chaque instant de nouvelles places dans l'économie de la nature, tendent constamment aussi à supplanter et à détruire les sous-groupes les plus anciens et les moins perfectionnés. Enfin, les groupes et les sous-groupes peu nombreux et vaincus finissent par disparaître. Si nous portons les yeux sur l'avenir, nous pouvons prédire que les groupes d'êtres organisés qui sont aujourd'hui riches et dominants, qui ne sont pas encore entamés, c'est-à-dire qui n'ont pas souffert encore la moindre extinction, doivent continuer à augmenter en nombre pendant de longues périodes. Mais quels groupes finiront par prévaloir ? C'est là ce que personne ne peut prévoir, car nous savons que beaucoup de groupes, autrefois très développés, sont aujourd'hui éteints. Si l'on s'occupe d'un avenir encore plus éloigné, on peut prédire que, grâce à l'augmentation continue et régulière des plus grands groupes, une foule de petits groupes doivent disparaître complètement sans laisser de descendants modifiés, et qu'en conséquence bien peu d'espèces vivant à une époque quelconque doivent avoir des descendants après un laps de temps considérable. J'aurai à revenir sur ce point dans le chapitre sur la classification ; mais je puis ajouter que, selon notre théorie, fort peu d'espèces très anciennes doivent avoir des représentants à l'époque actuelle ; or, comme tous les descendants de la même espèce forment une classe, il est facile de comprendre comment il se fait qu'il y ait si peu de classes dans chaque division principale du royaume animal et du royaume végétal. Bien que peu des espèces les plus anciennes aient laissé des descendants modifiés, cependant, à d'anciennes périodes géologiques, la terre a pu être presque aussi peuplée qu'elle l'est aujourd'hui d'espèces appartenant à beaucoup de genres, de familles, d'ordres et de classes.

Résumé du chapitre

Si, au milieu des conditions changeantes de l'existence, les êtres organisés présentent des différences individuelles dans presque toutes les parties de leur structure, et ce point n'est pas contestable ; s'il se produit, entre les

espèces, en raison de la progression géométrique de l'augmentation des individus, une lutte sérieuse pour l'existence à un certain âge, à une certaine saison, ou pendant
une période quelconque de leur vie, et ce point n'est certainement pas contestable ; alors, en tenant compte de
l'infinie complexité des rapports mutuels de tous les êtres
organisés et de leurs rapports avec les conditions de leur
existence, ce qui cause une diversité infinie et avantageuse
des structures, des constitutions et des habitudes, il serait
très extraordinaire qu'il ne se soit jamais produit des
variations utiles à la prospérité de chaque individu, de la
même façon qu'il s'est produit tant de variations utiles à
l'homme. Mais, si des variations utiles à un être organisé
quelconque se présentent quelquefois, assurément les
individus qui en sont l'objet ont la meilleure chance de
l'emporter dans la lutte pour l'existence ; puis, en vertu
du principe si puissant de l'hérédité, ces individus
tendent à laisser des descendants ayant le même caractère
qu'eux. J'ai donné le nom de *sélection naturelle* à ce principe de préservation. En vertu du principe de l'hérédité
des caractères aux âges correspondants, la sélection naturelle peut agir sur l'œuf, sur la graine ou sur le jeune
individu, et les modifier aussi facilement qu'elle peut
modifier l'adulte. Chez un grand nombre d'animaux, la
sélection sexuelle vient en aide à la sélection ordinaire,
en assurant aux mâles les plus vigoureux et les mieux
adaptés le plus grand nombre de descendants. La sélection sexuelle développe aussi chez les mâles des caractères qui leur sont utiles dans leurs rivalités ou dans leurs
luttes avec d'autres mâles.

  La sélection naturelle a-t-elle réellement joué ce rôle ?
a-t-elle réellement adapté les formes diverses de la vie à
leurs conditions et à leurs stations différentes ? C'est en
pesant les faits exposés dans les chapitres suivants que
nous pourrons en juger. Mais nous avons déjà vu comment la sélection naturelle détermine l'extinction ; or, la
géologie nous démontre clairement quel rôle l'extinction

a joué dans l'histoire du monde. La sélection naturelle conduit aussi à la divergence des caractères ; car, plus les êtres organisés diffèrent les uns les autres sous le rapport de la structure, des habitudes et de la constitution, plus la même région peut en nourrir un grand nombre ; nous en avons eu la preuve en étudiant les habitants d'une petite région et les productions acclimatées. Par conséquent, pendant la modification des descendants d'une espèce quelconque, pendant la lutte incessante de toutes les espèces pour s'accroître en nombre, plus ces descendants deviennent différents, plus ils ont de chances de réussir dans la lutte pour l'existence. Aussi, les petites différences qui distinguent les variétés d'une même espèce tendent régulièrement à s'accroître jusqu'à ce qu'elles deviennent égales aux grandes différences qui existent entre les espèces d'un même genre, ou même entre des genres distincts.

Nous avons vu que ce sont les espèces communes très répandues et ayant un habitat considérable, et qui, en outre, appartiennent aux genres les plus riches de chaque classe, qui varient le plus, et que ces espèces tendent à transmettre à leurs descendants modifiés cette supériorité qui leur assure aujourd'hui la domination dans leur propre pays. La sélection naturelle, comme nous venons de le faire remarquer, conduit à la divergence des caractères et à l'extinction complète des formes intermédiaires et moins perfectionnées. En partant de ces principes, on peut expliquer la nature des affinités qui existent entre les innombrables êtres organisés. Un fait véritablement étonnant et que nous méconnaissons trop, parce que nous sommes peut-être trop familiarisés avec lui, c'est que tous les animaux et toutes les plantes, tant dans le temps que dans l'espace, se trouvent réunis par groupes subordonnés à d'autres groupes d'une même manière que nous remarquons partout, c'est-à-dire que les variétés d'une même espèce les plus voisines les unes des autres, et que les espèces d'un même genre moins étroitement et plus inégalement alliées, forment des sections et des sous-genres ; que les espèces de genres distincts encore beaucoup moins proches et, enfin, que les genres plus ou moins semblables forment des sous-familles, des familles, des ordres, des sous-classes et des classes. Les divers groupes subordonnés d'une classe quelconque ne peuvent pas être rangés sur une seule ligne, mais semblent se grouper autour de certains points, ceux-là autour d'autres, et ainsi de suite en cercles presque infinis. Si les espèces avaient été créées indépendamment les unes des autres, on n'aurait pu expliquer cette sorte de classification ; elle s'explique facilement, au contraire, par l'hérédité et par l'action complexe de la sélection naturelle, produisant l'extinction et la divergence des caractères, ainsi que le démontre notre diagramme.

On a quelquefois représenté sous la figure d'un grand arbre les affinités de tous les êtres de la même classe, et je crois que cette image est très juste sous bien des rapports. Les rameaux et les bourgeons représentent les espèces existantes ; les branches produites pendant les années précédentes représentent la longue succession des espèces éteintes. À chaque période de croissance, tous les rameaux essayent de pousser des branches de toutes parts, de dépasser et de tuer les rameaux et les branches environnantes, de la même façon que les espèces et les groupes d'espèces ont, dans tous les temps, vaincu d'autres espèces dans la grande lutte pour l'existence. Les bifurcations du tronc, divisées en grosses branches, et celles-ci en branches moins grosses et plus nombreuses, n'étaient autrefois, alors que l'arbre était jeune, que des petits rameaux bourgeonnants ; or, cette relation entre les anciens bourgeons et les nouveaux au moyen des branches ramifiées représente bien la classification de toutes les espèces éteintes et vivantes en groupes subordonnés à d'autres groupes. Sur les nombreux rameaux qui prospéraient alors que l'arbre n'était qu'un arbrisseau, deux ou trois seulement, transformés aujourd'hui en grosses branches, ont survécu et portent les ramifications subséquentes ; de même, sur les nombreuses espèces qui vivaient pendant les périodes géologiques écoulées depuis si longtemps, bien peu ont laissé des descendants vivants et modifiés. Dès la première croissance de l'arbre, plus d'une branche a dû périr et tomber ; or, ces branches tombées de grosseur différente peuvent représenter les ordres, les familles et les genres tout entiers, qui n'ont plus de représentants vivants, et que nous ne connaissons qu'à l'état fossile. De même que nous voyons çà et là sur l'arbre une branche mince, égarée, qui a surgi de quelque bifurcation inférieure, et qui, par suite d'heureuses circonstances, est encore vivante, et atteint le sommet de l'arbre, de même nous rencontrons accidentellement quelque animal, comme l'ornithorynque ou le lépidosirène, qui, par ses affinités, rattache, sous quelques rapports, deux grands embranchements de l'organisation, et qui doit probablement à une situation isolée d'avoir échappé à une concurrence fatale. De même que les bourgeons produisent de nouveaux bourgeons, et que ceux-ci, s'ils sont vigoureux, forment des branches qui éliminent de tous côtés les branches plus faibles, de même je crois que la génération en a agi ainsi pour le grand arbre de la vie, dont les branches mortes et brisées sont enfouies dans les couches de l'écorce terrestre, pendant que ses magnifiques ramifications, toujours vivantes et sans cesse renouvelées, en couvrent la surface.

Chapitre V

DES LOIS DE LA VARIATION

J'ai, jusqu'à présent, parlé des variations – si communes et si diverses chez les êtres organisés réduits à l'état de domesticité, et, à un degré moindre, chez ceux qui se trouvent à l'état sauvage – comme si elles étaient dues au hasard. C'est là, sans contredit, une expression bien incorrecte ; peut-être, cependant, a-t-elle un avantage en ce qu'elle sert à démontrer notre ignorance sur les causes de chaque variation particulière. Quelques savants croient qu'une des fonctions du système reproducteur consiste autant à produire des différences individuelles, ou des petites déviations de structure, qu'à rendre les descendants semblables à leurs parents. Mais le fait que les variations et les monstruosités se présentent beaucoup plus souvent à l'état domestique qu'à l'état de nature, le fait que les espèces ayant un habitat très étendu sont plus variables que celles ayant un habitat restreint, nous autorisent à conclure que les déviations des structures doivent avoir ordinairement quelque rapport avec les conditions d'existence auxquelles chaque espèce a été soumise pendant plusieurs générations successives. J'ai observé, dans le premier chapitre – mais un long catalogue de faits que je ne peux donner ici serait nécessaire pour prouver le bien-fondé de mes remarques –, que le système reproducteur est extrêmement sensible aux changements des conditions de vie, et c'est à la perturbation fonctionnelle de ce système chez les parents que j'attribue la nature variable ou plastique des descendants. Les éléments mâles et femelles semblent affectés avant l'acte reproducteur qui doit former un nouvel être. Dans le cas des plantes folles, le bourgeon, qui au début ne semble pas différer essentiellement d'un ovule, est seul affecté. Mais pourquoi, le système reproducteur étant affecté, telle ou telle part de l'organisme varie plus ou moins, cela, nous l'ignorons totalement. Nous pouvons néanmoins discerner quelques lueurs pour nous guider, et nous convaincre qu'il doit exister une cause pour chaque déviation de structure, si minime qu'elle soit.

Il est très difficile de déterminer quel effet direct peuvent avoir sur un organisme des différences de climat, de nourriture, etc. Mon impression est que l'effet est extrêmement réduit dans le cas des animaux, mais peut-être un peu plus dans celui des plantes. Toutefois, nous pouvons conclure, sans craindre de nous tromper, qu'on ne peut attribuer uniquement à une cause agissante semblable les coadaptations de structure, si nombreuses et si complexes, que nous observons dans la nature entre les différents êtres organisés. On peut attribuer une légère influence au climat, à la nourriture, etc. ; ainsi E. Forbes affirme que les coquillages, à l'extrémité méridionale de leur habitat, revêtent, quand ils vivent dans des eaux peu profondes, des couleurs beaucoup plus brillantes que les coquillages de la même espèce, qui vivent plus au nord et à une plus grande profondeur ; mais cette loi ne s'applique certainement pas toujours. M. Gould croit que les oiseaux de la même espèce sont plus brillamment colorés, quand ils vivent dans un pays où le ciel est toujours pur, que lorsqu'ils habitent près des côtes ou sur des îles ; Wollaston assure que la résidence près des bords de la mer affecte la couleur des insectes. Moquin-Tandon donne une liste de plantes dont les feuilles deviennent charnues, lorsqu'elles croissent près des bords de la mer, bien que cela ne se produise pas dans toute autre situation. Il serait possible de mentionner bien d'autres cas.

Le fait que des variétés d'une même espèce, lorsqu'elles envahissent l'habitat d'autres espèces, acquièrent souvent dans une faible mesure certains des caractères de ces espèces, s'accorde avec ma théorie que les espèces de toute sorte ne sont que des variétés bien marquées et permanentes. C'est ainsi que les espèces de coquillages limitées à des eaux tropicales et peu profondes ont généralement des couleurs plus vives que celles qui vivent dans des mers froides et plus profondes. Les oiseaux qui vivent sur les continents ont, selon M. Gould, des couleurs plus vives que ceux des îles. Les espèces d'insectes côtiers, comme le savent tous les collectionneurs, sont souvent cuivrés ou brillants. Les plantes qui vivent exclusivement au bord de la mer tendent à avoir des feuilles charnues. Celui qui croit à la création séparée de chaque espèce devra affirmer que tel coquillage a été créé avec des couleurs brillantes, mais que tel autre est devenu plus brillant par variation lorsqu'il a pénétré dans des eaux plus chaudes ou moins profondes.

Quand une variation constitue un avantage si petit qu'il soit pour un être quelconque, on ne saurait dire quelle part il convient d'attribuer à l'action accumulatrice de la sélection naturelle, et quelle part aux conditions d'existence. Ainsi, tous les fourreurs savent fort bien que les animaux de la même espèce ont une fourrure d'autant plus épaisse et d'autant plus belle qu'ils habitent sous un climat plus rigoureux ; mais qui peut dire si cette différence provient de ce que les individus les plus chaudement vêtus ont été favorisés et ont persisté pendant de nombreuses générations, ou si elle est une conséquence de la rigueur du climat ? Il paraît, en effet, que le climat exerce une certaine action directe sur la fourrure de nos quadrupèdes domestiques.

On pourrait citer, chez une même espèce, des exemples de variations analogues, bien que cette espèce soit exposée à des conditions de vie aussi différentes que possible ; d'autre part, on pourrait citer des variations différentes produites dans des conditions de vie qui paraissent identiques. Enfin, tous les naturalistes pourraient citer des cas innombrables d'espèces restant absolument les mêmes, c'est-à-dire qui ne varient en aucune façon, bien qu'elles vivent sous les climats les plus divers. Ces considérations me poussent à attribuer très peu de poids à l'action directe des conditions de vie. C'est indirectement, comme nous l'avons déjà mentionné, que ces dernières semblent jouer un rôle important en affectant le système reproducteur, suscitant ainsi la variabilité ; alors la sélection naturelle accumulera toutes les variations profitables, si minimes soient-elles, jusqu'à ce qu'elles soient pleinement développées et discernables par l'homme.

EFFETS DE L'USAGE ET DU NON-USAGE

Les faits cités dans le premier chapitre ne permettent, je crois, aucun doute sur ce point : que l'usage, chez nos animaux domestiques, renforce et développe certaines parties, tandis que le non-usage les diminue ; et, en outre, que ces modifications sont héréditaires. À l'état de nature, nous n'avons aucun terme de comparaison qui nous permette de juger des effets d'un usage ou d'un non-usage constant, car nous ne connaissons pas les formes types ; mais, beaucoup d'animaux possèdent des organes dont on ne peut expliquer la présence que par les effets du non-usage. Y a-t-il, comme le professeur Owen l'a fait remarquer, une anomalie plus grande dans la nature qu'un oiseau qui ne peut pas voler ? Cependant, il y en a plusieurs dans cet état. Le canard à ailes courtes de l'Amérique méridionale doit se contenter de battre avec ses ailes la surface de l'eau, et elles sont, chez lui, à peu près dans la même condition que celles du canard domestique d'Aylesbury. Les grands oiseaux qui se nourrissent sur le sol ne s'envolent guère que pour échapper au danger ; il est donc probable que le défaut d'ailes, chez plusieurs oiseaux qui habitent actuellement ou qui, dernièrement encore, habitaient des îles océaniques, où ne se trouve aucune bête de proie, provient du non-usage des ailes. L'autruche, il est vrai, habite les continents et est exposée à bien des dangers auxquels elle ne peut pas se soustraire par le vol, mais elle peut, aussi bien qu'un grand nombre de quadrupèdes, se défendre contre ses ennemis à coups de pied. Nous sommes autorisés à croire que l'ancêtre du genre autruche avait des habitudes ressemblant à celles de l'outarde, et que, à mesure que la grosseur et le poids du corps de cet oiseau augmentèrent pendant de longues générations successives, l'autruche se servit toujours davantage de ses jambes et moins de ses ailes, jusqu'à ce qu'enfin il lui devînt impossible de voler.

Kirby a fait remarquer, et j'ai observé le même fait, que les tarses ou partie postérieure des pattes de beaucoup de scarabées mâles qui se nourrissent d'excréments sont souvent brisés ; il a examiné dix-sept spécimens dans sa propre collection et aucun d'eux n'avait plus la moindre trace des tarses. Chez l'*Onites apelles* les tarses disparaissent si souvent qu'on a décrit cet insecte comme n'en ayant pas. Chez quelques autres genres, les tarses existent, mais à l'état rudimentaire. Chez l'*Ateuchus*, ou scarabée sacré des Égyptiens, ils font absolument défaut.

On n'a pas encore de preuves suffisantes que les mutilations accidentelles soient héréditaires. En conséquence, il
est peut-être plus sage de considérer l'absence totale des
tarses antérieurs chez l'*Ateuchus*, et leur état rudimentaire chez quelques autres genres, non pas comme des cas
de mutilations héréditaires, mais comme les effets d'un
non-usage longtemps continué ; en effet, comme beaucoup de scarabées qui se nourrissent d'excréments ont
perdu leurs tarses, cette disparition doit arriver à un âge
peu avancé de leur existence, et, par conséquent, ils ne
doivent pas s'en servir beaucoup.

Dans quelques cas, on pourrait facilement attribuer au
défaut d'usage certaines modifications de structure qui
sont surtout dues à la sélection naturelle. M. Wollaston
a découvert le fait remarquable que, sur cinq cent cinquante espèces de scarabées (on en connaît un plus grand
nombre aujourd'hui) qui habitent l'île de Madère, deux
cents sont si pauvrement pourvues d'ailes qu'elles ne
peuvent voler ; il a découvert, en outre, que, sur vingt-
neuf genres indigènes, toutes les espèces appartenant à
vingt-trois de ces genres se trouvent dans cet état ! Plusieurs faits, à savoir que les scarabées, dans beaucoup de
parties du monde, sont portés fréquemment en mer par
le vent et qu'ils y périssent ; que les scarabées de Madère,
ainsi que l'a observé M. Wollaston, restent cachés
jusqu'à ce que le vent tombe et que le soleil brille ; que
la proportion des scarabées sans ailes est beaucoup plus
considérable dans les déserts exposés aux variations
atmosphériques qu'à Madère même ; que – et c'est là le
fait le plus extraordinaire sur lequel M. Wollaston a
insisté avec beaucoup de raison – certains groupes considérables de scarabées, qui ont absolument besoin d'ailes,
autre part si nombreux, font ici presque entièrement
défaut ; ces différentes considérations, dis-je, me portent
à croire que le défaut d'ailes chez tant de scarabées à
Madère est principalement dû à l'action de la sélection
naturelle, combinée probablement avec le non-usage de

ces organes. Pendant plusieurs générations successives, tous les scarabées qui se livraient le moins au vol, soit parce que leurs ailes étaient un peu moins développées, soit en raison de leurs habitudes indolentes, doivent avoir eu la meilleure chance de survivre parce qu'ils n'étaient pas exposés à être emportés à la mer ; d'autre part, les individus qui s'élevaient facilement dans l'air étaient plus exposés à être emportés au large et, par conséquent, à être détruits.

Les insectes de Madère qui ne se nourrissent pas sur le sol, mais qui, comme certains coléoptères et certains lépidoptères, se nourrissent sur les fleurs, et qui doivent, par conséquent, se servir de leurs ailes pour trouver leurs aliments, ont, comme l'a observé M. Wollaston, les ailes très développées, au lieu d'être diminuées. Ce fait est parfaitement compatible avec l'action de la sélection naturelle. En effet, à l'arrivée d'un nouvel insecte dans l'île, la tendance au développement ou à la réduction de ses ailes dépend de ce fait qu'un plus grand nombre d'individus échappent à la mort, en luttant contre le vent ou en discontinuant de voler. C'est, en somme, ce qui se passe pour des matelots qui ont fait naufrage auprès d'une côte ; il est important pour les bons nageurs de pouvoir nager aussi longtemps que possible, mais il vaut mieux pour les mauvais nageurs ne pas savoir nager du tout, et s'attacher au bâtiment naufragé.

Les yeux des taupes et de quelques rongeurs fouisseurs sont rudimentaires, quelquefois même complètement recouverts d'une pellicule et de poils. Cet état des yeux est probablement dû à une diminution graduelle, provenant du non-usage, augmenté sans doute par la sélection naturelle. Dans l'Amérique méridionale, un rongeur appelé *Tucu-Tuco* ou *Ctenomys* a des habitudes encore plus souterraines que la taupe ; on m'a assuré que ces animaux sont fréquemment aveugles. J'en ai conservé un vivant et celui-là certainement était aveugle ; je l'ai disséqué après sa mort, et j'ai trouvé alors que son aveuglement provenait d'une inflammation de la membrane nictitante. L'inflammation des yeux est nécessairement nuisible à un animal ; or, comme les yeux ne sont pas nécessaires aux animaux qui ont des habitudes souterraines, une diminution de cet organe, suivie de l'adhérence des paupières et de leur protection par des poils, pourrait dans ce cas devenir avantageuse ; s'il en est ainsi, la sélection naturelle renforce les effets du non-usage.

On sait que plusieurs animaux appartenant aux classes les plus diverses, qui habitent les grottes souterraines de la Styrie et celles du Kentucky, sont aveugles. Chez quelques crabes, le pédoncule portant l'œil est conservé, bien que l'œil ait disparu, c'est-à-dire que le support du télescope existe, mais que le télescope lui-même et ses verres font défaut. Comme il est difficile de supposer que l'œil, bien qu'inutile, puisse être nuisible à des animaux vivant dans l'obscurité, on peut attribuer l'absence de cet organe au non-usage. Chez l'un de ces animaux aveugles, le rat de caverne (*Neotoma*), les yeux étaient grands et brillants. Le professeur Silliman m'apprend que ces animaux ont fini par acquérir une vague aptitude à percevoir les objets, après avoir été soumis pendant un mois à une lumière graduée. De la même manière qu'à Madère les ailes de certains insectes se sont agrandies, et celles d'autres insectes ont diminué sous l'effet de la sélection naturelle aidée par l'usage et le non-usage, dans le cas du rat des cavernes, la sélection naturelle semble avoir lutté avec la perte de lumière et avoir augmenté les dimensions de l'œil, alors que, chez tous les autres habitants des cavernes, le non-usage semble avoir seul accompli son œuvre.

Il est difficile d'imaginer des conditions de vie plus semblables que celles de vastes cavernes, creusées dans de profondes couches calcaires, dans des pays ayant à peu

près le même climat. Aussi, dans l'hypothèse que les animaux aveugles ont été créés séparément pour les cavernes
d'Europe et d'Amérique, on doit s'attendre à trouver une
grande analogie dans leur organisation et leurs affinités.
Mais, comme Schiödte et d'autres l'ont observé, ce n'est
pas le cas, et les insectes des deux continents ne sont pas
plus étroitement alliés que ne l'implique la ressemblance
générale des autres habitants d'Amérique du Nord et
d'Europe. Dans l'hypothèse où je me place, nous devons
supposer que les animaux américains, doués dans la plupart des cas de la faculté ordinaire de la vue, ont quitté
le monde extérieur, pour s'enfoncer lentement et par
générations successives dans les profondeurs des cavernes
du Kentucky, ou, comme l'ont fait d'autres animaux,
dans les cavernes de l'Europe. Nous possédons quelques
preuves de la gradation de cette habitude ; Schiödte
remarque : « Des animaux peu différents des formes
ordinaires ménagent la transition ; puis, viennent ceux
conformés pour vivre dans un demi-jour ; enfin, ceux
destinés à l'obscurité complète et dont la structure est
toute particulière. » Quand, après d'innombrables générations, l'animal atteint les plus grandes profondeurs, le
non-usage de l'organe a plus ou moins complètement
atrophié l'œil, et la sélection naturelle lui a, souvent
aussi, donné une sorte de compensation pour sa cécité
en déterminant un allongement des antennes. Malgré ces
modifications, nous devons encore trouver certaines affinités entre les habitants des cavernes de l'Amérique et les
autres habitants de ce continent, aussi bien qu'entre les
habitants des cavernes de l'Europe et ceux du continent
européen. Or, le professeur Dana m'apprend qu'il en est
ainsi pour quelques-uns des animaux qui habitent les
grottes souterraines de l'Amérique ; quelques-uns des
insectes qui habitent les cavernes de l'Europe sont très
voisins de ceux qui habitent la région adjacente. Dans
l'hypothèse ordinaire d'une création indépendante, il

serait difficile d'expliquer de façon rationnelle les affinités qui existent entre les animaux aveugles des grottes et
les autres habitants du continent. Nous devons,
d'ailleurs, nous attendre à trouver, chez les habitants des
grottes souterraines de l'ancien et du nouveau monde,
l'analogie bien connue que nous remarquons dans la plupart de leurs autres productions. Loin d'être surpris que
quelques-uns des habitants des cavernes, comme
l'*Amblyopsis*, poisson aveugle signalé par Agassiz, et le
Protée, également aveugle, présentent de grandes anomalies dans leurs rapports avec les reptiles européens, je suis
plutôt étonné que nous ne retrouvions pas dans les
cavernes un plus grand nombre de représentants d'animaux éteints, en raison du peu de concurrence à laquelle
les habitants de ces sombres demeures ont été exposés.

ACCLIMATATION

Les habitudes sont héréditaires chez les plantes ; ainsi,
par exemple, l'époque de la floraison, les heures consa-
crées au sommeil, la quantité de pluie nécessaire pour
assurer la germination des graines, etc., et cela me
conduit à dire quelques mots sur l'acclimatation. Comme
rien n'est plus ordinaire que de trouver des espèces d'un
même genre dans des pays chauds et dans des pays froids,
il faut que l'acclimatation ait, dans la longue série des
générations, joué un rôle considérable, s'il est vrai que
toutes les espèces du même genre descendent d'une même
souche. Chaque espèce, cela est évident, est adaptée au
climat du pays qu'elle habite ; les espèces habitant une
région arctique, ou même une région tempérée, ne
peuvent supporter le climat des tropiques, et *vice versa*.
En outre, beaucoup de plantes grasses ne peuvent supporter les climats humides. Mais on a souvent exagéré le
degré d'adaptation des espèces aux climats sous lesquels

elles vivent. C'est ce que nous pouvons conclure du fait que, la plupart du temps, il nous est impossible de prédire si une plante importée pourra supporter notre climat, et de cet autre fait qu'un grand nombre de plantes et d'animaux, provenant des pays les plus divers, vivent chez nous en excellente santé. Nous avons raison de croire que les espèces à l'état de nature sont restreintes à un habitat peu étendu, bien plus par suite de la lutte qu'elles ont à soutenir avec d'autres êtres organisés, que par suite de leur adaptation à un climat particulier. Que cette adaptation, dans la plupart des cas, soit ou non très rigoureuse, nous n'en avons pas moins la preuve que quelques plantes peuvent, dans une certaine mesure, s'habituer naturellement à des températures différentes, c'est-à-dire s'acclimater. Le docteur Hooker a recueilli des graines de pins et de rhododendrons sur des individus de la même espèce, croissant à des hauteurs différentes sur l'Himalaya ; or, ces graines, semées et cultivées en Angleterre, possèdent des aptitudes constitutionnelles différentes relativement à la résistance au froid. M. Thwaites m'apprend qu'il a observé des faits semblables à Ceylan ; M. H.C. Watson a fait des observations analogues sur des espèces européennes de plantes rapportées des Açores en Angleterre. À l'égard des animaux, on peut citer plusieurs faits authentiques prouvant que, depuis les temps historiques, certaines espèces ont émigré en grand nombre de latitudes chaudes vers de plus froides, et réciproquement. Toutefois, nous ne pouvons affirmer d'une façon positive que ces animaux étaient strictement adaptés au climat de leur pays natal, bien que, dans la plupart des cas, nous admettions que cela soit ; nous ne savons pas non plus s'ils se sont subséquemment si bien acclimatés dans leur nouvelle patrie.

Je crois que nos animaux domestiques ont été originairement choisis par les sauvages, parce qu'ils leur étaient utiles et parce qu'ils se reproduisaient facilement en domesticité, et non pas parce qu'on s'est aperçu plus tard

qu'on pouvait les transporter dans les pays les plus différents. Cette faculté extraordinaire de nos animaux
domestiques à supporter les climats les plus divers, et,
ce qui est une preuve encore plus convaincante, à rester
parfaitement féconds partout où on les transporte, est
sans doute un argument en faveur de la proposition
qu'une forte proportion, vivant actuellement à l'état de
nature, pourrait être amenée à supporter facilement des
climats très différents. Il ne faudrait cependant pas pousser cet argument trop loin ; en effet, nos animaux domestiques descendent probablement de plusieurs souches
sauvages ; le sang, par exemple, d'un loup des régions
tropicales et d'un loup des régions arctiques peut se trouver mélangé chez nos races de chiens domestiques. On ne
peut considérer le rat et la souris comme des animaux
domestiques ; ils n'en ont pas moins été transportés par
l'homme dans beaucoup de parties du monde, et ils ont
aujourd'hui un habitat beaucoup plus considérable que
celui des autres rongeurs ; ils supportent, en effet, le climat froid des îles Féroé, dans l'hémisphère boréal, et des
îles Malouines, dans l'hémisphère austral, et le climat
brûlant de bien des îles de la zone torride. On peut donc
considérer l'adaptation à un climat spécial comme une
qualité qui peut aisément se greffer sur cette large flexibilité de constitution qui paraît inhérente à la plupart des
animaux. Dans cette hypothèse, la capacité qu'offre
l'homme lui-même, ainsi que ses animaux domestiques,
de pouvoir supporter les climats les plus différents, le
fait que l'éléphant et le rhinocéros ont autrefois vécu
sous un climat glacial, tandis que les espèces existant
actuellement habitent toutes les régions de la zone torride, ne sauraient être considérés comme des anomalies,
mais bien comme des exemples d'une flexibilité ordinaire
de constitution qui se manifeste dans certaines circonstances particulières.

Quelle est la part qu'il faut attribuer aux habitudes
seules ? quelle est celle qu'il faut attribuer à la sélection

naturelle de variétés ayant des constitutions innées différentes ? quelle est celle enfin qu'il faut attribuer à ces deux causes combinées dans l'acclimatation d'une espèce sous un climat spécial ? C'est là une question très obscure. L'habitude ou la coutume a sans doute quelque influence, s'il faut en croire l'analogie ; les ouvrages sur l'agriculture et même les anciennes encyclopédies chinoises donnent à chaque instant le conseil de transporter les animaux d'une région dans une autre. En outre, comme il n'est pas probable que l'homme soit parvenu à choisir tant de races et de sous-races, dont la constitution convient si parfaitement aux pays qu'elles habitent, je crois qu'il faut attribuer à l'habitude les résultats obtenus. D'un autre côté, la sélection naturelle doit tendre inévitablement à conserver les individus doués d'une constitution bien adaptée aux pays qu'ils habitent. On constate, dans les traités sur plusieurs espèces de plantes cultivées, que certaines variétés supportent mieux tel climat que tel autre. On en trouve la preuve dans les ouvrages sur la pomologie publiés aux États-Unis ; on y recommande, en effet, d'employer certaines variétés dans les États du Nord, et certaines autres dans les États du Sud. Or, comme la plupart de ces variétés ont une origine récente, on ne peut attribuer à l'habitude leurs différences constitutionnelles. On a même cité, pour prouver que, dans certains cas, l'acclimatation est impossible, le topinambour, qui ne se propage jamais en Angleterre par semis et dont, par conséquent, on n'a pas pu obtenir de nouvelles variétés ; on fait remarquer que cette plante est restée aussi délicate qu'elle l'était. On a souvent cité aussi, et avec beaucoup plus de raison, le haricot comme exemple ; mais on ne peut pas dire, dans ce cas, que l'expérience ait réellement été faite, il faudrait pour cela que, pendant une vingtaine de générations, quelqu'un prît la peine de semer des haricots d'assez bonne heure pour qu'une grande partie fût détruite par le froid ; puis, qu'on recueillît la graine des quelques survivants, en

ayant soin d'empêcher les croisements accidentels ; puis,
enfin, qu'on recommençât chaque année cet essai en
s'entourant des mêmes précautions. Il ne faudrait pas
supposer, d'ailleurs, qu'il n'apparaisse jamais de différences dans la constitution des haricots, car plusieurs
variétés sont beaucoup plus rustiques que d'autres.

En résumé, nous pouvons conclure que l'habitude ou
bien que l'usage et le non-usage des parties ont, dans
quelques cas, joué un rôle considérable dans les modifications de la constitution et de l'organisme ; nous pouvons conclure aussi que ces causes se sont souvent
combinées avec la sélection naturelle de variations innées,
et que les résultats sont souvent aussi dominés par cette
dernière cause.

VARIATIONS CORRÉLATIVES

J'entends par cette expression que les différentes parties de l'organisation sont, dans le cours de leur croissance et de leur développement, si intimement reliées les
unes aux autres, que d'autres parties se modifient quand
de légères variations se produisent dans une partie quelconque et s'y accumulent en vertu de l'action de la sélection naturelle. C'est là un sujet fort important, que l'on
connaît très imparfaitement. Un des exemples les plus
évidents est celui où des modifications accumulées uniquement pour le bien du jeune ou de la larve vont,
comme on peut le conclure, affecter la structure de
l'adulte, de la même manière que toute malformation
affectant l'embryon affecte sérieusement l'organisation
entière de l'adulte. Les différentes parties homologues du
corps, qui, au commencement de la période embryonnaire, ont une structure identique, et qui sont, par conséquent, exposées à des conditions semblables, sont
éminemment sujettes à varier de la même manière. C'est

ainsi, par exemple, que le côté droit et le côté gauche
du corps varient de la même façon ; que les membres
antérieurs, que même la mâchoire et les membres varient
simultanément ; on sait que quelques anatomistes
admettent l'homologie de la mâchoire inférieure avec les
membres. Ces tendances, je n'en doute pas, peuvent être
plus ou moins complètement dominées par la sélection
naturelle. Ainsi, il a existé autrefois une race de cerfs qui
ne portaient d'andouillers que d'un seul côté ; or, si cette
particularité avait été très avantageuse à cette race, il est
probable que la sélection naturelle l'aurait rendue permanente.

Les parties homologues, comme l'ont fait remarquer
certains auteurs, tendent à se souder, ainsi qu'on le voit
souvent dans les monstruosités végétales ; rien n'est plus
commun, en effet, chez les plantes normalement conformées, que l'union des parties homologues, la soudure,
par exemple, des pétales de la corolle en un seul tube.
Les parties dures semblent affecter la forme des parties
molles adjacentes ; quelques auteurs pensent que la
diversité des formes qu'affecte le bassin chez les oiseaux
détermine la diversité remarquable que l'on observe dans
la forme de leurs reins. D'autres croient aussi que, chez
l'espèce humaine, la forme du bassin de la mère exerce
par la pression une influence sur la forme de la tête de
l'enfant. Chez les serpents, selon Schlegel, la forme du
corps et le mode de déglutition déterminent la position
et la forme de plusieurs des viscères les plus importants.

La nature de ces rapports reste fréquemment obscure.
M. Isidore Geoffroy Saint-Hilaire insiste fortement sur
ce point, que certaines déformations coexistent fréquemment, tandis que d'autres ne s'observent que rarement
sans que nous puissions en indiquer la raison. Quoi de
plus singulier que le rapport qui existe, chez les chats,
entre les yeux bleus et la surdité ; ou, chez les mêmes
animaux, entre le sexe femelle et le pelage moucheté noir
et jaune ; chez les pigeons, entre l'emplumage des pattes

et les pellicules qui relient les doigts externes ; entre l'abondance du duvet, chez les pigeonneaux qui sortent de l'œuf, et la coloration de leur plumage futur ; ou, enfin, le rapport qui existe chez le chien turc nu, entre les poils et les dents, bien que, dans ce cas, l'homologie joue sans doute un rôle ? Je crois même que ce dernier cas de corrélation ne peut pas être accidentel ; si nous considérons, en effet, les deux ordres de mammifères dont l'enveloppe dermique présente le plus d'anomalies, les cétacés (baleines) et les édentés (tatous, fourmiliers, etc.), nous voyons qu'ils présentent aussi la dentition la plus anormale.

Je ne connais pas d'exemple plus propre à démontrer l'importance des lois de la corrélation et de la variation, indépendamment de l'utilité et, par conséquent, de toute sélection naturelle, que la différence qui existe entre les fleurs internes et externes de quelques composées et de quelques ombellifères. Chacun a remarqué la différence qui existe entre les fleurettes périphériques et les fleurettes centrales de la marguerite, par exemple ; or, l'atrophie partielle ou complète des organes reproducteurs accompagne souvent cette différence. Mais chez certaines composées, les graines diffèrent sous le rapport de la forme et de la ciselure, comme l'a montré Cassini. On a quelquefois attribué ces différences à la pression des involucres sur les fleurettes, ou à leurs pressions réciproques, et la forme des graines contenues dans les fleurettes périphériques de quelques composées semble confirmer cette opinion ; mais, chez les ombellifères, comme me l'apprend le docteur Hooker, ce ne sont certes pas les espèces ayant les capitules les plus denses dont les fleurs périphériques et centrales offrent le plus fréquemment des différences. On pourrait penser que le développement des pétales périphériques, en enlevant la nourriture aux organes reproducteurs, détermine leur atrophie ; mais, chez quelques composées, les graines des fleurettes internes et externes diffèrent sans qu'il y ait aucune différence dans les corolles. Il se peut que ces différences soient en rapport avec un flux de nourriture différent vers les fleurs centrales et extérieures ; nous savons, tout au moins, que, chez les fleurs irrégulières, celles qui sont le plus rapprochées de l'axe se montrent les plus sujettes à la pélorie, c'est-à-dire à devenir symétriques de façon anormale. J'ajouterai comme exemple de ce fait et comme cas de corrélation remarquable que, chez beaucoup de pélargoniums, les deux pétales supérieurs de la fleur centrale de la touffe perdent souvent leurs taches de couleur plus foncée ; cette disposition est accompagnée de l'atrophie complète du nectaire adhérent, et la fleur centrale devient ainsi pélorique ou régulière. Lorsqu'un des deux pétales supérieurs est seul décoloré, le nectaire n'est pas tout à fait atrophié, il est seulement très raccourci.

Quant au développement de la corolle, il est très probable, comme le dit Sprengel, que les fleurettes périphériques servent à attirer les insectes, dont le concours est très utile ou même nécessaire à la fécondation de la plante ; s'il en est ainsi, la sélection naturelle a pu entrer en jeu. Mais il paraît impossible, en ce qui concerne les graines, que leurs différences de formes, qui ne sont pas toujours en corrélation avec certaines différences de la corolle, puissent leur être avantageuse ; cependant, chez les Ombellifères, ces différences semblent si importantes – les graines étant quelquefois, selon Tausch, orthospermes dans les fleurs extérieures et cœlospermes dans les fleurs centrales – que de Candolle l'aîné a basé sur ces caractères les principales divisions de l'ordre. Ainsi, des modifications de structure, ayant une haute importance aux yeux des classificateurs, peuvent être dues entièrement aux lois de la variation et de la corrélation, sans avoir, autant du moins que nous pouvons en juger, aucune utilité pour l'espèce.

Nous pouvons quelquefois attribuer à tort à la variation corrélative des conformations communes à des groupes entiers d'espèces, qui ne sont, en fait, que le résultat de l'hérédité. Un ancêtre éloigné, en effet, a pu acquérir, en vertu de la sélection naturelle, quelques modifications de conformation, puis, après des milliers de générations, quelques autres modifications indépendantes. Ces deux modifications, transmises ensuite à tout un groupe de descendants ayant des habitudes diverses, pourraient donc être naturellement regardées comme étant en corrélation nécessaire. Quelques autres corrélations semblent évidemment dues au seul mode d'action de la sélection naturelle. Alphonse de Candolle a remarqué, en effet, qu'on n'observe jamais de graines ailées dans les fruits qui ne s'ouvrent pas. J'explique ce fait par l'impossibilité où se trouve la sélection naturelle de donner graduellement des ailes aux graines, si les capsules ne sont pas les premières à s'ouvrir ; en effet, c'est dans ce cas seulement que les graines, conformées de façon à être plus facilement emportées par le vent, l'emporteraient sur celles moins bien adaptées pour une grande dispersion, et ce processus ne pourrait se produire chez des fruits qui ne s'ouvriraient pas.

Geoffroy Saint-Hilaire l'aîné et Goethe ont formulé, à peu près à la même époque, la loi de la compensation de croissance ; pour me servir des expressions de Goethe : « afin de pouvoir dépenser d'un côté, la nature est obligée d'économiser de l'autre ». Cette règle s'applique, je crois, dans une certaine mesure, à nos animaux domestiques ; si la nutrition se porte en excès vers une partie ou vers un organe, il est rare qu'elle se porte, en même temps, en excès tout au moins, vers un autre organe ; ainsi, il est difficile de faire produire beaucoup de lait à une vache et de l'engraisser en même temps. Les mêmes variétés de choux ne produisent pas en abondance un feuillage nutritif et des graines oléagineuses. Quand les graines que contiennent nos fruits tendent à s'atrophier, le fruit lui-même gagne beaucoup en grosseur et en qualité. Chez nos volailles, la présence d'une touffe de plumes sur la tête correspond à un amoindrissement de la crête, et le développement de la barbe à une diminution des caroncules. Il est difficile de soutenir que cette loi s'applique universellement chez les espèces à l'état de nature ; elle est admise cependant par beaucoup de bons observateurs, surtout par les botanistes. Toutefois, je ne donnerai ici aucun exemple, car je ne vois guère comment on pourrait distinguer, d'un côté, entre les effets d'une partie qui se développerait largement sous l'influence de la sélection naturelle et d'une autre partie adjacente qui diminuerait, en vertu de la même cause, ou par suite du non-usage ; et, d'un autre côté, entre les effets produits par le défaut de nutrition d'une partie, grâce à l'excès de croissance d'une autre partie adjacente.

Je suis aussi disposé à croire que quelques-uns des cas de compensation qui ont été cités, ainsi que quelques autres faits, peuvent se confondre dans un principe plus général, à savoir : que la sélection naturelle s'efforce constamment d'économiser toutes les parties de l'organisme. Si une conformation utile devient moins utile dans de nouvelles conditions d'existence, la diminution de cette conformation s'ensuivra certainement, car il est avantageux pour l'individu de ne pas gaspiller de la nourriture au profit d'une conformation inutile. C'est ainsi seulement que je puis expliquer un fait qui m'a beaucoup frappé chez les cirripèdes, et dont on pourrait citer bien des exemples analogues : quand un cirripède parasite vit à l'intérieur d'un autre cirripède, et est par ce fait abrité et protégé, il perd plus ou moins complètement sa carapace. C'est le cas chez l'*Ibla* mâle, et d'une manière encore plus remarquable chez le *Proteolepas*. Chez tous les autres cirripèdes, la carapace est formée par un développement prodigieux des trois segments antérieurs de la tête, pourvus de muscles et de nerfs volumineux ; tandis que, chez le *Proteolepas* parasite et abrité, toute la partie antérieure de la tête est réduite à un simple rudiment, placé à la base d'antennes préhensiles ; or, l'économie d'une conformation complexe et développée, devenue superflue, constitue un grand avantage pour chaque individu de l'espèce ; car, dans la lutte pour l'existence, à laquelle tout animal est exposé, chaque *Proteolepas* a une meilleure chance de vivre, puisqu'il gaspille moins d'aliments pour développer une structure devenue inutile.

C'est ainsi, je crois, que la sélection naturelle tend, à la longue, à diminuer toutes les parties de l'organisation, dès qu'elles deviennent superflues en raison d'un changement d'habitudes ; mais elle ne tend en aucune façon à développer proportionnellement les autres parties. Inversement, la sélection naturelle peut parfaitement réussir à développer considérablement un organe, sans entraîner, comme compensation indispensable, la réduction de quelques parties adjacentes.

Il semble de règle chez les variétés et chez les espèces, comme l'a fait remarquer Isidore Geoffroy Saint-Hilaire, que, toutes les fois qu'une partie ou qu'un organe se trouve souvent répété dans la conformation d'un individu (par exemple les vertèbres chez les serpents et les étamines chez les fleurs polyandriques), le nombre en est variable, tandis qu'il est constant lorsque le nombre de ces mêmes parties est plus restreint. Le même auteur, ainsi que quelques botanistes, ont, en outre, reconnu que les parties multiples sont extrêmement sujettes à varier. En tant que, pour me servir de l'expression du professeur Owen, cette répétition végétative est un signe d'organisation inférieure, la remarque qui précède concorde avec l'opinion générale des naturalistes, à savoir : que les êtres placés aux degrés inférieurs de l'échelle de l'organisation sont plus variables que ceux qui en occupent le sommet. Je pense que, par infériorité dans l'échelle, on doit entendre ici que les différentes parties de l'organisation n'ont qu'un faible degré de spécialisation pour des fonctions particulières ; or, aussi longtemps que la même partie a des fonctions diverses à accomplir, on s'explique peut-être pourquoi elle doit rester variable, c'est-à-dire pourquoi la sélection naturelle n'a pas conservé ou rejeté toutes les légères déviations de conformation avec autant de rigueur que lorsqu'une partie ne sert plus qu'à un usage spécial. On pourrait comparer ces organes à un couteau destiné à toutes sortes d'usages, et qui peut, en conséquence, avoir une forme quelconque, tandis qu'un outil destiné à un usage déterminé doit prendre une forme particulière. La sélection naturelle, il ne faut jamais l'oublier, ne peut agir qu'en se servant de l'individu, et pour son avantage.

On admet généralement que les parties rudimentaires sont sujettes à une grande variabilité. Nous aurons à revenir sur ce point ; je me contenterai d'ajouter ici que leur variabilité semble résulter de leur inutilité et de ce que la sélection naturelle ne peut, en conséquence, empêcher des déviations de structures de se produire. C'est ainsi que les parties rudimentaires échappent aux lois de la croissance, aux effets d'un non-usage prolongé, et à la tendance à la réversion.

UNE PARTIE EXTRAORDINAIREMENT DÉVELOPPÉE CHEZ UNE ESPÈCE QUELCONQUE, COMPARATIVEMENT À L'ÉTAT DE LA MÊME PARTIE CHEZ LES ESPÈCES VOISINES, TEND À VARIER BEAUCOUP

M. Waterhouse a fait à ce sujet, il y a quelques années, une remarque qui m'a beaucoup frappé. Le professeur Owen semble en être arrivé aussi à des conclusions presque analogues, d'après les observations qu'il a faites sur la longueur des bras de l'orang-outang. Je ne saurais essayer de convaincre qui que ce soit de la vérité de la proposition ci-dessus formulée sans l'appuyer de l'exposé d'une longue série de faits que j'ai recueillis sur ce point, mais qui ne peuvent trouver place dans cet ouvrage. Je

dois me borner à constater que, dans ma conviction, c'est
là une règle très générale. Je sais qu'il y a là plusieurs
causes d'erreur, mais j'espère en avoir tenu suffisamment
compte. Il est bien entendu que cette règle ne s'applique
en aucune façon aux parties, si extraordinairement développées qu'elles soient, qui ne présentent pas un développement inusité chez une espèce ou chez quelques espèces,
comparativement à la même partie chez beaucoup
d'espèces très voisines. Ainsi, bien que, dans la classe des
mammifères, l'aile de la chauve-souris soit une conformation très anormale, la règle ne saurait s'appliquer ici,
parce que le groupe entier des chauves-souris possède des
ailes ; elle s'appliquerait seulement si une espèce quelconque possédait des ailes ayant un développement
remarquable, comparativement aux ailes des autres
espèces du même genre. Mais cette règle s'applique de
façon presque absolue aux caractères sexuels secondaires,
lorsqu'ils se manifestent d'une manière inusitée. Le terme
caractère sexuel secondaire, employé par Hunter,
s'applique aux caractères qui, particuliers à un sexe, ne
se rattachent pas directement à l'acte de la reproduction.
La règle s'applique aux mâles et aux femelles, mais plus
rarement à celles-ci, parce qu'il est rare qu'elles possèdent des caractères sexuels secondaires remarquables.
Les caractères de ce genre, qu'ils soient ou non développés d'une manière extraordinaire, sont très variables, et
c'est en raison de ce fait que la règle précitée s'applique
si complètement à eux ; je crois qu'il ne peut guère y
avoir de doute sur ce point. Mais les cirripèdes hermaphrodites nous fournissent la preuve que notre règle ne
s'applique pas seulement aux caractères sexuels secondaires ; en étudiant cet ordre, je me suis particulièrement
attaché à la remarque de M. Waterhouse, et je suis
convaincu que la règle s'applique presque toujours. Dans
un futur ouvrage, je donnerai la liste des cas les plus
remarquables que j'ai recueillis ; je me bornerai à citer ici
un seul exemple qui justifie la règle dans son application

la plus étendue. Les valves operculaires des cirripèdes sessiles (balanes) sont, dans toute l'étendue du terme, des conformations très importantes et qui diffèrent extrêmement peu, même chez les genres distincts. Cependant, chez les différentes espèces de l'un de ces genres, le genre *Pyrgoma*, ces valves présentent une diversification remarquable, les valves homologues ayant quelquefois une forme entièrement dissemblable. L'étendue des variations chez les individus d'une même espèce est telle que l'on peut affirmer, sans exagération, que les variétés de la même espèce diffèrent plus les unes des autres par les caractères tirés de ces organes importants que ne le font d'autres espèces appartenant à des genres distincts.

J'ai particulièrement examiné les oiseaux sous ce rapport, parce que, chez ces animaux, les individus d'une même espèce, habitant un même pays, varient extrêmement peu ; or, la règle semble certainement applicable à cette classe. Je n'ai pas pu déterminer qu'elle s'applique aux plantes, mais je dois ajouter que cela m'aurait fait concevoir des doutes sérieux sur sa réalité, si l'énorme variabilité des végétaux ne rendait excessivement difficile la comparaison de leur degré relatif de variabilité.

Lorsqu'une partie, ou un organe, se développe chez une espèce d'une façon remarquable ou à un degré extraordinaire, on est fondé à croire que cette partie ou cet organe a une haute importance pour l'espèce ; toutefois, la partie est dans ce cas très sujette à varier. Pourquoi en est-il ainsi ? Je ne peux trouver aucune explication dans l'hypothèse que chaque espèce a fait l'objet d'un acte de création spécial et que tous ses organes, dans le principe, étaient ce qu'ils sont aujourd'hui. Mais, si nous nous plaçons dans l'hypothèse que les groupes d'espèces descendent d'autres espèces à la suite de modifications opérées par la sélection naturelle, on peut, je crois, résoudre en partie cette question. Si, chez nos animaux domestiques, on néglige l'animal entier, ou un point quelconque de leur conformation, et qu'on n'applique aucune sélection, la partie négligée (la crête, par exemple, chez la poule Dorking), ou la race entière, cesse d'avoir un caractère uniforme ; on pourra dire alors que la race dégénère. Or, le cas est presque identique pour les organes rudimentaires, pour ceux qui n'ont été que peu spécialisés en vue d'un but particulier et peut-être pour les groupes polymorphes ; dans ces cas, en effet, la sélection naturelle n'a pas exercé ou n'a pas pu exercer son action, et l'organisme est resté ainsi dans un état flottant. Mais, ce qui nous importe le plus ici, c'est que les parties qui, chez nos animaux domestiques, subissent actuellement les changements les plus rapides en raison d'une sélection continue, sont aussi celles qui sont très sujettes à varier. Que l'on considère les individus d'une même race de pigeons et l'on verra quelles prodigieuses différences existent chez les becs des culbutants, chez les becs et les caroncules des messagers, dans le port et la queue des paons, etc., points sur lesquels les éleveurs anglais portent aujourd'hui une attention particulière. Il y a même des sous-races, comme celle des culbutants courte-face, chez lesquelles il est très difficile d'obtenir des oiseaux presque parfaits, car beaucoup s'écartent de façon considérable du type admis. On peut réellement dire qu'il y a une lutte constante, d'un côté entre la tendance au retour à un état moins parfait, aussi bien qu'une tendance innée à de nouvelles variations, et, d'autre part, avec l'influence d'une sélection continue pour que la race reste pure. À la longue, la sélection l'emporte, et nous ne mettons jamais en ligne de compte la pensée que nous pourrions échouer assez misérablement pour obtenir un oiseau aussi commun que le culbutant commun, d'un bon couple de culbutants courte-face purs. Mais, aussi longtemps que la sélection agit énergiquement, il faut s'attendre à de nombreuses variations dans les parties qui sont sujettes à son action. Il est d'autre part remarquable que ces caractères variables produits par la sélection de l'homme se fixent plus, pour des raisons qui nous sont inconnues, sur un sexe que sur l'autre, généralement le sexe mâle, comme les caroncules des pigeons voyageurs et le jabot du pigeon boulant.

Examinons maintenant ce qui se passe à l'état de nature. Quand une partie s'est développée d'une façon extraordinaire chez une espèce quelconque, comparativement à ce qu'est la même partie chez les autres espèces du même genre, nous pouvons conclure que cette partie a subi d'énormes modifications depuis l'époque où les différentes espèces se sont détachées de l'ancêtre commun de ce genre. Il est rare que cette époque soit excessivement reculée, car il est fort rare que les espèces persistent pendant plus d'une période géologique. De grandes modifications impliquent une variabilité extraordinaire et longtemps continuée, dont les effets ont été accumulés constamment par la sélection naturelle pour l'avantage de l'espèce. Mais, comme la variabilité de la partie ou de l'organe développée d'une façon extraordinaire a été très grande et très continue pendant un laps de temps qui n'est pas excessivement long, nous pouvons nous attendre, en règle générale, à trouver encore aujourd'hui plus de variabilité dans cette partie que dans les autres parties de l'organisation, qui sont restées presque constantes depuis une époque bien plus reculée. Or, je suis convaincu que c'est là la vérité. Je ne vois aucune raison de douter que la lutte entre la sélection naturelle, d'une part, avec la tendance au retour, et la variabilité, d'autre part, ne cesse dans le cours des temps, et que les organes développés de la façon la plus anormale ne deviennent constants. Aussi, d'après notre théorie, quand un organe, quelque anormal qu'il soit, se transmet à peu près dans le même état à beaucoup de descendants modifiés, l'aile de la chauve-souris, par exemple, cet organe a dû exister pendant une très longue période à peu près dans le même état, et il a fini par n'être pas plus variable que toute autre structure. C'est

seulement dans les cas où la modification est comparativement récente et extrêmement considérable, que nous
devons nous attendre à trouver encore, à un haut degré
de développement, la *variabilité générative*, comme on
pourrait l'appeler. Dans ce cas, en effet, il est rare que la
variabilité ait déjà été fixée par la sélection continue des
individus variant au degré et dans le sens voulu, et par
l'exclusion continue des individus qui tendent à faire
retour vers un état plus ancien et moins modifié.

On peut appliquer au sujet qui va nous occuper le
principe que nous venons de discuter. Il est notoire que
les caractères spécifiques sont plus variables que les
caractères génériques. Je cite un seul exemple pour faire
bien comprendre ma pensée : si un grand genre de
plantes renferme plusieurs espèces, les unes portant des
fleurs bleues, les autres des fleurs rouges, la coloration
n'est qu'un caractère spécifique, et personne ne sera surpris de ce qu'une espèce bleue devienne rouge et réciproquement ; si, au contraire, toutes les espèces portent des
fleurs bleues, la coloration devient un caractère générique, et la variabilité de cette coloration constitue un
fait beaucoup plus extraordinaire. J'ai choisi cet exemple
parce que l'explication qu'en donneraient la plupart des
naturalistes ne pourrait pas s'appliquer ici ; ils soutien-
draient, en effet, que les caractères spécifiques sont plus
variables que les caractères génériques, parce que les premiers impliquent des parties ayant une importance physiologique moindre que ceux que l'on considère
ordinairement quand il s'agit de classer un genre. Je crois
que cette explication est vraie en partie, mais seulement
de façon indirecte ; j'aurai, d'ailleurs, à revenir sur ce
point en traitant de la classification. Il serait presque
superflu de citer des exemples pour prouver que les
caractères spécifiques ordinaires sont plus variables que
les caractères génériques ; mais, quand il s'agit de caractères importants, j'ai souvent remarqué, dans les
ouvrages sur l'histoire naturelle, que, lorsqu'un auteur

s'étonne que quelque organe important, ordinairement très constant, dans un groupe considérable d'espèces, *diffère* beaucoup chez des espèces très voisines, il est souvent *variable* chez les individus de la même espèce. Ce fait prouve qu'un caractère qui a ordinairement une valeur générique devient souvent variable lorsqu'il perd de sa valeur et descend au rang de caractère spécifique, bien que son importance physiologique puisse rester la même. Quelque chose d'analogue s'applique aux monstruosités ; Isidore Geoffroy Saint-Hilaire, tout au moins, ne met pas en doute que, plus un organe diffère normalement chez les différentes espèces du même groupe, plus il est sujet à des anomalies chez les individus.

Dans l'hypothèse ordinaire d'une création indépendante pour chaque espèce, comment pourrait-il se faire que la partie de l'organisme qui diffère de la même partie chez d'autres espèces du même genre, créées indépendamment elles aussi, soit plus variable que les parties qui se ressemblent beaucoup chez les différentes espèces de ce genre ? Quant à moi, je ne crois pas qu'il soit possible d'expliquer ce fait. Au contraire, dans l'hypothèse que les espèces ne sont que des variétés fortement prononcées et persistantes, on peut s'attendre la plupart du temps à ce que les parties de leur organisation qui ont varié depuis une époque comparativement récente et qui par suite sont devenues différentes, continuent encore à varier. Pour poser la question en d'autres termes : on appelle *caractères génériques* les points par lesquels toutes les espèces d'un genre se ressemblent et ceux par lesquels elles diffèrent des genres voisins ; on peut attribuer ces caractères à un ancêtre commun qui les a transmis par hérédité à ses descendants, car il a dû arriver bien rarement que la sélection naturelle ait modifié, exactement de la même façon, plusieurs espèces distinctes adaptées à des habitudes plus ou moins différentes ; or, comme ces prétendus caractères génériques ont été transmis par hérédité avant l'époque où les différentes espèces se sont détachées de leur ancêtre commun et que postérieurement ces caractères n'ont pas varié, ou que, s'ils diffèrent, ils ne le font qu'à un degré extrêmement minime, il n'est pas probable qu'ils varient actuellement. D'autre part, on appelle *caractères spécifiques* les points par lesquels les espèces diffèrent des autres espèces du même genre ; or, comme ces caractères spécifiques ont varié et se sont différenciés depuis l'époque où les espèces se sont écartées de l'ancêtre commun, il est probable qu'ils sont encore variables dans une certaine mesure ; tout au moins, ils sont plus variables que les parties de l'organisation qui sont restées constantes depuis une très longue période.

Je ne ferai que deux autres remarques en rapport avec ce sujet. Je pense que tous les naturalistes admettront, sans qu'il soit nécessaire d'entrer dans les détails, que les caractères sexuels sont très variables. On admettra aussi que les espèces d'un même groupe diffèrent plus les unes des autres sous le rapport des caractères sexuels secondaires que dans les autres parties de leur organisation : que l'on compare, par exemple, les différences qui existent entre les gallinacés mâles, chez lesquels les caractères sexuels secondaires sont très développés, avec les différences qui existent entre les femelles. La cause première de la variabilité de ces caractères n'est pas évidente ; mais nous comprenons parfaitement pourquoi ils ne sont pas aussi persistants et aussi uniformes que les autres caractères ; ils sont, en effet, accumulés par la sélection sexuelle, dont l'action est moins rigoureuse que celle de la sélection naturelle ; la première, en effet, n'entraîne pas la mort, elle se contente de donner moins de descendants aux mâles moins favorisés. Quelle que puisse être la cause de la variabilité des caractères sexuels secondaires, la sélection sexuelle a un champ d'action très étendu, ces caractères étant très variables ; elle a pu ainsi déterminer, chez les espèces d'un même groupe, des différences plus grandes sous ce rapport que sous tous les autres.

Il est un fait assez remarquable, c'est que les différences secondaires entre les deux sexes de la même espèce portent précisément sur les points mêmes de l'organisation par lesquels les espèces d'un même genre diffèrent les unes des autres. Je vais citer à l'appui de cette assertion les deux premiers exemples qui se trouvent sur ma liste ; or, comme les différences, dans ces cas, sont de nature très extraordinaire, il est difficile de croire que les rapports qu'ils présentent soient accidentels. Un même nombre d'articulations des tarses est un caractère commun à des groupes très considérables de coléoptères ; or, comme l'a fait remarquer Westwood, le nombre de ces articulations varie beaucoup chez les Engidés, et ce nombre diffère aussi chez les deux sexes de la même espèce. De même, chez les hyménoptères fouisseurs, le mode de nervation des ailes est un caractère de haute importance, parce qu'il est commun à des groupes considérables ; mais la nervation, dans certains genres, varie chez les diverses espèces et aussi chez les deux sexes d'une même espèce. Ce rapport a pour moi une signification très claire ; je considère que toutes les espèces d'un même genre descendent aussi certainement d'un ancêtre commun, que les deux sexes d'une même espèce descendent du même ancêtre. En conséquence, si une partie quelconque de l'organisme de l'ancêtre commun, ou de ses premiers descendants, est devenue variable, il est très probable que la sélection naturelle et la sélection sexuelle se sont emparées des variations de cette partie pour adapter les différentes espèces à occuper diverses places dans l'économie de la nature, pour approprier l'un à l'autre les deux sexes de la même espèce, et enfin pour préparer les mâles à lutter avec d'autres mâles pour la possession des femelles.

J'en arrive donc à conclure à la connexité intime de tous les principes suivants, à savoir : la variabilité plus grande des caractères spécifiques, c'est-à-dire ceux qui distinguent les espèces les unes des autres, comparativement à celle des caractères génériques, c'est-à-dire les caractères possédés en commun par toutes les espèces d'un genre ; – l'excessive variabilité que présente souvent un point quelconque lorsqu'il est développé chez une espèce d'une façon extra-ordinaire, comparativement à ce qu'il est chez les espèces congénères ; et le peu de variabilité d'un point, quelque développé qu'il puisse être, s'il est commun à un groupe tout entier d'espèces ; – la grande variabilité des caractères sexuels secondaires et les différences considérables qu'ils présentent chez des espèces très voisines ; – les caractères sexuels secondaires se manifestant généralement sur ces points mêmes de l'organisme où portent les différences spécifiques ordinaires. Tous ces principes dérivent princi-palement de ce que les espèces d'un même groupe des-cendent d'un ancêtre commun qui leur a transmis par hérédité beaucoup de caractères communs ; – de ce que les parties qui ont récemment varié de façon considérable ont plus de tendance à continuer de le faire que les parties fixes qui n'ont pas varié depuis longtemps ; – de ce que la sélec-tion naturelle a, selon le laps de temps écoulé, maîtrisé plus ou moins complètement la tendance au retour et à de nou-velles variations ; – de ce que la sélection sexuelle est moins rigoureuse que la sélection naturelle ; – enfin, de ce que la sélection naturelle et la sélection sexuelle ont accumulé les variations dans les mêmes parties et les ont adaptées ainsi à diverses fins, soit sexuelles, soit ordinaires.

LES ESPÈCES DISTINCTES PRÉSENTENT DES VARIATIONS ANALOGUES DE TELLE SORTE QU'UNE VARIÉTÉ D'UNE ESPÈCE REVÊT SOUVENT UN CARACTÈRE PROPRE À UNE ESPÈCE VOISINE, OU FAIT RETOUR À QUELQUES-UNS DES CARACTÈRES D'UN ANCÊTRE ÉLOIGNÉ

On comprendra facilement ces propositions en exami-nant nos races domestiques. Les races les plus distinctes de pigeons, dans des pays très éloignés les uns des autres, présentent des sous-variétés caractérisées par des plumes renversées sur la tête et par des pattes emplumées ; caractères que ne possédait pas le biset primitif ; c'est là un exemple de variations analogues chez deux ou plusieurs races distinctes. La présence fréquente, chez le grosse-gorge, de quatorze et même de seize plumes caudales peut être considérée comme une variation représentant la conformation normale d'une autre race, le pigeon paon. Tout le monde admettra, je pense, que ces variations analogues proviennent de ce qu'un ancêtre commun a transmis par hérédité aux différentes races de pigeons une même constitution et une tendance à la variation, lorsqu'elles sont exposées à des influences inconnues semblables. Le règne végétal nous fournit un cas de variations analogues dans les tiges renflées, ou, comme on les désigne habituellement, dans les racines du navet de Suède et du rutabaga, deux plantes que quelques botanistes regardent comme des variétés descendant d'un ancêtre commun et produites par la culture ; s'il n'en était pas ainsi, il y aurait là un cas de variation analogue entre deux prétendues espèces distinctes, auxquelles on pourrait en ajouter une troisième, le navet ordinaire. Dans l'hypothèse de la création indépendante des espèces, nous aurions à attribuer cette similitude de développement des tiges chez les trois plantes, non pas à sa vraie cause, c'est-à-dire à la communauté de descendance et à la tendance à varier dans une même direction qui en est la conséquence, mais à trois actes de création distincts, portant sur des formes extrêmement voisines.

Toutefois, nous rencontrons un autre cas chez les pigeons, c'est-à-dire l'apparition accidentelle, chez toutes les races, d'une coloration bleu ardoise, des deux bandes noires sur les ailes, des reins blancs, avec une barre à l'extrémité de la queue, dont les plumes extérieures sont, près de leur base, extérieurement bordées de blanc. Comme ces différentes marques constituent un caractère de l'ancêtre commun, le biset, on ne saurait, je crois, contester que ce soit là un cas de retour et non pas une variation nouvelle et analogue qui apparaît chez plusieurs races. Nous pouvons, je pense, admettre cette conclusion en toute sécurité ; car, comme nous l'avons vu, ces marques colorées sont très sujettes à apparaître chez les petits résultant du croisement de deux races distinctes ayant une coloration différente ; or, dans ce cas, il n'y a rien dans les conditions extérieures de l'existence, sauf l'influence du croisement sur les lois de l'hérédité, qui puisse causer la réapparition de la couleur bleu ardoise accompagnée des diverses autres marques.

Sans doute, il est très surprenant que des caractères réapparaissent après avoir disparu pendant un grand nombre de générations, des centaines peut-être. Mais, chez une race croisée une seule fois avec une autre race, la descendance présente accidentellement, pendant plusieurs générations – quelques auteurs disent pendant une douzaine ou même pendant une vingtaine –, une tendance à faire retour aux caractères de la race étrangère. Après douze générations, la proportion du sang, pour employer une expression vulgaire, de l'un des ancêtres n'est que de 1 sur 2 048 ; et pourtant, comme nous le voyons, on croit généralement que cette proportion infiniment petite de sang étranger suffit à déterminer une tendance au retour. Chez une race qui n'a pas été croisée, mais chez laquelle les deux *ancêtres* souche ont perdu quelques caractères que possédait leur ancêtre commun, la tendance à faire retour vers ce caractère perdu pourrait, d'après tout ce que nous pouvons savoir, se transmettre de façon plus ou moins énergique pendant un nombre illimité de générations. Quand un caractère perdu reparaît chez une race après un grand nombre de générations, l'hypothèse la plus probable est, non pas que l'individu affecté se met soudain à ressembler à un ancêtre dont il est séparé par plusieurs centaines de générations, mais que le caractère en question se trouvait à l'état latent chez les individus de chaque génération successive et qu'enfin ce caractère s'est développé sous l'influence de conditions favorables, dont nous ignorons la nature. Chez les pigeons Barbe, par exemple, qui produisent très rarement des oiseaux à raies bleues et noires, il est probable qu'il y a chez les individus de chaque génération une tendance latente à la reproduction de ce plumage. Il ne s'agit là que d'une hypothèse, mais certains faits la corroborent, et la tendance à produire un caractère hérité pendant d'innombrables générations ne me paraît pas dans l'abstrait plus improbable que certains cas d'hérédité bien connus, d'organes tout à fait inutiles ou rudimentaires ; par exemple, chez le muflier (*Antirrhinum*), le rudiment d'une cinquième étamine apparaît si souvent que cette plante doit avoir une tendance héréditaire à la produire.

Comme nous supposons que toutes les espèces d'un même genre descendent d'un ancêtre commun, nous pourrions nous attendre à ce qu'elles varient accidentellement de façon analogue ; de telle sorte que les variétés de deux ou plusieurs espèces se ressembleraient, ou qu'une variété ressemblerait par certains caractères à une autre espèce distincte – celle-ci n'étant, d'après notre théorie, qu'une variété permanente bien accusée. Les caractères exclusivement dus à une variation analogue auraient probablement peu d'importance, car la conservation de tous les caractères importants est déterminée par la sélection naturelle, en accord avec les habitudes diverses des espèces, et non par l'action réciproque des conditions de vie et d'une constitution héritable. On pourrait s'attendre, en outre, à ce que les espèces du même genre présentassent accidentellement des caractères depuis longtemps perdus. Toutefois, comme nous ne connaissons pas l'ancêtre commun d'un groupe naturel quelconque, nous ne pouvons distinguer entre les caractères dus à un retour et ceux qui proviennent de variations analogues. Si, par exemple, nous ignorions que le Biset, souche de nos pigeons domestiques, n'avait ni plumes

aux pattes, ni plumes renversées sur la tête, il nous serait
impossible de dire s'il faut attribuer ces caractères à un
fait de retour ou seulement à des variations analogues ;
mais nous aurions pu conclure que la coloration bleue
est un cas de retour, à cause du nombre des marques qui
sont en rapport avec cette nuance, marques qui, selon
toute probabilité, ne reparaîtraient pas toutes ensemble
au cas d'une simple variation ; nous aurions été,
d'ailleurs, d'autant plus fondés à en arriver à cette
conclusion, que la coloration bleue et les différentes
marques reparaissent très souvent quand on croise des
races ayant une coloration différente. En conséquence,
bien que, chez les races qui vivent à l'état de nature, nous
ne puissions que rarement déterminer quels sont les cas
de retour à un caractère antérieur, et quels sont ceux qui
constituent une variation nouvelle, mais analogue, nous
devrions toutefois, d'après notre théorie, trouver quelquefois chez les descendants d'une espèce en voie de
modification des caractères qui existent déjà chez
d'autres membres du même groupe. Or, c'est certainement ce qui a lieu.

La difficulté que l'on éprouve à distinguer les espèces
variables provient, en grande partie, de ce que les variétés
imitent, pour ainsi dire, d'autres espèces du même genre.
On pourrait aussi dresser un catalogue considérable de
formes intermédiaires entre deux autres formes qu'on ne
peut encore regarder que comme des espèces douteuses ;
or, cela prouve que les espèces, en variant, ont revêtu
quelques caractères appartenant à d'autres espèces, à
moins toutefois que l'on admette une création indépendante pour chacune de ces formes très voisines. Toutefois, nous trouvons la meilleure preuve de variations
analogues dans les parties ou les organes qui ont un
caractère constant, mais qui, cependant, varient accidentellement de façon à ressembler, dans une certaine
mesure, à la même partie ou au même organe chez une
espèce voisine. J'ai dressé une longue liste de ces cas, mais

malheureusement je me trouve dans l'impossibilité de pouvoir la donner ici. Je dois donc me contenter d'affirmer que ces cas se présentent certainement et qu'ils sont très remarquables.

Je citerai toutefois un exemple curieux et compliqué, non pas en ce qu'il affecte un caractère important, mais parce qu'il se présente chez plusieurs espèces du même genre, dont les unes sont réduites à l'état domestique et dont les autres vivent à l'état sauvage. C'est presque certainement là un cas de retour. L'âne porte quelquefois sur les jambes des raies transversales très distinctes, semblables à celles qui se trouvent sur les jambes du zèbre ; on a affirmé que ces raies sont beaucoup plus apparentes chez l'ânon, et les renseignements que je me suis procurés à cet égard confirment le fait. La raie de l'épaule est quelquefois double et varie beaucoup sous le rapport de la longueur et du dessin. On a décrit un âne blanc mais *non pas* albinos, qui n'avait aucune raie, ni sur l'épaule ni sur le dos ; – ces deux raies d'ailleurs sont quelquefois très faiblement indiquées ou font absolument défaut chez les ânes de couleur foncée. On a vu, dit-on, le koulan de Pallas avec une double raie sur l'épaule. M. Blyth a observé un hémione ayant sur l'épaule une raie distincte, bien que cet animal n'en porte ordinairement pas. Le colonel Poole m'a informé, en outre, que les jeunes de cette espèce ont ordinairement les jambes rayées et une bande faiblement indiquée sur l'épaule. Le quagga, dont le corps est, comme celui du zèbre, si complètement rayé, n'a cependant pas de raies aux jambes ; toutefois, le docteur Gray a dessiné un de ces animaux dont les jarrets portaient des zébrures très distinctes.

En ce qui concerne le cheval, j'ai recueilli en Angleterre des exemples de la raie dorsale, chez des chevaux appartenant aux races les plus distinctes et ayant des robes de *toutes* les couleurs. Les barres transversales sur les jambes ne sont pas rares chez les chevaux isabelle et chez ceux poil de souris ; je les ai observées en outre chez un alezan ; on aperçoit quelquefois une légère raie sur l'épaule des chevaux isabelle et j'en ai remarqué une faible trace chez un cheval bai. Mon fils a étudié avec soin et a dessiné un cheval de trait belge, de couleur isabelle, ayant les jambes rayées et une double raie sur chaque épaule, et on m'a décrit avec soin un petit poney isabelle ayant la même robe, originaire du pays de Galles, qui, tous deux, portaient *trois* raies parallèles sur chaque épaule.

Dans la région nord-ouest de l'Inde, la race des chevaux Kattywar est si généralement rayée, que, selon le colonel Poole, qui a étudié cette race pour le gouvernement indien, on ne considère pas comme de race pure un cheval dépourvu de raies. La raie dorsale existe toujours, les jambes sont ordinairement rayées, et la raie de l'épaule, très commune, est quelquefois double et même triple. Les raies, souvent très apparentes chez le poulain, disparaissent quelquefois complètement chez les vieux chevaux. Le colonel Poole a eu l'occasion de voir des chevaux Kattywar gris et bais rayés au moment de la mise bas. Des renseignements qui m'ont été fournis par M. W.W. Edwards, m'autorisent à croire que, chez le cheval de course anglais, la raie dorsale est beaucoup plus commune chez le poulain que chez l'animal adulte. Sans entrer ici dans de plus amples détails, je puis constater que j'ai entre les mains beaucoup de documents établissant de façon positive l'existence de raies sur les jambes et sur les épaules de chevaux appartenant aux races les plus diverses et provenant de tous les pays, depuis l'Angleterre jusqu'à la Chine, et depuis la Norvège, au nord, jusqu'à l'archipel malais, au sud. Dans toutes les parties du monde, les raies se présentent le plus souvent chez les chevaux isabelle et poil de souris ; je comprends, sous le terme isabelle, une grande variété de nuances s'étendant entre le brun noirâtre, d'une part, et la teinte café au lait, de l'autre.

Je sais que le colonel Hamilton Smith, qui a écrit sur ce sujet, croit que les différentes races de chevaux descendent de plusieurs espèces primitives, dont l'une ayant la robe isabelle était rayée, et il attribue à d'anciens croisements avec cette souche tous les cas que nous venons de décrire. Mais on peut rejeter cette manière de voir, car il est fort improbable que le gros cheval de trait belge, que les poneys du pays de Galles, le double poney de la Norvège, la race grêle de Kattywar, etc., habitant les parties du globe les plus éloignées, aient tous été croisés avec une même souche primitive supposée.

Examinons maintenant les effets des croisements entre les différentes espèces du genre cheval. Rollin affirme que le mulet ordinaire, produit de l'âne et du cheval, est particulièrement sujet à avoir les jambes rayées. J'ai vu une fois un mulet dont les jambes étaient rayées au point qu'on aurait pu le prendre pour un hybride du zèbre ; M. W.C. Martin, dans son excellent *Traité sur le cheval*, a représenté un mulet semblable. J'ai vu quatre dessins coloriés représentant des hybrides entre l'âne et le zèbre ; or, les jambes sont beaucoup plus rayées que le reste du corps ; l'un d'eux, en outre, porte une double raie sur l'épaule. Chez le fameux hybride obtenu par lord Morton, du croisement d'une jument alezane avec un quagga, l'hybride, et même les poulains purs que la même jument donna subséquemment avec un cheval arabe noir, avaient sur les jambes des raies encore plus prononcées qu'elles le sont chez le quagga pur. Enfin, et c'est là un des cas les plus remarquables, le docteur Gray a représenté un hybride (il m'apprend que depuis il a eu l'occasion d'en voir un second exemple) provenant du croisement d'un âne et d'une hémione ; bien que l'âne n'ait qu'accidentellement des raies sur les jambes et qu'elles fassent défaut, ainsi que la raie sur l'épaule, chez l'hémione, cet hybride avait, outre des raies sur les quatre jambes, trois courtes raies sur l'épaule, semblables à celles du poney isabelle du Devonshire et du poney isabelle du pays de

Galles que nous avons décrits ; il avait, en outre, quelques marques zébrées sur les côtés de la face. J'étais si convaincu, relativement à ce dernier fait, que pas une de ces raies ne peut provenir de ce qu'on appelle ordinairement *le hasard*, que le fait seul de l'apparition de ces zébrures de la face, chez l'hybride de l'âne et de l'hémione, m'engagea à demander au colonel Poole si de pareils caractères n'existaient pas chez la race de Kattywar, si éminemment sujette à présenter des raies, question à laquelle, comme nous l'avons vu, il m'a répondu affirmativement.

Or, quelle conclusion devons-nous tirer de ces divers faits ? Nous voyons plusieurs espèces distinctes du genre cheval qui, par de simples variations, présentent des raies sur les jambes, comme le zèbre, ou sur les épaules, comme l'âne. Cette tendance augmente chez le cheval dès que paraît la robe isabelle, nuance qui se rapproche de la coloration générale des autres espèces du genre. Aucun changement de forme, aucun autre caractère nouveau n'accompagne l'apparition des raies. Cette même tendance à devenir rayé se manifeste plus fortement chez les hybrides provenant de l'union des espèces les plus distinctes. Or, revenons à l'exemple des différentes races de pigeons : elles descendent toutes d'un pigeon (en y comprenant deux ou trois sous-espèces ou races géographiques) ayant une couleur bleuâtre et portant, en outre, certaines raies et certaines marques ; quand une race quelconque de pigeons revêt, par une simple variation, la nuance bleuâtre, ces raies et ces autres marques reparaissent invariablement, mais sans qu'il se produise aucun autre changement de forme ou de caractère. Quand on croise les races les plus anciennes et les plus constantes, affectant différentes couleurs, on remarque une forte tendance à la réapparition, chez l'hybride, de la teinte bleuâtre, des raies et des marques. J'ai dit que l'hypothèse la plus probable pour expliquer la réapparition de caractères très anciens est qu'il y a chez les jeunes de chaque génération successive une *tendance* à revêtir un caractère depuis longtemps perdu, et que cette tendance l'emporte quelquefois en raison de causes inconnues. Or, nous venons de voir que, chez plusieurs espèces du genre cheval, les raies sont plus prononcées ou reparaissent plus ordinairement chez le jeune que chez l'adulte. Que l'on appelle *espèces* ces races de pigeons, dont plusieurs sont constantes depuis des siècles, et l'on obtient un cas exactement parallèle à celui des espèces du genre cheval ! Quant à moi, remontant par la pensée à quelques millions de générations en arrière, j'entrevois un animal rayé comme le zèbre, mais peut-être d'une construction très différente sous d'autres rapports, ancêtre commun de notre cheval domestique (que ce dernier descende ou non de plusieurs souches sauvages), de l'âne, de l'hémione, du quagga et du zèbre.

Quiconque admet que chaque espèce du genre cheval a fait l'objet d'une création indépendante est disposé à admettre, je présume, que chaque espèce a été créée avec une tendance à la variation, tant à l'état sauvage qu'à l'état domestique, de façon à pouvoir revêtir accidentellement les raies caractéristiques des autres espèces du genre ; il doit admettre aussi que chaque espèce a été créée avec une autre tendance très prononcée, à savoir que, croisée avec des espèces habitant les points du globe les plus éloignés, elle produit des hybrides ressemblant par leurs raies, non à leurs parents, mais à d'autres espèces du genre. Admettre semblable hypothèse, c'est vouloir substituer à une cause réelle une cause imaginaire, ou tout au moins inconnue ; c'est vouloir, en un mot, faire de l'œuvre divine une dérision et une tromperie. Quant à moi, j'aimerais tout autant admettre, avec les cosmogonistes ignorants d'il y a quelques siècles, que les coquilles fossiles n'ont jamais vécu, mais qu'elles ont été créées en pierre pour imiter celles qui vivent sur le rivage de la mer.

Résumé

Notre ignorance en ce qui concerne les lois de la variation est bien profonde. Il n'y a pas un cas sur cent où nous puissions prétendre indiquer les raisons pour lesquelles telle partie diffère plus ou moins de la même partie chez les parents. Cependant, toutes les fois que nous pouvons réunir les termes d'une comparaison, nous remarquons que les mêmes lois semblent avoir agi pour produire les petites différences qui existent entre les variétés d'une même espèce, et les grandes différences qui existent entre les espèces d'un même genre. Les conditions extérieures, telles que le climat, la nourriture..., ne produisent que de légères modifications. L'habitude, en produisant des particularités constitutionnelles, l'usage en fortifiant les organes, et le défaut d'usage en les affaiblissant ou en les diminuant, semblent, dans beaucoup de cas, avoir exercé une action considérable. Les parties homologues tendent à varier d'une même manière et à se souder. Les modifications des parties dures et externes affectent quelquefois les parties molles et internes. Une partie fortement développée tend peut-être à attirer à elle la nutrition des parties adjacentes, et toute partie de la conformation est économisée, qui peut l'être sans inconvénient. Des modifications de structure, pendant le premier âge, peuvent affecter des parties qui se développent plus tard ; il se produit, sans aucun doute, beaucoup de cas de variations corrélatives dont nous ne pouvons comprendre la nature. Les parties multiples sont variables, au point de vue du nombre et de la structure, ce qui provient peut-être de ce que ces parties n'ayant pas été rigoureusement spécialisées pour remplir des fonctions particulières, leurs modifications échappent à l'action rigoureuse de la sélection naturelle. C'est probablement aussi à cette même circonstance qu'il faut attribuer la variabilité plus grande des êtres placés au rang inférieur de l'échelle organique que des formes plus élevées, dont l'organisation entière est plus spécialisée. La sélection naturelle n'a pas d'action sur les organes rudimentaires, ces organes étant inutiles, et, par conséquent, variables. Les caractères spécifiques, c'est-à-dire ceux qui ont commencé à différer depuis que les diverses espèces du même genre se sont détachées d'un ancêtre commun, sont plus variables que les caractères génériques, c'est-à-dire ceux qui, transmis par hérédité depuis longtemps, n'ont pas varié pendant le même laps de temps. Nous avons signalé, à ce sujet, des parties ou des organes spéciaux qui sont encore variables parce qu'ils ont varié récemment et se sont ainsi différenciés ; mais nous avons vu aussi, dans le deuxième chapitre, que le même principe s'applique à l'individu tout entier ; en effet, dans les localités où l'on rencontre beaucoup d'espèces d'un genre quelconque – c'est-à-dire là où il y a eu précédemment beaucoup de variations et de différenciations et là où une création active de nouvelles formes spécifiques a eu lieu –, on trouve aujourd'hui en moyenne, dans ces mêmes localités et chez ces mêmes espèces, le plus grand nombre de variétés, ou espèces naissantes. Les caractères sexuels secondaires sont extrêmement variables ; ces caractères, en outre, diffèrent beaucoup dans les espèces d'un même groupe. La variabilité des mêmes points de l'organisation a généralement eu pour résultat de déterminer des différences sexuelles secondaires chez les deux sexes d'une même espèce et des différences spécifiques chez les différentes espèces d'un même genre. Toute partie ou tout organe qui, comparé à ce qu'il est chez une espèce voisine, présente un développement anormal dans ses dimensions ou dans sa forme, doit avoir subi une somme considérable de modifications depuis la formation du genre, ce qui nous explique pourquoi il est souvent beaucoup plus variable que les autres points de l'organisation. La variation est, en effet, un procédé lent et prolongé, et la sélection naturelle, dans des cas semblables, n'a pas encore eu

le temps de maîtriser la tendance à la variabilité ultérieure, ou au retour vers un état moins modifié. Mais
lorsqu'une espèce, possédant un organe extraordinairement développé, est devenue la souche d'un grand
nombre de descendants modifiés – ce qui, dans notre
hypothèse, suppose une très longue période –, la sélection
naturelle a pu donner à l'organe, quelque extraordinairement développé qu'il puisse être, un caractère fixe. Les
espèces qui ont reçu par hérédité de leurs parents communs une constitution presque analogue, et qui ont été
soumises à des influences semblables, tendent naturellement à présenter des variations analogues ou à faire accidentellement retour à quelques-uns des caractères de
leurs premiers ancêtres. Or, bien que le retour et les variations analogues puissent ne pas amener la production de
nouvelles modifications importantes, ces modifications
n'en contribuent pas moins à la diversité, à la magnifi-
cence et à l'harmonie de la nature.

Quelle que puisse être la cause déterminante des différences légères qui se produisent entre le descendant et
l'ascendant, cause qui doit exister dans chaque cas, nous
avons raison de croire que l'accumulation constante des
différences avantageuses a déterminé toutes les modifications les plus importantes de structure, grâce auxquelles
les êtres innombrables qui peuplent la surface de la terre
parviennent à lutter les uns avec les autres, et les mieux
adaptés à survivre.

Chapitre VI

DIFFICULTÉS DE LA THÉORIE

Difficultés que présente la théorie de la descendance avec modifications. – Transitions. – Manque ou rareté des variétés de transition. – Transitions dans les habitudes de la vie. – Habitudes différentes chez une même espèce. – Espèces ayant des habitudes entièrement différentes de celles des espèces voisines. – Organes de perfection extrême. – Mode de transition. – Cas difficiles. – *Natura non facit saltum.* – Organes peu importants. – Les organes ne sont pas absolument parfaits dans tous les cas. – La loi de l'unité de type et des conditions d'existence est comprise dans la théorie de la sélection naturelle.

Une foule d'objections se sont sans doute présentées à l'esprit du lecteur avant qu'il en soit arrivé à cette partie de mon ouvrage. Les unes sont si graves, qu'aujourd'hui encore je ne peux y réfléchir sans me sentir quelque peu ébranlé ; mais, autant que j'en peux juger, la plupart ne sont qu'apparentes, et quant aux difficultés réelles, elles ne sont pas, je crois, fatales à l'hypothèse que je soutiens.

On peut grouper ces difficultés et ces objections ainsi qu'il suit :

1° Si les espèces dérivent d'autres espèces par des degrés insensibles, pourquoi ne rencontrons-nous pas d'innombrables formes de transition ? Pourquoi tout n'est-il pas dans la nature à l'état de confusion ? Pourquoi les espèces sont-elles si bien définies ?

2° Est-il possible qu'un animal ayant, par exemple, la conformation et les habitudes de la chauve-souris ait pu se former à la suite de modifications subies par quelque autre animal ayant des habitudes et une structure toutes différentes ? Pouvons-nous croire que la sélection naturelle puisse produire, d'une part, des organes insignifiants tels que la queue de la girafe, qui sert de chasse-mouches et, d'autre part, un organe aussi important que l'œil, dont nous ne comprenons pas encore totalement la perfection inimitable ?

3° Les instincts peuvent-ils s'acquérir et se modifier par l'action de la sélection naturelle ? Comment expliquer l'instinct qui pousse l'abeille à construire des cellules et qui lui a fait devancer ainsi les découvertes des plus grands mathématiciens ?

4° Comment expliquer que les espèces croisées les unes avec les autres restent stériles ou produisent des descendants stériles, alors que les variétés croisées les unes avec les autres restent fécondes ?

Nous discuterons ici les deux premiers points ; l'instinct et l'hybridité feront l'objet de chapitres spéciaux.

Du manque ou de la rareté des variétés de transition

La sélection naturelle n'agit que par la conservation des modifications avantageuses ; chaque forme nouvelle, survenant dans une localité suffisamment peuplée, tend, par conséquent, à prendre la place de la forme primitive moins perfectionnée, ou d'autres formes moins favorisées avec lesquelles elle entre en concurrence, et elle finit par les exterminer. Ainsi, l'extinction et la sélection naturelle vont constamment de concert. En conséquence, si nous admettons que chaque espèce descend de quelque forme

inconnue, celle-ci, ainsi que toutes les variétés de transition, ont été exterminées par le fait seul de la formation
et du perfectionnement d'une nouvelle forme.

Mais pourquoi ne trouvons-nous pas fréquemment
dans la croûte terrestre les restes de ces innombrables
formes de transition qui, d'après cette hypothèse, ont dû
exister ? La discussion de cette question trouvera mieux
sa place dans le chapitre relatif à l'imperfection des documents géologiques ; je me bornerai à dire ici que les
documents fournis par la géologie sont infiniment moins
complets qu'on le croit ordinairement. L'imperfection
des archives géologiques provient essentiellement du fait
que les êtres organisés n'habitent pas les profondeurs de
la mer, leurs restes n'étant enfouis et préservés dans une
période suivante que dans des masses de sédiments suffisamment épais et étendus pour pouvoir résister à
d'énormes forces ultérieures de dégradation. Ces masses
fossilifères ne peuvent s'accumuler que là où se déposent
de nombreux sédiments sur des bas-fonds marins pendant une période de lent affaissement. Ces conditions ne
sont réunies que très rarement, et à des intervalles très
éloignés. Lorsque le lit de la mer est stationnaire ou
lorsque son niveau s'élève, ou bien lorsque la quantité de
sédiment déposé est minime, il y aura des lacunes dans
notre histoire géologique. La croûte terrestre est un vaste
musée ; mais les collections naturelles provenant de ce
musée sont très imparfaites et n'ont été réunies d'ailleurs
qu'à de longs intervalles.

Quoi qu'il en soit, on objectera sans doute que nous
devons certainement rencontrer aujourd'hui beaucoup
de formes de transition quand plusieurs espèces très voisines habitent une même région. Prenons un exemple très
simple : en traversant un continent du nord au sud, on
rencontre ordinairement, à des intervalles successifs, des
espèces très voisines, ou espèces représentatives, qui
occupent évidemment à peu près la même place dans
l'économie naturelle du pays. Ces espèces représentatives

se trouvent souvent en contact et se confondent même l'une avec l'autre ; puis, à mesure que l'une devient de plus en plus rare, l'autre augmente peu à peu et finit par se substituer à la première. Mais, si nous comparons ces espèces là où elles se confondent, elles sont généralement aussi absolument distinctes les unes des autres, par tous les détails de leur conformation, que peuvent l'être les individus pris dans le centre même de la région qui constitue leur habitat ordinaire. Ces espèces voisines, dans mon hypothèse, descendent d'une souche commune ; pendant le cours de ses modifications, chacune d'elles a dû s'adapter aux conditions d'existence de la région qu'elle habite, a dû supplanter et exterminer la forme parente originelle, ainsi que toutes les variétés qui ont formé les transitions entre son état actuel et ses différents états antérieurs. On ne doit donc pas s'attendre à trouver actuellement, dans chaque localité, de nombreuses variétés de transition, bien qu'elles doivent y avoir existé et qu'elles puissent y être enfouies à l'état fossile. Mais pourquoi ne trouve-t-on pas actuellement, dans les régions intermédiaires, présentant des conditions d'existence intermédiaires, des variétés reliant intimement les unes aux autres les formes extrêmes ? Il y a là une difficulté qui m'a longtemps embarrassé ; mais on peut, je crois, l'expliquer dans une grande mesure.

En premier lieu, il faut bien se garder de conclure qu'une région a été continue pendant de longues périodes, parce qu'elle l'est aujourd'hui. La géologie semble nous démontrer que, même pendant les dernières parties de la période tertiaire, la plupart des continents étaient morcelés en îles dans lesquelles des espèces distinctes ont pu se former séparément, sans que des variétés intermédiaires aient pu exister dans des zones intermédiaires. Par suite de modifications dans la forme des terres et de changements climatériques, les aires marines actuellement continues doivent avoir souvent existé, jusqu'à une époque récente, dans un état beaucoup moins uniforme et beaucoup moins continu qu'à présent. Mais je n'insiste pas sur ce moyen d'éluder la difficulté : je crois, en effet, que beaucoup d'espèces parfaitement définies se sont formées dans des régions strictement continues ; mais je crois, d'autre part, que l'état autrefois morcelé de surfaces qui n'en font plus qu'une aujourd'hui a joué un rôle important dans la formation de nouvelles espèces, surtout chez les animaux errants qui se croisent facilement.

Si nous observons la distribution actuelle des espèces sur un vaste territoire, nous remarquons qu'elles sont, en général, très nombreuses dans une grande région, puis qu'elles deviennent tout à coup de plus en plus rares sur les limites de cette région et qu'elles finissent par disparaître. Le territoire neutre, entre deux espèces représentatives, est donc généralement très étroit, comparativement à celui qui est propre à chacune d'elles. Nous observons le même fait en faisant l'ascension d'une montagne ; Alphonse de Candolle a fait remarquer avec quelle rapidité disparaît quelquefois une espèce alpine commune. Les sondages effectués à la drague dans les profondeurs de la mer ont fourni des résultats analogues à E. Forbes. Ces faits doivent causer quelque surprise à ceux qui considèrent le climat et les conditions physiques de l'existence comme les éléments essentiels de la distribution des êtres organisés ; car le climat, l'altitude ou la profondeur varient de façon graduelle et insensible. Mais, si nous songeons que chaque espèce, même dans son centre spécial, augmenterait immensément en nombre sans la concurrence que lui opposent les autres espèces ; si nous songeons que presque toutes servent de proie aux autres ou en font la leur ; si nous songeons, enfin, que chaque être organisé a, directement ou indirectement, les rapports les plus intimes et les plus importants avec les autres êtres organisés, il est facile de comprendre que l'extension géographique d'une espèce, habitant un pays quelconque, est loin de dépendre exclusivement des changements insensibles des conditions physiques, mais que cette extension dépend essentiellement de la présence d'autres espèces avec lesquelles elle se trouve en concurrence et qui, par conséquent, lui servent de proie, ou à qui elle sert de proie. Or, comme ces espèces sont elles-mêmes définies et qu'elles ne se confondent pas par des gradations insensibles, l'extension d'une espèce quelconque dépendant, dans tous les cas, de l'extension des autres, elle tend à être elle-même nettement circonscrite. En outre, sur les limites de son habitat, là où elle existe en moins grand nombre, une espèce est extrêmement sujette à disparaître par suite des fluctuations dans le nombre de ses ennemis ou des êtres qui lui servent de proie, ou bien encore de changements dans la nature du climat ; la distribution géographique de l'espèce tend donc à se définir encore plus nettement.

Les espèces voisines, ou espèces représentatives, quand elles habitent une région continue, sont ordinairement distribuées de telle façon que chacune d'elles occupe un territoire considérable et qu'il y a entre elles un territoire neutre, comparativement étroit, dans lequel elles deviennent tout à coup de plus en plus rares ; les variétés ne différant pas essentiellement des espèces, la même règle s'applique probablement aux variétés. Or, dans le cas d'une espèce variable habitant une région très étendue, nous aurons à adapter deux variétés à deux grandes régions et une troisième variété à une zone intermédiaire étroite qui les sépare. La variété intermédiaire, habitant une région restreinte, est, par conséquent, beaucoup moins nombreuse ; or, autant que je puis en juger, c'est ce qui se passe chez les variétés à l'état de nature. J'ai pu observer des exemples frappants de cette règle chez les variétés intermédiaires qui existent entre les variétés bien tranchées du genre *Balanus*. Il résulte aussi des renseignements que m'ont transmis M. Watson, le docteur Asa Gray et M. Wollaston, que les variétés reliant deux autres formes quelconques sont, en général, numériquement moins nombreuses que les formes qu'elles relient. Or, si nous pouvons nous fier à ces faits et à ces inductions, et en conclure que les variétés qui en relient d'autres existent ordinairement en moins grand nombre que les formes extrêmes, nous sommes à même de comprendre pourquoi les variétés intermédiaires ne peuvent pas persister pendant de longues périodes, et pourquoi, en règle générale, elles sont exterminées et disparaissent plus tôt que les formes qu'elles reliaient primitivement les unes aux autres.

Nous avons déjà vu, en effet, que toutes les formes numériquement faibles courent plus de chances d'être exterminées que celles qui comprennent de nombreux individus ; or, dans ce cas particulier, la forme intermédiaire est essentiellement exposée aux empiétements des formes très voisines qui l'entourent de tous côtés. Il est, d'ailleurs, une considération bien plus importante : c'est que, pendant que s'accomplissent les modifications qui, pensons-nous, doivent perfectionner deux variétés et les convertir en deux espèces distinctes, les deux variétés, qui sont numériquement parlant les plus fortes et qui ont un habitat plus étendu, ont de grands avantages sur la variété intermédiaire qui existe en petit nombre dans une étroite zone intermédiaire. En effet, les formes qui comprennent de nombreux individus ont plus de chances que n'en ont les formes moins nombreuses de présenter, dans un temps donné, plus de variations à l'action de la sélection naturelle. En conséquence, les formes les plus communes tendent, dans la lutte pour l'existence, à vaincre et à supplanter les formes moins communes, car ces dernières se modifient et se perfectionnent plus lentement. C'est en vertu du même principe, selon moi, que les espèces communes dans chaque pays, comme nous l'avons vu dans le deuxième chapitre, présentent, en

moyenne, un plus grand nombre de variétés bien tranchées que les espèces plus rares. Pour bien faire comprendre ma pensée, supposons trois variétés de moutons,
l'une adaptée à une vaste région montagneuse, la deuxième
habitant un terrain comparativement restreint et acci-
denté, la troisième occupant les plaines étendues qui se
trouvent à la base des montagnes. Supposons, en outre,
que les habitants de ces trois régions apportent autant de
soins et d'intelligence à améliorer les races par la sélection ; les chances de réussite sont, dans ce cas, toutes en
faveur des grands propriétaires de la montagne ou de la
plaine, et ils doivent réussir à améliorer leurs animaux
beaucoup plus promptement que les petits propriétaires
de la région intermédiaire plus restreinte. En conséquence, les races améliorées de la montagne et de la
plaine ne tarderont pas à supplanter la race intermédiaire
moins parfaite, et les deux races, qui étaient à l'origine
numériquement les plus fortes, se trouveront en contact
immédiat, la variété ayant disparu devant elles.

Pour me résumer, je crois que les espèces arrivent à être
assez bien définies et à ne présenter, à aucun moment, un
chaos inextricable de formes intermédiaires :

1° Parce que les nouvelles variétés se forment très lentement. La variation, en effet, suit une marche très lente
et la sélection naturelle ne peut rien jusqu'à ce qu'il se
présente des différences ou des variations individuelles
favorables, et jusqu'à ce qu'il se trouve, dans l'économie
naturelle de la région, une place que puissent mieux remplir quelques-uns de ses habitants modifiés. Or, ces places
nouvelles ne se produisent qu'en vertu de changements
climatériques très lents, ou à la suite de l'immigration
accidentelle de nouveaux habitants, ou peut-être et dans
une mesure plus large, parce que, quelques-uns des
anciens habitants s'étant lentement modifiés, les
anciennes et les nouvelles formes ainsi produites agissent
et réagissent les unes sur les autres. Il en résulte que, dans
toutes les régions et à toutes les époques, nous ne devons

rencontrer que peu d'espèces présentant de légères modifications, permanentes jusqu'à un certain point ; or, cela
est certainement le cas.

2° Parce que des surfaces aujourd'hui continues ont
dû, à une époque comparativement récente, exister
comme parties isolées sur lesquelles beaucoup de formes,
plus particulièrement parmi les classes errantes et celles
qui s'accouplent pour chaque portée, ont pu devenir
assez distinctes pour être regardées comme des espèces
représentatives. Dans ce cas, les variétés intermédiaires
qui reliaient les espèces représentatives à la souche commune ont dû autrefois exister dans chacune de ces stations isolées ; mais ces chaînons ont été exterminés par
la sélection naturelle, de telle sorte qu'ils ne se trouvent
plus à l'état vivant.

3° Lorsque deux ou plusieurs variétés se sont formées
dans différentes parties d'une surface strictement continue, il est probable que des variétés intermédiaires se sont
formées en même temps dans les zones intermédiaires ;
mais la durée de ces espèces a dû être d'ordinaire fort
courte. Ces variétés intermédiaires, en effet, pour les raisons que nous avons déjà données (raisons tirées principalement de ce que nous savons sur la distribution
actuelle d'espèces très voisines, ou espèces représentatives, ainsi que de celle des variétés reconnues), existent
dans les zones intermédiaires en plus petit nombre que
les variétés qu'elles relient les unes aux autres. Cette
cause seule suffirait à exposer les variétés intermédiaires
à une extermination accidentelle ; mais il est, en outre,
presque certain qu'elles doivent disparaître devant les
formes qu'elles relient à mesure que l'action de la sélection naturelle se fait sentir davantage ; les formes
extrêmes, en effet, comprenant un plus grand nombre
d'individus, présentent en moyenne plus de variations et
sont, par conséquent, plus sensibles à l'action de la sélection naturelle, et plus disposées à acquérir de nouveaux
avantages.

Enfin, envisageant cette fois non pas un temps donné, mais le temps pris dans son ensemble, il a dû certainement exister, si ma théorie est fondée, d'innombrables variétés intermédiaires reliant intimement les unes aux autres les espèces d'un même groupe ; mais la marche seule de la sélection naturelle, comme nous l'avons fait si souvent remarquer, tend constamment à éliminer les formes parentes et les chaînons intermédiaires. On ne pourrait trouver la preuve de leur existence passée que dans les restes fossiles qui, comme nous essaierons de le démontrer dans un chapitre subséquent, ne se conservent que d'une manière extrêmement imparfaite et intermittente.

DE L'ORIGINE ET DES TRANSITIONS DES ÊTRES ORGANISÉS AYANT UNE CONFORMATION ET DES HABITUDES PARTICULIÈRES

Les adversaires des idées que j'avance ont souvent demandé comment il se fait, par exemple, qu'un animal carnivore terrestre ait pu se transformer en un animal ayant des habitudes aquatiques ; car comment cet animal aurait-il pu subsister pendant l'état de transition ? Il serait facile de démontrer qu'il existe aujourd'hui des animaux carnivores qui présentent tous les degrés intermédiaires entre des mœurs rigoureusement terrestres et des mœurs rigoureusement aquatiques ; or, chacun d'eux étant soumis à la lutte pour l'existence, il faut nécessairement qu'il soit bien adapté à la place qu'il occupe dans la nature. Ainsi, le *Mustela vison* de l'Amérique du Nord a les pieds palmés et ressemble à la loutre par sa fourrure, par ses pattes courtes et par la forme de sa queue. Pendant l'été, cet animal se nourrit de poissons et plonge pour s'en emparer ; mais, pendant le long hiver des régions septentrionales, il quitte les eaux congelées et, comme les autres putois, se nourrit de souris et d'animaux terrestres. Il aurait été beaucoup plus difficile de répondre si l'on avait choisi un autre cas et si l'on avait demandé, par exemple, comment il se fait qu'un quadrupède insectivore a pu se transformer en une chauve-souris volante. Je crois cependant que de semblables objections n'ont pas un grand poids.

Dans cette occasion, comme dans beaucoup d'autres, je sens toute l'importance qu'il y aurait à exposer tous les exemples frappants que j'ai recueillis sur les habitudes et les conformations de transition chez ces espèces voisines, ainsi que sur la diversification d'habitudes, constantes ou accidentelles, qu'on remarque chez une même espèce. Il ne faudrait rien moins qu'une longue liste de faits semblables pour amoindrir la difficulté que présente la solution de cas analogues à celui de la chauve-souris.

Prenons la famille des écureuils : nous remarquons chez elle une gradation insensible, depuis des animaux dont la queue n'est que légèrement aplatie, et d'autres, ainsi que le fait remarquer sir J. Richardson, dont la partie postérieure du corps n'est que faiblement dilatée avec la peau des flancs un peu développée, jusqu'à ce qu'on appelle les *Écureuils volants*. Ces derniers ont les membres et même la racine de la queue unis par une large membrane qui leur sert de parachute et qui leur permet de franchir, en fendant l'air, d'immenses distances d'un arbre à un autre. Nous ne pouvons douter que chacune de ces conformations soit utile à chaque espèce d'écureuil dans son habitat, soit en lui permettant d'échapper aux oiseaux ou aux animaux carnassiers et de se procurer plus rapidement sa nourriture, soit surtout en amoindrissant le danger des chutes. Mais il n'en résulte pas que la conformation de chaque écureuil soit absolument la meilleure qu'on puisse concevoir dans toutes les conditions naturelles. Supposons, par exemple, que le climat et la végétation viennent à changer, qu'il y

ait immigration d'autres rongeurs ou d'autres bêtes féroces, ou que d'anciennes espèces de ces dernières se modifient, l'analogie nous conduit à croire que les écureuils,
ou quelques-uns tout au moins, diminueraient en nombre
ou disparaîtraient, à moins qu'ils ne se modifiassent et
ne se perfectionnassent pour parer à cette nouvelle difficulté de leur existence. Je ne vois donc aucune difficulté,
surtout dans des conditions d'existence en voie de changement, à la conservation continue d'individus ayant la
membrane des flancs toujours plus développée, chaque
modification étant utile, chacune se multipliant jusqu'à
ce que, grâce à l'action accumulatrice de la sélection
naturelle, un parfait écureuil volant ait été produit.

Considérons actuellement le galéopithèque ou lémur
volant, que l'on classait autrefois parmi les chauves-
souris. Cet animal porte une membrane latérale très
large, qui part de l'angle de la mâchoire pour s'étendre
jusqu'à la queue, en recouvrant ses membres et ses doigts
allongés ; cette membrane est pourvue d'un muscle
extenseur. Bien qu'aucun individu adapté à glisser dans
l'air ne relie actuellement le galéopithèque aux autres
insectivores, on peut cependant supposer que ces chaînons existaient autrefois et que chacun d'eux s'est développé de la même façon que les écureuils volants moins
parfaits, chaque gradation de conformation présentant
une certaine utilité à son possesseur. Je ne vois pas non
plus de difficulté insurmontable à croire, en outre, que
les doigts et l'avant-bras du galéopithèque, reliés par la
membrane, aient pu être considérablement allongés par
la sélection naturelle, modifications qui, au point de vue
des organes du vol, auraient converti cet animal en une
chauve-souris. Nous voyons peut-être, chez certaines
Chauves-Souris dont la membrane de l'aile s'étend du
sommet de l'épaule à la queue, en recouvrant les pattes
postérieures, les traces d'un appareil primitivement
adapté à glisser dans l'air, plutôt qu'au vol proprement
dit.

Si une douzaine de genres avaient disparu, qui aurait osé soupçonner qu'il a existé des oiseaux dont les ailes ne leur servent que de palettes pour battre l'eau, comme le canard à ailes courtes (*Micropterus* d'Eyton) ; de nageoires dans l'eau et de pattes antérieures sur terre, comme chez le pingouin ; de voiles chez l'autruche, et à aucun usage fonctionnel chez l'*Apteryx* ? Cependant, la structure de chacun de ces oiseaux est excellente pour chacun d'eux dans les conditions d'existence où il se trouve placé, car chacun doit lutter pour vivre, mais elle n'est pas nécessairement la meilleure qui se puisse concevoir dans toutes les conditions possibles. Il ne faudrait pas conclure des remarques qui précèdent qu'aucun des degrés de conformation d'ailes qui y sont signalés, et qui tous peut-être résultent du défaut d'usage, doive indiquer la marche naturelle suivant laquelle les oiseaux ont fini par acquérir leur perfection de vol ; mais ces remarques servent au moins à démontrer la diversité possible des moyens de transition.

Si l'on considère que certains membres des classes aquatiques, comme les crustacés et les mollusques, sont adaptés à la vie terrestre ; qu'il existe des oiseaux et des mammifères volants, des insectes volants de tous les types imaginables ; qu'il y a eu autrefois des reptiles volants, on peut concevoir que les poissons volants, qui peuvent actuellement s'élancer dans l'air et parcourir des distances considérables en s'élevant et en se soutenant au moyen de leurs nageoires frémissantes, auraient pu se modifier de manière à devenir des animaux parfaitement ailés. S'il en avait été ainsi, qui aurait pu s'imaginer que, dans un état de transition antérieure, ces animaux habitaient l'Océan et qu'ils se servaient de leurs organes de vol naissants, autant que nous pouvons le savoir, dans le seul but d'échapper à la voracité des autres poissons ?

Quand nous voyons une conformation absolument parfaite appropriée à une habitude particulière, telle que l'adaptation des ailes de l'oiseau pour le vol, nous devons nous rappeler que les animaux présentant les premières conformations graduelles et transitoires ont dû rarement survivre jusqu'à notre époque, car ils ont dû disparaître devant leurs successeurs que la sélection naturelle a rendus graduellement plus parfaits. Nous pouvons conclure en outre que les états transitoires entre des conformations appropriées à des habitudes d'existence très différentes ont dû rarement, à une antique période, se développer en grand nombre et sous beaucoup de formes subordonnées. Ainsi, pour en revenir à notre exemple imaginaire du poisson volant, il ne semble pas probable que les poissons capables de s'élever jusqu'au véritable vol auraient revêtu bien des formes différentes, aptes à chasser, de diverses manières, des proies de diverses natures sur la terre et sur l'eau, avant que leurs organes du vol aient atteint un degré de perfection assez élevé pour leur assurer, dans la lutte pour l'existence, un avantage décisif sur d'autres animaux. La chance de découvrir, à l'état fossile, des espèces présentant les différentes transitions de conformation, est donc moindre, parce qu'elles ont existé en moins grand nombre que des espèces ayant une conformation complètement développée.

Je citerai actuellement deux ou trois exemples de diversifications et de changements d'habitudes chez les individus d'une même espèce. Dans l'un et l'autre cas, la sélection naturelle pourrait facilement adapter la conformation de l'animal à ses habitudes modifiées, ou exclusivement à l'une d'elles seulement. Toutefois, il est difficile de déterminer, cela d'ailleurs nous importe peu, si les habitudes changent ordinairement les premières, la conformation se modifiant ensuite, ou si de légères modifications de conformations entraînent un changement d'habitudes ; il est probable que ces deux modifications se présentent souvent simultanément. Comme exemple de changements d'habitudes, il suffit de signaler les nombreux insectes britanniques qui se nourrissent aujourd'hui de plantes exotiques, ou exclusivement de substances artificielles. On pourrait citer des cas innombrables de modifications d'habitudes ; j'ai souvent, dans l'Amérique méridionale, surveillé un gobe-mouches (*Saurophagus sulphuratus*) planer sur un point, puis s'élancer vers un autre, tout comme le ferait un émouchet ; puis, à d'autres moments, se tenir immobile au bord de l'eau pour s'y précipiter à la poursuite du poisson, comme le ferait un martin-pêcheur. On peut voir dans nos pays la mésange charbonnière (*Parus major*) grimper aux branches tout comme un grimpereau ; quelquefois, comme la pie-grièche, elle tue les petits oiseaux en leur portant des coups sur la tête, et je l'ai souvent observée, je l'ai plus souvent encore entendue marteler des graines d'if sur une branche et les briser comme le ferait la sitelle. Hearne a vu, dans l'Amérique du Nord, l'ours noir nager pendant des heures, la gueule toute grande ouverte, et attraper ainsi des insectes dans l'eau, à peu près comme le ferait une baleine. Même dans un cas aussi extrême, si le nombre des insectes était constant, et s'il n'existait pas encore de concurrents mieux adaptés dans la région, je ne vois pas de difficultés à l'idée qu'une race d'ours soit rendue, par la sélection naturelle, plus aquatique dans sa structure et ses habitudes, avec une bouche de plus en plus grande, jusqu'à ce qu'une créature aussi monstrueuse qu'une baleine soit produite.

Comme nous voyons quelquefois des individus avoir des habitudes différentes de celles propres à leur espèce et aux autres espèces du même genre, il semblerait que ces individus dussent accidentellement devenir le point de départ de nouvelles espèces, ayant des habitudes anormales, et dont la conformation s'écarterait plus ou moins de celle de la souche type. La nature offre des cas semblables. Peut-on citer un cas plus frappant d'adaptation que celui de la conformation du pic pour grimper aux troncs d'arbres, et pour saisir les insectes dans les fentes

de l'écorce ? Il y a cependant dans l'Amérique septentrionale des pics qui se nourrissent presque exclusivement de
fruits, et d'autres qui, grâce à leurs ailes allongées,
peuvent chasser les insectes au vol. Dans les plaines de
la Plata, où il ne pousse pas un seul arbre, on trouve une
espèce de pic qui, dans toutes les parties essentielles de
sa structure, et même dans sa coloration, le son rauque
de sa voix, son vol ondulé, démontrait clairement sa
proche parenté avec notre pic commun ; c'est pourtant
un pic qui ne grimpe jamais aux arbres !

Le pétrel est un des oiseaux de mer les plus aériens
que l'on connaisse ; cependant, dans les baies tranquilles
de la Terre de Feu, on pourrait certainement prendre le
Puffinuria Berardi pour un grèbe ou un pingouin, à voir
ses habitudes générales, sa facilité extraordinaire pour
plonger, sa manière de nager et de voler, quand on peut
le décider à le faire ; cependant cet oiseau est essentiellement un pétrel, mais plusieurs parties de son organisation ont été profondément modifiées. Les observations
les plus minutieuses, faites sur le cadavre d'un cincle
(merle d'eau), ne laisseraient jamais soupçonner ses habitudes aquatiques ; cependant, cet oiseau, qui appartient
à la famille des merles, ne trouve sa subsistance qu'en
plongeant, il se sert de ses ailes sous l'eau et saisit avec
ses pattes les pierres du fond.

Ceux qui croient que chaque être a été créé tel qu'il
est aujourd'hui doivent ressentir parfois un certain étonnement quand ils rencontrent un animal ayant des habitudes et une conformation qui ne concordent pas. Les
pieds palmés de l'oie et du canard sont clairement
conformés pour la nage. Il y a cependant dans les régions
élevées des oies aux pieds palmés, qui n'approchent
jamais de l'eau ; personne à part Audubon n'a vu la frégate, dont les quatre doigts sont palmés, se poser sur la
surface de l'Océan. D'autre part, les grèbes et les
foulques, oiseaux éminemment aquatiques, n'ont en fait
de palmures qu'une légère membrane bordant les doigts.

Ne semble-t-il pas évident que les longs doigts dépourvus de membranes des grallatores sont faits pour marcher dans les marais et sur les végétaux flottants ? La poule d'eau et le râle des genêts appartiennent à cet ordre ; cependant le premier de ces oiseaux est presque aussi aquatique que la foulque, et le second presque aussi terrestre que la caille ou la perdrix. Dans ces cas, et l'on pourrait en citer beaucoup d'autres, les habitudes ont changé sans que la structure se soit modifiée de façon correspondante. On pourrait dire que le pied palmé de l'oie des hautes régions est devenu presque rudimentaire quant à ses fonctions, mais non pas quant à sa structure. Chez la frégate, une forte échancrure de la membrane interdigitale indique un commencement de changement dans la conformation.

Celui qui croit à des actes nombreux et séparés de création peut dire que, dans les cas de cette nature, il a plu au Créateur de remplacer un individu appartenant à un type par un autre appartenant à un autre type, ce qui me paraît être l'énoncé du même fait sous une forme recherchée. Celui qui, au contraire, croit à la lutte pour l'existence et au principe de la sélection naturelle reconnaît que chaque être organisé essaie constamment de se multiplier en nombre ; il sait, en outre, que si un être varie si peu que ce soit dans ses habitudes et dans sa conformation, et obtient ainsi un avantage sur quelque autre habitant de la même localité, il s'empare de la place de ce dernier, quelque différente qu'elle puisse être de celle qu'il occupe lui-même. Aussi n'éprouve-t-il aucune surprise en voyant des oies et des frégates aux pieds palmés, bien que ces oiseaux habitent la terre et qu'ils ne se posent que rarement sur l'eau ; des râles de genêts à doigts allongés vivant dans les prés au lieu de vivre dans les marais ; des pics habitant des lieux dépourvus de tout arbre ; des grives plongeuses et des pétrels ayant les mœurs des pingouins.

ORGANES TRÈS PARFAITS ET TRÈS COMPLEXES

Il semble absurde au possible, je le reconnais, de supposer que la sélection naturelle ait pu former l'œil avec toutes les inimitables dispositions qui permettent d'ajuster le foyer à diverses distances, d'admettre une quantité variable de lumière et de corriger les aberrations sphériques et chromatiques. La raison nous dit que si, comme cela est certainement le cas, on peut démontrer qu'il existe de nombreuses gradations entre un œil simple et imparfait et un œil complexe et parfait, chacune de ces gradations étant avantageuse à l'être qui la possède ; que si, en outre, l'œil varie quelquefois et que ces variations sont transmissibles par hérédité, ce qui est également le cas ; que si, enfin, ces variations sont utiles à un animal dans les conditions changeantes de son existence, la difficulté d'admettre qu'un œil complexe et parfait a pu être produit par la sélection naturelle, bien qu'insurmontable pour notre imagination, n'attaque en rien notre théorie. Nous n'avons pas plus à nous occuper de savoir comment un nerf a pu devenir sensible à l'action de la lumière que nous n'avons à nous occuper de rechercher l'origine de la vie elle-même ; mais je ferai remarquer que plusieurs faits me font penser que n'importe quel nerf sensible peut être rendu sensible à la lumière, et de même à ces vibrations plus grossières de l'air qui produisent le son.

C'est exclusivement dans la ligne directe de ses ascendants que nous devons rechercher les gradations qui ont amené les perfectionnements d'un organe chez une espèce quelconque. Mais cela n'est presque jamais possible, et nous sommes forcés de nous adresser aux autres espèces et aux autres genres du même groupe, c'est-à-dire aux descendants collatéraux de la même souche, afin de voir quelles sont les gradations possibles dans les cas où, par hasard, quelques-unes de ces gradations se seraient transmises avec peu de modifications. Chez les vertébrés vivants, nous ne trouvons que peu de gradations dans la structure de l'œil, et les espèces fossiles ne nous renseignent pas du tout. Il faudrait probablement descendre sous la couche fossilifère la plus basse que l'on connaît pour découvrir les premières étapes du perfectionnement de l'œil.

Chez les articulés, nous trouvons, comme point de départ, un nerf optique simplement recouvert d'un pigment, sans aucun autre mécanisme ; à partir de là, on peut montrer qu'il existe de nombreuses gradations de structure, divergeant selon deux lignes différentes, jusqu'à un degré modérément élevé de perfection. Chez certains crustacés, par exemple, il y a une double cornée, l'intérieure étant divisée en facettes dans lesquelles se trouve une protubérance en forme de lentille. Chez d'autres articulés, les cônes transparents recouverts de pigment, et qui n'ont d'action qu'en éliminant les pinceaux latéraux de lumière, sont convexes dans leurs extrémités supérieures et doivent agir par convergence ; leurs extrémités inférieures semblent être formées d'une substance vitreuse imparfaite. Si l'on réfléchit à tous ces faits, trop peu détaillés ici, relatifs à l'immense variété de conformation qu'on remarque dans les yeux des crustacés ; si l'on se rappelle combien les formes actuellement vivantes sont peu nombreuses en comparaison de celles qui sont éteintes, il n'est plus aussi difficile d'admettre que la sélection naturelle ait pu transformer un appareil simple, consistant en un nerf optique recouvert d'un pigment et surmonté d'une membrane transparente, en un instrument optique aussi parfait que celui possédé par quelque membre que ce soit de la classe des articulés.

Quiconque admet ce point ne peut hésiter à faire un pas de plus, et s'il trouve, après avoir lu ce volume, que la théorie de la descendance, avec les modifications qu'apporte la sélection naturelle, explique un grand nombre de faits autrement inexplicables, il doit admettre que la sélection naturelle a pu produire une conformation aussi parfaite que l'œil d'un aigle, bien que, dans ce cas, nous ne connaissions pas les divers états de transition. Il faut que la raison l'emporte sur l'imagination ; or, j'ai trop bien senti moi-même combien cela est difficile, pour être étonné que d'autres hésitent à étendre aussi loin le principe de la sélection naturelle.

La comparaison entre l'œil et le télescope se présente naturellement à l'esprit. Nous savons que ce dernier instrument a été perfectionné par les efforts continus et prolongés des plus hautes intelligences humaines, et nous en concluons naturellement que l'œil a dû se former par un procédé analogue. Mais cette conclusion n'est-elle pas présomptueuse ? Avons-nous le droit de supposer que le Créateur met en jeu des forces intelligentes analogues à celles de l'homme ? Si nous voulons comparer l'œil à un instrument optique, nous devons imaginer une couche épaisse d'un tissu transparent, en contact avec un nerf sensible à la lumière ; nous devons supposer ensuite que les différentes parties de cette couche changent constamment et lentement de densité, de façon à se séparer en zones, ayant une épaisseur et une densité différentes, inégalement distantes entre elles et changeant graduellement de forme à la surface. Nous devons supposer, en outre, qu'une force est constamment à l'affût de toutes les légères modifications affectant les couches transparentes, pour conserver toutes celles qui, dans diverses circonstances, dans tous les sens et à tous les degrés, tendent à permettre la formation d'une image plus distincte. Nous devons supposer que chaque nouvel état de l'instrument se multiplie par millions, pour se conserver jusqu'à ce qu'il s'en produise un meilleur qui remplace et annule les précédents. Dans les corps vivants, la variation cause les modifications légères, la reproduction les multiplie presque à l'infini, et la sélection naturelle s'empare de chaque amélioration avec une sûreté infaillible. Admettons, enfin, que cette marche se continue pendant des millions d'années et s'applique pendant chacune à des millions d'individus ; ne pouvons-nous pas admettre alors qu'il ait pu se former ainsi un instrument optique vivant, aussi supérieur à un appareil de verre que les œuvres du Créateur sont supérieures à celles de l'homme ?

Si l'on arrivait à démontrer qu'il existe un organe complexe qui n'ait pas pu se former par une série de nombreuses modifications graduelles et légères, ma théorie ne pourrait certes plus se défendre. Mais je ne peux trouver aucun cas semblable. Sans doute, il existe beaucoup d'organes dont nous ne connaissons pas les transitions successives, surtout si nous examinons les espèces très isolées qui, selon ma théorie, ont été exposées à une grande extinction. Ou bien, encore, si nous prenons un organe commun à tous les membres d'une même classe, car, dans ce dernier cas, cet organe a dû surgir à une époque reculée depuis laquelle les nombreux membres de cette classe se sont développés ; or, pour découvrir les premières transitions qu'a subies cet organe, il nous faudrait examiner des formes très anciennes et depuis longtemps éteintes.

Nous ne devons conclure à l'impossibilité de la production d'un organe par une série graduelle de transitions d'une nature quelconque qu'avec une extrême circonspection. On pourrait citer, chez les animaux inférieurs, de nombreux exemples d'un même organe remplissant à la fois des fonctions absolument distinctes. Ainsi, chez la larve de la libellule et chez la loche (*Cobitis*) le canal digestif respire, digère et excrète. L'hydre peut être tournée du dedans au dehors, et alors sa surface extérieure digère et l'estomac respire. Dans des cas semblables, la sélection naturelle pourrait, s'il devait en résulter quelque avantage, spécialiser pour une seule fonction tout ou partie d'un organe qui jusque-là aurait rempli deux fonctions, et modifier aussi considérablement sa nature par des degrés insensibles.

Deux organes distincts, ou le même organe sous deux formes différentes, peuvent accomplir simultanément la même fonction chez un même individu, ce qui constitue un mode fort important de transition. Prenons un exemple : il y a des poissons qui respirent par leurs branchies l'air dissous dans l'eau, et qui peuvent, en même temps, absorber l'air libre par leur vessie natatoire, ce dernier organe étant partagé en divisions fortement vasculaires et muni d'un canal pneumatique pour l'introduction de l'air. Dans des cas semblables l'un des deux organes pourrait facilement se modifier et se perfectionner de façon à accomplir la fonction à lui tout seul ; puis, l'autre organe, après avoir aidé le premier dans le cours de son perfectionnement, pourrait, à son tour, se modifier pour remplir une fonction distincte, ou s'atrophier complètement.

L'exemple de la vessie natatoire chez les poissons est excellent, en ce sens qu'il nous démontre clairement le fait important qu'un organe primitivement construit dans un but distinct, c'est-à-dire pour faire flotter l'animal, peut se convertir en un organe ayant une fonction très différente, c'est-à-dire la respiration. La vessie natatoire fonctionne aussi, chez certains poissons, comme un accessoire de l'organe de l'ouïe. Tous les physiologistes admettent que, par sa position et par sa conformation, la vessie natatoire est homologue ou idéalement semblable aux poumons des vertébrés supérieurs ; on est donc parfaitement fondé à admettre que la vessie natatoire a été réellement convertie en poumon, c'est-à-dire en un organe exclusivement destiné à la respiration.

On peut conclure de ce qui précède que tous les vertébrés pourvus de poumons descendent par génération ordinaire de quelque ancien prototype inconnu, qui possédait un appareil flotteur ou, autrement dit, une vessie natatoire. Nous pouvons ainsi, et c'est une conclusion que je tire de l'intéressante description qu'Owen a faite de ces parties, comprendre le fait étrange que tout ce que nous buvons et que tout ce que nous mangeons doit passer devant l'orifice de la trachée, au risque de tomber dans les poumons, malgré l'appareil remarquable qui permet la fermeture de la glotte. Chez les vertébrés supérieurs, les branchies ont complètement disparu ; cependant, chez l'embryon, les fentes latérales du cou et la sorte de boutonnière faite par les artères en indiquent encore la position primitive. Mais on peut concevoir que la sélection naturelle ait pu adapter les branchies, actuellement tout à fait disparues, à quelques fonctions toutes différentes. De la même manière que, selon certains naturalistes, les branchies et les écailles dorsales des annélides sont homologues aux ailes et élytres des insectes, il est probable que les organes qui servaient autrefois à la respiration se trouvent transformés en organes servant au vol.

Il est si important d'avoir bien présente à l'esprit la probabilité de la transformation d'une fonction en une autre, quand on considère les transitions des organes, que je citerai un autre exemple. On remarque chez les cirripèdes pédonculés deux replis membraneux, que j'ai appelés *freins ovigères* et qui, à l'aide d'une sécrétion visqueuse, servent à retenir les œufs dans le sac jusqu'à ce qu'ils soient éclos. Les cirripèdes n'ont pas de branchies, toute la surface du corps, du sac et des freins servent à la respiration. Les *cirripèdes sessiles* ou balanidés, d'autre part, ne possèdent pas les freins ovigères, les œufs restant libres au fond du sac dans la coquille bien close ; mais, dans une position correspondant à celle qu'occupent les freins, ils ont des branchies très étendues et repliées. Or, je crois qu'on ne peut contester que les freins ovigères chez une famille sont strictement homologues avec les branchies d'une autre famille, car on remarque toutes les gradations entre les deux appareils. Il n'y a donc pas lieu de douter que les deux petits replis membraneux qui primitivement servaient de freins ovigères, tout en aidant quelque peu à la respiration, ont été graduellement transformés en branchies par la sélection naturelle, par une simple augmentation de grosseur et par l'atrophie des glandes glutinifères. Si tous les cirripèdes pédonculés qui ont éprouvé une extinction bien plus considérable que les cirripèdes sessiles avaient complètement disparu, qui aurait pu jamais s'imaginer que les branchies de cette dernière famille étaient primitivement des organes destinés à empêcher que les œufs fussent entraînés hors du sac ?

Bien que nous ne devions admettre qu'avec une extrême circonspection l'impossibilité de la formation d'un organe par une série de transitions insensibles, il se présente cependant quelques cas sérieusement difficiles, dont certains seront discutés dans un ouvrage ultérieur.

Un des plus sérieux est celui des insectes neutres, dont la conformation est souvent toute différente de celle des mâles ou des femelles fécondes ; je traiterai ce sujet dans le prochain chapitre. Les organes électriques des poissons offrent encore de grandes difficultés, car il est impossible de concevoir par quelles phases successives ces appareils merveilleux ont pu se développer. Mais, comme Owen et d'autres l'ont remarqué, leur structure profonde ressemble étroitement à celle du muscle commun, et nous savons depuis peu que la raie possède un organe fort proche d'un organe électrique, mais qui ne décharge pas, comme l'a observé Matteuchi, d'électricité, et nous devons admettre que nous sommes bien trop ignorants pour affirmer qu'aucune transition d'aucune sorte n'est possible.

Une difficulté bien plus sérieuse encore semble nous arrêter quand il s'agit de ces organes ; ils se trouvent, en effet, chez une douzaine d'espèces de poissons, dont plusieurs sont fort éloignés par leurs affinités. Quand un même organe se rencontre chez plusieurs individus d'une même classe, surtout chez les individus ayant des habitudes de vie très différentes, nous pouvons ordinairement

attribuer cet organe à un ancêtre commun qui l'a transmis par hérédité à ses descendants ; nous pouvons, en
outre, attribuer son absence, chez quelques individus de
la même classe, à une disparition provenant du non-
usage ou de l'action de la sélection naturelle. Mais, si les
organes électriques provenaient par hérédité de quelque
ancêtre reculé, nous aurions pu nous attendre à ce que
tous les poissons électriques fussent tout particulièrement alliés les uns aux autres ; mais tel n'est certainement
pas le cas. La géologie, en outre, ne nous permet pas de
penser que la plupart des poissons ont possédé autrefois
des organes électriques que leurs descendants modifiés
ont aujourd'hui perdus. Les organes lumineux qui se rencontrent chez quelques insectes appartenant à des
familles très différentes et qui sont situés dans diverses
parties du corps, offrent, dans notre état d'ignorance
actuelle, une difficulté absolument égale à celle des
organes électriques. On pourrait citer d'autres cas analogues : chez les plantes, par exemple, la disposition
curieuse au moyen de laquelle une masse de pollen portée
sur un pédoncule avec une glande adhésive est évidemment la même chez les orchidées et chez les asclépias,
– genres aussi éloignés que possible parmi les plantes à
fleurs ; – mais, ici encore, les parties ne sont pas homologues. Dans tous les cas où des êtres, très éloignés les
uns des autres dans l'échelle de l'organisation, sont pourvus d'organes particuliers et analogues, on remarque que,
bien que l'aspect général et la fonction de ces organes
puissent être les mêmes, on peut cependant toujours discerner entre eux quelques différences fondamentales. De
même que deux hommes ont parfois, indépendamment
l'un de l'autre, fait la même invention, de même aussi il
semble que, dans les cas précités, la sélection naturelle,
agissant pour le bien de chaque être et profitant de toutes
les variations favorables, a produit des organes analogues, tout au moins en ce qui concerne la fonction,
chez des êtres organisés distincts qui ne doivent rien de

l'analogie de conformation que l'on remarque chez eux à l'héritage d'un ancêtre commun.

Bien que, dans beaucoup de cas, il soit très difficile de faire même la moindre conjecture sur les transitions successives qui ont amené les organes à leur état actuel, je suis cependant étonné, en songeant combien est minime la proportion entre les formes vivantes et connues et celles qui sont éteintes et inconnues, qu'il soit si rare de rencontrer un organe dont on ne puisse indiquer quelques états de transition. C'est même ce que démontre ce vieil axiome de l'histoire naturelle : *Natura non facit saltum*. La plupart des naturalistes expérimentés admettent la vérité de cet adage ; ou, pour employer les expressions de Milne-Edwards, la nature est prodigue des variétés, mais avare d'innovations. Pourquoi, dans l'hypothèse de la création, y aurait-il tant de variétés et si peu de nouveautés réelles ? Pourquoi toutes les parties, tous les organes de tant d'êtres indépendants, créés, suppose-t-on, séparément pour occuper une place séparée dans la nature, seraient-ils si ordinairement reliés les uns aux autres par une série de gradations ? Pourquoi la nature n'aurait-elle pas passé soudainement d'une conformation à une autre ? La théorie de la sélection naturelle nous fait comprendre clairement pourquoi il n'en est point ainsi ; la sélection naturelle, en effet, n'agit qu'en profitant de légères variations successives, elle ne peut donc jamais faire de sauts brusques et considérables, elle ne peut avancer que par degrés insignifiants, lents et sûrs.

Organes peu importants en apparence

La sélection naturelle agissant par la vie et la mort – par la préservation des individus pourvus d'une variation favorable et par la destruction de ceux qui sont pourvus d'une déviation de structure défavorable –, j'ai éprouvé quelquefois de grandes difficultés à m'expliquer l'origine ou la formation de parties peu importantes ; les difficultés sont aussi grandes, dans ce cas, que lorsqu'il s'agit des organes les plus parfaits et les plus complexes, tels que l'œil, mais elles sont d'une nature différente.

En premier lieu, notre ignorance est trop grande relativement à l'ensemble de l'économie organique d'un être quelconque, pour que nous puissions dire quelles sont les modifications importantes et quelles sont les modifications insignifiantes. Dans un chapitre précédent, j'ai indiqué quelques caractères insignifiants, tels que le duvet des fruits ou la couleur de la chair, la couleur de la peau et des poils des quadrupèdes, sur lesquels, en raison de leur rapport avec des différences constitutionnelles, ou en raison de ce qu'ils déterminent les attaques de certains insectes, la sélection naturelle a certainement pu exercer une action. La queue de la girafe ressemble à un chasse-mouches artificiel ; il paraît donc d'abord incroyable que cet organe ait pu être adapté à son usage actuel par une série de légères modifications qui l'auraient mieux approprié à un but aussi insignifiant que celui de chasser les mouches. Nous devons réfléchir, cependant, avant de rien affirmer de trop positif même dans ce cas, car nous savons que l'existence et la distribution du bétail et d'autres animaux dans l'Amérique méridionale dépendent absolument de leur aptitude à résister aux attaques des insectes ; de sorte que les individus qui ont les moyens de se défendre contre ces petits ennemis peuvent occuper de nouveaux pâturages et s'assurer ainsi de grands avantages. Ce n'est pas que, à de rares exceptions près, les gros mammifères puissent être réellement détruits par les mouches, mais ils sont tellement harassés et affaiblis par leurs attaques incessantes, qu'ils sont plus exposés aux maladies et moins en état de se procurer leur nourriture en temps de disette, ou d'échapper aux bêtes féroces.

Des organes aujourd'hui insignifiants ont probablement eu, dans quelques cas, une haute importance pour un ancêtre reculé. Après s'être lentement perfectionnés à quelque période antérieure, ces organes se sont transmis aux espèces existantes à peu près dans le même état, bien qu'ils leur servent fort peu aujourd'hui ; mais il va sans dire que la sélection naturelle aurait arrêté toute déviation désavantageuse de leur conformation. On pourrait peut-être expliquer la présence habituelle de la queue et les nombreux usages auxquels sert cet organe chez tant d'animaux terrestres dont les poumons ou vessies natatoires modifiés trahissent l'origine aquatique, par le rôle important que joue la queue, comme organe de locomotion, chez tous les animaux aquatiques. Une queue bien développée s'étant formée chez un animal aquatique peut ensuite s'être modifiée pour divers usages, comme chasse-mouches, comme organe de préhension, comme moyen de se retourner, chez le chien par exemple, bien que, sous ce dernier rapport, l'importance de la queue doive être très minime, puisque le lièvre, qui n'a presque pas de queue, se retourne encore plus vivement que le chien.

En second lieu, nous pouvons facilement nous tromper en attribuant de l'importance à certains caractères et en croyant qu'ils sont dus à l'action de la sélection naturelle. Nous ne devons pas oublier que le climat, la nourriture, etc., ont une légère influence directe sur l'organisation ; que des caractères réapparaissent conformément à la loi de réversion ; que les lois de corrélation auront eu une très grande influence en modifiant diverses structures ; et, enfin, que la sélection sexuelle aura souvent modifié les caractères extérieurs des animaux dotés de volonté, pour conférer à un mâle un avantage dans la lutte contre les autres mâles ou pour charmer les femelles. De plus, lorsqu'une modification de structure se produit à l'origine grâce à ces causes ou à d'autres inconnues, il est possible qu'elle n'ait offert au début aucun avantage à l'espèce, mais que ses descendants en aient profité par la suite sous de nouvelles conditions de vie et avec des habitudes nouvellement acquises.

Donnons quelques exemples pour illustrer ces remarques. S'il n'y avait que des pics verts et que nous ne sachions pas qu'il y a beaucoup d'espèces de pics de couleur noire et pie, nous aurions probablement pensé que la couleur verte du pic est une admirable adaptation, destinée à dissimuler à ses ennemis cet oiseau si éminemment forestier. Nous aurions, par conséquent, attaché beaucoup d'importance à ce caractère, et nous l'aurions attribué à la sélection naturelle ; or, cette couleur est probablement due à la sélection sexuelle. Un palmier grimpant de l'archipel malais s'élève le long des arbres les plus élevés à l'aide de crochets admirablement construits et disposés à l'extrémité de ses branches. Cet appareil rend sans doute les plus grands services à cette plante ; mais, comme nous pouvons remarquer des crochets presque semblables sur beaucoup d'arbres qui ne sont pas grimpeurs, et que ces crochets, s'il faut en juger par la distribution des espèces épineuses de l'Afrique et de l'Amérique méridionale, doivent servir de défense aux arbres contre les animaux, de même les crochets du palmier peuvent avoir été dans l'origine développés dans ce but défensif, pour se perfectionner ensuite et être utilisés par la plante quand elle a subi de nouvelles modifications et qu'elle est devenue un grimpeur. On considère ordinairement la peau nue qui recouvre la tête du vautour comme une adaptation directe qui lui permet de fouiller incessamment dans les chairs en putréfaction ; le fait est possible, mais cette dénudation pourrait être due aussi à l'action directe de la matière putride. Il faut, d'ailleurs, ne s'avancer sur ce terrain qu'avec une extrême prudence, car on sait que le dindon mâle a la tête dénudée, et que sa nourriture est toute différente. On a soutenu que les sutures du crâne, chez les jeunes mammifères, sont d'admirables adaptations qui viennent en aide à la parturition ; il n'est pas douteux qu'elles ne facilitent cet acte, si même elles ne sont pas indispensables. Mais, comme les sutures existent aussi sur le crâne des jeunes oiseaux et des jeunes reptiles qui n'ont qu'à sortir d'un œuf brisé, nous pouvons en conclure que cette conformation est une conséquence des lois de la croissance, et qu'elle a été ensuite utilisée dans la parturition des animaux supérieurs.

Notre ignorance est profonde relativement aux causes des variations légères ou des différences individuelles ; rien ne saurait mieux nous le faire comprendre que les différences qui existent entre les races de nos animaux domestiques dans différents pays, et, plus particulièrement, dans les pays peu civilisés où il n'y a eu que peu de sélection méthodique. Quelques observateurs sont convaincus que l'humidité du climat affecte la croissance des poils et qu'il existe un rapport entre les poils et les cornes. Les races des montagnes diffèrent toujours des races des plaines ; une région montagneuse doit probablement exercer une certaine influence sur les membres postérieurs en ce qu'ils ont un travail plus rude à accomplir, et peut-être même aussi sur la forme du bassin ; conséquemment, en vertu de la loi des variations homologues, les membres antérieurs et la tête doivent probablement être affectés aussi. La forme du bassin pourrait aussi affecter, par la pression, la forme de quelques parties du jeune animal dans le sein de sa mère. L'influence des hautes régions sur la respiration tend, comme nous avons bonne raison de le croire, à augmenter la capacité de la poitrine et à déterminer, par corrélation, d'autres changements. Les animaux élevés par les sauvages dans différents pays doivent souvent lutter pour leur propre subsistance, et seraient dans une certaine mesure soumis à la sélection naturelle ; les individus disposant de constitutions légèrement différentes prospéreraient mieux sous différents climats, et il y a de bonnes raisons de croire que la constitution et la couleur sont corrélées. Un bon observateur affirme également que, chez le bétail, la sensibilité aux attaques des mouches est corrélée à la couleur, ainsi que la sensibilité à l'empoisonnement par certaines plantes : la couleur serait ainsi soumise à l'action de la sélection naturelle. Mais, nous sommes bien trop ignorants pour pouvoir discuter l'importance relative des causes connues ou inconnues de la variation ; j'ai donc fait les remarques qui précèdent uniquement pour démontrer que, s'il nous est impossible de nous rendre compte des différences caractéristiques de nos races domestiques, bien qu'on admette généralement que ces races descendent directement d'une même souche ou d'un très petit nombre de souches, nous ne devrions pas trop insister sur notre ignorance quant aux causes précises des légères différences analogues qui existent entre les vraies espèces. J'aurais pu ajouter à ce propos les différences entre les races d'homme, qui sont fortement marquées ; j'ajouterai que l'on peut apparemment jeter une certaine lumière sur l'origine de ces différences par une sorte de sélection sexuelle particulière, mais si je n'entrais pas dans de nombreux détails mon raisonnement paraîtrait peu sérieux.

Les remarques précédentes m'amènent à dire quelques mots sur la protestation qu'ont faite récemment quelques naturalistes contre la doctrine utilitaire, d'après laquelle chaque détail de conformation a été produit pour le bien de son possesseur. Ils soutiennent que beaucoup de conformations ont été créées par pur amour de la beauté, pour charmer les yeux de l'homme ou par pur amour de la variété. Si ces doctrines étaient fondées, elles seraient absolument fatales à ma théorie. J'admets complètement que beaucoup de conformations n'ont plus aujourd'hui d'utilité absolue pour leur possesseur. Les conditions physiques ont probablement eu un petit effet sur la structure, tout à fait indépendamment des avantages ainsi acquis. Les lois de corrélation ont sans aucun doute joué un rôle très important, et une modification utile d'une partie a souvent entraîné dans d'autres parties des changements diversifiés sans utilité directe. Et des caractères qui autrefois étaient utiles, ou bien qui autrefois étaient apparus grâce aux lois de corrélation, peuvent resurgir grâce à la loi de réversion, bien qu'ils n'aient pas d'utilité directe. Les effets de la sélection sexuelle, lorsqu'elle agit en charmant les femelles par la beauté, ne peuvent être considérés comme utiles qu'en forçant les mots. Mais, et c'est là une considération encore plus importante, la plus grande partie de l'organisme de chaque créature vivante lui est transmise par hérédité ; en conséquence, bien que certainement chaque individu soit parfaitement approprié à la place qu'il occupe dans la nature, beaucoup de conformations n'ont plus aujourd'hui de rapport bien direct et bien intime avec ses nouvelles conditions d'existence. Ainsi, il est difficile de croire que les pieds palmés de l'oie habitant les régions élevées, ou que ceux de la frégate, aient une utilité bien spéciale pour ces oiseaux ; nous ne pouvons croire que les os similaires qui se trouvent dans le bras du singe, dans la jambe antérieure du cheval, dans l'aile de la chauve-souris et dans la palette du phoque aient une utilité spéciale pour ces animaux. Nous pouvons donc, en toute sûreté, attribuer ces conformations à l'hérédité. Mais, sans aucun doute, des pieds palmés ont été aussi utiles à l'ancêtre de l'oie terrestre et de la frégate qu'ils le sont aujourd'hui à la plupart des oiseaux aquatiques. Nous pouvons croire aussi que l'ancêtre du phoque n'avait pas une palette, mais un pied à cinq doigts, propre à saisir ou à marcher ; nous pouvons peut-être croire, en outre, que les divers os qui entrent dans la constitution des membres du singe, du cheval et de la chauve-souris, qui ont été hérités d'un ancêtre commun, étaient autrefois plus directement utiles à cet ou ces ancêtres qu'ils ne le sont à ces animaux ayant des habitudes si largement diversifiées. Nous pouvons donc en déduire que ces divers os ont pu être acquis par la sélection naturelle, soumise, autrefois comme maintenant, aux diverses lois d'hérédité, de réversion, de corrélation, etc. Ainsi chaque détail de structure de toute créature vivante (en faisant une petite part à l'action directe des conditions physiques) peut être considéré, soit comme ayant eu une utilité particulière pour une forme ancestrale, soit comme ayant maintenant une utilité particulière pour les descendants de cette forme, et cela directement ou indirectement, selon les lois complexes de la croissance.

La sélection naturelle ne peut, en aucune façon, produire des modifications chez une espèce dans le but exclusif d'assurer un avantage à une autre espèce, bien que, dans la nature, une espèce cherche incessamment à tirer avantage ou à profiter de la conformation des autres. Mais la sélection naturelle peut souvent produire – et nous avons de nombreuses preuves qu'elle le fait – des conformations directement préjudiciables à d'autres animaux, telles que les crochets de la vipère et l'oviposteur de l'ichneumon, qui lui permet de déposer ses œufs dans le corps d'autres insectes vivants. Si l'on parvenait à prouver qu'une partie quelconque de la conformation d'une espèce donnée a été formée dans le but exclusif de procurer certains avantages à une autre espèce, ce serait la ruine de ma théorie ; ces parties, en effet, n'auraient pas pu être produites par la sélection naturelle. Or, bien que dans les ouvrages sur l'histoire naturelle on cite de nombreux exemples à cet effet, je n'ai pu en trouver un seul qui me semble avoir quelque valeur. On admet que le serpent à sonnettes est armé de crochets venimeux pour sa propre défense et pour détruire sa proie ; mais quelques auteurs supposent en même temps que ce serpent est pourvu d'un appareil sonore qui, en avertissant sa proie, lui cause un préjudice. Je croirais tout aussi volontiers que le chat recourbe l'extrémité de sa queue, quand il se prépare à s'élancer, dans le seul but d'avertir la souris qu'il convoite. Mais je n'ai pas le temps de développer cet exemple ni d'en fournir d'autres.

La sélection naturelle ne peut déterminer chez un individu une conformation qui lui serait plus nuisible qu'utile, car elle ne peut agir que par et pour son bien. Comme Paley l'a fait remarquer, aucun organe ne se forme dans le but de causer une douleur ou de porter un préjudice à son possesseur. Si l'on établit équitablement la balance du bien et du mal causés par chaque partie, on s'apercevra qu'en somme chacune d'elles est avantageuse. Si, dans le cours des temps, dans des conditions d'existence nouvelles, une partie quelconque devient nuisible, elle se modifie ; s'il n'en est pas ainsi, l'être s'éteint, comme tant de millions d'autres êtres se sont éteints avant lui.

La sélection naturelle tend seulement à rendre chaque être organisé aussi parfait, ou un peu plus parfait, que les autres habitants du même pays avec lesquels il se trouve en concurrence. C'est là, sans contredit, le comble de la perfection qui peut se produire à l'état de nature. Les productions indigènes de la Nouvelle-Zélande, par exemple, sont parfaites si on les compare les unes aux autres, mais elles cèdent aujourd'hui le terrain et disparaissent rapidement devant les légions envahissantes de plantes et d'animaux importés d'Europe. La sélection naturelle ne produit pas la perfection absolue ; autant que nous en pouvons juger, d'ailleurs, ce n'est pas à l'état de nature que nous rencontrons jamais ces hauts degrés. La correction pour l'aberration de la lumière n'est pas parfaite, même dans le plus parfait de tous les organes, l'œil humain. Si notre raison nous pousse à admirer avec enthousiasme une foule de dispositions inimitables de la nature, cette même raison nous dit, bien que nous puissions facilement nous tromper dans les deux cas, que certaines autres dispositions sont moins parfaites. Pouvons-nous, par exemple, considérer comme parfait l'aiguillon de l'abeille, qu'elle ne peut, sous peine de

perdre ses viscères, retirer de la blessure qu'elle a faite
à certains ennemis, parce que cet aiguillon est barbelé,
disposition qui cause inévitablement la mort de l'insecte ?

Si nous considérons l'aiguillon de l'abeille comme
ayant existé chez quelque ancêtre reculé à l'état d'instrument perforant et dentelé, comme on en rencontre chez
tant de membres du même ordre d'insectes ; que, depuis,
cet instrument se soit modifié sans se perfectionner pour
remplir son but actuel, et que le venin, qu'il sécrète, primitivement adapté à quelque autre usage, tel que la production de galles, ait aussi augmenté de puissance, nous
pouvons peut-être comprendre comment il se fait que
l'emploi de l'aiguillon cause si souvent la mort de
l'insecte. En effet, si l'aptitude à piquer est utile à la communauté, elle réunit tous les éléments nécessaires pour
donner prise à la sélection naturelle, bien qu'elle puisse
causer la mort de quelques-uns de ses membres. Nous
admirons l'étonnante puissance d'odorat qui permet aux
mâles d'un grand nombre d'insectes de trouver leur
femelle, mais pouvons-nous admirer chez les abeilles la
production de tant de milliers de mâles qui, à l'exception
d'un seul, sont complètement inutiles à la communauté
et qui finissent par être massacrés par leurs sœurs indus-
trieuses et stériles ? Quelque répugnance que nous ayons
à le faire, nous devrions admirer la sauvage haine instinctive qui pousse la reine abeille à détruire, dès leur naissance, les jeunes reines, ses filles, ou à périr elle-même
dans le combat ; il n'est pas douteux, en effet, qu'elle
n'agisse pour le bien de la communauté et que, devant
l'inexorable principe de la sélection naturelle, peu
importe l'amour ou la haine maternelle, bien que ce dernier sentiment soit heureusement excessivement rare.
Nous admirons les combinaisons si diverses, si ingénieuses, qui assurent la fécondation des orchidées et de
beaucoup d'autres plantes par l'entremise des insectes ;
mais pouvons-nous considérer comme également parfaite la production, chez nos pins, d'épaisses nuées de

pollen, de façon que quelques grains seulement puissent tomber par hasard sur les ovules ?

Résumé

Nous avons consacré ce chapitre à la discussion de quelques-unes des difficultés que présente notre théorie et des objections qu'on peut soulever contre elle. Beaucoup d'entre elles sont sérieuses, mais je crois qu'en les discutant nous avons projeté quelque lumière sur certains faits que la théorie des créations indépendantes laisse dans l'obscurité la plus profonde. Nous avons vu que, pendant une période donnée, les espèces ne sont pas infiniment variables, et qu'elles ne sont pas reliées les unes aux autres par une foule de gradations intermédiaires ; en partie, parce que la marche de la sélection naturelle est toujours lente et que, pendant un temps donné, elle n'agit que sur quelques formes ; en partie, parce que la sélection naturelle implique nécessairement l'élimination constante et l'extinction des formes intermédiaires antérieures. Les espèces très voisines, habitant aujourd'hui une surface continue, ont dû souvent se former alors que cette surface n'était pas continue et que les conditions extérieures de l'existence ne se confondaient pas insensiblement dans toutes ses parties. Quand deux variétés surgissent dans deux districts d'une surface continue, il se forme souvent une variété intermédiaire adaptée à une zone intermédiaire ; mais, en vertu de causes que nous avons indiquées, la variété intermédiaire est ordinairement moins nombreuse que les deux formes qu'elle relie ; en conséquence, ces deux dernières, dans le cours de nouvelles modifications favorisées par le nombre considérable d'individus qu'elles contiennent, ont de grands avantages sur la variété intermédiaire moins nombreuse et réussissent ordinairement à l'éliminer et à l'exterminer.

Nous avons vu, dans ce chapitre, qu'il faut apporter la plus grande prudence avant de conclure à l'impossibilité d'un changement graduel des habitudes d'existence les plus différentes ; avant de conclure, par exemple, que la sélection naturelle n'a pas pu transformer en chauve-souris un animal qui, primitivement, n'était apte qu'à planer en glissant dans l'air.

Nous avons vu qu'une espèce peut changer ses habi-tudes si elle est placée dans de nouvelles conditions d'existence, ou qu'elle peut avoir des habitudes diverses, quelquefois très différentes de celles de ses plus proches congénères. Si nous avons soin de nous rappeler que chaque être organisé s'efforce de vivre partout où il peut, nous pouvons comprendre, en vertu du principe que nous venons d'exprimer, comment il se fait qu'il y ait des oies terrestres à pieds palmés, des pics ne vivant pas sur les arbres, des merles qui plongent dans l'eau et des pétrels ayant les habitudes des pingouins.

La pensée que la sélection naturelle a pu former un organe aussi parfait que l'œil paraît de nature à faire reculer le plus hardi ; il n'y a, cependant, aucune impossi-bilité logique à ce que la sélection naturelle, étant don-nées des conditions de vie différentes, ait amené à un degré de perfection considérable un organe, quel qu'il soit, qui a passé par une longue série de complications toutes avantageuses à leur possesseur. Dans les cas où nous ne connaissons pas d'états intermédiaires ou de transition, il ne faut pas conclure trop promptement qu'ils n'ont jamais existé, car les métamorphoses de beaucoup d'organes prouvent quels changements éton-nants de fonction sont tout au moins possibles. Par exemple, il est probable qu'une vessie natatoire s'est transformée en poumons. Un même organe, qui a simul-tanément rempli des fonctions très diverses, puis qui s'est spécialisé en tout ou en partie pour une seule fonction, ou deux organes distincts ayant en même temps rempli une même fonction, l'un s'étant amélioré tandis que l'autre lui venait en aide, sont des circonstances qui ont dû souvent faciliter la transition.

Dans bien des cas, nous sommes trop ignorants pour pouvoir affirmer qu'une partie ou qu'un organe a assez peu d'importance pour la prospérité d'une espèce, pour que la sélection naturelle n'ait pas pu, par de lentes accumulations, apporter des modifications dans sa structure. Mais il est certain que de nombreuses modifications, entièrement dues aux lois de croissance, et n'offrant de prime abord aucun avantage à une espèce, ont été plus tard mises à profit par les descendants modifiés de cette espèce. Nous pouvons croire aussi qu'une partie ayant eu autrefois une haute importance s'est souvent conservée ; la queue, par exemple, d'un animal aquatique existe encore chez ses descendants terrestres, bien que cette partie ait actuellement une importance si minime, que, dans son état actuel, elle ne pourrait pas être produite par la sélection naturelle, pouvoir qui n'agit que par la préservation des variations profitables dans la lutte pour la vie.

La sélection naturelle ne peut rien produire chez une espèce, dans un but exclusivement avantageux ou nuisible à une autre espèce, bien qu'elle puisse amener la production de parties, d'organes ou d'excrétions très utiles et même indispensables, ou très nuisibles à d'autres espèces ; mais, dans tous les cas, ces productions sont en même temps avantageuses pour l'individu qui les possède. Dans un pays bien peuplé, la sélection naturelle agissant principalement par la concurrence des habitants ne peut déterminer leur degré de perfection, ou force dans la lutte pour la vie, que relativement aux types du pays. Aussi, les habitants d'une région plus petite disparaissent généralement devant ceux d'une région plus grande. Dans cette dernière, en effet, il y a plus d'individus ayant des formes diverses, la concurrence est plus active et, par conséquent, le type de perfection est plus

élevé. La sélection naturelle ne produit pas nécessairement la perfection absolue, état que, autant que nous en
pouvons juger, on ne peut s'attendre à trouver nulle part.

La théorie de la sélection naturelle nous permet de
comprendre clairement la valeur complète du vieil
axiome : *Natura non facit saltum.* Cet axiome, en tant
qu'appliqué seulement aux habitants actuels du globe,
n'est pas rigoureusement exact, mais il devient strictement vrai lorsque l'on considère l'ensemble de tous les
êtres organisés connus ou inconnus de tous les temps.

On admet généralement que la formation de tous les
êtres organisés repose sur deux grandes lois : l'unité de
type et les conditions d'existence. On entend par unité de
type cette concordance fondamentale qui caractérise la
conformation de tous les êtres organisés d'une même
classe et qui est tout à fait indépendante de leurs habitudes et de leur mode de vie. Dans ma théorie, l'unité de
type s'explique par l'unité de descendance. Les conditions d'existence, point sur lequel l'illustre Cuvier a si
souvent insisté, font partie du principe de la sélection
naturelle. Celle-ci, en effet, agit, soit en adaptant actuellement les parties variables de chaque être à ses conditions
vitales organiques ou inorganiques, soit en les ayant
adaptées à ces conditions pendant les longues périodes
écoulées. Ces adaptations ont été, dans certains cas, provoquées par l'augmentation de l'usage ou du non-usage
des parties, ou légèrement affectées par l'action directe
des milieux, et, dans tous les cas, ont été subordonnées
aux diverses lois de la croissance. Par conséquent, la loi
des conditions d'existence est de fait la loi supérieure,
puisqu'elle comprend, par l'hérédité des adaptations
antérieures, celle de l'unité de type.

Chapitre VII

INSTINCT

Les instincts peuvent se comparer aux habitudes, mais ils ont une origine différente. – Gradation des instincts. – Fourmis et pucerons. – Variabilité des instincts. – Instincts domestiques ; leur origine. – Instincts naturels du coucou, de l'autruche et des abeilles parasites. – Fourmis esclavagistes. – L'abeille domestique ; son instinct constructeur. – Difficultés de la théorie de la sélection naturelle appliquée aux instincts. – Insectes neutres ou stériles. – Résumé.

J'aurais pu traiter de l'instinct dans les chapitres précédents, mais j'ai pensé qu'il était plus pratique de traiter ce sujet séparément, en particulier parce que l'exemple d'un instinct aussi merveilleux que celui de l'abeille qui fabrique sa ruche a dû venir à l'esprit de nombreux lecteurs comme une difficulté suffisante pour réfuter toute ma théorie. Je commence par constater que je n'ai pas plus l'intention de rechercher l'origine des facultés mentales que celles de la vie. Nous n'avons, en effet, à nous occuper que des diversités de l'instinct et des autres facultés mentales chez les animaux de la même classe.

Je n'essayerai pas de définir l'instinct. Il serait aisé de démontrer qu'on comprend ordinairement sous ce terme plusieurs actes intellectuels distincts ; mais chacun sait ce que l'on entend lorsque l'on dit que c'est l'instinct qui pousse le coucou à émigrer et à déposer ses œufs dans les nids d'autres oiseaux. On regarde ordinairement comme instinctif un acte accompli par un animal, surtout lorsqu'il est jeune et sans expérience, ou un acte accompli par beaucoup d'individus, de la même manière, sans qu'ils sachent en prévoir le but, alors que nous ne pourrions accomplir ce même acte qu'à l'aide de la réflexion et de la pratique. Mais je pourrais démontrer qu'aucun de ces caractères de l'instinct n'est universel, et que, selon l'expression de Pierre Huber, on peut constater fréquemment, même chez les êtres peu élevés dans l'échelle de la nature, l'intervention d'une certaine dose de jugement ou de raison.

Frédéric Cuvier, et plusieurs des anciens métaphysiciens, ont comparé l'instinct à l'habitude, comparaison qui, à mon avis, donne une notion exacte de l'état mental qui préside à l'exécution d'un acte instinctif, mais qui n'indique rien quant à son origine. Combien d'actes habituels n'exécutons-nous pas d'une façon inconsciente, souvent même contrairement à notre volonté ? La volonté ou la raison peut cependant modifier ces actes. Les habitudes s'associent facilement avec d'autres, ainsi qu'avec certaines heures et avec certains états du corps ; une fois acquises, elles restent souvent constantes toute la vie. On pourrait encore signaler d'autres ressemblances entre les habitudes et l'instinct. De même que l'on récite sans y penser une chanson connue, de même une action instinctive en suit une autre comme par une sorte de rythme ; si l'on interrompt quelqu'un qui chante ou qui récite quelque chose par cœur, il lui faut ordinairement revenir en arrière pour reprendre le fil habituel de la pensée. Pierre Huber a observé le même fait chez une chenille qui construit un hamac très compliqué ; lorsqu'une chenille a conduit son hamac jusqu'au sixième stade de la construction, et qu'on la place dans un hamac construit seulement jusqu'au troisième stade, elle achève simplement les quatrième, cinquième et sixième stades de la construction. Mais si on enlève la chenille à un hamac achevé jusqu'au troisième stade, par exemple, et qu'on la place dans un autre achevé jusqu'au sixième, de manière que la plus grande partie de son travail soit déjà faite, au lieu d'en tirer parti, elle semble embarrassée, et, pour l'achever, paraît obligée de repartir du troisième stade où elle en était restée, et elle s'efforce ainsi de compléter un ouvrage déjà fait.

Si nous supposons qu'un acte habituel devienne héréditaire, – ce qui est souvent le cas – la ressemblance de ce qui était primitivement une habitude avec ce qui est actuellement un instinct est telle qu'on ne saurait les distinguer l'un de l'autre. Si Mozart, au lieu de jouer du clavecin à l'âge de trois ans avec fort peu de pratique, avait joué un air sans avoir pratiqué du tout, on aurait pu dire qu'il jouait réellement par instinct. Mais ce serait une grave erreur de croire que la plupart des instincts ont été acquis par habitude dans une génération, et transmis ensuite par hérédité aux générations suivantes. On peut clairement démontrer que les instincts les plus étonnants que nous connaissions, ceux de l'abeille et ceux de beaucoup de fourmis, par exemple, ne peuvent pas avoir été acquis par l'habitude.

Chacun admettra que les instincts sont, en ce qui concerne le bien-être de chaque espèce dans ses conditions actuelles d'existence, aussi importants que la conformation physique. Or, il est tout au moins possible que, dans des milieux différents, de légères modifications de l'instinct puissent être avantageuses à une espèce. Il en résulte que, si l'on peut démontrer que les instincts varient si peu que ce soit, il n'y a aucune difficulté à admettre que la sélection naturelle puisse conserver et accumuler constamment les variations de l'instinct, aussi longtemps qu'elles sont profitables aux individus. Telle est, selon moi, l'origine des instincts les plus merveilleux et les plus compliqués. Il a dû en être des instincts comme des modifications physiques du corps, qui, déterminées et augmentées par l'habitude et l'usage, peuvent s'amoindrir et disparaître par le défaut d'usage. Quant aux effets de l'habitude, je leur attribue, dans la plupart des cas, une importance moindre qu'à ceux de la sélection naturelle de ce que nous pourrions appeler les variations spontanées de l'instinct – c'est-à-dire des variations produites par ces mêmes causes inconnues qui déterminent de légères déviations dans la conformation physique.

La sélection naturelle ne peut produire aucun instinct complexe autrement que par l'accumulation lente et graduelle de nombreuses variations légères et cependant avantageuses. Nous devrions donc, comme pour la conformation physique, trouver dans la nature, non les degrés transitoires eux-mêmes qui ont abouti à l'instinct complexe actuel – degrés qui ne pourraient se rencontrer que chez les ancêtres directs de chaque espèce –, mais quelques vestiges de ces états transitoires dans les lignes collatérales de descendance ; tout au moins devrions-nous pouvoir démontrer la possibilité de transition de cette sorte ; or, c'est en effet ce que nous pouvons faire. C'est seulement, il ne faut pas l'oublier, en Europe et dans l'Amérique du Nord que les instincts des animaux ont été quelque peu observés ; nous n'avons, en outre, aucun renseignement sur les instincts des espèces éteintes ; j'ai donc été très étonné de voir que nous pouvions si fréquemment encore découvrir des transitions entre les instincts les plus simples et les plus compliqués. Les instincts peuvent se trouver modifiés par le fait qu'une même espèce a des instincts divers à diverses périodes de son existence, pendant différentes saisons, ou selon les conditions où elle se trouve placée, etc. ; en pareil cas, la sélection naturelle peut conserver l'un ou l'autre de ces instincts. On rencontre, en effet, dans la nature, des exemples de diversité d'instincts chez une même espèce.

En outre, de même que pour la conformation physique, et d'après ma théorie, l'instinct propre à chaque espèce est utile à cette espèce, et n'a jamais, autant que nous en pouvons juger, été donné à une espèce pour l'avantage exclusif d'autres espèces. Parmi les exemples que je connais d'un animal exécutant un acte dans le seul but apparent que cet acte profite à un autre animal, un des plus singuliers est celui des pucerons, qui cèdent volontairement aux fourmis la liqueur sucrée qu'ils excrètent. Les faits suivants prouvent que cet abandon est bien volontaire. Après avoir enlevé toutes les fourmis qui entouraient une douzaine de pucerons placés sur un plant de *Rumex*, j'empêchai pendant plusieurs heures l'accès de nouvelles fourmis. Au bout de ce temps, convaincu que les pucerons devaient avoir besoin d'excréter, je les examinai à la loupe, puis je cherchai avec un cheveu à les caresser et à les irriter comme le font les fourmis avec leurs antennes, sans qu'aucun d'eux excrétât quoi que ce soit. Je laissai alors arriver une fourmi, qui, à la précipitation de ses mouvements, semblait consciente d'avoir fait une précieuse trouvaille ; elle se mit aussitôt à palper successivement avec ses antennes l'abdomen des différents pucerons ; chacun de ceux-ci, à ce contact, soulevait immédiatement son abdomen et excrétait une goutte limpide de liqueur sucrée que la fourmi absorbait avec avidité. Les pucerons les plus jeunes se comportaient de la même manière ; l'acte était donc instinctif, et non le résultat de l'expérience. Mais, ce liquide étant très visqueux, il est probable qu'il est avantageux pour les pucerons d'en être débarrassés, et que, par conséquent, ils n'excrètent pas pour le seul avantage des fourmis. Bien que nous n'ayons aucune preuve qu'un animal exécute un acte quel qu'il soit pour le bien particulier d'un autre animal, chacun cependant s'efforce de profiter des instincts d'autrui, de même que chacun essaie de profiter de la plus faible conformation physique des autres espèces. De même encore, on ne peut pas considérer certains instincts comme absolument parfaits ; mais, de plus grands détails sur ce point et sur d'autres points analogues n'étant pas indispensables, nous ne nous en occuperons pas ici.

Un certain degré de variation dans les instincts à l'état de nature et leur transmission par hérédité sont indispensables à l'action de la sélection naturelle ; je devrais donc donner autant d'exemples que possible, mais l'espace me manque. Je dois me contenter d'affirmer que les instincts varient certainement ; ainsi, l'instinct migrateur varie quant à sa direction et à son intensité et peut même se perdre totalement. Les nids d'oiseaux varient suivant l'emplacement où ils sont construits et suivant la nature et la température du pays habité, mais le plus souvent pour des causes qui nous sont complètement inconnues. Audubon a signalé quelques cas très remarquables de différences entre les nids d'une même espèce habitant le nord et le sud des États-Unis. La crainte d'un ennemi particulier est certainement une faculté instinctive, comme on peut le voir chez les jeunes oiseaux encore dans le nid, bien que l'expérience et la vue de la même crainte chez d'autres animaux tendent à augmenter cet instinct. J'ai démontré ailleurs que les divers animaux habitant les îles désertes n'acquièrent que peu à peu la crainte de l'homme ; nous pouvons observer ce fait en Angleterre même, où tous les gros oiseaux sont beaucoup plus sauvages que les petits, parce que les premiers ont toujours été les plus persécutés. C'est là, certainement, la véritable explication de ce fait ; car, dans les îles inhabitées, les grands oiseaux ne sont pas plus craintifs que les petits ; et la pie, qui est si méfiante en Angleterre, ne l'est pas en Norvège, non plus que la corneille mantelée en Égypte.

On pourrait citer de nombreux faits prouvant que les facultés mentales des animaux de la même espèce varient beaucoup à l'état de nature. On a également des exemples d'habitudes étranges qui se présentent occasionnellement chez les animaux sauvages, et qui, si elles étaient avantageuses à l'espèce, pourraient, grâce à la sélection naturelle, donner naissance à de nouveaux instincts. Je sens combien ces affirmations générales, non appuyées par les détails des faits eux-mêmes, doivent faire peu d'impression sur l'esprit du lecteur ; je dois malheureusement me contenter de répéter que je n'avance rien dont je ne possède les preuves absolues.

L'examen rapide de quelques cas observés chez les animaux domestiques nous permettra d'établir la possibilité ou même la probabilité de la transmission par hérédité des variations de l'instinct à l'état de nature. Nous pourrons apprécier, en même temps, le rôle que l'habitude et la sélection des variations accidentelles ont joué dans les modifications qu'ont éprouvées les aptitudes mentales de nos animaux domestiques. On pourrait citer un grand nombre de cas curieux et authentiques indiquant diverses nuances de caractère et de goût, ainsi que des habitudes bizarres, en rapport avec certaines dispositions de temps ou de lieu, et devenues héréditaires. Mais examinons les différentes races de chiens. On sait que les jeunes chiens couchants tombent souvent en arrêt et appuient les autres chiens, la première fois qu'on les mène à la chasse ; j'en ai moi-même observé un exemple très frappant. La faculté de rapporter le gibier est aussi héréditaire à un certain degré, ainsi que la tendance chez le chien de berger à courir autour du troupeau et non à la rencontre des moutons. Je ne vois point en quoi ces actes, que les jeunes chiens sans expérience exécutent tous de la même manière, évidemment avec beaucoup de plaisir et sans en comprendre le but – car le jeune chien d'arrêt ne peut pas plus savoir qu'il arrête pour aider son maître, que le papillon blanc ne sait pourquoi il pond ses œufs sur une feuille de chou –, je ne vois point, dis-je, en quoi ces actes diffèrent essentiellement des vrais instincts. Si nous voyions un jeune loup, non dressé, s'arrêter et demeurer immobile comme une statue, dès qu'il évente sa proie, puis s'avancer lentement avec une démarche toute particulière ; si nous voyions une autre espèce de loup se mettre à courir autour d'un troupeau de daims, de manière à le conduire vers un point déterminé, nous considérerions, sans aucun doute, ces actes comme instinctifs. Les instincts domestiques, comme on peut les appeler, sont certainement moins stables que les instincts naturels ; ils ont subi, en effet, l'influence d'une sélection bien moins rigoureuse, ils ont été transmis pendant une période de bien plus courte durée, et dans des conditions ambiantes bien moins fixes.

Les croisements entre diverses races de chiens prouvent à quel degré les instincts, les habitudes ou le caractère acquis en domesticité sont héréditaires et quel singulier mélange en résulte. Ainsi on sait que le croisement avec un bouledogue a influencé, pendant plusieurs générations, le courage et la ténacité du lévrier ; le croisement avec un lévrier communique à toute une famille de chiens de berger la tendance à chasser le lièvre. Les instincts domestiques soumis ainsi à l'épreuve du croisement ressemblent aux instincts naturels, qui se confondent aussi d'une manière bizarre, et persistent pendant longtemps dans la ligne de descendance ; Le Roy, par exemple, parle d'un chien qui avait un loup pour bisaïeul ; on ne remarquait plus chez lui qu'une seule trace de sa sauvage parenté : il ne venait jamais en ligne droite vers son maître lorsque celui-ci l'appelait.

On a souvent dit que les instincts domestiques n'étaient que des dispositions devenues héréditaires à la suite d'habitudes imposées et longtemps soutenues ; mais cela n'est pas exact. Personne n'aurait jamais songé, et probablement personne n'y serait jamais parvenu, à apprendre à un pigeon à faire la culbute, acte que j'ai vu exécuter par de jeunes oiseaux qui n'avaient jamais aperçu un pigeon culbutant. Nous pouvons croire qu'un individu a été doué d'une tendance à prendre cette étrange habitude et que, par la sélection continue des meilleurs culbutants dans chaque génération successive, cette tendance s'est développée pour en arriver au point où elle en est aujourd'hui. Les culbutants des environs de Glasgow, à ce que m'apprend M. Brent, en sont arrivés à ne pouvoir s'élever de 18 pouces au-dessus du sol sans faire la culbute. On peut mettre en doute qu'on eût jamais songé à dresser les chiens à tomber en arrêt, si un de ces animaux n'avait pas montré naturellement une tendance à le faire ; on sait que cette tendance se présente quelquefois naturellement, et j'ai eu moi-même occasion de l'observer chez un terrier de race pure. La première tendance à l'arrêt une fois manifestée, la sélection méthodique, jointe aux effets héréditaires d'un dressage sévère dans chaque génération successive, a dû rapidement compléter l'œuvre ; la sélection inconsciente concourt d'ailleurs toujours au résultat, car, sans se préoccuper autrement de l'amélioration de la race, chacun cherche naturellement à se procurer les chiens qui chassent le mieux et qui, par conséquent, tombent le mieux en arrêt. L'habitude peut, d'autre part, avoir suffi dans quelques cas ; il est peu d'animaux plus difficiles à apprivoiser que les jeunes lapins sauvages ; aucun animal, au contraire, ne s'apprivoise plus facilement que le jeune lapin domestique ; or, comme je ne puis supposer que la facilité à apprivoiser les jeunes lapins domestiques ait jamais fait l'objet d'une sélection spéciale, il faut bien attribuer la plus grande partie de cette transformation héréditaire d'un état sauvage excessif à l'extrême opposé, à l'habitude et à une captivité prolongée.

Les instincts naturels se perdent à l'état domestique. Certaines races de poules, par exemple, ont perdu l'habitude de couver leurs œufs et refusent même de le faire. Nous sommes si familiarisés avec nos animaux domestiques que nous ne voyons pas à quel point leurs facultés mentales se sont modifiées, et cela d'une manière permanente. On ne peut douter que l'affection pour l'homme soit devenue instinctive chez le chien. Les loups, les chacals, les renards, et les diverses espèces félines, même apprivoisées, sont toujours enclins à attaquer les poules, les moutons et les porcs ; cette tendance est incurable chez les chiens qui ont été importés très jeunes de pays comme l'Australie et la Terre de Feu, où les sauvages ne possèdent aucune de ces espèces d'animaux domestiques. D'autre part, il est bien rare que nous soyons obligés d'apprendre à nos chiens, même tout jeunes, à ne pas attaquer les moutons, les porcs ou les volailles. Il n'est pas douteux que cela peut quelquefois leur arriver, mais on les corrige, et s'ils continuent, on les détruit ; de telle sorte que l'habitude ainsi qu'une certaine sélection ont concouru à civiliser nos chiens par hérédité. D'autre part, l'habitude a entièrement fait perdre aux petits poulets cette terreur du chien et du chat qui était sans aucun doute primitivement instinctive chez eux. Il en est de même des jeunes faisans élevés en Angleterre par une poule domestique. Ce n'est pas que les poulets aient perdu toute crainte, mais seulement la crainte des chiens et des chats ; car, si la poule donne le signal du danger, ils la quittent aussitôt (les jeunes dindonneaux surtout), et vont chercher un refuge dans les fourrés du voisinage ; circonstance dont le but évident est de permettre à la mère de s'envoler, comme cela se voit chez beaucoup d'oiseaux terrestres sauvages. Cet instinct, conservé par les poulets, est d'ailleurs inutile à l'état domestique, la poule ayant, par défaut d'usage, perdu presque toute aptitude au vol.

Nous pouvons conclure de là que les animaux réduits en domesticité ont perdu certains instincts naturels et en ont acquis certains autres, tant par l'habitude que par la sélection et l'accumulation qu'a faites l'homme pendant des générations successives, de diverses dispositions spéciales et mentales qui ont apparu d'abord sous l'influence de causes que, dans notre ignorance, nous appelons accidentelles. Dans quelques cas, des habitudes forcées ont seules suffi pour provoquer des modifications mentales devenues héréditaires ; dans d'autres, ces habitudes ne sont entrées pour rien dans le résultat, dû alors aux effets de la sélection, tant méthodique qu'inconsciente ; mais il est probable que, dans la plupart des cas, les deux causes ont dû agir simultanément.

C'est en étudiant quelques cas particuliers que nous parviendrons à comprendre comment, à l'état de nature, la sélection a pu modifier les instincts. Je n'en signalerai ici que trois parmi ceux que je discuterai dans un prochain ouvrage : l'instinct qui pousse le coucou à pondre ses œufs dans les nids d'autres oiseaux, l'instinct qui pousse certaines fourmis à se procurer des esclaves, et la faculté qu'a l'abeille de construire ses cellules. Tous les naturalistes s'accordent avec raison pour regarder ces deux derniers instincts comme les plus merveilleux que l'on connaisse.

Il est maintenant communément admis que la cause immédiate de l'instinct du coucou est que la femelle ne pond ses œufs qu'à des intervalles de deux ou trois jours ; de sorte que, si elle devait construire son nid et couver elle-même, ses premiers œufs resteraient quelque temps abandonnés, ou bien il y aurait dans le nid des œufs et des oiseaux de différents âges. Dans ce cas, la durée de la ponte et de l'éclosion serait trop longue, l'oiseau émigrant de bonne heure, et le mâle seul aurait probablement à pourvoir aux besoins des premiers oiseaux éclos. Mais le coucou américain se trouve dans ces conditions, car cet oiseau fait lui-même son nid, et on y rencontre en même temps des petits oiseaux et des œufs qui ne sont pas éclos. On a affirmé que le coucou américain dépose occasionnellement ses œufs dans les nids d'autres oiseaux ; mais je tiens de l'autorité du Dr Brewer qu'il s'agit là d'une erreur. Je pourrais citer aussi plusieurs cas d'oiseaux d'espèces très diverses qui déposent quelquefois leurs œufs dans les nids d'autres oiseaux. Or, supposons que l'ancêtre du coucou d'Europe ait eu les habitudes de l'espèce américaine, et qu'il ait parfois pondu un œuf dans un nid étranger. Si cette habitude a pu, soit en lui permettant d'émigrer plus tôt, soit pour toute autre cause, être avantageuse à l'oiseau adulte, ou que l'instinct trompé d'une autre espèce ait assuré au jeune coucou de meilleurs soins et une plus grande vigueur que s'il eût été élevé par sa propre mère, obligée de s'occuper à la fois de ses œufs et de petits ayant tous un âge différent, il en sera résulté un avantage tant pour l'oiseau adulte que pour le jeune. L'analogie nous conduit à croire que les petits ainsi élevés ont pu hériter de l'habitude accidentelle et anormale de leur mère, pondre à leur tour leurs œufs dans d'autres nids, et réussir ainsi à mieux élever leur progéniture. Je crois que cette habitude longtemps continuée a fini par amener l'instinct bizarre du coucou. J'ajouterai que, selon le Dr Gray et d'autres observateurs, le coucou européen n'a pas perdu tout instinct maternel et s'occupe de ses oisillons.

Différents oiseaux, comme nous l'avons déjà fait remarquer, déposent accidentellement leurs œufs dans les nids d'autres oiseaux. Cette habitude n'est pas très rare chez les gallinacés et explique l'instinct singulier qui s'observe chez l'autruche. Plusieurs autruches femelles se réunissent pour pondre d'abord dans un nid, puis dans un autre, quelques œufs qui sont ensuite couvés par les mâles. Cet instinct provient peut-être de ce que les femelles pondent un grand nombre d'œufs, mais, comme le coucou, à deux ou trois jours d'intervalle. Chez l'autruche américaine toutefois, comme chez le *Molothrus bonariensis*, l'instinct n'est pas encore arrivé à un haut degré de perfection, car l'autruche disperse ses œufs çà et là en grand nombre dans la plaine, au point que, pendant une journée de chasse, j'ai ramassé jusqu'à vingt de ces œufs perdus et gaspillés.

Il y a des abeilles parasites qui pondent régulièrement leurs œufs dans les nids d'autres abeilles. Ce cas est encore plus remarquable que celui du coucou ; car, chez ces abeilles, la conformation aussi bien que l'instinct s'est modifiée pour se mettre en rapport avec les habitudes parasites ; elles ne possèdent pas, en effet, l'appareil collecteur de pollen qui leur serait indispensable si elles avaient à récolter et à amasser des aliments pour leurs petits. Quelques espèces de sphégides (insectes qui ressemblent aux guêpes) vivent de même en parasites sur d'autres espèces. M. Fabre a récemment publié des observations qui nous autorisent à croire que, bien que le *Tachytes nigra* creuse ordinairement son propre terrier et l'emplisse d'insectes paralysés destinés à nourrir ses larves, il devient parasite toutes les fois qu'il rencontre un terrier déjà creusé et approvisionné par une autre guêpe et s'en empare. Dans ce cas, comme dans celui du coucou, je ne vois aucune difficulté à ce que la sélection naturelle puisse rendre permanente une habitude accidentelle, si elle est avantageuse pour l'espèce et s'il n'en résulte pas l'extinction de l'insecte dont on prend traîtreusement le nid et les provisions.

INSTINCT ESCLAVAGISTE DES FOURMIS

Ce remarquable instinct fut d'abord découvert chez la *Formica (polyergus) rufescens* par Pierre Huber, observateur plus habile encore que son illustre père. Ces fourmis dépendent si absolument de leurs esclaves que, sans leur aide, l'espèce s'éteindrait certainement dans l'espace d'une seule année. Les mâles et les femelles fécondes ne travaillent pas ; les ouvrières ou femelles stériles, très énergiques et très courageuses quand il s'agit de capturer des esclaves, ne font aucun autre ouvrage. Elles sont incapables de construire leurs nids ou de nourrir leurs larves. Lorsque le vieux nid se trouve insuffisant et que les fourmis doivent le quitter, ce sont les esclaves qui décident l'émigration ; elles transportent même leurs maîtres entre leurs mandibules. Ces derniers sont complètement impuissants ; Huber en enferma une trentaine sans esclaves, mais abondamment pourvus de leurs aliments de prédilection, outre des larves et des nymphes pour les stimuler au travail ; ils restèrent inactifs, et, ne pouvant même pas se nourrir eux-mêmes, la plupart périrent de faim. Huber introduisit alors au milieu d'eux une seule esclave (*Formica fusca*), qui se mit aussitôt à l'ouvrage, sauva les survivants en leur donnant des aliments, construisit quelques cellules, prit soin des larves, et mit tout en ordre. Peut-on concevoir quelque chose de plus extraordinaire que ces faits bien constatés ? Si nous ne connaissions aucune autre espèce de fourmi douée d'instincts esclavagistes, il serait inutile de spéculer sur l'origine et le perfectionnement d'un instinct aussi merveilleux.

Pierre Huber fut encore le premier à observer qu'une autre espèce, la *Formica sanguinea*, se procure aussi des esclaves. Cette espèce, qui se rencontre dans les parties méridionales de l'Angleterre, a fait l'objet des études de M. F. Smith, du British Museum, auquel je dois de nombreux renseignements sur ce sujet et sur quelques autres. Plein de confiance dans les affirmations de Huber et de M. Smith, je n'abordai toutefois l'étude de cette question qu'avec des dispositions sceptiques bien excusables, puisqu'il s'agissait de vérifier la réalité d'un instinct si étonnant et si odieux. J'entrerai donc dans quelques détails sur les observations que j'ai pu faire à cet égard. J'ai ouvert quatorze fourmilières de *Formica sanguinea* dans lesquelles j'ai toujours trouvé quelques esclaves appartenant à l'espèce *Formica fusca*. Les mâles et les femelles fécondes de cette dernière espèce ne se trouvent que dans leurs propres fourmilières, mais jamais dans celles de la *Formica sanguinea*. Les esclaves sont noires et moitié plus petites que leurs maîtres, qui sont rouges ; le contraste est donc frappant. Lorsqu'on dérange légèrement le nid, les esclaves sortent ordinairement et témoignent, ainsi que leurs maîtres, d'une vive agitation pour défendre la cité ; si la perturbation est très grande et que les larves et les nymphes soient exposées, les esclaves se mettent énergiquement à l'œuvre et aident

leurs maîtres à les emporter et à les mettre en sûreté ; il
est donc évident que les fourmis esclaves se sentent tout
à fait chez elles. Pendant trois années successives, en juin
et en juillet, j'ai observé, pendant des heures entières, plusieurs fourmilières dans les comtés de Surrey et de Sus-
sex, et je n'ai jamais vu une seule fourmi esclave y entrer
ou en sortir. Comme, à cette époque, les esclaves sont
très peu nombreuses, je pensai qu'il pouvait en être autrement lorsqu'elles sont plus abondantes ; mais M. Smith,
qui a observé ces fourmilières à différentes heures pendant les mois de mai, juin et août, dans les comtés de
Surrey et de Hampshire, m'affirme que, même en août,
alors que le nombre des esclaves est très considérable, il
n'en a jamais vu une seule entrer ou sortir du nid. Il
les considère donc comme des esclaves rigoureusement
domestiques. D'autre part, on voit les maîtres apporter
constamment à la fourmilière des matériaux de construction, et des provisions de toute espèce. Cette année, au
mois de juillet, je découvris cependant une communauté
possédant un nombre inusité d'esclaves, et j'en remarquai
quelques-unes qui quittaient le nid en compagnie de leurs
maîtres pour se diriger avec eux vers un grand pin écos-
sais, éloigné de 25 mètres environ, dont ils firent tous
l'ascension, probablement en quête de pucerons ou de
coccus. D'après Huber, qui a eu de nombreuses occasions
de les observer en Suisse, les esclaves travaillent habituellement avec les maîtres à la construction de la fourmilière, mais ce sont elles qui, le matin, ouvrent les portes
et qui les ferment le soir ; il affirme que leur principale
fonction est de chercher des pucerons. Cette différence
dans les habitudes ordinaires des maîtres et des esclaves
dans les deux pays provient probablement de ce qu'en
Suisse les esclaves sont capturées en plus grand nombre
qu'en Angleterre.

J'eus un jour la bonne fortune d'assister à une migration de la *Formica sanguinea* d'un nid dans un autre ;
c'était un spectacle des plus intéressants que de voir les

fourmis maîtresses porter avec le plus grand soin leurs esclaves entre leurs mandibules, au lieu de se faire porter par elles comme dans le cas de la *Formica rufescens*. Un autre jour, la présence dans le même endroit d'une ving-taine de fourmis esclavagistes qui n'étaient évidemment pas en quête d'aliments attira mon attention. Elles s'approchèrent d'une colonie indépendante de l'espèce qui fournit les esclaves *Formica fusca*, et furent vigoureu-sement repoussées par ces dernières, qui se crampon-naient quelquefois jusqu'à trois aux pattes des assaillants. Les *Formica sanguinea* tuaient sans pitié leurs petits adversaires et emportaient leurs cadavres dans leur nid, qui se trouvait à une trentaine de mètres de distance ; mais elles ne purent pas s'emparer de nymphes pour en faire des esclaves. Je déterrai alors, dans une autre four-milière, quelques nymphes de la *Formica fusca*, que je plaçai sur le sol près du lieu du combat ; elles furent aus-sitôt saisies et enlevées par les assaillants, qui se figu-rèrent probablement avoir remporté la victoire dans le dernier engagement.

Je plaçai en même temps, sur le même point, quelques nymphes d'une autre espèce, la *Formica flava*, avec quelques parcelles de leur nid, auxquelles étaient restées attachées quelques-unes de ces petites fourmis jaunes qui sont quelquefois, bien que rarement, d'après M. Smith, réduites en esclavage. Quoique fort petite, cette espèce est très courageuse, et je l'ai vue attaquer d'autres fourmis avec une grande bravoure. Ayant une fois, à ma grande surprise, trouvé une colonie indépendante de *Formica flava*, à l'abri d'une pierre placée sous une fourmilière de *Formica sanguinea*, espèce esclavagiste, je dérangeai accidentellement les deux nids ; les deux espèces se trou-vèrent en présence et je vis les petites fourmis se précipi-ter avec un courage étonnant sur leurs grosses voisines. Or, j'étais curieux de savoir si les *Formica sanguinea* dis-tingueraient les nymphes de la *Formica fusca*, qui est l'espèce dont elles font habituellement leurs esclaves, de celles de la petite et féroce *Formica flava*, qu'elles ne prennent que rarement ; je pus constater qu'elles les reconnurent immédiatement. Nous avons vu, en effet, qu'elles s'étaient précipitées sur les nymphes de la *Formica fusca* pour les enlever aussitôt, tandis qu'elles parurent terrifiées en rencontrant les nymphes et même la terre provenant du nid de la *Formica flava*, et s'empressèrent de se sauver. Cependant, au bout d'un quart d'heure, quand les petites fourmis jaunes eurent toutes disparu, les autres reprirent courage et revinrent chercher les nymphes.

Un soir que j'examinais une autre colonie de *Formica sanguinea*, je vis un grand nombre d'individus de cette espèce qui regagnaient leur nid, portant des cadavres de *Formica fusca* (preuve que ce n'était pas une migration) et une quantité de nymphes. J'observai une longue file de fourmis chargées de butin, aboutissant à 40 mètres en arrière à une grosse touffe de bruyères d'où je vis sortir une dernière *Formica sanguinea*, portant une nymphe. Je ne pus pas retrouver, sous l'épaisse bruyère, le nid dévasté ; il devait cependant être tout près, car je vis deux ou trois *Formica fusca* extrêmement agitées, une surtout qui, penchée immobile sur un brin de bruyère, tenant entre ses mandibules une nymphe de son espèce, semblait l'image du désespoir gémissant sur son domicile ravagé.

Tels sont les faits, qui, du reste, n'exigeaient aucune confirmation de ma part, sur ce remarquable instinct qu'ont les fourmis de réduire leurs congénères en esclavage. Le contraste entre les habitudes instinctives de la *Formica sanguinea* et celles de la *Formica rufescens* du continent est à remarquer. Cette dernière ne bâtit pas son nid, ne décide même pas ses migrations, ne cherche ses aliments ni pour elle, ni pour ses petits, et ne peut pas même se nourrir ; elle est absolument sous la dépendance de ses nombreuses esclaves. La *Formica sanguinea*, d'autre part, a beaucoup moins d'esclaves, et, au commencement de l'été, elle en a fort peu ; ce sont les maîtres qui décident du moment et du lieu où un nouveau nid devra être construit, et, lorsqu'ils émigrent, ce sont eux qui portent les esclaves. Tant en Suisse qu'en Angleterre, les esclaves paraissent exclusivement chargées de l'entretien des larves ; les maîtres seuls entreprennent les expéditions pour se procurer des esclaves. En Suisse, esclaves et maîtres travaillent ensemble, tant pour se procurer les matériaux du nid que pour l'édifier ; les uns et les autres, mais surtout les esclaves, vont à la recherche des pucerons pour les traire, si l'on peut employer cette expression, et tous recueillent ainsi les aliments nécessaires à la communauté. En Angleterre, les maîtres seuls quittent le nid pour se procurer les matériaux de construction et les aliments indispensables à eux, à leurs esclaves et à leurs larves ; les services que leur rendent leurs esclaves sont donc moins importants dans ce pays qu'ils ne le sont en Suisse.

Je ne prétends point faire de conjectures sur l'origine de cet instinct de la *Formica sanguinea*. Mais, ainsi que je l'ai observé, les fourmis non esclavagistes emportent quelquefois dans leur nid des nymphes d'autres espèces disséminées dans le voisinage, et il est possible que ces nymphes, emmagasinées dans le principe pour servir d'aliments, aient pu se développer ; il est possible aussi que ces fourmis étrangères élevées sans intention, obéissant à leurs instincts, aient rempli les fonctions dont elles étaient capables. Si leur présence s'est trouvée être utile à l'espèce qui les avait capturées – s'il est devenu plus avantageux pour celle-ci de se procurer des ouvrières audehors plutôt que de les procréer –, la sélection naturelle a pu développer l'habitude de recueillir des nymphes primitivement destinées à servir de nourriture, et l'avoir rendue permanente dans le but bien différent d'en faire des esclaves. Un tel instinct une fois acquis, fût-ce même à un degré bien moins prononcé qu'il ne l'est chez la *Formica sanguinea* en Angleterre – à laquelle, comme nous l'avons vu, les esclaves rendent beaucoup moins de services qu'elles n'en rendent à la même espèce en Suisse –, la sélection naturelle a pu accroître et modifier cet instinct, à condition, toutefois, que chaque modification ait été avantageuse à l'espèce, et produire enfin une fourmi aussi complètement placée sous la dépendance de ses esclaves que l'est la *Formica rufescens*.

INSTINCT DE LA CONSTRUCTION DES CELLULES CHEZ L'ABEILLE DOMESTIQUE

Je n'ai pas l'intention d'entrer ici dans des détails très circonstanciés, je me contenterai de résumer les conclusions auxquelles j'ai été conduit sur ce sujet. Qui peut examiner cette délicate construction du rayon de cire, si parfaitement adapté à son but, sans éprouver un sentiment d'admiration enthousiaste ? Les mathématiciens nous apprennent que les abeilles ont pratiquement résolu un problème des plus abstraits, celui de donner à leurs cellules, en se servant d'une quantité minima de leur précieux élément de construction, la cire, précisément la forme capable de contenir le plus grand volume de miel. Un habile ouvrier, pourvu d'outils spéciaux, aurait beaucoup de peine à construire des cellules en cire identiques à celles qu'exécutent une foule d'abeilles travaillant dans une ruche obscure. Qu'on leur accorde tous les instincts qu'on voudra, il semble incompréhensible que les abeilles puissent tracer les angles et les plans nécessaires et se rendre compte de l'exactitude de leur travail. La difficulté n'est cependant pas aussi énorme qu'elle peut le paraître au premier abord, et l'on peut, je crois, démontrer que ce magnifique ouvrage est le simple résultat d'un petit nombre d'instincts très simples.

C'est à M. Waterhouse que je dois d'avoir étudié ce sujet ; il a démontré que la forme de la cellule est intimement liée à la présence des cellules contiguës ; on peut, je crois, considérer les idées qui suivent comme une simple modification de sa théorie. Examinons le grand principe des transitions graduelles, et voyons si la nature ne nous révèle pas le procédé qu'elle emploie. À l'extrémité d'une série peu étendue, nous trouvons les bourdons, qui se servent de leurs vieux cocons pour y déposer leur miel, en y ajoutant parfois des tubes courts en cire, substance avec laquelle ils façonnent également quelquefois des cellules séparées, très irrégulièrement arrondies. À l'autre extrémité de la série, nous avons les cellules de l'abeille, construites sur deux rangs ; chacune de ces cellules, comme on sait, a la forme d'un prisme hexagonal avec les bases de ses six côtés taillés en biseau de manière à s'ajuster sur une pyramide renversée formée par trois rhombes. Ces rhombes présentent certains angles déterminés et trois des faces, qui forment la base pyramidale de chaque cellule située sur un des côtés du rayon de miel, font également partie des bases de trois cellules contiguës appartenant au côté opposé du rayon. Entre les cellules si parfaites de l'abeille, et la cellule éminemment simple du bourdon, on trouve, comme degré intermédiaire, les cellules de la *Melipona domestica* du Mexique, qui ont été soigneusement figurées et décrites par Pierre Huber. La mélipone forme elle-même un degré intermédiaire entre l'abeille et le bourdon, mais elle est plus rapprochée de ce dernier. Elle construit un rayon de cire presque régulier, composé de cellules cylindriques, dans lesquelles se fait l'incubation des petits, et elle y joint quelques grandes cellules de cire, destinées à recevoir du miel. Ces dernières sont presque sphériques, de grandeur à peu près égale et agrégées en une masse irrégulière. Mais le point essentiel à noter est que ces cellules sont toujours placées à une distance telle les unes des autres, qu'elles se seraient entrecoupées mutuellement si les sphères qu'elles constituent étaient complètes, ce qui n'a jamais lieu, l'insecte construisant des cloisons de cire parfaitement droites et planes sur les lignes où les sphères achevées tendraient à s'entrecouper. Chaque cellule est donc extérieurement composée d'une portion sphérique et, intérieurement, de deux, trois ou plus de surfaces planes, suivant que la cellule est elle-même contiguë à deux, trois ou plusieurs cellules. Lorsqu'une cellule repose sur trois autres, ce qui, vu l'égalité de leurs dimensions, arrive souvent et même nécessairement, les trois surfaces planes sont réunies en une pyramide qui, ainsi que l'a remarqué Huber, semble être une grossière imitation des bases pyramidales à trois faces de la cellule de l'abeille. Comme dans celle-ci, les trois surfaces planes de la cellule font donc nécessairement partie de la construction de trois cellules adjacentes. Il est évident que, par ce mode de construction, la mélipone économise de la cire, et, ce qui est plus important, du travail ; car les parois planes qui séparent deux cellules adjacentes ne sont pas doubles, mais ont la même épaisseur que les portions sphériques externes, tout en faisant partie de deux cellules à la fois.

En réfléchissant sur ces faits, je remarquai que si la mélipone avait établi ses sphères à une distance égale les unes des autres, que si elle les avait construites d'égale grandeur et ensuite disposées symétriquement sur deux couches, il en serait résulté une construction probablement aussi parfaite que le rayon de l'abeille. J'écrivis donc à Cambridge, au professeur Miller, pour lui soumettre le document suivant, fait d'après ses renseignements, et qu'il a trouvé rigoureusement exact :

Si l'on décrit un nombre de sphères égales, ayant leur centre placé dans deux plans parallèles, et que le centre de chacune de ces sphères soit à une distance égale au rayon $\times \sqrt{2}$ ou rayon $\times 1,414\,21$ (ou à une distance un peu moindre) et à semblable distance des centres des sphères adjacentes placées dans le plan opposé et parallèle ; si, alors, on fait passer des plans d'intersection entre les diverses sphères des deux plans, il en résultera une double

couche de prismes hexagonaux réunis par des bases pyramidales à trois rhombes, et les rhombes et les côtés des
prismes hexagonaux auront identiquement les mêmes
angles que les observations les plus minutieuses ont donnés pour les cellules des abeilles.

Nous pouvons donc conclure en toute sécurité que, si
les instincts que la mélipone possède déjà, qui ne sont
pas très extraordinaires, étaient susceptibles de légères
modifications, cet insecte pourrait construire des cellules
aussi parfaites que celles de l'abeille. Il suffit de supposer
que la mélipone puisse faire des cellules tout à fait sphériques et de grandeur égale ; or, cela ne serait pas très
étonnant, car elle y arrive presque déjà ; nous savons,
d'ailleurs, qu'un grand nombre d'insectes parviennent à
forer dans le bois des trous parfaitement cylindriques, ce
qu'ils font probablement en tournant autour d'un point
fixe. Il faudrait, il est vrai, supposer encore qu'elle dispo-
sât ses cellules dans des plans parallèles, comme elle le
fait déjà pour ses cellules cylindriques, et, en outre, c'est
là le plus difficile, qu'elle pût estimer exactement la distance à laquelle elle doit se tenir de ses compagnes
lorsqu'elles travaillent plusieurs ensemble à construire
leurs sphères ; mais, sur ce point encore, la mélipone est
déjà à même d'apprécier la distance dans une certaine
mesure, puisqu'elle décrit toujours ses sphères de manière
qu'elles coupent jusqu'à un certain point les sphères
voisines, et qu'elle réunit ensuite les points d'intersection
par des cloisons parfaitement planes. Nous devons en
outre supposer, mais ce n'est pas une difficulté, qu'après
la formation de prismes hexagonaux par l'intersection
des sphères voisines d'une même couche, elle peut pro-
longer l'hexagone des dimensions nécessaires pour contenir le miel, de la même manière que le grossier bourdon
ajoute des cylindres de cire aux bouches circulaires de
ses vieux cocons. Grâce à de semblables modifications
d'instincts, qui n'ont en eux-mêmes rien de plus étonnant
que celui qui guide l'oiseau dans la construction de son

nid, la sélection naturelle a, selon moi, produit chez l'abeille domestique d'inimitables facultés architecturales.

Cette théorie, d'ailleurs, peut être soumise au contrôle de l'expérience. Suivant en cela l'exemple de M. Teget-meier, j'ai séparé deux rayons en plaçant entre eux une longue et épaisse bande rectangulaire de cire, dans laquelle les abeilles commencèrent aussitôt à creuser de petites excavations circulaires, qu'elles approfondirent et élargirent de plus en plus jusqu'à ce qu'elles eussent pris la forme de petits bassins ayant le diamètre ordinaire des cellules et présentant à l'œil un parfait segment sphérique. J'observai avec un vif intérêt que, partout où plusieurs abeilles avaient commencé à creuser ces excavations près les unes des autres, elles s'étaient placées à la distance voulue pour que, les bassins ayant acquis le diamètre utile, c'est-à-dire celui d'une cellule ordinaire, et en profondeur le sixième du diamètre de la sphère dont ils formaient un segment, leurs bords se rencontrassent. Dès que le travail en était arrivé à ce point, les abeilles cessaient de creuser, et commençaient à élever, sur les lignes d'intersection séparant les excavations, des cloisons de cire parfaitement planes, de sorte que chaque prisme hexagonal s'élevait sur le bord ondulé d'un bassin aplani, au lieu d'être construit sur les arêtes droites des faces d'une pyramide trièdre comme dans les cellules ordinaires.

J'introduisis alors dans la ruche, au lieu d'une bande de cire rectangulaire et épaisse, une lame étroite et mince de la même substance colorée avec du vermillon. Les abeilles commencèrent comme auparavant à excaver immédiatement des petits bassins rapprochés les uns des autres ; mais, la lame de cire étant fort mince, si les cavités avaient été creusées à la même profondeur que dans l'expérience précédente, elles se seraient confondues en une seule et la plaque de cire aurait été perforée de part en part. Les abeilles, pour éviter cet accident, arrêtèrent à temps leur travail d'excavation ; de sorte que, dès que

les cavités furent un peu indiquées, le fond consistait en
une surface plane formée d'une couche mince de cire
colorée et ces bases planes étaient, autant que l'œil pourrait en juger, exactement placées dans le plan fictif
d'intersection imaginaire passant entre les cavités situées
du côté opposé de la plaque de cire. En quelques
endroits, des fragments plus ou moins considérables de
rhombes avaient été laissés entre les cavités opposées ;
mais le travail, vu l'état artificiel des conditions, n'avait
pas été bien exécuté. Les abeilles avaient dû travailler
toutes à peu près avec la même vitesse, pour avoir rongé
circulairement les cavités des deux côtés de la lame de
cire colorée, et pour avoir ainsi réussi à conserver des
cloisons planes entre les excavations en arrêtant leur travail aux plans d'intersection.

La cire mince étant très flexible, je ne vois aucune difficulté à ce que les abeilles, travaillant des deux côtés d'une
lame, s'aperçoivent aisément du moment où elles ont
amené la paroi au degré d'épaisseur voulu, et arrêtent à
temps leur travail. Dans les rayons ordinaires, il m'a semblé que les abeilles ne réussissent pas toujours à travailler
avec la même vitesse des deux côtés ; car j'ai observé, à
la base d'une cellule nouvellement commencée, des
rhombes à moitié achevés qui étaient légèrement
concaves d'un côté et convexes de l'autre, ce qui provenait, je suppose, de ce que les abeilles avaient travaillé
plus vite dans le premier cas que dans le second. Dans
une circonstance entre autres, je replaçai les rayons dans
la ruche, pour laisser les abeilles travailler pendant
quelque temps, puis, ayant examiné de nouveau la cellule,
je trouvai que la cloison irrégulière avait été achevée et
était devenue *parfaitement plane* ; il était absolument
impossible, tant elle était mince, que les abeilles aient pu
l'aplanir en rongeant le côté convexe, et je suppose que,
dans des cas semblables, les abeilles placées à l'opposé
poussent et font céder la cire ramollie par la chaleur

jusqu'à ce qu'elle se trouve à sa vraie place, et, ce faisant, l'aplanissent tout à fait.

L'expérience précédente faite avec de la cire colorée prouve que, si les abeilles construisaient elles-mêmes une mince muraille de cire, elles pourraient donner à leurs cellules la forme convenable en se tenant à la distance voulue les unes des autres, en creusant avec la même vitesse, et en cherchant à faire des cavités sphériques égales, sans jamais permettre aux sphères de communiquer les unes avec les autres. Or, ainsi qu'on peut s'en assurer, en examinant le bord d'un rayon en voie de construction, les abeilles établissent réellement autour du rayon un mur grossier qu'elles rongent des deux côtés opposés en travaillant toujours circulairement à mesure qu'elles creusent chaque cellule. Elles ne font jamais à la fois la base pyramidale à trois faces de la cellule, mais seulement celui ou ceux de ces rhombes qui occupent l'extrême bord du rayon croissant, et elles ne complètent les bords supérieurs des rhombes que lorsque les parois hexagonales sont commencées. Quelques-unes de ces assertions diffèrent des observations faites par le célèbre Huber, mais je suis certain de leur exactitude, et, si la place me le permettait, je pourrais démontrer qu'elles n'ont rien de contradictoire avec ma théorie.

L'assertion de Huber, que la première cellule est creusée dans une petite muraille de cire à faces parallèles, n'est pas très exacte ; autant toutefois que j'ai pu le voir, le point de départ est toujours un petit capuchon de cire ; mais je n'entrerai pas ici dans tous ces détails. Nous voyons quel rôle important joue l'excavation dans la construction des cellules, mais ce serait une erreur de supposer que les abeilles ne peuvent pas élever une muraille de cire dans la situation voulue, c'est-à-dire sur le plan d'intersection entre deux sphères contiguës. Je possède plusieurs échantillons qui prouvent clairement que ce travail leur est familier. Même dans la muraille ou le rebord grossier de cire qui entoure le rayon en voie de construction, on remarque quelquefois des courbures correspondant par leur position aux faces rhomboïdales qui constituent les bases des cellules futures. Mais, dans tous les cas, la muraille grossière de cire doit, pour être achevée, être considérablement rongée des deux côtés. Le mode de construction employé par les abeilles est curieux ; elles font toujours leur première muraille de cire dix à vingt fois plus épaisse que ne le sera la paroi excessivement mince de la cellule définitive. Les abeilles travaillent comme le feraient des maçons qui, après avoir amoncelé sur un point une certaine masse de ciment, la tailleraient ensuite également des deux côtés, pour ne laisser au milieu qu'une paroi mince sur laquelle ils empileraient à mesure, soit le ciment enlevé sur les côtés, soit du ciment nouveau. Nous aurions ainsi un mur mince s'élevant peu à peu, mais toujours surmonté par un fort couronnement qui, recouvrant partout les cellules à quelque degré d'avancement qu'elles soient parvenues, permet aux abeilles de s'y cramponner et d'y ramper sans endommager les parois si délicates des cellules hexagonales, qui n'ont que quatre centièmes de pouce d'épaisseur. Par suite du mode singulier de construction que nous venons de décrire, la solidité du rayon va constamment en augmentant, tout en réalisant la plus grande économie possible de cire.

La circonstance qu'une foule d'abeilles travaillent ensemble paraît d'abord ajouter à la difficulté de comprendre le mode de construction des cellules ; chaque abeille, après avoir travaillé un moment à une cellule, passe à une autre, de sorte que, comme Huber l'a constaté, une vingtaine d'individus participent, dès le début, à la construction de la première cellule. J'ai pu rendre le fait évident en couvrant les bords des parois hexagonales d'une cellule, ou le bord extrême de la circonférence d'un rayon en voie de construction, d'une mince couche de cire colorée avec du vermillon. J'ai invariablement reconnu ensuite que la couleur avait été aussi délicatement répandue par les abeilles qu'elle aurait pu l'être au moyen d'un pinceau ; en effet, des parcelles de cire colorée, enlevées du point où elles avaient été placées, avaient été portées tout autour sur les bords croissants des cellules voisines. La construction d'un rayon semble donc être la résultante du travail de plusieurs abeilles se tenant toutes instinctivement à une même distance relative les unes des autres, toutes décrivant des sphères égales, et établissant les points d'intersection entre ces sphères, soit en les élevant directement, soit en les ménageant lorsqu'elles creusent. Dans certains cas difficiles, tels que la rencontre sous un certain angle de deux portions de rayon, rien n'est plus curieux que d'observer combien de fois les abeilles démolissent et reconstruisent une même cellule de différentes manières, revenant quelquefois à une forme qu'elles avaient d'abord rejetée.

Lorsque les abeilles peuvent travailler dans un emplacement qui leur permet de prendre la position la plus commode – par exemple une lame de bois placée sous le milieu d'un rayon s'accroissant par le bas, de manière que le rayon doive être établi sur une face de la lame –, les abeilles peuvent alors poser les bases de la muraille d'un nouvel hexagone à sa véritable place, faisant saillie au-delà des cellules déjà construites et achevées. Il suffit que les abeilles puissent se placer à la distance voulue entre elles et entre les parois des dernières cellules faites. Elles élèvent alors une paroi de cire intermédiaire sur l'intersection de deux sphères contiguës imaginaires ; mais, d'après ce que j'ai pu voir, elles ne finissent pas les angles d'une cellule en les rongeant, avant que celle-ci et les cellules qui l'avoisinent soient déjà très avancées. Cette aptitude qu'ont les abeilles d'élever, dans certains cas, une muraille grossière entre deux cellules commencées est importante en ce qu'elle se rattache à un fait qui paraît d'abord renverser la théorie précédente, à savoir, que les cellules du bord externe des rayons de la guêpe sont quelquefois rigoureusement hexagonales, mais le manque d'espace m'empêche de développer ici ce sujet.

Il ne me semble pas qu'il y ait grande difficulté à ce qu'un insecte isolé, comme l'est la femelle de la guêpe, puisse façonner des cellules hexagonales en travaillant alternativement à l'intérieur et à l'extérieur de deux ou trois cellules commencées en même temps, en se tenant toujours à la distance relative convenable des parties des cellules déjà commencées, et en décrivant des sphères ou des cylindres imaginaires entre lesquels elle élève des parois intermédiaires. Il est même concevable qu'un insecte puisse, en fixant un point par lequel commencer une cellule, puis en s'écartant, d'abord vers un autre point, puis vers cinq autres points, aux distances appropriées du point central et des cinq autres points, atteindre les parois d'intersection, et fabriquer ainsi un hexagone isolé, mais je ne crois pas que le cas a été observé, et il ne serait pas bon qu'un seul hexagone soit construit ainsi, car sa construction exigerait plus de matériaux que pour un cylindre.

La sélection naturelle n'agissant que par l'accumulation de légères modifications de conformation ou d'instinct, toutes avantageuses à l'individu par rapport à ses conditions d'existence, on peut se demander avec quelque raison comment de nombreuses modifications successives et graduelles de l'instinct constructeur, tendant toutes vers le plan de construction parfait que nous connaissons aujourd'hui, ont pu être profitables à l'abeille. La réponse me paraît facile : les cellules construites comme celles de la guêpe et de l'abeille gagnent en solidité, tout en économisant la place, le travail et les matériaux nécessaires à leur construction. En ce qui concerne la formation de la cire, on sait que les abeilles ont souvent de la peine à se procurer suffisamment de nectar, M. Tegetmeier m'apprend qu'il est expérimentalement prouvé que, pour produire 1 livre de cire, une ruche doit consommer de 12 à 15 livres de sucre ; il faut donc, pour produire la quantité de cire nécessaire à la construction de leurs rayons, que les abeilles récoltent et consomment une énorme masse du nectar liquide des fleurs. De plus, un grand nombre d'abeilles demeurent oisives plusieurs jours, pendant que la sécrétion se fait. Pour nourrir pendant l'hiver une nombreuse communauté, une grande provision de miel est indispensable, et la prospérité de la ruche dépend essentiellement de la quantité d'abeilles qu'elle peut entretenir. Une économie de cire est donc un élément de réussite important pour toute communauté d'abeilles, puisqu'elle se traduit par une économie de miel et du temps qu'il faut pour le récolter. Le succès de l'espèce dépend encore, cela va sans dire, indépendamment de ce qui est relatif à la quantité de miel en provision, de ses ennemis, de ses parasites et de causes diverses. Supposons, cependant, que la quantité de miel détermine, comme cela arrive probablement souvent, l'existence en grand nombre dans un pays d'une espèce de bourdon ; supposons encore que, la colonie passant l'hiver, une provision de miel soit indispensable à sa conservation, il n'est pas douteux qu'il serait très avantageux pour le bourdon qu'une légère modification de son instinct le poussât à rapprocher ses petites cellules de manière qu'elles s'entrecoupent, car alors une seule paroi commune pouvant servir à deux cellules adjacentes, il réaliserait une économie de travail et de cire. L'avantage augmenterait toujours si les bourdons, rapprochant et régularisant davantage leurs cellules, les agrégeaient en une seule masse, comme la mélipone ; car, alors, une partie plus considérable de la paroi bornant chaque cellule servant aux cellules voisines, il y aurait encore une économie plus considérable de travail et de cire. Pour les mêmes raisons, il serait utile à la mélipone qu'elle resserrât davantage ses cellules, et qu'elle leur donnât plus de régularité qu'elles en ont actuellement ; car, alors, les surfaces sphériques disparaissant et étant

remplacées par des surfaces planes, le rayon de la mélipone serait aussi parfait que celui de l'abeille. La sélection naturelle ne pourrait pas conduire au-delà de ce
degré de perfection architectural, car, autant que nous
pouvons en juger, le rayon de l'abeille est déjà absolument parfait sous le rapport de l'économie de la cire et
du travail.

Ainsi, à mon avis, le plus étonnant de tous les instincts
connus, celui de l'abeille domestique, peut s'expliquer par
l'action de la sélection naturelle. La sélection naturelle a
mis à profit les modifications légères, successives et nombreuses qu'ont subies des instincts d'un ordre plus
simple ; elle a ensuite amené graduellement l'abeille à
décrire plus parfaitement et plus régulièrement des
sphères placées sur deux rangs à égales distances, et à
creuser et à élever des parois planes sur les lignes d'intersection. Il va sans dire que les abeilles ne savent pas plus
qu'elles décrivent leurs sphères à une distance déterminée
les unes des autres, qu'elles ne savent ce que c'est que les
divers côtés d'un prisme hexagonal ou les rhombes de sa
base. La cause déterminante de l'action de la sélection
naturelle a été la construction de cellules solides, ayant
la forme et la capacité voulues pour contenir les larves,
réalisée avec le minimum de dépense de cire et de travail.
L'essaim particulier qui a construit les cellules les plus
parfaites avec le moindre travail et la moindre dépense
de miel transformé en cire a le mieux réussi, et a transmis
ses instincts économiques nouvellement acquis à des
essaims successifs qui, à leur tour aussi, ont eu plus de
chances en leur faveur dans la lutte pour l'existence.

On pourrait, sans aucun doute, opposer à la théorie
de la sélection naturelle un grand nombre d'instincts qu'il
est très difficile d'expliquer ; il en est, en effet, dont nous
ne pouvons comprendre l'origine ; pour d'autres, nous ne
connaissons aucun des degrés de transition par lesquels
ils ont passé ; d'autres sont si insignifiants, que c'est à

peine si la sélection naturelle a pu exercer quelque action sur eux ; d'autres, enfin, sont presque identiques chez des animaux trop éloignés les uns des autres dans l'échelle des êtres pour qu'on puisse supposer que cette similitude soit l'héritage d'un ancêtre commun, et il faut, par conséquent, les regarder comme acquis indépendamment en vertu de l'action de la sélection naturelle. Je ne puis étudier ici tous ces cas divers, je m'en tiendrai à une difficulté toute spéciale qui, au premier abord, me parut assez insurmontable pour renverser ma théorie. Je veux parler des neutres ou femelles stériles des communautés d'insectes. Ces neutres, en effet, ont souvent des instincts et une conformation tout différents de ceux des mâles et des femelles fécondes, et, cependant, vu leur stérilité, ils ne peuvent se propager.

Ce sujet mériterait d'être étudié à fond ; toutefois, je n'examinerai ici qu'un cas spécial : celui des fourmis ouvrières ou fourmis stériles. Comment expliquer la stérilité de ces ouvrières ? c'est déjà là une difficulté ; cependant cette difficulté n'est pas plus grande que celle que comportent d'autres modifications un peu considérables de conformation ; on peut, en effet, démontrer que, à l'état de nature, certains insectes et certains autres animaux articulés peuvent parfois devenir stériles. Or, si ces insectes vivaient en société, et qu'il soit avantageux pour la communauté qu'annuellement un certain nombre de ses membres naissent aptes au travail, mais incapables de procréer, il est facile de comprendre que ce résultat a pu être amené par la sélection naturelle. Laissons, toutefois, de côté ce premier point. La grande difficulté gît surtout dans les différences considérables qui existent entre la conformation des fourmis ouvrières et celle des individus sexués ; le thorax des ouvrières a une conformation différente ; elles sont dépourvues d'ailes et quelquefois elles n'ont pas d'yeux ; leur instinct est tout différent. S'il ne s'agissait que de l'instinct, l'abeille nous aurait offert l'exemple de la plus grande différence qui existe sous ce rapport entre les ouvrières et les femelles parfaites. Si la fourmi ouvrière ou les autres insectes neutres étaient des animaux ordinaires, j'aurais admis sans hésitation que tous leurs caractères se sont accumulés lentement grâce à la sélection naturelle : c'est-à-dire que des individus nés avec quelques modifications avantageuses les ont trans-mises à leurs descendants, qui, variant encore, ont été choisis à leur tour, et ainsi de suite. Mais la fourmi ouvrière est un insecte qui diffère beaucoup de ses parents et qui cependant est complètement stérile ; de sorte que la fourmi ouvrière n'a jamais pu transmettre les modifications de conformation ou d'instinct qu'elle a graduellement acquises. Or, comment est-il possible de concilier ce fait avec la théorie de la sélection naturelle ?

Rappelons-nous d'abord que de nombreux exemples empruntés aux animaux, tant à l'état domestique qu'à l'état de nature, nous prouvent qu'il y a toutes sortes de différences de conformations héréditaires en corrélation avec certains âges et avec l'un ou l'autre sexe. Il y a des différences qui sont en corrélation non seulement avec un seul sexe, mais encore avec la courte période pendant laquelle le système reproducteur est en activité ; le plu-mage nuptial de beaucoup d'oiseaux, et le crochet de la mâchoire du saumon mâle. Il y a même de légères diffé-rences, dans les cornes de diverses races de bétail, qui accompagnent un état imparfait artificiel du sexe mâle ; certains bœufs, en effet, ont les cornes plus longues que celles de bœufs appartenant à d'autres races, relativement à la longueur de ces mêmes appendices, tant chez les tau-reaux que chez les vaches appartenant aux mêmes races. Je ne vois donc pas grande difficulté à supposer qu'un caractère finit par se trouver en corrélation avec l'état de stérilité qui caractérise certains membres des communau-tés d'insectes ; la vraie difficulté est d'expliquer comment la sélection naturelle a pu accumuler de semblables modi-fications corrélatives de structure.

Insurmontable, au premier abord, cette difficulté s'amoindrit et disparaît même, si l'on se rappelle que la sélection s'applique à la famille aussi bien qu'à l'individu, et peut ainsi atteindre le but désiré. Un légume appétissant est cuit, et l'individu détruit, mais les pépiniéristes sèment des graines de la même souche, et s'attendent à voir naître à peu près la même variété. Ainsi, les éleveurs de bétail désirent que, chez leurs animaux, le gras et le maigre soient bien mélangés : l'animal qui présentait ces caractères bien développés est abattu ; mais l'éleveur continue à se procurer des individus de la même souche, et réussit. On peut si bien se fier à la sélection qu'on pourrait probablement former, à la longue, une race de bétail donnant toujours des bœufs à cornes extraordinairement longues, en observant soigneusement quels individus, taureaux et vaches, produisent, par leur accouplement, les bœufs aux cornes les plus longues, bien qu'aucun bœuf ne puisse jamais propager son espèce. Je crois qu'il en va de même chez les insectes. Nous pouvons donc conclure que de légères modifications de structure ou d'instinct, en corrélation avec la stérilité de certains membres de la colonie, se sont trouvées être avantageuses à celle-ci ; en conséquence, les mâles et les femelles fécondes ont prospéré et transmis à leur progéniture féconde la même tendance à produire des membres stériles présentant les mêmes modifications. C'est grâce à la répétition de ce même procédé que s'est peu à peu accumulée la prodigieuse différence qui existe entre les femelles stériles et les femelles fécondes de la même espèce, différence que nous remarquons chez tant d'insectes vivant en société.

Il nous reste à aborder le point le plus difficile, c'est-à-dire le fait que les neutres, chez diverses espèces de fourmis, diffèrent non seulement des mâles et des femelles fécondes, mais encore diffèrent les uns des autres, quelquefois à un degré presque incroyable, et au point de former deux ou trois castes. Ces castes ne se confondent pas les unes avec les autres, mais sont parfaitement bien définies, car elles sont aussi distinctes les unes des autres que peuvent l'être deux espèces d'un même genre, ou plutôt deux genres d'une même famille. Ainsi, chez les *Eciton*, il y a des neutres ouvriers et soldats, dont les mâchoires et les instincts diffèrent extraordinairement ; chez les *Cryptocerus*, les ouvrières d'une caste portent sur la tête un curieux bouclier, dont l'usage est tout à fait inconnu ; chez les *Myrmecocystus* du Mexique, les ouvrières d'une caste ne quittent jamais le nid ; elles sont nourries par les ouvrières d'une autre caste, et ont un abdomen énormément développé, qui sécrète une sorte de miel, suppléant à celui que fournissent les pucerons que nos fourmis européennes conservent en captivité, et qu'on pourrait regarder comme constituant pour elles un vrai bétail domestique.

On m'accusera d'avoir une confiance présomptueuse dans le principe de la sélection naturelle, car je n'admets pas que des faits aussi étonnants et aussi bien constatés doivent renverser d'emblée ma théorie. Dans le cas plus simple, c'est-à-dire là où il n'y a qu'une seule caste d'insectes neutres que, selon moi, la sélection naturelle a rendus différents des femelles et des mâles féconds, nous pouvons conclure, d'après l'analogie avec les variations ordinaires, que les modifications légères, successives et avantageuses n'ont pas surgi chez tous les neutres d'un même nid, mais chez quelques-uns seulement ; et que, grâce à la persistance des colonies pourvues de femelles produisant le plus grand nombre de neutres ainsi avantageusement modifiés, les neutres ont fini par présenter tous le même caractère. Nous devrions, si cette manière de voir est fondée, trouver parfois, dans un même nid, des insectes présentant des gradations de structure ; or, c'est bien ce qui arrive, assez fréquemment même, si l'on considère que, jusqu'à présent, on n'a guère étudié avec soin les insectes neutres en dehors de l'Europe. M. F. Smith a démontré que, chez plusieurs fourmis d'Angleterre, les neutres diffèrent les uns des autres d'une façon surprenante par la taille et quelquefois par la couleur ; il a démontré en outre que l'on peut rencontrer, dans un même nid, tous les individus intermédiaires qui relient les formes les plus extrêmes, ce que j'ai pu moi-même vérifier. Il se trouve quelquefois que les grandes ouvrières sont plus nombreuses dans un nid que les petites ou réciproquement ; tantôt les grandes et les petites sont abondantes, tandis que celles de taille moyenne sont rares. La *Formica flava* a des ouvrières grandes et petites, outre quelques-unes de taille moyenne ; chez cette espèce, d'après les observations de M. F. Smith, les grandes ouvrières ont des yeux simples ou ocellés, bien visibles quoique petits, tandis que ces mêmes organes sont rudimentaires chez les petites ouvrières. Une dissection attentive de plusieurs ouvrières m'a prouvé que les yeux sont, chez les petites, beaucoup plus rudimentaires que le comporte l'infériorité de leur taille, et je crois, sans que je veuille l'affirmer d'une manière positive, que les ouvrières de taille moyenne ont aussi des yeux présentant des caractères intermédiaires. Nous avons donc, dans ce cas, deux groupes d'ouvrières stériles dans un même nid, différant non seulement par la taille, mais encore par les organes de la vision, et reliées par quelques individus présentant des caractères intermédiaires. J'ajouterai, si l'on veut bien me permettre cette digression, que, si les ouvrières les plus petites avaient été les plus utiles à la communauté, la sélection aurait porté sur les mâles et les femelles produisant le plus grand nombre de ces petites ouvrières, jusqu'à ce qu'elles le devinssent toutes ; il en serait alors résulté une espèce de fourmis dont les neutres seraient à peu près semblables à celles des *Myrmica*. Les ouvrières des *Myrmica*, en effet, ne possèdent même pas les rudiments des yeux, bien que les mâles et les femelles de ce genre aient des yeux simples et bien développés.

Je puis citer un autre cas. J'étais si certain de trouver des gradations portant sur beaucoup de points importants de la conformation des diverses castes de neutres d'une même espèce, que j'acceptai volontiers l'offre que me fit M. F. Smith de me remettre un grand nombre d'individus pris dans un même nid de l'*Anomma*, fourmi de l'Afrique occidentale. Le lecteur jugera peut-être mieux des différences existant chez ces ouvrières d'après des termes de comparaison exactement proportionnels, que d'après des mesures réelles : cette différence est la même que celle qui existerait dans un groupe de maçons dont les uns n'auraient que 5 pieds 4 pouces, tandis que les autres auraient 6 pieds ; mais il faudrait supposer, en outre, que ces derniers auraient la tête quatre fois au lieu de trois fois plus grosse que celle des petits hommes et des mâchoires près de cinq fois aussi grandes. De plus, les mâchoires des fourmis ouvrières de diverses grosseurs diffèrent sous le rapport de la forme et par le nombre des dents. Mais le point important pour nous, c'est que, bien qu'on puisse grouper ces ouvrières en castes ayant des grosseurs diverses, cependant ces groupes se confondent les uns dans les autres, tant sous le rapport de la taille que sous celui de la conformation de leurs mâchoires. Des dessins faits à la chambre claire par J. Lubbock, d'après les mâchoires que j'ai disséquées sur des ouvrières de différente grosseur, démontrent incontestablement ce fait.

En présence de ces faits, je crois que la sélection naturelle, en agissant sur les fourmis fécondes ou parentes, a pu amener la formation d'une espèce produisant régulièrement des neutres, tous grands, avec des mâchoires ayant une certaine forme, ou tous petits, avec des mâchoires ayant une tout autre conformation, ou enfin, ce qui est le comble de la difficulté, à la fois des ouvrières d'une grandeur et d'une structure données et simultanément d'autres ouvrières différentes sous ces deux rapports ; une série graduée a dû d'abord se former, comme dans le cas de l'*Anomma*, puis les formes extrêmes se sont développées en nombre toujours plus considérable, grâce à la sélection naturelle des parents qui les procréaient, jusqu'à ce qu'enfin la production des formes intermédiaires ait cessé.

Je crois avoir, dans ce qui précède, expliqué comment s'est produit ce fait étonnant, que, dans une même colonie, il existe deux castes nettement distinctes d'ouvrières stériles, très différentes les unes des autres ainsi que de leurs parents. Nous pouvons facilement comprendre que leur formation a dû être aussi avantageuse aux fourmis vivant en société que le principe de la division du travail peut être utile à l'homme civilisé. Les fourmis, toutefois, mettent en œuvre des instincts, des organes ou des outils héréditaires, tandis que l'homme se sert pour travailler de connaissances acquises et d'instruments fabriqués. Une parfaite division du travail ne pourrait s'effectuer chez elles que grâce à la stérilité des travailleuses ; si elles étaient fertiles elles se seraient croisées, et leurs instincts et leurs structures se seraient mélangés. Et la nature a, je crois, effectué cette admirable division du travail dans les communautés de fourmis par le moyen de la sélection naturelle. Mais je dois avouer que, malgré toute la foi que j'ai en la sélection naturelle, je ne me serais jamais attendu qu'elle pût amener des résultats aussi importants, si je n'avais été convaincu par l'exemple des insectes neutres. Je suis donc entré, sur ce sujet, dans des détails un peu plus circonstanciés, bien qu'encore insuffisants, d'abord pour faire comprendre la puissance de la sélection naturelle, et ensuite parce qu'il s'agissait d'une des difficultés les plus sérieuses que ma théorie ait rencontrées. Le cas est aussi des plus intéressants, en ce qu'il prouve que, chez les animaux comme chez les plantes, une somme quelconque de modifications peut être réalisée par l'accumulation de variations spontanées, légères et nombreuses, pourvu qu'elles soient avantageuses, même en dehors de toute intervention de l'usage ou de

l'habitude. En effet, les habitudes particulières propres
aux femelles stériles ou neutres, quelque durée qu'elles
aient eue, ne pourraient, en aucune façon, affecter les
mâles ou les femelles qui seuls laissent des descendants.
Je suis étonné que personne n'ait encore songé à arguer
du cas des insectes neutres contre la théorie bien connue
de Lamarck.

RÉSUMÉ

J'ai cherché, dans ce chapitre, à démontrer brièvement
que les habitudes mentales de nos animaux domestiques
sont variables, et que leurs variations sont héréditaires.
J'ai aussi, et plus brièvement encore, cherché à démontrer que les instincts peuvent légèrement varier à l'état de
nature. Comme on ne peut contester que les instincts de
chaque animal ont pour lui une haute importance, il n'y
a aucune difficulté à ce que, sous l'influence de changements dans les conditions d'existence, la sélection naturelle puisse accumuler à un degré quelconque de légères
modifications de l'instinct, pourvu qu'elles présentent
quelque utilité. L'usage et le défaut d'usage ont probablement joué un rôle dans certains cas. Je ne prétends point
que les faits signalés dans ce chapitre viennent appuyer
beaucoup ma théorie, mais j'estime aussi qu'aucune des
difficultés qu'ils soulèvent n'est de nature à la renverser.
D'autre part, le fait que les instincts ne sont pas toujours
parfaits et sont quelquefois sujets à erreur ; – qu'aucun
instinct n'a été produit pour l'avantage d'autres animaux,
bien que certains animaux tirent souvent un parti avantageux de l'instinct des autres ; – que l'axiome : *Natura non
facit saltum*, applicable aux instincts aussi bien qu'à la
conformation physique, s'explique tout simplement
d'après la théorie développée ci-dessus, et autrement

reste inintelligible, – sont autant de points qui tendent à corroborer la théorie de la sélection naturelle.

Quelques autres faits relatifs aux instincts viennent encore à son appui ; le cas fréquent, par exemple, d'espèces voisines mais distinctes, habitant des parties éloignées du globe, et vivant dans des conditions d'existence fort différentes, qui, cependant, ont conservé à peu près les mêmes instincts. Ainsi, il nous devient facile de comprendre comment, en vertu du principe d'hérédité, la grive de la partie tropicale de l'Amérique méridionale tapisse son nid de boue, comme le fait la grive en Angleterre ; comment encore le troglodyte mâle (*Troglodytes*) de l'Amérique du Nord construit des « nids de coqs » dans lesquels il perche, comme le mâle de notre troglodyte – habitude qui ne se remarque chez aucun autre oiseau connu. Enfin, en admettant même que la déduction ne soit pas rigoureusement logique, il est infiniment plus satisfaisant de considérer certains instincts, tels que celui qui pousse le jeune coucou à expulser du nid ses frères de lait, – les fourmis à se procurer des esclaves, – les larves d'ichneumon à dévorer l'intérieur du corps des chenilles vivantes, – non comme le résultat d'actes de création spéciaux, mais comme de petites conséquences d'une loi générale, qui conduit au progrès de tous les êtres organisés, à savoir la multiplication, la variation, que le plus fort vive et que le plus faible meure.

Chapitre VIII

HYBRIDITÉ

Distinction entre la stérilité des premiers croisements et celle des hybrides. – La stérilité est variable en degré, pas universelle, affectée par les croisements rapprochés, supprimée par la domestication. – Lois régissant la stérilité des hybrides. – La stérilité n'est pas un caractère spécial, mais dépend d'autres différences. – Causes de la stérilité des hybrides et des premiers croisements. – Parallélisme entre les effets des changements dans les conditions d'existence et ceux du croisement. – La fécondité des variétés croisées et de leurs descendants métis n'est pas universelle. – Hybrides et métis comparés indépendamment de leur fécondité. – Résumé.

Les naturalistes admettent généralement que les croisements entre espèces distinctes ont été frappés spécialement de stérilité pour empêcher la confusion de toutes les formes vivantes. Cette opinion, au premier abord, paraît très probable, car les espèces d'un même pays n'auraient guère pu se conserver distinctes, si elles eussent été susceptibles de s'entrecroiser librement. Je pense que l'importance du fait que les hybrides sont très généralement stériles a été trop sous-estimée par certains auteurs récents. Ce sujet a pour nous une grande importance, surtout en ce sens que la stérilité des espèces, lors d'un premier croisement, et celle de leur descendance hybride, ne peuvent pas provenir, comme je le démontrerai, de la conservation de degrés successifs et avantageux de stérilité. J'espère cependant être capable de montrer que la stérilité n'est pas une qualité spécialement acquise ou intrinsèque, mais dépend d'autres différences acquises.

On a d'ordinaire, en traitant ce sujet, confondu deux ordres de faits qui présentent des différences fondamentales et qui sont, d'une part, la stérilité de l'espèce lors d'un premier croisement, et, d'autre part, celle des hybrides qui proviennent de ces croisements.

Le système reproducteur des espèces pures est, bien entendu, en parfait état, et cependant, lorsqu'on les entrecroise, elles ne produisent que peu ou point de descendants. D'autre part, les organes reproducteurs des hybrides sont fonctionnellement impuissants, comme le prouve clairement l'état de l'élément mâle, tant chez les plantes que chez les animaux, bien que les organes eux-mêmes, autant que le microscope permet de le constater, paraissent parfaitement conformés. Dans le premier cas, les deux éléments sexuels qui concourent à former l'embryon sont complets ; dans le second, ils sont ou complètement rudimentaires ou plus ou moins atrophiés. Cette distinction est importante, lorsqu'on en vient à considérer la cause de la stérilité, qui est commune aux deux cas ; on l'a négligée probablement parce que, dans l'un et l'autre cas, on regardait la stérilité comme le résultat d'une loi absolue dont les causes échappaient à notre intelligence.

La fécondité des croisements entre variétés, c'est-à-dire entre des formes qu'on sait ou qu'on suppose descendues de parents communs, ainsi que la fécondité entre leurs métis, est, pour ma théorie, tout aussi importante que la stérilité des espèces ; car il semble résulter de ces deux ordres de phénomènes une distinction bien nette et bien tranchée entre les variétés et les espèces.

Examinons d'abord la stérilité des croisements entre espèces, et celle de leur descendance hybride. Deux observateurs consciencieux, Kölreuter et Gärtner, ont presque voué leur vie à l'étude de ce sujet, et il est impossible de lire les mémoires qu'ils ont consacrés à cette question sans acquérir la conviction profonde que les croisements entre espèces sont, jusqu'à un certain point, frappés de stérilité. Kölreuter considère cette loi comme universelle, mais cet auteur tranche le nœud de la question, car, par dix fois, il n'a pas hésité à considérer comme des variétés deux formes parfaitement fécondes entre elles et que la plupart des auteurs regardent comme des espèces distinctes. Gärtner admet aussi l'universalité de la loi, mais il conteste la fécondité complète dans les dix cas cités par Kölreuter. Mais, dans ces cas comme dans beaucoup d'autres, il est obligé de compter soigneusement les graines, pour démontrer qu'il y a bien diminution de fécondité. Il compare toujours le nombre maximum des graines produites par le premier croisement entre deux espèces, ainsi que le maximum produit par leur postérité hybride, avec le nombre moyen que donnent, à l'état de nature, les espèces parentes pures. Il introduit ainsi, ce me semble, une grave cause d'erreur ; car une plante, pour être artificiellement fécondée, doit être soumise à la castration ; et, ce qui est souvent plus important, doit être enfermée pour empêcher que les insectes lui apportent du pollen d'autres plantes. Presque toutes les plantes dont Gärtner s'est servi pour ses expériences étaient en pots et placées dans une chambre de sa maison. Or, il est certain qu'un pareil traitement est souvent nuisible à la fécondité des plantes, car Gärtner indique une vingtaine de plantes qu'il féconda artificiellement avec leur propre pollen après les avoir châtrées (il faut exclure les cas comme ceux des légumineuses, pour lesquelles la manipulation nécessaire est très difficile), et la moitié de ces plantes subirent une diminution de fécondité. En outre, comme Gärtner a croisé bien des fois la primevère et le coucou, dont nous avons de bonnes raisons de croire qu'il s'agit de variétés, et n'a réussi qu'une ou deux fois à obtenir des graines fertiles, ainsi que certaines formes, telles que le mouron rouge et le mouron bleu (*Anagallis arvensis* et *Anagalis cœrulea*), que les meilleurs botanistes regardent comme des variétés, et qu'il les a trouvées absolument stériles, on peut douter qu'il y ait réellement autant d'espèces stériles, lorsqu'on les croise, qu'il paraît le supposer.

Il est certain, d'une part, que la stérilité des diverses espèces croisées diffère tellement en degré, et offre tant de gradations insensibles ; que, d'autre part, la fécondité des espèces pures est si aisément affectée par différentes circonstances qu'il est, en pratique, fort difficile de dire où finit la fécondité parfaite et où commence la stérilité. On ne saurait, je crois, trouver une meilleure preuve de ce fait que les conclusions diamétralement opposées, à l'égard des mêmes espèces, auxquelles en sont arrivés les deux observateurs les plus expérimentés qui aient existé, Kölreuter et Gärtner. Il est aussi fort instructif de comparer – sans entrer dans des détails qui ne sauraient trouver ici la place nécessaire – les preuves présentées par nos meilleurs botanistes sur la question de savoir si certaines formes douteuses sont des espèces ou des variétés, avec les preuves de fécondité apportées par divers horticulteurs qui ont cultivé des hybrides, ou par un même horticulteur, après des expériences faites à des époques différentes. On peut démontrer ainsi que ni la stérilité ni la fécondité ne fournissent aucune distinction certaine entre les espèces et les variétés. Les preuves tirées de cette source offrent d'insensibles gradations, et donnent lieu aux mêmes doutes que celles qu'on tire des autres différences de constitution et de structure.

Quant à la stérilité des hybrides dans les générations successives, bien qu'il ait pu en élever quelques-uns en évitant avec grand soin tout croisement avec l'une ou l'autre des deux espèces pures, pendant six ou sept et même, dans un cas, pendant dix générations, Gärtner constate expressément que leur fécondité n'augmente jamais, mais qu'au contraire elle diminue ordinairement tout à coup dès les premières générations. Mais je crois que, dans la plupart de ces cas, la fécondité diminue en vertu d'une cause indépendante, c'est-à-dire les croisements entre des individus très proches parents. J'ai fait tant d'expériences, j'ai réuni un ensemble de faits si considérable, prouvant que, d'une part, le croisement occasionnel avec un individu ou une variété distincte augmente la vigueur et la fécondité des descendants, et, d'autre part, que les croisements consanguins produisent l'effet inverse, que je ne saurais douter de l'exactitude de cette conclusion. Les expérimentateurs n'élèvent ordinairement que peu d'hybrides, et, comme les deux espèces mères, ainsi que d'autres hybrides alliés, croissent la plupart du temps dans le même jardin, il faut empêcher avec soin l'accès des insectes pendant la floraison. Il en résulte que, dans chaque génération, la fleur d'un hybride est généralement fécondée par son propre pollen, circonstance qui doit nuire à sa fécondité déjà amoindrie par le fait de son origine hybride. Une assertion, souvent répétée par Gärtner, fortifie ma conviction à cet égard ; il affirme que, si l'on féconde artificiellement les hybrides, même les moins féconds, avec du pollen hybride de la même variété, leur fécondité augmente très visiblement et va toujours en augmentant, malgré les effets défavorables que peuvent exercer les manipulations nécessaires. En procédant aux fécondations artificielles, on prend souvent, par hasard (je le sais par expérience), du pollen des anthères d'une autre fleur que du pollen de la fleur même qu'on veut féconder, de sorte qu'il en résulte un croisement entre deux fleurs, bien qu'elles appartiennent souvent à la même plante. En outre, lorsqu'il s'agit d'expériences compliquées, un observateur aussi soigneux que Gärtner a dû soumettre ses hybrides à la castration, de sorte qu'à chaque génération un croisement a dû sûrement avoir lieu avec du pollen d'une autre fleur appartenant soit à la même plante, soit à une autre plante, mais toujours de même nature hybride. L'étrange accroissement de fécondité dans les générations successives d'hybrides *fécondés artificiellement* pourrait ainsi s'expliquer, je crois, par le fait que les croisements consanguins sont évités.

Passons maintenant aux résultats obtenus par un troisième expérimentateur non moins habile, le révérend W. Herbert. Il affirme que quelques hybrides sont parfaitement féconds, aussi féconds que les espèces-souches pures, et il soutient ses conclusions avec autant de vivacité que Kölreuter et Gärtner, qui considèrent, au contraire, que la loi générale de la nature est que tout croisement entre espèces distinctes est frappé d'un certain degré de stérilité. Il a expérimenté sur les mêmes espèces que Gärtner. On peut, je crois, attribuer la différence dans les résultats obtenus à la grande habileté de Herbert en horticulture, et au fait qu'il avait des serres chaudes à sa disposition. Je citerai un seul exemple pris parmi ses nombreuses et importantes observations : « Tous les ovules d'une même gousse de *Crinum capense* fécondés par le *Crinum revolutum* ont produit chacun une plante, fait que je n'ai jamais vu dans le cas d'une fécondation naturelle. » Il y a donc là une fécondité parfaite ou même plus parfaite qu'à l'ordinaire dans un premier croisement opéré entre deux espèces distinctes.

Ce cas du *Crinum* m'amène à signaler ce fait singulier, qu'on peut facilement féconder des plantes individuelles de certaines espèces de *Lobelia* et chez toutes les espèces du genre *Hippeastrum* avec du pollen provenant d'une espèce distincte, mais pas avec du pollen provenant de la même plante, bien que ce dernier soit parfaitement sain et capable de féconder d'autres plantes et d'autres espèces, de sorte que certaines plantes individuelles et tous les individus de certaines espèces peuvent être hybridés bien plus facilement qu'ils ne peuvent être fertilisés ! Ainsi, un bulbe d'*Hippeastrum aulicum* produisit quatre fleurs ; Herbert en féconda trois avec leur propre pollen,

et le quatrième fut postérieurement fécondé avec du pollen provenant d'un hybride mixte descendu de trois
espèces distinctes ; voici le résultat de cette expérience :
« les ovaires des trois premières fleurs cessèrent bientôt
de se développer et périrent au bout de quelques jours,
tandis que la gousse fécondée par le pollen de l'hybride
poussa vigoureusement, arriva rapidement à maturité, et
produisit des graines excellentes qui germèrent facilement ». Dans une lettre qu'il m'a adressée en 1839,
M. Herbert me dit qu'il a tenté l'expérience pendant cinq
ans, et qu'il a continué sa tentative pendant de nombreuses années, et ce, toujours avec le même résultat. Ce
résultat a été confirmé par d'autres observateurs dans le
cas de l'Hippeastrum avec ses sous-genres, et d'autres
genres comme la Lobelia, la Passiflore et le Verbascum.
Bien que les plantes soumises à ces expériences eussent
l'air d'être en parfaite santé, bien que les ovules et le
pollen de la même fleur fussent en parfait état par rapport aux autres espèces, ils étaient cependant fonctionnellement imparfaits dans leur action réciproque, et nous
devons donc en conclure que les plantes étaient dans un
état non naturel. Ces faits montrent néanmoins à quel
point la fertilité plus ou moins grande des espèces croisées comparée à la fertilisation d'une même espèce,
dépend parfois de causes infimes et mystérieuses.

Les expériences pratiques des horticulteurs, bien que
manquant de précision scientifique, méritent cependant
quelque attention. Il est notoire que presque toutes les
espèces de *Pelargonium*, de *Fuchsia*, de *Calceolaria*, de
Pétunia, de *Rhododendron*, etc., ont été croisées de mille
manières ; cependant beaucoup de ces hybrides produisent régulièrement des graines. Herbert affirme, par
exemple, qu'un hybride de *Calceolaria integrifolia* et de
Calceolaria plantaginea, deux espèces aussi dissemblables
qu'il est possible par leurs habitudes générales, « s'est
reproduit aussi régulièrement que si c'eût été une espèce
naturelle des montagnes du Chili ». J'ai fait quelques

recherches pour déterminer le degré de fécondité de quelques rhododendrons hybrides, provenant des croisements les plus compliqués, et j'ai acquis la conviction que beaucoup d'entre eux sont complètement féconds. M. C. Noble, par exemple, m'apprend qu'il élève pour la greffe un grand nombre d'individus d'un hybride entre le *Rhododendron ponticum* et le *Rhododendron catawbiense*, et que cet hybride « donne des graines en aussi grande abondance qu'on peut se l'imaginer ». Si la fécondité des hybrides convenablement traités avait toujours été en diminuant de génération en génération, comme le croit Gärtner, le fait serait connu des horticulteurs. Ceux-ci cultivent des quantités considérables des mêmes hybrides, et c'est seulement ainsi que les plantes se trouvent placées dans des conditions convenables ; l'intervention des insectes permet en effet des croisements faciles entre les différents individus et empêche l'influence nuisible d'une consanguinité trop rapprochée. On peut aisément se convaincre de l'efficacité du concours des insectes en examinant les fleurs des rhododendrons hybrides les plus stériles ; ils ne produisent pas de pollen et cependant les stigmates sont couverts de pollen provenant d'autres fleurs.

On a fait beaucoup moins d'expériences précises sur les animaux que sur les plantes. Si l'on peut se fier à nos classifications systématiques, c'est-à-dire si les genres zoologiques sont aussi distincts les uns des autres que le sont les genres botaniques, nous pouvons conclure des faits constatés que, chez les animaux, des individus plus éloignés les uns des autres dans l'échelle naturelle peuvent se croiser plus facilement que cela a lieu chez les végétaux ; mais les hybrides qui proviennent de ces croisements sont, je crois, plus stériles. Je ne crois pas qu'un seul cas d'animal hybride parfaitement fertile ait jamais été parfaitement attesté. Il faut, cependant, prendre en considération le fait que peu d'animaux

reproduisent volontiers en captivité, et que, par conséquent, il n'y a eu que peu d'expériences faites dans de
bonnes conditions : le serin, par exemple, a été croisé
avec neuf espèces distinctes de moineaux ; mais, comme
aucune de ces espèces ne se reproduit en captivité, nous
n'avons pas lieu de nous attendre à ce que le premier
croisement entre elles et le serin ou entre leurs hybrides
soit parfaitement fécond. Quant à la fécondité des générations successives des animaux hybrides les plus féconds,
je ne connais pas de cas où l'on ait élevé à la fois deux
familles d'hybrides provenant de parents différents, de
manière à éviter les effets nuisibles des croisements
consanguins. On a, au contraire, habituellement croisé
ensemble les frères et les sœurs à chaque génération successive, malgré les avis constants de tous les éleveurs. Il
n'y a donc rien d'étonnant à ce que, dans ces conditions,
la stérilité inhérente aux hybrides ait été toujours en augmentant. En agissant ainsi, en appariant frères et sœurs
dans le cas d'animal pur ayant pour une raison quelconque la moindre tendance à la stérilité, la race serait
certainement perdue en très peu de générations.

Bien que je ne connaisse aucun cas bien authentique
d'animaux hybrides parfaitement féconds, j'ai des raisons
pour croire que les hybrides du *Cervulus vaginalis* et du
Cervulus Reevesii, ainsi que ceux du *Phasianus colchicus*
et du *Phasianus torquatus* ou du *Phasinilius versicolor*,
sont parfaitement féconds. Les hybrides entre l'oie commune et l'oie chinoise (*A. cygnoides*), deux espèces assez
différentes pour qu'on les range ordinairement dans des
genres distincts, se sont souvent reproduits dans ce pays
avec l'une ou l'autre des souches pures, et dans un seul
cas *inter se*. Ce résultat a été obtenu par M. Eyton, qui
éleva deux hybrides provenant des mêmes parents, mais
de pontes différentes ; ces deux oiseaux ne lui donnèrent
pas moins de huit hybrides en une seule couvée, hybrides
qui se trouvaient être les petits-enfants des oies pures.
Ces oies de races croisées doivent être très fécondes dans

l'Inde, car deux juges irrécusables en pareille matière, M. Blyth et le capitaine Hutton, m'apprennent qu'on élève dans diverses parties de ce pays des troupeaux entiers de ces oies hybrides ; or, comme on les élève pour en tirer profit, là où aucune des espèces parentes pures ne se rencontre, il faut bien que leur fécondité soit parfaite.

Les naturalistes modernes ont dans leur majorité adopté une doctrine dont l'origine remonte à Pallas, à savoir que la plupart de nos animaux domestiques descendent de deux, ou de plus de deux, espèces originelles, depuis disparues par suite des croisements. Selon cette théorie, soit les espèces parentes primitives ont produit d'abord des hybrides parfaitement féconds, soit ces derniers sont devenus plus tard tout à fait fertiles sous l'influence de la domestication. Cette deuxième partie de l'alternative me paraît la plus probable, et je la crois vraie, bien qu'elle ne repose sur aucune preuve. Je crois, par exemple, que nos chiens descendent de plusieurs souches sauvages ; cependant, à l'exception de certains chiens domestiques indigènes de l'Amérique du Sud, ils sont parfaitement fertiles entre eux ; et l'analogie me porte à douter fortement que les différentes espèces primitives se soient d'abord croisées librement et aient produit des hybrides tout à fait fertiles. Il y a également de bonnes raisons de croire que notre bétail européen et le bétail à bosse de l'Inde sont tout à fait fertiles entre eux ; mais d'après les faits que m'a communiqués M. Blyth, je pense qu'il faut les considérer comme deux espèces distinctes. En considérant l'origine d'un grand nombre de nos animaux domestiques, nous devons donc renoncer à croire à la stérilité absolue des espèces croisées, ou il faut considérer cette stérilité chez les animaux, non pas comme un caractère indélébile, mais comme un caractère que la domestication peut effacer.

En résumé, si l'on considère l'ensemble des faits bien constatés relatifs à l'entrecroisement des plantes et des animaux, on peut conclure qu'une certaine stérilité relative se manifeste très généralement, soit chez les premiers croisements, soit chez les hybrides, mais que, dans l'état actuel de nos connaissances, cette stérilité ne peut pas être considérée comme absolue et universelle.

LOIS QUI RÉGISSENT LA STÉRILITÉ DES PREMIERS CROISEMENTS ET DES HYBRIDES

Étudions maintenant avec un peu plus de détails les lois qui régissent la stérilité des premiers croisements et des hybrides. Notre but principal est de déterminer si ces lois prouvent que les espèces ont été spécialement dotées de cette propriété, en vue d'empêcher un croisement et un mélange devant entraîner une confusion générale. Les conclusions qui suivent sont principalement tirées de l'admirable ouvrage de Gärtner sur l'hybridation des plantes. J'ai surtout cherché à m'assurer jusqu'à quel point les règles qu'il pose sont applicables aux animaux, et, considérant le peu de connaissances que nous avons sur les animaux hybrides, j'ai été surpris de trouver que ces mêmes règles s'appliquent généralement aux deux règnes.

Nous avons déjà remarqué que le degré de fécondité, soit des premiers croisements, soit des hybrides, présente des gradations insensibles depuis la stérilité absolue jusqu'à la fécondité parfaite. Je pourrais citer bien des preuves curieuses de cette gradation, mais je ne peux donner ici qu'un rapide aperçu des faits. Lorsque le pollen d'une plante est placé sur le stigmate d'une plante appartenant à une famille distincte, son action est aussi nulle que pourrait l'être celle de la première poussière venue. À partir de cette stérilité absolue, le pollen des différentes espèces d'un même genre, appliqué sur le stigmate de l'une des espèces de ce genre, produit un nombre de graines qui varie de façon à former une série graduelle depuis la stérilité absolue jusqu'à une fécondité plus ou moins parfaite et même, comme nous l'avons vu, dans certains cas anormaux, jusqu'à une fécondité supérieure à celle déterminée par l'action du pollen de la plante elle-même. De même, il y a des hybrides qui n'ont jamais produit et ne produiront peut-être jamais une seule graine féconde, même avec du pollen pris sur l'une des espèces pures ; mais on a pu, chez quelques-uns, découvrir une première trace de fécondité, en ce sens que sous l'action du pollen d'une des espèces parentes la fleur hybride se flétrit un peu plus tôt qu'elle n'eût fait autrement ; or, chacun sait que c'est là un symptôme d'un commencement de fécondation. De cet extrême degré de stérilité nous passons graduellement par des hybrides féconds, produisant toujours un plus grand nombre de graines jusqu'à ceux qui atteignent à la fécondité parfaite.

Les hybrides provenant de deux espèces difficiles à croiser, et dont les premiers croisements sont généralement très stériles, sont rarement féconds ; mais il n'y a pas de parallélisme rigoureux à établir entre la difficulté d'un premier croisement et le degré de stérilité des hybrides qui en résultent – deux ordres de faits qu'on a ordinairement confondus. Il y a beaucoup de cas où deux espèces pures s'unissent avec la plus grande facilité et produisent de nombreux hybrides, mais ces hybrides sont eux-mêmes absolument stériles. D'autre part, il y a des espèces qu'on ne peut croiser que rarement ou avec une difficulté extrême, et dont les hybrides une fois produits sont très féconds. Ces deux cas opposés se présentent dans les limites mêmes d'un seul genre, dans le genre *Dianthus*, par exemple.

Les conditions défavorables affectent plus facilement la fécondité, tant des premiers croisements que des hybrides, que celle des espèces pures. Mais le degré de fécondité des premiers croisements est également variable en vertu d'une disposition innée, car cette fécondité n'est pas toujours égale chez tous les individus des mêmes espèces, croisés dans les mêmes conditions ; elle paraît dépendre en partie de la constitution des individus qui ont été choisis pour l'expérience. Il en est de même pour les hybrides, car la fécondité varie quelquefois beaucoup chez les divers individus provenant des graines contenues dans une même capsule, et exposées aux mêmes conditions.

On entend, par le terme d'affinité systématique, les ressemblances que les espèces ont les unes avec les autres sous le rapport de la structure et de la constitution, plus particulièrement entre les structures de parties qui sont d'une haute importance physiologique et qui diffèrent peu chez des espèces alliées. Or, cette affinité régit dans une grande mesure la fécondité des premiers croisements et celle des hybrides qui en proviennent. C'est ce que prouve clairement le fait qu'on n'a jamais pu obtenir des hybrides entre espèces classées dans des familles distinctes, tandis que, d'autre part, les espèces très voisines peuvent en général se croiser facilement. Toutefois, le rapport entre l'affinité systématique et la facilité de croisement n'est en aucune façon rigoureuse. On pourrait citer de nombreux exemples d'espèces très voisines qui refusent de se croiser, ou qui ne le font qu'avec une extrême difficulté, et des cas d'espèces très distinctes qui, au contraire, s'unissent avec une grande facilité. On peut, dans une même famille, rencontrer un genre, comme le *Dianthus* par exemple, chez lequel un grand nombre d'espèces s'entrecroisent facilement, et un autre genre, tel que le *Silène*, chez lequel, malgré les efforts les plus persévérants, on n'a pu réussir à obtenir le moindre hybride entre des espèces extrêmement voisines. Nous rencontrons ces mêmes différences dans les limites d'un même genre ; on a, par exemple, croisé les nombreuses espèces du genre *Nicotiana* beaucoup plus que les espèces d'aucun autre genre ; cependant Gärtner a constaté que la *Nicotiana acuminata*, qui, comme espèce, n'a rien d'extraordinairement particulier, n'a pu féconder huit autres espèces de *Nicotiana*, ni être fécondée par elles. Je pourrais citer beaucoup de faits analogues.

Personne n'a pu encore indiquer quelle est la nature ou le degré des différences appréciables qui suffisent pour empêcher le croisement de deux espèces. On peut démontrer que des plantes très différentes par leur aspect général et par leurs habitudes, et présentant des dissemblances très marquées dans toutes les parties de la fleur, même dans le pollen, dans le fruit et dans les cotylédons, peuvent être croisées ensemble. On peut souvent croiser facilement ensemble des plantes annuelles et vivaces, des arbres à feuilles caduques et à feuilles persistantes, des plantes adaptées à des climats fort différents et habitant des stations tout à fait diverses.

Par l'expression de croisement réciproque entre deux espèces j'entends des cas tels, par exemple, que le croisement d'un étalon avec une ânesse, puis celui d'un âne avec une jument ; on peut alors dire que les deux espèces ont été réciproquement croisées. Il y a souvent des différences immenses quant à la facilité avec laquelle on peut réaliser les croisements réciproques. Les cas de ce genre ont une grande importance, car ils prouvent que l'aptitude qu'ont deux espèces à se croiser est souvent indépendante de leurs affinités systématiques, c'est-à-dire de toute différence dans leur organisation. D'autre part, ces faits montrent clairement que la capacité de croisement est liée à des différences de constitution qui nous sont imperceptibles, et limitées au système reproducteur. Ces différences dans les résultats des croisements réciproques entre deux mêmes espèces ont été remarquées par Kölreuter depuis longtemps. Pour en citer un exemple, la *Mirabilis jalapa* est facilement fécondée par le pollen de la *Mirabilis longiflora*, et les hybrides qui proviennent de ce croisement sont assez féconds ; mais Kölreuter a essayé plus de deux cents fois, dans l'espace de huit ans, de féconder réciproquement la *Mirabilis longiflora* par du pollen de la *Mirabilis jalapa*, sans pouvoir y parvenir. On connaît d'autres cas non moins frappants. Thuret a observé le même fait sur certains fucus marins. Gärtner a, en outre, reconnu que cette différence dans la facilité avec laquelle les croisements réciproques peuvent s'effectuer est, à un degré moins prononcé, très générale. Il l'a même observée entre des formes très voisines, telles que la *Matthiola annua* et la *Matthiola glabra*, que beaucoup de botanistes considèrent comme des variétés. C'est encore un fait remarquable que les hybrides provenant de croisements réciproques, bien que constitués par les deux mêmes espèces – puisque chacune d'elles a été successivement employée comme père et ensuite comme mère –, bien que différant rarement par leurs caractères extérieurs, diffèrent généralement un peu et quelquefois beaucoup sous le rapport de la fécondité.

On pourrait tirer des observations de Gärtner plusieurs autres règles singulières ; ainsi, par exemple, quelques espèces ont une facilité remarquable à se croiser avec d'autres ; certaines espèces d'un même genre sont remarquables par l'énergie avec laquelle elles impriment leur ressemblance à leur descendance hybride ; mais ces deux aptitudes ne vont pas nécessairement ensemble. Certains hybrides, au lieu de présenter des caractères intermédiaires entre leurs parents, comme il arrive d'ordinaire, ressemblent toujours beaucoup plus à l'un d'eux ; bien que ces hybrides ressemblent extérieurement de façon presque absolue à l'une des espèces parentes pures, ils sont en général, et à de rares exceptions près, extrêmement stériles. De même, parmi les hybrides qui ont une conformation habituellement intermédiaire entre leurs parents, on rencontre parfois quelques individus exceptionnels qui ressemblent presque complètement à l'un de leurs ascendants purs ; ces hybrides sont presque toujours absolument stériles, même lorsque d'autres sujets provenant de graines tirées de la même capsule sont très féconds. Ces faits prouvent combien la fécondité d'un hybride dépend peu de sa ressemblance extérieure avec l'une ou l'autre de ses formes parentes pures.

D'après les règles précédentes, qui régissent la fécondité des premiers croisements et des hybrides, nous voyons que, lorsque l'on croise des formes qu'on peut regarder comme des espèces bien distinctes, leur fécondité présente tous les degrés depuis zéro jusqu'à une fécondité parfaite, laquelle peut même, dans certaines conditions, être poussée à l'extrême ; que cette fécondité, outre qu'elle est facilement affectée par l'état favorable ou défavorable des conditions extérieures, est variable en vertu de prédispositions innées ; que cette fécondité n'est pas toujours égale en degré, dans le premier croisement et dans les hybrides qui proviennent de ce croisement ; que la fécondité des hybrides n'est pas non plus en rapport avec le degré de ressemblance extérieure qu'ils peuvent avoir avec l'une ou l'autre de leurs formes parentes ; et, enfin, que la facilité avec laquelle un premier croisement entre deux espèces peut être effectué ne dépend pas toujours de leurs affinités systématiques, ou du degré de ressemblance qu'il peut y avoir entre elles. La réalité de cette assertion est démontrée par la différence des résultats que donnent les croisements réciproques entre les deux mêmes espèces, car, selon que l'une des deux est employée comme père ou comme mère, il y a ordinairement quelque différence, et parfois une différence considérable, dans la facilité qu'on trouve à effectuer le croisement. En outre, les hybrides provenant de croisements réciproques diffèrent souvent en fécondité.

Ces lois singulières et complexes indiquent-elles que les croisements entre espèces ont été frappés de stérilité uniquement pour que les formes organiques ne puissent pas se confondre dans la nature ? Je ne le crois pas. Pourquoi, en effet, la stérilité serait-elle si variable, quant au degré, suivant les espèces qui se croisent, puisque nous devons supposer qu'il est également important pour toutes d'éviter le mélange et la confusion ? Pourquoi le degré de stérilité serait-il variable en vertu de prédispositions innées chez divers individus de la même espèce ? Pourquoi des espèces qui se croisent avec la plus grande facilité produisent-elles des hybrides très stériles, tandis que d'autres, dont les croisements sont très difficiles à réaliser, produisent des hybrides assez féconds ? Pourquoi cette différence si fréquente et si considérable dans les résultats des croisements réciproques opérés entre les deux mêmes espèces ? Pourquoi, pourrait-on encore demander, la production des hybrides est-elle possible ? Accorder à l'espèce la propriété spéciale de produire des hybrides, pour arrêter ensuite leur propagation ultérieure par divers degrés de stérilité, qui ne sont pas rigoureusement en rapport avec la facilité qu'ont leurs parents à se croiser, semble un étrange arrangement.

D'autre part, les faits et les règles qui précèdent me paraissent nettement indiquer que la stérilité, tant des premiers croisements que des hybrides, est simplement une conséquence dépendant de différences inconnues qui affectent le système reproducteur. Ces différences sont d'une nature si particulière et si bien déterminée que, dans les croisements réciproques entre deux espèces, l'élément mâle de l'une est souvent apte à exercer facilement son action ordinaire sur l'élément femelle de l'autre, sans que l'inverse puisse avoir lieu. Un exemple fera mieux comprendre ce que j'entends en disant que la stérilité est une conséquence d'autres différences, et n'est pas une propriété dont les espèces ont été spécialement douées. L'aptitude que possèdent certaines plantes à pouvoir être greffées sur d'autres est sans aucune importance pour leur prospérité à l'état de nature ; personne, je présume, ne supposera donc qu'elle leur ait été donnée comme une propriété *spéciale*, mais chacun admettra qu'elle est une conséquence de certaines différences dans les lois de la croissance des deux plantes. Nous pouvons quelquefois comprendre que tel arbre ne peut se greffer sur un autre, en raison de différences dans la rapidité de la croissance, dans la dureté du bois, dans l'époque du flux de la sève, ou dans la nature de celle-ci, etc. ; mais il est une foule de cas où nous ne saurions assigner une cause quelconque. Une grande diversité dans la taille de deux plantes, le fait que l'une est ligneuse, l'autre herbacée, que l'une est à feuilles caduques et l'autre à feuilles persistantes, l'adaptation même à différents climats, n'empêchent pas toujours de les greffer l'une sur l'autre. Il en est de même pour la greffe que pour l'hybridation ; l'aptitude est limitée par les affinités systématiques, car on n'a jamais pu greffer l'un sur l'autre des arbres appartenant à des familles absolument distinctes, tandis que, d'autre part, on peut ordinairement, quoique pas invariablement, greffer facilement les unes sur les autres des espèces voisines et les variétés d'une même espèce. Mais, de même encore que dans l'hybridation, l'aptitude à la greffe n'est point absolument en rapport avec l'affinité systématique, car on a pu greffer les uns sur les autres des arbres appartenant à des genres différents d'une même famille, tandis que l'opération n'a pu, dans certains cas, réussir entre espèces du même genre. Ainsi, le poirier se greffe beaucoup plus aisément sur le cognassier, qui est considéré comme un genre distinct, que sur le pommier, qui appartient au même genre. Diverses variétés du poirier se greffent même plus ou moins facilement sur le cognassier ; il en est de même pour différentes variétés d'abricotier et de pêcher sur certaines variétés de prunier.

De même que Gärtner a découvert des différences innées chez différents *individus* de deux mêmes espèces sous le rapport du croisement, de même Sageret croit que les différents individus de deux mêmes espèces ne se prêtent pas également bien à la greffe. De même que, dans les croisements réciproques, la facilité qu'on a à obtenir l'union est loin d'être égale chez les deux sexes, de même l'union par la greffe est souvent fort inégale ; ainsi, par exemple, on ne peut pas greffer le groseillier à maquereau sur le groseillier à grappes, tandis que ce dernier prend, quoique avec difficulté, sur le groseillier à maquereau.

Nous avons vu que la stérilité chez les hybrides, dont les organes reproducteurs sont dans un état imparfait, constitue un cas très différent de la difficulté qu'on rencontre à unir deux espèces pures qui ont ces mêmes organes en parfait état ; cependant, ces deux cas distincts présentent un certain parallélisme. On observe quelque chose d'analogue à l'égard de la greffe ; ainsi Thouin a constaté que trois espèces de *Robinia* qui, sur leur propre tige, donnaient des graines en abondance, et qui se laissaient greffer sans difficulté sur une autre espèce, devenaient complètement stériles après la greffe. D'autre part, certaines espèces de *Sorbus*, greffées sur une autre espèce, produisent deux fois autant de fruits que sur leur propre tige. Ce fait rappelle ces cas singuliers des *Hippeastrum*, des *Lobelia*, etc., qui produisent plus de graines quand on les féconde avec le pollen d'une espèce distincte que sous l'action de leur propre pollen.

Nous voyons par là que, bien qu'il y ait une différence évidente et fondamentale entre la simple adhérence de deux souches greffées l'une sur l'autre et l'union des éléments mâle et femelle dans l'acte de la reproduction, il existe un certain parallélisme entre les résultats de la greffe et ceux du croisement entre des espèces distinctes. Or, de même que nous devons considérer les lois complexes et curieuses qui régissent la facilité avec laquelle les arbres peuvent être greffés les uns sur les autres, comme une conséquence de différences inconnues de leur organisation végétative, de même je crois que les lois, encore plus complexes, qui déterminent la facilité avec laquelle les premiers croisements peuvent s'opérer, sont également une conséquence de différences inconnues de leurs organes reproducteurs. Dans les deux cas, ces différences sont jusqu'à un certain point en rapport avec les affinités systématiques, terme qui comprend toutes les similitudes et toutes les dissemblances qui existent entre tous les êtres organisés. Les faits eux-mêmes n'impliquent nullement que la difficulté plus ou moins grande qu'on trouve à greffer l'une sur l'autre ou à croiser ensemble des espèces différentes soit une propriété ou un don spécial ; bien que, dans les cas de croisements, cette difficulté soit aussi importante pour la durée et la stabilité des formes spécifiques qu'elle est insignifiante pour leur prospérité dans les cas de greffe.

CAUSES DE LA STÉRILITÉ DES PREMIERS CROISEMENTS ET DES HYBRIDES

Examinons maintenant d'un peu plus près la nature probable des différences qui déterminent la stérilité dans les premiers croisements et dans ceux des hybrides. Ces deux cas sont fondamentalement différents, car, répétons-le, dans l'union de deux espèces pures les éléments sexuels mâle et femelle sont parfaits, alors que chez les hybrides ils sont imparfaits. Dans les cas de premiers croisements, la plus ou moins grande difficulté qu'on rencontre à opérer une union entre les individus et à en obtenir des produits paraît dépendre de plusieurs causes distinctes. Il doit y avoir parfois impossibilité à ce que l'élément mâle atteigne l'ovule, comme, par exemple, chez une plante qui aurait un pistil trop long pour que les tubes polliniques puissent atteindre l'ovaire. On a aussi observé que, lorsqu'on place le pollen d'une espèce sur le stigmate d'une espèce différente, les tubes polliniques, bien que projetés, ne pénètrent pas à travers la surface du stigmate. L'élément mâle peut encore atteindre l'élément femelle sans provoquer le développement de l'embryon, cas qui semble s'être présenté dans quelques-unes des expériences faites par Thuret sur les fucus. On ne saurait pas plus expliquer ces faits qu'on ne saurait dire pourquoi certains arbres ne peuvent être greffés sur d'autres. Enfin, un embryon peut se former et périr au commencement de son développement. Cette dernière alternative n'a pas été l'objet de l'attention qu'elle mérite, car, d'après des observations qui m'ont été communiquées par M. Hewitt, qui a une grande expérience des croisements des faisans et des poules, il paraît que la mort précoce de l'embryon est une des causes les plus fréquentes de la stérilité des premiers croisements. Tant que j'ignorais ces faits, je n'étais pas disposé à croire à la fréquence de la mort précoce des embryons hybrides ; car ceux-ci, une fois nés, font généralement preuve de vigueur et de longévité ; le mulet, par exemple. Mais les circonstances où se trouvent les hybrides, avant et après leur naissance, sont bien différentes ; ils sont généralement placés dans des conditions favorables d'existence, lorsqu'ils naissent et vivent dans le pays natal de leurs deux ascendants. Mais l'hybride ne participe qu'à une moitié de la nature et de la constitution de sa mère ; aussi, tant qu'il est nourri dans le sein de celle-ci, ou qu'il reste dans l'œuf et dans la graine, il se trouve dans des conditions qui, jusqu'à un certain point, peuvent ne pas lui être entièrement favorables, et qui peuvent déterminer sa mort dans les premiers temps de son développement, d'autant plus que les êtres très jeunes sont éminemment sensibles aux moindres conditions défavorables.

À l'égard de la stérilité des hybrides chez lesquels les éléments sexuels ne sont qu'imparfaitement développés, le cas est quelque peu différent. J'ai plus d'une fois fait allusion à un ensemble de faits que j'ai recueillis, prouvant que, lorsque l'on place les animaux et les plantes en dehors de leurs conditions naturelles, leur système reproducteur en est très fréquemment et très gravement affecté. C'est là ce qui constitue le grand obstacle à la domestication des animaux. Il y a de nombreuses analogies entre la stérilité ainsi provoquée et celle des hybrides.

Dans les deux cas, la stérilité ne dépend pas de la santé générale, qui est, au contraire, excellente, et qui se traduit souvent par un excès de taille et une exubérance remarquable. Dans les deux cas, la stérilité varie quant au degré ; dans les deux cas, c'est l'élément mâle qui est le plus promptement affecté, quoique quelquefois l'élément femelle le soit plus profondément que le mâle. Dans les deux cas, la tendance est jusqu'à un certain point en rapport avec les affinités systématiques, car des groupes entiers d'animaux et de plantes deviennent impuissants à reproduire quand ils sont placés dans les mêmes conditions artificielles, de même que des groupes entiers d'espèces tendent à produire des hybrides stériles. D'autre part, il peut arriver qu'une seule espèce de tout un groupe résiste à de grands changements de conditions sans que sa fécondité en soit diminuée, de même que certaines espèces d'un groupe produisent des hybrides d'une fécondité extraordinaire. On ne peut jamais prédire avant l'expérience si tel animal se reproduira en captivité, ou si telle plante exotique donnera des graines une fois soumise à la culture ; de même qu'on ne peut savoir, avant l'expérience, si deux espèces d'un genre produiront des hybrides plus ou moins stériles. Enfin, les êtres organisés soumis, pendant plusieurs générations, à des conditions nouvelles d'existence, sont extrêmement sujets à varier ; fait qui paraît tenir en partie à ce que leur système reproducteur a été affecté, bien qu'à un moindre degré que lorsque la stérilité en résulte. Il en est de même pour les hybrides dont les descendants, pendant le cours des générations successives, sont, comme tous les observateurs l'ont remarqué, très sujets à varier.

Nous voyons donc que le système reproducteur, indépendamment de l'état général de la santé, est affecté d'une manière très analogue lorsque les êtres organisés sont placés dans des conditions nouvelles et artificielles, et lorsque les hybrides sont produits par un croisement artificiel entre deux espèces. Dans le premier cas, les conditions d'existence ont été troublées, bien que le changement soit souvent trop léger pour que nous puissions l'apprécier ; dans le second, celui des hybrides, les conditions extérieures sont restées les mêmes, mais l'organisation est troublée par le mélange en une seule de deux conformations et de deux structures différentes. Il est, en effet, à peine possible que deux organismes puissent se confondre en un seul sans qu'il en résulte quelque perturbation dans le développement, dans l'action périodique, ou dans les relations mutuelles des divers organes les uns par rapport aux autres ou par rapport aux conditions de la vie. Quand les hybrides peuvent se reproduire *inter se*, ils transmettent de génération en génération à leurs descendants la même organisation mixte, et nous ne devons pas dès lors nous étonner que leur stérilité, bien que variable à quelque degré, ne diminue pas.

Il faut cependant reconnaître que ni cette théorie, ni aucune autre, n'explique quelques faits relatifs à la stérilité des hybrides, tels, par exemple, que la fécondité inégale des hybrides issus de croisements réciproques, ou la plus grande stérilité des hybrides qui, occasionnellement et exceptionnellement, ressemblent beaucoup à l'un ou à l'autre de leurs parents. Je ne prétends pas dire, d'ailleurs, que les remarques précédentes aillent jusqu'au fond de la question ; nous ne pouvons, en effet, expliquer pourquoi un organisme placé dans des conditions artificielles devient stérile. Tout ce que j'ai essayé de démontrer, c'est que, dans les deux cas, analogues sous certains rapports, la stérilité est un résultat commun d'une perturbation des conditions d'existence dans l'un, et, dans l'autre, d'un trouble apporté dans l'organisation et la constitution par la fusion de deux organismes en un seul.

Un parallélisme analogue paraît exister dans un ordre de faits voisins, bien que très différents. Il est une ancienne croyance très répandue, et qui repose sur un ensemble considérable de preuves, c'est que de légers

changements dans les conditions d'existence sont avantageux pour tous les êtres vivants. Nous en voyons l'application dans l'habitude qu'ont les fermiers et les jardiniers
de faire passer fréquemment leurs graines, leurs tubercu-
les, etc., d'un sol ou d'un climat à un autre, et réciproquement. Le moindre changement dans les conditions
d'existence exerce toujours un excellent effet sur les animaux en convalescence. De même, aussi bien chez les animaux que chez les plantes, il est évident qu'un croisement
entre deux individus d'une même espèce, différant un peu
l'un de l'autre, donne une grande vigueur et une grande
fécondité à la postérité qui en provient. Je crois, en
m'appuyant sur les faits fournis dans le chapitre IV,
qu'une certaine dose de croisements est indispensable
même chez les hermaphrodites, et que l'accouplement
entre individus très proches parents, continué pendant
plusieurs générations, surtout lorsqu'on les maintient
dans les mêmes conditions d'existence, entraîne presque
toujours l'affaiblissement et la stérilité des descendants.

Il semble donc que, d'une part, de légers changements
dans les conditions d'existence sont avantageux à tous les
êtres organisés, et que, d'autre part, de légers croisements, c'est-à-dire des croisements entre mâles et femelles
d'une même espèce, qui ont été placés dans des conditions d'existence un peu différentes ou qui ont légèrement varié, ajoutent à la vigueur et à la fécondité des
produits. Mais, comme nous l'avons vu, les êtres organisés à l'état de nature, habitués depuis longtemps à certaines conditions uniformes, tendent à devenir plus ou
moins stériles quand ils sont soumis à un changement
considérable de ces conditions ; nous savons, en outre,
que des croisements entre mâles et femelles très éloignés,
c'est-à-dire spécifiquement différents, produisent généralement des hybrides plus ou moins stériles. Je suis
convaincu que ce double parallélisme n'est ni accidentel
ni illusoire. Ces deux séries de faits me semblent reliées

par un lien commun mais inconnu, qui est fondamentalement en rapport avec le principe même de la vie.

LA FÉCONDITÉ DES VARIÉTÉS CROISÉES
ET DE LEURS DESCENDANTS MÉTIS

On pourrait alléguer, comme argument écrasant, qu'il
doit exister quelque distinction essentielle entre les
espèces et les variétés, puisque ces dernières, quelque différentes qu'elles puissent être par leur apparence extérieure, se croisent avec facilité et produisent des
descendants absolument féconds. J'admets complètement
que telle est la règle générale ; il y a toutefois quelques
exceptions que je vais signaler. Mais la question est héris-
sée de difficultés, car, en ce qui concerne les variétés naturelles, si l'on découvre entre deux formes, jusqu'alors
considérées comme des variétés, la moindre stérilité à la
suite de leur croisement, elles sont aussitôt classées
comme espèces par la plupart des naturalistes. Ainsi,
nombre de botanistes regardent le mouron bleu et le
mouron rouge, la primevère et le coucou, comme deux
variétés ; mais Gärtner, lorsqu'il les a croisés, les ayant
trouvés complètement stériles, les a en conséquence
considérés comme deux espèces distinctes. Si nous tournons ainsi dans un cercle vicieux, il est certain que nous
devons admettre la fécondité de toutes les variétés produites à l'état de nature.

Si nous passons aux variétés qui se sont produites, ou
qu'on suppose s'être produites à l'état domestique, nous
trouvons encore matière à quelque doute. Car, lorsqu'on
constate, par exemple, que le loulou allemand s'unit plus
facilement au renard que les autres chiens, ou que certains chiens domestiques indigènes de l'Amérique du Sud
ne se croisent pas facilement avec les chiens européens,
l'explication qui se présente à chacun, et probablement

la vraie, est que ces chiens descendent d'espèces primitivement distinctes. Néanmoins, la fécondité parfaite de tant de variétés domestiques, si profondément différentes les unes des autres en apparence, telles, par exemple, que les variétés du pigeon ou celles du chou, est un fait réellement remarquable, surtout si nous songeons à la quantité d'espèces qui, tout en se ressemblant de très près, sont complètement stériles lorsqu'on les entrecroise. Plusieurs considérations, toutefois, suffisent à expliquer la fécondité des variétés domestiques. On peut observer tout d'abord que l'étendue des différences externes entre deux espèces n'est pas un indice sûr de leur degré de stérilité mutuelle, de telle sorte que des différences analogues ne seraient pas davantage un indice sûr dans le cas des variétés. En second lieu, des naturalistes éminents croient qu'une longue domestication tend à éliminer la stérilité dans les générations successives d'hybrides qui n'étaient au début que légèrement stériles ; s'il en est ainsi, nous ne pouvons nous attendre à ce que la stérilité apparaisse ou disparaisse sous les mêmes conditions de vie. Enfin, et cela me semble de loin la considération la plus importante, la puissance méthodique et inconsciente du pouvoir de sélection de l'homme, agissant pour son profit et son plaisir, produit de nouvelles races d'animaux et de plantes. L'homme ne souhaite pas sélectionner, et ne saurait le faire, de légères différences du système reproducteur, ou d'autres différences constitutionnelles liées au système reproducteur. Il donne la même nourriture à ses diverses variétés, les traite de la même manière, et ne souhaite pas modifier leurs habitudes générales de vie. La nature agit uniformément et lentement sur l'ensemble de l'organisation durant de longues périodes de temps, de toutes les manières qui peuvent être bonnes pour la créature ; elle peut ainsi, directement ou plus probablement indirectement, par corrélation, modifier le système reproducteur des nombreux descendants de n'importe quelle espèce. En considérant cette différence dans le procès de sélection par l'homme et dans la nature, on ne saurait être surpris par la différence du résultat.

J'ai parlé jusqu'ici comme si les variétés d'une même espèce étaient invariablement fécondes lorsqu'on les croise. On ne peut cependant pas contester l'existence d'une légère stérilité dans certains cas que je vais brièvement passer en revue. Les preuves sont tout aussi concluantes que celles qui nous font admettre la stérilité chez une foule d'espèces ; elles nous sont d'ailleurs fournies par nos adversaires, pour lesquels, dans tous les autres cas, la fécondité et la stérilité sont les plus sûrs indices des différences de valeur spécifique. Gärtner a élevé l'une après l'autre, dans son jardin, pendant plusieurs années, une variété naine d'un maïs à grains jaunes, et une variété de grande taille à grains rouges ; or, bien que ces plantes aient des sexes séparés, elles ne se croisèrent jamais naturellement. Il féconda alors treize fleurs d'une de ces variétés avec du pollen de l'autre, et n'obtint qu'un seul épi portant des graines au nombre de cinq seulement. Les sexes étant distincts, aucune manipulation de nature préjudiciable à la plante n'a pu intervenir. Personne, je le crois, n'a cependant prétendu que ces variétés de maïs fussent des espèces distinctes ; il est essentiel d'ajouter que les plantes hybrides provenant des cinq graines obtenues furent elles-mêmes si *complètement* fécondes, que Gärtner lui-même n'osa pas considérer les deux variétés comme des espèces distinctes.

Girou de Buzareingues a croisé trois variétés de courges qui, comme le maïs, ont des sexes séparés ; il assure que leur fécondation réciproque est d'autant plus difficile que leurs différences sont plus prononcées. Je ne sais pas quelle valeur on peut attribuer à ces expériences ; mais Sageret, qui fait reposer sa classification principalement sur la fécondité ou sur la stérilité des croisements, considère les formes sur lesquelles a porté cette expérience comme des variétés.

Le fait suivant est encore bien plus remarquable ; il semble tout d'abord incroyable, mais il résulte d'un nombre immense d'essais continués pendant plusieurs années sur neuf espèces de *Verbascum*, par Gärtner, l'excellent observateur, dont le témoignage a d'autant plus de poids qu'il émane d'un adversaire. Gärtner donc a constaté que lorsqu'on croise les variétés blanches et jaunes, on obtient moins de graines que lorsqu'on féconde ces variétés avec le pollen des variétés de même couleur. Il affirme en outre que, lorsqu'on croise les variétés jaunes et blanches d'une espèce avec les variétés jaunes et blanches d'une espèce *distincte*, les croisements opérés entre fleurs de couleur semblable produisent plus de graines que ceux faits entre fleurs de couleur différente. Ces variétés ne diffèrent cependant que sous le rapport de la couleur de la fleur, et quelquefois une variété s'obtient de la graine d'une autre.

D'après des observations que j'ai faites sur certaines variétés de Rose trémière, il me semble qu'elles fournissent un cas du même genre.

Kölreuter, dont tous les observateurs subséquents ont confirmé l'exactitude, a établi le fait remarquable qu'une des variétés du tabac ordinaire est bien plus féconde que les autres, en cas de croisement avec une autre espèce très distincte. Il fit porter ses expériences sur cinq formes, considérées ordinairement comme des variétés, qu'il soumit à l'épreuve du croisement réciproque ; les hybrides provenant de ces croisements furent parfaitement féconds. Toutefois, sur cinq variétés, une seule, employée soit comme élément mâle, soit comme élément femelle, et croisée avec la *Nicotiana glutinosa*, produisit toujours des hybrides moins stériles que ceux provenant du croisement des quatre autres variétés avec la même *Nicotiana glutinosa*. Le système reproducteur de cette variété particulière a donc dû être modifié de quelque manière et en quelque degré.

Ces faits prouvent que les variétés croisées ne sont pas toujours parfaitement fécondes. La grande difficulté de faire la preuve de la stérilité des variétés à l'état de nature – car toute variété supposée, reconnue comme stérile à quelque degré que ce soit, serait aussitôt considérée comme constituant une espèce distincte ; – le fait que l'homme ne s'occupe que des caractères extérieurs chez ces variétés domestiques, lesquelles n'ont pas été d'ailleurs exposées pendant longtemps à des conditions uniformes, – sont autant de considérations qui nous autorisent à conclure que la fécondité ne constitue pas une distinction fondamentale entre les espèces et les variétés. La fertilité générale des variétés ne me semble pas suffisante à réfuter ma théorie sur la stérilité, très générale mais nullement invariable, des premiers croisements et des hybrides, que je considère, non comme une propriété spéciale, mais comme une conséquence de modifications lentement acquises, tout particulièrement par les systèmes reproducteurs des espèces croisées.

COMPARAISON ENTRE LES HYBRIDES ET LES MÉTIS, INDÉPENDAMMENT DE LEUR FÉCONDITÉ

On peut, la question de fécondité mise à part, comparer entre eux, sous divers autres rapports, les descendants de croisements entre espèces avec ceux de croisements entre variétés. Gärtner, quelque désireux qu'il fût de tirer une ligne de démarcation bien tranchée entre les espèces et les variétés, n'a pu trouver que des différences peu nombreuses, et qui, selon moi, sont bien insignifiantes, entre les descendants dits *hybrides* des espèces et les descendants dits *métis* des variétés. D'autre part, ces deux classes d'individus se ressemblent de très près sous plusieurs rapports importants.

Examinons rapidement ce point. La distinction la plus importante est que, dans la première génération, les métis sont plus variables que les hybrides ; toutefois, Gärtner admet que les hybrides d'espèces soumises depuis longtemps à la culture sont souvent variables dans la première génération, fait dont j'ai pu moi-même observer de frappants exemples. Gärtner admet, en outre, que les hybrides entre espèces très voisines sont plus variables que ceux provenant de croisements entre espèces très distinctes ; ce qui prouve que les différences dans le degré de variabilité tendent à diminuer graduellement. Lorsqu'on propage, pendant plusieurs générations, les métis ou les hybrides les plus féconds, on constate dans leur postérité une variabilité excessive ; on pourrait, cependant, citer quelques exemples d'hybrides et de métis qui ont conservé pendant longtemps un caractère uniforme. Toutefois, pendant les générations successives, les métis paraissent être plus variables que les hybrides.

Cette variabilité plus grande chez les métis que chez les hybrides n'a rien d'étonnant. Les parents des métis sont, en effet, des variétés, et, pour la plupart, des variétés domestiques (on n'a entrepris que fort peu d'expériences sur les variétés naturelles), ce qui implique une variabilité récente, qui doit se continuer et s'ajouter à celle que provoque déjà le fait même du croisement. La légère variabilité qu'offrent les hybrides à la première génération, comparée à ce qu'elle est dans les suivantes, constitue un fait curieux et digne d'attention. Rien, en effet, ne confirme mieux l'opinion que j'ai émise sur une des causes de la variabilité ordinaire, c'est-à-dire que, vu l'excessive sensibilité du système reproducteur pour tout changement apporté aux conditions d'existence, il cesse, dans ces circonstances, de remplir ses fonctions d'une manière normale et de produire une descendance identique de tous points à la forme parente. Or, les hybrides, pendant la première génération, proviennent d'espèces (à

l'exception de celles qui ont été depuis longtemps cultivées) dont le système reproducteur n'a été en aucune
manière affecté, et qui ne sont pas variables ; le système
reproducteur des hybrides est, au contraire, supérieure-
ment affecté, et leurs descendants sont par conséquent
très variables.

Pour en revenir à la comparaison des métis avec les
hybrides, Gärtner constate en outre que, lorsqu'on croise
avec une troisième espèce, deux espèces d'ailleurs très
voisines, les hybrides diffèrent considérablement les uns
des autres ; tandis que si l'on croise deux variétés très
distinctes d'une espèce avec une autre espèce, les hybrides
diffèrent peu. Toutefois, cette conclusion est, autant que
je puis le savoir, fondée sur une seule observation, et
paraît être directement contraire aux résultats de plusieurs expériences faites par Kölreuter.

Telles sont les seules différences, d'ailleurs peu importantes, que Gärtner ait pu signaler entre les plantes
hybrides et les plantes métisses. D'autre part, d'après
Gärtner, les mêmes lois s'appliquent au degré et à la
nature de la ressemblance qu'ont avec leurs parents res-
pectifs, tant les métis que les hybrides, et plus particulièrement les hybrides provenant d'espèces très voisines.
Dans les croisements de deux espèces, l'une d'elles est
quelquefois douée d'une puissance prédominante pour
imprimer sa ressemblance au produit hybride, et il en est
de même, je pense, pour les variétés des plantes. Chez les
animaux, il est non moins certain qu'une variété a souvent la même prépondérance sur une autre variété. Les
plantes hybrides provenant de croisements réciproques se
ressemblent généralement beaucoup, et il en est de même
des plantes métisses résultant d'un croisement de ce
genre. Les hybrides, comme les métis, peuvent être rame-
nés au type de l'un ou de l'autre parent, à la suite de
croisements répétés avec eux pendant plusieurs générations successives.

Ces diverses remarques s'appliquent probablement aussi aux animaux ; mais la question se complique beaucoup dans ce cas, soit en raison de l'existence de caractères sexuels secondaires, soit surtout parce que l'un des sexes a une prédisposition beaucoup plus forte que l'autre à transmettre sa ressemblance, que le croisement s'opère entre espèces ou qu'il ait lieu entre variétés. Je crois, par exemple, que certains auteurs soutiennent avec raison que l'âne exerce une action prépondérante sur le cheval, de sorte que le mulet et le bardot tiennent plus du premier que du second. Cette prépondérance est plus prononcée chez l'âne que chez l'ânesse, de sorte que le mulet, produit d'un âne et d'une jument, tient plus de l'âne que le bardot, qui est le produit d'une ânesse et d'un étalon.

Quelques auteurs ont beaucoup insisté sur le prétendu fait que les métis seuls n'ont pas des caractères intermédiaires à ceux de leurs parents, mais ressemblent beaucoup à l'un d'eux ; on peut démontrer qu'il en est quelquefois de même chez les hybrides, mais moins fréquemment que chez les métis, je l'avoue. D'après les renseignements que j'ai recueillis sur les animaux croisés ressemblant de très près à un de leurs parents, j'ai toujours vu que les ressemblances portent surtout sur des caractères de nature un peu monstrueuse, et qui ont subitement apparu – tels que l'albinisme, le mélanisme, le manque de queue ou de cornes, la présence de doigts ou d'orteils supplémentaires –, et nullement sur ceux qui ont été lentement acquis par voie de sélection. La tendance au retour soudain vers le caractère parfait de l'un ou de l'autre parent doit aussi se présenter plus fréquemment chez les métis qui descendent de variétés souvent produites subitement et ayant un caractère semi-monstrueux, que chez les hybrides, qui proviennent d'espèces produites naturellement et lentement. En somme, je suis d'accord avec le docteur Prosper Lucas,

qui, après avoir examiné un vaste ensemble de faits relatifs aux animaux, conclut que les lois de la ressemblance
d'un enfant avec ses parents sont les mêmes, que les
parents diffèrent peu ou beaucoup l'un de l'autre, c'est-à-
dire que l'union ait lieu entre deux individus appartenant
à la même variété, à des variétés différentes ou à des
espèces distinctes.

La question de la fécondité ou de la stérilité mise de
côté, il semble y avoir, sous tous les autres rapports, une
identité générale entre les descendants de deux espèces
croisées et ceux de deux variétés. Cette identité serait très
surprenante dans l'hypothèse d'une création spéciale des
espèces, et de la formation des variétés par des lois secondaires ; mais elle est en harmonie complète avec l'opinion
qu'il n'y a aucune distinction essentielle à établir entre
les espèces et les variétés.

Résumé

Les premiers croisements entre des formes assez distinctes pour constituer des espèces, et les hybrides qui en
proviennent, sont très généralement, quoique pas toujours, stériles. La stérilité se manifeste à tous les degrés ;
elle est parfois assez faible pour que les expérimentateurs
les plus soigneux aient été conduits aux conclusions les
plus opposées quand ils ont voulu classifier les formes
organiques par les indices qu'elle leur a fournis. La stérilité varie chez les individus d'une même espèce en vertu
de prédispositions innées, et elle est extrêmement sensible
à l'influence des conditions favorables ou défavorables.
Le degré de stérilité ne correspond pas rigoureusement
aux affinités systématiques, mais il paraît obéir à l'action
de plusieurs lois curieuses et complexes. Les croisements
réciproques entre les deux mêmes espèces sont généralement affectés d'une stérilité différente et parfois très

inégale. Elle n'est pas toujours égale en degré, dans le premier croisement, et chez les hybrides qui en proviennent.

De même que, dans la greffe des arbres, l'aptitude dont jouit une espèce ou une variété à se greffer sur une autre dépend de différences généralement inconnues existant dans le système végétatif ; de même, dans les croisements, la plus ou moins grande facilité avec laquelle une espèce peut se croiser avec une autre dépend aussi de différences inconnues dans le système reproducteur. Il n'y a pas plus de raison pour admettre que les espèces ont été spécialement frappées d'une stérilité variable en degré, afin d'empêcher leur croisement et leur confusion dans la nature, qu'il y en a à croire que les arbres ont été doués d'une propriété spéciale, plus ou moins prononcée, de résistance à la greffe, pour empêcher qu'ils se greffent naturellement les uns sur les autres dans nos forêts.

La stérilité, dans les cas de premiers croisements, semble dépendre de plusieurs circonstances ; dans quelques cas, elle dépend surtout de la mort précoce de l'embryon. La stérilité des hybrides, dont le système reproducteur est imparfait, dont le système et toute l'organisation ont été perturbés par composition de deux espèces différentes, semble étroitement alliée à la stérilité qui affecte si fréquemment les espèces pures, lorsque leurs conditions de vie naturelles ont été perturbées. Cette supposition s'appuie sur un parallélisme d'un autre genre, c'est-à-dire que, d'abord, le croisement de formes qui ne sont que légèrement différentes favorise la vigueur et la fertilité de leur descendance, et ensuite, que de légers changements dans les conditions de vie sont apparemment favorables à la vigueur et à la fertilité de tous les êtres organisés. Il n'est pas surprenant que, dans la plupart des cas, la difficulté qu'on trouve à croiser entre elles deux espèces quelconques corresponde à la stérilité des produits hybrides qui en résultent, ces deux ordres de faits fussent-ils même dus à des causes distinctes ; ces deux faits dépendent, en effet, de la valeur des différences existant entre les espèces croisées. Il n'y a non plus rien d'étonnant à ce que la facilité d'opérer un premier croisement, la fécondité des hybrides qui en proviennent, et l'aptitude des plantes à être greffées l'une sur l'autre – bien que cette dernière propriété dépende évidemment de circonstances toutes différentes – soient toutes, jusqu'à un certain point, en rapport avec les affinités systématiques des formes soumises à l'expérience ; car l'affinité systématique tente d'exprimer toutes sortes de ressemblances entre toutes les espèces.

Les premiers croisements entre formes connues comme variétés, ou assez analogues pour être considérées comme telles, et leurs descendants métis, sont très généralement, quoique pas invariablement féconds, ainsi qu'on l'a si souvent prétendu. Cette fécondité parfaite et presque universelle ne doit pas nous étonner, si nous songeons au cercle vicieux dans lequel nous tournons en ce qui concerne les variétés à l'état de nature, et si nous nous rappelons que la grande majorité des variétés a été produite à l'état domestique par la sélection de simples différences extérieures, et non de différences dans le système reproducteur. La question de la fécondité mise à part, sous tous les autres rapports, il y a une ressemblance générale très prononcée entre les hybrides et les métis. Finalement, donc, les faits que nous venons de discuter dans ce chapitre ne me paraissent point s'opposer à la théorie qu'il n'y a pas de distinction fondamentale entre espèces et variétés.

Chapitre IX

INSUFFISANCE DES ARCHIVES GÉOLOGIQUES

De l'absence actuelle des variétés intermédiaires. – De la nature des variétés intermédiaires éteintes ; de leur nombre. – Du laps de temps écoulé déduit d'après la somme des dénudations et des dépôts. – Pauvreté de nos collections paléontologiques. – Intermittence des formations géologiques. – Absence des variétés intermédiaires dans une formation quelconque. – De leur apparition soudaine dans les couches fossilifères les plus anciennes.

J'ai énuméré dans le sixième chapitre les principales objections qu'on pouvait raisonnablement élever contre les opinions émises dans ce volume. J'en ai maintenant discuté la plupart. Il en est une qui constitue une difficulté évidente, c'est la distinction bien tranchée des formes spécifiques, et l'absence d'innombrables chaînons de transition les reliant les unes aux autres. J'ai indiqué pour quelles raisons ces formes de transition ne sont pas communes actuellement, dans les conditions qui semblent cependant les plus favorables à leur développement, telles qu'une surface étendue et continue, présentant des conditions physiques graduelles et différentes. Je me suis efforcé de démontrer que l'existence de chaque espèce dépend beaucoup plus de la présence d'autres formes organisées déjà définies que du climat, et que, par conséquent, les conditions d'existence véritablement efficaces ne sont pas susceptibles de gradations insensibles comme le sont celles de la chaleur ou de l'humidité. J'ai cherché aussi à démontrer que les variétés intermédiaires, étant moins nombreuses que les formes qu'elles relient, sont généralement vaincues et exterminées pendant le cours des modifications et des améliorations ultérieures. Toutefois, la cause principale de l'absence générale d'innombrables formes de transition dans la nature dépend surtout de la marche même de la sélection naturelle, en vertu de laquelle les variétés nouvelles prennent constamment la place des formes parentes dont elles dérivent et qu'elles exterminent. Mais, plus cette extermination s'est produite sur une grande échelle, plus le nombre des variétés intermédiaires qui ont autrefois existé a dû être considérable. Pourquoi donc chaque formation géologique, dans chacune des couches qui la composent, ne regorge-t-elle pas de formes intermédiaires ? La géologie ne révèle assurément pas une série organique bien graduée, et c'est en cela, peut-être, que consiste l'objection la plus sérieuse qu'on puisse faire à ma théorie. Je crois que l'explication se trouve dans l'extrême insuffisance des documents géologiques.

Il faut d'abord se faire une idée exacte de la nature des formes intermédiaires qui, d'après ma théorie, doivent avoir existé antérieurement. Lorsqu'on examine deux espèces quelconques, il est difficile de ne pas se laisser entraîner à se figurer des formes *directement* intermédiaires entre elles. C'est là une supposition erronée ; il nous faut toujours chercher des formes intermédiaires entre chaque espèce et un ancêtre commun, mais inconnu, qui aura généralement différé sous quelques rapports de ses descendants modifiés. Ainsi, pour donner un exemple de cette loi, le pigeon paon et le pigeon grosse-gorge descendent tous les deux du biset ; si nous possédions toutes les variétés intermédiaires qui ont successivement existé, nous aurions deux séries continues et graduées entre chacune de ces deux variétés et le biset ;

mais nous n'en trouverions pas une seule qui fût exactement intermédiaire entre le pigeon paon et le pigeon
grosse-gorge ; aucune, par exemple, qui réunît à la fois
une queue plus ou moins étalée et un jabot plus ou moins
gonflé, traits caractéristiques de ces deux races. De plus,
ces deux variétés se sont si profondément modifiées,
depuis leur point de départ, que, sans les preuves historiques que nous possédons sur leur origine, il serait
impossible de déterminer par une simple comparaison de
leur conformation avec celle du biset, si elles descendent
de cette espèce, ou de quelque autre espèce voisine, telle
que le *C. œnas*.

Il en est de même pour les espèces à l'état de nature ;
si nous considérons des formes très distinctes, comme le
cheval et le tapir, nous n'avons aucune raison de supposer
qu'il y ait jamais eu entre ces deux êtres des formes exactement intermédiaires, mais nous avons tout lieu de
croire qu'il a dû en exister entre chacun d'eux et un
ancêtre commun inconnu. Cet ancêtre commun doit
avoir eu, dans l'ensemble de son organisation, une
grande analogie générale avec le cheval et le tapir ; mais
il peut aussi, par différents points de sa conformation,
avoir différé considérablement de ces deux types, peut-
être même plus qu'ils ne diffèrent actuellement l'un de
l'autre. Par conséquent, dans tous les cas de ce genre, il
nous serait impossible de reconnaître la forme parente de
deux ou plusieurs espèces, même par la comparaison la
plus attentive de l'organisation de l'ancêtre avec celle de
ses descendants modifiés, si nous n'avions pas en même
temps à notre disposition la série à peu près complète
des anneaux intermédiaires de la chaîne.

Il est cependant possible, d'après ma théorie, que, de
deux formes vivantes, l'une soit descendue de l'autre ;
que le cheval, par exemple, soit issu du tapir ; or, dans ce
cas, il a dû exister des chaînons *directement* intermédiaires entre eux. Mais un cas pareil impliquerait la persistance sans modification, pendant une très longue

durée, d'une forme dont les descendants auraient subi des changements considérables ; or, un fait de cette nature ne peut être que fort rare, en raison du principe de la concurrence entre tous les organismes ou entre le descendant et ses parents ; car, dans tous les cas, les formes nouvelles perfectionnées tendent à supplanter les formes antérieures demeurées fixes.

Toutes les espèces vivantes, d'après la théorie de la sélection naturelle, se rattachent à la souche mère de chaque genre, par des différences qui ne sont pas plus considérables que celles que nous constatons actuellement entre les variétés naturelles et domestiques d'une même espèce ; chacune de ces souches mères elles-mêmes, maintenant généralement éteintes, se rattachait de la même manière à d'autres espèces plus anciennes ; et, ainsi de suite, en remontant et en convergeant toujours vers le commun ancêtre de chaque grande classe. Le nombre des formes intermédiaires constituant les chaînons de transition entre toutes les espèces vivantes et les espèces perdues a donc dû être infiniment grand ; or, si ma théorie est vraie, elles ont certainement vécu sur la terre.

DU LAPS DE TEMPS ÉCOULÉ

Outre que nous ne trouvons pas les restes fossiles de ces innombrables chaînons intermédiaires, on peut objecter que, chacun des changements ayant dû se produire très lentement sous l'action de la sélection naturelle, le temps doit avoir manqué pour accomplir d'aussi grandes modifications organiques. Il me serait difficile de rappeler au lecteur qui n'est pas familier avec la géologie les faits au moyen desquels on arrive à se faire une vague et faible idée de l'immensité de la durée des âges écoulés. Quiconque peut lire le grand ouvrage de sir Charles Lyell sur les *Principes de géologie*, auquel les historiens futurs attribueront à juste titre une révolution dans les sciences naturelles, sans reconnaître la prodigieuse durée des périodes écoulées, peut fermer ici ce volume. Ce n'est pas qu'il suffise d'étudier les *Principes de géologie*, de lire les traités spéciaux des divers auteurs sur telle ou telle formation, et de tenir compte des essais qu'ils font pour donner une idée insuffisante des durées de chaque formation ou même de chaque couche. Il faut examiner par soi-même ces énormes entassements de couches superposées, contempler les vagues rongeant les antiques falaises, pour se faire quelque notion de la durée des périodes écoulées, dont les monuments nous environnent de toutes parts.

Il faut surtout errer le long des côtes formées de roches modérément dures, et constater les progrès de leur désagrégation. Dans la plupart des cas, le flux n'atteint les rochers que deux fois par jour et pour peu de temps ; les vagues ne les rongent que lorsqu'elles sont chargées de sables et de cailloux, car l'eau pure n'use pas le roc. La falaise, ainsi minée par la base, s'écroule en grandes masses qui, gisant sur la plage, sont rongées et usées atome par atome, jusqu'à ce qu'elles soient assez réduites pour être roulées par les vagues, qui alors les broient plus promptement et les transforment en cailloux, en sable ou en vase. Mais combien ne trouvons-nous pas, au pied des falaises, qui reculent pas à pas, de blocs arrondis, couverts d'une épaisse couche de végétations marines, dont la présence est une preuve de leur stabilité et du peu d'usure à laquelle ils sont soumis ! Enfin, si nous suivons pendant l'espace de quelques milles une falaise rocheuse sur laquelle la mer exerce son action destructive, nous ne la trouvons attaquée que çà et là, par places peu étendues, autour des promontoires saillants. La nature de la surface et la végétation dont elle est couverte prouvent que, partout ailleurs, bien des années se sont écoulées depuis que l'eau en est venue baigner la base.

Quiconque étudie attentivement l'action de la mer sur nos côtes ne peut, me semble-t-il, manquer d'être frappé par la lenteur avec laquelle s'effritent les côtes rocheuses. Les observations faites à ce sujet par Hugh Miller et par cet excellent observateur qu'est M. Smith, de Jordan Hill, sont impressionnantes. Une fois pénétré de ces observations, qu'on aille examiner des couches de conglomérats épaisses de plusieurs milliers de pieds ; bien que s'étant formées plus rapidement que les autres dépôts, le fait qu'elles sont formées de cailloux brisés ou arrondis dont chacun porte la marque du temps, prouve avec quelle lenteur cette masse s'est accumulée. Que l'on se souvienne de cette remarque si profonde de Lyell, que l'épaisseur et l'étendue des formations sédimentaires sont le résultat et la mesure de la dégradation que la terre a subie en un autre point. Quelle somme de dégradation impliquent les dépôts sédimentaires de nombreuses régions ! Le professeur Ramsay m'a donné les épaisseurs maxima – mesurées réellement dans la plupart des cas, dans certains simplement estimées – de chaque formation des différentes provinces d'Angleterre. En voici le résultat :

	Pieds anglais
Couches paléozoïques (non compris les roches ignées)	57 154
Couches secondaires	13 190
Couches tertiaires	2 240

Cela forme un total de 72 584 pieds, c'est-à-dire 13 milles anglais 3/4. Certaines de ces formations, qui sont représentées en Angleterre par de minces couches, sont profondes de plusieurs milliers de pieds sur le continent. En outre, s'il faut en croire la plupart des géologues, il y a entre chaque formation successive des périodes extrêmement longues sans déposition. De sorte que la masse imposante des roches sédimentaires en Angleterre ne donne qu'une idée incomplète du temps qui s'est écoulé depuis leur accumulation. De bons observateurs ont estimé le dépôt de sédiment du Mississippi à seulement 600 pieds en 100 000 ans. Cette approximation n'est pas forcément exacte ; cependant, si l'on songe aux vastes surfaces sur lesquelles se dispersent des alluvions très fines sous l'effet des courants, le procès d'accumulation sur une zone donnée doit être extrêmement lent.

Mais la somme de dénudation qu'ont subie les couches en de nombreux endroits, indépendamment de la vitesse d'accumulation de la matière dégradée, offre probablement la meilleure preuve du temps écoulé. Je me rappelle avoir été vivement frappé en voyant les îles volcaniques, dont les côtes ravagées par les vagues présentent aujourd'hui des falaises perpendiculaires hautes de 1 000 à 2 000 pieds, car la pente douce des courants de lave, due à leur état autrefois liquide, indiquait tout de suite jusqu'où les couches rocheuses avaient dû s'avancer en pleine mer. Les grandes failles, c'est-à-dire ces immenses crevasses le long desquelles les couches se sont souvent soulevées d'un côté ou abaissées de l'autre, à une hauteur où à une profondeur de plusieurs milliers de pieds, nous enseignent la même leçon ; car, depuis l'époque où ces crevasses se sont produites, qu'elles l'aient été brusquement ou, comme la plupart des géologues le croient aujourd'hui, très lentement à la suite de nombreux petits mouvements, la surface du pays s'est depuis si bien nivelée qu'aucune trace de ces prodigieuses dislocations n'est extérieurement visible.

La faille de Craven, par exemple, s'étend sur une ligne de 30 milles de longueur, le long de laquelle le déplacement vertical des couches varie de 600 à 3 000 pieds. Le professeur Ramsay a constaté un affaissement de 2 300 pieds dans l'île d'Anglesea, et il m'apprend qu'il est convaincu que, dans le Merionethshire, il en existe un autre de 12 000 pieds ; cependant, dans tous ces cas, rien à la surface ne trahit ces prodigieux mouvements, les amas de rochers de chaque côté de la faille ayant été complètement balayés. En réfléchissant à ces faits, mon esprit est impressionné de la même manière que par les vains efforts pour concevoir l'idée d'éternité.

Je suis tenté de donner un autre exemple, celui, bien connu, de la dénudation de Weald. Pourtant il faut admettre que la dénudation de Weald n'est rien en comparaison de la force qui a enlevé des masses de nos couches paléozoïques, jusqu'à parfois 10 000 pieds d'épaisseur, comme l'a prouvé l'admirable mémoire du professeur Ramsay. Mais se tenir sur les Downs du Nord et regarder les Downs du Sud éloignées est une admirable leçon, car, si l'on pense que tout près à l'ouest les escarpements sud et nord se recoupent, l'on peut s'imaginer le grand dôme de rochers qui a dû recouvrir le Weald à une époque aussi proche que la dernière période du crétacé. La distance entre les Downs du Sud et du Nord est environ de 22 milles, et l'épaisseur des diverses formations est en moyenne de 1 100 pieds, selon le professeur Ramsay. Mais si, comme le supposent certains géologues, il existe sous le Weald une couche de rochers plus anciens, sous les flancs de laquelle ont pu s'accumuler des dépôts en masses moins importantes qu'autre part, cette estimation serait erronée ; mais cette incertitude n'affecterait pas beaucoup l'estimation pour l'extrémité ouest de la zone. Et si nous connaissions la vitesse à laquelle la mer érode en moyenne une ligne de falaises d'une hauteur donnée, nous pourrions mesurer le temps qui a été nécessaire pour dénuder le Weald. Cela, bien sûr, est impossible ; mais nous pouvons, pour faire une approximation grossière, supposer que la mer effrite des falaises de 500 pieds de hauteur à la vitesse d'un pouce par siècle. Cette estimation paraîtra au premier abord insuffisante, mais elle correspond à l'érosion d'une falaise d'un mètre de haut sur toute une ligne côtière à peu près tous les 22 ans. Je doute qu'aucune roche, même friable comme la craie, s'effriterait à une telle vitesse, sauf sur les côtes les plus exposées, bien que la dégradation d'une haute falaise soit accélérée par l'effritement des fragments qui tombent. D'autre part, je ne crois pas qu'il existe de ligne côtière longue de 10 ou 20 milles qui subisse une dégradation en même temps uniformément sur toute la longueur d'une côte escarpée. N'oublions pas que presque toutes les couches contiennent des sous-couches ou des nodules qui, en résistant plus longtemps, finissent par former un brise-lames à la base. J'en conclus que, dans des circonstances normales, une dénudation d'un pouce par siècle sur toute la longueur d'une falaise de 500 pieds de haut serait une estimation suffisante. À cette vitesse, d'après ces données, la dénudation du Weald a dû exiger 306 662 400 ans, disons 300 millions d'années.

L'action de l'eau douce sur les pentes douces du Weald, lorsqu'elles ont été surélevées, n'a pu être bien grande, mais diminuerait cependant l'estimation ci-dessus. D'autre part, pendant des oscillations de niveau, et nous savons que cette surface y a été soumise, la surface a dû exister pendant des millions d'années sous forme de terre ferme, et échapper ainsi à l'action de la mer ; de même, lorsqu'elle a été profondément immergée durant des périodes probablement tout aussi longues, elle aura de même échappé à l'action des vagues. De sorte que fort probablement il s'est écoulé une période bien supérieure à 300 millions d'années depuis la dernière période de l'ère secondaire.

Je me suis un peu étendu sur ce sujet parce qu'il me semble très important de parvenir à nous faire une idée, si imparfaite qu'elle soit, de la durée du temps géologique. Durant chacune de ces années, dans le monde entier, terre et eau ont été peuplées par des myriades de formes vivantes. Quel nombre infini de générations, inconcevables par notre esprit, ont dû se succéder pendant que passaient lentement les années ! Regardons alors nos musées géologiques les plus riches, et constatons la pauvreté de leurs collections !

PAUVRETÉ DE NOS COLLECTIONS
PALÉONTOLOGIQUES

Chacun s'accorde à reconnaître combien sont incomplètes nos collections. Il ne faut jamais oublier la remarque du célèbre paléontologiste E. Forbes, c'est-à-dire qu'un grand nombre de nos espèces fossiles ne sont connues et dénommées que d'après des échantillons isolés, souvent brisés, ou d'après quelques rares spécimens recueillis sur un seul point. Une très petite partie seulement de la surface du globe a été géologiquement explorée, et nulle part avec assez de soin, comme le prouvent les importantes découvertes qui se font chaque année en Europe. Aucun organisme complètement mou ne peut se conserver. Les coquilles et les ossements, gisant au fond des eaux, là où il ne se dépose pas de sédiments, se détruisent et disparaissent bientôt.

Nous partons malheureusement toujours de ce principe erroné qu'un immense dépôt de sédiment est en voie de formation sur presque toute l'étendue du lit de la mer, avec une rapidité suffisante pour ensevelir et conserver des débris fossiles. La belle teinte bleue et la limpidité de l'Océan dans sa plus grande étendue témoignent de la pureté de ses eaux. Les nombreux exemples connus de formations géologiques régulièrement recouvertes, après un immense intervalle de temps, par d'autres formations plus récentes, sans que la couche sous-jacente ait subi dans l'intervalle la moindre dénudation ou la moindre dislocation, ne peut s'expliquer que si l'on admet que le fond de la mer demeure souvent intact pendant des siècles. Les eaux pluviales chargées d'acide carbonique doivent souvent dissoudre les fossiles enfouis dans les sables ou les graviers, en s'infiltrant dans ces couches lors de leur émersion. Les nombreuses espèces d'animaux qui vivent sur les côtes, entre les limites des hautes et des basses marées, paraissent être rarement conservées.

Ainsi, les diverses espèces de *Chthamalinées* (sous-famille de cirripèdes sessiles) tapissent les rochers par myriades dans le monde entier ; toutes sont rigoureusement littorales ; or – à l'exception d'une seule espèce de la Méditerranée qui vit dans les eaux profondes, et qu'on a trouvée à l'état fossile en Sicile – on n'en a pas rencontré une seule espèce fossile dans aucune formation tertiaire ; il est avéré, cependant, que le genre *Chthamalus* existait à l'époque de la craie. Le genre Chiton offre un cas partiellement analogue.

Il est presque superflu d'ajouter, à l'égard des espèces terrestres qui vécurent pendant la période secondaire et la période paléozoïque, que nos collections présentent de nombreuses lacunes. On ne connaissait, par exemple, jusque tout récemment encore, aucune coquille terrestre ayant appartenu à l'une ou l'autre de ces deux longues périodes, à l'exception d'une seule espèce trouvée dans les couches carbonifères de l'Amérique du Nord par sir C. Lyell. Quant aux restes fossiles de mammifères, un simple coup d'œil sur la table historique du manuel de Lyell suffit pour prouver, mieux que des pages de détails, combien leur conservation est rare et accidentelle. Cette rareté n'a rien de surprenant, d'ailleurs, si l'on songe à l'énorme proportion d'ossements de mammifères tertiaires qui ont été trouvés dans des cavernes ou des dépôts lacustres, nature de gisements dont on ne connaît aucun exemple dans nos formations secondaires ou paléozoïques.

Mais les nombreuses lacunes de nos archives géologiques proviennent en grande partie d'une cause bien plus importante que les précédentes, c'est-à-dire que les diverses formations ont été séparées les unes des autres par d'énormes intervalles de temps. Lorsque nous voyons la série des formations, telle que la donnent les tableaux des ouvrages sur la géologie, ou que nous étudions ces formations dans la nature, nous échappons difficilement à l'idée qu'elles ont été strictement consécutives. Cependant le grand ouvrage de sir R. Murchison sur la Russie nous apprend quelles immenses lacunes il y a dans ce pays entre les formations immédiatement superposées ; il en est de même dans l'Amérique du Nord et dans beaucoup d'autres parties du monde. Aucun géologue, si habile qu'il soit, dont l'attention se serait portée exclusivement sur l'étude de ces vastes territoires, n'aurait jamais soupçonné que, pendant ces mêmes périodes complètement inertes pour son propre pays, d'énormes dépôts de sédiment, renfermant une foule de formes organiques nouvelles et toutes spéciales, s'accumulaient autre part. Et si, dans chaque contrée considérée séparément, il est presque impossible d'estimer le temps écoulé entre les formations consécutives, nous pouvons en conclure qu'on ne saurait le déterminer nulle part. Les fréquents et importants changements qu'on peut constater dans la composition minéralogique des formations consécutives, impliquent généralement aussi de grands changements dans la géographie des régions environnantes, d'où ont dû provenir les matériaux des sédiments, ce qui confirme encore l'opinion que de longues périodes se sont écoulées entre chaque formation.

Nous pouvons, je crois, nous rendre compte de cette intermittence presque constante des formations géologiques de chaque région, c'est-à-dire du fait qu'elles ne se sont pas succédé sans interruption. Rarement un fait m'a frappé autant que l'absence, sur une longueur de plusieurs centaines de milles des côtes de l'Amérique du Sud, qui ont été récemment soulevées de plusieurs centaines de pieds, de tout dépôt récent assez considérable pour représenter même une courte période géologique. Sur toute la côte occidentale, qu'habite une faune marine particulière, les couches tertiaires sont si peu développées que plusieurs faunes marines successives et toutes spéciales ne laisseront probablement aucune trace de leur existence aux âges géologiques futurs. Un peu de

réflexion fera comprendre pourquoi, sur la côte occidentale de l'Amérique du Sud en voie de soulèvement, on ne
peut trouver nulle part de formation étendue contenant
des débris tertiaires ou récents, bien qu'il ait dû y avoir
abondance de matériaux de sédiments, par suite de
l'énorme dégradation des rochers des côtes et de la vase
apportée par les cours d'eau qui se jettent dans la mer.
Il est probable, en effet, que les dépôts sous-marins du
littoral sont constamment désagrégés et emportés, à
mesure que le soulèvement lent et graduel du sol les
expose à l'action des vagues.

Nous pouvons donc conclure que les dépôts de sédiment doivent être accumulés en masses très épaisses, très
étendues et très solides, pour pouvoir résister à l'action
incessante des vagues, lors des premiers soulèvements du
sol, et pendant les oscillations successives du niveau. Des
masses de sédiment aussi épaisses et aussi étendues
peuvent se former de deux manières : soit dans les
grandes profondeurs de la mer, auquel cas, d'après les
recherches de E. Forbes, le fond est habité par des formes
moins nombreuses et moins variées que les mers peu profondes ; en conséquence, lorsque la masse vient à se soulever, elle ne peut offrir qu'une collection très incomplète
des formes organiques qui ont existé dans le voisinage
pendant la période de son accumulation. Ou bien, une
couche de sédiment de quelque épaisseur et de quelque
étendue que ce soit peut se déposer sur un bas-fond en
voie de s'affaisser lentement ; dans ce cas, tant que
l'affaissement du sol et l'apport des sédiments s'équili-
brent à peu près, la mer reste peu profonde et offre un
milieu favorable à l'existence d'un grand nombre de
formes variées ; de sorte qu'un dépôt riche en fossiles, et
assez épais pour résister, après un soulèvement ultérieur,
à une grande dénudation, peut ainsi se former facilement.

Je suis convaincu que presque toutes nos anciennes
formations *riches en fossiles* dans la plus grande partie

de leur épaisseur se sont ainsi formées pendant un affaissement. J'ai, depuis 1845, époque où je publiai mes vues à ce sujet, suivi avec soin les progrès de la géologie, et j'ai été étonné de voir comment les auteurs, traitant de telle ou telle grande formation, sont arrivés, les uns après les autres, à conclure qu'elle avait dû s'accumuler pendant un affaissement du sol. Je puis ajouter que la seule formation tertiaire ancienne qui, sur la côte occidentale de l'Amérique du Sud, ait été assez puissante pour résister aux dégradations qu'elle a déjà subies, mais qui ne durera guère jusqu'à une nouvelle époque géologique bien distante, s'est accumulée pendant une période d'affaissement, et a pu ainsi atteindre une épaisseur considérable.

Tous les faits géologiques nous démontrent clairement que chaque partie de la surface terrestre a dû éprouver de nombreuses et lentes oscillations de niveau, qui ont évidemment affecté des espaces considérables. Des formations riches en fossiles, assez épaisses et assez étendues pour résister aux érosions subséquentes, ont pu par conséquent se former sur de vastes régions pendant les périodes d'affaissement, là où l'apport des sédiments était assez considérable pour maintenir le fond à une faible profondeur et pour enfouir et conserver les débris organiques avant qu'ils aient eu le temps de se désagréger. D'autre part, tant que le fond de la mer reste stationnaire, des dépôts *épais* ne peuvent pas s'accumuler dans les parties peu profondes les plus favorables à la vie. Ces dépôts sont encore moins possibles pendant les périodes intermédiaires de soulèvement, ou, pour mieux dire, les couches déjà accumulées sont généralement détruites à mesure que leur soulèvement les amenant au niveau de l'eau les met aux prises avec l'action destructive des vagues côtières.

Les archives géologiques sont ainsi nécessairement intermittentes. Je suis convaincu de la vérité de cette théorie, car elle s'accorde parfaitement avec les principes généraux dégagés par sir C. Lyell ; E. Forbes est arrivé de son côté à des conclusions semblables.

Il est encore une remarque digne d'attention. Pendant les périodes de soulèvement, l'étendue des surfaces terrestres, ainsi que celle des parties peu profondes de mer qui les entourent, augmente et forme ainsi de nouvelles stations – toutes circonstances favorables, ainsi que nous l'avons expliqué, à la formation des variétés et des espèces nouvelles ; mais il y a généralement aussi, pendant ces périodes, une lacune dans les archives géologiques. D'autre part, pendant les périodes d'affaissement, la surface habitée diminue, ainsi que le nombre des habitants (excepté sur les côtes d'un continent au moment où il se fractionne en archipel), et, par conséquent, bien qu'il y ait de nombreuses extinctions, il se forme peu de variétés ou d'espèces nouvelles ; or, c'est précisément pendant ces périodes d'affaissement que se sont accumulés les dépôts les plus riches en fossiles. On peut presque dire que la nature veille à éviter de fréquentes découvertes de ses formes ou chaînons transitionnels.

Les considérations qui précèdent prouvent à n'en pouvoir douter l'extrême imperfection des documents que, dans son ensemble, la géologie peut nous fournir ; mais, si nous concentrons notre examen sur une formation quelconque, il devient beaucoup plus difficile de comprendre pourquoi nous n'y trouvons pas une série étroitement graduée des variétés qui ont dû relier les espèces voisines qui vivaient au commencement et à la fin de cette formation. On connaît quelques exemples de variétés d'une même espèce, existant dans les parties supérieures et dans les parties inférieures d'une même formation, mais, comme ils sont rares, on peut les éliminer. Bien que chaque formation ait incontestablement nécessité pour son dépôt un nombre d'années considérable, on peut donner plusieurs raisons pour expliquer comment il se fait que chacune d'elles ne présente pas ordinairement une série graduée de chaînons reliant les espèces qui ont vécu au commencement et à la fin ; mais je ne saurais déterminer la valeur relative des considérations qui suivent.

Toute formation géologique implique certainement un nombre considérable d'années ; il est cependant probable que chacune de ces périodes est courte, si on la compare à la période nécessaire pour transformer une espèce en une autre. Deux paléontologistes dont les opinions ont un grand poids, Bronn et Woodward, ont conclu, il est vrai, que la durée moyenne de chaque formation est deux ou trois fois aussi longue que la durée moyenne des formes spécifiques. Mais il me semble que des difficultés insurmontables s'opposent à ce que nous puissions arriver sur ce point à aucune conclusion exacte. Lorsque nous voyons une espèce apparaître pour la première fois au milieu d'une formation, il serait téméraire à l'extrême d'en conclure qu'elle n'a pas précédemment existé ailleurs ; de même qu'en voyant une espèce disparaître avant le dépôt des dernières couches, il serait également téméraire d'affirmer son extinction. Nous oublions que, comparée au reste du globe, la superficie de l'Europe est fort peu de chose, et qu'on n'a d'ailleurs pas établi avec une certitude complète la corrélation, dans toute l'Europe, des divers étages d'une même formation.

Relativement aux animaux marins de toutes espèces, nous pouvons présumer en toute sûreté qu'il y a eu de grandes migrations dues à des changements climatériques ou autres ; et, lorsque nous voyons une espèce apparaître pour la première fois dans une formation, il y a toute probabilité pour que ce soit une immigration nouvelle dans la localité. On sait, par exemple, que plusieurs espèces ont apparu dans les couches paléozoïques de l'Amérique du Nord un peu plus tôt que dans celle de l'Europe, un certain temps ayant été probablement nécessaire à leur migration des mers d'Amérique à celles d'Europe. En examinant les dépôts les plus récents dans différentes parties du globe, on a remarqué partout que quelques espèces encore existantes sont très communes dans un dépôt, mais ont disparu de la mer immédiatement voisine ; ou inversement, que des espèces abondantes dans les mers du voisinage sont rares dans un dépôt ou y font absolument défaut. Il est bon de réfléchir aux nombreuses migrations bien prouvées des habitants de l'Europe pendant l'époque glaciaire, qui ne constitue qu'une partie d'une période géologique entière. Il est bon aussi de réfléchir aux oscillations du sol, aux changements extraordinaires de climat, et à l'immense laps de temps compris dans cette même période glaciaire. On peut cependant douter qu'il y ait un seul point du globe où, pendant toute cette période, il se soit accumulé sur une même surface, et d'une manière continue, des dépôts sédimentaires *renfermant des débris fossiles.* Il n'est pas probable, par exemple, que, pendant toute la période glaciaire, il se soit déposé des sédiments à l'embouchure du Mississippi, dans les limites des profondeurs qui conviennent le mieux aux animaux marins ; car nous savons que, pendant cette même période de temps, de grands changements géographiques ont eu lieu dans d'autres parties de l'Amérique. Lorsque les couches de sédiment déposées dans des eaux peu profondes à l'embouchure du Mississippi, pendant une partie de la période glaciaire, se seront soulevées, les restes organiques qu'elles contiennent apparaîtront et disparaîtront probablement à différents niveaux, en raison des migrations des espèces et des changements géographiques. Dans un avenir éloigné, un géologue examinant ces couches pourra être tenté de conclure que la durée moyenne de la persistance des espèces fossiles enfouies a été inférieure à celle de la période glaciaire, tandis qu'elle aura réellement été beaucoup plus grande, puisqu'elle s'étend dès avant l'époque glaciaire jusqu'à nos jours.

Pour qu'on puisse trouver une série de formes parfaitement graduées entre deux espèces enfouies dans la partie supérieure ou dans la partie inférieure d'une même formation, il faudrait que celle-ci eût continué de s'accumuler pendant une période assez longue pour que les modifications toujours lentes des espèces aient eu le temps de s'opérer. Le dépôt devrait donc être extrêmement épais ; il aurait fallu, en outre, que l'espèce en voie de se modifier ait habité tout le temps dans la même région. Mais nous avons vu qu'une formation considérable, également riche en fossiles dans toute son épaisseur, ne peut s'accumuler que pendant une période d'affaissement ; et, pour que la profondeur reste sensiblement la même, condition nécessaire pour qu'une espèce marine quelconque puisse continuer à habiter le même endroit, il faut que l'apport des sédiments compense à peu près l'affaissement. Or, le même mouvement d'affaissement tendant aussi à submerger les terrains qui fournissent les matériaux du sédiment lui-même, il en résulte que la quantité de ce dernier tend à diminuer tant que le mouvement d'affaissement continue. Un équilibre approximatif entre la rapidité de production des sédiments et la vitesse de l'affaissement est donc probablement un fait rare ; beaucoup de paléontologistes ont, en effet, remarqué que les dépôts très épais sont ordinairement dépourvus de fossiles, sauf vers leur limite supérieure ou inférieure.

Il semble que chaque formation distincte, de même que toute la série des formations d'un pays, s'est en général accumulée de façon intermittente. Lorsque nous voyons, comme cela arrive si souvent, une formation constituée par des couches de composition minéralogique différente, nous avons tout lieu de penser que la marche du dépôt a été plus ou moins interrompue, car un changement dans les courants marins ou un apport de sédiments de nature différente sont généralement dus à des changements géographiques qui exigent beaucoup de temps. Mais l'examen le plus minutieux d'un dépôt ne peut nous fournir aucun élément de nature à nous permettre d'estimer le temps qu'il a fallu pour le former. On pourrait citer bien des cas de couches n'ayant que quelques pieds d'épaisseur, représentant des formations qui, ailleurs, ont atteint des épaisseurs de plusieurs milliers de pieds, et dont l'accumulation n'a pu se faire que dans une période d'une durée énorme ; or, quiconque ignore ce fait ne pourrait même soupçonner l'immense série de siècles représentée par la couche la plus mince. On pourrait citer des cas nombreux de couches inférieures d'une formation qui ont été soulevées, dénudées, submergées, puis recouvertes par les couches supérieures de la même formation – faits qui démontrent qu'il a pu y avoir des intervalles considérables et faciles à méconnaître dans l'accumulation totale. Dans d'autres cas, de grands arbres fossiles, encore debout sur le sol où ils ont vécu, nous prouvent nettement que de longs intervalles de temps se sont écoulés et que des changements de niveau ont eu lieu pendant la formation des dépôts ; ce que nul n'aurait jamais pu soupçonner si les arbres n'avaient pas été conservés. Ainsi sir C. Lyell et le docteur Dawson ont trouvé dans la Nouvelle-Écosse des dépôts carbonifères ayant 1 400 pieds d'épaisseur, formés de couches superposées contenant des racines, et cela à soixante-huit niveaux différents. Aussi, quand la même espèce se rencontre à la base, au milieu et au sommet d'une formation, il y a toute probabilité qu'elle n'a pas vécu au même endroit pendant toute la période du dépôt, mais qu'elle a paru et disparu, bien des fois peut-être, pendant la même période géologique. En conséquence, si de semblables espèces avaient subi, pendant le cours d'une période géologique, des modifications considérables, un point donné de la formation ne renfermerait pas tous les degrés intermédiaires d'organisation qui, d'après ma théorie, ont dû exister, mais présenterait des changements de formes soudains, bien que peut-être peu considérables.

Il est indispensable de se rappeler que les naturalistes n'ont aucune règle d'or qui leur permette de distinguer les espèces des variétés ; ils accordent une petite variabilité à chaque espèce ; mais aussitôt qu'ils rencontrent quelques différences un peu plus marquées entre deux formes, ils les regardent toutes deux comme des espèces, à moins qu'ils puissent les relier par une série de gradations intermédiaires très voisines ; or, nous devons rarement, en vertu des raisons que nous venons de donner, espérer trouver, dans une section géologique quelconque, un rapprochement semblable. Supposons deux espèces B et C, et qu'on trouve, dans une couche sous-jacente et plus ancienne, une troisième espèce A ; en admettant même que celle-ci soit rigoureusement intermédiaire entre B et C, elle serait simplement considérée comme une espèce distincte, à moins qu'on trouve des variétés intermédiaires la reliant avec l'une ou l'autre des deux formes ou avec toutes les deux. Il ne faut pas oublier que, ainsi que nous l'avons déjà expliqué, A pourrait être l'ancêtre de B et de C, sans être rigoureusement intermédiaire entre les deux dans tous ses caractères. Nous pourrions donc trouver dans les couches inférieures et supérieures d'une même formation l'espèce parente et ses différents descendants modifiés, sans pouvoir reconnaître leur parenté, en l'absence des nombreuses formes de transition, et, par conséquent, nous les considérerions comme des espèces distinctes.

On sait sur quelles différences excessivement légères beaucoup de paléontologistes ont fondé leurs espèces, et ils le font d'autant plus volontiers que les spécimens proviennent des différentes couches d'une même formation. Quelques conchyliologistes expérimentés ramènent actuellement au rang de variétés un grand nombre d'espèces établies par d'Orbigny et tant d'autres, ce qui nous fournit la preuve des changements que, d'après ma théorie, nous devons constater. Si nous étudions des périodes plus considérables et que nous examinons les étages consécutifs et distincts d'une même grande formation, nous trouvons que les fossiles enfouis, bien qu'universellement considérés comme spécifiquement différents, sont cependant beaucoup plus voisins les uns des autres que ne le sont les espèces enfouies dans des formations chronologiquement plus éloignées les unes des autres. Mais j'aurai à revenir sur ce point dans le chapitre suivant.

Pour les plantes et les animaux qui se propagent rapidement et se déplacent peu, il y a raison de supposer, comme nous l'avons déjà vu, que les variétés sont d'abord généralement locales, et que ces variétés locales ne se répandent beaucoup et ne supplantent leurs formes parentes que lorsqu'elles se sont considérablement modifiées et perfectionnées. La chance de rencontrer dans une formation d'un pays quelconque toutes les formes primitives de transition entre deux espèces est donc excessivement faible, puisque l'on suppose que les changements successifs ont été locaux et limités à un point donné. La plupart des animaux marins ont un habitat très étendu ; nous avons vu, en outre, que ce sont les plantes ayant l'habitat le plus étendu qui présentent le plus souvent des variétés. Il est donc probable que ce sont les mollusques et les autres animaux marins disséminés sur des espaces considérables, dépassant de beaucoup les limites des formations géologiques connues en Europe, qui ont dû aussi donner le plus souvent naissance à des variétés locales d'abord, puis enfin à des espèces nouvelles ; circonstance qui ne peut encore que diminuer la chance que nous avons de retrouver tous les états de transition entre deux formes dans une formation géologique quelconque.

Nous ne devons point oublier que, de nos jours, bien que nous ayons sous les yeux des spécimens parfaits, nous ne pouvons que rarement relier deux formes l'une à l'autre par des variétés intermédiaires de manière à établir leur identité spécifique, jusqu'à ce que nous ayons réuni un grand nombre de spécimens provenant de contrées différentes ; or, il est rare que nous puissions en agir ainsi à l'égard des fossiles. Rien ne peut nous faire mieux comprendre l'improbabilité qu'il y a à ce que nous puissions relier les unes aux autres les espèces par des formes fossiles intermédiaires, nombreuses et graduées, que de nous demander, par exemple, comment un géologue pourra, à quelque époque future, parvenir à démontrer que nos différentes races de bestiaux, de moutons, de chevaux ou de chiens, descendent d'une seule souche originelle ou de plusieurs ; ou encore, si certaines coquilles marines habitant les côtes de l'Amérique du Nord, que quelques conchyliologistes considèrent comme spécifiquement distinctes de leurs congénères d'Europe et que d'autres regardent seulement comme des variétés, sont réellement des variétés ou des espèces. Le géologue de l'avenir ne pourrait résoudre cette difficulté qu'en découvrant à l'état fossile de nombreuses formes intermédiaires, chose improbable au plus haut degré.

La recherche géologique, bien qu'elle ait ajouté de nombreuses espèces à des genres existants et éteints, et soit parvenue à réduire les intervalles entre quelques groupes, n'a presque rien fait pour briser la distinction entre espèces en les reliant à des variétés nombreuses, fines et intermédiaires. L'absence de résultats en ce domaine est probablement l'objection la plus sérieuse et la plus évidente que l'on peut opposer à ma théorie. Pour résumer les remarques qui précèdent sur les causes de l'imperfection des documents géologiques, supposons l'exemple suivant : l'archipel malais est à peu près égal en étendue à l'Europe, du cap Nord à la Méditerranée et de l'Angleterre à la Russie ; il représente par conséquent une superficie égale à celle dont les formations géologiques ont été jusqu'ici examinées avec soin, celles des États-Unis exceptées. J'admets complètement, avec M. Godwin-Austen, que l'archipel malais, dans ses conditions actuelles, avec ses grandes îles séparées par des mers larges et peu profondes, représente probablement l'ancien état de l'Europe, à l'époque où s'accumulaient la plupart de nos formations. L'archipel malais est une des régions du globe les plus riches en êtres organisés ; cependant, si l'on rassemblait toutes les espèces qui y ont vécu, elles ne représenteraient que bien imparfaitement l'histoire naturelle du monde.

Nous avons, en outre, tout lieu de croire que les productions terrestres de l'archipel ne seraient conservées que d'une manière très imparfaite, dans les formations que nous supposons y être en voie d'accumulation. Un petit nombre seulement des animaux habitant le littoral, ou ayant vécu sur les rochers sous-marins dénudés, doivent être enfouis ; encore ceux qui ne seraient ensevelis que dans le sable et le gravier ne se conserveraient pas très longtemps. D'ailleurs, partout où il ne se fait pas de dépôts au fond de la mer et où ils ne s'accumulent pas assez promptement pour recouvrir à temps et protéger contre la destruction les corps organiques, les restes de ceux-ci ne peuvent être conservés.

Les formations riches en fossiles divers et assez épaisses pour persister jusqu'à une période future aussi éloignée dans l'avenir que le sont les terrains secondaires dans le passé, ne doivent, en règle générale, se former dans l'archipel que pendant les mouvements d'affaissement du sol. Ces périodes d'affaissement sont nécessairement séparées les unes des autres par des intervalles considérables, pendant lesquels la région reste stationnaire ou se soulève. Pendant les périodes de soulèvement, les formations fossilifères doivent être détruites presque aussitôt qu'accumulées par l'action incessante des vagues côtières, comme cela a lieu actuellement sur les rivages de l'Amérique méridionale. Les époques d'affaissement doivent probablement être accompagnées de nombreuses extinctions d'espèces, et celles de soulèvement de beaucoup de variations ; mais, dans ce dernier cas, les documents géologiques sont beaucoup plus incomplets.

On peut douter que la durée d'une grande période d'affaissement affectant tout ou partie de l'archipel, ainsi que l'accumulation contemporaine des sédiments, doive *excéder* la durée moyenne des mêmes formes spécifiques ; deux conditions indispensables pour la conservation de tous les états de transition qui ont existé entre deux ou plusieurs espèces. Si tous ces intermédiaires n'étaient pas conservés, les variétés de transition paraîtraient autant d'espèces nouvelles bien que très voisines. Il est probable aussi que chaque grande période d'affaissement serait interrompue par des oscillations de niveau, et que de légers changements de climat se produiraient pendant de si longues périodes ; dans ces divers cas, les habitants de l'archipel émigreraient, et aucune formation ne conserverait les archives de la suite complète de leurs modifications.

Un grand nombre des espèces marines de l'archipel s'étendent actuellement à des milliers de lieues de distance au-delà de ses limites ; or, l'analogie nous conduit certainement à penser que ce sont principalement ces espèces très répandues qui produisent le plus souvent des variétés nouvelles. Ces variétés sont d'abord locales, ou confinées dans une seule région ; mais si elles sont douées de quelque avantage décisif sur d'autres formes, si elles continuent à se modifier et à se perfectionner, elles se multiplient peu à peu et finissent par supplanter la souche mère. Or, quand ces variétés reviennent dans leur ancienne patrie, comme elles diffèrent d'une manière uniforme, quoique peut-être très légère, de leur état primitif, et comme elles se trouvent enfouies dans des couches un peu différentes de la même formation, beaucoup de paléontologistes, d'après les principes en vigueur, les classent comme des espèces nouvelles et distinctes.

Si les remarques que nous venons de faire ont quelque justesse, nous ne devons pas nous attendre à trouver dans nos formations géologiques un nombre infini de ces formes de transition qui, d'après ma théorie, ont relié les

unes aux autres toutes les espèces passées et présentes
d'un même groupe, pour en faire une seule longue série
continue et ramifiée. Nous ne pouvons espérer trouver
autre chose que quelques chaînons épars, plus ou moins
voisins les uns des autres ; et c'est là certainement ce qui
arrive. Mais si ces chaînons, quelque rapprochés qu'ils
puissent être, proviennent d'étages différents d'une même
formation, beaucoup de paléontologistes les considèrent
comme des espèces distinctes. Cependant, je n'aurais
jamais, sans doute, soupçonné l'insuffisance et la pauvreté des renseignements que peuvent nous fournir les
couches géologiques les mieux conservées, sans l'importance de l'objection que soulevait contre ma théorie
l'absence de chaînons intermédiaires entre les espèces qui
ont vécu au commencement et à la fin de chaque formation.

APPARITION SOUDAINE DE GROUPES ENTIERS D'ESPÈCES ALLIÉES

Plusieurs paléontologistes, Agassiz, Pictet et Sedgwick
par exemple, ont argué de l'apparition soudaine de
groupes entiers d'espèces dans certaines formations
comme d'un fait inconciliable avec la théorie de la transformation. Si des espèces nombreuses, appartenant aux
mêmes genres ou aux mêmes familles, avaient réellement
apparu tout à coup, ce fait anéantirait la théorie de l'évolution par la sélection naturelle. En effet, le développement par la sélection naturelle d'un ensemble de formes,
toutes descendant d'un ancêtre unique, a dû être fort
long, et les espèces primitives ont dû vivre bien des siècles
avant leur descendance modifiée. Mais, disposés que
nous sommes à exagérer continuellement la perfection
des archives géologiques, nous concluons très fausse-
ment, de ce que certains genres ou certaines familles

n'ont pas été rencontrés au-dessous d'une couche, qu'ils n'ont pas existé avant le dépôt de cette couche. Nous oublions toujours combien le monde est immense, comparé à la surface suffisamment étudiée de nos formations géologiques ; nous ne songeons pas que des groupes d'espèces ont pu exister ailleurs pendant longtemps, et s'être lentement multipliés avant d'envahir les anciens archipels de l'Europe et des États-Unis. Nous ne tenons pas assez compte des énormes intervalles qui ont dû s'écouler entre nos formations successives, intervalles qui, dans bien des cas, ont peut-être été plus longs que les périodes nécessaires à l'accumulation de chacune de ces formations. Ces intervalles ont permis la multiplication d'espèces dérivées d'une ou de plusieurs formes parentes, constituant les groupes qui, dans la formation suivante, apparaissent comme s'ils étaient soudainement créés.

Je dois rappeler ici une remarque que nous avons déjà faite ; c'est qu'il doit falloir une longue succession de siècles pour adapter un organisme à des conditions entièrement nouvelles, telles, par exemple, que celle du vol. Mais, dès que cette adaptation a été effectuée, et que quelques espèces ont ainsi acquis un avantage marqué sur d'autres organismes, il ne faut plus qu'un temps relativement court pour produire un grand nombre de formes divergentes, aptes à se répandre rapidement dans le monde entier.

Donnons maintenant quelques exemples à l'appui des remarques qui précèdent, et aussi pour prouver combien nous sommes sujets à erreur quand nous supposons que des groupes entiers d'espèces se sont produits soudainement. Je puis rappeler le fait bien connu que, dans tous les traités de géologie publiés il n'y a pas bien longtemps, on enseigne que les mammifères ont brusquement apparu au commencement de l'époque tertiaire. Or, actuellement, l'un des dépôts les plus riches en fossiles de mammifères que l'on connaisse appartient au milieu de l'époque secondaire, et l'on a découvert de véritables mammifères dans les couches de nouveau grès rouge, qui remontent presque au commencement de cette grande époque. Cuvier a soutenu souvent que les couches tertiaires ne contiennent aucun singe, mais on a depuis trouvé des espèces éteintes de ces animaux dans l'Inde, dans l'Amérique du Sud et en Europe, jusque dans les couches de l'époque éocène. Le cas le plus frappant, cependant, est celui de la famille des baleines ; ces animaux marins, ayant tous des os épais, sont distribués dans le monde entier ; le fait qu'aucun os de baleine n'ait été découvert dans une formation secondaire semblait pleinement justifier la croyance que ce grand ordre bien distinct avait surgi soudainement, dans l'intervalle entre la dernière formation secondaire et la première formation tertiaire. Mais nous pouvons maintenant lire dans le Supplément au *Manuel* de Lyell, publié en 1858, qu'il existe des preuves de l'existence de baleines dans le sable vert supérieur, qui date d'un peu avant la fin de l'ère secondaire.

Je citerai encore un autre exemple qui m'a particulièrement frappé lorsque j'eus l'occasion de l'observer. J'ai affirmé, dans un mémoire sur les cirripèdes sessiles fossiles, que, vu le nombre immense d'espèces tertiaires vivantes et éteintes ; que, vu l'abondance extraordinaire d'individus de plusieurs espèces dans le monde entier, depuis les régions arctiques jusqu'à l'équateur, habitant à diverses profondeurs, depuis les limites des hautes eaux jusqu'à 50 brasses ; que, vu la perfection avec laquelle les individus sont conservés dans les couches tertiaires les plus anciennes ; que, vu la facilité avec laquelle le moindre fragment de valve peut être reconnu, on pouvait conclure que, si des cirripèdes sessiles avaient existé pendant la période secondaire, ces espèces eussent certainement été conservées et découvertes, Or, comme pas une seule espèce n'avait été découverte dans les gisements de cette époque, j'en arrivai à la conclusion que cet immense

groupe avait dû se développer subitement à l'origine de
la série tertiaire ; cas embarrassant pour moi, car il four-
nissait un exemple de plus de l'apparition soudaine d'un
groupe important d'espèces. Mon ouvrage venait de
paraître, lorsque je reçus d'un habile paléontologiste,
M. Bosquet, le dessin d'un cirripède sessile incontestable
admirablement conservé, découvert par lui-même dans la
craie, en Belgique. Le cas était d'autant plus remarquable
que ce cirripède était un véritable *Chthamalus*, genre très
commun, très nombreux, et répandu partout, mais dont
on n'avait pas encore rencontré un spécimen, même dans
aucun dépôt tertiaire. Nous avons donc aujourd'hui la
preuve certaine que ce groupe d'animaux a existé pendant la période secondaire et ces cirripèdes-là sont peut-
être les ancêtres de nos nombreuses espèces tertiaires et
actuelles.

Le cas sur lequel les paléontologistes insistent le plus
fréquemment, comme exemple de l'apparition subite
d'un groupe entier d'espèces, est celui des poissons téléostéens dans les couches inférieures de l'époque de la
craie. Ce groupe renferme la grande majorité des espèces
actuelles. Récemment le professeur Pictet a constaté leur
existence dans une couche plus basse, et certains paléontologistes pensent que des poissons bien plus anciens,
dont les affinités sont encore imparfaitement connues,
sont vraiment téléostéens. Si tout le groupe téléostéen
avait réellement apparu dans l'hémisphère septentrional
au commencement de la formation de la craie, comme le
pense Agassiz, le fait serait certainement très remarquable ; mais il ne constituerait pas une objection insurmontable contre mon hypothèse, à moins que l'on
puisse démontrer en même temps que les espèces de ce
groupe ont apparu subitement et simultanément dans le
monde entier à cette même époque. Il est superflu de
rappeler que l'on ne connaît encore presque aucun poisson fossile provenant du sud de l'équateur, et l'on verra,
en parcourant la *Paléontologie* de Pictet, que les diverses

formations européennes n'ont encore fourni que très peu d'espèces. Quelques familles de poissons ont actuellement une distribution fort limitée ; il est possible qu'il en ait été autrefois de même pour les poissons téléostéens, et qu'ils se soient ensuite largement répandus, après s'être considérablement développés dans quelque mer. Nous n'avons non plus aucun droit de supposer que les mers du globe ont toujours été aussi librement ouvertes du sud au nord qu'elles le sont aujourd'hui. De nos jours encore, si l'archipel malais se transformait en continent, les parties tropicales de l'océan Indien formeraient un grand bassin fermé, dans lequel des groupes importants d'animaux marins pourraient se multiplier, et rester confinés jusqu'à ce que quelques espèces adaptées à un climat plus froid, et rendues ainsi capables de doubler les caps méridionaux de l'Afrique et de l'Australie, pussent ensuite s'étendre et gagner des mers éloignées.

Ces considérations diverses, notre ignorance sur la géologie des pays qui se trouvent en dehors des limites de l'Europe et des États-Unis, la révolution que les découvertes des douze dernières années ont opérée dans nos connaissances paléontologiques, me portent à penser qu'il est aussi hasardeux de dogmatiser sur la succession des formes organisées dans le globe entier qu'il le serait à un naturaliste qui aurait débarqué cinq minutes sur un point stérile des côtes de l'Australie de discuter sur le nombre et la distribution des productions de ce continent.

DE L'APPARITION SOUDAINE DE GROUPES D'ESPÈCES ALLIÉES DANS LES COUCHES FOSSILIFÈRES LES PLUS ANCIENNES

Il est une autre difficulté analogue, mais beaucoup plus sérieuse. Je veux parler de l'apparition soudaine d'espèces appartenant aux divisions principales du règne animal dans les roches fossilifères les plus anciennes que l'on connaisse. Tous les arguments qui m'ont convaincu que toutes les espèces d'un même groupe descendent d'un ancêtre commun s'appliquent également aux espèces les plus anciennes que nous connaissions. Il n'est pas douteux, par exemple, que tous les trilobites siluriens descendent de quelque crustacé qui doit avoir vécu long-temps avant l'époque silurienne, et qui différait probable-ment beaucoup de tout animal connu. Quelques-uns des animaux les plus anciens, tels que le Nautile, la Lingule, etc., ne diffèrent pas beaucoup des espèces vivantes ; et, d'après ma théorie, on ne saurait supposer que ces anciennes espèces aient été les ancêtres de toutes les espèces des mêmes groupes qui ont apparu dans la suite, car elles ne présentent à aucun degré des caractères inter-médiaires. De plus, s'ils avaient été les progéniteurs de ces ordres, ils auraient été depuis longtemps remplacés et exterminés par leurs nombreux descendants améliorés.

Par conséquent, si ma théorie est vraie, il est certain qu'il a dû s'écouler, avant le dépôt des couches silu-riennes inférieures, des périodes aussi longues, et proba-blement même beaucoup plus longues, que toute la durée des périodes comprises entre l'époque silurienne et l'époque actuelle, périodes inconnues pendant lesquelles des êtres vivants ont fourmillé sur la terre.

Pourquoi ne trouvons-nous pas des dépôts riches en fossiles appartenant à ces périodes primitives ? C'est là une question à laquelle je ne peux faire aucune réponse satisfaisante. Plusieurs géologues éminents, sir R. Mur-chison à leur tête, étaient, tout récemment encore, convaincus que nous voyons les premières traces de la vie dans les restes organiques que nous fournissent les couches siluriennes les plus anciennes. D'autres juges, très compétents, tels que Lyell et E. Forbes, ont contesté cette conclusion. N'oublions point que nous ne connais-sons un peu exactement qu'une bien petite portion du globe. Il n'y a pas longtemps que M. Barrande a ajouté au système silurien un nouvel étage inférieur, peuplé de nombreuses espèces nouvelles et spéciales. Plus récemment encore, on a trouvé des traces de vie dans les couches de Longmynd, en dessous de la prétendue zone primordiale de Barrande. La présence de nodules phosphatiques et de matières bitumineuses, même dans quelques-unes des roches azoïques, semble indiquer l'existence de la vie dès ces périodes. Néanmoins, la difficulté d'expliquer par de bonnes raisons l'absence de vastes assises de couches fossilifères au-dessous des formations du système cambrien supérieur reste toujours très grande. Il est peu probable que les couches les plus anciennes aient été complètement détruites par dénudation, et que les fossiles aient été entièrement oblitérés par suite d'une action métamorphique ; car, s'il en eût été ainsi, nous n'aurions ainsi trouvé que de faibles restes des formations qui les ont immédiatement suivies, et ces restes présenteraient toujours des traces d'altération métamorphique. Or, les descriptions que nous possédons des dépôts siluriens qui couvrent d'immenses territoires en Russie et dans l'Amérique du Nord ne permettent pas de conclure que, plus une formation est ancienne, plus invariablement elle a dû souffrir d'une dénudation considérable ou d'un métamorphisme excessif.

Le problème reste donc, quant à présent, inexpliqué, insoluble, et l'on peut continuer à s'en servir comme d'un argument sérieux contre les opinions émises ici. Je ferai toutefois l'hypothèse suivante, pour prouver qu'on pourra peut-être plus tard lui trouver une solution. En raison de la nature des restes organiques qui, dans les diverses formations de l'Europe et des États-Unis, ne paraissent pas avoir vécu à de bien grandes profondeurs, et de l'énorme quantité de sédiments dont l'ensemble constitue ces puissantes formations d'une épaisseur de plusieurs kilomètres, nous pouvons penser que, du commencement à la fin, de grandes îles ou de grandes étendues de terrain, propres à fournir les éléments de ces dépôts, ont dû exister dans le voisinage des continents actuels de l'Europe et de l'Amérique du Nord. Agassiz et d'autres savants ont récemment soutenu cette même opinion. Mais nous ne savons pas quel était l'état des choses dans les intervalles qui ont séparé les diverses formations successives ; nous ne savons pas si, pendant ces intervalles, l'Europe et les États-Unis existaient à l'état de terres émergées ou d'aires sous-marines près des terres, mais sur lesquelles ne se formait aucun dépôt, ou enfin comme le lit d'une mer ouverte et insondable.

Nous voyons que les océans actuels, dont la surface est le triple de celle des terres, sont parsemés d'un grand nombre d'îles ; mais on ne connaît pas une seule île véritablement océanique qui présente même une trace de formations paléozoïques ou secondaires. Nous pouvons donc peut-être en conclure que, là où s'étendent actuellement nos océans, il n'existait, pendant l'époque paléozoïque et pendant l'époque secondaire, ni continents ni îles continentales ; car, s'il en avait existé, il se serait, selon toute probabilité, formé, aux dépens des matériaux qui leur auraient été enlevés, des dépôts sédimentaires paléozoïques et secondaires, lesquels auraient ensuite été partiellement soulevés dans les oscillations de niveau qui ont dû nécessairement se produire pendant ces immenses périodes. Si donc nous pouvons conclure quelque chose de ces faits c'est que, là où s'étendent actuellement nos océans, des océans ont dû exister depuis l'époque la plus reculée dont nous puissions avoir connaissance, et, d'autre part, que, là où se trouvent aujourd'hui les continents, il a existé de grandes étendues de terre depuis l'époque silurienne, soumises très probablement à de fortes oscillations de niveau. La carte colorée que j'ai annexée à mon ouvrage sur les récifs de corail m'a amené à conclure que, en général, les grands océans sont encore aujourd'hui des aires d'affaissement ; que les grands archipels sont toujours le théâtre des plus grandes oscillations de niveau, et que les continents représentent des aires de soulèvement. Mais nous n'avons aucune raison de supposer que les choses aient toujours été ainsi depuis le commencement du monde. Nos continents semblent avoir été formés, dans le cours de nombreuses oscillations de niveau, par une prépondérance de la force de soulèvement ; mais ne se peut-il pas que les aires du mouvement prépondérant aient changé dans le cours des âges ? À une période fort antérieure à l'époque silurienne, il peut y avoir eu des continents là où les océans s'étendent aujourd'hui, et des océans sans bornes peuvent avoir recouvert la place de nos continents actuels. Nous ne serions pas non plus autorisés à supposer que, si le fond actuel de l'océan Pacifique, par exemple, venait à être converti en continent, nous y trouverions, dans un état reconnaissable, des formations sédimentaires plus anciennes que les couches siluriennes, en supposant qu'elles s'y soient autrefois déposées ; car il se pourrait que des couches, qui par suite de leur affaissement se seraient rapprochées de plusieurs milles du centre de la terre, et qui auraient été fortement comprimées sous le poids énorme de la grande masse d'eau qui les recouvrait, eussent éprouvé des modifications métamorphiques bien plus considérables que celles qui sont restées plus près de la surface. Les immenses étendues de roches métamorphiques dénudées qui se trouvent dans quelques parties du monde, dans l'Amérique du Sud par exemple, et qui doivent avoir été soumises à l'action de la chaleur sous une forte pression, m'ont toujours paru exiger quelque explication spéciale ; et peut-être voyons-nous, dans ces immenses régions, de nombreuses formations, antérieures de beaucoup à l'époque silurienne, aujourd'hui complètement dénudées et transformées par le métamorphisme.

Les diverses difficultés que nous venons de discuter, à savoir : l'absence dans nos formations géologiques de chaînons présentant tous les degrés de transition entre les espèces actuelles et celles qui les ont précédées, bien que nous y rencontrions souvent des formes intermédiaires ; l'apparition subite de groupes entiers d'espèces dans nos formations européennes ; l'absence presque complète, du moins jusqu'à présent, de dépôts fossilifères au-dessous du système silurien, ont toutes incontestablement une grande importance. Nous en voyons la preuve dans le fait que les paléontologistes les plus éminents, tels que Cuvier, Owen, Agassiz, Barrande, Pictet, Falconer, E. Forbes, etc., et tous nos plus grands géologues, Lyell, Murchison, Sedgwick, etc., ont unanimement, et souvent avec ardeur, soutenu le principe de l'immutabilité des espèces. Mais j'ai certaines raisons de croire qu'une grande autorité, sir Charles Lyell, après mûre réflexion, entretient de sérieux doutes à ce sujet. Je sais comme il est téméraire de différer de ces autorités à qui, entre autres, nous devons toutes nos connaissances. Ceux qui considèrent que les archives géologiques naturelles sont parfaites, et qui n'attachent guère de poids aux faits et aux arguments fournis dans ce volume, rejetteront sans aucun doute immédiatement ma théorie. Quant à moi, je considère les archives géologiques, selon la métaphore de Lyell, comme une histoire du globe incomplètement conservée, écrite dans un dialecte toujours changeant, et dont nous ne possédons que le dernier volume traitant de deux ou trois pays seulement. Quelques fragments de chapitres de ce volume et quelques lignes éparses de chaque page sont seuls parvenus jusqu'à nous. Chaque mot de ce langage changeant lentement, plus ou moins différent dans les chapitres successifs, peut représenter les formes qui ont vécu, qui sont ensevelies dans les formations successives, et qui nous paraissent à tort avoir été brusquement introduites. Cette hypothèse atténue beaucoup, si elle ne les fait pas complètement disparaître, les difficultés que nous avons discutées dans le présent chapitre.

Chapitre X

DE LA SUCCESSION GÉOLOGIQUE
DES ÊTRES ORGANISÉS

Apparition lente et successive des espèces nouvelles. – Leur différente vitesse de transformation. – Les espèces éteintes ne reparaissent plus. – Les groupes d'espèces, au point de vue de leur apparition et de leur disparition, obéissent aux mêmes règles générales que les espèces isolées. – Extinction. – Changements simultanés des formes organiques dans le monde entier. – Affinités des espèces éteintes soit entre elles, soit avec les espèces vivantes. – État de développement des formes anciennes. – Succession des mêmes types dans les mêmes zones. – Résumé de ce chapitre et du chapitre précédent.

Examinons maintenant si les lois et les faits relatifs à la succession géologique des êtres organisés s'accordent mieux avec la théorie ordinaire de l'immutabilité des espèces qu'avec celle de leur modification lente et graduelle, par voie de descendance et de sélection naturelle.

Les espèces nouvelles ont apparu très lentement, l'une après l'autre, tant sur la terre que dans les eaux. Lyell a démontré que, sous ce rapport, les diverses couches tertiaires fournissent un témoignage incontestable ; chaque année tend à combler quelques-unes des lacunes qui existent entre ces couches, et à rendre plus graduelle la proportion entre les formes éteintes et les formes nouvelles. Dans quelques-unes des couches les plus récentes, bien que remontant à une haute antiquité si l'on compte par années, on ne constate l'extinction que d'une ou deux espèces, et l'apparition d'autant d'espèces nouvelles, soit locales, soit, autant que nous pouvons en juger, sur toute la surface de la terre. Si l'on en croit les observations de Philippi en Sicile, les changements successifs de la faune marine de cette île ont été nombreux et fort graduels. Les formations secondaires sont plus bouleversées ; mais, ainsi que le fait remarquer Bronn, l'apparition et la disparition des nombreuses espèces éteintes enfouies dans chaque formation n'ont jamais été simultanées.

Les espèces appartenant à différents genres et à différentes classes n'ont pas changé au même degré ni avec la même rapidité. Dans les couches tertiaires les plus anciennes on peut trouver quelques espèces actuellement vivantes, au milieu d'une foule de formes éteintes. Falconer a signalé un exemple frappant d'un fait semblable, c'est un crocodile existant encore qui se trouve parmi des mammifères et des reptiles éteints dans les dépôts sous-himalayens. La lingule silurienne diffère très peu des espèces vivantes de ce genre, tandis que la plupart des autres mollusques siluriens et tous les crustacés ont beaucoup changé. Les habitants de la terre paraissent se modifier plus rapidement que ceux de la mer ; on a observé dernièrement en Suisse un remarquable exemple de ce fait. Il y a lieu de croire que les organismes élevés dans l'échelle se modifient plus rapidement que les organismes inférieurs ; cette règle souffre cependant quelques exceptions. La somme des changements organiques, selon la remarque de Pictet, n'est pas la même dans chaque formation successive. Cependant, si nous comparons deux formations qui ne sont pas très voisines, nous trouvons que toutes les espèces ont subi quelques modifications. Lorsqu'une espèce a disparu de la surface du globe, nous n'avons aucune raison de croire que la forme identique reparaisse jamais. Le cas qui semblerait le plus faire exception à cette règle est celui des « colonies » de M. Barrande, qui font invasion pendant quelque temps au milieu d'une formation plus ancienne, puis cèdent de nouveau la place à la faune préexistante ; mais Lyell me semble avoir donné une explication satisfaisante de ce fait, en supposant des migrations temporaires provenant de provinces géographiques distinctes.

Ces divers faits s'accordent bien avec ma théorie, qui ne suppose aucune loi fixe de développement, obligeant tous les habitants d'une zone à se modifier brusquement, simultanément, ou à un égal degré. D'après ma théorie, au contraire, la marche des modifications doit être lente, et n'affecter généralement que peu d'espèces à la fois ; en effet, la variabilité de chaque espèce est indépendante de celle de toutes les autres. L'accumulation par la sélection naturelle, à un degré plus ou moins prononcé, des variations ou des différences individuelles qui peuvent surgir, produisant ainsi plus ou moins de modifications permanentes, dépend d'éventualités nombreuses et complexes – telles que la nature avantageuse des variations, la liberté des croisements, les changements lents dans les conditions physiques de la contrée et la nature des autres habitants avec lesquels l'espèce qui varie se trouve en concurrence. Il n'y a donc rien d'étonnant à ce qu'une espèce puisse conserver sa forme plus longtemps que d'autres, ou que, si elle se modifie, elle le fasse à un moindre degré. Nous trouvons des rapports analogues entre les habitants actuels de pays différents ; ainsi, les coquillages terrestres et les insectes coléoptères de Madère en sont venus à différer considérablement des formes du continent européen qui leur ressemblent le plus, tandis que les coquillages marins et les oiseaux n'ont pas changé. La rapidité plus grande des modifications chez les animaux terrestres et d'une organisation plus élevée, comparativement à ce qui se passe chez les formes marines et inférieures, s'explique peut-être par les relations plus complexes qui existent entre les êtres supérieurs et les conditions organiques et inorganiques de leur existence, ainsi que nous l'avons déjà indiqué dans un chapitre précédent. Lorsqu'un grand nombre d'habitants d'une région quelconque se sont modifiés et perfectionnés, il résulte du principe de la concurrence et des rapports essentiels qu'ont mutuellement entre eux les organismes dans la lutte pour l'existence, que toute forme qui ne se modifie pas et ne se perfectionne pas dans une certaine mesure doit être exposée à la destruction. C'est pourquoi toutes les espèces d'une même région finissent toujours, si l'on considère un laps de temps suffisamment long, par se modifier, car autrement elles disparaîtraient.

La moyenne des modifications chez les membres d'une même classe peut être presque la même, pendant des périodes égales et de grande longueur ; mais, comme l'accumulation de couches durables, riches en fossiles, dépend du dépôt de grandes masses de sédiments sur des aires en voie d'affaissement, ces couches ont dû nécessairement se former à des intervalles très considérables et irrégulièrement intermittents. En conséquence, la somme des changements organiques dont témoignent les fossiles contenus dans des formations consécutives n'est pas égale. Dans cette hypothèse, chaque formation ne représente pas un acte nouveau et complet de création, mais seulement une scène prise au hasard dans un drame qui change lentement et toujours.

Il est facile de comprendre pourquoi une espèce une fois éteinte ne saurait reparaître, en admettant même le retour de conditions d'existence organiques et inorganiques identiques. En effet, bien que la descendance d'une espèce puisse s'adapter de manière à occuper dans l'économie de la nature la place d'une autre (ce qui est sans doute arrivé très souvent), et parvenir ainsi à la supplanter, les deux formes – l'ancienne et la nouvelle – ne pourraient jamais être identiques, parce que toutes deux auraient presque certainement hérité de leurs ancêtres distincts des caractères différents, et que des organismes déjà différents tendent à varier d'une manière différente.

Par exemple, il est possible que, si nos pigeons paons étaient tous détruits, les éleveurs parvinssent à refaire une nouvelle race presque semblable à la race actuelle. Mais si nous supposons la destruction de la souche parente, le biset – et nous avons toute raison de croire qu'à l'état de nature les formes parentes sont généralement remplacées et exterminées par leurs descendants perfectionnés –, il serait peu probable qu'un pigeon paon, identique à la race existante, pût descendre d'une autre espèce de pigeon ou même d'aucune autre race bien fixe du pigeon domestique. En effet, les variations successives seraient certainement différentes dans un certain degré, et la variété nouvellement formée emprunterait probablement à la souche parente quelques divergences caractéristiques.

Les groupes d'espèces, c'est-à-dire les genres et les familles, suivent dans leur apparition et leur disparition les mêmes règles générales que les espèces isolées, c'est-à-dire qu'ils se modifient plus ou moins fortement, et plus ou moins promptement. Un groupe une fois éteint ne reparaît jamais ; c'est-à-dire que son existence, tant qu'elle se perpétue, est rigoureusement continue. Je sais que cette règle souffre quelques exceptions apparentes, mais elles sont si rares, que E. Forbes, Pictet et Woodward (quoique tout à fait opposés aux idées que je soutiens) l'admettent pour vraie. En effet, étant donné que toutes les espèces du même groupe descendent d'un ancêtre commun, il est clair que tant qu'une espèce de ce groupe apparaît dans la longue série des âges, ses membres ont dû continuer d'exister durant la même période, afin de pouvoir donner naissance à des formes soit nouvelles et modifiées, soit aux formes anciennes perpétuées sans modification. Les espèces du genre *Lingula*, par exemple, qui ont successivement apparu à toutes les époques, doivent avoir été reliées les unes aux autres par une série non interrompue de générations, depuis les couches les plus anciennes du système silurien jusqu'à nos jours.

Nous avons vu dans le chapitre précédent que des groupes entiers d'espèces semblent parfois apparaître tous à la fois et soudainement. J'ai cherché à donner une explication de ce fait, qui serait, s'il était bien constaté, fatal à ma théorie. Mais de pareils cas sont exceptionnels ; la règle générale, au contraire, est à l'augmentation progressive en nombre, jusqu'à ce que le groupe atteigne son maximum, tôt ou tard suivi d'un décroissement graduel. Si l'on représente le nombre des espèces contenues dans un genre, ou le nombre des genres contenus dans une famille, par un trait vertical d'épaisseur variable, traversant les couches géologiques successives contenant ces espèces, le trait paraît quelquefois commencer à son extrémité inférieure, non par une pointe aiguë, mais brusquement. Il s'épaissit graduellement en montant ; il conserve souvent une largeur égale pendant un trajet plus ou moins long, puis il finit par s'amincir dans les couches supérieures, indiquant le décroissement et l'extinction finale de l'espèce. Cette multiplication graduelle du nombre des espèces d'un groupe est strictement d'accord avec ma théorie, car les espèces d'un même genre et les genres d'une même famille ne peuvent augmenter que lentement et progressivement, la modification et la production de nombreuses formes voisines ne pouvant être que longues et graduelles. En effet, une espèce produit d'abord deux ou trois variétés, qui se convertissent lentement en autant d'espèces, lesquelles à leur tour, et par une marche également graduelle, donnent naissance à d'autres variétés et à d'autres espèces, et ainsi de suite, comme les branches qui, partant du tronc unique d'un grand arbre, finissent, en se ramifiant toujours, par former un groupe considérable dans son ensemble.

EXTINCTION

Nous n'avons, jusqu'à présent, parlé qu'incidemment de la disparition des espèces et des groupes d'espèces. D'après la théorie de la sélection naturelle, l'extinction des formes anciennes et la production des formes nouvelles perfectionnées sont deux faits intimement connexes. La vieille notion de la destruction complète de tous les habitants du globe, à la suite de cataclysmes périodiques, est aujourd'hui généralement abandonnée, même par des géologues tels que E. de Beaumont, Murchison, Barrande, etc., que leurs opinions générales devraient naturellement conduire à des conclusions de cette nature. Il résulte, au contraire, de l'étude des formations tertiaires que les espèces et les groupes d'espèces disparaissent lentement les uns après les autres, d'abord sur un point, puis sur un autre, et enfin de la terre entière. Les espèces et les groupes d'espèces persistent pendant des périodes d'une longueur très inégale ; nous avons vu, en effet, que quelques groupes qui ont apparu dès l'origine de la vie existent encore aujourd'hui, tandis que d'autres ont disparu avant la fin de la période paléozoïque. Le temps pendant lequel une espèce isolée ou un genre peut persister ne paraît dépendre d'aucune loi fixe. Il y a tout lieu de croire que l'extinction de tout un groupe d'espèces doit être beaucoup plus lente que sa production. Si l'on figure comme précédemment l'apparition et la disparition d'un groupe par un trait vertical d'épaisseur variable, ce dernier s'effile beaucoup plus graduellement en pointe à son extrémité supérieure, qui indique la marche de l'extinction, qu'à son extrémité inférieure, qui représente l'apparition première, et la multiplication progressive de l'espèce. Il est cependant des cas où l'extinction de groupes entiers a été remarquablement rapide ; c'est ce qui a eu lieu pour les ammonites à la fin de la période secondaire.

On a très gratuitement enveloppé de mystères l'extinction des espèces. Quelques auteurs ont été jusqu'à supposer que, de même que la vie de l'individu a une limite définie, celle de l'espèce a aussi une durée déterminée. Personne n'a pu être, plus que moi, frappé d'étonnement par le phénomène de l'extinction des espèces. Quelle ne fut pas ma surprise, par exemple, lorsque je trouvai à la Plata la dent d'un cheval enfouie avec les restes de mastodontes, de mégathériums, de toxodontes et autres mammifères géants éteints, qui tous avaient coexisté à une période géologique récente avec des coquillages encore vivants. En effet, le cheval, depuis son introduction dans l'Amérique du Sud par les Espagnols, est redevenu sauvage dans tout le pays et s'est multiplié avec une rapidité sans pareille ; je devais donc me demander quelle pouvait être la cause de l'extinction du cheval primitif, dans des conditions d'existence si favorable en apparence. Mon étonnement était mal fondé ; le professeur Owen ne tarda pas à reconnaître que la dent, bien que très semblable à celle du cheval actuel, appartenait à une espèce éteinte. Si ce cheval avait encore existé, mais qu'il eût été rare, personne n'en aurait été étonné ; car dans tous les pays la rareté est l'attribut d'une foule d'espèces de toutes classes ; si l'on demande les causes de cette rareté, nous répondons qu'elles sont la conséquence de quelques circonstances défavorables dans les conditions d'existence, mais nous ne pouvons presque jamais indiquer quelles sont ces circonstances. En supposant que le cheval fossile ait encore existé comme espèce rare, il eût semblé tout naturel de penser, d'après l'analogie avec tous les autres mammifères, y compris l'éléphant, dont la reproduction est si lente, ainsi que d'après la naturalisation du cheval domestique dans l'Amérique du Sud, que, dans des conditions favorables, il eût, en peu d'années, repeuplé le continent. Mais nous n'aurions pu dire quelles conditions défavorables avaient fait obstacle à sa multiplication ; si une ou plusieurs causes avaient agi ensemble ou séparément ; à quelle période de la vie et à quel degré chacune d'elles avait agi. Si les circonstances avaient continué, si lentement que ce fût, à devenir de moins en moins favorables, nous n'aurions certainement pas observé le fait, mais le cheval fossile serait devenu de plus en plus rare, et se serait finalement éteint, cédant sa place dans la nature à quelque concurrent plus heureux.

Il est difficile d'avoir toujours présent à l'esprit le fait que la multiplication de chaque forme vivante est sans cesse limitée par des causes nuisibles inconnues qui cependant sont très suffisantes pour causer d'abord la rareté et ensuite l'extinction. Dans les formations tertiaires récentes, nous voyons des cas nombreux où la rareté précède l'extinction, et nous savons que le même fait se présente chez les animaux que l'homme, par son influence, a localement ou totalement exterminés. Je peux répéter ici ce que j'écrivais en 1845 : admettre que les espèces deviennent généralement rares avant leur extinction, et ne pas s'étonner de leur rareté, pour s'émerveiller ensuite de ce qu'elles disparaissent, c'est comme si l'on admettait que la maladie est, chez l'individu, l'avant-coureur de la mort, que l'on voie la maladie sans surprise, puis que l'on s'étonne et que l'on attribue la mort du malade à quelque acte de violence.

La théorie de la sélection naturelle est fondée sur l'opinion que chaque variété nouvelle, et, en définitive, chaque espèce nouvelle, se forme et se maintient à l'aide de certains avantages acquis sur celles avec lesquelles elle se trouve en concurrence ; et, enfin, sur l'extinction des formes moins favorisées, qui en est la conséquence inévitable. Il en est de même pour nos productions domestiques, car, lorsqu'une variété nouvelle et un peu supérieure a été obtenue, elle remplace d'abord les variétés inférieures du voisinage ; plus perfectionnée, elle se répand de plus en plus, comme notre bétail à courtes cornes, et prend la place d'autres races dans d'autres pays. L'apparition de formes nouvelles et la disparition des anciennes sont donc, tant pour les productions naturelles que pour les productions artificielles, deux faits connexes. Le nombre des nouvelles formes spécifiques, produites dans un temps donné, a dû parfois, chez les groupes florissants, être probablement plus considérable que celui des formes anciennes qui ont été exterminées ; mais nous savons que, au moins pendant les époques géologiques récentes, les espèces n'ont pas augmenté indéfiniment ; de sorte que nous pouvons admettre, en ce qui concerne les époques les plus récentes, que la production de nouvelles formes a déterminé l'extinction d'un nombre à peu près égal de formes anciennes.

La concurrence est généralement plus rigoureuse, comme nous l'avons déjà démontré par des exemples, entre les formes qui se ressemblent sous tous les rapports. En conséquence, les descendants modifiés et perfectionnés d'une espèce causent généralement l'extermination de la souche mère ; et si plusieurs formes nouvelles, provenant d'une même espèce, réussissent à se développer, ce sont les formes les plus voisines de cette espèce, c'est-à-dire les espèces du même genre, qui se trouvent être les plus exposées à la destruction. C'est ainsi, je crois, qu'un certain nombre d'espèces nouvelles, descendues d'une espèce unique et constituant ainsi un genre nouveau, parviennent à supplanter un genre ancien, appartenant à la même famille. Mais il a dû souvent arriver aussi qu'une espèce nouvelle appartenant à un groupe a pris la place d'une espèce appartenant à un groupe différent, et provoqué ainsi son extinction. Si plusieurs formes alliées sont sorties de cette même forme, d'autres espèces conquérantes antérieures auront dû céder la place, et ce seront alors généralement les formes voisines qui auront le plus à souffrir, en raison de quelque infériorité héréditaire commune à tout leur groupe. Mais que les espèces obligées de céder ainsi leur place à d'autres plus perfectionnées appartiennent à une même classe ou à des classes distinctes, il pourra arriver que quelques-unes d'entre elles puissent être longtemps conservées, par suite de leur adaptation à des conditions différentes d'existence, ou parce que, occupant une station isolée, elles auront échappé à une rigoureuse concurrence. Ainsi, par exemple, quelques espèces de *Trigonia*, grand genre de mollusques des formations secondaires, ont surtout vécu et habitent encore les mers australiennes ; et quelques membres du groupe considérable et presque éteint des poissons ganoïdes se trouvent encore dans nos eaux douces. On comprend donc pourquoi l'extinction complète d'un groupe est généralement, comme nous l'avons vu, beaucoup plus lente que sa production.

Quant à la soudaine extinction de familles ou d'ordres entiers, tels que le groupe des trilobites à la fin de l'époque paléozoïque, ou celui des ammonites à la fin de la période secondaire, nous rappellerons ce que nous avons déjà dit sur les grands intervalles de temps qui ont dû s'écouler entre nos formations consécutives, intervalles pendant lesquels il a pu s'effectuer une extinction lente, mais considérable. En outre, lorsque, par suite d'immigrations subites ou d'un développement plus rapide qu'à l'ordinaire, plusieurs espèces d'un nouveau groupe s'emparent d'une région quelconque, beaucoup d'espèces anciennes doivent être exterminées avec une rapidité correspondante ; or, les formes ainsi supplantées sont probablement proches alliées, puisqu'elles possèdent quelque désavantage en commun.

Il me semble donc que le mode d'extinction des espèces isolées ou des groupes d'espèces s'accorde parfaitement avec la théorie de la sélection naturelle. Nous ne devons pas nous étonner de l'extinction, mais plutôt de notre présomption à vouloir nous imaginer que nous comprenons les circonstances complexes dont dépend l'existence de chaque espèce. Si nous oublions un instant que chaque espèce tend à se multiplier à l'infini, mais qu'elle est constamment tenue en échec par des causes que nous ne comprenons que rarement, toute l'économie de la nature est incompréhensible. Lorsque nous pourrons dire précisément pourquoi telle espèce est plus abondante que telle autre en individus, ou pourquoi telle espèce et non pas telle autre peut être naturalisée dans un pays donné, alors seulement nous aurons le droit de nous étonner de ce que nous ne pouvons pas expliquer l'extinction de certaines espèces ou de certains groupes.

DES CHANGEMENTS PRESQUE SIMULTANÉS DES FORMES VIVANTES DANS LE MONDE

L'une des découvertes les plus intéressantes de la paléontologie, c'est que les formes de la vie changent dans le monde entier d'une manière presque simultanée. Ainsi, l'on peut reconnaître notre formation européenne de la craie dans plusieurs parties du globe, sous les climats les plus divers, là même où l'on ne saurait trouver le moindre fragment de minéral ressemblant à la craie, par exemple dans l'Amérique du Nord, dans l'Amérique du Sud équatoriale, à la Terre de Feu, au cap de Bonne-Espérance et dans la péninsule indienne. En effet, sur tous ces points éloignés, les restes organiques de certaines couches présentent une ressemblance incontestable avec ceux de la craie ; non qu'on y rencontre les mêmes espèces, car, dans quelques cas, il n'y en a pas une qui soit identiquement la même, mais elles appartiennent aux mêmes familles, aux mêmes genres, aux mêmes subdivisions de genres, et elles sont parfois semblablement caractérisées par les mêmes caractères superficiels, tels que la ciselure extérieure. En outre, d'autres formes qu'on ne rencontre pas en Europe dans la craie, mais qui existent dans les formations supérieures ou inférieures, se suivent dans le même ordre sur ces différents points du globe si éloignés les uns des autres. Plusieurs auteurs ont constaté un parallélisme semblable des formes de la vie dans les formations paléozoïques successives de la Russie, de l'Europe occidentale et de l'Amérique du Nord ; il en est de même, d'après Lyell, dans les divers dépôts tertiaires de l'Europe et de l'Amérique du Nord. En mettant même de côté les quelques espèces fossiles qui sont communes à l'ancien et au nouveau monde, le parallélisme général des diverses formes de la vie dans les couches paléo-zoïques et dans les couches tertiaires n'en resterait pas moins manifeste et rendrait facile la corrélation des diverses formations.

Ces observations, toutefois, ne s'appliquent qu'aux habitants marins du globe ; car les données suffisantes nous manquent pour apprécier si les productions des terres et des eaux douces ont, sur des points éloignés, changé d'une manière parallèle analogue. Nous avons lieu d'en douter. Si l'on avait apporté de la Plata le *Megatherium*, le *Mylodon*, le *Macrauchenia* et le *Toxodon* sans renseignements sur leur position géologique, personne n'eût soupçonné que ces formes ont coexisté avec des mollusques marins encore vivants ; toutefois, leur coexistence avec le mastodonte et le cheval aurait permis de penser qu'ils avaient vécu pendant une des dernières périodes tertiaires.

Lorsque nous disons que les faunes marines ont simultanément changé dans le monde entier, il ne faut pas supposer que l'expression s'applique à la même année ou au même siècle, ou même qu'elle ait un sens géologique bien rigoureux ; car, si tous les animaux marins vivant actuellement en Europe, ainsi que ceux qui y ont vécu pendant la période pléistocène, déjà si énormément reculée, si on compte son antiquité par le nombre des années, puisqu'elle comprend toute l'époque glaciaire, étaient comparés à ceux qui existent actuellement dans l'Amérique du Sud ou en Australie, le naturaliste le plus habile pourrait à peine décider lesquels, des habitants actuels ou de ceux de l'époque pléistocène en Europe, ressemblent le plus à ceux de l'hémisphère austral. Ainsi encore, plusieurs observateurs très compétents admettent que les productions actuelles des États-Unis se rapprochent plus de celles qui ont vécu en Europe pendant certaines périodes tertiaires récentes que des formes européennes actuelles, et, cela étant, il est évident que des couches fossilifères se déposant maintenant sur les côtes de l'Amérique du Nord risqueraient dans l'avenir d'être classées avec des dépôts européens quelque peu plus anciens. Néanmoins, dans un avenir très éloigné, il n'est pas douteux que toutes les formations *marines* plus modernes, à savoir le pliocène supérieur, le pléistocène et les dépôts tout à fait modernes de l'Europe, de l'Amérique du Nord, de l'Amérique du Sud et de l'Australie, pourront être avec raison considérées comme simultanées, dans le sens géologique du terme, parce qu'elles renfermeront des débris fossiles plus ou moins alliés, et parce qu'elles ne contiendront aucune des formes propres aux dépôts inférieurs plus anciens.

Ce fait d'un changement simultané des formes de la vie dans les diverses parties du monde, en laissant à cette loi le sens large et général que nous venons de lui donner, a beaucoup frappé deux observateurs éminents, MM. de Verneuil et d'Archiac. Après avoir rappelé le parallélisme qui se remarque entre les formes organiques de l'époque paléozoïque dans diverses parties de l'Europe, ils ajoutent : « Si, frappés de cette étrange succession, nous tournons les yeux vers l'Amérique du Nord et que nous y découvrions une série de phénomènes analogues, il nous paraîtra alors certain que toutes les modifications des espèces, leur extinction, l'introduction d'espèces nouvelles, ne peuvent plus être le fait de simples changements dans les courants de l'Océan, ou d'autres causes plus ou moins locales et temporaires, mais doivent dépendre de lois générales qui régissent l'ensemble du règne animal. » M. Barrande invoque d'autres considérations de grande valeur qui tendent à la même conclusion. On ne saurait, en effet, attribuer à des changements de courants, de climat, ou d'autres conditions physiques, ces immenses mutations des formes organisées dans le monde entier, sous les climats les plus divers. Nous devons, ainsi que Barrande l'a fait observer, chercher quelque loi spéciale. C'est ce qui ressortira encore plus clairement lorsque nous traiterons de la distribution actuelle des êtres organisés, et que nous verrons combien sont insignifiants les rapports entre les conditions physiques des diverses contrées et la nature de ses habitants.

Ce grand fait de la succession parallèle des formes de la vie dans le monde s'explique aisément par la théorie de la sélection naturelle. Les espèces nouvelles se forment parce qu'elles possèdent quelques avantages sur les plus anciennes ; or, les formes déjà dominantes, ou qui ont quelque supériorité sur les autres formes d'un même pays, sont celles qui produisent le plus grand nombre de variétés nouvelles ou espèces naissantes, car ces dernières doivent êtres victorieuses à un niveau supérieur pour être préservées et pour survivre. La preuve évidente de cette loi, c'est que les plantes dominantes, c'est-à-dire celles qui sont les plus communes et les plus répandues, sont aussi celles qui produisent la plus grande quantité de variétés nouvelles. Il est naturel, en outre, que les espèces prépondérantes, variables, susceptibles de se répandre au loin et ayant déjà envahi plus ou moins les territoires d'autres espèces, soient aussi les mieux adaptées pour s'étendre encore davantage, et pour produire, dans de nouvelles régions, des variétés et des espèces nouvelles. Leur diffusion peut souvent être très lente, car elle dépend de changements climatériques et géographiques, d'accidents imprévus et de l'acclimatation graduelle des espèces nouvelles aux divers climats qu'elles peuvent avoir à traverser ; mais, avec le temps, ce sont les formes dominantes qui, en général, réussissent le mieux à se répandre. Il est probable que les animaux terrestres habitant des continents distincts se répandent plus lentement

que les formes marines peuplant des mers continues.
Nous pouvons donc nous attendre à trouver, comme on
l'observe en effet, un parallélisme moins rigoureux dans
la succession des formes terrestres que dans les formes
marines.

Il est possible que les espèces dominantes d'une région
qui envahissent une autre région y rencontrent une
espèce encore plus dominante, et leur expansion, ou
même leur existence, sera stoppée. Nous ne savons pas
précisément quelles sont les conditions les plus favorables
à la multiplication de nouvelles espèces dominantes, mais
il est clair, me semble-t-il, qu'un grand nombre d'individus, parce qu'il offre de meilleures chances d'apparition
de variations favorables, et qu'une compétition sévère
avec d'autres formes déjà existantes seraient extrêmement favorables, tout comme la capacité d'envahir de
nouveaux territoires. Il est probable qu'un certain état
d'isolement, revenant à de longs intervalles, serait également favorable, comme nous l'avons expliqué précédemment. Un quart du monde a pu être très favorable à la
production d'espèces dominantes sur terre, et un autre
pour les espèces maritimes. Si, durant une longue
période, deux grandes régions avaient offert des circonstances également favorables, la bataille, chaque fois que
leurs habitants se seraient rencontrés, aurait été fort
sévère et fort longue ; certaines espèces appartenant à
une zone, certaines à l'autre, l'auraient alors emporté.
Mais, au cours du temps, chaque fois que des formes
dominantes, supérieures fût-ce à un degré infime,
auraient été produites, elles tendraient à l'emporter en
tout lieu. Leur succès causerait l'extinction d'autres
formes inférieures, lesquelles seraient alliées par descendance à des groupes qui tendraient ainsi à disparaître
lentement, bien qu'ici et là un membre unique parvienne
longtemps à survivre.

Il me semble, en conséquence, que la succession parallèle et simultanée, en donnant à ce dernier terme son sens

le plus large, des mêmes formes organisées dans le monde concorde bien avec le principe selon lequel de nouvelles espèces seraient produites par la grande extension et par la variation des espèces dominantes. Les espèces nouvelles étant elles-mêmes dominantes, puisqu'elles ont encore une certaine supériorité sur leurs formes parentes qui l'étaient déjà, ainsi que sur les autres espèces, continuent à se répandre, à varier et à produire de nouvelles espèces. Les espèces vaincues par les nouvelles formes victorieuses, auxquelles elles cèdent la place, sont généralement alliées en groupes, conséquence de l'héritage commun de quelque cause d'infériorité ; à mesure donc que les groupes nouveaux et perfectionnés se répandent sur la terre, les anciens disparaissent, et partout il y a correspondance dans la succession des formes, tant dans leur première apparition que dans leur disparition finale.

Je crois encore utile de faire une remarque à ce sujet. J'ai indiqué les raisons qui me portent à croire que la plupart de nos grandes formations riches en fossiles ont été déposées pendant des périodes d'affaissement, et que des interruptions d'une durée immense, en ce qui concerne le dépôt des fossiles, ont dû se produire pendant les époques où le fond de la mer était stationnaire ou en voie de soulèvement, et aussi lorsque les sédiments ne se déposaient pas en assez grande quantité, ni assez rapidement pour enfouir et conserver les restes des êtres organisés. Je suppose que, pendant ces longs intervalles, les habitants de chaque région ont subi une somme considérable de modifications et d'extinctions, et qu'il y a eu de fréquentes migrations d'une région dans une autre. Comme nous avons toutes raisons de croire que d'immenses surfaces sont affectées par les mêmes mouvements, il est probable que des formations exactement contemporaines ont dû souvent s'accumuler sur de grandes étendues dans une même partie du globe ; mais nous ne sommes nullement autorisés à conclure qu'il en a invariablement été ainsi, et que de grandes surfaces ont toujours été affectées par les mêmes mouvements. Lorsque deux formations se sont déposées dans deux régions pendant à peu près la même période, mais cependant pas exactement la même, nous devons, pour les raisons que nous avons indiquées précédemment, remarquer une même succession générale dans les formes qui y ont vécu, sans que, cependant, les espèces correspondent exactement ; car il y a eu, dans l'une des régions, un peu plus de temps que dans l'autre, pour permettre les modifications, les extinctions et les immigrations.

Je crois que des cas de ce genre se présentent en Europe. Dans ses admirables mémoires sur les dépôts éocènes de l'Angleterre et de la France, M. Prestwich est parvenu à établir un étroit parallélisme général entre les étages successifs des deux pays ; mais, lorsqu'il compare certains terrains de l'Angleterre avec les dépôts correspondants en France, bien qu'il trouve entre eux une curieuse concordance dans le nombre des espèces appartenant aux mêmes genres, cependant les espèces elles-mêmes diffèrent d'une manière qu'il est difficile d'expliquer, vu la proximité des deux gisements ; – à moins, toutefois, qu'on ne suppose qu'un isthme a séparé deux mers peuplées par deux faunes contemporaines, mais distinctes. Lyell a fait des observations semblables sur quelques-unes des formations tertiaires les plus récentes. Barrande signale, de son côté, un remarquable parallélisme général dans les dépôts siluriens successifs de la Bohême et de la Scandinavie ; néanmoins, il trouve des différences surprenantes chez les espèces. Si, dans ces régions, les diverses formations n'ont pas été déposées exactement pendant les mêmes périodes – un dépôt, dans une région, correspondant souvent à une période d'inactivité dans une autre – et si, dans les deux régions, les espèces ont été en se modifiant lentement pendant l'accumulation des diverses formations et les longs intervalles qui les ont séparées, les dépôts, dans les deux endroits, pourront être rangés dans le même ordre quant à la succession générale des formes organisées, et cet ordre paraîtrait à tort strictement parallèle ; néanmoins, les espèces ne seraient pas toutes les mêmes dans les étages en apparence correspondants des deux stations.

DES AFFINITÉS DES ESPÈCES ÉTEINTES LES UNES AVEC LES AUTRES ET AVEC LES FORMES VIVANTES

Examinons maintenant les affinités mutuelles des espèces éteintes et vivantes. Elles se groupent toutes dans un grand système naturel, fait qu'explique d'emblée la théorie de la descendance. En règle générale, plus une forme est ancienne, plus elle diffère des formes vivantes. Mais, ainsi que l'a depuis longtemps fait remarquer Buckland, on peut classer tous les fossiles, soit dans les groupes existants, soit dans les intervalles qui les séparent. Il est certainement vrai que les espèces éteintes contribuent à combler les vides qui existent entre les genres, les familles et les ordres actuels : si nous portons seulement notre attention sur les espèces vivantes ou sur les espèces éteintes appartenant à la même classe, la série est infiniment moins parfaite que si nous les combinons toutes deux en un système général. En ce qui concerne les vertébrés, il serait possible de remplir de nombreuses pages avec des illustrations de notre grand paléontologiste Owen montrant comment des animaux éteints tombent dans les intervalles entre groupes existants. Cuvier regardait les ruminants et les pachydermes comme les deux ordres de mammifères les plus distincts ; mais Owen a retrouvé tant de chaînons fossiles intermédiaires qu'il a dû remanier toute la classification et placer certains pachydermes dans un même sous-ordre avec des ruminants ; il fait, par exemple, disparaître par des gradations insensibles l'immense lacune qui existait entre le cochon et le chameau. En ce qui concerne les invertébrés, Barrande, dont l'autorité l'emporte sur toute autre, affirme que des découvertes quotidiennes lui prouvent que les animaux paléozoïques, bien qu'appartenant aux mêmes ordres, familles, ou genres, que ceux qui vivent de nos jours, n'étaient pas à cette époque reculée classables en groupes aussi distincts qu'ils le sont aujourd'hui.

Quelques auteurs ont nié qu'aucune espèce éteinte ou aucun groupe d'espèces puisse être considéré comme intermédiaire entre deux espèces quelconques vivantes ou entre des groupes d'espèces actuelles. L'objection n'aurait de valeur qu'autant qu'on entendrait par là que la forme éteinte est, par tous ses caractères, directement intermédiaire entre deux formes ou entre deux groupes vivants. Mais, dans une classification naturelle, il y a certainement beaucoup d'espèces fossiles qui se placent entre des genres vivants, et même entre des genres appartenant à des familles distinctes. Le cas le plus fréquent, surtout quand il s'agit de groupes très différents, comme les poissons et les reptiles, semble être que si, par exemple, dans l'état actuel, ces groupes se distinguent par une douzaine de caractères, le nombre des caractères distinctifs est moindre chez les anciens membres des deux groupes, de sorte que les deux groupes étaient autrefois un peu plus voisins l'un de l'autre qu'ils ne le sont aujourd'hui.

On croit assez communément que, plus une forme est ancienne, plus elle tend à relier, par quelques-uns de ses caractères, des groupes actuellement fort éloignés les uns des autres. Cette remarque ne s'applique, sans doute, qu'aux groupes qui, dans le cours des âges géologiques, ont subi des modifications considérables ; il serait difficile, d'ailleurs, de démontrer la vérité de la proposition, car de temps à autre on découvre des animaux même vivants qui, comme le lepidosiren, se rattachent, par leurs affinités, à des groupes fort distincts. Toutefois, si nous comparons les plus anciens reptiles et les plus anciens batraciens, les plus anciens poissons, les plus anciens céphalopodes et les mammifères de l'époque éocène, avec les membres plus récents des mêmes classes, il nous faut reconnaître qu'il y a du vrai dans cette remarque.

Voyons jusqu'à quel point les divers faits et les déductions qui précèdent concordent avec la théorie de la descendance avec modification. Je prierai le lecteur, vu la complication du sujet, de recourir au tableau dont nous nous sommes déjà servis au quatrième chapitre (p. 172-173). Supposons que les lettres en *italique* et numérotées représentent des genres, et les lignes ponctuées, qui s'en écartent en divergeant, les espèces de chaque genre. La figure est trop simple et ne donne que trop peu de genres et d'espèces ; mais cela nous importe peu. Les lignes horizontales peuvent figurer des formations géologiques successives, et on peut considérer comme éteintes toutes les formes placées au-dessous de la ligne supérieure. Les trois genres existants, a^{14}, q^{14}, p^{14}, formeront une petite famille ; b^{14} et f^{14}, une famille très voisine ou sous-famille ; et o^{14}, e^{14}, m^{14}, une troisième famille. Ces trois familles réunies aux nombreux genres éteints faisant partie des diverses lignes de descendance provenant par divergence de l'espèce parente A, formeront un ordre ; car toutes auront hérité quelque chose en commun de leur ancêtre primitif. En vertu du principe de la tendance continue à la divergence des caractères, que notre diagramme a déjà servi à expliquer, plus une forme est récente, plus elle doit ordinairement différer de l'ancêtre primordial. Nous pouvons par là comprendre aisément pourquoi ce sont les fossiles les plus anciens qui diffèrent le plus des formes actuelles. La divergence des caractères n'est toutefois pas une éventualité nécessaire ; car cette divergence dépend seulement de ce qu'elle a permis aux descendants d'une espèce de s'emparer de plus de places différentes dans l'économie de la nature. Il est donc très possible, ainsi que nous l'avons vu pour quelques formes siluriennes, qu'une espèce puisse persister en ne présentant que de légères modifications correspondant à de faibles changements dans ses conditions d'existence, tout en conservant, pendant une longue période, ses traits caractéristiques généraux. C'est ce que représente, dans la figure, la lettre F^{14}.

Toutes les nombreuses formes éteintes et vivantes descendues de A constituent, comme nous l'avons déjà fait remarquer, un ordre qui, par la suite des effets continus de l'extinction et de la divergence des caractères, s'est divisé en plusieurs familles et sous-familles ; on suppose que quelques-unes ont péri à différentes périodes, tandis que d'autres ont persisté jusqu'à nos jours.

Nous voyons, en examinant le diagramme, que si nous découvrions, sur différents points de la partie inférieure de la série, un grand nombre de formes éteintes qu'on suppose avoir été enfouies dans les formations successives, les trois familles qui existent sur la ligne supérieure deviendraient moins distinctes l'une de l'autre. Si, par exemple, on retrouvait les genres a^1, a^5 a^{10}, f^8 m^3, m^6, m^9, ces trois familles seraient assez étroitement reliées pour qu'elles dussent probablement être réunies en une seule grande famille, à peu près comme on a dû le faire à l'égard des ruminants et de certains pachydermes. Cependant, on pourrait peut-être contester que les genres éteints qui relient ainsi les genres vivants de trois familles soient intermédiaires, car ils ne le sont pas directement, mais seulement par un long circuit et en passant par un grand nombre de formes très différentes. Si l'on découvrait beaucoup de formes éteintes au-dessus de l'une des lignes horizontales moyennes qui représentent les différentes formations géologiques – au-dessus du numéro VI, par exemple –, mais qu'on n'en trouvât aucune au-dessous de cette ligne, il n'y aurait que deux familles (seulement les deux familles de gauche a^{14} et b^{14}, etc.) à réunir en une seule ; il resterait deux familles qui seraient moins distinctes l'une de l'autre qu'elles ne l'étaient avant la découverte des fossiles. Ainsi encore, si nous supposons que les trois familles formées de huit genres (a^{14} à

m^{14}) sur la ligne supérieure diffèrent l'une de l'autre par une demi-douzaine de caractères importants, les familles qui existaient à l'époque indiquée par la ligne VI devaient certainement différer l'une de l'autre par un moins grand nombre de caractères, car à ce degré généalogique reculé elles avaient dû moins s'écarter de leur commun ancêtre. C'est ainsi que des genres anciens et éteints présentent quelquefois, dans une certaine mesure, des caractères intermédiaires entre leurs descendants modifiés, ou entre leurs parents collatéraux.

Les choses doivent toujours être beaucoup plus compliquées dans la nature qu'elles le sont dans le diagramme ; les groupes, en effet, ont dû être plus nombreux ; ils ont dû avoir des durées d'une longueur fort inégale, et éprouver des modifications très variables en degré. Comme nous ne possédons que le dernier volume des archives géologiques, et que de plus ce volume est fort incomplet, nous ne pouvons espérer, sauf dans quelques cas très rares, pouvoir combler les grandes lacunes du système naturel, et relier ainsi des familles ou des ordres distincts. Tout ce qu'il nous est permis d'espérer, c'est que les groupes qui, dans les périodes géologiques connues, ont éprouvé beaucoup de modifications se rapprochent un peu plus les uns des autres dans les formations plus anciennes, de manière que les membres de ces groupes appartenant aux époques plus reculées diffèrent moins par quelques-uns de leurs caractères que le font les membres actuels des mêmes groupes. C'est, du reste, ce que s'accordent à reconnaître nos meilleurs paléontologistes.

La théorie de la descendance avec modifications explique donc d'une manière satisfaisante les principaux faits qui se rattachent aux affinités mutuelles qu'on remarque tant entre les formes éteintes qu'entre celles-ci et les formes vivantes. Ces affinités me paraissent inexplicables si l'on se place à tout autre point de vue.

D'après la même théorie, il est évident que la faune de chacune des grandes périodes de l'histoire de la terre doit être intermédiaire, par ses caractères généraux, entre celle qui l'a précédée et celle qui l'a suivie. Ainsi, les espèces qui ont vécu pendant la sixième grande période indiquée sur le diagramme sont les descendantes modifiées de celles qui vivaient pendant la cinquième et les ancêtres des formes encore plus modifiées de la septième ; elles ne peuvent donc guère manquer d'être à peu près intermédiaires par leur caractère entre les formes de la formation inférieure et celles de la formation supérieure. Nous devons toutefois faire la part de l'extinction totale de quelques-unes des formes antérieures, de l'immigration dans une région quelconque de formes nouvelles venues d'autres régions, et d'une somme considérable de modifications qui ont dû s'opérer pendant les longs intervalles négatifs qui se sont écoulés entre le dépôt des diverses formations successives. Ces réserves faites, la faune de chaque période géologique est certainement intermédiaire par ses caractères entre la faune qui l'a précédée et celle qui l'a suivie. Je n'en citerai qu'un exemple : les fossiles du système dévonien, lors de leur découverte, furent d'emblée reconnus par les paléontologistes comme intermédiaires par leurs caractères entre ceux des terrains carbonifères qui les suivent et ceux du système silurien qui les précèdent. Mais chaque faune n'est pas nécessairement et exactement intermédiaire, à cause de l'inégalité de la durée des intervalles qui se sont écoulés entre le dépôt des formations consécutives.

Le fait que certains genres présentent une exception à la règle ne saurait invalider l'assertion que toute faune d'une époque quelconque est, dans son ensemble, intermédiaire entre celle qui la précède et celle qui la suit. Par exemple, le docteur Falconer a classé en deux séries les mastodontes et les éléphants : l'une, d'après leurs affinités mutuelles ; l'autre, d'après l'époque de leur existence ; or, ces deux séries ne concordent pas. Les espèces qui présentent des caractères extrêmes ne sont ni les plus anciennes ni les plus récentes, et celles qui sont intermédiaires par leurs caractères ne le sont pas par l'époque où elles ont vécu. Mais, dans ce cas comme dans d'autres cas analogues, en supposant pour un instant que nous possédions les preuves du moment exact de l'apparition et de la disparition de l'espèce, ce qui n'est certainement pas, nous n'avons aucune raison pour supposer que les formes successivement produites se perpétuent nécessairement pendant des temps égaux. Une forme très ancienne peut parfois persister beaucoup plus longtemps qu'une forme produite postérieurement autre part, surtout quand il s'agit de formes terrestres habitant des districts séparés. Comparons les petites choses aux grandes : si l'on disposait en série, d'après leurs affinités, toutes les races vivantes et éteintes du pigeon domestique, cet arrangement ne concorderait nullement avec l'ordre de leur production, et encore moins avec celui de leur extinction. En effet, la souche parente, le biset, existe encore, et une foule de variétés comprises entre le biset et le messager se sont éteintes ; les messagers, qui ont des caractères extrêmes sous le rapport de la longueur du bec, ont une origine plus ancienne que les culbutants à bec court, qui se trouvent sous ce rapport à l'autre extrémité de la série.

Tous les paléontologistes ont constaté que les fossiles de deux formations consécutives sont beaucoup plus étroitement alliés que les fossiles de formations très éloignées ; ce fait confirme l'assertion précédemment formulée du caractère intermédiaire, jusqu'à un certain point, des restes organiques qui sont conservés dans une formation intermédiaire. Pictet en donne un exemple bien connu, c'est-à-dire la ressemblance générale qu'on constate chez les fossiles contenus dans les divers étages de la formation de la craie, bien que, dans chacun de ces étages, les espèces soient distinctes. Ce fait seul, par sa généralité, semble avoir ébranlé chez le professeur Pictet la ferme croyance à l'immutabilité des espèces. Quiconque est un peu familiarisé avec la distribution des espèces vivant actuellement à la surface du globe ne songera pas à expliquer l'étroite ressemblance qu'offrent les espèces distinctes de deux formations consécutives par la persistance, dans les mêmes régions, des mêmes conditions physiques pendant de longues périodes. Il faut se rappeler que les formes organisées, les formes marines au moins, ont changé presque simultanément dans le monde entier et, par conséquent, sous les climats les plus divers et dans les conditions les plus différentes. Combien peu, en effet, les formes spécifiques des habitants de la mer ont-elles été affectées par les vicissitudes considérables du climat pendant la période pléistocène, qui comprend toute la période glaciaire !

D'après la théorie de la descendance, rien n'est plus aisé que de comprendre les affinités étroites qui se remarquent entre les fossiles de formations rigoureusement consécutives, bien qu'ils soient considérés comme spécifiquement distincts. L'accumulation de chaque formation ayant été fréquemment interrompue, et de longs intervalles négatifs s'étant écoulés entre les dépôts successifs, nous ne saurions nous attendre, ainsi que j'ai essayé de le démontrer dans le chapitre précédent, à trouver dans une ou deux formations quelconques toutes les variétés intermédiaires entre les espèces qui ont apparu au commencement et à la fin de ces périodes ; mais nous devons trouver, après des intervalles relativement assez courts, si on les estime au point de vue géologique, quoique fort longs, si on les mesure en années, des formes étroitement alliées, ou, comme on les a appelées, des espèces représentatives. Or, c'est ce que nous constatons journellement. Nous trouvons, en un mot, les preuves d'une mutation lente et insensible des formes spécifiques, telle que nous sommes en droit de l'attendre.

DU DEGRÉ DE DÉVELOPPEMENT DES FORMES ANCIENNES

Il y a eu de nombreuses discussions pour savoir si les formes récentes ont un degré d'organisation supérieur aux anciennes. Je ne développerai pas ce sujet, car les naturalistes n'ont pas encore défini de manière satisfaisante ce qu'ils entendent par formes supérieures et inférieures. Mais, dans un sens particulier, les formes les plus récentes doivent être, d'après ma théorie, supérieures aux plus anciennes, car chaque espèce se forme grâce à certains avantages dans la lutte pour la vie sur d'autres formes qui l'ont précédée. Si l'on pouvait mettre en concurrence, dans des conditions de climat à peu près identiques, les habitants de l'époque éocène d'une partie du monde avec ceux du monde actuel dans la même ou toute autre partie, la faune et la flore de l'éocène seraient certainement battues et exterminées ; de même la faune de l'éocène l'emporterait sur la faune du secondaire, et la faune du secondaire sur la faune paléozoïque. Je suis certain que ce processus d'amélioration a affecté d'une manière sensible et nette l'organisation des formes de vie victorieuses les plus récentes par rapport aux anciennes formes défaites, mais je ne vois aucun critère pour définir cette sorte de progrès. Les crustacés, par exemple, qui ne sont pas les plus élevés de leur propre classe, ont pu l'emporter sur les mollusques les plus élevés. La rapidité extraordinaire avec laquelle les productions européennes se sont récemment répandues dans la Nouvelle-Zélande et se sont emparées de positions qui devaient être précédemment occupées par les formes indigènes, nous permet de croire que, si tous les animaux et toutes les plantes de la Grande-Bretagne étaient importés et mis en liberté dans la Nouvelle-Zélande, un grand nombre de formes britanniques s'y naturaliseraient promptement avec le temps, et extermineraient un grand nombre des formes indigènes. D'autre part, le fait qu'à peine un seul habitant de l'hémisphère austral s'est naturalisé à l'état sauvage dans une partie quelconque de l'Europe, nous permet de douter que, si toutes les productions de la Nouvelle-Zélande étaient introduites en Angleterre, il y en aurait beaucoup qui pussent s'emparer de positions actuellement occupées par nos plantes et par nos animaux indigènes. À ce point de vue, les productions de la Grande-Bretagne peuvent donc être considérées comme supérieures à celles de la Nouvelle-Zélande. Cependant, le naturaliste le plus habile n'aurait pu prévoir ce résultat par le simple examen des espèces des deux pays.

Agassiz insiste sur ce fait que les animaux anciens ressemblent, dans une certaine mesure, aux embryons des animaux actuels de la même classe ; il insiste aussi sur le parallélisme assez exact qui existe entre la succession géologique des formes éteintes et le développement embryologique des formes actuelles. Je crois, avec Huxley et Pictet, que la vérité de cette théorie est loin d'être prouvée. Mais je m'attends à la voir confirmée, du moins en ce qui concerne les groupes subordonnés qui sont sortis les uns des autres par ramification à des époques relativement récentes. Cette théorie d'Agassiz s'accorde admirablement avec la théorie de la sélection naturelle. Je chercherai, dans un prochain chapitre, à démontrer que l'adulte diffère de l'embryon par suite de variations survenues pendant le cours de la vie des individus, et héritées par leur postérité à un âge correspondant. Ce procédé, qui laisse l'embryon presque sans changements, accumule continuellement, pendant le cours des générations successives, des différences de plus en plus grandes chez l'adulte.

L'embryon reste ainsi comme une sorte de portrait, conservé par la nature, de l'état ancien et moins modifié de l'animal. Cette théorie peut être vraie et cependant n'être jamais susceptible d'une preuve complète. Lorsqu'on voit, par exemple, que les mammifères, les reptiles et les poissons les plus anciennement connus appartiennent rigoureusement à leurs classes respectives, bien que quelques-unes de ces formes antiques soient, jusqu'à un certain point, moins distinctes entre elles que le sont aujourd'hui les membres typiques des mêmes groupes, il serait inutile de rechercher des animaux réunissant les caractères embryogéniques communs à tous les vertébrés tant qu'on n'aura pas découvert des dépôts riches en fossiles, au-dessous des couches inférieures du système silurien – découverte qui semble très peu probable.

DE LA SUCCESSION DES MÊMES TYPES DANS LES MÊMES ZONES PENDANT LES DERNIÈRES PÉRIODES TERTIAIRES

M. Clift a démontré, il y a bien des années, que les mammifères fossiles provenant des cavernes de l'Australie sont étroitement alliés aux marsupiaux qui vivent actuellement sur ce continent. Une parenté analogue, manifeste même pour un œil inexpérimenté, se remarque également dans l'Amérique du Sud, dans les fragments d'armures gigantesques semblables à celle du tatou, trouvées dans diverses localités de la Plata. Le professeur Owen a démontré de la manière la plus frappante que la plupart des mammifères fossiles, enfouis en grand nombre dans ces contrées, se rattachent aux types actuels de l'Amérique méridionale. Cette parenté est rendue encore plus évidente par l'étonnante collection d'ossements fossiles recueillis dans les cavernes du Brésil par MM. Lund et Clausen. Ces faits m'avaient si vivement frappé que, dès 1839 et 1845, j'insistais vivement sur cette « loi de la succession des types » – et sur « ces remarquables rapports de parenté qui existent entre les formes éteintes et les formes vivantes d'un même continent ». Le professeur Owen a depuis étendu la même généralisation aux mammifères de l'ancien monde, et les restaurations des gigantesques oiseaux éteints de la Nouvelle-Zélande, faites par ce savant naturaliste, confirment également la même loi. Il en est de même des oiseaux trouvés dans les cavernes du Brésil. M. Woodward a démontré que cette même loi s'applique aux coquilles marines, mais elle est moins apparente, à cause de la vaste distribution de la plupart des mollusques. On pourrait encore ajouter d'autres exemples, tels que les rapports qui existent entre les coquilles terrestres éteintes et vivantes de l'île de Madère et entre les coquilles éteintes et vivantes des eaux saumâtres de la mer Aralo-Caspienne.

Or, que signifie cette loi remarquable de la succession des mêmes types dans les mêmes régions ? Après avoir comparé le climat actuel de l'Australie avec celui de certaines parties de l'Amérique méridionale situées sous la même latitude, il serait téméraire d'expliquer, d'une part, la dissemblance des habitants de ces deux continents par la différence des conditions physiques ; et, d'autre part, d'expliquer par les ressemblances de ces conditions l'uniformité des types qui ont existé dans chacun de ces pays pendant les dernières périodes tertiaires. On ne saurait non plus prétendre que c'est en vertu d'une loi immuable que l'Australie a produit principalement ou exclusivement des marsupiaux, ou que l'Amérique du Sud a seule produit des édentés et quelques autres types qui lui sont propres. Nous savons, en effet, que l'Europe était anciennement peuplée de nombreux marsupiaux, et j'ai démontré, dans les travaux auxquels j'ai fait précédemment allusion, que la loi de la distribution des mammifères terrestres était autrefois différente en Amérique de ce qu'elle est aujourd'hui. L'Amérique du Nord présentait anciennement beaucoup des caractères actuels de la moitié méridionale de ce continent ; et celle-ci se rapprochait, beaucoup plus que maintenant, de la moitié septentrionale. Les découvertes de Falconer et de Cautley nous ont aussi appris que les mammifères de l'Inde septentrionale ont été autrefois en relation plus étroite avec ceux de l'Afrique qu'ils le sont actuellement. La distribution des animaux marins fournit des faits analogues.

La théorie de la descendance avec modification explique immédiatement cette grande loi de la succession longtemps continuée, mais non immuable, des mêmes types dans les mêmes régions ; car les habitants de chaque partie du monde tendent évidemment à y laisser, pendant la période suivante, des descendants étroitement alliés, bien que modifiés dans une certaine mesure. Si les habitants d'un continent ont autrefois considérablement différé de ceux d'un autre continent, de même leurs descendants modifiés diffèrent encore à peu près de la même manière et au même degré. Mais, après de très longs intervalles et des changements géographiques importants, à la suite desquels il y a eu de nombreuses migrations réciproques, les formes plus faibles cèdent la place aux formes dominantes, de sorte qu'il ne peut y avoir rien d'immuable dans les lois de la distribution passée ou actuelle des êtres organisés.

On demandera peut-être, en manière de raillerie, si je considère le paresseux, le tatou et le fourmilier comme les descendants dégénérés du mégathérium et des autres monstres gigantesques voisins, qui ont autrefois habité l'Amérique méridionale. Cela n'est pas un seul instant admissible. Ces énormes animaux sont éteints, et n'ont laissé aucune descendance. Mais on trouve, dans les cavernes du Brésil, un grand nombre d'espèces fossiles qui, par leur taille et par tous leurs autres caractères, se rapprochent des espèces vivant actuellement dans l'Amérique du Sud, et dont quelques-unes peuvent avoir été les ancêtres réels des espèces vivantes. Il ne faut pas oublier que, d'après ma théorie, toutes les espèces d'un même genre descendent d'une espèce unique, de sorte que, si l'on trouve dans une formation géologique six genres

ayant chacun huit espèces, et dans la formation géologique suivante six autres genres alliés ou représentatifs
ayant chacun le même nombre d'espèces, nous pouvons
conclure qu'en général une seule espèce de chacun des
anciens genres a laissé des descendants modifiés, constituant les diverses espèces des genres nouveaux ; les sept
autres espèces de chacun des anciens genres ont dû
s'éteindre sans laisser de postérité. Ou bien, et c'est là
probablement le cas le plus fréquent, deux ou trois
espèces appartenant à deux ou trois des six genres
anciens ont seules servi de souche aux nouveaux genres,
les autres espèces et les autres genres entiers ayant totalement disparu. Chez les ordres en voie d'extinction, dont
les genres et les espèces décroissent peu à peu en nombre,
comme celui des édentés dans l'Amérique du Sud, un
plus petit nombre encore de genres et d'espèces doivent
laisser des descendants modifiés.

RÉSUMÉ DE CE CHAPITRE ET DU CHAPITRE PRÉCÉDENT

J'ai essayé de démontrer que nos archives géologiques
sont extrêmement incomplètes ; qu'une très petite partie
du globe seulement a été géologiquement explorée avec
soin ; que certaines classes d'êtres organisés ont seules
été conservées en abondance à l'état fossile ; que le
nombre des espèces et des individus qui en font partie
conservés dans nos musées n'est absolument rien en comparaison du nombre des générations qui ont dû exister
pendant la durée d'une seule formation ; que l'accumulation de dépôts riches en espèces fossiles diverses, et assez
épais pour résister aux dégradations ultérieures, n'étant
guère possible que pendant des périodes d'affaissement
du sol, d'énormes espaces de temps ont dû s'écouler dans
l'intervalle de plusieurs périodes successives ; qu'il y a

probablement eu plus d'extinctions pendant les périodes d'affaissement et plus de variations pendant celles de soulèvement, en faisant remarquer que ces dernières périodes étant moins favorables à la conservation des fossiles, le nombre des formes conservées a dû être moins considérable ; que chaque formation n'a pas été déposée d'une manière continue ; que la durée de chacune d'elles a été probablement plus courte que la durée moyenne des formes spécifiques ; que les migrations ont joué un rôle important dans la première apparition de formes nouvelles dans chaque zone et dans chaque formation ; que les espèces répandues sont celles qui ont dû varier le plus fréquemment, et, par conséquent, celles qui ont dû donner naissance au plus grand nombre d'espèces nouvelles, et que les variétés ont tout d'abord été locales. Toutes ces causes réunies ont rendu les archives géologiques très imparfaites, et expliquent dans une large mesure pourquoi nous ne trouvons pas des variétés innombrables, reliant entre elles d'une manière parfaitement graduée toutes les formes éteintes et vivantes.

Quiconque n'admet pas l'imperfection des documents géologiques doit avec raison repousser ma théorie tout entière ; car c'est en vain qu'on demandera où sont les innombrables formes de transition qui ont dû autrefois relier les espèces voisines ou représentatives qu'on rencontre dans les étages successifs d'une même formation. On peut refuser de croire aux énormes intervalles de temps qui ont dû s'écouler entre nos formations consécutives, et méconnaître l'importance du rôle qu'ont dû jouer les migrations quand on étudie les formations d'une seule grande région, l'Europe par exemple. On peut soutenir que l'apparition subite de groupes entiers d'espèces est un fait évident, bien que la plupart du temps il n'ait que l'apparence de la vérité. On peut se demander où sont les restes de ces organismes si infiniment nombreux, qui ont dû exister longtemps avant que les couches inférieures du système silurien aient été déposées. Nous savons maintenant qu'il existait, à cette époque, au moins un animal ; mais je ne puis répondre à cette dernière question qu'en supposant que nos océans ont dû exister depuis un temps immense là où ils s'étendent actuellement, et qu'ils ont dû occuper ces points depuis le commencement de l'époque silurienne ; mais que, bien avant cette période, le globe avait un aspect tout différent, et que les continents d'alors, constitués par des formations beaucoup plus anciennes que celles que nous connaissons, n'existent plus qu'à l'état métamorphique, ou sont ensevelis au fond des mers.

Ces difficultés réservées, tous les autres faits principaux de la paléontologie me paraissent concorder admirablement avec la théorie de la descendance avec modifications par la sélection naturelle. Il nous devient facile de comprendre comment les espèces nouvelles apparaissent lentement et successivement ; pourquoi les espèces des diverses classes ne se modifient pas simultanément avec la même rapidité ou au même degré, bien que toutes, à la longue, éprouvent dans une certaine mesure des modifications. L'extinction des formes anciennes est la conséquence presque inévitable de la production de formes nouvelles. Nous pouvons comprendre pourquoi une espèce qui a disparu ne reparaît jamais. Les groupes d'espèces augmentent lentement en nombre, et persistent pendant des périodes inégales en durée, car la marche des modifications est nécessairement lente et dépend d'une foule d'éventualités complexes. Les espèces dominantes appartenant à des groupes étendus et prépondérants tendent à laisser de nombreux descendants, qui constituent à leur tour de nouveaux sous-groupes, puis des groupes. À mesure que ceux-ci se forment, les espèces des groupes moins vigoureux, en raison de l'infériorité qu'ils doivent par hérédité à un ancêtre commun, tendent à disparaître sans laisser de descendants modifiés à la surface de la terre. Toutefois, l'extinction complète d'un groupe entier d'espèces peut souvent être une opération très longue, par suite de la persistance de quelques descendants qui ont pu continuer à se maintenir dans certaines positions isolées et protégées. Lorsqu'un groupe a complètement disparu, il ne reparaît jamais, le lien de ses générations ayant été rompu.

Nous pouvons comprendre comment l'expansion des formes dominantes, qui sont celles qui varient le plus souvent, tend à la longue à peupler le monde de leurs descendants alliés mais modifiés ; ceux-ci réussissent généralement à prendre la place des groupes d'espèces qui leur sont inférieurs dans la lutte pour l'existence. Il en résulte qu'après de longs intervalles les habitants du globe semblent avoir changé simultanément.

Nous pouvons comprendre comment il se fait que toutes les formes de la vie, anciennes et récentes, constituent un seul grand système, car elles sont toutes reliées par la parenté. Nous pouvons comprendre pourquoi, en vertu de la tendance continue à la divergence des caractères, plus une forme est ancienne, plus elle diffère d'ordinaire de celles qui vivent actuellement ; pourquoi d'anciennes formes éteintes comblent souvent des lacunes existant entre des formes actuelles et réunissent quelquefois en un seul deux groupes précédemment considérés comme distincts, mais le plus ordinairement ne tendent qu'à diminuer la distance qui les sépare. Plus une forme est ancienne, plus souvent il arrive qu'elle a, jusqu'à un certain point, des caractères intermédiaires entre des groupes aujourd'hui distincts ; car, plus une forme est ancienne, plus elle doit se rapprocher de l'ancêtre commun de groupes qui ont depuis divergé considérablement, et par conséquent lui ressembler. Les formes éteintes présentent rarement des caractères directement intermédiaires entre les formes vivantes ; elles ne sont intermédiaires qu'au moyen d'un circuit long et tortueux, passant par une foule d'autres formes différentes et disparues. Nous pouvons facilement comprendre pourquoi les restes organiques de formations immédiatement consécutives sont très étroitement alliés, car ils sont en relation généalogique plus étroite ; et, aussi, pourquoi les fossiles enfouis dans une formation intermédiaire présentent des caractères intermédiaires.

Les habitants de chaque période successive de l'histoire du globe ont vaincu leurs prédécesseurs dans la lutte pour l'existence, et occupent de ce fait une place plus élevée qu'eux dans l'échelle de la nature, leur conformation s'étant généralement plus spécialisée ; c'est ce qui peut expliquer l'opinion, imprécise et mal définie, de la plupart des paléontologistes que, dans son ensemble, l'organisation a progressé. Les animaux anciens et éteints ressemblent, jusqu'à un certain point, aux embryons des animaux vivants appartenant à la même classe ; fait étonnant qui s'explique tout simplement par ma théorie. La succession des mêmes types d'organisation dans les mêmes régions, pendant les dernières périodes géologiques, cesse d'être un mystère, et s'explique tout simplement par les lois de l'hérédité.

Si donc les archives géologiques sont aussi imparfaites que beaucoup de savants le croient, et l'on peut au moins affirmer que la preuve du contraire ne saurait être fournie, les principales objections soulevées contre la théorie de la sélection sont bien amoindries ou disparaissent. Il me semble, d'autre part, que toutes les lois essentielles établies par la paléontologie proclament clairement que les espèces sont le produit de la génération ordinaire, et que les formes anciennes ont été remplacées par des formes nouvelles et perfectionnées, produites par les lois de variation qui sont à l'œuvre autour de nous et préservées par la sélection naturelle.

Chapitre XI

DISTRIBUTION GÉOGRAPHIQUE

Les différences dans les conditions physiques ne suffisent pas pour expliquer la distribution géographique actuelle. – Importance des barrières. – Affinités entre les productions d'un même continent. – Centres de création. – Dispersion provenant de modifications dans le climat, dans le niveau du sol et d'autres moyens accidentels. – Dispersion pendant la période glaciaire.

Lorsque l'on considère la distribution des êtres organisés à la surface du globe, le premier fait considérable dont on est frappé, c'est que ni les différences climatériques ni les autres conditions physiques n'expliquent suffisamment les ressemblances ou les dissemblances des habitants des diverses régions. Presque tous les naturalistes qui ont récemment étudié cette question en sont arrivés à cette même conclusion. Il suffirait d'examiner l'Amérique pour en démontrer la vérité ; tous les savants s'accordent, en effet, à reconnaître que, à l'exception de la partie septentrionale tempérée et de la zone qui entoure le pôle, la distinction de la terre en ancien et en nouveau monde constitue l'une des divisions fondamentales de la distribution géographique. Cependant, si nous parcourons le vaste continent américain, depuis les parties centrales des États-Unis jusqu'à son extrémité méridionale, nous rencontrons les conditions les plus différentes : des régions humides, des déserts arides, des montagnes élevées, des plaines couvertes d'herbes, des forêts, des marais, des lacs et des grandes rivières, et presque toutes les températures. Il n'y a pour ainsi dire pas, dans l'ancien monde, un climat ou une condition qui n'ait son équivalent dans le nouveau monde – au moins dans les limites de ce qui peut être nécessaire à une même espèce. On peut, sans doute, signaler dans l'ancien monde quelques régions plus chaudes qu'aucune de celles du nouveau monde, mais ces régions ne sont point peuplées par une faune différente de celle des régions avoisinantes ; il est fort rare, en effet, de trouver un groupe d'organismes confiné dans une étroite station qui ne présente que de légères différences dans ses conditions particulières. Malgré ce parallélisme général entre les conditions physiques respectives de l'ancien et du nouveau monde, quelle immense différence n'y a-t-il pas dans leurs productions vivantes !

Si nous comparons, dans l'hémisphère austral, de grandes étendues de pays en Australie, dans l'Afrique australe et dans l'ouest de l'Amérique du Sud, entre les 25e et 35e degrés de latitude, nous y trouvons des points très semblables par toutes leurs conditions ; il ne serait cependant pas possible de trouver trois faunes et trois flores plus dissemblables. Si, d'autre part, nous comparons les productions de l'Amérique méridionale, au sud du 35e degré de latitude, avec celles au nord du 25e degré, productions qui se trouvent par conséquent séparées par un espace de dix degrés de latitude, et soumises à des conditions bien différentes, elles sont incomparablement plus voisines les unes des autres qu'elles ne le sont des productions australiennes ou africaines vivant sous un climat presque identique. On pourrait signaler des faits analogues chez les habitants de la mer.

Un second fait important qui nous frappe, dans ce coup d'œil général, c'est que toutes les barrières ou tous les obstacles qui s'opposent à une libre migration sont étroitement en rapport avec les différences qui existent entre les productions de diverses régions. C'est ce que nous démontre la grande différence qu'on remarque dans presque toutes les productions terrestres de l'ancien et du nouveau monde, les parties septentrionales exceptées, où les deux continents se joignent presque, et où, sous un climat peu différent, il peut y avoir eu migration des formes habitant les parties tempérées du nord, comme cela s'observe actuellement pour les productions strictement arctiques. Le même fait est appréciable dans la différence que présentent, sous une même latitude, les habitants de l'Australie, de l'Afrique et de l'Amérique du Sud, pays aussi isolés les uns des autres que possible. Il en est de même sur tous les continents ; car nous trouvons souvent des productions différentes sur les côtés opposés de grandes chaînes de montagnes élevées et continues, de vastes déserts et souvent même de grandes rivières. Cependant, comme les chaînes de montagnes, les déserts, etc., ne sont pas aussi infranchissables et n'ont probablement pas existé depuis aussi longtemps que les océans qui séparent les continents, les différences que de telles barrières apportent dans l'ensemble du monde organisé sont bien moins tranchées que celles qui caractérisent les productions de continents séparés.

Si nous étudions les mers, nous trouvons que la même loi s'applique aussi. Les habitants des mers de la côte orientale et de la côte occidentale de l'Amérique méridionale sont très distincts, et il n'y a que fort peu de poissons, de mollusques et de crustacés qui soient communs aux unes et aux autres, et pourtant ces deux groupes ne sont séparés que par l'isthme de Panamá, étroit mais infranchissable. À l'ouest des côtes de l'Amérique s'étend un océan vaste et ouvert, sans une île qui puisse servir de lieu de refuge ou de repos à des émigrants ; c'est là une autre espèce de barrière, au-delà de laquelle nous trouvons, dans les îles orientales du Pacifique, une autre faune complètement distincte, de sorte que nous avons ici trois faunes marines, s'étendant du nord au sud, sur un espace considérable et sur des lignes parallèles peu

éloignées les unes des autres et sous des climats correspondants ; mais, séparées qu'elles sont par des barrières
infranchissables, c'est-à-dire par des terres continues ou
par des mers ouvertes et profondes, elles sont presque
totalement distinctes. Si nous continuons toujours
d'avancer vers l'ouest, au-delà des îles orientales de la
région tropicale du Pacifique, nous ne rencontrons point
de barrières infranchissables, mais des îles en grand
nombre pouvant servir de lieux de relâche ou des côtes
continues, jusqu'à ce que, après avoir traversé un hémisphère entier, nous arrivions aux côtes d'Afrique ; or, sur
toute cette vaste étendue, nous ne remarquons point de
faune marine bien définie et bien distincte. Bien qu'un si
petit nombre d'animaux marins soient communs aux
trois faunes de l'Amérique orientale, de l'Amérique occidentale et des îles orientales du Pacifique, dont je viens
d'indiquer approximativement les limites, beaucoup de
poissons s'étendent cependant depuis l'océan Pacifique
jusque dans l'océan Indien, et beaucoup de coquillages
sont communs aux îles orientales de l'océan Pacifique et
aux côtes orientales de l'Afrique, deux régions situées
sous des méridiens presque opposés.

Un troisième grand fait principal, presque inclus,
d'ailleurs, dans les deux précédents, c'est l'affinité qui
existe entre les productions d'un même continent ou
d'une même mer, bien que les espèces elles-mêmes soient
quelquefois distinctes en ses divers points et dans des stations différentes. C'est là une loi très générale, et dont
chaque continent offre des exemples remarquables.
Néanmoins, le naturaliste voyageant du nord au sud, par
exemple, ne manque jamais d'être frappé de la manière
dont des groupes successifs d'êtres spécifiquement distincts, bien qu'en étroite relation les uns avec les autres,
se remplacent mutuellement. Il voit des oiseaux analogues : leur chant est presque semblable ; leurs nids sont
presque construits de la même manière ; leurs œufs sont
à peu près de même couleur, et cependant ce sont des

espèces différentes. Les plaines avoisinant le détroit de Magellan sont habitées par une espèce d'autruche américaine (*Rhea*), et les plaines de la Plata, situées plus au nord, par une espèce différente du même genre ; mais on n'y rencontre ni la véritable autruche ni l'émeu, qui vivent sous les mêmes latitudes en Afrique et en Australie. Dans ces mêmes plaines de la Plata, on rencontre l'agouti et la viscache, animaux ayant à peu près les mêmes habitudes que nos lièvres et nos lapins, et qui appartiennent au même ordre de rongeurs, mais qui présentent évidemment dans leur structure un type tout américain. Sur les cimes élevées des Cordillères, nous trouvons une espèce de viscache alpestre ; dans les eaux nous ne trouvons ni le castor ni le rat musqué, mais le coypou et le capybara, rongeurs ayant le type sud-américain. Nous pourrions citer une foule d'autres exemples analogues. Si nous examinons les îles de la côte américaine, quelque différentes qu'elles soient du continent par leur nature géologique, leurs habitants sont essentiellement américains, bien qu'ils puissent tous appartenir à des espèces particulières. Nous pouvons remonter jusqu'aux périodes écoulées et, ainsi que nous l'avons vu dans le chapitre précédent, nous trouverons encore que ce sont des types américains qui dominent dans les mers américaines et sur le continent américain. Ces faits dénotent l'existence de quelque lien organique intime et profond qui prévaut dans le temps et dans l'espace, dans les mêmes étendues de terre et de mer, indépendamment des conditions physiques. Il faudrait qu'un naturaliste fût bien indifférent pour n'être pas tenté de rechercher quel peut être ce lien.

Ce lien, selon ma théorie, est tout simplement l'hérédité, cette cause qui, seule, autant que nous le sachions d'une manière positive, tend à produire des organismes tout à fait semblables les uns aux autres, ou, comme on le voit dans le cas des variétés, presque semblables. La dissemblance des habitants de diverses régions peut être attribuée à des modifications dues à la sélection naturelle et probablement aussi, mais à un moindre degré, à l'action directe de conditions physiques différentes. Les degrés de dissemblance dépendent de ce que les migrations des formes organisées dominantes ont été plus ou moins efficacement effectuées à des époques plus ou moins reculées ; de la nature et du nombre des premiers immigrants, et de l'action que les habitants ont pu exercer les uns sur les autres, au point de vue de la conservation de différentes modifications ; les rapports qu'ont entre eux les divers organismes dans la lutte pour l'existence étant, comme je l'ai déjà souvent indiqué, les plus importants de tous. C'est ainsi que les barrières, en mettant obstacle aux migrations, jouent un rôle important, tout comme le temps, dans le lent procès de modification par la sélection naturelle. Les espèces très répandues, comprenant de nombreux individus, qui ont déjà triomphé de beaucoup de concurrents dans leurs vastes habitats, sont aussi celles qui ont le plus de chances de s'emparer de places nouvelles, lorsqu'elles se répandent dans de nouvelles régions. Soumises dans leur nouvelle patrie à de nouvelles conditions, elles doivent fréquemment subir des modifications et des perfectionnements ultérieurs ; il en résulte qu'elles doivent remporter de nouvelles victoires et produire des groupes de descendants modifiés. Ce principe de l'hérédité avec modifications nous permet de comprendre pourquoi des sections de genres, des genres entiers et même des familles entières se trouvent confinés dans les mêmes régions, cas si fréquent et si connu.

Ainsi que je l'ai fait remarquer dans le chapitre précédent, je ne crois pas qu'il existe une loi de développement nécessaire. La variabilité de chaque espèce est une propriété indépendante dont la sélection naturelle ne s'empare qu'autant qu'il en résulte un avantage pour l'individu dans sa lutte complexe pour l'existence ; la somme des modifications chez des espèces différentes ne doit donc nullement être uniforme. Si un certain nombre d'espèces, après avoir été longtemps en concurrence les unes avec les autres dans leur ancien habitat, émigraient dans une région nouvelle qui, plus tard, se trouverait isolée, elles seraient peu sujettes à des modifications, car ni la migration ni l'isolement ne peuvent rien par eux-mêmes. Ces causes n'agissent qu'en amenant les organismes à avoir de nouveaux rapports les uns avec les autres, et, à un moindre degré, avec les conditions physiques ambiantes. De même que nous avons vu, dans le chapitre précédent, que quelques formes ont conservé à peu près les mêmes caractères depuis une époque géologique prodigieusement reculée, de même certaines espèces se sont disséminées sur d'immenses espaces, sans se modifier beaucoup, ou même sans avoir subi aucun changement.

En partant de ces principes, il est évident que les différentes espèces d'un même genre, bien qu'habitant les points du globe les plus éloignés, doivent avoir la même origine, puisqu'elles descendent d'un même ancêtre. À l'égard des espèces qui n'ont éprouvé que peu de modifications pendant des périodes géologiques entières, il n'y a pas de grande difficulté à admettre qu'elles ont émigré d'une même région ; car, pendant les immenses changements géographiques et climatériques qui sont survenus depuis les temps anciens, toutes les migrations, quelque considérables qu'elles soient, ont été possibles. Mais, dans beaucoup d'autres cas où nous avons des raisons de penser que les espèces d'un genre se sont produites à des époques relativement récentes, cette question présente de grandes difficultés. Il est évident que les individus appartenant à une même espèce, bien qu'habitant habituellement des régions éloignées et séparées, doivent provenir d'un seul point, celui où ont existé leurs parents ; car, ainsi que nous l'avons déjà expliqué, il serait inadmissible que des individus absolument identiques eussent pu être produits par des parents spécifiquement distincts.

Nous voilà ainsi amenés à examiner une question qui a soulevé tant de discussions parmi les naturalistes. Il s'agit de savoir si les espèces ont été créées sur un ou plusieurs points de la surface terrestre. Il y a sans doute des cas où il est extrêmement difficile de comprendre comment la même espèce a pu se transmettre d'un point unique jusqu'aux diverses régions éloignées et isolées où nous la trouvons aujourd'hui. Néanmoins, il semble si naturel que chaque espèce se soit produite d'abord dans une région unique, que cette hypothèse captive aisément l'esprit. Quiconque la rejette repousse la *vera causa* de la génération ordinaire avec migrations subséquentes et invoque l'intervention d'un miracle. Il est universellement admis que, dans la plupart des cas, la région habitée par une espèce est continue ; et que, lorsqu'une plante ou un animal habite deux points si éloignés ou séparés l'un de l'autre par des obstacles de nature telle que la migration devient très difficile, on considère le fait comme exceptionnel et extraordinaire. L'impossibilité d'émigrer à travers une vaste mer est plus évidente pour les mammifères terrestres que pour tous les autres êtres organisés ; aussi ne trouvons-nous pas d'exemple inexplicable de l'existence d'un même mammifère habitant des points éloignés du globe. Le géologue n'est point embarrassé de voir que l'Angleterre possède les mêmes quadrupèdes que le reste de l'Europe, parce qu'il est évident que les deux régions ont été autrefois réunies. Mais, si les mêmes espèces peuvent être produites sur deux points séparés, pourquoi ne trouvons-nous pas un seul mammifère commun à l'Europe et à l'Australie ou à l'Amérique du Sud ? Les conditions d'existence sont si complètement les mêmes, qu'une foule de plantes et d'animaux européens se sont naturalisés en Australie et en Amérique, et que quelques plantes indigènes sont absolument identiques sur ces points si éloignés de l'hémisphère boréal et de l'hémisphère austral. Je sais qu'on peut répondre que les mammifères n'ont pas pu émigrer, tandis que certaines plantes, grâce à la diversité de leurs moyens de dissémination, ont pu être transportées de proche en proche à travers d'immenses espaces. L'influence considérable des barrières de toutes sortes n'est compréhensible qu'autant que la grande majorité des espèces a été produite d'un côté, et n'a pu passer au côté opposé. Quelques familles, beaucoup de sous-familles, un grand nombre de genres sont confinés dans une seule région, et plusieurs naturalistes ont observé que les genres les plus naturels, c'est-à-dire ceux dont les espèces se rapprochent le plus les unes des autres, sont généralement propres à une seule région assez restreinte, ou, s'ils ont une vaste extension, cette extension est continue. Ne serait-ce pas une étrange anomalie qu'en descendant un degré plus bas dans la série, c'est-à-dire jusqu'aux individus de la même espèce, une règle toute opposée prévalût, et que ceux-ci n'eussent pas, au moins à l'origine, été confinés dans quelque région unique mais produits en deux ou trois endroits !

Il me semble donc beaucoup plus probable, ainsi du reste qu'à beaucoup d'autres naturalistes, que l'espèce s'est produite dans une seule contrée, d'où elle s'est ensuite répandue aussi loin que le lui ont permis ses moyens de migration et de subsistance, tant sous les conditions de vie passée que sous les conditions de vie actuelle. Il se présente, sans doute, bien des cas où il est impossible d'expliquer le passage d'une même espèce d'un point à un autre, mais les changements géographiques et climatériques qui ont certainement eu lieu depuis des époques géologiques récentes doivent avoir rompu la continuité de la distribution primitive de beaucoup d'espèces. Nous en sommes donc réduits à apprécier si les exceptions à la continuité de distribution sont assez nombreuses et assez graves pour nous faire renoncer à l'hypothèse, appuyée par tant de considérations générales, que chaque espèce s'est produite sur un point, et est partie de là pour s'étendre ensuite aussi loin qu'il lui a été possible. Il serait fastidieux de discuter tous les

cas exceptionnels où la même espèce vit actuellement sur
des points isolés et éloignés, et encore n'aurais-je pas la
prétention de trouver une explication complète. Toutefois, après quelques considérations préliminaires, je discuterai quelques-uns des exemples les plus frappants, tels
que l'existence d'une même espèce sur les sommets de
montagnes très éloignées les unes des autres et sur des
points très distants des régions arctiques et antarctiques ;
deuxièmement (dans le chapitre suivant), l'extension
remarquable des formes aquatiques d'eau douce ; et, troisièmement, l'existence des mêmes espèces terrestres dans
les îles et sur les continents les plus voisins, bien que parfois séparés par plusieurs centaines de milles de pleine
mer. Si l'existence d'une même espèce en des points distants et isolés de la surface du globe peut, dans un grand
nombre de cas, s'expliquer par l'hypothèse que chaque
espèce a émigré de son centre de production, alors, considérant notre ignorance en ce qui concerne, tant les changements climatériques et géographiques qui ont eu lieu
autrefois, que les moyens accidentels de transport qui ont
pu concourir à cette dissémination, je crois que l'hypothèse d'un berceau unique est incontestablement la plus
probable.

La discussion de ce sujet nous permettra en même
temps d'étudier un point également très important pour
nous, c'est-à-dire si les diverses espèces d'un même genre
qui, d'après ma théorie, doivent toutes descendre d'un
ancêtre commun, peuvent avoir émigré de la contrée
habitée par celui-ci tout en se modifiant pendant leur
émigration. Si l'on peut démontrer que, lorsque la plupart des espèces habitant une région sont différentes de
celles d'une autre région, tout en en étant cependant très
voisines, il y a eu autrefois des migrations probables
d'une de ces régions dans l'autre, ces faits confirmeront
ma théorie, car on peut les expliquer facilement par le
principe de modifications. Une île volcanique, par
exemple, formée par soulèvement à quelques centaines

de milles d'un continent, recevra probablement, dans le cours des temps, un petit nombre de colons, dont les descendants, bien que modifiés, seront cependant en étroite relation d'hérédité avec les habitants du continent. De semblables cas sont communs, et, ainsi que nous le verrons plus tard, sont complètement inexplicables dans l'hypothèse des créations indépendantes. Cette opinion sur les rapports qui existent entre les espèces de deux régions se rapproche beaucoup de celle émise par M. Wallace, qui conclut que « chaque espèce, à sa naissance, coïncide pour le temps et pour le lieu avec une autre espèce pré-existante et proche alliée ». On sait actuellement que M. Wallace attribue cette coïncidence à la descendance avec modifications.

La question de l'unité ou de la pluralité des centres de création diffère d'une autre question : tous les individus d'une même espèce descendent-ils d'un seul couple, ou d'un seul hermaphrodite, ou, ainsi que l'admettent quelques auteurs, de plusieurs individus simultanément créés ? À l'égard des êtres organisés qui ne se croisent jamais, en admettant qu'il y en ait, chaque espèce doit descendre d'une succession de variétés modifiées, qui se sont mutuellement supplantées, mais sans jamais se mélanger avec d'autres individus ou d'autres variétés de la même espèce ; de sorte qu'à chaque phase successive de la modification tous les individus de la même variété descendent d'un seul parent. Mais, dans la majorité des cas, pour tous les organismes qui s'apparient habituellement pour chaque fécondation, ou qui s'entrecroisent parfois, les individus d'une même espèce, habitant la même région, se maintiennent à peu près uniformes par suite de leurs croisements constants ; de sorte qu'un grand nombre d'individus se modifiant simultanément, l'ensemble des modifications caractérisant une phase donnée ne sera pas dû à la descendance d'un parent unique. Pour bien faire comprendre ce que j'entends : nos chevaux de course diffèrent de toutes les autres races, mais ils ne doivent pas leur différence et leur supériorité à leur descendance d'un seul couple, mais aux soins incessants apportés à la sélection et à l'entraînement d'un grand nombre d'individus pendant chaque génération.

Avant de discuter les trois classes de faits que j'ai choisis comme présentant les plus grandes difficultés qu'on puisse élever contre la théorie des « centres uniques de création », je dois dire quelques mots sur les moyens de dispersion.

MOYENS DE DISPERSION

Sir C. Lyell et d'autres auteurs ont admirablement traité cette question ; je me bornerai donc à résumer ici en quelques mots les faits les plus importants. Les changements climatériques doivent avoir exercé une puissante influence sur les migrations ; une région, infranchissable aujourd'hui, peut avoir été une grande route de migration, lorsque son climat était différent de ce qu'il est actuellement. J'aurai bientôt, d'ailleurs, à discuter ce côté de la question avec quelques détails. Les changements de niveau du sol ont dû aussi jouer un rôle important ; un isthme étroit sépare aujourd'hui deux faunes marines ; que cet isthme soit submergé ou qu'il l'ait été autrefois, et les deux faunes se mélangeront ou se seront déjà mélangées. Là où il y a aujourd'hui une mer, des terres ont pu anciennement relier des îles ou même des continents, et ont permis aux productions terrestres de passer des uns aux autres. Aucun géologue ne conteste les grands changements de niveau qui se sont produits pendant la période actuelle, changements dont les organismes vivants ont été les contemporains. Edouard Forbes a insisté sur le fait que toutes les îles de l'Atlantique ont dû être, à une époque récente, reliées à l'Europe ou à l'Afrique, de même que l'Europe à l'Amérique.

D'autres savants ont également jeté des ponts hypothétiques sur tous les océans, et relié presque toutes les îles à un continent. Si l'on pouvait accorder une foi entière aux arguments de Forbes, il faudrait admettre que toutes les îles ont été récemment rattachées à un continent. Cette hypothèse tranche le nœud gordien de la dispersion d'une même espèce sur les points les plus éloignés, et écarte bien des difficultés ; mais, autant que je puis en juger, je ne crois pas que nous soyons autorisés à admettre qu'il y ait eu des changements géographiques aussi énormes dans les limites de la période des espèces existantes. Il me semble que nous avons de nombreuses preuves de grandes oscillations du niveau des terres et des mers, mais non pas de changements assez considérables dans la position et l'extension de nos continents pour nous donner le droit d'admettre que, à une époque récente, ils aient tous été reliés les uns aux autres ainsi qu'aux diverses îles océaniques. J'admets volontiers l'existence antérieure de beaucoup d'îles, actuellement ensevelies sous la mer, qui ont pu servir de relais aux plantes et aux animaux pendant leurs migrations. Dans les mers où se produit le corail, ces îles submergées sont encore indiquées aujourd'hui par les anneaux de corail ou atolls qui les surmontent. Lorsqu'on admettra complètement, comme on le fera un jour, que chaque espèce est sortie d'un berceau unique, et qu'à la longue nous finirons par connaître quelque chose de plus précis sur les moyens de dispersion des êtres organisés, nous pourrons spéculer avec plus de certitude sur l'ancienne extension des terres. Mais je ne pense pas qu'on arrive jamais à prouver que, pendant la période récente, la plupart de nos continents, aujourd'hui complètement séparés, aient été réunis d'une manière continue ou à peu près continue les uns avec les autres, ainsi qu'avec les grandes îles océaniques. Plusieurs faits relatifs à la distribution géographique, tels, par exemple, que la grande différence des faunes marines sur les côtes opposées de presque tous les continents ; les rapports étroits qui relient aux habitants actuels les formes tertiaires de plusieurs continents et même de plusieurs océans ; le degré d'affinité qu'on observe entre les mammifères habitant les îles et ceux du continent le plus rapproché, affinité qui est en partie déterminée, comme nous le verrons plus loin, par la profondeur de la mer qui les sépare ; tous ces faits et quelques autres analogues me paraissent s'opposer à ce que l'on admette que des révolutions géographiques aussi considérables que l'exigeraient les opinions soutenues par Forbes et ses partisans, se sont produites à une époque récente. Les proportions relatives et la nature des habitants des îles océaniques me paraissent également s'opposer à l'hypothèse que celles-ci ont été autrefois reliées avec les continents. La constitution presque universellement volcanique de ces îles n'est pas non plus favorable à l'idée qu'elles représentent des restes de continents submergés ; car, si elles avaient primitivement constitué des chaînes de montagnes continentales, quelques-unes au moins seraient, comme d'autres sommets, formées de granit, de schistes métamorphiques d'anciennes roches fossilifères ou autres roches analogues, au lieu de n'être que des entassements de matières volcaniques.

Je dois maintenant dire quelques mots sur ce qu'on a appelé *les moyens accidentels de dispersion*, moyens qu'il vaudrait mieux appeler *occasionnels* ; je ne parlerai ici que des plantes. On dit, dans les ouvrages de botanique, que telle ou telle plante se prête mal à une grande dissémination ; mais on peut dire qu'on ignore presque absolument si telle ou telle plante peut traverser la mer avec plus ou moins de facilité. On ne savait même pas, avant les quelques expériences que j'ai entreprises sur ce point avec le concours de M. Berkeley, pendant combien de temps les graines peuvent résister à l'action nuisible de l'eau de mer. Je trouvai, à ma grande surprise, que, sur quatre-vingt-sept espèces, soixante-quatre ont germé après une immersion de vingt-huit jours, et que certaines résistèrent même à une immersion de cent trente-sept jours. Pour plus de commodité, j'expérimentai principalement sur les petites graines dépouillées de leur fruit, ou de leur capsule ; or, comme toutes allèrent au fond au bout de peu de jours, elles n'auraient pas pu traverser de grands bras de mer, qu'elles fussent ou non endommagées par l'eau salée. J'expérimentai ensuite sur quelques fruits et sur quelques capsules, etc., de plus grosse dimension ; quelques-uns flottèrent longtemps. On sait que le bois vert flotte beaucoup moins longtemps que le bois sec. Je pensai que les inondations doivent souvent entraîner à la mer des plantes ou des branches desséchées chargées de capsules ou de fruits. Cette idée me conduisit à faire sécher les tiges et les branches de quatre-vingt-quatorze plantes portant des fruits mûrs, et je les plaçai ensuite sur de l'eau de mer. La plupart allèrent promptement au fond, mais quelques-unes, qui, vertes, ne flottaient que peu de temps, résistèrent beaucoup plus longtemps une fois sèches, ainsi, les noisettes vertes s'enfoncèrent de suite, mais, sèches, elles flottèrent pendant quatre-vingt-dix jours, et germèrent après avoir été mises en terre ; un plant d'asperge portant des baies mûres flotta vingt-trois jours ; après avoir été desséché, il flotta quatre-vingt-cinq jours et les graines germèrent ensuite. Les graines mûres de l'*Helosciadium*, qui allaient au fond au bout de deux jours, flottèrent pendant plus de quatre-vingt-dix jours une fois sèches, et germèrent ensuite. Au total, sur quatre-vingt-quatorze plantes sèches, dix-huit flottèrent pendant plus de vingt-huit jours, et quelques-unes dépassèrent de beaucoup ce terme. Il en résulte que 64/87 des graines que je soumis à l'expérience germèrent après une immersion de vingt-huit jours, et que 18/94 des plantes à fruits mûrs (toutes n'appartenaient pas aux mêmes espèces que dans l'expérience précédente) flottèrent, après dessiccation, pendant plus de vingt-huit jours. Nous pouvons donc conclure, autant du moins qu'il est permis de tirer une conclusion d'un si petit nombre de faits, que les graines de 14/100 des plantes d'une contrée quelconque peuvent être entraînées pendant vingt-huit jours par les courants marins sans perdre la faculté de germer. D'après l'atlas physique de Johnston, la vitesse moyenne des divers courants de l'Atlantique est de 53 kilomètres environ par jour, quelques-uns même atteignent la vitesse de 96,5 kilomètres par jour ; d'après cette moyenne, les 14/100 de graines de plantes d'un pays pourraient donc être transportés à travers un bras de mer large de 1 487 kilomètres jusque dans un autre pays, et germer si, après avoir échoué sur la rive, le vent les portait dans un lieu favorable à leur développement.

M. Martens a entrepris subséquemment des expériences semblables aux miennes, mais dans de meilleures conditions ; il plaça, en effet, ses graines dans une boîte plongée dans la mer même, de sorte qu'elles se trouvaient alternativement soumises à l'action de l'air et de l'eau, comme des plantes réellement flottantes. Il expérimenta sur quatre-vingt-dix-huit graines pour la plupart différentes des miennes ; mais il choisit de gros fruits et des graines de plantes vivant sur les côtes, circonstances de nature à augmenter la longueur moyenne de leur flottaison et leur résistance à l'action nuisible de l'eau salée. D'autre part, il n'a pas fait préalablement sécher les plantes portant leur fruit ; fait qui, comme nous l'avons vu, aurait permis à certaines de flotter encore plus longtemps. Le résultat obtenu fut que 18/98 de ces graines flottèrent pendant quarante-deux jours et germèrent ensuite. Je crois cependant que des plantes exposées aux vagues ne doivent pas flotter aussi longtemps que celles qui, comme dans ces expériences, sont à l'abri d'une violente agitation. Il serait donc plus sûr d'admettre que les graines d'environ 10 pour 100 des plantes d'une flore peuvent, après dessiccation, flotter à travers un bras de mer large de 1 450 kilomètres environ, et germer ensuite.

Le fait que les fruits plus gros sont aptes à flotter plus longtemps que les petits est intéressant, car il n'y a guère d'autre moyen de dispersion pour les plantes à gros fruits et à grosses graines ; d'ailleurs, ainsi que l'a démontré Alphonse de Candolle, ces plantes ont généralement une extension limitée.

Les graines peuvent être occasionnellement transportées d'une autre manière. Les courants jettent du bois flotté sur les côtes de la plupart des îles, même de celles qui se trouvent au milieu des mers les plus vastes ; les naturels des îles de corail du Pacifique ne peuvent se procurer les pierres avec lesquelles ils confectionnent leurs outils qu'en prenant celles qu'ils trouvent engagées dans les racines des arbres flottés ; ces pierres appartiennent au roi, qui en tire de gros revenus. J'ai observé que, lorsque des pierres de forme irrégulière sont enchâssées dans les racines des arbres, de petites parcelles de terre remplissent souvent les interstices qui peuvent se trouver entre elles et le bois, et sont assez bien protégées pour que l'eau ne puisse les enlever pendant la plus longue traversée. J'ai vu germer trois dicotylédones contenues dans une parcelle de terre ainsi enfermée dans les racines d'un chêne ayant environ cinquante ans ; je puis garantir l'exactitude de cette observation. Je pourrais aussi démontrer que les cadavres d'oiseaux, flottant sur la mer, ne sont pas toujours immédiatement dévorés ; or, un grand nombre de graines peuvent conserver longtemps leur vitalité dans le jabot des oiseaux flottants ; ainsi, les pois et les vesces sont tués par quelques jours d'immersion dans l'eau salée, mais, à ma grande surprise, quelques-unes de ces graines, prises dans le jabot d'un pigeon qui avait flotté sur l'eau salée pendant trente jours, germèrent presque toutes.

Les oiseaux vivants ne peuvent manquer non plus d'être des agents très efficaces pour le transport des graines. Je pourrais citer un grand nombre de faits qui

prouvent que des oiseaux de diverses espèces sont fréquemment chassés par les ouragans à d'immenses distances en mer. Nous pouvons en toute sûreté admettre
que, dans ces circonstances, ils doivent atteindre une
vitesse de vol d'environ 56 kilomètres à l'heure ; et
quelques auteurs l'estiment à beaucoup plus encore. Je ne
crois pas que les graines alimentaires puissent traverser
intactes l'intestin d'un oiseau, mais les noyaux des fruits
passent sans altération à travers les organes digestifs du
dindon lui-même. J'ai recueilli en deux mois, dans mon
jardin, douze espèces de graines prises dans les fientes
des petits oiseaux ; ces graines paraissaient intactes, et
quelques-unes ont germé. Mais voici un fait plus important. Le jabot des oiseaux ne sécrète pas de suc gastrique
et n'exerce aucune action nuisible sur la germination des
graines, ainsi que je m'en suis assuré par de nombreux
essais. Or, lorsqu'un oiseau a rencontré et absorbé une
forte quantité de nourriture, il est reconnu qu'il faut de
douze à dix-huit heures pour que tous les grains aient
passé dans le gésier. Un oiseau peut, dans cet intervalle,
être chassé par la tempête à une distance de 800 kilomètres, et comme les oiseaux de proie recherchent les
oiseaux fatigués, le contenu de leur jabot déchiré peut
être ainsi dispersé. M. Brent m'apprend qu'un de ses
amis dut renoncer à faire circuler ses pigeons voyageurs
de France en Angleterre, car les faucons les détruisaient
lorsqu'ils arrivaient sur la côte anglaise. Certains faucons
et certains hiboux avalent leur proie entière, et, après un
intervalle de douze à vingt heures, dégorgent de petites
pelotes dans lesquelles, ainsi qu'il résulte d'expériences
faites aux Zoological Gardens, il y a des graines aptes à
germer. Quelques graines d'avoine, de blé, de millet, de
chènevis, de chanvre, de trèfle et de betterave ont germé
après avoir séjourné de douze à vingt-quatre heures dans
l'estomac de divers oiseaux de proie ; deux graines de
betterave ont germé après un séjour de soixante-deux
heures dans les mêmes conditions. Les poissons d'eau

douce avalent les graines de beaucoup de plantes terrestres et aquatiques ; or, les oiseaux qui dévorent souvent les poissons deviennent ainsi les agents du transport
des graines. J'ai introduit une quantité de graines dans
l'estomac de poissons morts que je faisais ensuite dévorer
par les aigles pêcheurs, des cigognes et des pélicans ;
après un intervalle de plusieurs heures, ces oiseaux dégor-
geaient les graines en pelotes, ou les rejetaient dans leurs
excréments, et plusieurs germèrent parfaitement ; il y a
toutefois des graines qui ne résistent jamais à ce traitement.

Bien que le bec et les pattes des oiseaux soient généralement propres, il y adhère parfois un peu de terre ; j'ai,
dans une occasion, enlevé 1,4 g de terre argileuse sur la
patte d'une perdrix ; dans cette terre, se trouvait un
caillou de la grosseur d'une graine de vesce. Ainsi des
graines peuvent à l'occasion être transportées à de
grandes distances, car on peut prouver par de nombreux
faits que presque partout le sol est couvert de graines.
Les millions de cailles qui traversent la Méditerranée, par
exemple, doivent occasionnellement transporter quelques
graines enfouies dans la boue qui adhère à leur bec et à
leurs pattes. Mais j'aurai bientôt à revenir sur ce sujet.

On sait que les icebergs sont souvent chargés de pierres
et de terre, et qu'on y a même trouvé des broussailles,
des os et le nid d'un oiseau terrestre ; on ne saurait donc
douter qu'ils ne puissent quelquefois, ainsi que le suggère
Lyell, transporter des graines d'un point à un autre des
régions arctiques et antarctiques. Pendant la période glaciaire, ce moyen de dissémination a pu s'étendre dans nos
contrées actuellement tempérées. Aux Açores, le nombre
considérable des plantes européennes, en comparaison de
celles qui croissent sur les autres îles de l'Atlantique plus
rapprochées du continent, et leurs caractères quelque peu
septentrionaux pour la latitude où elles vivent, ainsi que
l'a fait remarquer M. H.C. Watson, m'ont porté à croire
que ces îles ont dû être peuplées en partie de graines

apportées par les glaces pendant l'époque glaciaire. À ma demande, sir C. Lyell a écrit à M. Hartung pour lui demander s'il avait observé des blocs erratiques dans ces îles, et celui-ci répondit qu'il avait en effet trouvé de grands fragments de granit et d'autres roches qui ne se rencontrent pas dans l'archipel. Nous pouvons donc conclure que les icebergs ont autrefois déposé leurs fardeaux de pierre sur les rives de ces îles océaniques, et que, par conséquent, il est très possible qu'elles y aient aussi apporté les graines de plantes septentrionales.

Si l'on songe que ces divers modes de transport, ainsi que d'autres qui, sans aucun doute, sont encore à découvrir, ont agi constamment depuis des milliers et des milliers d'années, il serait vraiment merveilleux qu'un grand nombre de plantes n'eussent pas été ainsi transportées à de grandes distances. On qualifie ces moyens de transport du terme peu correct d'*accidentels* ; en effet, les courants marins, pas plus que la direction des vents dominants, ne sont accidentels. Il faut observer qu'il est peu de modes de transport aptes à porter des graines à des distances très considérables, car les graines ne conservent pas leur vitalité lorsqu'elles sont soumises pendant un temps très prolongé à l'action de l'eau salée, et elles ne peuvent pas non plus rester bien longtemps dans le jabot ou dans l'intestin des oiseaux. Ces moyens peuvent toutefois suffire pour les transports occasionnels à travers des bras de mer de quelques centaines de kilomètres, ou d'île en île, ou d'un continent à une île voisine, mais non pas d'un continent à un autre très éloigné. Leur intervention ne doit donc pas amener le mélange des flores de continents très distants, et ces flores ont dû rester distinctes comme elles le sont, en effet, aujourd'hui. Les courants, en raison de leur direction, ne transporteront jamais des graines de l'Amérique du Nord en Angleterre, bien qu'ils puissent en porter et qu'ils en portent, en effet, des Antilles jusque sur nos côtes de l'ouest, où, si elles n'étaient pas déjà endommagées par leur long séjour dans l'eau salée, elles ne pourraient d'ailleurs pas supporter notre climat. Chaque année, un ou deux oiseaux de terre sont chassés par le vent à travers tout l'Atlantique, depuis l'Amérique du Nord jusqu'à nos côtes occidentales de l'Irlande et de l'Angleterre ; mais ces rares voyageurs ne pourraient transporter de graines que celles que renfermerait la boue adhérant à leurs pattes ou à leur bec, circonstance qui ne peut être que très accidentelle. Même dans le cas où elle se présenterait, la chance que cette graine tombât sur un sol favorable, et arrivât à maturité, serait bien faible. Ce serait cependant une grave erreur de conclure, de ce qu'une île bien peuplée, comme la Grande-Bretagne, n'a pas, autant qu'on le sache, et ce qu'il est d'ailleurs assez difficile de prouver, reçu pendant le cours des derniers siècles, par l'un ou l'autre de ces modes occasionnels de transport, des immigrants d'Europe ou d'autres continents, qu'une île pauvrement peuplée, bien que plus éloignée de la terre ferme, ne pût pas recevoir, par de semblables moyens, des colons venant d'ailleurs. Il est possible que, sur vingt espèces d'animaux ou de graines transportées dans une île, plus pauvre en habitants que l'Angleterre, il ne s'en trouvât qu'une assez bien adaptée à sa nouvelle patrie pour s'y naturaliser ; mais cela ne serait point, à mon avis, un argument valable contre ce qui a pu être effectué par des moyens occasionnels de transport dans le cours si long des époques géologiques, pendant le lent soulèvement d'une île et avant qu'elle fût suffisamment peuplée. Sur un terrain presque stérile, que n'habite aucun insecte ou aucun oiseau destructeur, une graine, une fois arrivée, germerait et survivrait.

DISPERSION PENDANT LA PÉRIODE GLACIAIRE

L'identité de beaucoup de plantes et d'animaux qui vivent sur les sommets de chaînes de montagnes, séparées les unes des autres par des centaines de milles de plaines, dans lesquelles les espèces alpines ne pourraient exister, est un des cas les plus frappants d'espèces identiques vivant sur des points très éloignés, sans qu'on puisse admettre la possibilité de leur migration de l'un à l'autre de ces points. C'est réellement un fait remarquable que de voir tant de plantes de la même espèce vivre sur les sommets neigeux des Alpes et des Pyrénées, en même temps que dans l'extrême nord de l'Europe ; mais il est encore bien plus extraordinaire que les plantes des montagnes Blanches, aux États-Unis, soient toutes semblables à celles du Labrador et presque semblables, comme nous l'apprend Asa Gray, à celles des montagnes les plus élevées de l'Europe. Déjà, en 1747, l'observation de faits de ce genre avait conduit Gmelin à conclure à la création indépendante d'une même espèce en plusieurs points différents ; et peut-être aurait-il fallu nous en tenir à cette hypothèse, si les recherches d'Agassiz et d'autres n'avaient appelé une vive attention sur la période glaciaire, qui, comme nous allons le voir, fournit une explication toute simple de cet ordre de faits. Nous avons les preuves les plus variées, organiques et inorganiques, que, à une période géologique récente, l'Europe centrale et l'Amérique du Nord subirent un climat arctique. Les ruines d'une maison consumée par le feu ne racontent pas plus clairement la catastrophe qui l'a détruite que les montagnes de l'Écosse et du pays de Galles, avec leurs flancs labourés, leurs surfaces polies et leurs blocs erratiques, ne témoignent de la présence des glaciers qui dernièrement encore en occupaient les vallées. Le climat de l'Europe a si considérablement changé que, dans le nord de l'Italie, les moraines gigantesques laissées par d'anciens glaciers sont actuellement couvertes de vignes et de maïs. Dans une grande partie des États-Unis, des blocs erratiques et des roches striées révèlent clairement l'existence passée d'une période de froid.

Nous allons indiquer en quelques mots l'influence qu'a dû autrefois exercer l'existence d'un climat glacial sur la distribution des habitants de l'Europe, d'après l'admirable analyse qu'en a faite E. Forbes. Pour mieux comprendre les modifications apportées par ce climat, nous supposerons l'apparition d'une nouvelle période glaciaire commençant lentement, puis disparaissant, comme cela a eu lieu autrefois. À mesure que le froid augmente, les zones plus méridionales deviennent plus propres à recevoir les habitants du Nord ; ceux-ci s'y portent et remplacent les formes des régions tempérées qui s'y trouvaient auparavant. Ces dernières, à leur tour et pour la même raison, descendent de plus en plus vers le sud, à moins qu'elles soient arrêtées par quelque obstacle, auquel cas elles périssent. Les montagnes se couvrant de neige et de glace, les formes alpines descendent dans les plaines, et, lorsque le froid aura atteint son maximum, une faune et une flore arctiques occuperont toute l'Europe centrale jusqu'aux Alpes et aux Pyrénées, en s'étendant même jusqu'en Espagne. Les parties actuellement tempérées des États-Unis seraient également peuplées de plantes et d'animaux arctiques, qui seraient à peu près identiques à ceux de l'Europe ; car les habitants actuels de la zone glaciale qui, partout, auront émigré vers le sud, sont remarquablement uniformes autour du pôle. Nous pouvons supposer que la période glaciaire est survenue un peu plus tôt ou un peu plus tard en Amérique du Nord qu'en Europe, donc que les migrations se sont produites un peu plus tôt ou plus tard, mais cela ne fera pas de différence quant au résultat final.

Au retour de la chaleur, les formes arctiques se retireront vers le nord, suivies dans leur retraite par les productions des régions plus tempérées. À mesure que la neige quittera le pied des montagnes, les formes arctiques s'empareront de ce terrain déblayé, et remonteront toujours de plus en plus sur leurs flancs à mesure que, la chaleur augmentant, la neige fondra à une plus grande hauteur, tandis que les autres continueront à remonter vers le nord. Par conséquent, lorsque la chaleur sera complètement revenue, les mêmes espèces qui auront vécu précédemment dans les plaines de l'Europe et de l'Amérique du Nord se trouveront tant dans les régions arctiques de l'ancien et du nouveau monde que sur les sommets de montagnes très éloignées les unes des autres.

Ainsi s'explique l'identité de bien des plantes habitant des points aussi distants que le sont les montagnes des États-Unis et celles de l'Europe. Ainsi s'explique aussi le fait que les plantes alpines de chaque chaîne de montagnes se rattachent plus particulièrement aux formes arctiques qui vivent plus au nord, exactement ou presque exactement sur les mêmes degrés de longitude ; car les migrations provoquées par l'arrivée du froid, et le mouvement contraire résultant du retour de la chaleur, ont dû généralement se produire du nord au sud et du sud au nord. Ainsi, les plantes alpines de l'Écosse, selon les observations de M. H.C. Watson, et celles des Pyrénées d'après Ramond, se rapprochent surtout des plantes du nord de la Scandinavie ; celles des États-Unis, de celles du Labrador ; et celles des montagnes de la Sibérie, de celles des régions arctiques de ce pays. Ces déductions, fondées sur l'existence bien démontrée d'une époque glaciaire antérieure, me paraissent expliquer d'une manière si satisfaisante la distribution actuelle des productions alpines et arctiques de l'Europe et de l'Amérique que, lorsque nous rencontrons, dans d'autres régions, les mêmes espèces sur des sommets éloignés, nous pouvons presque conclure, sans autre preuve, à l'existence d'un climat plus froid, qui a permis autrefois leur migration au travers des plaines basses intermédiaires, devenues actuellement trop chaudes pour elles.

Si, depuis la période glaciaire, le climat a été un moment plus chaud qu'à présent (comme certains géologues le pensent, surtout à cause de la distribution du gnathodon fossile), alors les productions arctiques et tempérées auront tardivement avancé un peu plus au nord, et ensuite se seront repliées sur leur habitat actuel ; mais je n'ai pas trouvé de preuves satisfaisantes de l'existence de telles périodes intercalaires un peu plus chaudes depuis l'époque glaciaire.

Pendant leur migration vers le sud et leur retraite vers le nord, causées par le changement du climat, les formes arctiques n'ont pas dû, quelque long qu'ait été le voyage, être exposées à une grande diversité de température ; en outre, comme elles ont dû toujours s'avancer en masse, leurs relations mutuelles n'ont pas été sensiblement troublées. Il en résulte que ces formes, selon les principes que nous cherchons à établir dans cet ouvrage, n'ont pas dû être soumises à de grandes modifications. Mais, à l'égard des productions alpines, isolées depuis l'époque du retour de la chaleur, d'abord au pied des montagnes, puis au sommet, le cas aura dû être un peu différent. Il n'est guère probable, en effet, que précisément les mêmes espèces arctiques soient restées sur des sommets très éloignés les uns des autres et qu'elles aient pu y survivre depuis. Elles ont dû, sans aucun doute, se mélanger aux espèces alpines plus anciennes qui, habitant les montagnes avant le commencement de l'époque glaciaire, ont dû, pendant la période du plus grand froid, descendre dans la plaine. Enfin, elles doivent aussi avoir été exposées à des influences climatériques un peu diverses. Ces diverses causes ont dû troubler leurs rapports mutuels, et elles sont en conséquence devenues susceptibles de modifications. C'est ce que nous remarquons en effet, si nous comparons les unes aux autres les formes alpines d'animaux et de plantes de diverses grandes chaînes de montagnes européennes ; car, bien que beaucoup d'espèces demeurent identiques, les unes offrent les caractères de variétés, d'autres ceux de formes douteuses ou sous-espèces ; d'autres, enfin, ceux d'espèces distinctes, bien que très étroitement alliées ou représentatives.

Dans l'exemple qui précède, j'ai supposé que, au commencement de notre époque glaciaire imaginaire, les productions arctiques étaient aussi uniformes qu'elles le sont de nos jours dans les régions qui entourent le pôle. Mais il faut supposer aussi que beaucoup de formes subarctiques et même quelques formes des climats tempérés étaient identiques tout autour du globe, car on retrouve des espèces identiques sur les pentes inférieures des montagnes et dans les plaines, tant en Europe que dans l'Amérique du Nord. Or, on pourrait se demander comment j'explique cette uniformité des espèces subarctiques et des espèces tempérées à l'origine de l'époque glaciaire. Actuellement, les formes appartenant à ces deux catégories, dans l'ancien et dans le nouveau monde, sont séparées par l'océan Atlantique et par la partie septentrionale de l'océan Pacifique. Pendant la période glaciaire, alors que les habitants de l'ancien et du nouveau monde vivaient plus au sud qu'aujourd'hui, elles devaient être encore plus complètement séparées par de plus vastes océans. Je crois que ce fait peut s'expliquer par la nature du climat qui a dû précéder l'époque glaciaire. À cette époque, c'est-à-dire pendant la période du nouveau pliocène, les habitants du monde étaient, en grande majorité, spécifiquement les mêmes qu'aujourd'hui, et nous avons toute raison de croire que le climat était plus chaud qu'il n'est à présent. Nous pouvons supposer, en conséquence, que les organismes qui vivent maintenant par 60 degrés de latitude ont dû, pendant la période pliocène, vivre plus près du cercle polaire, par 66 ou 67 degrés de latitude, et que les productions arctiques actuelles occupaient les terres éparses plus rapprochées du pôle. Or, si nous examinons une sphère, nous voyons que, sous le cercle polaire, les terres sont presque continues depuis l'ouest de l'Europe, par la Sibérie, jusqu'à l'Amérique orientale. Cette continuité des terres circumpolaires, jointe à une grande facilité de migration, résultant d'un climat plus favorable, peut expliquer l'uniformité supposée des productions subarctiques et tempérées de l'ancien et du nouveau monde à une époque antérieure à la période glaciaire.

Je crois pouvoir admettre, en vertu de raisons précédemment indiquées, que nos continents sont restés depuis fort longtemps à peu près dans la même position relative, bien qu'ayant subi de grandes oscillations de niveau ; je suis donc fortement disposé à étendre l'idée ci-dessus développée, et à conclure que, pendant une période antérieure et encore plus chaude, telle que l'ancien pliocène, un grand nombre de plantes et d'animaux semblables ont habité la région presque continue qui entoure le pôle. Ces plantes et ces animaux ont dû, dans les deux mondes, commencer à émigrer lentement vers le sud, à mesure que la température baissait, longtemps avant le commencement de la période glaciaire. Ce sont, je crois, leurs descendants, modifiés pour la plupart, qui occupent maintenant les portions centrales de l'Europe et des États-Unis. Cette hypothèse nous permet de comprendre la parenté, d'ailleurs très éloignée de l'identité, qui existe entre les productions de l'Europe et celles des États-Unis ; parenté très remarquable, vu la distance qui existe entre les deux continents, et leur séparation par un océan aussi considérable que l'Atlantique. Nous comprenons également ce fait singulier, remarqué par plusieurs observateurs, que les productions des États-Unis et celles de l'Europe étaient plus voisines les unes des autres pendant les derniers étages de l'époque tertiaire qu'elles le sont aujourd'hui. En effet, pendant ces périodes plus chaudes, les parties septentrionales de l'ancien et du nouveau monde ont dû être presque complètement réunies par des terres, qui ont servi de véritables ponts, permettant les migrations réciproques de leurs habitants, ponts que le froid a depuis rendus infranchissables.

La chaleur décroissant lentement pendant la période pliocène, les espèces communes à l'ancien et au nouveau monde ont dû émigrer vers le sud ; dès qu'elles eurent dépassé les limites du cercle polaire, toute communication entre elles a été interceptée, et cette séparation, surtout en ce qui concerne les productions correspondant à un climat plus tempéré, a dû avoir lieu à une époque très reculée. En descendant vers le sud, les plantes et les animaux ont dû, dans l'une des grandes régions, se mélanger avec les productions indigènes de l'Amérique, et entrer en concurrence avec elles, et, dans l'autre grande région, avec les productions de l'ancien monde. Nous trouvons donc là toutes les conditions voulues pour des modifications bien plus considérables que pour les productions alpines, qui sont restées depuis une époque plus récente isolées sur les diverses chaînes de montagnes et dans les régions arctiques de l'Europe et de l'Amérique du Nord. Il en résulte que, lorsque nous comparons les unes aux autres les productions actuelles des régions tempérées de l'ancien et du nouveau monde, nous trouvons très peu d'espèces identiques, bien qu'Asa Gray ait récemment démontré qu'il y en a beaucoup plus qu'on ne le supposait autrefois ; mais, en même temps, nous trouvons, dans toutes les grandes classes, un nombre considérable de formes que quelques naturalistes regardent comme des races géographiques, et d'autres comme des espèces distinctes ; nous trouvons, enfin, une multitude de formes étroitement alliées ou représentatives, que tous les naturalistes s'accordent à regarder comme spécifiquement distinctes.

Il en a été dans les mers de même que sur la terre ; la lente migration vers le sud d'une faune marine, entourant à peu près uniformément les côtes continues situées sous le cercle polaire à l'époque pliocène, ou même à une époque quelque peu antérieure, nous permet de nous rendre compte, d'après la théorie de la modification, de l'existence d'un grand nombre de formes alliées, vivant actuellement dans des mers complètement séparées. C'est ainsi que nous pouvons expliquer la présence, sur la côte occidentale et sur la côte orientale de la partie tempérée de l'Amérique du Nord, de formes étroitement alliées existant encore ou qui se sont éteintes pendant la période tertiaire ; et le fait encore plus frappant de la présence de beaucoup de crustacés, décrits dans l'admirable ouvrage de Dana, de poissons et d'autres animaux marins étroitement alliés, dans la Méditerranée et dans les mers du Japon, deux régions qui sont actuellement séparées par un continent tout entier, et par d'immenses océans.

Ces exemples de parenté étroite entre des espèces ayant habité ou habitant encore les mers des côtes occidentales et orientales de l'Amérique du Nord, la Méditerranée, les mers du Japon et les zones tempérées de l'Amérique et de l'Europe, ne peuvent s'expliquer par la théorie des créations indépendantes. Il est impossible de soutenir que ces espèces ont reçu lors de leur création des caractères identiques, en raison de la ressemblance des conditions physiques des milieux ; car, si nous comparons par exemple certaines parties de l'Amérique du Sud avec d'autres parties de l'Afrique méridionale ou de l'Australie, nous voyons des pays dont toutes les conditions physiques sont exactement analogues, mais dont les habitants sont entièrement différents.

Pour en revenir à notre sujet principal, je suis convaincu que l'on peut largement généraliser l'hypothèse de Forbes. Nous trouvons, en Europe, les preuves les plus évidentes de l'existence d'une période glaciaire, depuis les côtes occidentales de l'Angleterre jusqu'à la chaîne de l'Oural, et jusqu'aux Pyrénées au sud. Les mammifères congelés et la nature de la végétation des montagnes de la Sibérie témoignent du même fait. Sur les flancs de l'Himalaya, sur des points éloignés entre eux de 1 450 kilomètres, des glaciers ont laissé les marques de leur descente graduelle dans les vallées ; dans le Sikhim, le docteur Hooker a vu du maïs croître sur d'anciennes et gigantesques moraines. Au sud de l'équateur, nous avons des preuves directes de l'action des glaciers en Nouvelle-Zélande ; sur des montagnes fort éloignées les unes des autres, des plantes analogues qui témoignent aussi de l'existence d'une ancienne période glaciaire. Si un article récemment publié est exact, les montagnes de l'angle sud-est de l'Australie portent aussi les traces d'une ancienne action glaciaire.

Dans la moitié septentrionale de l'Amérique, on a observé, sur le côté oriental de ce continent, des blocs de rochers transportés par les glaces vers le sud jusque par 36 ou 37 degrés de latitude, et, sur les côtes du Pacifique, où le climat est actuellement si différent, jusque par 46 degrés de latitude. On a aussi remarqué des blocs erratiques sur les montagnes Rocheuses. Dans les cordillères de l'Amérique du Sud, presque sous l'équateur, les glaciers descendaient autrefois fort au-dessous de leur niveau actuel. J'ai examiné, dans le Chili central, un immense amas de détritus contenant de gros blocs erratiques, traversant une vallée des Andes, restes sans aucun doute d'une gigantesque moraine bien au-dessous de tout glacier existant. Plus au sud, des deux côtés du continent, depuis le 41e degré de latitude jusqu'à l'extrémité méridionale, on trouve les preuves les plus évidentes d'une ancienne action glaciaire dans la présence de nombreux et immenses blocs erratiques, qui ont été transportés fort loin des localités d'où ils proviennent.

Nous ne savons pas si l'époque glaciaire a été exactement simultanée en ces lieux très éloignés situés aux points opposés du globe, mais nous avons de bonnes raisons de croire que, dans presque tous les cas, cette époque est tout entière incluse dans la dernière période géologique. Nous avons aussi de bonnes raisons de croire que sa durée – mesurable en nombre d'années – a été en tout lieu considérable. Il est possible que le froid ait commencé ou cessé plus tôt en un point du globe qu'en un autre, mais étant

donné qu'il a duré longtemps partout, qu'il a été contem-
porain au sens géologique du terme, il me semble probable
que son action s'est exercée simultanément sur l'ensemble
du globe. En l'absence de preuves contraires, nous pouvons au moins considérer qu'il est probable que l'action
glaciaire a été simultanée sur les versants est et ouest de
l'Amérique du Nord, dans la Cordillère sous l'équateur et
les zones chaudes plus tempérées, et sur les deux versants
de l'extrémité sud du continent. Une fois cela admis, il est
difficile de s'empêcher de penser qu'à cette époque la température était plus froide simultanément dans le monde
entier. Mais il suffirait, pour mon propos, que la température ait été plus basse simultanément selon de larges
bandes longitudinales. Cette hypothèse que le monde
entier, ou du moins de larges bandes longitudinales, a été
simultanément plus froid d'un pôle à l'autre, jette une
grande lumière sur la distribution présente des espèces
identiques et alliées. Le docteur Hooker a démontré
qu'environ quarante ou cinquante plantes à fleurs de la
Terre de Feu, constituant une partie importante de la
maigre flore de cette région, sont communes à l'Amérique
du Nord et à l'Europe, si éloignées que soient ces régions
situées dans deux hémisphères opposés. On rencontre, sur
les montagnes élevées de l'Amérique équatoriale, une foule
d'espèces particulières appartenant à des genres européens. Gärtner a trouvé, sur les plus hautes montagnes du
Brésil, quelques espèces appartenant aux régions tempérées européennes, des espèces antarctiques, et quelques
genres des Andes, qui n'existent pas dans les plaines
chaudes intermédiaires. L'illustre Humboldt a trouvé
aussi, il y a longtemps, sur la Silla de Caraccas, des espèces
appartenant à des genres caractéristiques des cordillères.
En Afrique, plusieurs formes ayant un caractère européen,
et quelques représentants de la flore du cap de Bonne-
Espérance se retrouvent sur les montagnes de l'Abyssinie.
On a rencontré au cap de Bonne-Espérance quelques

espèces européennes qui ne paraissent pas avoir été introduites par l'homme, et, sur les montagnes, plusieurs
formes représentatives européennes qu'on ne trouve pas
dans les parties intertropicales de l'Afrique. Sur l'Himalaya et sur les chaînes de montagnes isolées de la péninsule
indienne, sur les hauteurs de Ceylan et sur les cônes volcaniques de Java, on rencontre beaucoup de plantes, soit
identiques, soit se représentant les unes les autres, et, en
même temps, représentant les plantes européennes, mais
qu'on ne trouve pas dans les régions basses et chaudes
intermédiaires. Une liste des genres recueillis sur les pics
les plus élevés de Java semble dressée d'après une collection faite en Europe sur une colline. Un fait encore plus
frappant, c'est que des formes spéciales à l'Australie se
trouvent représentées par certaines plantes croissant sur
les sommets des montagnes de Bornéo. D'après le docteur
Hooker, quelques-unes de ces formes australiennes
s'étendent le long des hauteurs de la péninsule de Malacca,
et sont faiblement disséminées, d'une part, dans l'Inde, et,
d'autre part, aussi loin vers le nord que le Japon.

Le docteur F. Müller a découvert plusieurs espèces
européennes sur les montagnes de l'Australie méridionale ; d'autres espèces, non introduites par l'homme, se
rencontrent dans les régions basses ; et, d'après le docteur Hooker, on pourrait dresser une longue liste de genres européens existant en Australie, et qui n'existent
cependant pas dans les régions torrides intermédiaires.
Dans l'admirable *Introduction à la flore de la Nouvelle-
Zélande*, le docteur Hooker signale des faits analogues et
non moins frappants relatifs aux plantes de cette grande
île. Nous voyons donc que certaines plantes vivant sur
les plus hautes montagnes des tropiques dans toutes les
parties du globe et dans les plaines des régions tempérées,
dans les deux hémisphères du nord et du sud, sont parfois identiques ; mais elles sont bien plus souvent spécifiquement distinctes, bien que reliées d'une manière tout à
fait remarquable.

Ces brèves remarques ne s'appliquent qu'aux plantes ; on pourrait, toutefois, citer quelques faits analogues relatifs aux animaux terrestres. Ces mêmes remarques s'appliquent aussi aux animaux marins ; je pourrais citer, par exemple, une assertion d'une haute autorité, le professeur Dana : « Il est certainement étonnant de voir, dit-il, que les crustacés de la Nouvelle-Zélande aient avec ceux de l'Angleterre, son antipode, une plus étroite ressemblance qu'avec ceux de toute autre partie du globe. » Sir J. Richardson parle aussi de la réapparition sur les côtes de la Nouvelle-Zélande, de la Tasmanie, etc., de formes de poissons toutes septentrionales. Le docteur Hooker m'apprend que vingt-cinq espèces d'algues, communes à la Nouvelle-Zélande et à l'Europe, ne se trouvent pas dans les mers tropicales intermédiaires.

Il faut remarquer que les formes nordiques et les formes que l'on trouve dans les parties méridionales de l'hémisphère Sud, ainsi que sur les sommets des montagnes des régions intertropicales, ne sont pas arctiques, mais appartiennent aux zones tempérées nordiques. Comme M. H.C. Watson l'a remarqué récemment, « en se repliant des latitudes polaires vers l'équateur, les flores alpines ou de montagne deviennent en fait de moins en moins arctiques ». De nombreuses formes vivant sur les montagnes des régions plus chaudes de la terre et dans l'hémisphère Sud sont de valeur douteuse, et sont classées par certains naturalistes comme espèces distinctes, et par d'autres comme variétés ; mais certaines sont certainement identiques, et beaucoup, bien qu'étroitement apparentées aux formes nordiques, doivent être considérées comme des espèces distinctes.

Voyons maintenant quelle lumière ces faits peuvent jeter sur la théorie, appuyée sur un ensemble considérable de preuves géologiques, que le monde entier, ou une grande partie de sa surface, a été simultanément bien plus froid à l'époque glaciaire qu'à présent. La période glaciaire, mesurée en nombre d'années, doit avoir été

extrêmement longue ; si l'on se souvient que quelques
plantes et animaux naturalisés se sont répandus sur de
vastes régions en quelques siècles, cette période doit avoir
été suffisante à quelque somme de migration que ce soit.
À mesure que la température s'abaissait, toutes les
plantes et autres productions tropicales ont dû se replier
vers l'équateur, suivies par les productions tropicales, et
celles-ci par les arctiques, mais nous ne nous occuperons
pas de ces dernières. Les plantes tropicales ont probablement souffert de nombreuses extinctions, dont nous ne
pouvons estimer le nombre ; peut-être qu'autrefois les
tropiques abritaient autant d'espèces que nous en voyons
amassées aujourd'hui au cap de Bonne-Espérance et
dans certaines parties tempérées de l'Australie. Sachant
que beaucoup d'animaux et de plantes tropicales peuvent
supporter un certain refroidissement, un certain nombre
a pu échapper à l'extinction durant une chute modérée
de la température, surtout en se réfugiant dans les
endroits les plus chauds. Mais il faut tenir compte du fait
que toutes les productions tropicales ont dû souffrir dans
une certaine mesure. D'autre part, les productions tempérées, ayant migré plus près de l'équateur, ont dû moins
souffrir, bien que placées dans des conditions nouvelles.
Et il est certain que de nombreuses plantes tempérées, si
elles sont protégées contre les invasions de concurrentes,
peuvent supporter un climat bien plus chaud que celui
où elles vivent d'habitude. Il me semble donc possible, en
tenant compte du fait que les productions tropicales
étaient en état de souffrance, et incapables de présenter
une forte défense contre les intrus, qu'un certain nombre
de formes tempérées plus vigoureuses et dominantes
aient pénétré parmi les formes natives et soient arrivées
jusqu'à l'équateur et même au-delà. L'invasion doit avoir
été considérablement favorisée par la présence de hautes
terres, et peut-être par un climat sec, car le Dr Falconer

m'informe que c'est surtout la chaleur humide des tropiques qui est nuisible aux plantes vivaces des pays tempérés. Mais, d'autre part, les régions les plus humides et chaudes des tropiques auront donné asile aux espèces natives des tropiques. Les chaînes du nord-ouest de l'Himalaya et la longue ligne de la Cordillère semblent avoir constitué deux grands trajets de migration. C'est un fait frappant, que m'a communiqué récemment le Dr Hooker, que toutes les plantes phanérogames, au nombre d'environ quarante-six, qui sont communes à la Terre de Feu et à l'Europe, vivent aussi en Amérique du Nord, qui a dû se trouver sur le chemin de leurs migrations. Mais je ne doute pas que certaines formes soient entrées et aient même traversé les *basses terres* des tropiques à l'époque où le froid était le plus intense – lorsque les formes arctiques avaient migré d'environ 25 degrés de latitude à partir de leur région d'origine et peuplé les terres au pied des Pyrénées. Lors de cette période de froid extrême, je crois que le climat sous l'équateur au niveau de la mer était à peu près le même qu'actuellement à six ou sept mille pieds d'altitude. Pendant la période la plus froide, je suppose que de vastes espaces de basses terres tropicales étaient revêtus d'une végétation mixte tempérée et tropicale, comme celle qui pousse actuellement avec tant d'exubérance à la base de l'Himalaya, et qu'a décrite Hooker.

Je crois donc qu'un nombre considérable de plantes, un certain nombre d'animaux terrestres, et quelques productions marines, ont migré durant l'époque glacière des zones tempérées nord et sud vers les régions intertropicales, et même que quelques-unes ont franchi l'équateur. Avec le retour de la chaleur, ces formes tempérées, exterminées sur les basses terres, occuperont naturellement les plus hautes montagnes ; celles qui n'auront pas encore atteint l'équateur émigreront à nouveau vers le nord et vers le sud vers leurs anciens habitats, mais les formes (surtout nordiques) qui auront franchi l'équateur s'éloigneront encore plus de leur habitat originel en remontant vers les latitudes tempérées de l'hémisphère opposé. Bien que nous ayons des raisons de croire, d'après les témoignages de la géologie, que l'ensemble des coquillages arctiques n'a subi que très peu de modifications durant leur longue migration vers le sud et leur retour vers le nord, le cas a pu être tout à fait différent en ce qui concerne les formes migrantes qui se sont établies dans les montagnes tropicales et dans l'hémisphère Sud. Celles-ci ont dû entrer en compétition avec un grand nombre de formes de vie nouvelles et étrangères, et il est probable que des modifications sélectionnées de structure, d'habitude et de constitution leur aient été avantageuses. C'est ainsi que bon nombre de ces formes migrantes, tout en étant clairement apparentées à leurs sœurs des hémisphères Nord ou Sud, existent maintenant dans leur nouvel habitat sous forme de variétés bien marquées ou d'espèces distinctes.

Il est un fait remarquable sur lequel le docteur Hooker a beaucoup insisté à l'égard de l'Amérique, et Alphonse de Candolle à l'égard de l'Australie, c'est qu'un bien plus grand nombre d'espèces identiques ou légèrement modifiées ont émigré du nord au sud que du sud au nord. On rencontre cependant quelques formes méridionales sur les montagnes de Bornéo et d'Abyssinie. Je pense que cette migration plus considérable du nord au sud est due à la plus grande étendue des terres dans l'hémisphère boréal et à la plus grande quantité des formes qui les habitent ; ces formes, par conséquent, ont dû se trouver, grâce à la sélection naturelle et à une concurrence plus active, dans un état de perfection supérieur, qui leur aura assuré la prépondérance sur les formes méridionales. C'est ainsi que nous voyons aujourd'hui de nombreuses productions européennes envahir la Plata, la Nouvelle-Zélande, et, à un moindre degré, l'Australie, et vaincre les formes indigènes ; tandis que fort peu de formes méridionales se naturalisent dans l'hémisphère boréal, bien qu'on ait abondamment importé en Europe, depuis deux ou trois siècles, de la Plata, et, depuis ces quarante ou cinquante dernières années, d'Australie, des peaux, de la laine et d'autres objets de nature à receler des graines. Il n'est pas douteux qu'avant la dernière période glaciaire les montagnes intertropicales ont été peuplées par des formes alpines endémiques ; mais celles-ci ont presque partout cédé la place aux formes plus dominantes, engendrées dans les régions plus étendues et les ateliers plus actifs du nord. Dans beaucoup d'îles, les productions indigènes sont presque égalées ou même déjà dépassées par des formes étrangères acclimatées ; circonstance qui est un premier pas fait vers leur extinction complète. Les montagnes sont des îles sur la terre ferme, et les montagnes intertropicales avant la période glaciaire doivent avoir été complètement isolées ; je crois que leurs habitants ont cédé la place à ceux provenant des régions plus vastes du nord, tout comme les habitants des véritables îles ont partout disparu et disparaissent encore devant les formes continentales acclimatées par l'homme.

Je suis loin de croire que les hypothèses qui précèdent lèvent toutes les difficultés que présentent la distribution et les affinités des espèces identiques et alliées qui vivent aujourd'hui dans les deux hémisphères et sur les chaînes de montagnes intermédiaires. De très nombreuses difficultés subsistent. On ne saurait tracer les routes exactes des migrations, ni dire pourquoi certaines espèces et non d'autres ont émigré ; pourquoi certaines espèces se sont modifiées et ont produit des formes nouvelles, tandis que d'autres sont restées intactes. Nous ne pouvons espérer l'explication de faits de cette nature que lorsque nous saurons dire pourquoi l'homme peut acclimater dans un pays étranger telle espèce et non pas telle autre ; pourquoi telle espèce se répand deux ou trois fois plus loin, ou est deux ou trois fois plus abondante que telle autre.

J'ai dit que de nombreuses difficultés subsistent : certaines des plus importantes sont exposées avec une admirable clarté par le Dr Hooker dans ses travaux botaniques sur les régions antarctiques. Je ne peux les discuter ici. Je me contenterai de dire qu'en ce qui concerne la présence des mêmes plantes sur des points aussi prodigieusement éloignés que le sont la terre de Kerguelen, la Nouvelle-Zélande et la Terre de Feu, comme le suggère Lyell, les icebergs peuvent avoir contribué à leur dispersion. L'existence, sur ces mêmes points et sur plusieurs autres encore de l'hémisphère austral, d'espèces qui, quoique distinctes, font partie de genres exclusivement restreints à cet hémisphère, constitue, pour ma théorie de la descendance avec modifications, un cas de difficulté remarquable. Quelques-unes de ces espèces sont si distinctes, que nous ne pouvons pas supposer que le temps écoulé depuis le commencement de la dernière période glaciaire ait été suffisant pour leur migration et pour que les modifications nécessaires aient pu s'effectuer. Ces faits me semblent indiquer que des espèces distinctes appartenant aux mêmes genres ont émigré d'un centre commun en suivant des lignes rayonnantes, et me portent à croire que, dans l'hémisphère austral, de même que dans l'hémisphère boréal, la période glaciaire a été précédée d'une époque plus chaude, pendant laquelle les terres antarctiques, actuellement couvertes de glaces, ont nourri une flore isolée et toute particulière. On peut supposer qu'avant d'être exterminées pendant la dernière période glaciaire quelques formes de cette flore ont été transportées dans de nombreuses directions par des moyens accidentels, et, à l'aide d'îles intermédiaires, depuis submergées, et peut-être, au commencement de l'époque glaciaire, par des icebergs, sur divers points de l'hémisphère austral. C'est ainsi que les côtes méridionales de l'Amérique, de l'Australie et de la Nouvelle-Zélande se trouveraient présenter en commun ces formes particulières d'êtres organisés.

Sir C. Lyell a, dans des pages remarquables, discuté, dans un langage presque identique au mien, les effets des grandes alternances du climat sur la distribution géographique dans l'univers entier. Je crois que le monde a récemment accompli un de ces grands cycles de transformation ; cette théorie, combinée avec celle de la modification par sélection naturelle, peut expliquer un grand nombre de faits dans la distribution actuelle de formes de vie alliées ou identiques. Les ondes vivantes ont, pendant certaines périodes, coulé du nord au sud et réciproquement, et dans les deux cas ont atteint l'équateur ; mais le courant de la vie a toujours été beaucoup plus considérable du nord au sud que dans le sens contraire, et c'est, par conséquent, celui du nord qui a le plus largement inondé l'hémisphère austral. De même que le flux dépose en lignes horizontales les débris qu'il apporte sur les grèves, s'élevant plus haut sur les côtes où la marée est plus forte, de même les ondes vivantes ont laissé sur les hauts sommets leurs épaves vivantes, suivant une ligne s'élevant lentement depuis les basses plaines arctiques jusqu'à une grande altitude sous l'équateur. On peut comparer les êtres divers ainsi échoués à ces tribus de sauvages qui, refoulées de toutes parts, survivent dans les parties retirées des montagnes de tous les pays, et y perpétuent la trace et le souvenir, plein d'intérêt pour nous, des anciens habitants des plaines environnantes.

Chapitre XII

DISTRIBUTION GÉOGRAPHIQUE
(SUITE)

Distribution des productions d'eau douce. – Sur les productions des îles océaniques. – Absence de batraciens et de mammifères terrestres. – Sur les rapports entre les habitants des îles et ceux du continent le plus voisin. – Sur la colonisation provenant de la source la plus rapprochée avec modifications ultérieures. – Résumé de ce chapitre et du chapitre précédent.

Les rivières et les lacs étant séparés les uns des autres par des barrières terrestres, on pourrait croire que les productions des eaux douces ne doivent pas se répandre facilement dans une même région et qu'elles ne peuvent jamais s'étendre jusque dans les pays éloignés, la mer constituant une barrière encore plus infranchissable. Toutefois, c'est exactement le contraire qui a lieu. Les espèces d'eau douce appartenant aux classes les plus différentes ont non seulement une distribution étendue, mais des espèces alliées prévalent d'une manière remarquable dans le monde entier. Je me rappelle que, lorsque je recueillis, pour la première fois, les produits des eaux douces du Brésil, je fus frappé de la ressemblance des insectes, des coquillages, etc., que j'y trouvais, avec ceux de l'Angleterre, tandis que les productions terrestres en différaient complètement.

Je crois que, dans la plupart des cas, on peut expliquer cette aptitude inattendue qu'ont les productions d'eau douce à s'étendre beaucoup, par le fait qu'elles se sont adaptées, à leur plus grand avantage, à de courtes et fréquentes migrations d'étang à étang, ou de cours d'eau à cours d'eau, dans les limites de leur propre région ; circonstance dont la conséquence nécessaire a été une grande facilité à la dispersion lointaine. Nous ne pouvons étudier ici que quelques exemples. En ce qui concerne les poissons, je crois que les mêmes espèces d'eau douce n'existent jamais sur deux continents éloignés l'un de l'autre. Mais sur un même continent les poissons d'eau douce s'étendent souvent beaucoup et presque capricieusement ; car deux systèmes de rivières possèdent parfois quelques espèces en commun, et quelques autres des espèces très différentes. Il est probable que les productions d'eau douce sont quelquefois transportées par ce que l'on pourrait appeler des moyens accidentels. Ainsi, aux Indes, les tourbillons entraînent assez fréquemment des poissons vivants à des distances considérables ; on sait, en outre, que les œufs, même retirés de l'eau, conservent pendant longtemps une remarquable vitalité. Mais je serais disposé à attribuer principalement la dispersion des poissons d'eau douce à des changements dans le niveau du sol, survenus à une époque récente, et qui ont pu faire écouler certaines rivières les unes dans les autres. Nous avons les preuves, dans le loess du Rhin, de changements considérables de niveau de la terre à une période géologique récente, et quand la surface était peuplée par des coquillages terrestres et d'eau douce. La grande différence entre les poissons qui vivent sur les deux versants opposés de la plupart des chaînes de montagnes continues, dont la présence a, dès une époque très reculée, empêché tout mélange entre les divers systèmes de rivières, paraît motiver la même conclusion. Quelques poissons d'eau douce appartiennent à des formes très anciennes, on conçoit donc qu'il y ait eu un temps bien suffisant pour permettre d'amples changements géographiques et par conséquent de grandes migrations. En outre, on peut, avec des soins, habituer lentement les poissons de mer à vivre dans l'eau douce ; et, d'après Valenciennes, il n'y a presque pas un seul groupe dont tous les membres soient exclusivement limités à l'eau douce, de sorte qu'une espèce marine d'un groupe d'eau douce, après avoir longtemps voyagé le long des côtes, pourrait s'adapter, sans beaucoup de difficulté, aux eaux douces d'un pays éloigné.

Quelques espèces de coquillages d'eau douce ont une très vaste distribution, et certaines espèces alliées, qui, d'après ma théorie, descendent d'un ancêtre commun, et doivent provenir d'une source unique, prévalent dans le monde entier. Leur distribution m'a d'abord très embarrassé, car leurs œufs ne sont point susceptibles d'être transportés par les oiseaux, et sont, comme les adultes, tués immédiatement par l'eau de mer. Je ne pouvais pas même comprendre comment quelques espèces acclimatées avaient pu se répandre aussi promptement dans une même localité, lorsque j'observai deux faits qui, entre autres, jettent quelque lumière sur le sujet. Lorsqu'un canard, après avoir plongé, émerge brusquement d'un étang couvert de lentilles d'eau, j'ai vu deux fois ces plantes adhérer sur le dos de l'oiseau, et il m'est souvent arrivé, en transportant quelques lentilles d'eau d'un aquarium dans un autre, d'introduire, sans le vouloir, dans ce dernier des coquillages provenant du premier. Il est encore une autre intervention qui est peut-être plus efficace ; ayant suspendu une patte de canard dans un aquarium où un grand nombre d'œufs de coquillages d'eau douce étaient en train d'éclore, je la trouvai couverte d'une multitude de petits coquillages tout fraîchement éclos, et qui y étaient cramponnés avec assez de force pour ne pas se détacher lorsque je secouais la patte sortie de l'eau ; toutefois, à un âge plus avancé, ils se laissent tomber d'eux-mêmes. Ces coquillages tout récemment sortis de l'œuf, quoique de nature aquatique, survécurent de douze à vingt heures sur la patte du canard, dans un air humide ; temps pendant lequel un héron ou un canard peut franchir au vol un espace de 900 à 1 100 kilomètres ; or, s'il était entraîné par le vent vers une île océanique ou vers un point quelconque de la terre ferme, l'animal s'abattrait certainement sur un étang ou sur un ruisseau. Sir C. Lyell m'apprend qu'on a capturé un *Dytiscus* emportant un *Ancylus* (coquille d'eau douce analogue aux patelles) qui adhérait fortement à son corps ; un coléoptère aquatique de la même famille, un *Colymbetes*, tomba à bord du *Beagle*, alors à 72 kilomètres environ de la terre la plus voisine ; on ne saurait dire jusqu'où il eût pu être emporté s'il avait été poussé par un vent favorable.

On sait depuis longtemps combien est immense la dispersion d'un grand nombre de plantes d'eau douce et même de plantes des marais, tant sur les continents que sur les îles océaniques les plus éloignées. C'est, selon la remarque d'Alphonse de Candolle, ce que prouvent d'une manière frappante certains groupes considérables de plantes terrestres, qui n'ont que quelques représentants aquatiques ; ces derniers, en effet, semblent immédiatement acquérir une très grande extension comme par une conséquence nécessaire de leurs habitudes. Je crois que ce fait s'explique par des moyens plus favorables de dispersion. J'ai déjà dit que, parfois, quoique rarement, une certaine quantité de terre adhère aux pattes et au bec des oiseaux. Les échassiers qui fréquentent les bords vaseux des étangs, venant soudain à être mis en fuite, sont les plus sujets à avoir les pattes couvertes de boue. Or, les oiseaux de cet ordre sont généralement grands voyageurs et se rencontrent parfois jusque dans les îles les plus éloignées et les plus stériles, situées en plein océan. Il est peu probable qu'ils s'abattent à la surface de la mer, de sorte que la boue adhérente à leurs pattes ne risque pas d'être enlevée, et ils ne sauraient manquer, en prenant terre, de voler vers les points où ils trouvent les eaux douces qu'ils fréquentent ordinairement. Je ne crois pas que les botanistes se doutent de la quantité de graines dont la vase des étangs est chargée ; voici un des faits les plus frappants que j'aie observés dans les diverses expériences que j'ai entreprises à ce sujet. Je pris, au mois de février, sur trois points différents sous l'eau, près du bord d'un petit étang, trois cuillerées de vase qui, desséchée, pesait seulement 193 grammes. Je conservai cette vase pendant six mois dans mon laboratoire, arrachant et notant chaque plante à mesure qu'elle poussait ; j'en comptai en tout 537 appartenant à de nombreuses espèces, et cependant la vase humide tenait tout entière dans une tasse à café ! Ces faits prouvent, je crois, qu'il faudrait plutôt s'étonner si les oiseaux aquatiques ne transportaient jamais les graines des plantes d'eau douce dans des étangs et dans des ruisseaux situés à de très grandes distances. La même intervention peut agir aussi efficacement à l'égard des œufs de quelques petits animaux d'eau douce.

Il est d'autres actions inconnues qui peuvent avoir aussi contribué à cette dispersion. J'ai constaté que les poissons d'eau douce absorbent certaines graines, bien qu'ils en rejettent beaucoup d'autres après les avoir avalées ; les petits poissons eux-mêmes avalent des graines ayant une certaine grosseur, telles que celles du nénuphar jaune et du potamogéton. Les hérons et d'autres oiseaux ont, siècle après siècle, dévoré quotidiennement des poissons ; ils prennent ensuite leur vol et vont s'abattre sur d'autres ruisseaux, ou sont entraînés à travers les mers par les ouragans ; nous avons vu que les graines conservent la faculté de germer pendant un nombre considérable d'heures, lorsqu'elles sont rejetées avec les excréments ou dégorgées en boulettes. Lorsque je vis la grosseur des graines d'une magnifique plante aquatique, le *Nelumbium,* et que je me rappelai les remarques d'Alphonse de Candolle sur cette plante, sa distribution me parut un fait entièrement inexplicable ; mais Audubon constate qu'il a trouvé dans l'estomac d'un héron des graines du grand nénuphar méridional, probablement, d'après le docteur Hooker, le *Nelumbium luteum*. Or, je crois qu'on peut admettre par analogie qu'un héron volant d'étang en étang, et faisant en route un copieux repas de poissons, dégorge ensuite une pelote contenant des graines de *Nelumbium* encore en état de germer, ou bien que les graines aient été lâchées par l'oiseau alors qu'il nourrissait ses oisillons, de la même manière, on le sait, qu'il laisse tomber des poissons.

Outre ces divers moyens de distribution, il ne faut pas oublier que lorsqu'un étang ou un ruisseau se forme pour la première fois, sur un îlot en voie de soulèvement par exemple, cette station aquatique est inoccupée ; en conséquence, un seul œuf ou une seule graine a toutes chances de se développer. Bien qu'il doive toujours y avoir lutte pour l'existence entre les individus des diverses espèces, si peu nombreuses qu'elles soient, qui occupent un même étang, cependant comme leur nombre, même dans un étang bien peuplé, est faible comparativement au nombre des espèces habitant une égale étendue de terrain, la concurrence est probablement moins rigoureuse entre les espèces aquatiques qu'entre les espèces terrestres. En conséquence, un immigrant, venu des eaux d'une contrée étrangère, a plus de chances de s'emparer d'une place nouvelle que s'il s'agissait d'une forme terrestre. Il faut encore se rappeler que bien des productions d'eau douce sont peu élevées dans l'échelle de l'organisation, et nous avons des raisons pour croire que les êtres inférieurs se modifient moins promptement que les êtres supérieurs, ce qui assure un temps plus long que la moyenne ordinaire aux migrations des espèces aquatiques. N'oublions pas non plus qu'un grand nombre d'espèces d'eau douce ont probablement été autrefois disséminées, autant que ces productions peuvent l'être, sur d'immenses étendues, puisqu'elles se sont éteintes ultérieurement dans les régions intermédiaires. Mais la grande distribution des plantes et des animaux inférieurs d'eau douce, qu'ils aient conservé des formes identiques ou qu'ils se soient modifiés dans une certaine mesure, semble dépendre essentiellement de la dissémination de leurs graines et de leurs œufs par des animaux et surtout par les oiseaux aquatiques, qui possèdent une grande puissance de vol, et qui voyagent naturellement d'un système de cours d'eau à un autre. La nature, comme un jardinier attentif, prend ainsi ses graines dans une certaine couche, et les dépose dans une autre à laquelle elles sont tout aussi bien adaptées.

LES HABITANTS DES ÎLES OCÉANIQUES

Nous arrivons maintenant à la dernière des trois classes de faits que j'ai choisis comme présentant les plus grandes difficultés, relativement à la distribution, dans l'hypothèse que non seulement tous les individus de la même espèce ont émigré d'un point unique, mais encore que toutes les espèces alliées, bien qu'habitant aujourd'hui les localités les plus éloignées, proviennent d'une unique station – berceau de leur premier ancêtre. J'ai déjà indiqué les raisons qui me font repousser l'hypothèse de Forbes sur l'extension des continents, qui, si on la développait, mènerait à la croyance que toutes les îles existantes, à une époque récente, ont été reliées ou presque reliées, à un continent. Cette hypothèse lève bien des difficultés, mais elle n'explique aucun des faits relatifs aux productions insulaires. Je ne m'en tiendrai pas, dans les remarques qui vont suivre, à la seule question de la dispersion, mais j'examinerai certains autres faits, qui ont quelque portée sur la théorie des créations indépendantes ou sur celle de la descendance avec modifications.

Les espèces de toutes sortes qui peuplent les îles océaniques sont en petit nombre, si on les compare à celles habitant des espaces continentaux d'égale étendue ;

Alphonse de Candolle admet ce fait pour les plantes, et Wollaston pour les insectes. Prenons par exemple les stations variées et la grande surface de la Nouvelle-Zélande, qui couvre plus de 750 milles en latitude, et comparons le nombre de ses plantes à fleurs, qui n'est que de 750, à celui des espèces qui fourmillent sur des superficies égales dans le sud-ouest de l'Australie ou au cap de Bonne-Espérance : nous devons reconnaître qu'une aussi grande différence en nombre doit provenir de quelque cause tout à fait indépendante d'une simple différence dans les conditions physiques. Le comté de Cambridge, pourtant si uniforme, possède 847 espèces de plantes, et la petite île d'Anglesea, 764 ; il est vrai que quelques fougères et une petite quantité de plantes introduites par l'homme sont comprises dans ces chiffres, et que, sous plusieurs rapports, la comparaison n'est pas très juste. Nous avons la preuve que l'île de l'Ascension, si stérile, ne possédait pas primitivement plus d'une demi-douzaine d'espèces de plantes à fleurs ; cependant, il en est un grand nombre qui s'y sont acclimatées, comme à la Nouvelle-Zélande, ainsi que dans toutes les îles océaniques connues. À Sainte-Hélène, il y a toute raison de croire que les plantes et les animaux acclimatés ont exterminé, ou à peu près, un grand nombre de productions indigènes. Quiconque admet la doctrine des créations séparées pour chaque espèce devra donc admettre aussi que le nombre suffisant des plantes et des animaux les mieux adaptés n'a pas été créé pour les îles océaniques, puisque l'homme les a involontairement peuplées plus parfaitement et plus richement que ne l'a fait la nature.

Bien que, dans les îles océaniques, les espèces soient peu nombreuses, la proportion des espèces endémiques, c'est-à-dire qui ne se trouvent nulle part ailleurs sur le globe, y est souvent très grande. On peut établir la vérité de cette assertion en comparant, par exemple, le rapport entre la superficie des terrains et le nombre des coquillages terrestres spéciaux à l'île de Madère, ou le

nombre des oiseaux endémiques de l'archipel des Galápagos avec le nombre de ceux habitant un continent quelconque. Du reste, ce fait pouvait être théoriquement
prévu, car, comme nous l'avons déjà expliqué, des
espèces arrivant de loin en loin dans un district isolé et
nouveau, et ayant à entrer en lutte avec de nouveaux
concurrents, doivent être éminemment sujettes à se modifier et doivent souvent produire des groupes de descendants modifiés. Mais de ce que, dans une île, presque
toutes les espèces d'une classe sont particulières à cette
station, il n'en résulte pas nécessairement que celles d'une
autre classe ou d'une autre section de la même classe
doivent l'être aussi ; cette différence semble provenir en
partie de ce que les espèces non modifiées ont émigré en
troupe, de sorte que leurs rapports réciproques n'ont subi
que peu de perturbation. C'est ainsi qu'aux îles Galápagos, presque tous les oiseaux terrestres sont particuliers,
mais seulement un ou deux oiseaux marins ; il est évident, en effet, que les oiseaux marins peuvent arriver
dans ces îles beaucoup plus facilement et beaucoup plus
souvent que les oiseaux terrestres. Nous savons, par la
belle description des Bermudes que nous devons à
M. J.M. Jones, qu'un très grand nombre d'oiseaux de
l'Amérique du Nord visitent fréquemment cette île.
M. E.V. Harcourt m'apprend que, presque tous les ans,
les vents emportent jusqu'à Madère beaucoup d'oiseaux
d'Europe et d'Afrique. Les Bermudes et Madère ont
donc été peuplées, par les continents voisins, d'oiseaux
qui, pendant de longs siècles, avaient déjà lutté les uns
avec les autres dans leurs patries respectives, et qui
s'étaient mutuellement adaptés les uns aux autres. Une
fois établie dans sa nouvelle station, chaque espèce a dû
être maintenue par les autres dans ses propres limites et
dans ses anciennes habitudes, sans présenter beaucoup
de tendance à des modifications. Madère est, en outre,
habitée par un nombre considérable de coquillages terrestres qui lui sont propres, tandis que pas une seule

espèce de coquillages marins n'est particulière à ses côtes ; or, bien que nous ne connaissions pas le mode de dispersion des coquillages marins, il est cependant facile de comprendre que leurs œufs ou leurs larves adhérant peut-être à des plantes marines ou à des bois flottants, ou bien aux pattes des échassiers, pourraient être transportés bien plus facilement que des coquillages terrestres, à travers 400 ou 500 kilomètres de pleine mer. Les divers ordres d'insectes habitant Madère présentent des cas presque analogues.

Les îles océaniques sont quelquefois dépourvues de certaines classes entières d'animaux dont la place est occupée par d'autres classes ; ainsi, des reptiles dans les îles Galápagos, et des oiseaux aptères gigantesques à la Nouvelle-Zélande, prennent la place des mammifères. Quant aux plantes, le docteur Hooker a démontré que, dans les îles Galápagos, les nombres proportionnels des divers ordres sont très différents de ce qu'ils sont ailleurs. On explique généralement toutes ces différences en nombre, et l'absence de groupes entiers de plantes et d'animaux sur les îles, par des différences supposées dans les conditions physiques ; mais l'explication me paraît peu satisfaisante, et je crois que les facilités d'immigration ont dû jouer un rôle au moins aussi important que la nature des conditions physiques.

On pourrait signaler bien des faits remarquables relatifs aux habitants des îles océaniques. Par exemple, dans quelques îles où il n'y a pas un seul mammifère, certaines plantes indigènes ont de magnifiques graines à crochets ; or, il y a peu de rapports plus évidents que l'adaptation des graines à crochets avec un transport opéré au moyen de la laine ou de la fourrure des quadrupèdes. Mais une graine armée de crochets peut être portée dans une autre île par d'autres moyens, et la plante, en se modifiant, devient une espèce endémique conservant ses crochets, qui ne constituent pas un appendice plus inutile que le sont les ailes rabougries qui, chez beaucoup de coléoptères insulaires, se cachent sous leurs élytres soudées. On trouve souvent encore, dans les îles, des arbres ou des arbrisseaux appartenant à des ordres qui, ailleurs, ne contiennent que des plantes herbacées ; or, les arbres, ainsi que l'a démontré A. de Candolle, ont généralement, quelles qu'en puissent être les causes, une distribution limitée. Il en résulte que les arbres ne pourraient guère atteindre les îles océaniques éloignées. Une plante herbacée qui, sur un continent, n'aurait que peu de chances de pouvoir soutenir la concurrence avec les grands arbres bien développés qui occupent le terrain, pourrait, transplantée dans une île, l'emporter sur les autres plantes herbacées en devenant toujours plus grande et en les dépassant. La sélection naturelle, dans ce cas, tendrait à augmenter la stature de la plante, à quelque ordre qu'elle appartienne, et par conséquent à la convertir en un arbuste d'abord et en un arbre ensuite.

Quant à l'absence d'ordres entiers d'animaux dans les îles océaniques, Bory Saint-Vincent a fait remarquer, il y a longtemps déjà, qu'on ne trouve jamais de batraciens (grenouilles, crapauds, salamandres) dans les nombreuses îles dont les grands océans sont parsemés. Les recherches que j'ai faites pour vérifier cette assertion en ont confirmé l'exactitude. L'on m'a cependant assuré qu'une grenouille existe dans les montagnes de la plus grande île de Nouvelle-Zélande, mais je présume que cette exception (si l'information est exacte) peut s'expliquer par la glaciation. Ce n'est pas aux conditions physiques qu'on peut attribuer cette absence générale de batraciens dans un si grand nombre d'îles océaniques, car elles paraissent particulièrement propres à l'existence de ces animaux, et la preuve, c'est que des grenouilles introduites à Madère, aux Açores et à l'île Maurice s'y sont multipliées au point de devenir un fléau. Mais, comme ces animaux ainsi que leur frai sont immédiatement tués par le contact de l'eau de mer, à l'exception toutefois d'une espèce indienne, leur transport par cette voie serait très difficile, et, en conséquence, nous pouvons comprendre pourquoi ils n'existent sur aucune île océanique. Il serait, par contre, bien difficile d'expliquer pourquoi, dans la théorie des créations indépendantes, il n'en aurait pas été créé dans ces localités.

Les mammifères offrent un autre cas analogue. Après avoir compulsé avec soin les récits des plus anciens voyageurs, je n'ai pas trouvé un seul témoignage certain de l'existence d'un mammifère terrestre, à l'exception des animaux domestiques que possédaient les indigènes, habitant une île éloignée de plus de 500 kilomètres d'un continent ou d'une grande île continentale, et bon nombre d'îles plus rapprochées de la terre ferme en sont également dépourvues. Les îles Malouines, qu'habite un renard ressemblant au loup, semblent faire exception à cette règle ; mais ce groupe ne peut pas être considéré comme océanique, car il repose sur un banc qui se rattache à la terre ferme, distante de 450 kilomètres seulement ; de plus, comme les glaces flottantes ont autrefois charrié des blocs erratiques sur sa côte occidentale, il se peut que des renards aient été transportés de la même manière, comme cela a encore lieu actuellement dans les régions arctiques. On ne saurait soutenir, cependant, que les petites îles ne sont pas propres à l'existence au moins des petits mammifères, car on en rencontre sur diverses parties du globe dans de très petites îles, lorsqu'elles se trouvent dans le voisinage d'un continent. On ne saurait, d'ailleurs, citer une seule île dans laquelle nos petits mammifères ne se soient naturalisés et abondamment multipliés. On ne saurait alléguer non plus, d'après la théorie des créations indépendantes, que le temps n'a pas été suffisant pour la création des mammifères ; car un grand nombre d'îles volcaniques sont d'une antiquité très reculée, comme le prouvent les immenses dégradations qu'elles ont subies et les gisements tertiaires qu'on y rencontre ; d'ailleurs, le temps a été suffisant pour la production d'espèces endémiques appartenant à d'autres classes ; or, on sait que, sur les continents, les mammifères apparaissent et disparaissent plus rapidement que les animaux inférieurs. Si les mammifères terrestres font défaut aux îles océaniques, presque toutes ont des mammifères aériens. La Nouvelle-Zélande possède deux chauves-souris qu'on ne rencontre nulle part ailleurs dans le monde ; l'île Norfolk, l'archipel Fidji, les îles Bonin, les archipels des Carolines et des îles Mariannes, et l'île Maurice, possèdent tous leurs chauves-souris particulières. Pourquoi la force créatrice n'a-t-elle donc produit que des chauves-souris, à l'exclusion de tous les autres mammifères, dans les îles écartées ? D'après ma théorie, il est facile de répondre à cette question ; aucun mammifère terrestre, en effet, ne peut être transporté à travers un large bras de mer, mais les chauves-souris peuvent franchir la distance au vol. On a vu des chauves-souris errer de jour sur l'océan Atlantique à de grandes distances de la terre, et deux espèces de l'Amérique du Nord visitent régulièrement ou accidentellement les Bermudes, à 1 000 kilomètres de la terre ferme. M. Tomes, qui a étudié spécialement cette famille, m'apprend que plusieurs espèces ont une distribution considérable, et se rencontrent sur les continents et dans des îles très éloignées. Il suffit donc de supposer que des espèces errantes se sont modifiées dans leurs nouvelles stations pour se mettre en rapport avec les nouveaux milieux dans lesquels elles se trouvent, et nous pouvons alors comprendre pourquoi il peut y avoir, dans les îles océaniques, des chauves-souris endémiques, en l'absence de tout autre mammifère terrestre.

Outre l'absence de mammifères terrestres mise en rapport avec le degré d'éloignement des îles des continents, il y a aussi un rapport, indépendant, dans une certaine mesure, de la distance, entre d'une part la profondeur des mers qui séparent une île de la terre ferme, et, d'autre part, la présence des mêmes espèces mammifères ou d'espèces alliées plus ou moins modifiées sur cette île et sur le continent. M. Windsor Earl a fait sur ce point quelques observations remarquables, observations considérablement développées depuis par les belles recherches de M. Wallace sur le grand archipel malais, lequel est traversé, près des Célèbes, par un bras de mer profond, qui marque une séparation complète entre deux faunes très distinctes de mammifères. De chaque côté de ce bras de mer, les îles reposent sur un banc sous-marin ayant une profondeur moyenne, et sont peuplées de mammifères identiques ou très étroitement alliés. Sans aucun doute ce grand archipel présente quelques anomalies, et il est extrêmement difficile dans certains cas de se former un jugement à cause de la naturalisation possible de certains mammifères par l'intermédiaire de l'homme, mais nous aurons bientôt plus de lumières sur l'histoire naturelle de cet archipel grâce aux admirables recherches de M. Wallace. Je n'ai pas encore eu le temps d'étudier ce sujet pour toutes les parties du globe, mais jusqu'à présent j'ai trouvé que le rapport est assez général. Ainsi, les mammifères sont les mêmes en Angleterre que dans le reste de l'Europe, dont elle n'est séparée que par un détroit peu profond ; il en est de même pour toutes les îles situées près des côtes de l'Australie. D'autre part, les îles formant les Indes occidentales sont situées sur un banc submergé à une profondeur d'environ 1 000 brasses ; nous y trouvons les formes américaines, mais les espèces et même les genres sont tout à fait distincts. Or, comme la somme des modifications que les animaux de tous genres peuvent éprouver dépend surtout du laps de temps écoulé, et que les îles séparées du continent ou des îles voisines par des eaux peu profondes ont dû probablement former une région continue à une époque plus récente que celles qui sont séparées par des détroits d'une grande profondeur, il est facile de comprendre qu'il doive exister un rapport entre la profondeur de la mer séparant deux faunes de mammifères, et le degré de leurs affinités ; – rapport qui, dans la théorie des créations indépendantes, demeure inexplicable.

Les faits qui précèdent relativement aux habitants des îles océaniques, c'est-à-dire : le petit nombre des espèces, joint à la forte proportion des formes endémiques dans des classes ou divisions de classes particulières, – l'absence d'ordres entiers tels que les batraciens et les mammifères terrestres, malgré la présence de chauves-souris aériennes, – les proportions singulières de certains ordres de plantes, – le développement des formes herbacées en arbres, etc., – me paraissent s'accorder beaucoup mieux avec l'opinion que les moyens occasionnels de transport ont une efficacité suffisante pour peupler les îles qu'avec l'idée que toutes les îles auraient été autrefois reliées au continent le plus proche. Dans cette dernière hypothèse, la migration aurait probablement été plus complète ; et, si l'on accepte l'existence de modifications, toutes les formes de vie auraient été plus ou moins également modifiées, en accord avec l'importance prépondérante des relations entre organisme et organisme.

Je ne prétends pas dire qu'il ne reste pas encore beaucoup de sérieuses difficultés pour expliquer comment la plupart des habitants des îles les plus éloignées ont atteint leur patrie actuelle, comment il se fait qu'ils aient conservé leurs formes spécifiques ou qu'ils se soient ultérieurement modifiés. Il faut tenir compte ici de la probabilité de l'existence d'îles intermédiaires, qui ont pu servir de point de relâche, mais qui, depuis, ont disparu. Je me contenterai de citer un des cas les plus difficiles. Presque toutes les îles océaniques, même les plus petites et les plus écartées, sont habitées par des coquillages terrestres appartenant généralement à des espèces endémiques, mais quelquefois aussi par des espèces qui se trouvent ailleurs – fait dont le docteur A.A. Gould a observé des exemples frappants dans le Pacifique. Or, on sait que les coquillages terrestres sont facilement tués par l'eau de mer ; leurs œufs, tout au moins ceux que j'ai pu soumettre à l'expérience, tombent au fond et périssent. Il faut cependant qu'il y ait eu quelque moyen de transport inconnu, mais efficace. Serait-ce peut-être par l'adhérence des jeunes nouvellement éclos aux pattes des oiseaux ? J'ai pensé que les coquillages terrestres, pendant la saison d'hibernation et alors que l'ouverture de leur coquille est fermée par un diaphragme membraneux, pourraient peut-être se conserver dans les fentes de bois flottant et traverser ainsi des bras de mer assez larges. J'ai constaté que plusieurs espèces peuvent, dans cet état, résister à l'immersion dans l'eau de mer pendant sept jours. Une *Helix pomatia*, après avoir subi ce traitement, fut remise, lorsqu'elle hiverna de nouveau, pendant vingt jours dans l'eau de mer, et résista parfaitement. Comme cette *Helix* a un diaphragme calcaire très épais, je l'enlevai, et lorsqu'il fut remplacé par un nouveau diaphragme membraneux, je la replaçai dans l'eau de mer pendant quatorze jours, au bout desquels l'animal, parfaitement intact, s'échappa, mais il faudrait faire plus d'expériences à ce sujet.

Le fait le plus important pour nous est l'affinité entre les espèces qui habitent les îles et celles qui habitent le continent le plus voisin, sans que ces espèces soient cependant identiques. On pourrait citer de nombreux exemples de ce fait. L'archipel des Galápagos est situé sous l'équateur, à 800 ou 900 kilomètres des côtes de l'Amérique du Sud. Tous les produits terrestres et aquatiques de cet archipel portent l'incontestable cachet du type continental américain. Sur vingt-six oiseaux terrestres, vingt et un, ou peut-être même vingt-trois, sont considérés par M. Gould comme des espèces si distinctes qu'on les suppose créées dans le lieu même ; pourtant rien n'est plus manifeste que l'affinité étroite qu'ils présentent avec les oiseaux américains par tous leurs caractères, par leurs mœurs, leurs gestes et les intonations de leur voix. Il en est de même pour les autres animaux et pour la majorité des plantes, comme le prouve le docteur Hooker dans son admirable ouvrage sur la flore de cet archipel. En contemplant les habitants de ces îles volcaniques isolées dans le Pacifique, distantes du continent de plusieurs centaines de kilomètres, le naturaliste sent cependant qu'il est encore sur une terre américaine. Pourquoi en est-il ainsi ? pourquoi ces espèces, qu'on suppose avoir été créées dans l'archipel des Galápagos, et nulle part ailleurs, portent-elles si évidemment cette empreinte d'affinité avec les espèces créées en Amérique ? Il n'y a rien, dans les conditions d'existence, dans la nature géologique de ces îles, dans leur altitude ou leur climat, ni dans les proportions suivant lesquelles les diverses classes y sont associées, qui ressemble aux conditions de la côte américaine ; en fait, il y a même une assez grande dissemblance sous tous les rapports. D'autre part, il y a dans la nature volcanique du sol, dans le climat, l'altitude et la superficie de ces îles, une grande analogie entre elles et les îles de l'archipel du Cap-Vert ; mais quelle différence complète et absolue au point de vue des habitants ! La population de ces dernières a les mêmes rapports avec les habitants de l'Afrique que les habitants des Galápagos avec les formes américaines. La théorie des créations indépendantes ne peut fournir aucune explication de faits de cette nature. Il est évident, au contraire, d'après la théorie que nous soutenons, que les îles Galápagos, soit par suite d'une ancienne continuité avec la terre ferme (bien que je ne partage par cette opinion), soit par des moyens de transport éventuels, ont dû recevoir leurs habitants d'Amérique, de même que les îles du Cap-Vert ont reçu les leurs de l'Afrique ; les uns et les autres ont dû subir des modifications, mais ils trahissent toujours leur lieu d'origine en vertu du principe d'hérédité.

On pourrait citer bien des faits analogues ; c'est, en effet, une loi presque universelle que les productions indigènes d'une île soient en rapport de parenté étroite avec celles des continents ou des îles les plus rapprochées. Les exceptions sont rares et s'expliquent pour la plupart. Ainsi, bien que l'île de Kerguelen soit plus rapprochée de l'Afrique que de l'Amérique, les plantes qui l'habitent sont, d'après la description qu'en a faite le docteur Hooker, en relation très étroite avec les formes américaines ; mais cette anomalie disparaît, car il faut admettre que cette île a dû être principalement peuplée par les graines charriées avec de la terre et des pierres par les glaces flottantes poussées par les courants dominants. Par ses plantes indigènes, la Nouvelle-Zélande a, comme on pouvait s'y attendre, des rapports beaucoup plus étroits avec l'Australie, la terre ferme la plus voisine, qu'avec aucune autre région ; mais elle présente aussi avec l'Amérique du Sud des rapports marqués, et ce continent, bien que venant immédiatement après l'Australie sous le rapport de la distance, est si éloigné, que le fait paraît presque anormal. La difficulté disparaît, toutefois, dans l'hypothèse que la Nouvelle-Zélande, l'Amérique du Sud et d'autres régions méridionales ont été peuplées en partie par des formes venues d'un point intermédiaire, quoique éloigné, les îles antarctiques, alors que, pendant une période tertiaire chaude, antérieure à la dernière période glaciaire, elles étaient recouvertes de végétation. L'affinité, faible sans doute, mais dont le docteur Hooker affirme la réalité, qui se remarque entre la flore de la partie sud-ouest de l'Australie et celle du cap de Bonne-Espérance, est un cas encore bien plus remarquable ; cette affinité, toutefois, est limitée aux plantes, et sera sans doute expliquée quelque jour.

La loi qui détermine la parenté entre les habitants des îles et ceux de la terre ferme la plus voisine se manifeste parfois sur une petite échelle, mais d'une manière très intéressante dans les limites d'un même archipel. Ainsi, chaque île de l'archipel des Galápagos est habitée, et le fait est merveilleux, par plusieurs espèces distinctes, mais qui ont des rapports beaucoup plus étroits les unes avec les autres qu'avec les habitants du continent américain ou d'aucune autre partie du monde. C'est bien ce à quoi on devait s'attendre, car des îles aussi rapprochées doivent nécessairement avoir reçu des émigrants soit de la même source originaire, soit les unes des autres. Mais comment se fait-il que ces émigrants ont été différemment modifiés, quoique à un faible degré, dans les îles si rapprochées les unes des autres, ayant la même nature géologique, la même altitude, le même climat, etc. ? Cela m'a longtemps embarrassé ; mais la difficulté provient surtout de la tendance erronée, mais profondément enracinée dans notre esprit, qui nous porte à toujours regarder les conditions physiques d'un pays comme le point le plus essentiel ; tandis qu'il est incontestable que la nature des autres habitants, avec lesquels chacun est en lutte, constitue un point tout aussi essentiel, et qui est généralement un élément de succès beaucoup plus important. Or, si nous examinons les espèces qui habitent les îles Galápagos, et qui se trouvent également dans d'autres parties du monde (en laissant de côté pour le moment les espèces endémiques, que l'on ne peut pas prendre en compte, car nous considérons ici comment des espèces ont pu se modifier depuis leur arrivée), nous trouvons qu'elles diffèrent beaucoup dans les diverses îles. Cette différence était à prévoir, si l'on admet que les îles ont été peuplées par des moyens accidentels de transport, une graine d'une plante ayant pu être apportée dans une île, par exemple, et celle d'une plante différente dans une autre, bien que toutes deux aient une même origine générale. Il en résulte que, lorsque autrefois un immigrant aura pris pied sur une des îles, ou aura ultérieurement passé de l'une à l'autre, il aura sans doute été exposé dans les diverses îles à des conditions différentes ; car il aura eu à lutter contre des ensembles d'organismes différents ; une plante, par exemple, trouvant le terrain qui lui est le plus favorable occupé par des formes un peu diverses suivant les îles, aura eu à résister aux attaques d'ennemis différents. Si cette plante s'est alors mise à varier, la sélection naturelle aura probablement favorisé dans chaque île des variétés également un peu différentes. Toutefois, quelques espèces auront pu se répandre et conserver leurs mêmes caractères dans tout l'archipel, de même que nous voyons quelques espèces largement disséminées sur un continent rester partout les mêmes.

Le fait réellement surprenant dans l'archipel des Galápagos, fait que l'on remarque aussi à un moindre degré dans d'autres cas analogues, c'est que les nouvelles espèces une fois formées dans une île ne se sont pas répandues promptement dans les autres. Mais les îles, bien qu'en vue les unes des autres, sont séparées par des bras de mer très profonds, presque toujours plus larges que la Manche, et rien ne fait supposer qu'elles aient été autrefois réunies. Les courants marins qui traversent l'archipel sont très rapides, et les coups de vent extrêmement rares, de sorte que les îles sont, en fait, beaucoup plus séparées les unes des autres qu'elles le paraissent sur la carte. Cependant, quelques-unes des espèces spéciales à l'archipel ou qui se trouvent dans d'autres parties du globe sont communes aux diverses îles, et nous pouvons conclure de leur distribution actuelle qu'elles ont dû passer d'une île à l'autre. Je crois, toutefois, que nous nous trompons souvent en supposant que les espèces étroitement alliées envahissent nécessairement le territoire les unes des autres, lorsqu'elles peuvent librement communiquer entre elles. Il est certain que, lorsqu'une espèce est douée de quelque supériorité sur une autre, elle ne tarde pas à la supplanter en tout ou en partie ; mais il est probable que toutes deux conservent leur position respective pendant très longtemps, si elles sont également bien adaptées à la situation quelles occupent. Le fait qu'un grand nombre d'espèces naturalisées par l'intervention de l'homme se sont répandues avec une étonnante rapidité sur de vastes surfaces nous porte à conclure que la plupart des espèces ont dû se répandre de

472 L'ORIGINE DES ESPÈCES

même ; mais il faut se rappeler que les espèces qui s'acclimatent dans des pays nouveaux ne sont généralement pas étroitement alliées aux habitants indigènes ; ce sont, au contraire, des formes très distinctes, appartenant dans la plupart des cas, comme l'a démontré A. de Candolle, à des genres différents. Dans l'archipel des Galápagos, un grand nombre d'oiseaux, quoique si bien adaptés pour voler d'île en île, sont distincts dans chacune d'elles ; c'est ainsi qu'on trouve trois espèces étroitement alliées de merles moqueurs, dont chacune est confinée dans une île distincte. Supposons maintenant que le merle moqueur de l'île Chatham soit emporté par le vent dans l'île Charles, qui possède le sien ; pourquoi réussirait-il à s'y établir ? Nous pouvons admettre que l'île Charles est suffisamment peuplée par son espèce locale, car chaque année il se pond plus d'œufs et il s'élève plus de petits qu'il n'en peut survivre, et nous devons également croire que l'espèce de l'île Charles est au moins aussi bien adaptée à son milieu que l'est celle de l'île Chatham. Je dois à sir C. Lyell et à M. Wollaston communication d'un fait remarquable en rapport avec cette question : Madère et la petite île adjacente de Porto Santo possèdent plusieurs espèces distinctes, mais représentatives, de coquillages terrestres, parmi lesquels il en est quelques-uns qui vivent dans les crevasses des rochers ; or, on transporte annuellement de Porto Santo à Madère de grandes quantités de pierres, sans que l'espèce de la première île se soit jamais introduite dans la seconde, bien que les deux îles aient été colonisées par des coquillages terrestres européens, doués sans doute de quelque supériorité sur les espèces indigènes. Je pense donc qu'il n'y a pas lieu d'être surpris de ce que les espèces indigènes qui habitent les diverses îles de l'archipel des Galápagos ne se soient pas répandues d'une île à l'autre. L'occupation antérieure a probablement aussi contribué dans une grande mesure, sur un même continent, à empêcher le mélange d'espèces habitant des régions distinctes, bien qu'offrant des conditions physiques semblables. C'est ainsi que les angles sud-est et sud-ouest de l'Australie, bien que présentant des conditions physiques à peu près analogues, et bien que formant un tout continu, sont cependant peuplés par un grand nombre de mammifères, d'oiseaux et de végétaux distincts.

Le principe qui détermine le caractère général des habitants des îles océaniques, c'est-à-dire leurs rapports étroits avec la région qui a pu le plus facilement leur envoyer des colons, ainsi que leur modification ultérieure, est susceptible de nombreuses applications dans la nature ; on en voit la preuve sur chaque montagne, dans chaque lac et dans chaque marais. Les espèces alpines, en effet, si l'on en excepte celles qui, lors de la dernière période glaciaire, se sont largement répandues, se rattachent aux espèces habitant les basses terres environnantes. Ainsi, dans l'Amérique du Sud, on trouve des espèces alpines d'oiseaux-mouches, de rongeurs, de plantes, etc., toutes formes appartenant à des types strictement américains ; il est évident, en effet, qu'une montagne, pendant son lent soulèvement, a dû être colonisée par les habitants des plaines adjacentes. Il en est de même des habitants des lacs et des marais, avec cette réserve que de plus grandes facilités de dispersion ont contribué à répandre les mêmes formes dans plusieurs parties du monde. Les caractères de la plupart des animaux aveugles qui peuplent les cavernes de l'Amérique et de l'Europe, ainsi que d'autres cas analogues, offrent les exemples de l'application du même principe. Lorsque dans deux régions, quelque éloignées qu'elles soient l'une de l'autre, on rencontre beaucoup d'espèces étroitement alliées ou représentatives, on y trouve également quelques espèces identiques ; partout où l'on rencontre beaucoup d'espèces étroitement alliées, on rencontre aussi beaucoup de formes que certains naturalistes classent comme des espèces distinctes et d'autres comme de simples variétés ; ce sont là deux points qui, à mon avis, ne sauraient être contestés ; or, ces formes douteuses nous indiquent

les degrés successifs de la marche progressive de la modification.

Le rapport entre la puissance et l'étendue des migrations de certaines espèces, soit dans les temps actuels, soit
à une époque antérieure, et l'existence d'espèces étroitement alliées sur des points du globe fort éloignés les uns
des autres, peut se démontrer d'une autre manière plus
générale. M. Gould m'a fait remarquer, il y a longtemps,
que les genres d'oiseaux répandus dans le monde entier
comportent beaucoup d'espèces qui ont une distribution
très considérable. Je ne mets pas en doute la vérité générale de cette assertion, qu'il serait toutefois difficile de
prouver. Les chauves-souris et, à un degré un peu
moindre, les félidés et les canidés nous en offrent chez les
mammifères un exemple frappant. La même loi gouverne
la distribution des papillons et des coléoptères, ainsi que
celle de la plupart des habitants des eaux douces, chez
lesquels un grand nombre de genres, appartenant aux
classes les plus distinctes, sont répandus dans le monde
entier et renferment beaucoup d'espèces présentant également une distribution très étendue. Ce n'est pas que
toutes les espèces des genres répandus dans le monde
entier aient toujours une grande distribution ni qu'elles
aient même une distribution moyenne très considérable,
car cette distribution dépend beaucoup du degré de leurs
modifications. Si, par exemple, deux variétés d'une même
espèce habitent, l'une l'Amérique, l'autre l'Europe,
l'espèce aura une vaste distribution ; mais, si la variation
est poussée au point que l'on considère les deux variétés
comme des espèces, la distribution en sera aussitôt
réduite de beaucoup. Nous n'entendons pas dire non plus
que les espèces aptes à franchir les barrières et à se
répandre au loin, telles que certaines espèces d'oiseaux
au vol puissant, ont nécessairement une distribution très
étendue, car il faut toujours se rappeler que l'extension
d'une espèce implique non seulement l'aptitude à franchir les obstacles, mais la faculté bien plus importante de

pouvoir, sur un sol étranger, l'emporter dans la lutte pour l'existence sur les formes qui l'habitent. Mais, dans l'hypothèse que toutes les espèces d'un même genre, bien qu'actuellement réparties sur divers points du globe souvent très éloignés les uns des autres, descendent d'un unique ancêtre, nous devrions pouvoir constater, et nous constatons généralement en effet, que quelques espèces au moins présentent une extension considérable ; car il est nécessaire que les parents non modifiés aient une distribution très étendue, subissant des modifications durant leur diffusion, et se placent dans des conditions diverses favorables à la transformation de leur descendance en nouvelles variétés puis en nouvelles espèces.

Nous devons nous rappeler, en considérant la distribution étendue de quelques genres, que certains sont très anciens, et ont dû diverger d'un ancêtre commun à une époque reculée ; dans de tels cas il y aura eu beaucoup de temps pour de grands changements climatiques et géographiques et pour des accidents de transport, donc pour la migration de certaines espèces dans toutes les parties du monde où elles auront pu être légèrement modifiées en rapport avec leurs conditions nouvelles. Les documents géologiques semblent prouver aussi que les organismes inférieurs, à quelque classe qu'ils appartiennent, se modifient moins rapidement que ceux qui sont plus élevés sur l'échelle ; ces organismes ont, par conséquent, plus de chances de se disperser plus largement, tout en conservant les mêmes caractères spécifiques. En outre, les graines et les œufs de presque tous les organismes inférieurs sont très petits, et par conséquent plus propres à être transportés au loin ; ces deux causes expliquent probablement une loi formulée depuis longtemps et qu'Alphonse de Candolle a récemment discutée en ce qui concerne les plantes, à savoir : que plus un groupe d'organismes est placé bas sur l'échelle, plus son extension est considérable.

Tous les rapports que nous venons d'examiner, c'est-à-dire la plus grande dissémination des formes inférieures, comparativement à celle des formes supérieures ; la distribution considérable des espèces faisant partie de genres eux-mêmes très largement répandus ; les relations qui existent entre les productions alpines, lacustres, etc., et celles qui habitent les régions basses environnantes (sauf les exceptions déjà mentionnées) ; l'étroite parenté qui unit les habitants des îles à ceux de la terre ferme la plus rapprochée ; la parenté plus étroite encore entre les habitants distincts d'îles faisant partie d'un même archipel, sont autant de faits que la théorie de la création indépendante de chaque espèce ne permet pas d'expliquer ; il devient facile de les comprendre si l'on admet la colonisation par la source la plus voisine ou la plus accessible, jointe à une adaptation ultérieure des immigrants aux conditions de leur nouvelle patrie.

Résumé de ce chapitre et du chapitre précédent

J'ai cherché, dans les deux chapitres qui précèdent, à démontrer que si nous tenons compte de notre ignorance relativement aux effets précis qui peuvent résulter de changements dans le climat ou dans le niveau d'un pays, changements qui ont certainement eu lieu pendant une période récente, outre d'autres modifications qui se sont très probablement effectuées ; que si nous nous souvenons combien nous savons peu de choses sur les moyens éventuels de transport qui ont pu entrer en jeu ; que si nous songeons enfin, et c'est là une considération fort importante, qu'une espèce, après avoir occupé toute une vaste région continue, a pu s'éteindre ensuite dans certaines régions intermédiaires, les difficultés qui paraissent s'opposer à l'hypothèse que tous les individus d'une même espèce, où qu'ils se trouvent, descendent de parents communs, ne sont pas insurmontables. Nous sommes, d'ailleurs, amenés à cette doctrine, adoptée déjà par beaucoup de naturalistes et qu'ils ont désignée sous le nom de *centres uniques de création*, par diverses considérations générales et surtout par l'importance des barrières de toute espèce et par la distribution analogique des sous-genres, des genres et des familles.

Quant aux espèces distinctes d'un même genre qui, d'après ma théorie, émanent d'une même souche parente, la difficulté, quoique presque aussi grande que quand il s'agit de la dispersion des individus d'une même espèce, n'est pas plus considérable, si nous faisons la part de ce que nous ignorons et si nous tenons compte de la lenteur avec laquelle certaines formes ont dû se modifier et du laps de temps immense qui a pu s'écouler pendant leurs migrations. Je ne crois pas que les difficultés soient insurmontables, bien qu'elles soient, dans ce cas et dans celui des individus d'une même espèce, extrêmement graves.

Comme exemple des effets que les changements climatériques ont pu exercer sur la distribution, j'ai cherché à démontrer l'importance du rôle qu'a joué la dernière période glaciaire qui, j'en suis convaincu, a affecté le monde simultanément, ou au moins de grandes ceintures méridionales. Une discussion un peu plus détaillée du mode de dispersion des productions d'eau douce m'a servi à signaler la diversité des modes accidentels de transport.

Si l'on ne trouve aucune difficulté insurmontable à admettre que, dans le cours prolongé des temps, tous les individus d'une même espèce et toutes les espèces d'un même genre descendent d'une source commune, alors tous les principaux faits de la distribution géographique s'expliquent donc par la théorie de la migration, combinée avec la modification ultérieure et la multiplication des formes nouvelles. Ainsi s'explique l'importance capitale des barrières, soit de terre, soit de mer, qui non seulement séparent, mais qui circonscrivent les diverses provinces zoologiques et botaniques. Ainsi s'expliquent encore la concentration des espèces alliées dans les mêmes régions et le lien mystérieux qui, sous diverses latitudes, dans l'Amérique méridionale par exemple, rattache les uns aux autres ainsi qu'aux formes éteintes qui ont autrefois vécu sur le même continent, les habitants des plaines et des montagnes, ceux des forêts, des marais et des déserts. Si l'on songe à la haute importance des rapports mutuels d'organisme à organisme, on comprend facilement que des formes très différentes habitent souvent deux régions offrant à peu près les mêmes conditions physiques ; car, le temps depuis lequel les immigrants ont pénétré dans une des régions ou dans les deux, la nature des communications qui a facilité l'entrée de certaines formes en plus ou moins grand nombre et exclu certaines autres, la concurrence que les formes nouvelles ont eu à soutenir soit les unes avec les autres, soit avec les formes indigènes, l'aptitude enfin des immigrants à varier plus ou moins promptement, sont autant de causes qui ont dû engendrer dans les deux régions, indépendamment des conditions physiques, des conditions d'existence infiniment diverses. La somme des réactions organiques et inorganiques a dû être presque infinie, et nous devons trouver, et nous trouvons en effet, dans les diverses grandes provinces géographiques du globe, quelques groupes d'êtres très modifiés, d'autres qui le sont très peu, les uns comportent un nombre considérable d'individus, d'autres un nombre très restreint.

Ces mêmes principes, ainsi que j'ai cherché à le démontrer, nous permettent d'expliquer pourquoi la plupart des habitants des îles océaniques, d'ailleurs peu nombreux, sont endémiques ou particuliers ; pourquoi, en raison de la différence des moyens de migration, un groupe d'êtres ne renferme que des espèces particulières, tandis que les espèces d'un autre groupe appartenant à la même classe sont communes à plusieurs parties du monde. Nous pouvons voir que des groupes entiers d'organismes, tels que les batraciens et les mammifères terrestres, fassent défaut dans les îles océaniques, tandis que les plus écartées et les plus isolées possèdent leurs espèces particulières de mammifères aériens ou chauves-souris ; qu'il doive y avoir un rapport entre l'existence, dans les îles, de mammifères à un état plus ou moins modifié et la profondeur de la mer qui sépare ces îles de la terre ferme ; que tous les habitants d'un archipel, bien que spécifiquement distincts dans chaque petite île, doivent être étroitement alliés les uns aux autres, et se rapprocher également, mais d'une manière moins étroite, de ceux qui occupent le continent ou le lieu quelconque d'où les immigrants ont pu tirer leur origine. Nous voyons pourquoi, dans deux régions, quelle que soit la distance qui les sépare, il y a une corrélation entre la présence d'espèces identiques, de variétés ou d'espèces douteuses, et celle d'espèces distinctes mais représentatives.

Ainsi qu'Edward Forbes l'a fait bien souvent remarquer, il existe un parallélisme frappant entre les lois de la vie dans le temps et dans l'espace. Les lois qui ont réglé la succession des formes dans les temps passés sont à peu près les mêmes que celles qui actuellement déterminent les différences dans les diverses zones. Un grand nombre de faits viennent à l'appui de cette hypothèse. La durée de chaque espèce ou de chaque groupe d'espèces est continue dans le temps ; car les exceptions à cette règle sont si rares qu'elles peuvent être attribuées à ce que nous n'avons pas encore découvert, dans des dépôts intermédiaires, certaines formes qui semblent y manquer, mais qui se rencontrent dans les formations supérieures et inférieures. De même dans l'espace, il est de règle générale que les régions habitées par une espèce ou par un groupe d'espèces soient continues ; les exceptions, assez

nombreuses il est vrai, peuvent s'expliquer, comme j'ai
essayé de le démontrer, par d'anciennes migrations effectuées dans des circonstances différentes ou par des
moyens accidentels de transport, ou par le fait de
l'extinction de l'espèce dans les régions intermédiaires.
Les espèces et les groupes d'espèces ont leur point de
développement maximum dans le temps et dans l'espace.
Des groupes d'espèces, vivant pendant une même période
ou dans une même zone, sont souvent caractérisés par
des traits insignifiants qui leur sont communs, tels, par
exemple, que les détails extérieurs de la forme et de la
couleur. Si l'on considère la longue succession des
époques passées, ou les régions très éloignées les unes des
autres à la surface du globe actuel, on trouve que, chez
certaines classes, les espèces diffèrent peu les unes des
autres, tandis que celles d'une autre classe, ou même
celles d'une famille distincte du même ordre, diffèrent
considérablement. Dans le temps comme dans l'espace,
les membres inférieurs de chaque classe se modifient
généralement moins que ceux dont l'organisation est plus
élevée ; la règle présente toutefois dans les deux cas des
exceptions marquées. D'après ma théorie, ces divers rapports dans le temps comme dans l'espace sont très intelligibles ; car, soit que nous considérions les formes alliées
qui se sont modifiées pendant les âges successifs, soit
celles qui se sont modifiées après avoir émigré dans des
régions éloignées, les formes n'en sont pas moins, dans
les deux cas, rattachées les unes aux autres par le lien
ordinaire de la génération ; et plus deux formes sont
proches par le sang, plus elles seront proches généralement l'une de l'autre dans le temps et dans l'espace ; dans
les deux cas, les lois de la variation ont été les mêmes, et
les modifications ont été accumulées en vertu d'une
même loi, la sélection naturelle.

Chapitre XIII

AFFINITÉS MUTUELLES DES ÊTRES ORGANISÉS ; MORPHOLOGIE ; EMBRYOLOGIE ; ORGANES RUDIMENTAIRES

CLASSIFICATION ; groupes subordonnés à d'autres groupes. – Système naturel. – Les lois et les difficultés de la classification expliquées par la théorie de la descendance avec modifications. – Classification des variétés. – Emploi de la généalogie dans la classification. – Caractères analogiques ou d'adaptation. – Affinités générales, complexes et divergentes. – L'extinction sépare et définit les groupes. – MORPHOLOGIE ; entre les membres d'une même classe et entre les parties d'un même individu. – EMBRYOLOGIE ; ses lois expliquées par des variations qui ne surgissent pas à un âge précoce et qui sont héréditaires à un âge correspondant. – ORGANES RUDIMENTAIRES ; explication de leur origine. – Résumé.

Dès la période la plus reculée de l'histoire du globe on constate entre les êtres organisés divers degrés de ressemblances, de sorte qu'on peut les classer en groupes subordonnés à d'autres groupes. Cette classification n'est pas arbitraire, comme l'est, par exemple, le groupement des étoiles en constellations. L'existence des groupes aurait eu une signification très simple si l'un eût été exclusivement adapté à vivre sur terre, un autre dans l'eau ; celui-ci à se nourrir de chair, celui-là de substances végétales, et ainsi de suite ; mais il en est tout autrement ; car on sait que, bien souvent, les membres d'un même groupe ont des habitudes différentes. Dans le deuxième et dans le quatrième chapitre, sur la variation et sur la sélection naturelle, j'ai essayé de démontrer que, dans chaque région, ce sont les espèces les plus répandues et les plus communes, c'est-à-dire les espèces dominantes, appartenant aux plus grands genres de chaque classe, qui varient le plus. Les variétés ou espèces naissantes produites par ces variations se convertissent ultérieurement en espèces nouvelles et distinctes ; ces dernières tendent, en vertu du principe de l'hérédité, à produire à leur tour d'autres espèces nouvelles et dominantes. En conséquence, les groupes déjà considérables, qui comprennent ordinairement de nombreuses espèces dominantes, tendent à augmenter toujours davantage. J'ai essayé, en outre, de démontrer que, les descendants variables de chaque espèce cherchant toujours à occuper le plus de places différentes qu'il leur est possible dans l'économie de la nature, cette concurrence incessante détermine une tendance constante à la divergence des caractères. La grande diversité des formes qui entrent en concurrence très vive, dans une région très restreinte, et certains faits d'acclimatation, viennent à l'appui de cette assertion.

J'ai cherché aussi à démontrer qu'il existe, chez les formes qui sont en voie d'augmenter en nombre et de diverger en caractères, une tendance constante à remplacer et à exterminer les formes plus anciennes, moins divergentes et moins parfaites. Je prie le lecteur de jeter un nouveau coup d'œil sur le tableau représentant l'action combinée de ces divers principes ; il verra qu'ils ont une conséquence inévitable, c'est que les descendants modifiés d'un ancêtre unique finissent par se séparer en groupes subordonnés à d'autres groupes. Chaque lettre de la ligne supérieure de la figure peut représenter un genre comprenant plusieurs espèces, et l'ensemble des genres de cette même ligne forme une classe ; tous descendent, en effet, d'un même ancêtre et doivent par conséquent posséder quelques caractères communs. Mais les trois genres groupés sur la gauche ont, d'après le même principe, beaucoup de caractères communs et forment une sous-famille distincte de celle comprenant les deux genres suivants, à droite, qui ont divergé d'un parent commun depuis la cinquième période généalogique. Ces cinq genres ont aussi beaucoup de caractères communs, mais pas assez pour former une sous-famille ; ils forment une famille distincte de celle qui renferme les trois genres placés plus à droite, lesquels ont divergé à une période encore plus ancienne. Tous les genres, descendus de A, forment un ordre distinct de celui qui comprend les genres descendus de I. Nous avons donc là un grand nombre d'espèces, descendant d'un ancêtre unique, groupées en genres ; ceux-ci en sous-familles, en familles et en ordres, le tout constituant une grande classe. C'est ainsi, selon moi, que s'explique ce grand fait de la subordination naturelle de tous les êtres organisés en groupes subordonnés à d'autres groupes, fait auquel nous n'accordons pas toujours toute l'attention qu'il mérite, parce qu'il nous est trop familier.

Les naturalistes, comme nous l'avons vu, cherchent à disposer les espèces, les genres et les familles de chaque classe, d'après ce qu'ils appellent le *système naturel*. Qu'entend-on par là ? Quelques auteurs le considèrent simplement comme un système imaginaire qui leur permet de grouper ensemble les êtres qui se ressemblent le plus, et de séparer les uns des autres ceux qui diffèrent le plus ; ou bien encore comme un moyen artificiel d'énoncer aussi brièvement que possible des propositions générales, c'est-à-dire de formuler par une phrase les caractères communs, par exemple, à tous les mammifères ; par une autre, ceux qui sont communs à tous les carnassiers ; par une autre, ceux qui sont communs au genre chien, puis en ajoutant une seule autre phrase, de donner la description complète de chaque espèce de chien. Ce système est incontestablement ingénieux et utile. Mais beaucoup de naturalistes estiment que le système naturel comporte quelque chose de plus ; ils croient qu'il contient la révélation du plan du Créateur ; mais à moins qu'on ne précise si cette expression elle-même signifie l'ordre dans le temps ou dans l'espace, ou tous deux, ou enfin ce qu'on entend par plan de création, il me semble que cela n'ajoute rien à nos connaissances. Une énonciation comme celle de Linné, qui est restée célèbre, et que nous rencontrons souvent sous une forme plus ou moins dissimulée, c'est-à-dire que les caractères ne font pas le genre, mais que c'est le genre qui donne les caractères, semble impliquer qu'il y a dans nos classifications quelque chose de plus qu'une simple ressemblance. Je crois qu'il en est ainsi et que le lien que nous révèlent partiellement nos classifications, lien déguisé comme il l'est par divers degrés de modifications, n'est autre que la communauté de descendance, la seule cause connue de la similitude des êtres organisés.

Examinons maintenant les règles suivies en matière de classification, et les difficultés qu'on trouve à les appliquer selon que l'on suppose que la classification indique quelque plan inconnu de création, ou qu'elle n'est simplement qu'un moyen d'énoncer des propositions générales et de grouper ensemble les formes les plus semblables. On aurait pu croire, et on a cru autrefois, que les parties de l'organisation qui déterminent les habitudes vitales et fixent la place générale de chaque être dans l'économie de la nature devaient avoir une haute importance au point de vue de la classification. Rien de plus inexact. Nul ne regarde comme importantes les similitudes extérieures qui existent entre la souris et la musaraigne, le dugong et la baleine, ou la baleine et un poisson. Ces ressemblances, bien qu'en rapport intime avec la vie des individus, ne sont considérées que comme de simples caractères « analogiques » ou « d'adaptation » ; mais nous aurons à revenir sur ce point. On peut même poser en règle générale que, moins une partie de l'organisation est en rapport avec des habitudes spéciales, plus elle devient importante au point de vue de la classification. Owen dit, par exemple, en parlant du dugong : « Les organes de la génération étant ceux qui offrent les rapports les plus éloignés avec les habitudes et la nourriture de l'animal, je les ai toujours considérés comme ceux qui indiquent le plus nettement ses affinités réelles. Nous sommes moins exposés, dans les modifications de ces organes, à prendre un simple caractère d'adaptation pour un caractère essentiel. » Chez les plantes, n'est-il pas remarquable de voir la faible signification des organes de la végétation dont dépendent leur nutrition et leur vie, tandis que les organes reproducteurs, avec leurs produits, la graine et l'embryon, ont une importance capitale ?

Nous ne devons donc pas, dans la classification, faire confiance à la ressemblance de parties de l'organisation, quelle que soit leur importance pour le bien d'un organisme par rapport au monde extérieur. C'est pour de telles raisons que presque tous les naturalistes accordent un très grand rôle aux ressemblances entre organes ayant une haute importance vitale ou physiologique. Sans aucun doute, une telle idée de l'importance classificatoire des organes importants est généralement vraie, mais ce n'est pas toujours le cas. Un même organe, tout en ayant, comme nous avons toute raison de le supposer, à peu près la même valeur physiologique dans des groupes alliés, peut avoir une valeur toute différente au point de vue de la classification, et ce fait semble prouver que l'importance physiologique seule ne détermine pas la valeur qu'un organe peut avoir à cet égard. On ne saurait étudier à fond aucun groupe sans être frappé de ce fait que la plupart des savants ont d'ailleurs reconnu. Il suffira de citer les paroles d'une haute autorité, Robert Brown, qui, parlant de certains organes des protéacées, dit, au sujet de leur importance générique, qu'« elle est, comme celle de tous les points de leur conformation, non seulement dans cette famille, mais dans toutes les familles naturelles, très inégale et même, dans quelques cas, absolument nulle ». Il ajoute, dans un autre ouvrage, que les genres des connaracées « diffèrent les uns des autres par la présence d'un ou de plusieurs ovaires, par la présence ou l'absence d'albumen et par leur préfloraison imbriquée ou valvulaire. Chacun de ces caractères pris isolément a souvent une importance plus que générique, bien que, pris tous ensemble, ils semblent insuffisants pour séparer les *Cnestis* des *Connarus* ». Pour prendre un autre exemple chez les insectes, Westwood a remarqué que, dans une des principales divisions des hyménoptères, les antennes ont une conformation constante, tandis que dans une autre elles varient beaucoup et présentent des différences d'une valeur très inférieure pour la classification. On ne saurait cependant soutenir que, dans ces deux divisions du même ordre, les antennes ont une importance physiologique inégale. On pourrait citer un grand nombre d'exemples prouvant qu'un même organe important peut, dans un même groupe d'êtres vivants, varier quant à sa valeur en matière de classification.

De même, nul ne soutient que les organes rudimentaires ou atrophiés ont une importance vitale ou physiologique considérable ; cependant ces organes ont souvent une haute valeur au point de vue de la classification. Ainsi, il n'est pas douteux que les dents rudimentaires qui se rencontrent à la mâchoire supérieure des jeunes ruminants, et certains os rudimentaires de leur jambe, ne soient fort utiles pour démontrer l'affinité étroite qui existe entre les ruminants et les pachydermes. Robert Brown a fortement insisté sur l'importance qu'a, dans la classification des graminées, la position des fleurettes rudimentaires.

On pourrait citer de nombreux exemples de caractères tirés de parties qui n'ont qu'une importance physiologique insignifiante, mais dont chacun reconnaît l'immense utilité pour la définition de groupes entiers. Ainsi, la présence ou l'absence d'une ouverture entre les fosses nasales et la bouche, le seul caractère, d'après Owen, qui distingue absolument les poissons des reptiles, – l'inflexion de l'angle de la mâchoire chez les marsupiaux, – la manière dont les ailes sont pliées chez les insectes, – la couleur chez certaines algues, – la seule pubescence sur certaines parties de la fleur chez les plantes herbacées, – la nature du vêtement épidermique, tel que les poils ou les plumes, chez les vertébrés. Si l'ornithorynque avait été couvert de plumes au lieu de poils, ce caractère externe et insignifiant aurait été regardé par les naturalistes comme aussi important, dans la détermination du degré d'affinité que cet étrange animal présente avec les oiseaux, qu'une ressemblance dans la structure de tout autre organe interne important.

L'importance qu'ont, pour la classification, les caractères insignifiants, dépend principalement de leur corrélation avec beaucoup d'autres caractères qui ont une importance plus ou moins grande. Il est évident, en effet, que l'ensemble de plusieurs caractères doit souvent, en histoire naturelle, avoir une grande valeur. Aussi, comme on en a souvent fait la remarque, une espèce peut s'écarter de ses alliées par plusieurs caractères ayant une haute importance physiologique ou remarquables par leur prévalence universelle, sans que cependant nous ayons le moindre doute sur la place où elle doit être classée. C'est encore la raison pour laquelle tous les essais de classification fondés sur un caractère unique, quelle qu'en puisse être l'importance, ont toujours échoué, aucune partie de l'organisation n'ayant une constance invariable. L'importance d'un ensemble de caractères, même quand chacun d'eux a une faible valeur, explique seule cet aphorisme de Linné, que les caractères ne donnent pas le genre, mais que le genre donne les caractères ; car cet axiome semble fondé sur l'appréciation d'un grand nombre de points de ressemblance trop légers pour être définis. Certaines plantes de la famille des malpighiacées portent des fleurs parfaites et des fleurs dégénérées ; chez ces dernières, ainsi que l'a fait remarquer A. de Jussieu, « la plus grande partie des caractères propres à l'espèce, au genre, à la famille et à la classe disparaissent, et se jouent ainsi de notre classification ». Mais lorsque l'*Aspicarpa* n'eut, après plusieurs années de séjour en France, produit que des fleurs dégénérées, s'écartant si fortement, sur plusieurs points essentiels de leur conformation, du type propre à l'ordre, M. Richard reconnut cependant avec une grande sagacité, comme le fait observer Jussieu, que ce genre devait quand même être maintenu parmi les malpighiacées. Cet exemple me paraît bien propre à faire comprendre l'esprit de nos classifications.

En pratique, les naturalistes s'inquiètent peu de la valeur physiologique des caractères qu'ils emploient pour la définition d'un groupe ou la distinction d'une espèce particulière. S'ils rencontrent un caractère presque semblable, commun à un grand nombre de formes et qui n'existe pas chez d'autres, ils lui attribuent une grande valeur ; s'il est commun à un moins grand nombre de formes, ils ne lui attribuent qu'une importance secondaire. Quelques naturalistes ont franchement admis que ce principe est le seul vrai, et nul ne l'a plus clairement avoué que l'excellent botaniste Auguste Saint-Hilaire. Si plusieurs caractères insignifiants se combinent toujours, on leur attribue une valeur toute particulière, bien qu'on ne puisse découvrir entre eux aucun lien apparent de connexion. Les organes importants, tels que ceux qui mettent le sang en mouvement, ceux qui l'amènent au contact de l'air, ou ceux qui servent à la propagation, étant presque uniformes dans la plupart des groupes d'animaux, on les considère comme fort utiles pour la classification ; mais il y a des groupes d'êtres chez lesquels les organes vitaux les plus importants ne fournissent que des caractères d'une valeur secondaire.

On conçoit aisément pourquoi des caractères dérivés de l'embryon doivent avoir une importance égale à ceux tirés de l'adulte, car une classification naturelle doit, cela va sans dire, comprendre tous les âges. Mais, au point de vue de la théorie ordinaire, il n'est nullement évident pourquoi la conformation de l'embryon doit être plus importante dans ce but que celle de l'adulte, qui seul joue un rôle complet dans l'économie de la nature. Cependant, deux grands naturalistes, Agassiz et Milne-Edwards, ont fortement insisté sur ce point, que les caractères embryologiques sont les plus importants de tous, et cette doctrine est très généralement admise comme vraie. Il en va de même pour les plantes phanérogames, dont les divisions fondamentales sont fondées sur des différences de l'embryon, c'est-à-dire sur le nombre et la position des cotylédons, et sur le mode de développement de la plumule et de la radicule. Nous allons voir immédiatement que ces caractères n'ont une si grande valeur dans la classification que parce que le système naturel n'est autre chose qu'un arrangement généalogique.

Souvent, nos classifications suivent tout simplement la chaîne des affinités. Rien n'est plus facile que d'énoncer un certain nombre de caractères communs à tous les oiseaux ; mais une pareille définition a jusqu'à présent été reconnue impossible pour les crustacés. On trouve, aux extrémités opposées de la série, des crustacés qui ont à peine un caractère commun, et cependant, les espèces les plus extrêmes étant évidemment alliées à celles qui leur sont voisines, celles-ci à d'autres, et ainsi de suite, on reconnaît que toutes appartiennent à cette classe des articulés et non aux autres.

On a souvent employé dans la classification, peut-être peu logiquement, la distribution géographique, surtout pour les groupes considérables renfermant des formes étroitement alliées. Temminck insiste sur l'utilité et même sur la nécessité de tenir compte de cet élément pour certains groupes d'oiseaux, et plusieurs entomologistes et botanistes ont suivi son exemple.

Quant à la valeur comparative des divers groupes d'espèces, tels que les ordres, les sous-ordres, les familles, les sous-familles et les genres, elle semble avoir été, au moins jusqu'à présent, presque complètement arbitraire. Plusieurs excellents botanistes, tels que M. Bentham et d'autres, ont particulièrement insisté sur cette valeur arbitraire. On pourrait citer, chez les insectes et les plantes, des exemples de groupes de formes considérés d'abord par des naturalistes expérimentés comme de simples genres, puis élevés au rang de sous-famille ou de famille, non que de nouvelles recherches aient révélé d'importantes différences de conformation qui avaient échappé au premier abord, mais parce que depuis l'on a découvert de nombreuses espèces alliées, présentant de légers degrés de différences.

Toutes les règles, toutes les difficultés, tous les moyens de classification qui précèdent s'expliquent, à moins que je me trompe étrangement, en admettant que le système naturel a pour base la descendance avec modifications, et que les caractères regardés par les naturalistes comme indiquant des affinités réelles entre deux ou plusieurs espèces sont ceux qu'elles doivent par hérédité à un parent commun. Toute classification vraie est donc généalogique ; la communauté de descendance est le lien caché que les naturalistes ont, sans en avoir conscience, toujours recherché, sous prétexte de découvrir, soit quelque plan inconnu de création, soit d'énoncer des propositions générales, ou de réunir des choses semblables et de séparer des choses différentes.

Mais je dois m'expliquer plus complètement. Je crois que l'*arrangement* des groupes dans chaque classe, d'après leurs relations et leur degré de subordination mutuelle, doit, pour être naturel, être rigoureusement généalogique ; mais que la *somme* des différences dans les diverses branches ou groupes, alliés d'ailleurs au même degré de consanguinité avec leur ancêtre commun, peut différer beaucoup, car elle dépend des divers degrés de modification qu'ils ont subis ; or, c'est là ce qu'exprime le classement des formes en genres, en familles, en sections ou en ordres. Le lecteur comprendra mieux ce que j'entends en consultant la figure du quatrième chapitre. Supposons que les lettres A à L représentent des genres alliés qui vécurent pendant l'époque silurienne, et qui descendent d'une forme encore plus ancienne. Certaines espèces appartenant à trois de ces genres (A, F et I) ont transmis, jusqu'à nos jours, des descendants modifiés, représentés par les quinze genres (a^{14} à z^{14}) qui occupent la ligne horizontale supérieure. Tous ces descendants modifiés d'une seule espèce sont parents entre eux au même degré ; on pourrait métaphoriquement les appeler cousins à un même millionième degré ; cependant ils diffèrent beaucoup les uns des autres et à des points de vue divers. Les formes descendues de A, maintenant divisées en deux ou trois familles, constituent un ordre distinct de celui comprenant les formes descendues de I, aussi divisé en deux familles. On ne saurait non plus classer dans le même genre que leur forme parente A les espèces actuelles qui en descendent, ni celles dérivant de I dans le même genre que I. Mais on peut supposer que le genre existant F^{14} n'a été que peu modifié, et on pourra le grouper avec le genre primitif F dont il est issu ; c'est ainsi que quelques organismes encore vivants appartiennent à des genres siluriens. De sorte que la valeur comparative des différences entre ces êtres organisés, tous parents les uns des autres au même degré de consanguinité, a pu être très différente. Leur *arrangement* généalogique n'en est pas moins resté rigoureusement exact, non seulement aujourd'hui, mais aussi à chaque période généalogique successive. Tous les descendants modifiés de A auront hérité quelque chose en commun de leur commun parent, il en aura été de même de tous les descendants de I, et il en sera de même pour chaque branche subordonnée des descendants dans chaque période successive. Si, toutefois, nous supposons que quelque descendant de A ou de I se soit assez modifié pour ne plus conserver de traces de sa parenté, sa place dans le système naturel sera perdue, ainsi que cela semble devoir être le cas pour quelques organismes existants. Tous les descendants du genre F, dans toute la série généalogique, ne formeront qu'un seul genre, puisque nous supposons qu'ils se sont peu modifiés ; mais ce genre, quoique fort isolé, n'en occupera pas moins la position intermédiaire qui lui est propre. La représentation des groupes indiquée dans la figure sur une surface plane est beaucoup trop simple. Les branches devraient diverger dans toutes les directions. Si nous nous étions bornés à placer en série linéaire les noms des groupes, nous aurions encore moins pu figurer un arrangement naturel, car il est évidemment impossible de représenter par une série, sur une surface plane, les affinités que nous observons dans la nature entre les êtres d'un même groupe. Ainsi donc, le système naturel ramifié ressemble à un arbre généalogique comme un pedigree ; mais la somme des modifications éprouvées par les différents groupes doit exprimer leur arrangement en ce qu'on appelle *genres*, *sous-familles*, *familles*, *sections*, *ordres* et *classes*.

Pour mieux faire comprendre cet exposé de la classification, prenons un exemple tiré des diverses langues humaines. Si nous possédions l'arbre généalogique complet de l'humanité, un arrangement généalogique des races humaines présenterait la meilleure classification des diverses langues parlées actuellement dans le monde entier ; si toutes les langues mortes et tous les dialectes intermédiaires et graduellement changeants devaient y être introduits, un tel groupement serait le seul possible. Cependant, il se pourrait que quelques anciennes langues, s'étant fort peu altérées, n'eussent engendré qu'un petit nombre de langues nouvelles ; tandis que d'autres, par suite de l'extension, de l'isolement, ou de l'état de civilisation des différentes races condescendantes, auraient pu se modifier considérablement et produire ainsi un grand nombre de nouveaux dialectes et de nouvelles langues. Les divers degrés de différences entre les langues dérivant d'une même souche devraient donc s'exprimer par des groupes subordonnés à d'autres groupes ; mais le seul arrangement convenable ou même possible serait encore l'ordre généalogique. Ce serait, en même temps, l'ordre strictement naturel, car il rapprocherait toutes les langues mortes et vivantes, suivant leurs affinités les plus étroites, en indiquant la filiation et l'origine de chacune d'elles.

Pour vérifier cette hypothèse, jetons un coup d'œil sur la classification des variétés qu'on suppose ou qu'on sait descendues d'une espèce unique. Les variétés sont groupées sous les espèces, les sous-variétés sous les variétés, et, dans quelques cas même, comme pour les pigeons domestiques, on distingue encore plusieurs autres nuances de différences. On suit, en un mot, à peu près les mêmes règles que pour la classification des espèces. Les auteurs ont insisté sur la nécessité de classer les variétés d'après un système naturel et non pas d'après un système artificiel ; on nous avertit, par exemple, de ne pas classer ensemble deux variétés d'ananas, bien que leurs fruits, la partie la plus importante de la plante, soient presque identiques ; nul ne place ensemble le navet commun et le navet de Suède, bien que leurs tiges épaisses et charnues soient si semblables. On classe les variétés d'après les parties qu'on reconnaît être les plus constantes ; ainsi, le grand agronome Marshall dit que, pour la classification du bétail, on se sert avec avantage des cornes, parce que ces organes varient moins que la forme ou la couleur du corps, etc., tandis que, chez les moutons, les cornes sont moins utiles sous ce rapport, parce qu'elles sont moins constantes. Pour les variétés, je suis convaincu que l'on préférerait certainement une classification généalogique, si l'on avait tous les documents nécessaires pour l'établir ; on l'a essayé, d'ailleurs, dans quelques cas. On peut être certain, en effet, quelle qu'ait été du reste l'importance des modifications subies, que le principe d'hérédité doit tendre à grouper ensemble les formes alliées par le plus grand nombre de points de ressemblance. Bien que quelques sous-variétés du pigeon culbutant diffèrent des autres par leur long bec, ce qui est un caractère important, elles sont toutes reliées les unes aux autres par l'habitude de culbuter, qui leur est commune ; la race à courte face a, il est vrai, presque totalement perdu cette aptitude, ce qui n'empêche cependant pas qu'on la maintienne dans ce même groupe, à cause de certains points de ressemblance et de sa communauté d'origine avec les autres. Si l'on pouvait prouver que l'Hottentot descendait du Nègre, je crois qu'il serait classé sous le groupe Nègre, quelles que soient les différences de couleur et d'autres caractères importants avec le Nègre.

À l'égard des espèces à l'état de nature, chaque naturaliste a toujours fait intervenir l'élément généalogique dans ses classifications, car il comprend les deux sexes dans la dernière de ses divisions, l'espèce ; on sait, cependant, combien les deux sexes diffèrent parfois l'un de l'autre par les caractères les plus importants. C'est à peine si l'on peut attribuer un seul caractère commun aux mâles adultes et aux hermaphrodites de certains cirripèdes, que cependant personne ne songe à séparer. Les naturalistes comprennent dans une même espèce les diverses phases de la larve d'un même individu, quelque différentes qu'elles puissent être l'une de l'autre et de la forme adulte ; ils y comprennent également les générations dites *alternantes* de Steenstrup, qu'on ne peut que techniquement considérer comme formant un même individu. Ils comprennent encore dans l'espèce les formes monstrueuses et les variétés, non parce qu'elles ressemblent partiellement à leur forme parente, mais parce qu'elles en descendent. Celui qui croit que le coucou descend de la primevère, ou l'inverse, les range ensemble comme une espèce unique. Aussitôt que l'on a reconnu que les trois formes d'orchidées (*Monacanthus*, *Myanthus* et *Catasetum*), antérieurement groupées sous trois genres, se rencontrent quelquefois sur la même plante, on les a considérées comme une seule espèce. Mais, dira-t-on, que faire si l'on pouvait prouver qu'une espèce de kangourou descendait, après un long processus de modification, d'un ours ? Devrions-nous ranger cette espèce avec les ours, et que faire alors des autres espèces ? Cette supposition est bien sûr absurde, et je pourrais y répondre par un argument *ad hominem*, et demander ce qu'il faudrait faire si l'on voyait un kangourou parfait sortir du sein d'une ourse. Selon toutes les analogies, il serait rangé avec les ours, mais alors toutes les autres espèces de la famille du kangourou devraient être classées dans le genre ours. Tout ce cas est absurde, car là où il y a parenté étroite dans la descendance, il y a certainement ressemblance étroite ou affinité.

Puisqu'on a universellement invoqué la généalogie pour classer ensemble les individus de la même espèce, malgré les grandes différences qui existent quelquefois entre les mâles, les femelles et les larves ; puisqu'on s'est fondé sur elle pour grouper des variétés qui ont subi des changements parfois très considérables, ne pourrait-il pas se faire qu'on ait utilisé, d'une manière inconsciente, ce même élément généalogique pour le groupement des espèces dans les genres, et de ceux-ci dans les groupes plus élevés, bien qu'en de tels cas la modification ait été plus grande en degré, et ait pris plus de temps à s'accomplir ? Je crois que tel est le guide qu'on a inconsciemment suivi et je ne saurais m'expliquer autrement la raison des diverses règles auxquelles se sont conformés nos meilleurs systématistes. Ne possédant point de généalogies écrites, il nous faut déduire la communauté d'origine de ressemblances de tous genres. Nous choisissons pour cela les caractères qui, autant que nous en pouvons juger, nous paraissent probablement avoir été le moins modifiés par l'action des conditions extérieures auxquelles chaque espèce a été exposée dans une période récente. À ce point de vue, les conformations rudimentaires sont aussi bonnes, souvent meilleures, que d'autres parties de l'organisation. L'insignifiance d'un caractère nous importe peu ; que ce soit une simple inflexion de l'angle de la mâchoire, la manière dont l'aile d'un insecte est pliée, que la peau soit garnie de plumes ou de poils, peu importe, pourvu que ce caractère se retrouve chez des espèces nombreuses et diverses, et surtout chez celles qui ont des habitudes très différentes, il acquiert aussitôt une grande valeur ; nous ne pouvons, en effet, expliquer son existence chez tant de formes, à habitudes si diverses, que par l'influence héréditaire d'un ancêtre commun. Nous pouvons à cet égard nous tromper sur certains points isolés de conformation ; mais, lorsque plusieurs caractères, si insignifiants qu'ils soient, se retrouvent dans un vaste groupe d'êtres doués d'habitudes différentes, on peut être à peu près certain, d'après la théorie de la descendance, que ces caractères proviennent par hérédité d'un commun ancêtre ; or, nous savons que ces ensembles de caractères ont une valeur toute particulière en matière de classification.

Il devient aisé de comprendre pourquoi une espèce ou un groupe d'espèces, bien que s'écartant des formes alliées par quelques traits caractéristiques importants doit cependant être classé avec elles ; ce qui peut se faire et se fait souvent, lorsqu'un nombre suffisant de caractères, si insignifiants qu'ils soient, subsiste pour trahir le lien caché dû à la communauté d'origine. Lorsque deux formes extrêmes n'offrent pas un seul caractère en commun, il suffit de l'existence d'une série continue de groupes intermédiaires, les reliant l'une à l'autre, pour nous autoriser à conclure à leur communauté d'origine et à les réunir dans une même classe. Comme les organes ayant une grande importance physiologique, ceux par exemple qui servent à maintenir la vie dans les conditions d'existence les plus diverses, sont généralement les plus constants, nous leur accordons une valeur spéciale ; mais si, dans un autre groupe ou dans une section de groupe, nous voyons ces mêmes organes différer beaucoup, nous leur attribuons immédiatement moins d'importance pour la classification. Nous verrons tout à l'heure pourquoi, à ce point de vue, les caractères embryologiques ont une si haute valeur. La distribution géographique peut parfois être employée utilement dans le classement des grands genres, parce que toutes les espèces d'un même genre, habitant une région isolée et distincte, descendent, selon toute probabilité, des mêmes parents.

Les remarques précédentes nous permettent de comprendre la distinction très essentielle qu'il importe d'établir entre les affinités réelles et les ressemblances d'adaptation ou ressemblances analogues. Lamarck a le premier attiré l'attention sur cette distinction, admise ensuite par Macleay et d'autres. La ressemblance générale du corps et celle des membres antérieurs en forme de nageoires qu'on remarque entre le dugong, animal pachyderme, et la baleine, ainsi que la ressemblance entre ces deux mammifères et les poissons, sont des ressemblances analogues. On compte d'innombrables cas de ressemblance chez les insectes ; ainsi Linné, trompé par l'apparence extérieure, classa un insecte homoptère parmi les phalènes. Nous remarquons des faits analogues même chez nos variétés domestiques, tout comme dans les tiges semblablement épaissies du navet commun et du navet de Suède. La ressemblance entre le lévrier et le cheval de course est à peine plus imaginaire que certaines analogies que beaucoup de savants ont signalées entre des animaux très différents.

En partant de ce principe, que les caractères n'ont d'importance réelle pour la classification qu'autant qu'ils révèlent les affinités généalogiques, on peut aisément

comprendre pourquoi des caractères analogues ou
d'adaptation, bien que d'une haute importance pour la
prospérité de l'individu, peuvent n'avoir presque aucune
valeur pour les systématistes. Des animaux appartenant
à deux lignées d'ancêtres très distinctes peuvent, en effet,
s'être adaptés à des conditions semblables, et avoir ainsi
acquis une grande ressemblance extérieure ; mais ces ressemblances, loin de révéler leurs relations de parenté,
tendent plutôt à les dissimuler. Ainsi s'explique encore ce
principe, paradoxal en apparence, que les mêmes caractères sont analogues lorsqu'on compare un groupe à un
autre groupe, mais qu'ils révèlent de véritables affinités
chez les membres d'un même groupe, comparés les uns
aux autres. Ainsi, la forme du corps et les membres en
forme de nageoires sont des caractères purement analogues lorsqu'on compare la baleine aux poissons, parce
qu'ils constituent dans les deux classes une adaptation
spéciale en vue d'un mode de locomotion aquatique ;
mais la forme du corps et les membres en forme de
nageoires prouvent de véritables affinités entre les divers
membres de la famille des baleines, car ces divers caractères sont si exactement semblables dans toute la famille
qu'on ne saurait douter qu'ils proviennent par hérédité
d'un ancêtre commun. Il en est de même pour les
poissons.

Comme des espèces appartenant à des classes distinctes se sont souvent adaptées par suite de légères modifications successives à vivre dans des conditions presque
semblables – par exemple, à habiter la terre, l'air ou
l'eau –, il n'est peut-être pas impossible d'expliquer comment il se fait qu'on ait observé quelquefois un parallélisme numérique entre les sous-groupes de classes
distinctes. Frappé d'un parallélisme de ce genre, un naturaliste, en élevant ou en rabaissant arbitrairement la
valeur des groupes de plusieurs classes, valeur jusqu'ici
complètement arbitraire, ainsi que l'expérience l'a toujours prouvé, pourrait aisément donner à ce parallélisme

une grande extension ; c'est ainsi que, très probablement, on a imaginé les classifications septénaires, quinaires, quaternaires et ternaires.

Comme les descendants modifiés d'espèces dominantes appartenant aux plus grands genres tendent à hériter des avantages auxquels les groupes dont ils font partie doivent leur extension et leur prépondérance, ils sont plus aptes à se répandre au loin et à occuper des places nouvelles dans l'économie de la nature. Les groupes les plus grands et les plus dominants dans chaque classe tendent ainsi à s'agrandir davantage, et, par conséquent, à supplanter beaucoup d'autres groupes plus petits et plus faibles. On s'explique ainsi pourquoi tous les organismes, éteints et vivants, sont compris dans un petit nombre d'ordres et dans un nombre de classes plus restreint encore, et tous dans un grand système naturel. Un fait assez frappant prouve le petit nombre des groupes supérieurs et leur vaste extension sur le globe, c'est que la découverte de l'Australie n'a pas ajouté un seul insecte appartenant à une classe nouvelle ; c'est ainsi que, dans le règne végétal, cette découverte n'a ajouté, selon le docteur Hooker, que deux ou trois petites familles à celles que nous connaissions déjà.

J'ai cherché à établir, dans le chapitre sur la succession géologique, en vertu du principe que chaque groupe a généralement divergé beaucoup en caractère pendant la marche longue et continue de ses modifications, comment il se fait les formes les plus anciennes présentent souvent des caractères jusqu'à un certain point intermédiaires entre des groupes existants. Un petit nombre de ces formes anciennes et intermédiaires a transmis jusqu'à ce jour des descendants peu modifiés, qui constituent ce qu'on appelle *les espèces aberrantes ou osculantes*. Plus une forme est aberrante, plus le nombre des formes exterminées et totalement disparues qui la rattachaient à d'autres formes doit être considérable. Nous avons la preuve que les groupes aberrants ont dû subir de nombreuses extinctions, car ils ne sont ordinairement représentés que par un très petit nombre d'espèces ; ces espèces, en outre, sont le plus souvent très distinctes les unes des autres, ce qui implique encore de nombreuses extinctions. Les genres *Ornithorynchus* et *Lepidosiren*, par exemple, n'auraient pas été moins aberrants s'ils eussent été représentés chacun par une douzaine d'espèces au lieu de l'être aujourd'hui par une seule, mais une telle richesse en espèces, après investigation, est rarement l'apanage des espèces aberrantes. Nous ne pouvons, je crois, expliquer ce fait qu'en considérant les groupes aberrants comme des formes vaincues par des concurrents plus heureux, et qu'un petit nombre de membres qui se sont conservés sur quelques points, grâce à des conditions particulièrement favorables, représentent seuls aujourd'hui.

M. Waterhouse a remarqué que, lorsqu'un animal appartenant à un groupe présente quelque affinité avec un autre groupe tout à fait distinct, cette affinité est, dans la plupart des cas, générale et non spéciale. Ainsi, d'après M. Waterhouse, la viscache est, de tous les rongeurs, celui qui se rapproche le plus des marsupiaux ; mais ses rapports avec cet ordre portent sur des points généraux, c'est-à-dire qu'elle ne se rapproche pas plus d'une espèce particulière de marsupial que d'une autre. Or, comme on admet que ces affinités sont réelles et non pas simplement le résultat d'adaptations, elles doivent, selon ma théorie, provenir par hérédité d'un ancêtre commun. Nous devons donc supposer, soit que tous les rongeurs, y compris la viscache, descendent de quelque espèce très ancienne de l'ordre des marsupiaux qui aurait naturellement présenté des caractères plus ou moins intermédiaires entre les formes existantes de cet ordre ; soit que les rongeurs et les marsupiaux descendent d'un ancêtre commun et que les deux groupes ont depuis subi de profondes modifications dans des directions divergentes. Dans les deux cas, nous devons admettre que la viscache a conservé, par hérédité, un plus grand nombre de caractères de son ancêtre primitif que ne l'ont fait les autres rongeurs ; par conséquent, elle ne doit se rattacher spécialement à aucun marsupial existant, mais indirectement à tous, ou à presque tous, parce qu'ils ont conservé en partie le caractère de leur commun ancêtre ou de quelque membre très ancien du groupe. D'autre part, ainsi que le fait remarquer M. Waterhouse, de tous les marsupiaux, c'est le *Phascolomys* qui ressemble le plus, non à une espèce particulière de rongeurs, mais en général à tous les membres de cet ordre. On peut toutefois, dans ce cas, soupçonner que la ressemblance est purement analogue, le *Phascolomys* ayant pu s'adapter à des habitudes semblables à celles des rongeurs. A.-P. de Candolle a fait des observations à peu près analogues sur la nature générale des affinités de familles distinctes de plantes.

En partant du principe que les espèces descendues d'un parent commun se multiplient en divergeant graduellement en caractères, tout en conservant par héritage quelques caractères communs, on peut expliquer les affinités complexes et divergentes qui rattachent les uns aux autres tous les membres d'une même famille ou même d'un groupe plus élevé. En effet, l'ancêtre commun de toute une famille, actuellement fractionnée par l'extinction en groupes et en sous-groupes distincts, a dû transmettre à toutes les espèces quelques-uns de ses caractères modifiés de diverses manières et à divers degrés ; ces diverses espèces doivent, par conséquent, être alliées les unes aux autres par des lignes d'affinités tortueuses et de longueurs inégales, remontant dans le passé par un grand nombre d'ancêtres. De même qu'il est fort difficile de saisir les rapports de parenté entre les nombreux descendants d'une noble et ancienne famille, ce qui est même presque impossible sans le secours d'un arbre généalogique, on peut comprendre combien a dû être grande, pour le naturaliste, la difficulté de décrire, sans l'aide d'une figure, les diverses affinités qu'il remarque entre les nombreux membres vivants et éteints d'une même grande classe naturelle.

L'extinction, ainsi que nous l'avons vu au quatrième chapitre, a joué un rôle important en déterminant et en augmentant toujours les intervalles existant entre les divers groupes de chaque classe. Nous pouvons ainsi nous expliquer pourquoi les diverses classes sont si distinctes les unes des autres, la classe des oiseaux, par exemple, comparée aux autres vertébrés. Il suffit d'admettre qu'un grand nombre de formes anciennes, qui reliaient autrefois les ancêtres reculés des oiseaux à ceux des autres classes de vertébrés, alors moins différenciées, se sont depuis tout à fait perdues. L'extinction des formes qui reliaient autrefois les poissons aux batraciens a été moins complète ; il y a encore eu moins d'extinction dans d'autres classes, celle des crustacés par exemple, car les formes les plus étonnamment diverses y sont encore reliées par une longue chaîne d'affinités qui n'est que partiellement interrompue. L'extinction n'a fait que séparer les groupes ; elle n'a contribué en rien à les former ; car, si toutes les formes qui ont vécu sur la terre venaient à reparaître, il serait sans doute impossible de trouver des définitions de nature à distinguer chaque groupe, mais leur classification naturelle ou plutôt leur arrangement naturel serait possible. C'est ce qu'il est facile de comprendre en reprenant notre figure. Les lettres A à L peuvent représenter onze genres de l'époque silurienne, dont quelques-uns ont produit des groupes importants de descendants modifiés ; on peut supposer que chaque forme intermédiaire, dans chaque branche, est encore vivante et que ces formes intermédiaires ne sont pas plus écartées les unes des autres que le sont les variétés actuelles. En pareil cas, il serait absolument impossible de donner des définitions qui permissent de distinguer les membres des divers groupes de leurs parents et de leurs descendants immédiats. Néanmoins, l'arrangement naturel que représente la figure n'en serait pas moins exact ; car, en vertu du principe de l'hérédité, toutes les formes descendant de A, par exemple, posséderaient quelques caractères communs. Nous pouvons, dans un arbre, distinguer telle ou telle branche, bien qu'à leur point de bifurcation elles s'unissent et se confondent. Nous ne pourrions pas, comme je l'ai dit, définir les divers groupes ; mais nous pourrions choisir des types ou des formes comportant la plupart des caractères de chaque groupe petit ou grand, et donner ainsi une idée générale de la valeur des différences qui les séparent. C'est ce que nous serions obligés de faire, si nous parvenions jamais à recueillir toutes les formes d'une classe qui ont vécu dans le temps et dans l'espace. Il est certain que nous n'arriverons jamais à parfaire une collection aussi complète ; néanmoins, pour certaines classes, nous tendons à ce résultat ; et Milne-Edwards a récemment insisté, dans un excellent mémoire, sur l'importance qu'il y a à s'attacher aux types, que nous puissions ou non séparer et définir les groupes auxquels ces types appartiennent.

En résumé, nous avons vu que la sélection naturelle, qui résulte de la lutte pour l'existence et qui implique presque inévitablement l'extinction des espèces et la divergence des caractères chez les descendants d'une même espèce parente, explique les grands traits généraux des affinités de tous les êtres organisés, c'est-à-dire leur classement en groupes subordonnés à d'autres groupes. C'est en raison des rapports généalogiques que nous classons les individus des deux sexes et de tous les âges dans une même espèce, bien qu'ils puissent n'avoir que peu de caractères en commun ; la classification des variétés reconnues, quelque différentes qu'elles soient de leurs parents, repose sur le même principe, et je crois que cet élément généalogique est le lien caché que les naturalistes ont cherché sous le nom de *système naturel*. Dans l'hypothèse que le système naturel, au point où il en est arrivé, est généalogique en son arrangement, les termes *genres*, *familles*, *ordres*, etc., n'expriment que des degrés de différence entre les descendants d'un même ancêtre et nous pouvons comprendre les règles auxquelles nous sommes forcés de nous conformer dans nos classifications. Nous pouvons comprendre pourquoi nous accordons à certaines ressemblances plus de valeur qu'à certaines autres ; pourquoi nous utilisons les organes rudimentaires et inutiles, ou n'ayant que peu d'importance physiologique ; pourquoi, en comparant un groupe avec un autre groupe distinct, nous repoussons sommairement les caractères analogues ou d'adaptation, tout en les employant dans les limites d'un même groupe. Nous voyons clairement comment il se fait que toutes les formes vivantes et éteintes peuvent être groupées en un grand système, et comment il se fait que les divers membres de chacune d'elles sont réunis les uns aux autres par les lignes d'affinité les plus complexes et les plus divergentes. Nous ne parviendrons probablement jamais à démêler l'inextricable réseau des affinités qui unissent entre eux les membres de chaque classe ; mais, si nous nous proposons un but distinct, sans chercher quelque plan de création inconnu, nous pouvons espérer faire des progrès lents, mais sûrs.

MORPHOLOGIE

Nous avons vu que les membres de la même classe, indépendamment de leurs habitudes d'existence, se ressemblent par le plan général de leur organisation. Cette ressemblance est souvent exprimée par le terme d'*unité de type*, c'est-à-dire que chez les différentes espèces de la même classe les diverses parties et les divers organes sont homologues. L'ensemble de ces questions prend le nom général de *morphologie* et constitue une des parties les plus intéressantes de l'histoire naturelle, dont elle peut être considérée comme l'âme. N'est-il pas très remarquable que la main de l'homme faite pour saisir, la griffe de la taupe destinée à fouir la terre, la jambe du cheval, la nageoire du marsouin et l'aile de la chauve-souris soient toutes construites sur un même modèle et renferment des os semblables, situés dans les mêmes positions relatives ? Geoffroy Saint-Hilaire a beaucoup insisté sur la haute importance de la position relative ou de la connexité des parties homologues, qui peuvent différer presque à l'infini sous le rapport de la forme et de la grosseur, mais qui restent cependant unies les unes aux autres suivant un ordre invariable. Jamais, par exemple, on n'a observé une transposition des os du bras et de l'avant-bras, ou de la cuisse et de la jambe. On peut donc donner les mêmes noms aux os homologues chez les animaux les plus différents. La même loi se retrouve dans la construction de la bouche des insectes ; quoi de plus différent que la longue trompe roulée en spirale du papillon sphinx, que celle si singulièrement repliée de l'abeille ou de la punaise, et que les grandes mâchoires d'un coléoptère ? Tous ces organes, cependant, servant à des usages si divers, sont formés par des modifications infiniment nombreuses d'une lèvre supérieure, de mandibules et de deux paires de mâchoires. La même loi règle la construction de la bouche et des membres des crustacés. Il en est de même des fleurs des végétaux.

Il n'est pas de tentative plus vaine que de vouloir expliquer cette similitude du type chez les membres d'une classe par l'utilité ou par la doctrine des causes finales. Owen a expressément admis l'impossibilité d'y parvenir dans son intéressant ouvrage sur la *Nature des membres*. Dans l'hypothèse de la création indépendante de chaque être, nous ne pouvons que constater qu'il en est ainsi en ajoutant qu'il a plu au Créateur de construire tous les animaux et toutes les plantes de la sorte.

L'explication se présente, au contraire, d'elle-même, pour ainsi dire, dans la théorie de la sélection naturelle des modifications légères et successives, chaque modification étant avantageuse en quelque manière à la forme modifiée et affectant souvent par corrélation d'autres parties de l'organisation. Dans les changements de cette nature, il ne saurait y avoir qu'une bien faible tendance à modifier le plan primitif, et aucune à en transposer les parties. Les os d'un membre peuvent, dans quelque proportion que ce soit, se raccourcir et s'aplatir, ils peuvent s'envelopper en même temps d'une épaisse membrane, de façon à servir de nageoire ; ou bien, les os d'un pied palmé peuvent s'allonger plus ou moins considérablement en même temps que la membrane interdigitale, et devenir ainsi une aile ; cependant toutes ces modifications ne tendent à altérer en rien la charpente des os ou leurs rapports relatifs. Si nous supposons un ancêtre reculé, qu'on pourrait appeler l'archétype de tous les mammifères, de tous les oiseaux et de tous les reptiles, dont les membres avaient la forme générale actuelle, quel qu'ait pu, d'ailleurs, être l'usage de ces membres, nous pouvons concevoir de suite la construction homologue des membres chez tous les représentants de la classe entière. De même, à l'égard de la bouche des insectes ; nous n'avons qu'à supposer un ancêtre commun pourvu d'une lèvre supérieure, de mandibules et de deux paires de mâchoires, toutes ces parties ayant peut-être une forme très simple ; la sélection naturelle suffit ensuite pour expliquer la diversité infinie qui existe dans la conformation et les fonctions de la bouche de ces animaux. Néanmoins, on peut concevoir que le plan général d'un organe puisse s'altérer au point de disparaître complètement par la réduction, puis par l'atrophie complète de certaines parties, par la fusion, le doublement ou la multiplication d'autres parties, variations que nous savons être dans les limites du possible. Le plan général semble avoir été ainsi en partie altéré dans les nageoires des gigantesques lézards marins éteints, et dans la bouche de certains crustacés suceurs.

Il est encore une autre branche également curieuse de notre sujet : c'est la comparaison, non plus des mêmes parties ou des mêmes organes chez les différents membres d'une même classe, mais l'examen comparé des diverses parties ou des divers organes chez le même individu. La plupart des physiologistes admettent que les os du crâne sont homologues avec les parties élémentaires d'un certain nombre de vertèbres, c'est-à-dire qu'ils présentent le même nombre de ces parties dans la même position relative réciproque. Les membres antérieurs et postérieurs de toutes les classes de vertébrés supérieurs sont évidemment homologues. Il en est de même des mâchoires si compliquées et des pattes des crustacés. Chacun sait que, chez une fleur, on explique les positions relatives des sépales, des pétales, des étamines et des pistils, ainsi que leur structure intime, en admettant que ces diverses parties sont formées de feuilles métamorphosées et disposées en spirale. Les monstruosités végétales nous fournissent souvent la preuve directe de la transformation possible d'un organe en un autre ; en outre, nous pouvons facilement constater que, pendant les premières phases du développement des fleurs, ainsi que chez les embryons des crustacés et de beaucoup d'autres animaux, des organes très différents, une fois arrivés à maturité, sont d'abord tout à fait semblables.

Comment expliquer ces faits d'après la théorie des créations ? Pourquoi le cerveau est-il renfermé dans une boîte composée de pièces osseuses si nombreuses et si singulièrement conformées qui semblent représenter des vertèbres ? Ainsi que l'a fait remarquer Owen, l'avantage que présente cette disposition, en permettant aux os séparés de fléchir pendant l'acte de la parturition chez les mammifères, n'expliquerait en aucune façon pourquoi la même conformation se retrouve dans le crâne des oiseaux et des reptiles. Pourquoi des os similaires ont-ils été créés pour former l'aile et la jambe de la chauve-souris, puisque ces os sont destinés à des usages si différents, le vol et la marche ? Pourquoi un crustacé, pourvu d'une bouche extrêmement compliquée, formée d'un grand nombre de pièces, a-t-il toujours, et comme une conséquence nécessaire, un moins grand nombre de pattes ? et inversement pourquoi ceux qui ont beaucoup de pattes ont-ils une bouche plus simple ? Pourquoi les sépales, les pétales, les étamines et les pistils de chaque fleur, bien qu'adaptés à des usages si différents, sont-ils tous construits sur le même modèle ?

La théorie de la sélection naturelle nous permet, jusqu'à un certain point, de répondre à ces questions. Chez les vertébrés, nous voyons une série de vertèbres qui soutiennent certains prolongements ou excroissances ; chez les articulés, nous voyons le corps disposé en une série de segments d'où partent des prolongements extérieurs ; chez les plantes phanérogames, nous voyons une série de feuilles insérées sur des spirales successives. Une répétition indéfinie des mêmes parties ou organes est la caractéristique commune (comme Owen l'a observé) de toutes les formes pas ou peu modifiées. L'ancêtre inconnu des vertébrés devait donc avoir beaucoup de vertèbres, celui des articulés beaucoup de segments, et celui des végétaux à fleurs de nombreuses feuilles disposées en une ou plusieurs spires ; nous avons aussi vu précédemment que les organes souvent répétés sont essentiellement aptes à varier, non seulement par le nombre, mais aussi par la forme. Par conséquent, leur présence en quantité considérable et leur grande variabilité ont naturellement fourni les matériaux nécessaires à leur adaptation aux buts les plus divers, tout en conservant, en général, par suite de la force héréditaire, des traces distinctes de leur ressemblance originelle ou fondamentale. Ils doivent conserver d'autant plus cette ressemblance que les variations fournissant la base de leur modification subséquence à l'aide de la sélection naturelle tendent dès l'abord à être semblables. Et, comme l'ensemble des modifications se sera produit par de petits pas insensibles, il n'y a rien d'étonnant à ce que nous découvrions dans ces parties ou organes un certain degré de ressemblance fondamentale, retenu par le principe de l'hérédité.

Bien qu'on puisse aisément démontrer dans la grande classe des mollusques l'homologie des parties chez des espèces distinctes, on ne peut signaler que peu d'homologies sériales ; c'est-à-dire que nous pouvons rarement affirmer l'homologie de telle partie du corps avec telle autre partie du même individu. Ce fait n'a rien de surprenant ; chez les mollusques, en effet, même parmi les représentants les moins élevés de la classe, nous sommes loin de trouver cette répétition indéfinie d'une partie donnée, que nous remarquons dans les autres grands ordres du règne animal et du règne végétal.

Les naturalistes disent souvent que le crâne est formé de vertèbres métamorphosées, que les mâchoires des crabes sont des pattes métamorphosées, les étamines et les pistils des fleurs des feuilles métamorphosées ; mais, ainsi que le professeur Huxley l'a fait remarquer, il serait, dans la plupart des cas, plus correct de parler du crâne et des vertèbres, des mâchoires et des pattes, etc., comme provenant, non pas de la métamorphose en un autre organe de l'un de ces organes, tel qu'il existe, mais de la métamorphose de quelque élément commun et plus simple. La plupart des naturalistes, toutefois, n'emploient l'expression que dans un sens métaphorique, et n'entendent point par là que, dans le cours prolongé des générations, des organes primordiaux quelconques – vertèbres dans un cas et pattes dans l'autre – aient jamais été réellement transformés en crânes ou en mâchoires. Cependant, il y a tant d'apparences que de semblables modifications se sont opérées, qu'il est presque impossible d'éviter l'emploi d'une expression ayant cette signification directe. À mon point de vue, de pareils termes peuvent s'employer dans un sens littéral ; et le fait remarquable que les mâchoires d'un crabe, par exemple, ont retenu de nombreux caractères, qu'elles auraient probablement conservés par hérédité si elles eussent réellement été le produit d'une métamorphose de pattes véritables, quoique fort simples, se trouverait en partie expliqué.

EMBRYOLOGIE

Nous avons déjà constaté que diverses parties d'un même individu, qui sont identiquement semblables pendant la première période embryonnaire, se différencient considérablement à l'état adulte et servent alors à des usages fort différents. Nous avons démontré, en outre, que les embryons des espèces les plus distinctes appartenant à une même classe sont généralement très semblables. On ne saurait donner une meilleure preuve de ce fait qu'un cas mentionné par Agassiz, qu'ayant oublié de numéroter les embryons de certains vertébrés, il ne put dire s'il s'agissait de celui d'un mammifère, d'un oiseau ou d'un reptile. Les larves vermiformes des phalènes, des mouches, des coléoptères, se ressemblent beaucoup plus étroitement que leurs formes insectes adultes, mais, dans le cas des larves, les embryons sont actifs, et adaptés à des modes de vie spéciaux. Des traces de la loi de la ressemblance embryonnaire persistent quelquefois jusque dans un âge assez avancé ; ainsi, les oiseaux d'un même genre et de genres alliés se ressemblent souvent par leur premier plumage, comme nous le voyons dans les plumes tachetées des jeunes du groupe des merles. Dans la tribu des chats, la plupart des espèces sont rayées et tachetées, raies et taches étant disposées en lignes, et on distingue nettement des raies ou des taches sur la fourrure des lionceaux. On observe parfois, quoique rarement, quelque chose de semblable chez les plantes ; ainsi, les premières feuilles de l'ajonc (*Ulex*) et celles des acacias phyllodinés sont pennées ou divisées comme les feuilles ordinaires des légumineuses.

Les points de structure par lesquels les embryons d'animaux fort différents d'une même classe se ressemblent n'ont souvent aucun rapport avec les conditions d'existence. Nous ne pouvons, par exemple, supposer que la forme particulière en lacet qu'affectent, chez les embryons des vertébrés, les artères des fentes branchiales, soit en rapport avec les conditions d'existence, puisque la même particularité se remarque à la fois chez le jeune mammifère nourri dans le sein maternel, chez l'œuf de l'oiseau couvé dans un nid, ou chez le frai d'une grenouille qui se développe sous l'eau. Nous n'avons pas plus de motifs pour admettre un pareil rapport, que nous n'en avons pour croire que les os analogues de la main de l'homme, de l'aile de la chauve-souris ou de la nageoire du marsouin soient en rapport avec des conditions semblables d'existence. Personne ne suppose que la fourrure tigrée du lionceau ou les plumes tachetées du jeune merle aient pour eux aucune utilité ou qu'elles aient un rapport avec les conditions auxquelles ils sont exposés.

Le cas est toutefois différent lorsque l'animal, devenant actif pendant une partie de sa vie embryonnaire, doit alors pourvoir lui-même à sa nourriture. La période d'activité peut survenir à un âge plus ou moins précoce ; mais, à quelque moment qu'elle se produise, l'adaptation de la larve à ses conditions d'existence est aussi parfaite et aussi admirable qu'elle l'est chez l'animal adulte. Il résulte de ce genre d'adaptation, que la ressemblance des larves d'animaux très voisins est fréquemment très obscurcie. On pourrait même citer des exemples de larves d'espèces alliées ou de groupes d'espèces qui diffèrent plus les unes des autres que le font les adultes. Dans la plupart des cas, cependant, les larves, bien qu'actives, subissent encore plus ou moins la loi commune des ressemblances embryonnaires. Les cirripèdes en offrent un excellent exemple ; l'illustre Cuvier lui-même ne s'est pas aperçu qu'une balane est un crustacé, bien qu'un seul coup d'œil jeté sur la larve suffise pour ne laisser aucun doute à cet égard. De même les deux principaux groupes des cirripèdes, les pédonculés et les sessiles, bien que très différents par leur aspect extérieur, ont des larves qu'on peut à peine distinguer les unes des autres pendant les phases successives de leur développement.

Dans le cours de son évolution, l'organisation de l'embryon s'élève généralement ; j'emploie cette expression bien que je sache qu'il est presque impossible de définir bien nettement ce qu'on entend par une organisation plus ou moins élevée. Toutefois, nul ne constatera probablement que le papillon est plus élevé que la chenille. Il y a néanmoins des cas où l'on doit considérer l'animal adulte comme moins élevé que sa larve dans l'échelle organique ; tels sont, par exemple, certains crustacés parasites. Revenons encore aux cirripèdes, dont les larves, pendant la première phase du développement, ont trois paires de pattes, un œil unique et simple, et une bouche en forme de trompe, avec laquelle elles mangent beaucoup, car elles augmentent rapidement en grosseur. Pendant la seconde phase, qui correspond à l'état de chrysalide chez le papillon, elles ont six paires de pattes natatoires admirablement construites, une magnifique paire d'yeux composés et des antennes très compliquées ; mais leur bouche est très imparfaite et hermétiquement close, de sorte qu'elles ne peuvent manger. Dans cet état, leur seule fonction est de chercher, grâce au développement des organes des sens, et d'atteindre, au moyen de leur appareil de natation, un endroit convenable auquel elles puissent s'attacher pour y subir leur dernière métamorphose. Cela fait, elles demeurent attachées à leur rocher pour le reste de leur vie ; leurs pattes se transforment en organes préhensiles ; une bouche bien conformée reparaît, mais elles n'ont plus d'antennes, et leurs deux yeux sont de nouveau remplacés par un seul petit œil très simple, semblable à un point. Dans cet état complet, qui est le dernier, les cirripèdes peuvent indifféremment être considérés comme ayant une organisation plus ou moins élevée que celle qu'ils avaient à l'état de larve. Mais, dans quelques genres, les larves se transforment, soit en hermaphrodites présentant la conformation ordinaire, soit en ce que j'ai appelé des mâles complémentaires ; chez ces derniers, le développement est certainement rétrograde, car ils ne constituent plus qu'un sac, qui ne vit que très peu de temps, privé qu'il est de bouche, d'estomac et de tous les organes importants, ceux de la reproduction exceptés.

Nous sommes tellement habitués à voir une différence de conformation entre l'embryon et l'adulte que nous sommes disposés à regarder cette différence comme une conséquence nécessaire de la croissance. Mais il n'y a aucune raison pour que l'aile d'une chauve-souris, ou les nageoires d'un marsouin, par exemple, ne soient pas esquissées dans toutes leurs parties, et dans les proportions voulues, dès que ces parties sont devenues visibles dans l'embryon. Il y a certains groupes entiers d'animaux, et aussi certains membres d'autres groupes, chez lesquels l'embryon, à toutes les périodes de son existence, ne diffère pas beaucoup de la forme adulte. Ainsi Owen a remarqué que chez la seiche « il n'y a pas de métamorphose, le caractère céphalopode se manifestant longtemps avant que les divers organes de l'embryon soient complets ». De même chez l'araignée : « il n'y a rien qui puisse s'appeler une métamorphose ». Les larves de la plupart des insectes passent par un état vermiforme, qu'elles soient actives et adaptées à des habitudes diverses, ou que, placées au sein de la nourriture qui leur convient, ou nourries par leurs parents, elles restent inactives. Il est cependant quelques cas, comme celui des *Aphis*, dans le développement desquels, d'après les beaux dessins du professeur Huxley, nous ne trouvons presque pas de traces d'un état vermiforme.

Comment donc expliquer ces divers faits de l'embryologie ? Comment expliquer la différence si générale, mais non universelle, entre la conformation de l'embryon et celle de l'adulte ; la similitude, aux débuts de la croissance, des diverses parties d'un même embryon, qui doivent devenir plus tard entièrement dissemblables et servir à des fonctions très diverses ; la ressemblance générale, mais non invariable, entre les embryons ou les larves des espèces les plus distinctes dans une même classe, du fait que la structure de l'embryon n'est pas étroitement en rapport avec ses conditions d'existence sauf lorsque l'embryon, à une certaine période de la vie, est actif et pourvoit à sa nourriture ; enfin, le fait que certaines larves se trouvent placées plus haut sur l'échelle de l'organisation que les animaux adultes qui sont le terme final de leurs transformations ? Je crois que ces divers faits peuvent s'expliquer de la manière suivante, conformément à la théorie de la descendance avec modification.

On suppose ordinairement, peut-être parce que certaines monstruosités affectent l'embryon de très bonne heure, que les variations légères ou les différences individuelles apparaissent nécessairement à une époque également très précoce. Nous n'avons que peu de preuves sur ce point, mais les quelques-unes que nous possédons indiquent certainement le contraire ; il est notoire, en effet, que les éleveurs de bétail, de chevaux et de divers animaux de luxe ne peuvent dire positivement qu'un certain temps après la naissance quelles seront les qualités ou les défauts d'un animal. Nous remarquons le même fait chez nos propres enfants ; car nous ne pouvons dire d'avance s'ils seront grands ou petits, ni quels seront précisément leurs traits. La question n'est pas de savoir à quelle période de la vie une variation a été causée, mais à quelle période elle se manifeste. La cause a pu agir, je crois que c'est le cas général, avant même que l'embryon soit formé, et les variations peuvent être dues au fait que les éléments sexuels mâles et femelles ont été affectés par les conditions auxquelles ont été exposés leurs parents ou leurs ancêtres. Cependant un effet causé ainsi à une période très précoce, avant même la formation de l'embryon, peut apparaître tard dans la vie, de même qu'une maladie héréditaire, qui apparaît uniquement dans la vieillesse, a été communiquée à la descendance par les éléments reproducteurs d'un seul parent. Ou bien comme les cornes de bétail croisé ont été affectées par la forme des cornes de l'un ou l'autre parent. Il faut remarquer que tant que le jeune animal reste dans le sein maternel ou dans l'œuf, et que tant qu'il est nourri et protégé par ses parents, il lui importe peu que la plupart de ses caractères se développent un peu plus tôt ou un peu plus tard. Peu importe, en effet, à un oiseau auquel, par exemple, un bec très recourbé est nécessaire pour se procurer sa nourriture, de posséder ou non un bec de cette forme, tant qu'il est nourri par ses parents. J'en conclus qu'il est tout à fait possible que chacune des nombreuses modifications successives par lesquelles chaque espèce a acquis sa structure actuelle a pu intervenir à une période de la vie qui n'était pas précoce ; quelques preuves provenant de nos animaux domestiques confirment ces vues. Mais dans d'autres cas il est tout à fait possible que chaque modification successive, ou la plupart d'entre elles, soit apparue à une époque fort précoce.

J'ai déjà fait observer, dans le premier chapitre, que toute variation, à quelque période de la vie qu'elle puisse apparaître chez les parents, tend à se manifester chez les descendants à l'âge correspondant. Il est même certaines variations qui ne peuvent apparaître qu'à cet âge correspondant ; tels sont certains caractères de la chenille, du cocon ou de l'état de chrysalide chez le ver à soie, ou encore les variations qui affectent les cornes du bétail. Mais les variations qui, autant que nous pouvons en juger, pourraient indifféremment se manifester à un âge plus ou moins précoce, tendent cependant à reparaître également chez le descendant à l'âge où elles se sont manifestées chez le parent. Je suis loin de vouloir prétendre qu'il en soit toujours ainsi, car je pourrais citer des cas nombreux de variations, ce terme étant pris dans son acception la plus large, qui se sont manifestées à un âge plus précoce chez l'enfant que chez le parent.

J'estime que ces deux principes, c'est-à-dire que les variations légères n'apparaissent généralement pas à un âge très précoce, et qu'elles sont héréditaires à l'âge correspondant, expliquent les principaux faits embryologiques que nous venons d'indiquer. Toutefois, examinons d'abord certains cas analogues chez nos variétés domestiques. Quelques auteurs, qui se sont occupés particulièrement du chien, admettent que le lévrier ou le bouledogue, bien que si différents, sont réellement des variétés étroitement alliées, descendues de la même souche sauvage. J'étais donc curieux de voir quelles différences on peut observer chez leurs petits ; des éleveurs me disaient qu'ils diffèrent autant que leurs parents, et, à en juger par le seul coup d'œil, cela paraissait être vrai. Mais en mesurant les chiens adultes et les petits âgés de six jours, je trouvai que ceux-ci sont loin d'avoir acquis toutes leurs différences proportionnelles. On m'avait dit aussi que les poulains du cheval de course et ceux du cheval de trait – races entièrement formées par la sélection sous l'influence de la domestication – diffèrent autant les uns des autres que les animaux adultes ; mais j'ai pu constater par des mesures précises, prises sur des juments des deux races et sur leurs poulains âgés de trois jours, que ce n'est en aucune façon le cas.

Comme nous possédons la preuve certaine que les races de pigeons descendent d'une seule espèce sauvage j'ai comparé les jeunes pigeons de diverses races douze heures après leur éclosion. J'ai mesuré avec soin les dimensions du bec et de son ouverture, la longueur des narines et des paupières, celle des pattes, et la grosseur des pieds, chez des individus de l'espèce sauvage, chez des grosses-gorges, des paons, des runts, des barbes, des dragons, des messagers et des culbutants. Quelques-uns de ces oiseaux, à l'état adulte, diffèrent par la longueur et la forme du bec, et par plusieurs autres caractères, à un point tel que, trouvés à l'état de nature, on les classerait sans aucun doute dans des genres distincts. Mais, bien qu'on puisse distinguer pour la plupart les pigeons nouvellement éclos de ces diverses races, si on les place les uns auprès des autres, ils présentent, sur les points précédemment indiqués, des différences proportionnelles incomparablement moindres que les oiseaux adultes. Quelques traits caractéristiques, tels que la largeur du bec, sont à peine saisissables chez les jeunes. Je n'ai constaté qu'une seule exception remarquable à cette règle, c'est que les jeunes culbutants à courte face diffèrent presque autant que les adultes des jeunes du biset sauvage et de ceux des autres races.

Les deux principes déjà mentionnés expliquent ces faits. Les amateurs choisissent leurs chiens, leurs chevaux, leurs pigeons reproducteurs, etc., lorsqu'ils ont déjà presque atteint l'âge adulte ; peu leur importe que les qualités qu'ils désirent soient acquises plus tôt ou plus tard, pourvu que l'animal adulte les possède. Les exemples précédents, et surtout celui des pigeons, prouvent que les différences caractéristiques qui ont été accumulées par la sélection de l'homme et qui donnent aux races leur valeur n'apparaissent pas généralement à une période précoce de la vie, et deviennent héréditaires à un âge correspondant et assez avancé. Mais l'exemple du culbutant courte-face, qui possède déjà ses caractères propres à l'âge de douze heures, prouve que cette règle n'est pas universelle ; chez lui, en effet, les différences caractéristiques ont, ou apparu plus tôt qu'à l'ordinaire, ou bien ces différences, au lieu d'être transmises héréditairement à l'âge correspondant, se sont transmises à un âge plus précoce.

Appliquons maintenant ces deux principes – qui, sans qu'on ait démontré leur vérité, semblent au moins probables – aux espèces à l'état de nature. Prenons un groupe d'oiseaux descendus de quelque forme ancienne, et que la sélection naturelle a modifiés en vue d'habitudes diverses. Les nombreuses et légères variations successives survenues chez les différentes espèces à un âge assez avancé se transmettent par hérédité à l'âge correspondant ; les jeunes seront donc peu modifiés et se ressembleront davantage que le font les adultes, comme nous venons de l'observer chez les races de pigeons. On peut étendre cette manière de voir à des conformations très distinctes et à des classes entières. Les membres antérieurs, par exemple, qui ont autrefois servi de jambes à un ancêtre reculé, peuvent, à la suite d'un nombre infini de modifications, s'être adaptés à servir de mains chez un descendant, de nageoires chez un autre, d'ailes chez un troisième ; en vertu des deux principes précédents, les membres antérieurs n'auront pas subi beaucoup de modifications chez les embryons de ces diverses formes, bien que, dans chacune d'elles, le membre antérieur doive différer considérablement à l'âge adulte. Quelle que soit l'influence que l'usage ou le défaut d'usage puisse avoir pour modifier les membres ou les autres organes d'un animal, cette influence affecte surtout l'animal adulte, obligé de se servir de toutes ses facultés pour pourvoir à ses besoins ; or, les modifications ainsi produites se transmettent aux descendants au même âge adulte correspondant. Les jeunes ne sont donc pas modifiés, ou ne le sont qu'à un faible degré, par les effets de l'usage ou du non-usage des parties.

Chez quelques animaux, les variations successives ont pu se produire à un âge très précoce, ou se transmettre par hérédité un peu plus tôt que l'époque à laquelle elles ont primitivement apparu. Dans les deux cas, comme nous l'avons vu pour le culbutant courte-face, les embryons ou les jeunes ressemblent étroitement à la forme parente adulte. Telle est la loi du développement pour certains groupes entiers ou pour certains sous-groupes, tels que les céphalopodes, les araignées et quelques membres de la grande classe des insectes tels que les *Aphis*. En ce qui concerne la cause finale de ces cas où les jeunes ne subissent aucune métamorphose ou bien ressemblent étroitement à leurs parents depuis leur plus jeune âge, il est clair que cela résulte des deux raisons suivantes : d'abord, parce que les jeunes doivent de bonne heure suffire à leurs propres besoins, et ensuite, parce qu'ils suivent le même genre de vie que leurs parents ; car, dans ce cas, leur existence dépend de ce qu'ils se modifient de la même manière que leurs parents. Des explications supplémentaires, cependant, du fait que des embryons ne subissent aucune métamorphose, sont nécessaires. Si, d'autre part, il était avantageux pour le jeune animal d'avoir des habitudes un peu différentes de celles de ses parents, et d'être, en conséquence, conformé un peu autrement, ou s'il était avantageux pour une larve, déjà différente de sa forme parente, de se modifier encore davantage, la sélection naturelle pourrait, en vertu du principe de l'hérédité à l'âge correspondant, rendre le jeune animal ou la larve de plus en plus différent de ses parents, et cela à un degré quelconque. Les larves pourraient encore présenter des différences en corrélation avec les diverses phases de leur développement, de sorte qu'elles finiraient par différer beaucoup dans leur premier état de ce qu'elles sont dans le second, comme cela est le cas chez un grand nombre d'animaux. L'adulte pourrait encore s'adapter à des situations et à des habitudes pour lesquelles les organes des sens ou de la locomotion deviendraient inutiles, auquel cas la métamorphose serait rétrograde.

Comme tous les êtres organisés éteints et récents qui ont vécu dans le temps et dans l'espace peuvent se grouper dans un petit nombre de grandes classes, et comme tous les êtres, dans chacune de ces classes, ont, d'après ma théorie, été reliés les uns aux autres par une série de fines gradations, la meilleure classification, la seule possible d'ailleurs, si nos collections étaient complètes, serait la classification généalogique ; le lien caché que les naturalistes ont cherché sous le nom de *système naturel* n'est, en un mot, autre chose que la descendance. Ces considérations nous permettent de comprendre comment il se fait que, pour la plupart des naturalistes, la conformation de l'embryon est encore plus importante que celle de l'adulte au point de vue de la classification. Car l'embryon est l'animal dans son état le moins modifié, et révèle donc la structure de ses ancêtres. Lorsque deux ou plusieurs groupes d'animaux, quelque différentes que puissent être d'ailleurs leur conformation et leurs habitudes à l'état d'adulte, traversent des phases embryonnaires très semblables, nous pouvons être certains qu'ils descendent d'un ancêtre commun et qu'ils sont, par conséquent, unis étroitement les uns aux autres par un lien de parenté. La communauté de conformation embryonnaire révèle donc une communauté d'origine ; mais la dissemblance du développement embryonnaire ne prouve pas le contraire, car il se peut que, chez un ou deux groupes, quelques phases du développement aient été supprimées ou aient subi, pour s'adapter à de nouvelles conditions d'existence, des modifications telles qu'elles ne sont plus reconnaissables. La conformation de la larve révèle souvent une communauté d'origine pour des groupes mêmes dont les formes adultes ont été modifiées à un degré extrême ; ainsi, nous avons vu que les larves des cirripèdes nous révèlent immédiatement qu'ils appartiennent à la grande classe des crustacés, bien qu'à l'état adulte ils soient extérieurement analogues aux coquillages. Comme la conformation de l'embryon nous indique souvent d'une manière plus ou moins nette ce qu'a dû être la conformation de l'ancêtre très ancien et moins modifié du groupe, nous pouvons comprendre pourquoi les formes éteintes et remontant à un passé très reculé ressemblent si souvent, à l'état adulte, aux embryons des espèces actuelles de la même classe. Agassiz regarde comme universelle dans la nature cette loi dont la vérité sera, je l'espère, démontrée dans l'avenir. Cette loi ne peut toutefois être prouvée que dans le cas où l'ancien état de l'ancêtre du groupe n'a pas été totalement effacé, soit par des variations successives survenues pendant les premières phases de la croissance, soit par des variations devenues héréditaires chez les descendants à un âge plus précoce que celui de leur apparition première. Nous devons nous rappeler aussi que la loi peut être vraie, mais cependant n'être pas encore de longtemps, si elle l'est jamais, susceptible d'une démonstration complète, faute de documents géologiques remontant à une époque assez reculée.

Les principaux faits de l'embryologie, qui ne le cèdent à aucun en importance, me semblent donc s'expliquer par le principe que des modifications survenues chez les nombreux descendants d'un ancêtre primitif n'ont pas surgi dès les premières phases de la vie de chacun d'eux, et que ces variations sont transmises par hérédité à un âge correspondant. L'embryologie acquiert un grand intérêt, si nous considérons l'embryon comme un portrait plus ou moins effacé de l'ancêtre commun, à l'état de larve ou à l'état adulte, de tous les membres d'une même grande classe.

ORGANES RUDIMENTAIRES, ATROPHIÉS ET AVORTÉS

On trouve très communément, très généralement même dans la nature, des parties ou des organes dans cet état singulier, portant l'empreinte d'une complète inutilité. Chez les mammifères, par exemple, les mâles possèdent toujours des mamelles rudimentaires ; chez les serpents, un des lobes des poumons est rudimentaire ; chez les oiseaux, l'aile bâtarde n'est qu'un doigt rudimentaire, et chez quelques espèces, l'aile entière est si rudimentaire qu'elle est inutile pour le vol. Quoi de plus curieux que la présence de dents chez les fœtus de la baleine, qui, adultes, n'ont pas trace de ces organes ; ou que la présence de dents, qui ne percent jamais la gencive, à la mâchoire supérieure du veau avant la naissance ? Certains témoignages sérieux mentionnent même l'existence de rudiments de dents dans les becs de certains embryons d'oiseaux. Rien n'est plus simple que de penser que les ailes sont faites pour le vol, et pourtant combien de fois voyons-nous des ailes si atrophiées qu'elles sont tout à fait inaptes au vol, et souvent fermement soudées, enchâssées dans des élytres !

La signification des organes rudimentaires est parfois évidente : par exemple il y a des coléoptères du même genre (et même de la même espèce) qui se ressemblent étroitement sous tous les aspects, qui ont, les uns des ailes parfaites et complètement développées, les autres de simples rudiments d'ailes très petits, fréquemment recouverts par des élytres soudées ensemble ; dans ce cas, il n'y a pas à douter que ces rudiments représentent des ailes. Les organes rudimentaires conservent quelquefois leurs propriétés fonctionnelles ; c'est ce qui arrive occasionnellement aux mamelles des mammifères mâles, qu'on a vues parfois se développer et sécréter du lait. De même, chez le genre *Bos*, il y a normalement quatre mamelons bien développés et deux rudimentaires ; mais, chez nos vaches domestiques, ces derniers se développent quelquefois et donnent du lait. Chez les plantes, on rencontre chez les individus de la même espèce des pétales tantôt rudimentaires, tantôt bien développés. Kölreuter a observé, chez certaines plantes à sexes séparés, qu'en croisant une espèce dont les fleurs mâles possèdent un rudiment de pistil avec une espèce hermaphrodite ayant, bien entendu, un pistil bien développé, le rudiment de pistil prend un grand accroissement chez la postérité hybride ; ce qui prouve que les pistils rudimentaires et les pistils parfaits ont exactement la même nature.

Un organe servant à deux fonctions peut devenir rudimentaire ou s'atrophier complètement pour l'une d'elles, parfois même pour la plus importante, et demeurer parfaitement capable de remplir l'autre. Ainsi, chez les plantes, le rôle du pistil est de permettre aux tubes polliniques de pénétrer jusqu'aux ovules de l'ovaire. Le pistil consiste en un stigmate porté sur un style ; mais, chez quelques composées, les fleurs mâles, qui ne sauraient être fécondées naturellement, ont un pistil rudimentaire, en ce qu'il ne porte pas de stigmate ; le style pourtant, comme chez les autres fleurs parfaites, reste bien développé et garni de poils qui servent à frotter les anthères pour en faire jaillir le pollen qui les environne. Un organe peut encore devenir rudimentaire relativement à sa fonction propre et s'adapter à un usage différent ; telle est la vessie natatoire de certains poissons, qui semble être devenue presque rudimentaire quant à sa fonction propre, consistant à donner de la légèreté au poisson, pour se transformer en un organe respiratoire ou en un poumon en voie de formation. On pourrait citer beaucoup d'autres exemples analogues.

Les organes rudimentaires sont très sujets à varier au point de vue de leur degré de développement et sous d'autres rapports, chez les individus de la même espèce ; de plus, le degré de diminution qu'un même organe a pu éprouver diffère quelquefois beaucoup chez les espèces étroitement alliées. L'état des ailes des phalènes femelles appartenant à une même famille offre un excellent exemple de ce fait. Les organes rudimentaires peuvent avorter complètement ; ce qui implique, chez certaines plantes et chez certains animaux, l'absence complète de parties que, d'après les lois de l'analogie, nous nous attendrions à rencontrer chez eux et qui se manifestent occasionnellement chez les individus monstrueux. C'est ainsi que, chez le Muflier (*Antirrhinum*), la cinquième étamine est complètement atrophiée. Lorsqu'on veut retracer les homologies d'un organe quelconque chez les divers membres d'une même classe, rien n'est plus utile, pour comprendre nettement les rapports des parties, que la découverte de rudiments ; c'est ce que prouvent admirablement les dessins qu'a faits Owen des os de la jambe du cheval, du bœuf et du rhinocéros.

Un fait très important, c'est que, chez l'embryon, on peut souvent observer des organes, tels que les dents à la mâchoire supérieure de la baleine et des ruminants, qui disparaissent ensuite complètement. C'est aussi, je crois, une règle universelle, qu'un organe rudimentaire soit proportionnellement plus gros, relativement aux parties voisines, chez l'embryon que chez l'adulte ; il en résulte qu'à cette période précoce l'organe est moins rudimentaire ou même ne l'est pas du tout. Aussi, on dit souvent que les organes rudimentaires sont restés chez l'adulte à leur état embryonnaire.

Je viens d'exposer les principaux faits relatifs aux organes rudimentaires. En y réfléchissant, on se sent frappé d'étonnement ; car les mêmes raisons qui nous conduisent à reconnaître que la plupart des parties et des organes sont admirablement adaptés à certaines fonctions nous obligent à constater, avec autant de certitude l'imperfection et l'inutilité des organes rudimentaires ou atrophiés. On dit généralement dans les ouvrages sur l'histoire naturelle que les organes rudimentaires ont été créés « en vue de la symétrie » ou pour « compléter le plan de la nature » ; or, ce n'est là qu'une simple répétition du fait, et non pas une explication. Que penserait-on d'un astronome qui soutiendrait que les satellites décrivent autour des planètes une orbite elliptique en vue de la symétrie, parce que les planètes décrivent de pareilles courbes autour du soleil ? Un physiologiste éminent explique la présence des organes rudimentaires en supposant qu'ils servent à excréter des substances en excès, ou nuisibles à l'individu ; mais pouvons-nous admettre que la papille infime qui représente souvent le pistil chez certaines fleurs mâles, et qui n'est constituée que par du tissu cellulaire, puisse avoir une action pareille ? Pouvons-nous admettre que des dents rudimentaires, qui sont ultérieurement résorbées, soient utiles à l'embryon du veau en voie de croissance rapide, alors qu'elles emploient inutilement une matière aussi précieuse que le phosphate de chaux ? On a vu quelquefois, après l'amputation des doigts chez l'homme, des ongles imparfaits se former sur les moignons ; or il me serait aussi aisé de croire que ces traces d'ongles ont été développées pour excréter de la matière cornée, que d'admettre que les ongles rudimentaires qui terminent la nageoire du lamantin l'ont été dans le même but.

Dans l'hypothèse de la descendance avec modifications, l'explication de l'origine des organes rudimentaires est comparativement simple. Nous pouvons, en outre, nous expliquer dans une grande mesure les lois qui président à leur développement imparfait. Nous avons des exemples nombreux d'organes rudimentaires chez nos productions domestiques, tels, par exemple, que le tronçon de queue qui persiste chez les races sans queue, les vestiges de l'oreille chez les races ovines qui sont privées de cet organe, la réapparition de petites cornes pendantes chez les races de bétail sans cornes, et surtout, selon Youatt, chez les jeunes animaux, et l'état de la fleur entière dans le chou-fleur. Nous trouvons souvent chez les monstres les rudiments de diverses parties. Je doute qu'aucun de ces exemples puisse jeter quelque lumière sur l'origine des organes rudimentaires à l'état de nature, sinon qu'ils prouvent que ces rudiments peuvent se produire ; car tout semble indiquer que les espèces à l'état de nature ne subissent jamais de grands et brusques changements. Mais je crois que le non-usage des parties entraîne leur diminution, et cela d'une manière héréditaire. Il me semble probable que le défaut d'usage a été la cause principale de ces phénomènes d'atrophie, que ce défaut d'usage, en un mot, a dû déterminer d'abord très lentement et très graduellement la diminution de plus en plus complète d'un organe, jusqu'à ce qu'il soit devenu rudimentaire, comme les yeux des animaux vivant dans des cavernes obscures, et les ailes des oiseaux habitant les îles océaniques, oiseaux qui, rarement forcés de s'élancer dans les airs, ont fini par perdre la faculté de voler. En outre, un organe, utile dans certaines conditions, peut devenir nuisible dans des conditions différentes, comme les ailes de coléoptères vivant sur des petites îles battues par les vents ; dans ce cas, la sélection naturelle doit tendre lentement à réduire l'organe, jusqu'à ce qu'il cesse d'être nuisible en devenant rudimentaire.

Toute modification de fonction, à condition qu'elle puisse s'effectuer par degrés insensibles, est du ressort de la sélection naturelle ; de sorte qu'un organe qui, par suite de changements dans les conditions d'existence, devient nuisible ou inutile, peut, à certains égards, se modifier de manière à servir à quelque autre usage. Un organe peut aussi ne conserver qu'une seule des fonctions qu'il avait été précédemment appelé à remplir. Un organe, devenu inutile, peut alors devenir variable, ses variations n'étant plus empêchées par la sélection naturelle. En outre, à quelque période de la vie que le défaut d'usage ou la sélection tende à réduire un organe, ce qui arrive généralement lorsque l'individu ayant atteint sa maturité doit faire usage de toutes ses facultés, le principe d'hérédité à l'âge correspondant tend à reproduire, chez les descendants de cet individu, ce même organe dans son état réduit, exactement au même âge, mais ne l'affecte que rarement chez l'embryon. Ainsi s'explique pourquoi les organes rudimentaires sont relativement plus grands chez l'embryon que chez l'adulte.

Mais si chaque étape du procès de réduction était héri- tée, non à un âge correspondant, mais à une période très précoce de la vie (comme nous avons de bonnes raisons de le croire possible), la partie rudimentaire tendrait à être entièrement perdue, et nous aurions un cas complet d'atrophie. Le principe de l'économie expliqué dans un chapitre précédent, en vertu duquel les matériaux destinés à la formation d'un organe sont économisés autant que possible, si cet organe devient inutile à son possesseur, a peut-être contribué à rendre rudimentaire une partie inutile du corps, et cela tendra à causer la disparition totale d'un organe rudimentaire.

La présence des organes rudimentaires est due à la tendance de chaque partie de l'organisation qui existe depuis longtemps à être héritée. Nous pouvons donc comprendre, au point de vue généalogique de la classification, comment il se fait que les systématistes, en cherchant à placer les organismes à leur vraie place dans le système naturel, ont souvent trouvé que les parties rudimentaires sont d'une utilité aussi grande et parfois même plus grande que d'autres parties ayant une haute importance physiologique. On peut comparer les organes rudimentaires aux lettres qui, conservées dans l'orthographe d'un mot, bien qu'inutiles pour sa prononciation, servent à en retracer l'origine et la filiation. Nous pouvons donc conclure que, d'après la doctrine de la descendance avec modifications, l'existence d'organes que leur état rudimentaire et imparfait rend inutiles, loin de constituer une difficulté embarrassante, comme cela est assurément le cas dans l'hypothèse ordinaire de la création, devait au contraire être prévue comme une conséquence des principes que nous avons développés.

RÉSUMÉ

J'ai essayé de démontrer dans ce chapitre que le classement de tous les êtres organisés qui ont vécu dans tous les temps en groupes subordonnés à d'autres groupes ; que la nature des rapports qui unissent dans un petit nombre de grandes classes tous les organismes vivants et éteints, par des lignes d'affinité complexes, divergentes et tortueuses ; que les difficultés que rencontrent, et les règles que suivent les naturalistes dans leurs classifications ; que la valeur qu'on accorde aux caractères lorsqu'ils sont constants et généraux, qu'ils aient une importance considérable ou qu'ils n'en aient même pas du tout, comme dans les cas d'organes rudimentaires ; que la grande différence de valeur existant entre les caractères d'adaptation ou analogues et d'affinités véritables ; j'ai essayé de démontrer, dis-je, que toutes ces règles, et encore d'autres semblables, sont la conséquence naturelle de l'hypothèse de la parenté commune des formes alliées et de leurs modifications par la sélection naturelle, jointe aux circonstances d'extinction et de divergence de caractères qu'elle détermine. En examinant ce principe de classification, il ne faut pas oublier que l'élément généalogique a été universellement admis et employé pour classer ensemble dans la même espèce les deux sexes, les divers âges, les formes dimorphes et les variétés reconnues, quelque différente que soit d'ailleurs leur conformation. Si l'on étend l'application de cet élément généalogique, seule cause connue des ressemblances que l'on constate entre les êtres organisés, on comprendra ce qu'il faut entendre par *système naturel* ; c'est tout simplement un essai de classement généalogique où les divers degrés de différences acquises s'expriment par les termes *variétés, espèces, genres, familles, ordres* et *classes*.

En partant de ce même principe de la descendance avec modifications, la plupart des grands faits de la morphologie deviennent intelligibles, soit que nous considérions le même plan présenté par les organes homologues des différentes espèces d'une même classe, quelles que soient, d'ailleurs, leurs fonctions ; soit que nous les considérions dans les organes homologues d'un même individu, animal ou végétal.

D'après ce principe, que les variations légères et successives ne surgissent pas nécessairement ou même généralement à une période très précoce de l'existence, et qu'elles deviennent héréditaires à l'âge correspondant, on peut expliquer les faits principaux de l'embryologie, c'est-à-dire la ressemblance étroite chez l'embryon des parties homologues, qui, développées ensuite, deviennent très différentes tant par la conformation que par la fonction, et la ressemblance chez les espèces alliées, quoique distinctes, des parties ou des organes homologues, bien qu'à l'état adulte ces parties ou ces organes doivent s'adapter à des fonctions aussi dissemblables que possible. Les larves sont des embryons actifs qui ont été plus ou moins modifiés suivant leur mode d'existence, et dont les modifications sont devenues héréditaires à l'âge correspondant. Si l'on se souvient que, lorsque des organes s'atrophient, soit par défaut d'usage, soit par sélection naturelle, ce ne peut être en général qu'à cette période de l'existence où l'individu doit pourvoir à ses propres besoins ; si l'on réfléchit, d'autre part, à la force du principe d'hérédité, on peut prévoir, en vertu de ces mêmes principes, la formation d'organes rudimentaires. L'importance des caractères embryologiques, ainsi que celle des organes rudimentaires, est aisée à concevoir en partant de ce point de vue qu'une classification, pour être naturelle, doit être généalogique.

En résumé, les diverses classes de faits que nous venons d'étudier dans ce chapitre me semblent établir si clairement que les innombrables espèces, les genres et les familles qui peuplent le globe sont tous descendus, chacun dans sa propre classe, de parents communs, et ont tous été modifiés dans la suite des générations, que j'aurais adopté cette théorie sans aucune hésitation lors même qu'elle ne serait pas appuyée sur d'autres faits et sur d'autres arguments.

Chapitre XIV

RÉCAPITULATION ET CONCLUSIONS

Récapitulation des difficultés de la théorie de la sélection naturelle. – Récapitulation des faits généraux et particuliers qui lui sont favorables. – Causes de la croyance générale à l'immutabilité des espèces. – Jusqu'à quel point on peut étendre la théorie de la sélection naturelle. – Effets de son adoption sur l'étude de l'histoire naturelle. – Dernières remarques.

Ce volume tout entier n'étant qu'une longue argumentation, je crois devoir présenter au lecteur une récapitulation sommaire des faits principaux et des déductions qu'on peut en tirer.

Je ne songe pas à nier que l'on peut opposer à la théorie de la descendance avec modifications par la sélection naturelle, de nombreuses et sérieuses objections que j'ai cherché à exposer dans toute leur force. Tout d'abord, rien ne semble plus difficile que de croire au perfectionnement des organes et des instincts les plus complexes, non par des moyens supérieurs, bien qu'analogues à la raison humaine, mais par l'accumulation d'innombrables et légères variations, toutes avantageuses à leur possesseur individuel. Cependant, cette difficulté, quoique paraissant insurmontable à notre imagination, ne saurait être considérée comme valable, si l'on admet les propositions suivantes : des gradations dans la perfection de tout organe ou instinct, dont chacune est profitable, existent ou ont pu exister ; tous les organes et instincts sont, fût-ce de manière imperceptible, variables ; et enfin il y a une lutte pour l'existence qui mène à la préservation de chaque déviation profitable de structure ou d'instinct. Je ne crois pas que l'on puisse contester la vérité de ces propositions.

Il est, sans doute, très difficile de conjecturer même par quels degrés successifs ont passé beaucoup de conformations pour se perfectionner, surtout dans les groupes d'êtres organisés qui, ayant subi d'énormes extinctions, sont actuellement rompus et présentent de grandes lacunes ; mais nous remarquons dans la nature des gradations si étranges, comme le proclame l'adage *Natura non facit saltum*, que nous devons être très circonspects avant d'affirmer qu'un organe, ou qu'un instinct, ou même que la conformation entière, ne peuvent pas avoir atteint leur état actuel en parcourant un grand nombre de phases intermédiaires. Il est, il faut le reconnaître, des cas particulièrement difficiles qui semblent contraires à la théorie de la sélection naturelle ; un des plus curieux est, sans contredit, l'existence, dans une même communauté de fourmis, de deux ou trois castes définies d'ouvrières ou de femelles stériles. J'ai cherché à faire comprendre comment on peut parvenir à expliquer ce genre de difficultés.

Quant à la stérilité presque générale que présentent les espèces lors d'un premier croisement, stérilité qui contraste d'une manière si frappante avec la fécondité presque universelle des variétés croisées les unes avec les autres, je dois renvoyer le lecteur à la récapitulation, donnée à la fin du huitième chapitre, des faits qui me paraissent prouver d'une façon concluante que cette stérilité n'est pas plus une propriété spéciale, que ne l'est l'inaptitude que présentent deux arbres distincts à se greffer l'un sur l'autre, mais qu'elle dépend de différences limitées au système reproducteur des espèces qu'on veut entrecroiser. La grande différence entre les résultats que donnent les croisements réciproques de deux mêmes espèces, c'est-à-dire lorsqu'une des espèces est employée d'abord comme père et ensuite comme mère, nous prouve le bien-fondé de cette conclusion.

La fertilité des variétés croisées et de leur descendance métisse ne peut être considérée comme universelle, et leur fertilité en général ne saurait être surprenante lorsque nous pensons qu'il est peu probable que leurs constitutions ou leurs systèmes reproducteurs aient été profondément modifiés. De plus, la plupart des variétés sur lesquelles on a fait des expériences ont été produites par la domestication ; or, comme la domestication tend apparemment à éliminer la stérilité, on ne peut guère s'attendre à ce qu'elle la produise.

La stérilité des hybrides est un cas fort différent de celui des premiers croisements, car leurs organes reproducteurs sont plus ou moins fonctionnellement impuissants, alors que chez les espèces croisées les organes des deux côtés sont en parfaite condition. Comme nous observons que toutes sortes d'organismes sont rendus plus ou moins stériles lorsque leur constitution est perturbée par de très légères différences dans les conditions de vie, il n'y a rien d'étonnant à ce que les hybrides soient à quelque degré stériles, car leur constitution ne peut manquer d'avoir été perturbée par la composition de deux organisations distinctes. Ce parallélisme est renforcé par un autre groupe de faits parallèles mais directement opposés : la vigueur et la fertilité de tous les êtres organisés sont augmentées par de légers changements dans leurs conditions de vie, et la descendance de formes légèrement modifiées acquiert grâce aux croisements plus de vigueur et de fertilité. De sorte que, d'une part, des changements considérables des conditions de vie et des croisements entre formes très modifiées diminuent la fertilité, et, d'autre part, des changements moins importants des conditions de vie et des croisements entre formes moins modifiées augmentent la fertilité.

En ce qui concerne la distribution géographique, les difficultés que rencontre la théorie de la descendance avec modifications sont assez sérieuses. Tous les individus d'une même espèce et toutes les espèces d'un même genre, même chez les groupes supérieurs, descendent de parents communs ; en conséquence, quelque distants et quelque isolés que soient actuellement les points du globe où on les rencontre, il faut que, dans le cours des générations successives, ces formes parties d'un seul point aient rayonné vers tous les autres. Il nous est souvent impossible de conjecturer même par quels moyens ces migrations ont pu se réaliser. Cependant, comme nous avons lieu de croire que quelques espèces ont conservé la même forme spécifique pendant des périodes très longues, énormément longues même, si on les compte par années, nous ne devons pas attacher trop d'importance à la grande diffusion occasionnelle d'une espèce quelconque ; car, pendant le cours de ces longues périodes, elle a dû toujours trouver des occasions favorables pour effectuer de vastes migrations par des moyens divers. On peut souvent expliquer une extension discontinue par l'extinction de l'espèce dans les régions intermédiaires. Il faut, d'ailleurs, reconnaître que nous savons fort peu de chose sur l'importance réelle des divers changements climatériques et géographiques que le globe a éprouvés pendant les périodes récentes, changements qui ont certainement pu faciliter les migrations. J'ai cherché, comme exemple, à faire comprendre l'action puissante qu'a dû exercer la période glaciaire sur la distribution d'une même espèce et des espèces alliées dans le monde entier. Nous ignorons encore absolument quels ont pu être les moyens occasionnels de transport. Quant aux espèces distinctes d'un même genre, habitant des régions éloignées et isolées, la marche de leur modification ayant dû être nécessairement lente, tous les modes de migration auront pu être possibles pendant une très longue période, ce qui atténue jusqu'à un certain point la difficulté d'expliquer la dispersion immense des espèces d'un même genre.

La théorie de la sélection naturelle impliquant l'existence antérieure d'une foule innombrable de formes intermédiaires, reliant les unes aux autres, par des nuances aussi délicates que le sont nos variétés actuelles, toutes les espèces de chaque groupe, on peut se demander pourquoi nous ne voyons pas autour de nous toutes ces formes intermédiaires, et pourquoi tous les êtres organisés ne sont pas confondus en un inextricable chaos. À l'égard des formes existantes, nous devons nous rappeler que nous n'avons aucune raison, sauf dans des cas fort rares, de nous attendre à rencontrer des formes intermédiaires les reliant *directement* les unes aux autres, mais seulement celles qui rattachent chacune d'elles à quelque forme supplantée et éteinte. Même sur une vaste surface, demeurée continue pendant une longue période, et dont le climat et les autres conditions d'existence changent insensiblement en passant d'un point habité par une espèce à un autre habité par une espèce étroitement alliée, nous n'avons pas lieu de nous attendre à rencontrer souvent des variétés intermédiaires dans les zones intermédiaires. Car nous avons des raisons de croire que seules quelques espèces subissent des modifications à un moment donné et que tous les changements s'effectuent lentement. J'ai démontré aussi que les variétés intermédiaires, qui ont probablement occupé d'abord les zones intermédiaires, ont dû être supplantées par les formes alliées existant de part et d'autre ; car ces dernières, étant les plus nombreuses, tendent pour cette raison même à se modifier et à se perfectionner plus rapidement que les espèces intermédiaires moins abondantes ; en sorte que celles-ci ont dû, à la longue, être exterminées et remplacées.

Dans l'hypothèse de l'extermination d'un nombre infini de chaînons reliant les habitants actuels avec les

habitants éteints du globe, et, à chaque période successive, reliant les espèces qui y ont vécu avec les formes
plus anciennes, pourquoi ne trouvons-nous pas, dans
toutes les formations géologiques, une grande abondance
de ces formes intermédiaires ? Pourquoi nos collections
de restes fossiles ne fournissent-elles pas la preuve évidente de la gradation et des mutations des formes
vivantes ? Pourquoi ne trouvons-nous pas sous ce dernier
système de puissantes masses de sédiment renfermant les
restes des ancêtres des fossiles siluriens ? Car ma théorie
implique que de semblables couches ont été déposées
quelque part, lors de ces époques si reculées et si complètement ignorées de l'histoire du globe.

Je ne puis répondre à ces questions et résoudre ces
difficultés qu'en supposant que les archives géologiques
sont bien plus incomplètes que les géologues l'admettent
généralement. On ne saurait objecter qu'il n'y a pas eu
de temps suffisant pour tout changement organique, car
la durée de temps écoulée a été si immense qu'elle est
totalement inconcevable par l'esprit humain. Le nombre
des spécimens que renferment tous nos musées n'est
absolument rien auprès des innombrables générations
d'espèces qui ont certainement existé. Il nous serait
impossible de reconnaître une espèce comme la forme
souche d'une autre espèce modifiée, si attentivement que
nous les examinions, à moins que nous ne possédions
la plupart des chaînons intermédiaires, qu'en raison de
l'imperfection des documents géologiques nous ne
devons pas nous attendre à trouver en grand nombre. On
pourrait citer de nombreuses formes douteuses, qui ne
sont probablement que des variétés ; mais qui nous
assure qu'on découvrira dans l'avenir un assez grand
nombre de formes fossiles intermédiaires, pour que les
naturalistes soient à même de décider si ces variétés douteuses méritent oui ou non la qualification de variétés ?
Tant que la plupart des chaînons entre les espèces sont

inconnus, si l'on découvre un chaînon, ou variété inter-médiaire, il sera tout simplement classé comme une nou-velle espèce distincte. On n'a exploré géologiquement qu'une bien faible partie du globe. D'ailleurs, les êtres organisés appartenant à certaines classes peuvent seuls se conserver à l'état de fossiles, au moins en quantités un peu considérables. Ce sont les espèces dominantes et les plus répandues qui varient le plus et le plus souvent, et les variétés sont souvent locales ; or, ce sont là deux cir-constances qui rendent fort peu probable la découverte de chaînons intermédiaires dans une forme quelconque. Les variétés locales ne se disséminent guère dans d'autres régions éloignées avant de s'être considérablement modi-fiées et perfectionnées ; quand elles ont émigré et qu'on les trouve dans une formation géologique, elles paraissent y avoir été subitement créées, et on les consi-dère simplement comme des espèces nouvelles. La plu-part des formations ont dû s'accumuler d'une manière intermittente, et leur durée a probablement été plus courte que la durée moyenne des formes spécifiques. Les formations successives sont, dans le plus grand nombre des cas, séparées les unes des autres par des lacunes cor-respondant à de longues périodes ; car des formations fossilifères assez épaisses pour résister aux dégradations futures n'ont pu, en règle générale, s'accumuler que là où d'abondants sédiments ont été déposés sur le fond d'une aire marine en voie d'affaissement. Pendant les périodes alternantes de soulèvement et de niveau stationnaire, le témoignage géologique est généralement nul. Pendant ces dernières périodes, il y a probablement plus de variabilité dans les formes de la vie, et, pendant les périodes d'affaissement, plus d'extinctions.

Quant à l'absence de riches couches fossilifères au-dessous de la formation silurienne, je ne puis que répéter l'hypothèse que j'ai déjà développée dans le huitième chapitre. Personne ne conteste l'imperfection des docu-ments géologiques ; mais qu'ils soient incomplets au point que ma théorie l'exige, peu de gens en conviendront volontiers. Si nous considérons des périodes suffisamment longues, la géologie prouve clairement que toutes les espèces ont changé, et qu'elles ont changé comme le veut ma théorie, c'est-à-dire à la fois lentement et graduellement. Ce fait ressort avec évidence de ce que les restes fossiles que contiennent les formations consécutives sont invariablement beaucoup plus étroitement reliés les uns aux autres que le sont ceux des formations séparées par les plus grands intervalles.

Tel est le résumé des réponses que l'on peut faire et des explications que l'on peut donner aux objections et aux diverses difficultés qu'on peut soulever contre ma théorie, difficultés dont j'ai moi-même trop longtemps senti tout le poids pour douter de leur importance. Mais il faut noter avec soin que les objections les plus sérieuses se rattachent à des questions sur lesquelles notre ignorance est telle que nous n'en soupçonnons même pas l'étendue. Nous ne connaissons pas toutes les gradations possibles entre les organes les plus simples et les plus parfaits ; nous ne pouvons prétendre connaître tous les moyens divers de distribution qui ont pu agir pendant les longues périodes du passé, ni l'étendue de l'imperfection des documents géologiques. Si sérieuses que soient ces diverses objections, elles ne sont, à mon avis, cependant pas suffisantes pour renverser la théorie de la descendance avec modifications.

Examinons maintenant l'autre côté de la question. Nous voyons beaucoup de variabilité chez les êtres domestiqués. Cela me semble surtout dû au fait que le système reproducteur est éminemment sensible aux changements des conditions de vie ; de sorte que ce système, lorsqu'il est rendu impuissant, ne reproduit pas une descendance exactement semblable à la forme parente. La variabilité obéit à des lois complexes, telles que la corrélation, l'usage et le défaut d'usage, et l'action directe des conditions de vie. Il est difficile de savoir dans quelle mesure nos productions domestiques ont été modifiées ; mais nous pouvons certainement admettre qu'elles l'ont été beaucoup, et que les modifications restent héréditaires pendant de longues périodes. Aussi longtemps que les conditions extérieures restent les mêmes, nous avons lieu de croire qu'une modification, héréditaire depuis de nombreuses générations, peut continuer à l'être encore pendant un nombre de générations à peu près illimité. D'autre part, nous avons la preuve que, lorsque la variabilité a une fois commencé à se manifester, elle continue d'agir pendant longtemps à l'état domestique, car nous voyons encore occasionnellement des variétés nouvelles apparaître chez nos productions domestiques les plus anciennes.

L'homme n'a aucune influence immédiate sur la production de la variabilité ; il expose seulement, souvent sans dessein, les êtres organisés à de nouvelles conditions d'existence ; la nature agit alors sur l'organisation, et cause la variabilité. Mais l'homme peut choisir les variations que la nature lui fournit, et les accumuler comme il l'entend ; il adapte ainsi les animaux et les plantes à son usage ou à ses plaisirs. Il peut opérer cette sélection méthodiquement, ou seulement d'une manière inconsciente, en conservant les individus qui lui sont le plus utiles ou qui lui plaisent le plus, sans aucune intention préconçue de modifier la race. Il est certain qu'il peut largement influencer les caractères d'une race en sélectionnant, dans chaque génération successive, des différences individuelles assez légères pour échapper à des yeux inexpérimentés. Ce procédé de sélection a été l'agent principal de la formation des races domestiques les plus distinctes et les plus utiles. Les doutes inextricables où nous sommes sur la question de savoir si certaines races produites par l'homme sont des variétés ou des espèces primitivement distinctes prouvent qu'elles possèdent dans une large mesure les caractères des espèces naturelles.

Il n'est aucune raison évidente pour que les principes dont l'action a été si efficace à l'état domestique n'aient pas agi à l'état de nature. Dans la préservation des individus et des races favorisés dans une lutte pour l'existence qui se manifeste régulièrement par intervalles, nous trouvons le moyen de sélection le plus puissant et le plus constamment à l'œuvre. La lutte pour l'existence est une conséquence inévitable de la multiplication en raison géométrique de tous les êtres organisés. La rapidité de cette progression est prouvée par le calcul et par la multiplication rapide de beaucoup de plantes et d'animaux pendant une série de saisons particulièrement favorables, et de leur introduction dans un nouveau pays. Il naît plus d'individus qu'il n'en peut survivre. Un atome dans la balance peut décider des individus qui doivent vivre et de ceux qui doivent mourir, ou déterminer quelles espèces ou quelles variétés augmentent ou diminuent en nombre, ou s'éteignent totalement. Comme les individus d'une même espèce entrent sous tous les rapports en plus étroite concurrence les uns avec les autres, c'est entre eux que la lutte pour l'existence est la plus vive ; elle est presque aussi sérieuse entre les variétés de la même espèce, et ensuite entre les espèces du même genre. La lutte doit, d'autre part, être souvent aussi rigoureuse entre des êtres très éloignés dans l'échelle naturelle. La moindre supériorité que certains individus, à un âge ou pendant une saison quelconque, peuvent avoir sur ceux avec lesquels ils se trouvent en concurrence, ou toute adaptation plus parfaite aux conditions ambiantes, font, dans le cours des temps, pencher la balance en leur faveur.

Chez les animaux à sexes séparés, on observe, dans la plupart des cas, une lutte entre les mâles pour la possession des femelles, à la suite de laquelle les plus vigoureux, et ceux qui ont eu le plus de succès sous le rapport des conditions d'existence, sont aussi ceux qui, en général, laissent le plus de descendants. Le succès doit cependant dépendre souvent de ce que les mâles possèdent des moyens spéciaux d'attaque ou de défense, ou de plus grands charmes ; car tout avantage, même léger, suffit à leur assurer la victoire.

L'étude de la géologie démontre clairement que tous les pays ont subi de grands changements physiques ; nous pouvons donc supposer que les êtres organisés ont dû, à l'état de nature, varier de la même manière qu'ils l'ont fait à l'état domestique. Or, s'il y a eu la moindre variabilité dans la nature, il serait incroyable que la sélection naturelle n'eût pas joué son rôle. On a souvent soutenu, mais il est impossible de prouver cette assertion, que, à l'état de nature, la somme des variations est rigoureusement limitée. Bien qu'agissant seulement sur les caractères extérieurs, et souvent capricieusement, l'homme peut cependant obtenir en peu de temps de grands résultats chez ses productions domestiques, en accumulant de simples différences individuelles ; or, chacun admet que les espèces présentent des différences de cette nature. Tous les naturalistes reconnaissent qu'outre ces différences, il existe des variétés qu'on considère comme assez distinctes pour être l'objet d'une mention spéciale dans les ouvrages systématiques. On n'a jamais pu établir de distinction bien nette entre les différences individuelles et les variétés peu marquées, ou entre les variétés prononcées, les sous-espèces et les espèces. Remarquons à quel point les naturalistes diffèrent quand il s'agit de classer les nombreuses formes représentatives d'Europe et d'Amérique du Nord.

Or, s'il y a dans la nature une variabilité et un puissant agent toujours prêt à agir et sélectionner, comment pourrions-nous douter que des variations, utiles en quoi que ce soit à des êtres vivants, dans leurs relations vitales excessivement complexes, soient préservées, accumulées et héritées ? Si l'homme peut, avec de la patience, trier les variations qui lui sont utiles, pourquoi, dans les conditions complexes et changeantes de l'existence, ne surgirait-il pas de variations avantageuses pour les productions vivantes de la nature, susceptibles d'être conservées par sélection ? Quelle limite pourrait-on fixer à cette cause agissant continuellement pendant des siècles, et scrutant rigoureusement et sans relâche la constitution, la conformation et les habitudes de chaque être vivant, pour favoriser ce qui est bon et rejeter ce qui est mauvais ? Je crois que la puissance de la sélection est illimitée quand il s'agit d'adapter lentement et admirablement chaque forme aux relations les plus complexes de l'existence. Sans aller plus loin, la théorie de la sélection naturelle me paraît probable au suprême degré. J'ai déjà récapitulé de mon mieux les difficultés et les objections qui lui ont été opposées ; passons maintenant aux faits spéciaux et aux arguments qui militent en sa faveur.

Dans l'hypothèse que les espèces ne sont que des variétés bien accusées et permanentes, et que chacune d'elles a d'abord existé sous forme de variété, il est facile de comprendre pourquoi on ne peut tirer aucune ligne de démarcation entre l'espèce qu'on attribue ordinairement à des actes spéciaux de création, et la variété qu'on reconnaît avoir été produite en vertu de lois secondaires. Il est facile de comprendre encore pourquoi, dans une région où un grand nombre d'espèces d'un genre existent et sont actuellement prospères, ces mêmes espèces présentent de nombreuses variétés ; en effet, c'est là où la formation des espèces a été abondante que nous devons, en règle générale, nous attendre à la voir encore en activité : or, tel doit être le cas si les variétés sont des espèces naissantes. De plus, les espèces des grands genres, qui fournissent le plus grand nombre de ces espèces naissantes ou de ces variétés, conservent dans une certaine mesure le caractère de variétés, car elles diffèrent moins les unes des autres que le font les espèces des genres plus petits. Les espèces étroitement alliées des grands genres paraissent aussi avoir une distribution restreinte, et, par leurs affinités, elles se réunissent en petits groupes autour d'autres espèces ; sous ces deux rapports elles ressemblent aux variétés. Ces rapports, fort étranges dans l'hypothèse de la création indépendante de chaque espèce, deviennent compréhensibles si l'on admet que toutes les espèces ont d'abord existé à l'état de variétés.

Comme chaque espèce tend, par suite de la progression géométrique de sa reproduction, à augmenter en nombre d'une manière démesurée et que les descendants modifiés de chaque espèce tendent à se multiplier d'autant plus qu'ils présentent des conformations et des habitudes plus diverses, de façon à pouvoir se saisir d'un plus grand nombre de places différentes dans l'économie de la nature, la sélection naturelle doit tendre constamment à conserver les descendants les plus divergents d'une espèce quelconque. Il en résulte que, dans le cours longtemps continué des modifications, les légères différences qui caractérisent les variétés de la même espèce tendent à s'accroître jusqu'à devenir les différences plus importantes qui caractérisent les espèces d'un même genre. Les variétés nouvelles et perfectionnées doivent remplacer et exterminer inévitablement les variétés plus anciennes, intermédiaires et moins parfaites, et les espèces tendent à devenir ainsi plus distinctes et mieux définies. Les espèces dominantes, qui font partie des groupes principaux de chaque classe, tendent à donner naissance à des formes nouvelles et dominantes, et chaque groupe principal tend toujours ainsi à s'accroître davantage, et, en même temps, à présenter des caractères toujours plus divergents. Mais, comme tous les groupes ne peuvent ainsi réussir à augmenter en nombre, car la terre ne pourrait les contenir, les plus dominants l'emportent sur ceux qui le sont moins. Cette tendance qu'ont les groupes déjà considérables à augmenter toujours et à diverger par leurs caractères, jointe à la conséquence presque inévitable d'extinctions fréquentes, explique l'arrangement de toutes les formes vivantes en groupes subordonnés à d'autres groupes, et tous compris dans un petit nombre de grandes classes, arrangement qui a prévalu dans tous les temps. Ce grand fait du groupement de tous les êtres organisés est absolument inexplicable dans l'hypothèse des créations.

Comme la sélection naturelle n'agit qu'en accumulant des variations légères, successives et favorables, elle ne peut pas produire des modifications considérables ou subites ; elle ne peut agir qu'à pas lents et courts. Cette théorie rend facile à comprendre l'axiome : *Natura non facit saltum*, dont chaque nouvelle conquête de la science démontre chaque jour de plus en plus la vérité. Nous voyons, en un mot, pourquoi la nature est prodigue de variétés, tout en étant avare d'innovations. Or, pourquoi cette loi existerait-elle si chaque espèce avait été indépendamment créée ? C'est ce que personne ne saurait expliquer.

Un grand nombre d'autres faits me paraissent explicables d'après cette théorie. N'est-il pas étrange qu'un oiseau ayant la forme du pic se nourrisse d'insectes terrestres ; qu'une oie, habitant les terres élevées et ne nageant jamais, ou du moins bien rarement, ait des pieds palmés ; qu'un oiseau semblable au merle plonge et se nourrisse d'insectes subaquatiques ; qu'un pétrel ait des habitudes et une conformation convenables pour la vie d'un pingouin ou d'un grèbe, et ainsi de suite dans une foule d'autres cas ? Mais dans l'hypothèse que chaque espèce s'efforce constamment de s'accroître en nombre, pendant que la sélection naturelle est toujours prête à agir pour adapter ses descendants, lentement variables, à toute place qui, dans la nature, est inoccupée ou imparfaitement remplie, ces faits cessent d'être étranges et étaient même à prévoir.

Comme la sélection naturelle agit au moyen de la concurrence, elle n'adapte et ne perfectionne les animaux de chaque pays que relativement aux autres habitants ;

nous ne devons donc nullement nous étonner que les espèces d'une région quelconque, qu'on suppose, d'après la théorie ordinaire, avoir été spécialement créées et adaptées pour cette localité, soient vaincues et remplacées par des produits venant d'autres pays. Nous ne devons pas non plus nous étonner de ce que toutes les combinaisons de la nature ne soient pas à notre point de vue absolument parfaites, l'œil humain, par exemple, et même que quelques-unes soient contraires à nos idées d'adaptation. Nous ne devons pas nous étonner de ce que l'aiguillon de l'abeille cause souvent la mort de l'individu qui l'emploie ; de ce que les mâles, chez cet insecte, soient produits en aussi grand nombre pour accomplir un seul acte, et soient ensuite massacrés par leurs sœurs stériles ; de l'énorme gaspillage du pollen de nos pins ; de la haine instinctive qu'éprouve la reine abeille pour ses filles fécondes ; de ce que l'ichneumon s'établisse dans le corps vivant d'une chenille et se nourrisse à ses dépens, et de tant d'autres cas analogues. Ce qu'il y a réellement de plus étonnant dans la théorie de la sélection naturelle, c'est qu'on n'ait pas observé encore plus de cas du défaut de la perfection absolue.

Les lois complexes et peu connues qui régissent la production des variétés sont, autant que nous en pouvons juger, les mêmes que celles qui ont régi la production des formes dites spécifiques. Dans les deux cas, les conditions physiques paraissent avoir déterminé, dans une mesure dont nous ne pouvons préciser l'importance, des effets définis et directs. Ainsi, lorsque des variétés arrivent dans une nouvelle station, elles revêtent occasionnellement quelques-uns des caractères propres aux espèces qui l'occupent. L'usage et le défaut d'usage paraissent, tant chez les variétés que chez les espèces, avoir produit des effets importants. Il est impossible de ne pas être conduit à cette conclusion quand on considère, par exemple, le canard à ailes courtes (microptère), dont les ailes, incapables de servir au vol, sont à peu près dans le même état que celles du canard domestique ; ou lorsqu'on voit le tucutuco fouisseur (cténomys), qui est occasionnellement aveugle, et certaines taupes qui le sont ordinairement et dont les yeux sont recouverts d'une pellicule ; enfin, lorsque l'on songe aux animaux aveugles qui habitent les cavernes obscures de l'Amérique et de l'Europe. La variation corrélative, c'est-à-dire la loi en vertu de laquelle la modification d'une partie du corps entraîne celle de diverses autres parties, semble aussi avoir joué un rôle important chez les variétés et chez les espèces ; chez les unes et chez les autres aussi des caractères depuis longtemps perdus sont sujets à reparaître. Comment expliquer par la théorie des créations l'apparition occasionnelle de raies sur les épaules et sur les jambes des diverses espèces du genre cheval et de leurs hybrides ? Combien, au contraire, ce fait s'explique simplement, si l'on admet que toutes ces espèces descendent d'un ancêtre zébré, de même que les différentes races du pigeon domestique descendent du biset, au plumage bleu et barré !

Si l'on se place dans l'hypothèse ordinaire de la création indépendante de chaque espèce, pourquoi les caractères spécifiques, c'est-à-dire ceux par lesquels les espèces du même genre diffèrent les unes des autres, seraient-ils plus variables que les caractères génériques qui sont communs à toutes les espèces ? Pourquoi, par exemple, la couleur d'une fleur serait-elle plus sujette à varier chez une espèce d'un genre, dont les autres espèces, qu'on suppose avoir été créées de façon indépendante, ont elles-mêmes des fleurs de différentes couleurs, que si toutes les espèces du genre ont des fleurs de même couleur ? Ce fait s'explique facilement si l'on admet que les espèces ne sont que des variétés bien accusées, dont les caractères sont devenus permanents à un haut degré. En effet, ayant déjà varié par certains caractères depuis l'époque où elles ont divergé de la souche commune, ce qui a produit leur distinction spécifique, ces mêmes caractères seront encore plus sujets à varier que les caractères génériques, qui, depuis une immense période, ont continué à se transmettre sans modifications. Il est impossible d'expliquer, d'après la théorie de la création, pourquoi un point de l'organisation, développé d'une manière inusitée chez une espèce quelconque d'un genre et par conséquent de grande importance pour cette espèce, comme nous pouvons naturellement le penser, est éminemment susceptible de variations. D'après ma théorie, au contraire, ce point est le siège, depuis l'époque où les diverses espèces se sont séparées de leur souche commune, d'une quantité inaccoutumée de variations et de modifications, et il doit, en conséquence, continuer à être généralement variable. Mais une partie peut se développer d'une manière exceptionnelle, comme l'aile de la chauve-souris, sans être plus variable que toute autre conformation, si elle est commune à un grand nombre de formes subordonnées, c'est-à-dire si elle s'est transmise héréditairement pendant une longue période ; car, en pareil cas, elle est devenue constante par suite de l'action prolongée de la sélection naturelle.

Quant aux instincts, quelque merveilleux que soient plusieurs d'entre eux, la théorie de la sélection naturelle des modifications successives, légères, mais avantageuses, les explique aussi facilement qu'elle explique la conformation corporelle. Nous pouvons ainsi comprendre pourquoi la nature procède par degrés pour pourvoir de leurs différents instincts les animaux divers d'une même classe. J'ai essayé de démontrer quelle lumière le principe du perfectionnement graduel jette sur les phénomènes si intéressants que nous présentent les facultés architecturales de l'abeille. Bien que, sans doute, l'habitude joue un rôle dans la modification des instincts, elle n'est pourtant pas indispensable, comme le prouvent les insectes neutres, qui ne laissent pas de descendants pour hériter des effets d'habitudes longuement continuées. Dans l'hypothèse que toutes les espèces d'un même genre descendent d'un même parent dont elles ont hérité un grand nombre de points communs, nous comprenons que les espèces alliées, placées dans des conditions d'existence très différentes, aient cependant à peu près les mêmes instincts ; nous comprenons, par exemple, pourquoi les merles de l'Amérique méridionale tempérée et tropicale tapissent leur nid avec de la boue comme le font nos espèces anglaises. Nous ne devons pas non plus nous étonner, d'après la théorie de la lente acquisition des instincts par la sélection naturelle, que quelques-uns soient imparfaits et sujets à erreur, et que d'autres soient une cause de souffrance pour d'autres animaux.

Si les espèces ne sont que des variétés bien tranchées et permanentes, nous pouvons immédiatement comprendre pourquoi leur postérité hybride obéit aux mêmes lois complexes que les descendants de croisements entre variétés reconnues, relativement à la ressemblance avec leurs parents, à leur absorption mutuelle à la suite de croisements successifs, et sur d'autres points. Cette ressemblance serait bizarre si les espèces étaient le produit d'une création indépendante et que les variétés fussent produites par l'action de causes secondaires.

Si l'on admet que les documents géologiques sont très imparfaits, tous les faits qui en découlent viennent à l'appui de la théorie de la descendance avec modifications. Les espèces nouvelles ont paru sur la scène lentement et à intervalles successifs ; la somme des changements opérés dans des périodes égales est très différente dans les différents groupes. L'extinction des espèces et de groupes d'espèces tout entiers, qui a joué un rôle si considérable dans l'histoire du monde organique, est la conséquence inévitable de la sélection naturelle ; car les formes anciennes doivent être supplantées par des formes nouvelles et perfectionnées. Lorsque la chaîne régulière des générations est rompue, ni les espèces ni les groupes d'espèces perdues ne reparaissent jamais. La diffusion graduelle des formes dominantes et les lentes modifications de leurs descendants font qu'après de longs intervalles de temps les formes vivantes paraissent avoir simultanément changé dans le monde entier. Le fait que les restes fossiles de chaque formation présentent, dans une certaine mesure, des caractères intermédiaires, comparativement aux fossiles enfouis dans les formations inférieures et supérieures, s'explique tout simplement par la situation intermédiaire qu'ils occupent dans la chaîne généalogique. Ce grand fait, que tous les êtres éteints peuvent être groupés dans les mêmes classes que les êtres vivants, est la conséquence naturelle de ce que les uns et les autres descendent de parents communs. Comme les espèces ont généralement divergé en caractères dans le long cours de leur descendance et de leurs modifications, nous pouvons comprendre pourquoi les formes les plus anciennes, c'est-à-dire les ancêtres de chaque groupe, occupent si souvent une position intermédiaire, dans une certaine mesure, entre les groupes actuels. Nous comprenons pourquoi, plus un fossile est ancien, plus souvent il est intermédiaire entre des groupes existants et alliés. On considère les formes nouvelles comme étant, dans leur ensemble, généralement plus élevées dans l'échelle de l'organisation que les formes anciennes ; elles doivent l'être d'ailleurs, car ce sont les formes les plus récentes et les plus perfectionnées qui, dans la lutte pour l'existence, ont dû l'emporter sur les formes plus anciennes et moins parfaites ; leurs organes ont dû aussi se spécialiser davantage pour remplir leurs diverses fonctions. Enfin, la loi remarquable de la longue persistance de formes alliées sur un même continent – des marsupiaux en Australie, des édentés dans l'Amérique méridionale, et autres cas analogues – se comprend facilement, parce que, dans une même région, les formes existantes doivent être étroitement alliées aux formes éteintes par un lien généalogique.

En ce qui concerne la distribution géographique, si l'on admet que, dans le cours immense des temps écoulés, il y a eu de grandes migrations dans les diverses parties du globe, dues à de nombreux changements climatériques et géographiques, ainsi qu'à des moyens nombreux, occasionnels et pour la plupart inconnus de dispersion, la plupart des faits importants de la distribution géographique deviennent intelligibles d'après la théorie de la descendance avec modifications. Nous pouvons comprendre le parallélisme si frappant qui existe entre la distribution des êtres organisés dans l'espace, et leur succession géologique dans le temps ; car, dans les deux cas, les êtres se rattachent les uns aux autres par le lien de la génération ordinaire, et les moyens de modification ont été les mêmes. Nous comprenons toute la signification de ce fait remarquable, qui a frappé tous les voyageurs, c'est-à-dire que, sur un même continent, dans les conditions les plus diverses, malgré la chaleur ou le froid, sur les montagnes ou dans les plaines, dans les déserts ou dans les marais, la plus grande partie des habitants de chaque grande classe ont entre eux des rapports évidents de parenté ; ils descendent, en effet, des mêmes premiers colons, leurs communs ancêtres. En vertu de ce même principe de migration antérieure, combiné dans la plupart des cas avec celui de la modification, et grâce à l'influence de la période glaciaire, on peut expliquer pourquoi l'on rencontre, sur les montagnes les plus éloignées les unes des autres et dans les zones tempérées de l'hémisphère boréal et de l'hémisphère austral, quelques plantes identiques et beaucoup d'autres étroitement alliées ; nous comprenons de même l'alliance étroite de quelques habitants des mers tempérées des deux hémisphères, qui sont cependant séparées par l'océan tropical tout entier. Bien que deux régions présentent des conditions physiques aussi semblables qu'une même espèce puisse les désirer, nous ne devons pas nous étonner de ce que leurs habitants soient totalement différents, s'ils ont été séparés complètement les uns des autres depuis une très longue période ; le rapport d'organisme à organisme est, en effet, le plus important de tous les rapports, et comme les deux régions ont dû recevoir des colons venant du dehors, ou provenant de l'une ou de l'autre, à différentes époques et en proportions différentes, la marche des modifications dans les deux régions a dû inévitablement être différente.

Dans l'hypothèse de migrations suivies de modifications subséquentes, il devient facile de comprendre pourquoi les îles océaniques ne sont peuplées que par un nombre restreint d'espèces, et pourquoi la plupart de ces espèces sont particulières ; pourquoi on ne trouve pas dans ces îles des espèces appartenant aux groupes d'animaux qui ne peuvent pas traverser de larges bras de mer, tels que les grenouilles et les mammifères terrestres ; pourquoi, d'autre part, on rencontre dans des îles très éloignées de tout continent des espèces particulières et nouvelles de chauves-souris, animaux qui peuvent traverser l'Océan. Des faits tels que ceux de l'existence de chauves-souris toutes spéciales dans les îles océaniques, à l'exclusion de tous autres animaux terrestres, sont absolument inexplicables d'après la théorie des créations indépendantes.

L'existence d'espèces alliées ou représentatives dans deux régions quelconques implique, d'après la théorie de la descendance avec modifications, que les mêmes formes parentes ont autrefois habité les deux régions ; nous trouvons presque invariablement en effet que, lorsque deux régions séparées sont habitées par beaucoup d'espèces étroitement alliées, quelques espèces identiques sont encore communes aux deux. Partout où l'on rencontre beaucoup d'espèces étroitement alliées, mais distinctes, on trouve aussi des formes douteuses et des variétés appartenant aux mêmes groupes. En règle générale, les habitants de chaque région ont des liens étroits de parenté avec ceux occupant la région qui paraît avoir été la source la plus rapprochée d'où les colons ont pu partir. Nous en trouvons la preuve dans les rapports frappants qu'on remarque entre presque tous les animaux et presque toutes les plantes de l'archipel des Galápagos, de Juan Fernández et des autres îles américaines et les formes peuplant le continent américain voisin. Les mêmes relations existent entre les habitants de l'archipel du Cap-Vert et des îles voisines et ceux du continent africain ; or, il faut reconnaître que, d'après la théorie de la création, ces rapports demeurent inexplicables.

Nous avons vu que la théorie de la sélection naturelle avec modifications, entraînant les extinctions et la divergence des caractères, explique pourquoi tous les êtres organisés passés et présents peuvent se ranger dans un grand système naturel, en groupes subordonnés à d'autres groupes, dans lesquels les groupes éteints s'intercalent souvent entre les groupes récents. Ces mêmes principes nous montrent aussi pourquoi les affinités mutuelles des formes sont, dans chaque classe, si complexes et si indirectes ; pourquoi certains caractères sont plus utiles que d'autres pour la classification ; pourquoi, les caractères d'adaptation n'ont presque aucune importance dans ce but, bien qu'indispensables à l'individu ; pourquoi les caractères dérivés de parties rudimentaires, sans utilité pour l'organisme, peuvent souvent avoir une très grande valeur au point de vue de la classification ; pourquoi, enfin, les caractères embryologiques sont ceux qui, sous ce rapport, ont fréquemment le plus de valeur. Les véritables affinités des êtres organisés, au contraire de leurs ressemblances d'adaptation, sont le résultat héréditaire de la communauté de descendance. Le système naturel est un arrangement généalogique, où il nous faut découvrir les degrés de différence à l'aide des caractères permanents, quels qu'ils puissent être, et si insignifiante que soit leur importance vitale.

La disposition semblable des os dans la main humaine, dans l'aile de la chauve-souris, dans la nageoire du marsouin et dans la jambe du cheval ; le même nombre de vertèbres dans le cou de la girafe et dans celui de l'éléphant ; tous ces faits et un nombre infini d'autres semblables s'expliquent facilement par la théorie de la descendance avec modifications successives, lentes et légères. La similitude de type entre l'aile et la jambe de la chauve-souris, quoique destinées à des usages si différents ; entre les mâchoires et les pattes du crabe ; entre les pétales, les étamines et les pistils d'une fleur, s'explique également dans une grande mesure par la théorie de la modification graduelle de parties ou d'organes qui, chez l'ancêtre reculé de chacune de ces classes, étaient primitivement semblables. Nous voyons clairement, d'après le principe que les variations successives ne surviennent pas toujours à un âge précoce et ne sont héréditaires qu'à l'âge correspondant, pourquoi les embryons de mammifères, d'oiseaux, de reptiles et de poissons sont si semblables entre eux et si différents des formes adultes. Nous pouvons cesser de nous émerveiller de ce que les embryons d'un mammifère à respiration aérienne, ou d'un oiseau, aient des fentes branchiales et des artères en lacet, comme chez le poisson, qui doit, à l'aide de branchies bien développées, respirer l'air dissous dans l'eau.

Le défaut d'usage, aidé quelquefois par la sélection naturelle, a dû souvent contribuer à réduire des organes devenus inutiles à la suite de changements dans les conditions d'existence ou dans les habitudes ; d'après cela, il est aisé de comprendre la signification des organes rudimentaires. Mais le défaut d'usage et la sélection n'agissent ordinairement sur l'individu que lorsqu'il est adulte et appelé à prendre une part directe et complète à la lutte pour l'existence, et n'ont, au contraire, que peu d'action sur un organe dans les premiers temps de la vie ; en conséquence, un organe inutile ne paraîtra que peu réduit et à peine rudimentaire pendant le premier âge. Le veau a, par exemple, hérité d'un ancêtre primitif ayant des dents bien développées, des dents qui ne percent jamais la gencive de la mâchoire supérieure. Or, nous pouvons admettre que les dents ont disparu chez l'animal adulte par suite du défaut d'usage, la sélection naturelle ayant admirablement adapté la langue, le palais et les lèvres à brouter sans leur aide, tandis que, chez le jeune veau, les dents n'ont pas été affectées, et, en vertu du principe de l'hérédité à l'âge correspondant, se sont transmises depuis une époque éloignée jusqu'à nos jours. Au point de vue de la création indépendante de chaque être organisé et de chaque organe spécial, comment expliquer l'existence de tous ces organes portant l'empreinte la plus évidente de la plus complète inutilité, telles, par exemple, les dents chez le veau à l'état embryonnaire, ou les ailes plissées que recouvrent, chez un grand nombre de coléoptères, des élytres soudées ? On peut dire que la nature s'est efforcée de nous révéler, par les organes rudimentaires, ainsi que par les conformations embryologiques et homologues, son plan de modifications, que nous nous refusons obstinément à comprendre.

Je viens de récapituler les faits et les considérations qui m'ont profondément convaincu que, pendant une longue suite de générations, les espèces se sont modifiées. On peut se demander pourquoi, jusque tout récemment, les naturalistes et les géologues les plus éminents ont toujours repoussé l'idée de la mutabilité des espèces. On ne peut pas affirmer que les êtres organisés à l'état de nature ne sont soumis à aucune variation ; on ne peut pas prouver que la somme des variations réalisées dans le cours des temps soit une quantité limitée ; on n'a pas pu et l'on ne peut établir de distinction bien nette entre les espèces et les variétés bien tranchées. On ne peut pas affirmer que les espèces entrecroisées soient invariablement stériles, et les variétés invariablement fécondes ; ni que la stérilité soit une qualité spéciale et un signe de création. La croyance à l'immutabilité des espèces était presque inévitable tant qu'on n'attribuait à l'histoire du globe qu'une durée fort courte, et maintenant que nous avons acquis quelques notions du laps de temps écoulé, nous sommes trop prompts à admettre, sans aucunes preuves, que les documents géologiques sont assez complets pour nous fournir la démonstration évidente de la mutation des espèces si cette mutation a réellement eu lieu.

Mais la cause principale de notre répugnance naturelle à admettre qu'une espèce ait donné naissance à une autre espèce distincte tient à ce que nous sommes toujours peu disposés à admettre tout grand changement dont nous ne voyons pas les degrés intermédiaires. La difficulté est la même que celle que tant de géologues ont éprouvée lorsque Lyell a démontré le premier que les longues lignes d'escarpements intérieurs, ainsi que l'excavation des grandes vallées, sont le résultat de l'action des vagues côtières. L'esprit ne peut concevoir toute la signification de ce terme : *un million d'années* ; il ne saurait davantage ni additionner ni percevoir les effets complets de beaucoup de variations légères, accumulées pendant un nombre presque infini de générations.

Bien que je sois profondément convaincu de la vérité des opinions que j'ai brièvement exposées dans le présent volume, je ne m'attends point à convaincre certains naturalistes, fort expérimentés sans doute, mais qui, depuis longtemps, se sont habitués à envisager une multitude de faits sous un point de vue directement opposé au mien. Il est si facile de cacher notre ignorance sous des expressions telles que *plan de création*, *unité de dessein*, etc. ; et de penser que nous expliquons quand nous ne faisons que répéter un même fait. Celui qui a quelque disposition naturelle à attacher plus d'importance à quelques difficultés non résolues qu'à l'explication d'un certain nombre de faits rejettera certainement ma théorie. Quelques naturalistes doués d'une intelligence ouverte et déjà disposée à mettre en doute l'immutabilité de espèces peuvent être influencés par le contenu de ce volume, mais j'en appelle surtout avec confiance à l'avenir, aux jeunes naturalistes, qui pourront étudier impartialement les deux côtés de la question. Quiconque est amené à admettre la mutabilité des espèces rendra de véritables services en exprimant consciencieusement sa conviction, car c'est seulement ainsi que l'on pourra débarrasser la question de tous les préjugés qui l'étouffent.

Plusieurs naturalistes éminents ont récemment exprimé l'opinion qu'il y a, dans chaque genre, une multitude d'espèces, considérées comme telles, qui ne sont cependant pas de vraies espèces ; tandis qu'il en est d'autres qui sont réelles, c'est-à-dire qui ont été créées d'une manière indépendante. C'est là, il me semble, une singulière conclusion. Après avoir reconnu une foule de formes, qu'ils considéraient tout récemment encore comme des créations spéciales, qui sont encore considérées comme telles par la grande majorité des naturalistes, et qui conséquemment ont tous les caractères extérieurs de véritables espèces, ils admettent que ces formes sont le produit d'une série de variations et ils refusent d'étendre cette manière de voir à d'autres formes un peu différentes. Ils ne prétendent cependant pas pouvoir définir, ou même conjecturer, quelles sont les formes qui ont été créées et quelles sont celles qui sont le produit de lois secondaires. Ils admettent la variabilité comme *vera causa* dans un cas, et ils la rejettent arbitrairement dans un autre, sans établir aucune distinction fixe entre les deux. Le jour viendra où l'on pourra signaler ces faits comme un curieux exemple de l'aveuglement résultant d'une opinion préconçue. Ces savants ne semblent pas plus s'étonner d'un acte miraculeux de création que d'une naissance ordinaire. Mais croient-ils réellement qu'à d'innombrables époques de l'histoire de la terre certains atomes élémentaires ont reçu l'ordre de se constituer soudain en tissus vivants ? Admettent-ils qu'à chaque acte supposé de création il se soit produit un individu ou plusieurs ? Les espèces infiniment nombreuses de plantes et d'animaux ont-elles été créées à l'état de graines, d'ovules ou de parfait développement ? Et, dans le cas des mammifères, ont-elles, lors de leur création porté les marques mensongères de la nutrition intrautérine ? Bien que ces naturalistes exigent, à juste titre une explication complète de toutes les difficultés de la part de ceux qui croient à la mutabilité des espèces, de leur propre côté ils ignorent totalement le sujet de l'apparition première des espèces, en observant ce qu'ils considèrent comme un silence révérencieux.

Jusqu'où, pourra-t-on me demander, poussez-vous votre doctrine de la modification des espèces ? C'est là une question à laquelle il est difficile de répondre, parce que plus les formes que nous considérons sont distinctes plus les arguments en faveur de la communauté de descendance diminuent et perdent de leur force. Quelques arguments toutefois ont un très grand poids et une haute portée. Tous les membres de classes entières sont reliés les uns aux autres par une chaîne d'affinités, et peuvent tous, d'après un même principe, être classés en groupes subordonnés à d'autres groupes. Les restes fossiles tendent parfois à remplir d'immenses lacunes entre les ordres existants. Les organes à l'état rudimentaire témoignent clairement qu'ils ont existé à un état développé chez un ancêtre primitif ; fait qui, dans quelques cas, implique des modifications considérables chez ses descendants. Dans des classes entières, des conformations très variées sont construites sur un même plan, et les embryons très jeunes se ressemblent de très près. Je ne puis donc douter que la théorie de la descendance avec modifications ne doive comprendre tous les membres d'une même grande classe ou d'un même règne. Je crois que tous les animaux descendent de quatre ou cinq formes primitives tout au plus, et toutes les plantes d'un nombre égal ou même moindre.

L'analogie me conduirait à faire un pas de plus, et je serais disposé à croire que tous les animaux et toutes les plantes descendent d'un prototype unique ; mais l'analogie peut être un guide trompeur. Toutefois, toutes les formes de la vie ont beaucoup de caractères communs : la composition chimique, la structure cellulaire, les lois de croissance. Cette susceptibilité se remarque jusque dans les faits les plus insignifiants ; ainsi un même poison affecte souvent de la même manière les plantes et les animaux ; le poison sécrété par la mouche à galle détermine sur l'églantier ou sur le chêne des excroissances monstrueuses. L'analogie me pousse donc à penser que tous les êtres organisés qui ont vécu sur la terre descendent probablement d'une même forme primordiale dans laquelle la vie a été insufflée à l'origine. Lorsque les opinions exposées dans ce volume sur l'origine des espèces, ou bien des vues analogues, seront généralement admises, nous pouvons prévoir qu'il s'accomplira dans l'histoire naturelle une révolution importante. Les systématistes pourront continuer leurs travaux comme aujourd'hui ; mais ils ne seront plus constamment obsédés de doutes quant à la valeur spécifique de telle ou telle forme, circonstance qui, j'en parle par expérience, ne constituera pas un mince soulagement. Les disputes éternelles sur la spécificité d'une cinquantaine de ronces britanniques cesseront. Les systématistes n'auront plus qu'à décider, ce qui d'ailleurs ne sera pas toujours facile, si une forme quelconque est assez constante et assez distincte des autres formes pour qu'on puisse la bien définir, et, dans ce cas, si ces différences sont assez importantes pour mériter un nom d'espèce. Ce dernier point deviendra bien plus important à considérer qu'il l'est maintenant, car des différences, quelque légères qu'elles soient, entre deux formes quelconques que ne relie aucun degré intermédiaire, sont actuellement considérées par les naturalistes comme suffisantes pour justifier leur distinction spécifique.

Nous serons, plus tard, obligés de reconnaître que la seule distinction à établir entre les espèces et les variétés bien tranchées consiste seulement en ce que l'on sait ou que l'on suppose que ces dernières sont actuellement reliées les unes aux autres par des gradations intermédiaires, tandis que les espèces ont dû l'être autrefois. En conséquence, sans négliger de prendre en considération l'existence présente de degrés intermédiaires entre deux formes quelconques, nous serons conduits à peser avec plus de soin l'étendue réelle des différences qui les séparent, et à leur attribuer une plus grande valeur. Il est fort possible que des formes, aujourd'hui reconnues comme de simples variétés, soient plus tard jugées dignes d'un nom spécifique, comme le coucou et la primevère ; dans ce cas, le langage scientifique et le langage ordinaire se trouveront d'accord. Bref, nous aurons à traiter l'espèce de la même manière que les naturalistes traitent actuellement les genres, c'est-à-dire comme de simples combinaisons artificielles, inventées pour une plus grande commodité. Cette perspective n'est peut-être pas consolante, mais nous serons au moins débarrassés des vaines recherches auxquelles donne lieu l'explication absolue, encore non trouvée et introuvable, du terme *espèce*.

Les autres branches plus générales de l'histoire naturelle n'en acquerront que plus d'intérêt. Les termes affinité, parenté, communauté, type, paternité, morphologie, caractères d'adaptation, organes rudimentaires et atrophiés, etc., qu'emploient les naturalistes, cesseront d'être des métaphores et prendront un sens absolu. Lorsque nous ne regarderons plus un être organisé de la même façon qu'un sauvage contemple un vaisseau, c'est-à-dire comme quelque chose qui dépasse complètement notre intelligence ; lorsque nous verrons dans toute production un organisme dont l'histoire est fort ancienne ; lorsque nous considérerons chaque conformation et chaque instinct compliqués comme le résumé d'une foule de combinaisons toutes avantageuses à leur possesseur, de la même façon que toute grande invention mécanique est la résultante du travail, de l'expérience, de la raison, et même des erreurs d'un grand nombre d'ouvriers ; lorsque nous envisagerons l'être organisé à ce point de vue, combien, et j'en parle par expérience, l'étude de l'histoire naturelle ne gagnera-t-elle pas en intérêt !

Un champ de recherches immense et à peine foulé sera ouvert sur les causes et les lois des variations, sur la corrélation, sur les effets de l'usage et du défaut d'usage, sur l'action directe des conditions extérieures, et ainsi de suite. L'étude des produits domestiques prendra une immense importance. La formation d'une nouvelle variété par l'homme sera un sujet d'études plus important et plus intéressant que l'addition d'une espèce de plus à la liste infinie de toutes celles déjà enregistrées. Nos classifications en viendront, autant que la chose sera possible, à être des généalogies ; elles indiqueront alors ce qu'on peut appeler le vrai plan de la création. Les règles de la classification se simplifieront, sans doute, lorsque nous nous proposerons un but défini. Nous ne possédons ni généalogies ni armoiries, et nous avons à découvrir et à retracer les nombreuses lignes divergentes de descendances dans nos généalogies naturelles, à l'aide des caractères de toute nature qui ont été conservés et transmis par une longue hérédité. Les organes rudimentaires témoigneront d'une manière infaillible quant à la nature de conformations depuis longtemps perdues. Les espèces ou groupes d'espèces dites *aberrantes*, qu'on pourrait plaisamment appeler des *fossiles vivants*, nous aideront à reconstituer l'image des anciennes formes de la vie. L'embryologie nous révélera souvent la conformation, obscurcie dans une certaine mesure, des prototypes de chacune des grandes classes.

Lorsque nous serons certains que tous les individus de la même espèce et toutes les espèces étroitement alliées d'un même genre sont, dans les limites d'une époque

relativement récente, descendus d'un commun ancêtre et
ont émigré d'un berceau unique, lorsque nous connaî-
trons mieux aussi les divers moyens de migration, nous
pourrons alors, à l'aide des lumières que la géologie nous
fournit actuellement et qu'elle continuera à nous fournir
sur les changements survenus autrefois dans les climats
et dans le niveau des terres, arriver à retracer admirablement les migrations antérieures du monde entier. Déjà
maintenant, nous pouvons obtenir quelques notions sur
l'ancienne géographie, en comparant les différences des
habitants de la mer qui occupent les côtes opposées d'un
continent et la nature des diverses populations de ce
continent, relativement à leurs moyens apparents d'immigration.

La noble science de la géologie laisse à désirer par suite
de l'extrême pauvreté de ses archives. La croûte terrestre
avec ses restes enfouis, ne doit pas être considérée comme
un musée bien rempli, mais comme une maigre collection
faite au hasard et à de rares intervalles. On reconnaîtra
que l'accumulation de chaque grande formation fossilifère a dû dépendre d'un concours exceptionnel de conditions favorables, et que les lacunes qui correspondent aux
intervalles écoulés entre les dépôts des étages successifs
ont eu une durée énorme. Mais nous pourrons évaluer
leur durée avec quelque certitude en comparant les
formes organiques qui ont précédé ces lacunes et celles
qui les ont suivies. Il faut être très prudent quand il s'agit
d'établir une corrélation de stricte contemporanéité
d'après la seule succession générale des formes de la vie
entre deux formations qui ne renferment pas un grand
nombre d'espèces identiques. Comme la production et
l'extinction des espèces sont la conséquence de causes
toujours existantes et agissant lentement, et non pas
d'actes miraculeux de création ou de catastrophes
comme la plus importante des causes des changements
organiques est presque indépendante de toute modification, même subite, dans les conditions physiques, ca

cette cause n'est autre que les rapports mutuels d'organisme à organisme, le perfectionnement de l'un entraînant le perfectionnement ou l'extermination des autres, il en résulte que la somme des modifications organiques appréciables chez les fossiles de formations consécutives peut probablement servir de mesure relative, mais non absolue, du laps de temps écoulé entre le dépôt de chacune d'elles. Toutefois, comme un certain nombre d'espèces réunies en masse pourraient se perpétuer sans changement pendant de longues périodes, tandis que, pendant le même temps, plusieurs de ces espèces venant à émigrer vers de nouvelles régions ont pu se modifier par suite de leur concurrence avec d'autres formes étrangères, nous ne devons pas reposer une confiance trop absolue dans les changements organiques comme mesure du temps écoulé. À chaque période de l'histoire de la terre, alors que les formes de vie étaient probablement moins nombreuses et plus simples, la vitesse du changement était probablement moindre ; et à l'aube de la vie, lorsque existaient très peu de formes, aux structures très simples, la vitesse du changement devait être extrêmement réduite. Toute l'histoire du monde qui nous est connue, bien que d'une durée presque incommensurable pour nous, n'apparaîtra que comme un simple fragment de temps, comparée aux âges qui se sont écoulés depuis que fut créée la première créature, ancêtre de descendants innombrables vivants et éteints.

J'entrevois dans un avenir éloigné des routes ouvertes à des recherches encore bien plus importantes. La psychologie sera solidement établie sur une nouvelle base, c'est-à-dire sur l'acquisition nécessairement graduelle de toutes les facultés et de toutes les aptitudes mentales, ce qui jettera une vive lumière sur l'origine de l'homme et sur son histoire.

Certains auteurs éminents semblent pleinement satisfaits de l'hypothèse que chaque espèce a été créée d'une manière indépendante. À mon avis, il me semble que ce que nous savons des lois imposées à la matière par le Créateur s'accorde mieux avec l'hypothèse que la production et l'extinction des habitants passés et présents du globe sont le résultat de causes secondaires, telles que celles qui déterminent la naissance et la mort de l'individu. Lorsque je considère tous les êtres, non plus comme des créations spéciales, mais comme les descendants en ligne directe de quelques êtres qui ont vécu longtemps avant que les premières couches du système silurien aient été déposées, ils me paraissent anoblis. À en juger d'après le passé, nous pouvons en conclure avec certitude que pas une des espèces actuellement vivantes ne transmettra sa ressemblance intacte à une époque future bien éloignée, et qu'un petit nombre d'entre elles auront seules des descendants dans les âges futurs, car le mode de groupement de tous les êtres organisés nous prouve que, dans chaque genre, le plus grand nombre des espèces, et que toutes les espèces dans beaucoup de genres, n'ont laissé aucun descendant, mais se sont totalement éteintes. Nous pouvons même jeter dans l'avenir un coup d'œil prophétique et prédire que ce sont les espèces les plus communes et les plus répandues, appartenant aux groupes les plus considérables de chaque classe, qui prévaudront ultérieurement et qui procréeront des espèces nouvelles et prépondérantes. Comme toutes les formes actuelles de la vie descendent en ligne directe de celles qui vivaient longtemps avant l'époque silurienne, nous pouvons être certains que la succession régulière des générations n'a jamais été interrompue, et qu'aucun cataclysme n'a bouleversé le monde entier. Nous pouvons donc compter avec quelque confiance sur un avenir d'une incalculable longueur. Or, comme la sélection naturelle n'agit que pour le bien de chaque individu, toutes les qualités corporelles et intellectuelles doivent tendre à progresser vers la perfection.

Il est intéressant de contempler un rivage luxuriant, tapissé de nombreuses plantes appartenant à de nombreuses espèces abritant des oiseaux qui chantent dans les buissons, des insectes variés qui voltigent çà et là, des vers qui rampent dans la terre humide, si l'on songe que ces formes si admirablement construites, si différemment conformées, et dépendantes les unes des autres d'une manière si complexe, ont toutes été produites par des lois qui agissent autour de nous. Ces lois, prises dans leur sens le plus large, sont : la loi de croissance et de reproduction ; la loi d'hérédité qu'implique presque la loi de reproduction ; la loi de variabilité, résultant de l'action directe et indirecte des conditions d'existence, de l'usage et du défaut d'usage ; la loi de la multiplication des espèces en raison assez élevée pour amener la lutte pour l'existence, qui a pour conséquence la sélection naturelle, laquelle détermine la divergence des caractères, et l'extinction des formes moins perfectionnées. Le résultat direct de cette guerre de la nature, qui se traduit par la famine et par la mort, est donc le fait le plus admirable que nous puissions concevoir, à savoir : la production des animaux supérieurs. N'y a-t-il pas une véritable grandeur dans cette manière d'envisager la vie, avec ses puissances diverses insufflées primitivement dans un petit nombre de formes, ou même à une seule ? Or, tandis que notre planète, obéissant à la loi fixe de la gravitation, continue à tourner dans son orbite, une quantité infinie de belles et admirables formes, sorties d'un commencement si simple, n'ont pas cessé de se développer et se développent encore !

GLOSSAIRE [1]

DES PRINCIPAUX TERMES SCIENTIFIQUES EMPLOYÉS
DANS LE PRÉSENT VOLUME

ABERRANT. – Se dit des formes ou groupes d'animaux ou de
plantes qui s'écartent par des caractères importants de leurs
alliés les plus rapprochés, de manière à ne pas être aisément
compris dans le même groupe.

ABERRATION (en optique). – Dans la réfraction de la lumière
par une lentille convexe, les rayons passant à travers les différentes parties de la lentille convergent vers des foyers à des
distances légèrement différentes : c'est ce qu'on appelle *aberration sphérique* ; d'autre part, les rayons colorés sont séparés
par l'action prismatique de la lentille et convergent également
vers des foyers à des distances différentes : c'est l'*aberration
chromatique*.

AIRE. – L'étendue de pays sur lequel une plante ou un animal
s'étend naturellement. – *Par rapport au temps*, ce mot
exprime la distribution d'une espèce ou d'un groupe parmi
les couches fossilifères de l'écorce de la terre.

ALBINISME, ALBINOS. – Les albinos sont des animaux chez lesquels les matières colorantes, habituellement caractéristiques
de l'espèce, n'ont pas été produites dans la peau et ses appendices. – ALBINISME, état d'albinos.

---

1. Ce glossaire ne figurait pas dans l'édition de 1859 ; nous l'avons
maintenu en raison de son utilité. Il a été rédigé par M. W.S. Dallas
sur la demande de M. Ch. Darwin. L'explication des termes y est donnée sous une forme aussi simple et aussi claire que possible.

ALGUES. – Une classe de plantes comprenant les plantes marines ordinaires et les plantes filamenteuses d'eau douce.

ALTERNANTE (GÉNÉRATION). – Voir GÉNÉRATION.

AMMONITES. – Un groupe de coquilles fossiles, spirales et à chambres, ressemblant au genre *Nautilus*, mais les séparations entre les chambres sont ondulées en spirales combinées à leur jonction avec la paroi extérieure de la coquille.

ANALOGIE. – La ressemblance de structures qui provient de fonctions semblables, comme, par exemple, les ailes des insectes et des oiseaux. On dit que de telles structures sont *analogues* les unes aux autres.

ANIMALCULE. – Petit animal : terme généralement appliqué à ceux qui ne sont visibles qu'au microscope.

ANNÉLIDES. – Une classe de vers chez lesquels la surface du corps présente une division plus ou moins distincte en anneaux ou segments généralement pourvus d'appendices pour la locomotion ainsi que de branchies. Cette classe comprend les vers marins ordinaires, les vers de terre et les sangsues.

ANORMAL. – Contraire à la règle générale.

ANTENNES. – Organes articulés placés à la tête chez les insectes, les crustacés et les centipèdes, n'appartenant pourtant pas à la bouche.

ANTHÈRES. – Sommités des étamines des fleurs qui produisent le pollen ou la poussière fertilisante.

APLACENTAIRES (APLACENTALIA, APLACENTATA). – Mammifères aplacentaires. – Voir MAMMIFÈRES.

APOPHYSES. – Éminences naturelles des os qui se projettent généralement pour servir d'attaches aux muscles, aux ligaments, etc.

ARCHÉTYPE. – Forme idéale primitive d'après laquelle tous les êtres d'un groupe semblent être organisés.

ARTICULÉS. – Une grande division du règne animal, caractérisée généralement en ce qu'elle a la surface du corps divisée en anneaux appelés *segments*, dont un nombre plus ou moins grand est pourvu de pattes composées, tels que les insectes, les crustacés et les centipèdes.

Asymétrique. – Ayant les deux côtés dissemblables.

Atrophie. – Arrêt dans le développement survenu dans le premier âge.

Avorté. – On dit qu'un organe est avorté quand de bonne heure il a subi un arrêt dans son développement.

Balanes (*Bernacles*). – Cirripèdes sessiles à test composé de plusieurs pièces, qui vivent en abondance sur les rochers du bord de la mer.

Bassin (*Pelvis*). – L'arc osseux auquel sont articulés les membres postérieurs des animaux vertébrés.

Batraciens. – Une classe d'animaux parents des reptiles, mais subissant une métamorphose particulière et chez lesquels le jeune animal est généralement aquatique et respire par des branchies. (*Exemples* : les grenouilles, les crapauds et les salamandres.)

Blocs erratiques. – Énormes blocs de pierre transportés, généralement encaissés dans de la terre argileuse ou du gravier.

Brachiopode. – Une classe de mollusques marins ou animaux à corps mou pourvus d'une coquille bivalve attachée à des matières sous-marines par une tige qui passe par une ouverture dans l'une des valvules. Ils sont pourvus de bras à franges par l'action desquelles la nourriture est portée à la bouche.

Branchiales. – Appartenant aux branchies.

Branchies. – Organes pour respirer dans l'eau.

Cambrien (Système). – Une série de roches paléozoïques entre le laurentien et le silurien, et qui, tout récemment, étaient encore considérées comme les plus anciennes roches fossilifères.

Canidés. – La famille des chiens, comprenant le chien, le loup, le renard, le chacal, etc.

Carapace. – La coquille enveloppant généralement la partie antérieure du corps chez les crustacés. Ce terme est aussi appliqué aux parties dures et aux coquilles des cirripèdes.

CARBONIFÈRE. – Ce terme est appliqué à la grande formation qui comprend, parmi d'autres roches, celles à charbon. Cette formation appartient au plus ancien système, ou système paléozoïque.

CAUDAL. – De la queue ou appartenant à la queue.

CÉLOSPERME. – Terme appliqué aux fruits des ombellifères, qui ont la semence creuse à la face interne.

CÉPHALOPODES. – La classe la plus élevée des mollusques ou animaux à corps mou, caractérisée par une bouche entourée d'un nombre plus ou moins grand de bras charnus ou tentacules qui, chez la plupart des espèces vivantes, sont pourvus de suçoirs. (*Exemples* : la seiche, le nautile.)

CÉTACÉ. – Un ordre de mammifères comprenant les baleines, les dauphins, etc., ayant la forme de poissons, la peau nue et dont seulement les membres antérieurs sont développés.

CHAMPIGNONS (*Fungi*). – Une classe de plantes cryptogames cellulaires.

CHÉLONIENS. – Un ordre de reptiles comprenant les tortues de mer, les tortues de terre, etc.

CIRRIPÈDES. – Un ordre de crustacés comprenant les bernacles, les anatifes, etc. Les jeunes ressemblent à ceux de beaucoup d'autres crustacés par la forme, mais, arrivés à l'âge mûr, ils sont toujours attachés à d'autres substances, soit directement, soit au moyen d'une tige. Ils sont enfermés dans une coquille calcaire composée de plusieurs parties, dont deux peuvent s'ouvrir pour donner issue à un faisceau de tentacules entortillés et articulés qui représentent les membres.

COCCUS. – Genre d'insectes comprenant la *cochenille*, chez lequel le mâle est une petite mouche ailée et la femelle généralement une masse inapte à tout mouvement, affectant la forme d'une graine.

COCON. – Une enveloppe en général soyeuse dans laquelle les insectes sont fréquemment renfermés pendant la seconde période, ou la période de repos de leur existence. L'expression « période de cocon » est employée comme équivalent de « période de chrysalide ».

COLÉOPTÈRES. – Ordre d'insectes, ayant des organes buccaux masticateurs et la première paire d'ailes (élytres) plus ou moins cornée, formant une gaine pour la seconde paire, et divisée généralement en droite ligne au milieu du dos.

COLONNE. – Un organe particulier chez les fleurs de la famille des orchidées dans lequel les étamines, le style et le stigmate (ou organes reproducteurs) sont réunis.

COMPOSÉES ou PLANTES ÇOMPOSÉES. – Des plantes chez lesquelles l'inflorescence consiste en petites fleurs nombreuses (fleurons) réunies en une tête épaisse, dont la base est renfermée dans une enveloppe commune. (*Exemples* : la marguerite, le pissenlit, etc.)

CONFERVES. – Les plantes filamenteuses d'eau douce.

CONGLOMÉRAT. – Une roche faite de fragments de rochers ou de cailloux cimentés par d'autres matériaux.

COROLLE. – La seconde enveloppe d'une fleur, généralement composée d'organes colorés semblables à ces feuilles (pétales) qui peuvent être unies entièrement, ou seulement à leurs extrémités, ou à la base.

CORRÉLATION. – La coïncidence normale d'un phénomène, des caractères, etc., avec d'autres phénomènes ou d'autres caractères.

CORYMBE. – Mode d'inflorescence multiple, par lequel les fleurs qui partent de la partie inférieure de la tige sont soutenues sur des pédoncules plus longs, de manière à être de niveau avec les fleurs supérieures.

COTYLÉDONS. – Les premières feuilles, ou feuilles à semence des plantes.

CRUSTACÉS. – Une classe d'animaux articulés ayant la peau du corps généralement plus ou moins durcie par un dépôt de matière calcaire, et qui respirent au moyen de branchies. (*Exemples* : le crabe, le homard, la crevette.)

CURCULION. – L'ancien terme générique pour les coléoptères connus sous le nom de *charançons*, caractérisés par leurs tarses à quatre articles, et par une tête qui se termine en une espèce de bec, sur les côtés duquel sont fixées les antennes.

CUTANÉ. – De la peau ou appartenant à la peau.

CYCLES. – Les cercles ou lignes spirales dans lesquels les parties des plantes sont disposées sur l'axe de croissance.

DÉGRADATION. – Détérioration du sol par l'action de la mer ou par des influences atmosphériques.

DENTELURES. – Dents disposées comme celles d'une scie.

DÉNUDATION. – L'usure par lavage de la surface de la terre par l'eau.

DÉVONIEN (SYSTÈME), ou formation dévonienne. – Série de roches paléozoïques comprenant le vieux grès rouge.

DICOTYLÉDONÉES ou PLANTES DICOTYLÉDONES. – Une classe de plantes caractérisées par deux feuilles à semences (cotylédons), et par la formation d'un nouveau bois entre l'écorce et l'ancien bois (croissance exogène), ainsi que par l'organisation rétiforme des nervures des feuilles. Les fleurs sont généralement divisées en multiples de cinq.

DIFFÉRENCIATION. – Séparation ou distinction des parties ou des organes qui se trouvent plus ou moins unis dans les formes élémentaires vivantes.

DIMORPHES. – Ayant deux formes distinctes. Le dimorphisme est l'existence de la même espèce sous deux formes distinctes.

DIOÏQUE. – Ayant les organes des sexes sur des individus distincts.

DIORITE. – Une forme particulière de pierre verte (*Greenstone*).

DORSAL. – Du dos ou appartenant au dos.

ÉCHASSIERS (*Grallatores*). – Oiseaux généralement pourvus de longs becs, privés de plumes au-dessus du tarse, et sans membranes entre les doigts des pieds. (*Exemples* : les cigognes, les grues, les bécasses, etc.)

ÉDENTÉS. – Ordre particulier de quadrupèdes caractérisés par l'absence au moins des incisives médianes (de devant) dans les deux mâchoires. (*Exemples* : les paresseux et les tatous.)

ÉLYTRES. – Les ailes antérieures durcies des coléoptères, qui recouvrent et protègent les ailes membraneuses postérieures servant seules au vol.

EMBRYOLOGIE. – Étude du développement de l'embryon.

Embryon. – Le jeune animal en développement dans l'œuf ou dans le sein de la mère.

Endémique. – Ce qui est particulier à une localité donnée.

Entomostracés. – Une division de la classe des crustacés, ayant généralement tous les segments du corps distincts, munie de branchies aux pattes ou aux organes de la bouche, et les pattes garnies de poils fins. Ils sont généralement de petite grosseur.

Éocène. – La première couche des trois divisions de l'époque tertiaire. Les roches de cet âge contiennent en petite proportion des coquilles identiques à des espèces actuellement existantes.

Éphémères (Insectes). – Insectes ne vivant qu'un jour ou très peu de temps.

Étamines. – Les organes mâles des plantes en fleur, formant un cercle dans les pétales. Ils se composent généralement d'un filament et d'une anthère : l'anthère étant la partie essentielle dans laquelle est formé le pollen ou la poussière fécondante.

Faune. – La totalité des animaux habitant naturellement une certaine contrée ou région, ou qui y ont vécu pendant une période géologique quelconque.

Félins ou Félidés. – Mammifères de la famille des chats.

Féral (plur. Féraux). – Animaux ou plantes qui de l'état de culture ou de domesticité ont repassé à l'état sauvage.

Fleurons. – Fleurs imparfaitement développées sous quelques rapports et rassemblées en épis épais ou tête épaisse, comme dans les graminées, le pissenlit, etc.

Fleurs polyandriques. – Voir Polyandriques.

Flore. – La totalité des plantes croissant naturellement dans un pays, ou pendant une période géologique quelconque.

Fœtal. – Du fœtus ou appartenant au fœtus (embryon) en cours de développement.

Foraminifères. – Une classe d'animaux ayant une organisation très inférieure, et généralement très petits ; ils ont un corps mou, semblable à de la gélatine ; des filaments délicats, fixés à la surface, s'allongent et se retirent pour saisir les objets extérieurs ; ils habitent une coquille calcaire généralement divisée en chambres et perforée de petites ouvertures.

FORMATIONS SÉDIMENTAIRES. – Voir SÉDIMENTAIRES.

FOSSILIFÈRES. – Contenant des fossiles.

FOSSOYEURS. – Insectes ayant la faculté de creuser. Les hyménoptères fossoyeurs sont un groupe d'insectes semblables aux guêpes, qui creusent dans le sol sablonneux des nids pour leurs petits.

FOURCHETTE ou FURCULA. – L'os fourchu formé par l'union des clavicules chez beaucoup d'oiseaux, comme, par exemple, chez la poule commune.

FRENUM (plur. FRENA). – Une petite bande ou pli de la peau.

GALLINACÉS. – Ordre d'oiseaux qui comprend entre autres la poule commune, le dindon, le faisan, etc.

GALLUS. – Le genre d'oiseaux qui comprend la poule commune.

GANGLION. – Une grosseur ou un nœud d'où partent les nerfs comme d'un centre.

GANOÏDES. – Poissons couverts d'écailles osseuses et émaillées d'une manière toute particulière, dont la plupart ne se trouvent plus qu'à l'état fossile.

GÉNÉRATION ALTERNANTE. – On applique ce terme à un mode particulier de reproduction, qu'on rencontre chez un grand nombre d'animaux inférieurs ; l'œuf est produit par une forme vivante tout à fait différente de la forme parente, laquelle est reproduite à son tour par un procédé de bourgeonnement ou par la division des substances du premier produit de l'œuf.

GERMINATIVE (VÉSICULE). – Voir VÉSICULE.

GLACIAIRE (PÉRIODE). – Voir PÉRIODE.

GLANDE. – Organe qui sécrète ou filtre quelque produit particulier du sang ou de la sève des animaux ou des plantes.

GLOTTE. – L'entrée de la trachée-artère dans l'œsophage ou le gosier.

GNEISS. – Roches qui se rapprochent du granit par leur composition, mais plus ou moins lamellées, provenant de l'altération d'un dépôt sédimentaire après sa consolidation.

GRANIT. – Roche consistant essentiellement en cristaux de feldspath et de mica, réunis dans une masse de quartz.

HABITAT. – Le lieu dans lequel un animal ou une plante vit naturellement.

HÉMIPTÈRES. – Un ordre ou sous-ordre d'insectes, caractérisés par la possession d'un bec à articulations ou rostre ; ils ont les ailes de devant cornées à la base et membraneuse à l'extrémité où se croisent les ailes. Ce groupe comprend les différentes espèces de punaises.

HERMAPHRODITE. – Possédant les organes des deux sexes.

HOMOLOGIE. – La relation entre les parties qui résulte de leur développement embryonique correspondant, soit chez des êtres différents, comme dans le cas du bras de l'homme, la jambe de devant du quadrupède et l'aile d'un oiseau ; ou dans le même individu, comme dans le cas des jambes de devant et de derrière chez les quadrupèdes, et les segments ou anneaux et leurs appendices dont se compose le corps d'un ver ou d'un centipède. Cette dernière homologie est appelée *homologie sériale*. Les parties qui sont en telle relation l'une avec l'autre sont dites *homologues*, et une telle partie ou un tel organe est appelé(e) l'homologue de l'autre. Chez différentes plantes, les parties de la fleur sont homologues, et, en général, ces parties sont regardées comme homologues avec les feuilles.

HOMOPTÈRES. – Sous-ordre des hémiptères, chez lesquels les ailes de devant sont entièrement membraneuses ou ressemblent entièrement à du cuir. Les cigales, les pucerons en sont des exemples connus.

HYBRIDE. – Le produit de l'union de deux espèces distinctes.

HYMÉNOPTÈRES. – Ordre d'insectes possédant des mandibules mordantes et généralement quatre ailes membraneuses dans lesquelles il y a quelques nervures. Les abeilles et les guêpes sont des exemples familiers de ce groupe.

HYPERTROPHIÉ. – Excessivement développé.

ICHNEUMONIDES. – Famille d'insectes hyménoptères qui pondent leurs œufs dans le corps ou les œufs des autres insectes.

IMAGE ou IMAGO. – L'état reproductif parfait (généralement à ailes) d'un insecte.

INDIGÈNES. – Les premiers êtres animaux ou végétaux aborigènes d'un pays ou d'une région.

INFLORESCENCE. – Le mode d'arrangement des fleurs des plantes.

INFUSOIRES. – Classe d'animalcules microscopiques appelés ainsi parce qu'ils ont été observés à l'origine dans des infusions de matières végétales. Ils consistent en une matière gélatineuse renfermée dans une membrane délicate, dont la totalité ou une partie est pourvue de poils courts et vibrants appelés *cils*, au moyen desquels ces animalcules nagent dans l'eau ou transportent les particules menues de leur nourriture à l'orifice de la bouche.

INSECTIVORES. – Se nourrissant d'insectes.

INVERTÉBRÉS ou ANIMAUX INVERTÉBRÉS. – Les animaux qui ne possèdent pas d'épine dorsale ou de colonne vertébrale.

LACUNES. – Espaces laissés parmi les tissus chez quelques-uns des animaux inférieurs, et servant de voies pour la circulation des fluides du corps.

LAMELLÉ. – Pourvu de lames ou de petites plaques.

LARVES. – La première phase de la vie d'un insecte au sortir de l'œuf, quand il est généralement sous la forme de ver ou de chenille.

LARYNX. – La partie supérieure de la trachée-artère qui s'ouvre dans le gosier.

LAURENTIEN. – Système de roches très anciennes et très altérées, très développé le long du cours du Saint-Laurent, d'où il tire son nom. C'est dans ces roches qu'on a trouvé les traces des corps organiques les plus anciens.

LÉGUMINEUSES. – Ordre de plantes, représenté par les pois communs et les fèves, ayant une fleur irrégulière, chez lesquelles un pétale se relève comme une aile, et les étamines et le pistil sont renfermés dans un fourreau formé par deux autres pétales. Le fruit est en forme de gousse (légume).

LÉMURIDES. – Un groupe d'animaux à quatre mains, distinct des singes et se rapprochant des quadrupèdes insectivores par certains caractères et par leurs habitudes. Les Lémurides ont les narines recourbées ou tordues, et une griffe au lieu d'ongle sur l'index des mains de derrière.

LÉPIDOPTÈRES. – Ordre d'insectes caractérisés par la possession d'une trompe en spirale et de quatre grosses ailes plus ou moins écailleuses. Cet ordre comprend les papillons.

LITTORAL. – Habitant le rivage de la mer.

LOESS (*Lehm*). – Dépôt marneux de formation récente (post-tertiaire) qui occupe une grande partie de la vallée du Rhin.

MALACOSTRACÉS. – L'ordre supérieur des crustacés, comprenant les crabes ordinaires, les homards, les crevettes, etc., ainsi que les cloportes et les salicoques.

MAMMIFÈRES. – La première classe des animaux, comprenant les quadrupèdes velus ordinaires, les baleines, et l'homme, caractérisée par la production de jeunes vivants, nourris après leur naissance par le lait des mamelles (glandes mammaires) de la mère. Une différence frappante dans le développement embryonnaire a conduit à la division de cette classe en deux grands groupes : dans l'un, quand l'embryon a atteint une certaine période, une connexion vasculaire, appelée *placenta*, se forme entre l'embryon et la mère ; dans l'autre groupe cette connexion manque, et les jeunes naissent dans un état très incomplet. Les premiers, comprenant la plus grande partie de la classe, sont appelés *Mammifères placentaires* ; les derniers, *Mammifères aplacentaires*, comprennent les marsupiaux et les monotrèmes (*Ornithorynques*).

MANDIBULES, chez les insectes. – La première paire, ou paire supérieure de mâchoires, qui sont généralement des organes solides, cornés et mordants. Chez les oiseaux ce terme est appliqué aux deux mâchoires avec leurs enveloppes cornées. Chez les quadrupèdes les mandibules sont représentées par la mâchoire inférieure.

MARSUPIAUX. – Un ordre de mammifères chez lesquels les petits naissent dans un état très incomplet de développement et sont portés par la mère, pendant l'allaitement, dans une poche ventrale (*marsupium*), tels que chez les kangourous, les sarigues, etc. – Voir MAMMIFÈRES.

MAXILLAIRES, chez les insectes. – La seconde paire ou paire inférieure de mâchoires, qui sont composées de plusieurs articulations et pourvues d'appendices particuliers, appelés *palpes* ou *antennes*.

MÉLANISME. – L'opposé de l'albinisme, développement anormal de matière colorante foncée dans la peau et ses appendices.

MOELLE ÉPINIÈRE. – La portion centrale du système nerveux chez les vertébrés, qui descend du cerveau à travers les arcs des vertèbres et distribue presque tous les nerfs aux divers organes du corps.

MOLLUSQUES. – Une des grandes divisions du règne animal, comprenant les animaux à corps mou, généralement pourvus d'une coquille, et chez lesquels les ganglions ou centres nerveux ne présentent pas d'arrangement général défini. Ils sont généralement connus sous la dénomination de moules et de coquillages ; la seiche, les escargots et les colimaçons communs, les coquilles, les huîtres, les moules et les peignes en sont des exemples.

MONOCOTYLÉDONÉES ou PLANTES MONOCOTYLÉDONES. – Plantes chez lesquelles la semence ne produit qu'une seule feuille à semence (ou cotylédon), caractérisées par l'absence des couches consécutives de bois dans la tige (croissance endogène). On les reconnaît par les nervures des feuilles qui sont généralement droites et par la composition des fleurs qui sont généralement des multiples de trois. (*Exemples* : les graminées, les lis, les orchidées, les palmiers, etc.)

MORAINES. – Les accumulations des fragments de rochers entraînés dans les vallées par les glaciers.

MORPHOLOGIE. – La loi de la forme ou de la structure indépendante de la fonction.

MYSIS (FORME). – Période du développement de certains crustacés (langoustes) durant laquelle ils ressemblent beaucoup aux adultes d'un genre (mysis) appartenant à un groupe un peu inférieur.

NAISSANT. – Commençant à se développer.

NATATOIRES. – Adaptés pour la natation.

NAUPLIUS (FORME NAUPLIUS). – La première période dans le développement de beaucoup de crustacés, appartenant surtout aux groupes inférieurs. Pendant cette période l'animal a le corps court, avec des indications confuses d'une division en segments, et est pourvu de trois paires de membres à franges. Cette forme du *cyclope commun* d'eau douce avait été décrite comme un genre distinct sous le nom de *Nauplius*.

NERVATION. – L'arrangement des veines ou nervures dans les ailes des insectes.

NEUTRES. – Femelles de certains insectes imparfaitement développées et vivant en société (tels que les fourmis et les abeilles). Les neutres font tous les travaux de la communauté, d'où ils sont aussi appelés *Travailleurs*.

NICTITANTE (MEMBRANE). – Membrane semi-transparente, qui peut recouvrir l'œil chez les oiseaux et les reptiles, pour modérer les effets d'une forte lumière ou pour chasser des particules de poussière, etc., de la surface de l'œil.

OCELLES (STEMMATES). – Les yeux simples des insectes, généralement situés sur le sommet de la tête entre les grands yeux composés à facettes.

ŒSOPHAGE. – Le gosier.

OMBELLIFÈRES. – Un ordre de plantes chez lesquelles les fleurs, qui contiennent cinq étamines et un pistil avec deux styles, sont soutenues par des supports qui sortent du sommet de la tige florale et s'étendent comme les baleines d'un parapluie, de manière à amener toutes les fleurs à la même hauteur (ombelle), presque au même niveau. (*Exemples* : le persil et la carotte.)

ONGULÉS. – Quadrupèdes à sabot.

OOLITHIQUES. – Grande série de roches secondaires appelées ainsi à cause du tissu de quelques-unes d'entre elles ; elles semblent composées d'une masse de petits corps calcaires semblables à des œufs.

OPERCULE. – Plaque calcaire qui sert à beaucoup de mollusques pour fermer l'ouverture de leur coquille. Les *valvules operculaires* des cirripèdes sont celles qui ferment l'ouverture de la coquille.

ORBITE. – La cavité osseuse dans laquelle se place l'œil.

ORGANISME. – Un être organisé, soit plante, soit animal.

ORTHOSPERME. – Terme appliqué aux fruits des ombellifères qui ont la semence droite.

OSCULANT. – Se dit des formes ou des groupes apparemment intermédiaires entre d'autres groupes et les reliant.

OVA. – Œufs.

OVARIUM ou OVAIRE (chez les plantes). – La partie inférieure du pistil ou de l'organe femelle de la plante, contenant les ovules ou jeunes semences ; par la croissance et après que les autres organes de la fleur sont tombés, l'ovaire se transforme généralement en fruit.

OVIGÈRE. – Portant l'œuf.

OVULES (des plantes). – Les semences dans leur première évolution.

PACHYDERMES. – Un groupe de mammifères, ainsi appelés à cause de leur peau épaisse, comprenant l'éléphant, le rhinocéros, l'hippopotame, etc.

PALÉOZOÏQUE. – Le plus ancien système de roches fossilifères.

PALPES. – Appendices à articulations à quelques organes de la bouche chez les insectes et les crustacés.

PAPILIONACÉES. – Ordre de plantes (voir LÉGUMINEUSES). Les fleurs de ces plantes sont appelées papilionacées, ou semblables à des papillons, à cause de la ressemblance imaginaire des pétales supérieurs développés avec les ailes d'un papillon.

PARASITE. – Animal ou plante vivant sur, dans, ou aux dépens d'un autre organisme.

PARTHÉNOGENÈSE. – La production d'organismes vivants par des œufs ou par des semences non fécondés.

PÉDONCULÉ. – Supporté sur une tige ou support. Le chêne pédonculé a ses glands supportés sur une tige.

PÉLORIE, ou PÉLORISME. – Apparence de régularité de structure chez les fleurs ou les plantes qui portent normalement des fleurs irrégulières.

PÉRIODE GLACIAIRE. – Période de grand froid et d'extension énorme des glaciers à la surface de la terre. On croit que des périodes glaciaires sont survenues successivement pendant l'histoire géologique de la terre ; mais ce terme est généralement appliqué à la fin de l'époque tertiaire, lorsque presque toute l'Europe était soumise à un climat arctique.

PÉTALES. – Les feuilles de la corolle ou second cercle d'organes dans une fleur. Ils sont généralement d'un tissu délicat et brillamment colorés.

PHYLLODINEUX. – Ayant des branches aplaties, semblables à des feuilles ou tiges à feuilles au lieu de feuilles véritables.

PIGMENT. – La matière colorante produite généralement dans les parties superficielles des animaux. Les cellules qui la sécrètent sont appelées cellules *pigmentaires*.

PINNÉ ou PENNÉ. – Portant des petites feuilles de chaque côté d'une tige centrale.

PISTILS. – Les organes femelles d'une fleur qui occupent le centre des autres organes floraux. Le pistil peut généralement être divisé en ovaire ou germe, en style et en stigmate.

PLANTIGRADES. – Quadrupèdes qui marchent sur toute la plante du pied, tels que les ours.

PLASTIQUE. – Facilement susceptible de changement.

PLEISTOCÈNE (PÉRIODE). – La dernière période de l'époque tertiaire.

PLUMULE (chez les plantes). – Le petit bouton entre les feuilles à semences des plantes nouvellement germées.

PLUTONIENNES (ROCHES). – Roches supposées produites par l'action du feu dans les profondeurs de la terre.

POLLEN. – L'élément mâle chez les plantes qui fleurissent ; généralement une poussière fine produite par les anthères qui effectue, par le contact avec le stigmate, la fécondation des semences. Cette fécondation est amenée par le moyen de tubes (*tubes à pollen*) qui sortent de graines à pollen adhérant au stigmate et pénètrent à travers les tissus jusqu'à l'ovaire.

POLYANDRIQUES (FLEURS). – Fleurs ayant beaucoup d'étamines.

POLYGAMES (PLANTES). – Plantes chez lesquelles quelques fleurs ont un seul sexe et d'autres sont hermaphrodites. Les fleurs à un seul sexe (mâles et femelles) peuvent se trouver sur la même plante ou sur différentes plantes.

POLYMORPHIQUE. – Présentant beaucoup de formes.

POLYZOAIRES. – La structure commune formée par les cellules des polypes, tels que les coraux.

PRÉHENSILE. – Capable de saisir.

PRÉPOTENT. – Ayant une supériorité de force ou de puissance.

PRIMAIRES. – Les plumes formant le bout de l'aile d'un oiseau et insérées sur la partie qui représente la main de l'homme.

PROPOLIS. – Matière résineuse recueillie par les abeilles sur les boutons entrouverts de différents arbres.

PROTÉEN. – Excessivement variable.

PROTOZOAIRES. – La division inférieure du règne animal. Ces animaux sont composés d'une matière gélatineuse et ont à peine des traces d'organes distincts. Les infusoires, les foraminifères et les éponges, avec quelques autres espèces, appartiennent à cette division.

PUPE. – La seconde période du développement d'un insecte après laquelle il apparaît sous une forme reproductive parfaite (ailée). Chez la plupart des insectes, la période pupale se passe dans un repos parfait. La chrysalide est l'état pupal des papillons.

RADICULE. – Petite racine d'une plante à l'état d'embryon.

RÉTINE. – La membrane interne délicate de l'œil, formée de filaments nerveux provenant du nerf optique et servant à la perception des impressions produites par la lumière.

RÉTROGRESSION. – Développement rétrograde. Quand un animal, en approchant de la maturité, devient moins parfait qu'on aurait pu s'y attendre d'après les premières phases de son existence et sa parenté connue, on dit qu'il subit alors un *développement* ou une métamorphose *rétrograde*.

RHIZOPODES. – Classe d'animaux inférieurement organisés (protozoaires) ayant le corps gélatineux, dont la surface peut proéminer en forme d'appendices semblables à des racines ou à des filaments, qui servent à la locomotion et à la préhension de la nourriture. L'ordre le plus important est celui des foraminifères.

ROCHES MÉTAMORPHIQUES. – Roches sédimentaires qui ont subi une altération généralement par l'action de la chaleur, après leur dépôt et leur consolidation.

ROCHES PLUTONIENNES. – Voir PLUTONIENNES.

RONGEURS. – Mammifères rongeurs, tels que les rats, les lapins et les écureuils. Ils sont surtout caractérisés par la possession d'une seule paire de dents incisives en forme de ciseau dans chaque mâchoire, entre lesquelles et les dents molaires il existe une lacune très prononcée.

RUBUS. – Le genre des Ronces.

RUDIMENTAIRE. – Très imparfaitement développé.

RUMINANTS. – Groupe de quadrupèdes qui ruminent ou remâchent leur nourriture, tels que les bœufs, les moutons et les cerfs. Ils ont le sabot fendu, et sont privés des dents de devant à la mâchoire supérieure.

SACRAL. – Appartenant à l'os sacrum, os composé habituellement de deux ou plusieurs vertèbres auxquelles, chez les animaux vertébrés, sont attachés les côtés du bassin.

SARCODE. – La matière gélatineuse dont sont composés les corps des animaux inférieurs (protozoaires).

SCUTELLES. – Les plaques cornées dont les pattes des oiseaux sont généralement plus ou moins couvertes, surtout dans la partie antérieure.

SÉDIMENTAIRES (FORMATIONS). – Roches déposées comme sédiment par l'eau.

SEGMENTS. – Les anneaux transversaux qui forment le corps d'un animal articulé ou annélide.

SÉPALE. – Les feuilles ou segments du calice, ou enveloppe extérieure d'une fleur ordinaire. Ces feuilles sont généralement vertes, mais quelquefois aussi brillamment colorées.

SESSILES. – Qui n'est pas porté par une tige ou un support.

SILURIEN (SYSTÈME). – Très ancien système de roches fossilifères appartenant à la première partie de la série paléozoïque.

SOUS-CUTANÉ. – Situé sous la peau.

SPÉCIALISATION. – L'usage particulier d'un organe pour l'accomplissement d'une fonction déterminée.

STERNUM. – Os de la poitrine.

STIGMATE. – La portion terminale du pistil chez les plantes en fleur.

STIPULES. – Petits organes foliacés, placés à la base des tiges des feuilles chez beaucoup de plantes.

STYLE. – La partie du milieu du pistil parfait qui s'élève de l'ovaire comme une colonne et porte le stigmate à son sommet.

SUCTORIAL. – Adapté pour l'action de sucer.

SUTURE (dans le crâne). – Les lignes de jonction des os dont le crâne est composé.

TARSE. – Les derniers articles des pattes d'animaux articulés, tels que les insectes.

TÉLÉOSTÉENS (POISSONS). – Poissons ayant le squelette généralement complètement ossifié et les écailles cornées, comme les espèces les plus communes d'aujourd'hui.

TENTACULES. – Organes charnus délicats de préhension ou du toucher possédés par beaucoup d'animaux inférieurs.

TERTIAIRE. – La dernière époque géologique, précédant immédiatement la période actuelle.

TRACHÉE. – La trachée-artère ou passage pour l'entrée de l'air dans les poumons.

TRAVAILLEURS. – Voir NEUTRES.

TRIDACTYLE. – À trois doigts, ou composé de trois parties mobiles attachées à une base commune.

TRILOBITES. – Groupe particulier de crustacés éteints, ressemblant quelque peu à un cloporte par la forme extérieure, et, comme quelques-uns d'entre eux, capable de se rouler en boule. Leurs restes ne se trouvent que dans les roches paléozoïques, et plus abondamment dans celles de l'âge silurien.

TRIMORPHES. – Présentant trois formes distinctes.

UNICELLULAIRE. – Consistant en une seule cellule.

VASCULAIRE. – Contenant des vaisseaux sanguins.

VERMIFORME. – Pareil à un ver.

VERTÉBRÉS ou ANIMAUX VERTÉBRÉS. – La classe la plus élevée du règne animal, ainsi appelée à cause de la présence, dans la plupart des cas, d'une épine dorsale composée de nombreuses articulations ou vertèbres, qui constitue le centre du squelette et qui, en même temps, soutient et protège les parties centrales du système nerveux.

VÉSICULE GERMINATIVE. – Une petite vésicule de l'œuf des animaux dont procède le développement de l'embryon.

ZOÉ (FORME). – La première période du développement de beaucoup de crustacés de l'ordre supérieur, ainsi appelés du nom de *Zoéa*, appliqué autrefois à ces jeunes animaux, qu'on supposait constituer un genre particulier.

ZOOÏDES. – Chez beaucoup d'animaux inférieurs (tels que les coraux, les méduses, etc.) la reproduction se fait de deux manières, c'est-à-dire au moyen d'œufs et par un procédé de bourgeons avec ou sans la séparation du parent de son produit, qui est très souvent différent de l'œuf. L'individualité de l'espèce est représentée par la totalité des formes produites entre deux reproductions sexuelles, et ces formes, qui sont apparemment des animaux individuels, ont été appelées *Zooïdes*.

INDEX

BIBLIOGRAPHIE SÉLECTIVE

Mise à jour en 2008 par Daniel Becquemont
et Jean-Marc Drouin

La littérature concernant Darwin – la « Darwin industry »
comme disent les Anglo-Saxons – est surabondante. Les références ci-dessous ne visent qu'à donner quelques pistes.

ŒUVRES DE DARWIN

Sources [1]

Voyage d'un naturaliste autour du monde [manuscrit de 1839-
1845], trad. E. Barbier, Paris, Reinwald, 1875. Réédition
Paris, La Découverte, 2003.
Esquisse au crayon de ma théorie des espèces [premier manuscrit
de 1842], trad. J.-M. Benayoun, M. Prum et P. Tort, introduction de P. Tort, Genève, Slatkine, 2007.
Ébauche de L'Origine des espèces [premier manuscrit entièrement rédigé, 1844], trad. Ch. Lameere revue par D. Becquemont, introduction de D. Becquemont, Villeneuve-d'Ascq,
Presses universitaires de Lille, 1993.
*L'Origine des espèces au moyen de la sélection naturelle ou la
Lutte pour l'existence dans la nature*, trad. E. Barbier d'après
la 6ᵉ éd. anglaise, Paris, Reinwald, 1876. Réédition avec une
préface de C. Guillaumin, Paris, Maspéro, 1980.

---

1. Parmi les plus facilement accessibles. Pour les autres, voir la
rubrique suivante.

De la variation des animaux et des plantes sous l'action de la domestication, trad. E. Barbier [1868], Boston, Adamant Media Corporation, « Elibron Classics », 2001.

La Descendance de l'homme et la sélection sexuelle, trad. E. Barbier d'après la 2ᵉ éd. anglaise, préface de C. Vogt, Paris, Reinwald, 1891. Réédition avec une préface de P. Thuillier, Bruxelles, Complexe, 1981. Nouvelle traduction par M. Prum, sous le titre *La Filiation de l'homme et la Sélection liée au sexe*, préface de P. Tort, Paris, Syllepse, 1999.

Darwin : 1809-1882, autobiographie d'un naturaliste à l'époque victorienne, traduction du texte original restitué et présenté avec annexes et notes par la petite-fille de Charles Darwin, Nora Barlow, traduit et préfacé par J.-M. Goux. Paris, Belin, 1985. Nouvelle édition complétée, Paris, Seuil, 2008.

L'Expression des émotions chez l'homme et les animaux, Paris, Reinwald, 1890. Réédition, Bruxelles, Complexe, 1981. Autre édition (réduite aux cinq premiers chapitres), Paris, Rivages, 2001.

La Formation de la terre végétale par l'action des vers de terre, avec des réflexions sur leurs habitudes, trad. A. Berra, introduction de P. Tort, Paris, Syllepse, 2001.

On the Origin of Species, a facsimile of the first edition, introduction de E. Mayr, Cambridge, Harvard University Press, 1964.

On the Origin of Species, introduction de J.W. Burlow, Harmondsworth, Penguin, 1968. [Reprise en livre de poche de l'édition de 1859.]

On the Origin of Species, introduction de L. Harrison Matthews. London, Dent, 1979. [Reprise en livre de poche de la 6ᵉ édition.]

Des outils de travail plus précis

On the Origin of Species : a Variorum Text, éd. M. Peckham, Philadelphia, University of Pennsylvania Press, 1959. [De la 1ʳᵉ édition à la 6ᵉ avec toutes les variantes.]

Charles Darwin's Natural Selection. Being the Second Part of his Big Species Book Written from 1856 to 1858, Cambridge, Cambridge University Press, 1975. [Début du manuscrit que Darwin abandonna pour écrire *L'Origine des espèces*.]

Charles Darwin's Notebooks, 1836-1844, éd. P.H. Barrett *et al.*, London, British Museum/Cambridge University Press, 1987.

The Works of Charles Darwin, éd. P.H. Barrett et R.B. Freeman, London, Pickering, 1989, 29 vol. [Édition complète des œuvres publiées par Darwin.]

A Calendar of the Correspondence of Charles Darwin, 1821-1882, éd. F. Burkhardt et S. Smith, New York, Garland, 1985. [Inventaire des lettres dans l'ordre chronologique.]

The Correspondence of Charles Darwin, éd. F. Burkhardt et S. Smith, Cambridge, Cambridge University Press, 1985. [Travail monumental en cours de publication, 16 volumes actuellement.]

Life and Letters of Charles Darwin, éd. F. Darwin, London, Murray, 1887, 3 vol. Réimpression, New York, Johnson Reprint, 1989. [Un choix de lettres de Charles Darwin publié par son fils Francis. Il existe une traduction française en 2 volumes : Paris, Reinwald, 1888.]

[La plupart des œuvres de Darwin sont consultables en anglais sur Internet : http ://darwin-online.org.uk]

Bibliographie

FREEMAN R. B., *The Works of Charles Darwin, an Annotated Bibliographical Handlist*, Dawson, Archon Books, 2005 (1re éd. 1977).

BIOGRAPHIES DE DARWIN

BOWLBY J., *Charles Darwin, une nouvelle biographie*, trad. P.-E. Dauzat, Paris, PUF, 1995. [Par un célèbre psychanalyste britannique.]

BOWLER P.J., *Charles Darwin : the Man and his Influence*, Cambridge, Cambridge University Press, 1990 ; traduit sous le titre *Darwin* par D. Becquemont et F. Grembert, Paris, Flammarion, 1999. [Court, précis, simple, envisage tous les aspects de la théorie darwinienne. Une bonne introduction.]

BROWNE J., *Charles Darwin*, London, Jonathan Cape, 1995, 2 vol. [Ces deux volumes sont rapidement devenus la biographie de référence, complète, fouillée, ne négligeant aucun aspect, sans être pour cela difficile à lire.]

DESMOND A. et MOORE J., *Darwin*, London, Michael Joseph, 1991. [Une volumineuse et spectaculaire biographie, abondamment illustrée. Interprétation sociologisante et politique de Darwin.]

LENAY Ch., *Darwin*, Paris, Les Belles Lettres, 1999.

MILLER J. et VAN LOON B., *Darwin for Beginners*, Oxford, Writers and Readers Publishing, University Press, 1982. [Cette bande dessinée éducative est de bonne qualité, et n'est pas à négliger.]

OUVRAGES GÉNÉRAUX ET ARTICLES DE SYNTHÈSE

BECQUEMONT D., *Darwin, darwinisme, évolutionnisme*, Paris, Kimé, 1992. [De l'histoire des sciences à l'histoire culturelle.]

BOUANCHAUD D.-H., *Charles Darwin et le transformisme*, Paris, Payot, 1976. [Fiable mais limité : utile pour une première approche.]

BOWLER P.J., *The Eclipse of Darwinism : Anti-Darwinian Theories in the Decades around 1900*, Baltimore, Johns Hopkins University Press, 1983. [Les théories évolutionnistes non darwiniennes, orthogenèse, lamarckisme, mutationnisme, les réactions antidarwiniennes non directement liées à des convictions religieuses.]

BOWLER P.J., *Evolution, the History of an Idea*, Berkeley, California University Press, 1984. [L'histoire du concept d'évolution élargi à l'ensemble des théories évolutionnistes. S'attache à resituer Darwin par rapport à l'histoire naturelle et à la biogéographie.]

BOWLER P.J., *The Non-Darwinian Revolution Reinterpreting a Historical Myth*, Baltimore, Johns Hopkins University Press, 1988. [Insiste sur l'importance des théories évolutionnistes non darwiniennes dans la seconde moitié du XIXe siècle.]

BOWLER P.J., *Life's Splendid Drama : Evolutionary Biology and the Reconstruction of Life's Ancestry, 1860-1940*, Chicago, University of Chicago Press, 1996. [Se situe au cœur des débats scientifiques de l'époque et décrit les conflits portant sur la construction d'une généalogie évolutionniste des êtres vivants.]

CONRY Y., *L'Introduction du darwinisme en France au XIXe siècle*, Paris, Vrin, 1975. [Une approche conceptuelle des interactions entre cultures nationales.]

CONRY Y. (éd.), *De Darwin au darwinisme, science et idéologie*, actes du congrès international pour le centenaire de la mort de Darwin (Chantilly, 13-16 septembre 1982), Paris, Vrin, 1983.

DROUIN J.-M., « De Linné à Darwin : les voyageurs naturalistes », in *Éléments d'histoire des sciences*, M. Serres (dir.), Paris, Bordas, 1989, p. 320-335.

DROUIN J.-M. et LENAY Ch. (éds), *Théories de l'évolution. Une anthologie*, Paris, Presses Pocket, 1990. [L'histoire des théories de l'évolution de Lamarck à François Jacob à travers treize articles ou extraits d'ouvrages, certains classiques, d'autres peu connus. Contient en particulier les textes de Wallace et de Darwin lus en juillet 1858 à la Société linnéenne.]

GAYON J., *Darwin et l'après-Darwin : une histoire de l'hypothèse de sélection naturelle*, Paris, Kimé, 1992.

GHISELIN M., *The Triumph of the Darwinian Method*, New York, Dover Publications, 2003 (1re éd. 1969).

HODGE M.J.S., « The universal gestation of nature », *Journal of the History of Biology*, 5, 1972, p. 127-151.

HODGE J. et RADICK G. (éds), *The Cambridge Companion to Darwin*, Cambridge, Cambridge University Press, 2003.

LAURENT G., *Paléontologie et évolution en France de 1800 à 1860 : une histoire des idées de Cuvier et Lamarck à Darwin*, Paris, CTHS, 1987.

LECOURT D. (éd.), *Dictionnaire d'histoire et de philosophie des sciences*, Paris, PUF, 1999. [Pour situer Darwin dans l'ensemble des connaissances scientifiques.]

LIMOGES C., *La Sélection naturelle. Étude sur la première constitution d'un concept (1837-1859)*, Paris, PUF, 1970.

Magazine littéraire, « Darwin, les nouveaux enjeux de l'évolution », n° 374, mars 1999.

NOËL E. (éd.), *Le Darwinisme aujourd'hui*, Paris, Seuil, 1979. [Série d'entretiens sur France Culture.]

OSPOVAT D., *The Development of Darwin's Theory : Natural History, Natural Theology, and Natural Selection, 1838-1859*, Cambridge, Cambridge University Press, 1981. [Une analyse serrée, dense et complexe des premières réflexions de Darwin sur l'évolution fondée sur sa correspondance et les carnets de notes.]

RICHARDS R.J., *Darwin and the Emergence of Evolutionary Theories of Mind and Behaviour*, Chicago, University of Chicago Press, 1987. [Sur l'histoire de la psychologie évolutionniste.]

RICHARDS R.J., *The Meaning of Evolution : the Morphological Construction and Ideological Reconstruction of Darwin's Theory*, Chicago et London, 1992. [L'histoire des mots et du concept d'évolution, et analyse du concept de récapitulation.]

ROSTAND J., *Charles Darwin*, Paris, Gallimard, 1975 (1e éd. 1947). [Un peu hagiographique, mais agréable à lire. Contient d'utiles références.]

RUSE M., *Monad to Man, the Concept of Progress in Evolutionary Biology*, Cambridge, Harvard University Press, 1993.

RUSE M., *The Darwinian Revolution*, Chicago, University of Chicago Press, 1999.

RUSE M., *Biology and the Foundation of Ethics*, Cambridge, Cambridge University Press, 1999.

RUSE M., *Darwin and Design : Does Evolution Have a Purpose ?*, Cambridge, Harvard University Press, 2003.

THUILLIER P., *Darwin and Co.*, Bruxelles, Complexe, 1981. [Recueil d'articles parus dans *La Recherche*.]

TORT P. (éd.), *Dictionnaire du darwinisme et de l'évolution*, Paris, PUF, 1996, 3 vol. [Une somme unique sur l'œuvre de Charles Darwin et l'histoire du darwinisme. Ouvrage couronné par l'Académie des sciences. Réunit les contributions de divers spécialistes dans tous les domaines.]

TORT P., *Darwin et la science de l'évolution*, Paris, Gallimard, « Découvertes », 2000.

SUR LES RAPPORTS ENTRE SCIENCE ET RELIGION

ARNOULD J., *Les Créationnistes*, Paris, Cerf, 2007.

Association française d'histoire religieuse contemporaine, *Christianisme et science*, Paris/Lyon, Vrin/Institut interdisciplinaire d'études épistémologiques, 1989.

BOWLER P.J., *Reconciling Science and Religion : the Debate in Early-Twentieth-Century Britain*, Chicago, University of Chicago Press, « Series : science and its conceptual foundations series », 2001. [Cet ouvrage important insiste sur le fait qu'un compromis entre science et religion s'est développé en Grande-Bretagne dès la publication de *L'Origine des espèces*, qui perdure aujourd'hui.]

CORSI P., *Science and Religion : Baden Powell and the Anglican Debate, 1800-1860*, Cambridge, Cambridge University Press, 1988. [Un éclairage historique qui prend à contrepied de nombreuses idées reçues sur science et religion.]

DAWKINS R., *Pour en finir avec Dieu*, trad. M.-F. Desjeux-Lefort, Paris, Robert Laffont, 2008. [Une interprétation des rapports entre darwinisme et religion radicalement opposée à celle de Bowler.]

GILLISPIE C.C., *Genesis and Geology : a Study in the Relations of Scientific Thought, Natural Theology, and Social Opinion in Great Britain, 1790-1850*, Cambridge, Harvard University Press, 1951.

GOLDING G., *Le Procès du singe : la Bible contre Darwin*, Bruxelles, Complexe, 1982. Nouvelle édition revue et augmentée, 2006.

LECOURT D., *L'Amérique entre la Bible et Darwin*, Paris, PUF, 2007 (1re éd. 1992).

MOORE J.R., *The Post-Darwinian Controversies : a Study of the Protestant Struggle to Come to Terms with Darwin in Great Britain and America, 1870-1900*, Cambridge, Cambridge University Press, 1979.

MOORE J., « Religion and science », in *The Cambridge History of Science*, 6, *Modern biological and earth sciences*, éd. P. Bowler et J. Pickstone, Cambridge, 2002.

PAUL H.W., *The Edge of Contingency. French Catholic Reaction to Scientific Change from Darwin to Duhem*, Gainesville, University Press of Florida, 1979.

RUSE M., *The Creation-Evolution Struggle*, Cambridge, Harvard University Press, 2005.

STEWART R.B., *Intelligent Design : William A. Drembski and Michael Ruse in Dialogue*, New York, Fortress Press, 2007. [Dialogue entre un théologien et un philosophe des sciences.]

TURNER F.M., « The Victorian conflict between science and religion : a professional dimension », *Isis*, 69, 1978, p. 356-376.

SUR LES CONNAISSANCES ACTUELLES EN MATIÈRE D'ÉVOLUTION

ARNOULD J., GOUYON P.-H. et HENRY J.-P., *Les Avatars du gène : la théorie moderne de l'évolution*, Paris, Belin, 1996.

COHEN H. et LÉVY J. (éds), *Darwin après Darwin*, Sainte-Foy, Presses de l'université du Québec, 1994.

COPPENS Y., *Le Singe, l'Afrique et l'Homme*, Paris, Fayard, 1983.

DAWKINS R., *Le Gène égoïste*, Paris, Odile Jacob, 1996.

DAWKINS R., *L'Horloger aveugle*, Paris, Robert Laffont, 1999.

DAWKINS R., *Il était une fois nos ancêtres*, Paris, Robert Laffont, 2007.

DAWKINS R., *Le Fleuve de la vie. Qu'est-ce que l'évolution ?*, Paris, Hachette, 2007. [Interprétation de la sélection naturelle d'un généticien adaptationniste.]

DENNETT D., *Darwin est-il dangereux ?*, Paris, Odile Jacob, 2000. [La toute-puissance de la sélection naturelle comme loi universelle.]

DEVILLERS C. et CHALINE J., *La Théorie de l'évolution. État de la question à la lumière des connaissances scientifiques actuelles*, Paris, Dunod, 1989.

La Galerie de l'évolution : concepts et évaluation (colloque international, 22-23 novembre 1990), revue *Évolution 93*, n° 5-6, Muséum national d'histoire naturelle, 1991.

GOHAU G., *Une histoire de la géologie*, Paris, Seuil, 1990.

GOULD S.J., *Darwin et les grandes énigmes de la vie*, Paris, Seuil, 1984. Réédition Paris, Seuil, « Points Sciences », 1996 [Mêle avec bonheur analyse scientifique et récit historique.]

GOULD S.J., *Quand les poules auront des dents*, Paris, Fayard, 1984.

GOULD S.J., *Le Sourire du flamant rose*, Paris, Seuil, 1988.

GOULD S.J., *La Foire aux dinosaures*, Paris, Seuil, 1993.

GOULD S.J., *Comme les huit doigts de la main*, Paris, Seuil, 1996.

GOULD S.J., *L'Éventail du vivant*, Paris, Seuil, 1997.

GOULD S.J., *Et Dieu dit : « Que Darwin soit ! »*, préface de D. Lecourt, Paris, Seuil, 1999. [Recueils d'essais pour *Natural History*, exposant une conception variée opposée à l'adaptationnisme strict de Dawkins et Dennett, au nom d'une théorie de la sélection qui prend en compte le développement et les contraintes structurales.]

GOULD S.J., *Cette vision de la vie*, Paris, Seuil, 2002.

JACOB F., *Le Jeu des possibles*, Paris, Fayard, 1981.

MORANGE M., *Histoire de la biologie moléculaire*, Paris, La Découverte, 2003.

MORANGE M., *Les Secrets du vivant. Contre la pensée unique en biologie*, Paris, La Découverte, 2005.

RIDLEY M., *L'Évolution*, Paris, Belin, 1989.

SCHEPS R. (éd.), *La Mémoire de la Terre*, Paris, Seuil, 1992. [Une série d'entretiens avec une vingtaine de biologistes, géologues, préhistoriens, pour faire le point des connaissances sur la paléontologie aujourd'hui.]

TASSY P. (éd.), *L'Ordre et la diversité du vivant. Quel statut scientifique pour les classifications biologiques ?*, Paris, Fayard/Fondation Diderot, 1986. [Nombreux articles sur les classifications, en particulier une contribution de Claude Dupuis sur « Darwin et les taxinomies d'aujourd'hui ».]

TASSY P., *Le Paléontologue et l'évolution*, Paris, Le Pommier, 2000.

AUTEURS CITÉS PAR DARWIN DANS LA PREMIÈRE ÉDITION DE *L'ORIGINE DES ESPÈCES*[1]

AGASSIZ, Louis (1807-1873), naturaliste américain d'origine suisse, un des premiers à avoir étudié les glaciations.

ARCHIAC, Adolphe D' (1802-1869), géologue français.

AUDUBON, John James (1785-1851), peintre et naturaliste américain d'origine française, auteur des *Oiseaux d'Amérique*.

AZARA, Félix DE (1742-1821), naturaliste espagnol.

BABINGTON, Charles C. (1808-1895), botaniste britannique. Professeur de botanique à Cambridge (successeur de Henslow).

BAKEWELL, Robert (1725-1795), le plus célèbre des éleveurs anglais du XVIIIᵉ siècle.

BARRANDE, Joachim (1799-1883), géologue français.

BENTHAM, George (1800-1884), botaniste britannique, neveu du philosophe Jeremy BENTHAM (1748-1832).

BERKELEY, Miles Joseph (1803-1889), botaniste britannique, spécialiste de mycologie.

---

1. Pour la rédaction des notices ont été utilisés, en particulier : A. Davy de Virville (dir.), *Histoire de la botanique en France*, Paris, 1954 ; R. Taton (dir.), *Histoire générale des sciences*, Paris, PUF, 1957-1966 ; R.B. Freeman, *Charles Darwin. A Companion*, Folkeston, Dawson, 1978 ; R.M. Gascoigne, *A Historical Catalogue of Scientists...*, New York, 1984 ; C.C. Gillispie, *Dictionary of Scientific Biography*, New York, 1970-1980 ; G. Gohau, *Histoire de la géologie*, Paris, La Découverte, 1987 ; L. Stephen et S. Lee, *Dictionary of National Biography*, Londres, 1885-1900 ; F.A. Stafleu et R.S. Cowan, *Taxonomic Literature*, Utrecht, 1976-1979.

BLYTH, Edward (1810-1873), zoologiste britannique, conservateur au Museum of Asiatic Society à Calcutta.

BORROW, George (1803-1881), écrivain, linguiste et voyageur britannique, auteur de *The Bible in Spain* (1843).

BORY DE SAINT-VINCENT, Jean-Baptiste (1778-1846), botaniste et voyageur français.

BOSQUET, Joseph Augustin Hubert DE (1813-1880), zoologiste belge, spécialiste des crustacés.

BRENT, Bernard Philip (mort en 1867), membre d'une société colombophile.

BREWER, Thomas Mayo (1814-1880), ornithologiste américain.

BRONN, Heinrich Georg (1800-1862), paléontologue allemand, traducteur de *L'Origine des espèces* en allemand.

BROWN, Robert (1773-1858), botaniste britannique. Si son nom reste attaché au mouvement désordonné des particules dans un liquide, il est aussi connu pour avoir découvert le noyau des cellules végétales ainsi que pour son étude de la flore de l'Australie.

BUCKMAN, James (1816-1884), agronome et géologue britannique.

BUZAREINGUES, Charles GIROU DE (1773-1856), agronome et physiologiste français.

CANDOLLE, Augustin Pyramus (1778-1841), botaniste genevois, l'un des créateurs de la géographie botanique, père d'Alphone DE CANDOLLE (1806-1893), lui aussi botaniste.

CASSINI, Henri (1781-1832), botaniste français. Héritier d'une famille de cartographes et d'astronomes, il choisit de devenir magistrat tout en consacrant ses loisirs à l'étude des plantes.

CLAUSEN, Peter (1804-1855), naturaliste danois exilé au Brésil.

CLIFT, William (1775-1849), médecin britannique, beau-père de Richard Owen.

CUVIER, Georges (1769-1832), zoologiste et paléontologiste français, étudie les vertébrés fossiles, tout en s'opposant à toute idée d'évolution des espèces. Son frère Frédéric CUVIER (1773-1838), zoologiste.

DANA, James Dwight (1813-1895), géologue et zoologiste américain, étudie en particulier la faune marine.

DAWSON, John W. (1820-1899), géologue canadien. Professeur à l'université McGill à Montréal.

DOWNING, Andrew Jackson (1815-1852), horticulteur et paysagiste américain. Auteur, avec son frère Charles DOWNING (1802-1885), horticulteur lui aussi, de *The Fruits and Fruit-Trees of America* (1845).

EARL, Georg Windsor, auteur d'ouvrages sur l'Asie du Sud-Est.

FABRE, Jean Henri (1823-1915), entomologiste français.

FALCONER, Hughes (1808-1865), médecin et paléontologiste britannique. Dirige un temps le jardin botanique de Calcutta.

FORBES, Edward (1815-1854), naturaliste britannique, connu en particulier pour ses travaux sur la faune marine.

FRIES, Elias (1794-1878), botaniste suédois, mycologiste et lichenologue.

GARDNER, George (1812-1849), botaniste britannique connu pour son voyage au Brésil.

GÄRTNER, Karl F. VON (1772-1850), botaniste allemand connu pour ses travaux sur l'hybridation végétale.

GEOFFROY SAINT-HILAIRE, Étienne (1772-1844), zoologiste français, auteur de la *Philosophie anatomique* (1818). Père d'Isidore GEOFFROY SAINT-HILAIRE (1805-1861), zoologiste lui aussi.

GMELIN, Johann Friedrich (1709-1755), botaniste et géographe allemand, auteur d'une flore de Sibérie.

GODWIN-AUSTEN, Robert (1808-1884), géologue britannique.

GOETHE, Johann Wolfgang VON (1749-1832). On sait que l'auteur de *Werther*, de *Faust*, etc., s'est aussi intéressé à l'histoire naturelle.

GOULD, Augustus Adison (1805-1866), médecin et naturaliste américain spécialiste des Mollusques.

GOULD, John (1804-1881), ornithologue et dessinateur britannique.

GRAY, Asa (1810-1888), botaniste américain. Professeur à Harvard, il tente de concilier théologie naturelle et théorie de la transformation des espèces.

GRAY, John Edward (1800-1875), zoologiste britannique.

HARCOURT, Edward William (1825-1891), auteur de *A Sketch of Madeira* (1851).

HARTUNG, Georg (1822-1891), géologue allemand, spécialiste de la géologie des îles de l'Atlantique.

HEARNE, Samuel (1745-1792), voyageur britannique. Au service de la Compagnie de la baie d'Hudson, il explore le nord-ouest de l'Amérique.

HEER, Oswald (1809-1883), paléobotaniste et entomologiste suisse. Professeur de botanique à Zurich, séjourne à Madère pour sa santé.

HERBERT, William (1778-1847), poète et botaniste britannique, il pratique des expériences d'hybridation végétale.

HERON, Robert (1765-1854), homme politique britannique, auteur d'observations sur les animaux de sa volière.

HEUSINGER, Karl Friedrich (1792-1883), physiologiste et zoologiste allemand.

HOOKER, Joseph Dalton (1817-1911), botaniste et explorateur anglais, ami de Darwin.

HORNER, Leonard (1785-1864), géologue et homme politique britannique du parti whig. Créateur de cours pour les ouvriers et auteur d'un rapport sur le travail des enfants dans les usines. Dans les années 1850, il entreprend une étude sur les dépôts alluviaux en Égypte, et pense pouvoir en tirer des données chronologiques.

HUBER, François (1750-1831), naturaliste genevois, connu pour ses observations sur le comportement des abeilles ; père de Pierre HUBER (1779-1840), qui réalise des travaux analogues sur les fourmis.

HUNTER, John (1728-1793), anatomiste et chirurgien britannique.

HUXLEY, Thomas (1825-1895), homme de science. Préoccupé par les questions d'éducation. Spécialiste d'anatomie comparée, il se fait le champion du darwinisme. Grand-père du biologiste Julian HUXLEY (1887-1975) et du romancier Aldous HUXLEY (1894-1963).

JONES, J.M., cité par Darwin à propos des oiseaux des Bermudes.

JUSSIEU, Antoine Laurent DE (1748-1836), botaniste français, l'un des créateurs de la « classification naturelle » des végétaux.

KIRBY, William (1759-1850), entomologiste britannique.

KNIGHT, Thomas Andrew (1759-1838), botaniste britannique, cité pour ses travaux sur l'hybridation végétale.

KÖLREUTER, Joseph Gottlieb (1733-1806), botaniste allemand, connu pour ses travaux sur l'hybridation végétale.

LAMARCK, Jean-Baptiste (1744-1829), botaniste et zoologiste français, le premier créateur d'une théorie scientifique générale de la transformation des espèces.

LEROY [LE ROY], Charles Georges (1723-1789), veneur de profession, il tire de son expérience de la chasse les matériaux de plusieurs textes consacrés à l'intelligence des animaux.

LINNÉ [LINNAEUS], Carl VON (1707-1778), naturaliste suédois connu en particulier pour la nomenclature qui porte son nom et qui est encore utilisée aujourd'hui.

LUBBOCK, John (1834-1913), naturaliste et homme politique britannique, ami de Darwin.

LUCAS, Prosper (1805-1885), médecin français, auteur d'un *Traité philosophique et physiologique de l'hérédité naturelle...* (1847-1850).

LUND, Peter Wilhelm (1801-1880), naturaliste danois.

LYELL, Charles (1797-1875), géologue britannique, ami de Darwin ; célèbre pour ses *Principles of Geology*, Londres, 3 vol. 1830-1833.

MACLEAY, William Sharp (1792-1865), naturaliste britannique.

MALTHUS, Thomas Robert (1766-1834), auteur de l'*Essai sur le principe de population* (1798).

MARTENS, Martin (1797-1863), botaniste belge.

MARTIN, William Charles (1798-1864), écrivain britannique, auteur d'ouvrages sur l'histoire naturelle.

MATTEUCHI [MATTEUCI], Carlo (1811-1868), physiologiste italien, auteur d'un *Essai sur les phénomènes électriques chez les animaux* (1840).

MILLER, William Hallowes (1801-1880), cristallographe britannique, professeur de minéralogie à Cambridge.

MILNE-EDWARD, Henri (1800-1885), naturaliste et physiologiste français.

MOQUIN-TANDON, B. (1804-1863), botaniste français.

MÜLLER, Ferdinand VON (1825-1896), botaniste australien d'origine allemande.

MURCHISON, Roderick (1792-1871), géologue et géographe britannique.

OWEN, Richard (1804-1892), zoologiste et anatomiste britannique, en conflit avec Darwin.

PALEY, William (1743-1805), pasteur anglican, héraut de la *théologie naturelle*.

PALLAS, Peter Simon (1741-1811), naturaliste allemand, explorateur de la Sibérie.

PHILIPPI, Rudolph Amandus (1808-1904), géologue allemand ayant vécu en Italie avant de s'installer au Chili.

PICTET, François Jules (1809-1872), entomologiste et paléontologiste suisse.

PIERCE, cité par Darwin à propos des variétés de loups.

POOLE, colonel, cité par Darwin à propos des hémiones rayées.

PRESTWITCH, Joseph (1812-1896), géologue britannique.

RAMOND (ou RAMOND DE CARBONNIÈRE), Louis François (1755-1827), géographe et naturaliste français. Né à Strasbourg, retiré à Barège (Hautes-Pyrénées) pendant la Révolution, préfet du Puy-de-Dôme sous l'Empire, il est surtout connu pour ses voyages et ses ascensions dans les Pyrénées.

RAMSAY, Andrew Crombie (1814-1891), géologue britannique.

RENGGER, Johann Rudolph (1795-1832), zoologiste suisse.

RICHARD, Louis Claude (1754-1821), botaniste et voyageur (Antilles, Amérique du Sud), auteur en particulier de l'*Analyse du fruit* (1808).

RICHARDSON, John (1787-1865), explorateur et naturaliste britannique.

SAGERET, Augustin (1763-1852), agronome français.

SAINT-HILAIRE, Auguste PROUVENSAL DE (1779-1853), botaniste français ; après avoir séjourné au Brésil de 1816 à 1822 et en avoir rapporté des milliers de spécimens, il publie plusieurs travaux sur ses voyages ainsi qu'une *Flore du Brésil méridional* (1825-1833).

SAINT-JOHN, Charles George William (1809-1856), naturaliste britannique.

SCHIÖDTE, Jörgen Matthias Christian (1815-1884), zoologiste danois.

SCHLEGEL, Hermann (1804-1884), zoologiste néerlandais.

SEBRIGHT, John (1767-1846), homme politique et agronome britannique.

SEDGWICK, Adam (1785-1873), géologue britannique, professeur de géologie à Oxford.

SILLIMAN, Benjamin (1799-1864), naturaliste américain.

SMITH, Charles Hamilton (1776-1859), naturaliste et officier britannique.

SMITH, Frederick (1805-1879), entomologiste britannique, auteur d'un catalogue des Hyménoptères conservés au British Museum.

SMITH OF JORDAN HILL, James (1782-1867), géologue et homme de lettres britannique.

SOMERVILLE, lord John Southey (1765-1819), agronome britannique, l'un des pionniers de l'élevage des moutons mérinos en Grande-Bretagne.

SPENCER, lord, cité par Darwin à propos de l'accroissement de la taille du bétail. À ne pas confondre avec le philosophe Herbert Spencer, dont le nom apparaîtra dans les éditions ultérieures.

SPRENGEL, Christian Conrad (1750-1816), botaniste allemand. Étudie le rôle des insectes dans la fécondation des fleurs.

TAUSCH, Ignaz Frederich (1793-1848), botaniste tchèque.

TEGETMEIER, William Bernhard (1816-1912), ornithologue britannique.

TEMMINCK, Coenraad Jacob (1770-1858), zoologiste néerlandais.

THOUIN, André (1747-1823), botaniste, horticulteur et agronome français. Après avoir été jardinier en chef du Jardin du Roi, est nommé professeur au Muséum où il donne un « cours de culture et de naturalisation des végétaux ».

THURET, Gustave Adolphe (1817-1875), botaniste français spécialiste des algues, dont il étudie l'appareil reproducteur, et créateur d'un jardin d'acclimatation à Antibes (la villa Thuret).

THWAITES, Georg Henry Kendrick (1811-1882), botaniste et microscopiste britannique, directeur d'un jardin botanique à Ceylan.

TOMES, cité par Darwin à propos des chauves-souris.

VALENCIENNES, Achille (1794-1865), zoologiste français, auteur d'une *Histoire naturelle des Poissons* en 22 volumes.

VAN MONS, Jean-Baptiste (1765-1842), pharmacien, chimiste, physicien et horticulteur belge.

VERNEUIL, Édouard DE (1805-1873), géologue et minéralogiste français.

WALLACE, Alfred Russell (1823-1913), naturaliste voyageur britannique, l'un des fondateurs de la zoogéographie. Sa rencontre intellectuelle avec Darwin est aussi intéressante que leurs différences d'approche.

WATERHOUSE, George Robert (1810-1888), naturaliste britannique, spécialiste des mammifères et des insectes.

WATSON, Hewett C. (1804-1881), botaniste britannique, pionnier de la géographie botanique en Grande-Bretagne.

WESTWOOD, John Obadiah (1805-1893), entomologiste britannique.

WOLLASTON, Thomas Vernon (1822-1878), naturaliste britannique. Sa santé l'obligeant à séjourner l'hiver à Madère et dans d'autres îles de l'Atlantique, il en étudie la faune, et en particulier les coléoptères.

WOODWARD, Samuel Pickworth (1821-1865), zoologiste britannique spécialiste des mollusques au British Museum.

YOUATT, William (1776-1847), vétérinaire britannique.

D.B. et J.-M. D.

CHRONOLOGIE

1794-1796 Erasmus Darwin : *Zoonomia.*

1798 Malthus : *An Essay on the Principle of Population.*

1802 Lamarck : *Recherches sur l'organisation des corps vivants.*
Paley : *Natural Theology, or Evidence of the Existence and Attributes of the Deity collected from the Appearances of Nature.*

1809 Lamarck : *Philosophie zoologique.* Naissance de Charles Darwin.

1815 Défaite de Napoléon à Waterloo.

Vote des lois protectionnistes sur les blés (*corn-laws*).

1818 Geoffroy Saint-Hilaire : *Philosophie anatomique.*

1825 Darwin à l'université d'Édimbourg.
Cuvier : *Discours sur les révolutions de la surface du globe.*

1828-1831 Darwin à l'université de Cambridge.

1830 Ligne de chemin de fer Manchester-Liverpool.

1830-1833 Lyell : *Principles of Geology.*

Déc. 1831-oct. 1836 Voyage du *Beagle.*

1832 Première réforme électorale.

1833 Abolition de l'esclavage dans les colonies anglaises.

1837 Début du règne de Victoria.

1838-1848 Mouvement chartiste.

1839 Mariage de Charles Darwin et d'Emma Wedgwood. Darwin : *Journal of Researches into the Geology and Natural History of the Various Countries Visited by H.M.S. Beagle.* Nouvelle édition : *A Naturalist Voyage round the World*, 1845.

Traduction française : *Voyage d'un naturaliste autour du monde*, 1875.

1842 Darwin : *The Structure and Distribution of Coral Reefs.* Traduction française : *Les Récifs de corail, leur structure et leur distribution*, 1878.

1844 Darwin : *Geological Observations on the Volcanic Islands visited during the Voyage of H.M.S. Beagle.* Traduction française : *Observations géologiques sur les îles volcaniques*, 1902.

1846 Abolition des lois protectionnistes sur les blés. Darwin : *Geological Observations on South America.*

1848 Emily Brontë : *Wuthering Heights* (*Les Hauts de Hurlevent*). Révolutions en Europe.

1849 Dickens : *David Copperfield.*

1851 Exposition universelle de Londres.

1851-1854 Darwin : *A Monograph of the Subclass Cirripedia*, 2 vol.

1857 En Inde : révolte des Cipayes.

1858 (le 1er juillet) Lecture à la Société linnéenne de Londres des textes de Darwin et de Wallace.

1859 Darwin : *On the Origin of Species by Means of Natural Selection, or the Preservation of Favoured Races in the struggle for Life.* Première traduction française (par Clémence Royer) : *De l'origine des espèces*, 1862.

1861 Pasteur : réfutation de la génération spontanée.

1861-1865 Aux États-Unis : guerre de Sécession.

1862 Darwin : *On the Various Contrivances by which British and Foreign Orchids are Fertilized.* Traduction française : *De la fécondation des orchidées par les insectes*, 1871.

1864-1867 Spencer : *The Principles of Biology.*

1865 Claude Bernard : *Introduction à l'étude de la médecine expérimentale.*
Mendel : *Versuche über Pflanzen-Hybriden.* Traduction française : *Recherches sur des hybrides végétaux*, 1907.
Lewis Carroll : *Alice's Adventures in Wonderland.*

1867 Deuxième réforme électorale. Karl Marx : premier tome du *Capital*.

1866 Haeckel : *Generelle Morphologie der Organismen*.

1868 Darwin : *The Variation of Animals and Plants under Domestication*. Traduction française : *De la variation des animaux et des plantes sous l'action de la domestication*, 1868.

1871 Darwin : *The Descent of Man, and Selection in Relation to Sex*. Traduction française : *La Descendance de l'homme et la sélection sexuelle*, 1872.

1872 Darwin : *The Expression of the Emotions in Man and Animals*. Traduction française : *L'Expression des émotions chez l'homme et les animaux*, 1874.

1875 Darwin : *The Insectivorous Plants*. Traduction française : *Les Plantes insectivores*, 1877 ; et *The Movements and Habits of Climbing Plants*. Traduction française : *Mouvements et habitudes des plantes grimpantes*, 1877.

1876 Darwin : *The Effects of Cross and Self Fertilization in the Vegetable Kingdom*. Traduction française : *Les Effets de la fécondation croisée et directe dans le monde végétal*, 1877.

1877 Darwin : *The Different Forms of Flowers on Plants of the Same Species*. Traduction française : *Des différentes formes de fleurs dans les plantes de la même espèce*, 1877.

1879-1882 Crise agraire en Irlande.

1880 Darwin : *The Power of Movement in Plants* avec la collaboration de Francis Darwin. Traduction française : *De la faculté motrice dans les plantes*, 1882.

1881 Darwin : *The Formation of Vegetable Mould, through the Action of Worms, with Observations on their Habits*. Traduction française : *Rôle des vers de terre dans la formation de la terre végétale*, 1882.

1882 Mort de Charles Darwin.

1885 Pasteur : vaccin contre la rage.

1887 Conan Doyle : début de la série des *Sherlock Holmes*.

1896 Mort d'Emma Darwin.

1901 Mort de Victoria.

1913 Mort d'Alfred Russel Wallace.

TABLE

L'ORIGINE DES ESPÈCES

Composition et mise en page

NORD COMPO
m u l t i m é d i a

N° d'édition : L.01EHPN000244.C004
Dépôt légal : novembre 2008
Imprimé en Espagne par Novoprint (Barcelone)